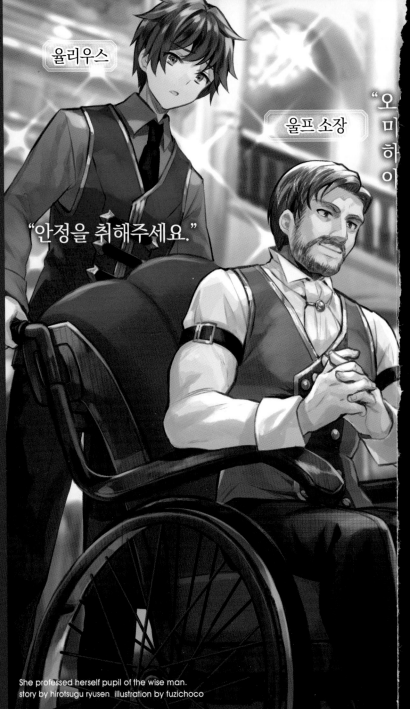

현자의 제자를 자칭하는 현자

13

류센 히로츠구 저자

후지 초코 일러스트

정대식 옮김

율리우스

울프 소장

"오미하이

"안정을 취해주세요."

She professed herself pupil of the wise man.
story by hirotsugu ryusen   illustration by fuzichoco

"그게~
이건 이 몸의 지인이
만들어 준 것이라 말이다."

소란스러우면서도 귀여운 소녀들이
미라에게 몰려들었다.
상황은 둘째 치고 기분이 썩 나쁘지 않아서
미라는 저항하지 않고 그녀들의 말에 답했다.

"우와, 핸드메이드구나!"
"본격적이네요!"
"좋겠다아."

현자의 제자를 자칭하는 현자
She professed herself pupil of the wise man.
13

$\langle 1 \rangle$

　괴도 퍼지다이스. 악인만을 표적으로 삼고 고아원에 큰돈을 기부하고 있다고 알려져 세간에서는 의적으로 유명한 대괴도다.

　퍼지다이스라면 아홉 현자의 일원인 아르테시아가 운영하는 고아원에 관해 뭔가 알지도 모른다.

　그런 가능성을 좇아 찾은 그림다트의 이웃 나라, 링크슬롯에 속한 도시 학스트하우젠.

　퍼지다이스의 표적이 된 귀족이 있는 도시다.

　그 입구인 문을 지나자 광대한 도시 광경이 눈앞에 펼쳐졌다.

　가장 먼저 눈에 띄는 것은 커다란 반원형 광장이다. 이곳 학스트하우젠의 동서남북에 있는 문을 지나면 모두 이러한 광장이 있었다. 그 넓이는 상당해서 문에서 안쪽에 있는 대로까지 백 미터는 될 듯했다.

　역사애호가 지인의 말에 의하면, 전쟁에 대비하기 위해 이러한 구조를 채택한 것이라고 한다. 하지만 지금은 평화 그 자체라 할 수 있는 풍경이 그곳에 펼쳐져 있었다. 노점 판매가 성행해서 상인과 모험가, 그리고 일반인들이 뒤섞여 쇼핑과 교섭을 즐기고 있었다.

　미라를 태운 왜건과 왜건을 끄는 가디언애시, 그리고 안내를 맡은 율리우스가 그런 광장을 거닐었다.

　미라는 현재 울프 탐정사무소의 조수를 자칭한 그의 안내로 그곳의 탐정, 울프 소장을 만나러 가는 중이었다.

그의 말에 의하면 괴도 퍼지다이스에 관해 가장 잘 아는 사람은 울프 소장이라는 듯했다.

탐정과 괴도. 다시 말해서 울프 소장이라는 자는 괴도 퍼지다이스의 라이벌 같은 존재인 것이다.

"어째…… 가면을 쓴 여성들이 꽤나 많군그래. ……축제라도 열리는 겐가?"

자세히 보니 광장에 있는 여성 중 절반 정도가 눈을 가리는 가면을 쓰고 있었다. 개중에는 가면을 파는 노점까지 있었다. 얼핏 보면 마치 물의 도시의 사육제 같은 분위기였다.

하지만 미라는 대충 짐작이 되었다. 짐작은 되었지만 문화적인 축제의 일환이기를 바라며 나란히 걷던 율리우스에게 저 여성들은 무엇이냐고 물었다.

그러자 미라의 바람과는 달리, 율리우스는 원치 않았던 진실을 입에 담았다. 가면을 쓴 여성들은 괴도 퍼지다이스의 팬이라는 것이다.

"저분들 입장에서 보면 축제라 해도 과언이 아니겠지만요."

율리우스의 말에 의하면 이 여성들은 어디서 소식을 들었는지, 예고장이 도착한 뒤로 속속들이 모이기 시작했다고 한다. 그것도 대륙 이곳저곳에서 날아오기라도 한 듯이. 퍼지다이스 팬클럽의 정보망은 어쩌면 국가적인 수준일지도 모른다. 율리우스는 즐거운 듯 웃으며 그런 소리를 했다.

"설마 이 정도였을 줄이야……."

인기남이 얼마나 인기가 많은지를 직접 눈으로 확인하는 것만큼 기분 나쁜 일도 없을 것이다. 하지만 그건 그거고. 미라는 그와 별개로 향후의 일이 걱정되었다.

　일이 모두 잘 풀려 퍼지다이스를 붙잡는 데 성공할 경우, 어쩌면 이 가면을 쓴 여성들을 모두 적으로 돌리게 될지도 모른다는 걱정이다.

　실제로 율리우스가 적대 세력인 울프 탐정사무소 소속인 탓인지, 이쪽을 바라보는 시선이 어쩐지 싸늘하게 느껴졌다. 아닌 게 아니라 이 광장에서도 많은 이들의 시선이 느껴질 정도로 율리우스는 그녀들의 주목을 받고 있었다.

　의적의 라이벌인 탓인지 상당히 많은 사람이 적대시하고 있는 듯했다.

　그러한 사실을 실감하고 있던 중, 미라는 문득 위화감을 느꼈다. 가만히 살펴보니 아무래도 그러한 차가운 시선은 율리우스가 아닌 자신을 향하고 있는 것 같았기 때문이다.

　어렴풋이 그 사실을 알아챈 미라는 문득 현재의 상황에 관해 생각했다.

　천하의 대괴도 퍼지다이스와 탐정 조수이자 잘생긴 청년인 율리우스. 그들 곁에 불현듯 나타난 미소녀 미라.

　그 구도를 머릿속에 그려본 미라는 자신이 지금 어떠한 입장에 놓여 있는지를 깨달았다. 그리고 슬그머니 율리우스에게서 거리를 벌렸다.

　하지만 마부대에서는 움직일 수 있는 공간이 한정적인 데다가

율리우스가 왜건을 끄는 가디언애시의 옆에 딱 붙어 있어서 그와
는 아무 사이도 아니라는 변명은 궁색해 보일 듯했다.

'이거 상당히 일이 성가셔졌구나…….'

정령여왕이라는 이명이 퍼져 있는 지금, 퍼지다이스를 이기기
라도 하는 날에는 그에 관한 소문이 이명과 함께 확실하게 확산
될 것이다.

게다가 율리우스가 말하기를, 퍼지다이스의 팬은 온 대륙에 있
고 평소에는 얌전히 지낸다는 듯했다. 그런 그녀들 앞에 자신들
의 영웅을 끌어내린 인물이 나타나면 어떠한 행동을 취할까.

'아이돌과 관련된 그러한 사건은 과거에도 많았더랬지…….'

미라는 현실 세계에서 일어났던 여러 사건을 떠올리며 몸을 부
르르 떨었다. 갑자기 뒤에서 칼을 맞는 것도 충분히 있을 수 있는
일이기 때문이다.

이 세계에는 당당하게 검을 허리에 차고 다니는 이들이 널려 있
다. 그런 세계의 거리에서라면 몰래 나이프를 감추고 등 뒤로 다
가오는 것쯤 일도 아닐 것이다.

어쩌면 늘 등 뒤를 조심해야 하는 생활이 기다리고 있을지도 모
른다. 미라는 꼭 어디서 본 저격수(만화 원작의 애니메이션 〈고르고13〉에
관한 언급. 대표적인 대사는 '내 등 뒤에 서지 마라') 같다며 쓴웃음을 지은
채 원만하게 끝낼 방법은 없을지 모색해 보아야겠다고 진심으로
생각하기 시작했다.

마음의 위안 정도밖에 안 되었지만 미라는 율리우스와 아무 관

계도 아닌 척을 하며 안내에 따라, 퍼지다이스 팬이 오가는 대로로 왜건을 몰았다.

"예나 지금이나 마음이 편안해질 정도로 말끔한 거리로구먼."

이곳 역시 실로 특징적인 구조로 되어 있었다. 우선 동서남북에 자리한 외벽이 도시를 에워싸고 있다. 그 외벽의 중앙에는 모두 문이 있고, 그 안쪽에 커다란 광장이 있다. 이 반원형 광장에서는 정면과 좌우, 좌우 대각선 전방까지 다섯 개의 대로가 나 있었다.

대로를 위에서 내려다보면 사각형 안에 45도로 기울어진 마름모를 채워 넣어 십자가를 그린 듯한 모습일 것이다.

그리고 북동, 북서, 남동, 남서로 나뉜 구획에는 각각 대표가 있다. 그것이 이 학스트하우젠의 통치 형태다.

미라가 현재 걷고 있는 장소는 서문을 따라 똑바로 들어온 곳에 자리한 대로다. 위에서 내려다볼 경우, 십자가에 해당하는 부분으로, 학스트하우젠에서는 1등지로 구분되었다.

그 때문에 대로에는 척 보아도 비쌀 듯한 가게들이 늘어섰다. 심지어 같은 1등지임에도 중앙에 가까울수록 고급스러웠다.

거리를 거닐면 거닐수록 늘어선 건조물들의 높이가 높아지고 교회와 공적인 시설도 늘어갔다.

"오, 저것은."

그러던 중, 미라는 어느 점포를 발견하고 무의식중에 말했다. 그것은 고급스러운 거리 풍경에 어울리는 보석점으로, 귀부인들이 실로 밝은 미소를 띠고 있었다.

"역시 정령여왕님도 반짝이는 장식품을 좋아하시나 보죠? 뭣하면 보수를 장식품으로 지불하겠습니다. 특수주문품으로 준비할 수도 있어요."

과연 탐정 조수라고 해야 할지, 통찰력이 우수했다. 중얼거린 말과 시선의 방향만 보고 미라가 관심을 보인 것을 알아챈 듯했다. 하지만 생각까지 알아채는 데는 실패한 모양이다.

"아니, 되었다. 장식만을 위한 장식품에는 관심이 없어서 말이다. 그보다 그 정령여왕이라는 소리 좀 안 하면 안 되겠느냐. 이것 참 낯간지러워서 원."

장식품으로 치장한다는 행위를 전혀 이해하지 못하는 미라는 딱 잘라 단언하며 이전부터 신경 쓰였던 점을 지적했다. 정령여왕님이라 불리는 것에 계속 위화감을 느꼈던 것이다.

"근사한 이명인데 그러시다면 어쩔 수 없죠. 미라 씨라고 부르도록 하겠습니다."

정말로 근사하다고 생각했던 것인지 율리우스는 진심으로 아쉬운 눈치였다.

하지만 미라의 머릿속에 울린 정령왕의 목소리는 더더욱 아쉬워하는 것 같았다. 듣자 하니 존재를 거절당한 듯한 기분이라고 한다. 미라는 그런 건 아니라고 해명하느라 진땀을 빼야 했다.

"그런데 관심이 없다면 뭘 보신 건가요?"

그냥 본 것이라면 탄성 같은 건 흘리지도 않았을 것이다. 율리우스는 궁금하다는 듯 그렇게 물었다.

"무얼, 이곳의 특산물이 호박(琥珀)이었다는 게 기억난 것뿐이야."

"호박, 말인가요?"

그게 무심결에 탄성을 흘릴 만한 일일까. 장식품에 관심이 없다면 더더욱 납득이 안 되었다.

직업상 그런 세세한 게 신경 쓰이는 모양인지, 율리우스는 납득이 안 된다는 듯한 얼굴로 미라를 바라보았다.

"음, 호박 말이다. 허나 단순한 호박이 아니다. 그와는 다른, 무지개 구슬 호박을 말한 게지."

미라는 그렇게 말하며 전방에 보이기 시작한 가게를 가리켰다.

그 역시 장식품을 다루는 가게로, 커다란 창문을 통해 목걸이며 팔찌 등이 진열되어 있는 것을 볼 수 있었다.

하지만 조금 전에 봤던 가게와는 다른 점이 하나 있었다.

바로 손님층이다. 귀부인들밖에 없었던 좀 전의 가게와 달리, 미라가 가리킨 가게는 남성 손님도 많은 데다, 대부분이 모험가 같은 모습을 하고 있었던 것이다.

"과연. 실력 있는 모험가다운 말씀이시군요. 제 눈썰미도 아직 먼 것 같습니다."

율리우스의 태도에서는 늘 정진하고자 하는 향상심이 엿보였다. 얼굴만 단정한 게 아니라 노력가이기도 한 그는 미라가 제시한 힌트를 통해 그러한 사정을 알아챈 듯했다.

미라가 말한 무지개 구슬 호박은 안에 드문드문 무지개색이 떠올라 있다는 아름다운 보석으로, 호박의 열 배 정도 되는 가치를 지닌 물건이다. 그리고 그것은 현재도 숲속에 서식하는 무지개 호랑나비라는 나비의 화석과 함께 발견된다고 한다.

수액을 먹고 사는 무지개 호랑나비는 배가 크게 부풀도록 수액을 빤다. 이 상태에서 모종의 원인으로 화석이 되었을 때, 배에 남은 수액이 무지개 구슬 호박이 되는 것이다.

"정 그러시면 보수를 무지개 구슬 호박으로 할까요? 가공과 부여 쪽으로도 친분이 있는 기술자가 있으니, 가게에서 고르는 것보다 훨씬 이상적인 물건을 준비할 수 있을 겁니다."

율리우스가 문득 그렇게 제안했다. 어지간히 자신이 있는지, 그러한 자신감이 표정으로도 드러났다.

"매력적인 제안이다만, 그 부분은 실제로 소장이라는 자와 이야기를 해보고 정하도록 하지."

미라는 그렇게 말해 일단 제안을 거절했다. 당장 보수를 흥정할 생각은 없었기 때문이다. 애초에 미라의 목적은 퍼지다이스에게서 목적한 고아원이 있는 위치를 알아내는 것이지, 붙잡는 것이 아니었다.

그리고 무엇보다 앞으로 등 뒤를 주의하고 다녀야 하지 않을지 걱정이 되기도 했다. 경우에 따라서는 일부러 놔줘야 할 수도 있다. 그런 상황에서 보수에 관한 이야기를 할 수는 없는 일이 아닌가.

하지만 끌리는 제안이기는 했다.

아름다운 것은 물론이고 희귀하기도 해서 무지개 구슬 호박의 가치는 높았다. 하지만 가장 큰 특징은 그것이 아니다. 무지개 구슬 호박은 능력치 강화 부여와 매우 상성이 좋다.

조금이나마 마법을 쓸 수 있는 나비의 영향 때문인지, 무지개 구슬 호박은 평범한 호박에 비해 수십 배에 달하는 부여 강도를 자랑했다.

능력치 강화 부여는 특별한 무구와 장식품 등에서 볼 수 있는 부가 가치로, 생명을 담보로 일하는 모험가들에게는 생사를 가르는 중요한 요소가 될 수 있다.

그 효과는 말 그대로 근력과 체력, 마력과 같은 기초능력 강화다. 단순하지만 그렇기에 효과도 확실해서 당연히 수요도 많았다.

그리고 부여 강도는 능력치 강화의 상한을 일컫는 말이다. 같은 부여라 해도 사용하는 소재에 따라 효과가 달라지기에 강도가 낮은 토대에 높은 효과를 발휘하는 재료를 사용해봐야 소용이 없다.

그러나 그에 앞서 무엇보다도 중요한 요소가 있었다. 그것이 바로 율리우스의 제안에 포함되어 있던 기술사다.

토대의 부여 강도도 중요하지만, 그것을 최대한 활용할 수 있는 가공 기사를 찾기란 쉬운 일이 아니다.

미라는 정련 기술을 통해 부여 효과를 추출할 수는 있어도 효과 자체를 생성하지는 못한다. 나중에 정련으로 최대 효과를 발휘하도록 만들 생각이기는 하지만, 기본적인 부여가 이루어져 있어야 가능한 일이다.

하지만 분명 자신들의 나라로 돌아가면 솔로몬의 어용 기사가 있을 것이다.

미라는 다음에 솔로몬에게 부탁해보자는 생각을 하며 나중에 저 가게도 확인하자고 마음속에 적어두었다.

아무리 기사가 있다 해도 강화 부여품을 제작하는 데는 시간이 걸린다. 하지만 그것과는 별개로 미라가 상품을 구경하는 걸 좋아한다는 이유도 있었다.

때때로 하잘것없는 대화를 나누며 얼마간 대로를 걷던 중, 율리우스가 문득 걸음을 멈췄다.

눈앞에는 번듯한 저택이 세워져 있고, 가장 눈에 띄는 정면에는 '남작 호텔'이라는 간판이 걸려 있었다. 얼핏 보면 귀족의 저택 같은 그 건물은 아무래도 그러한 분위기를 즐길 수 있는 숙박시설인 듯했다.

"소장님을 불러올 테니 미라 씨는 로비 쪽에서 기다려주세요. 그리고 왜건은 거기 있는 주차장에 대시죠. 좀 전에 드린 제 명함을 담당자에게 보여주면 안내해 줄 겁니다."

율리우스는 그렇게 설명하더니 상당히 서둘러 호텔 안으로 달려갔다. 미라에 대한 기대가 어지간히 큰 것인지, 한시라도 빨리 정령여왕의 방문 소식을 전하고 싶은 듯했다.

"뭐어 일단 이야기를 들어는 보도록 하지. 일단은……."

주차장으로 왜건을 몰며 미라는 어쩔까, 하고 계속해서 생각했다.

우선 퍼지다이스에 관한 정보는 어떻게든 얻고 싶으니 꼭 물어봐야 한다. 문제는 협력할지 말지다.

율리우스의 말만 들어도 퍼지다이스를 붙잡고 싶다는 의욕이 절절하게 느껴졌다.

집념 때문인지, 자존심 때문인지는 모르겠지만. 어느 쪽이 되었건 울프 소장이라는 자는 상당히 굳은 각오로 퍼지다이스를 잡는 일에 임하고 있는 것이리라. 그 유명한 3대째 대괴도를 쫓는 인터폴 경위처럼(애니메이션 〈루팡 3세〉에 관한 언급.).

그에 반해 미라는 그 정도로 의욕이 있는가 하면 그렇지도 않았다.

가장 큰 목적은 이름 없는 마을에 있는 고아원의 위치를 알아내는 것인 데다, 퍼지다이스가 그것을 알고 있다는 확증은 없기 때문이다.

미라가 퍼지다이스를 만나서 하고 싶은 것은, 일단 정보를 캐묻는 것이다. 퍼지다이스가 알고 있으면 잘된 일이고, 모르면 다음 단서를 찾을 뿐이다.

그날 지하실에서 우연히 만났을 때 그 질문을 했다면 지금 이렇게 고민할 필요도 없었을 것이다.

게다가 이번에는 퍼지다이스 팬이라는 문젯거리도 생겼다. 향후 신변의 안전과 마음의 평화를 위해서는 적대하지 않는 게 무난하다 할 수 있을 것이다.

'하지만 정보만 얻고 바이바이~ 하는 것도 좀 그런 것 같고…….'

율리우스는 협력해주지 않아도 정보는 주겠다고 했다. 하지만 받기만 하면 미안해지는 것이 인간의 심리다. 오는 게 있으면 가는 게 있어야 하는 법이다. 그런 생각이 미라를 고민스럽게 했다.

미라를 괴롭히는 고민거리가 하나 더 있었다.

미라는 마부대 쪽 문을 슬쩍 열고 왜건 내부를 확인했다.

그곳에서는 물의 정령인 안루티네가 푹 잠들어 있었다. 아무리 정령이라 해도 부주의하게 이렇게 둘 수는 없는 일이다.

정령왕은 며칠 지나면 정신을 차릴 것이라 했지만 그게 언제일지는 모른다. 게다가 미라는 곧 괴도 퍼지다이스와 접촉하기 위해 다방면으로 움직일 예정이다. 높은 확률로 안루티네가 정신을 차릴 즈음에는 근처에 없을 것이다.

그 때문에 미라는 호위로 잿빛 기사를 왜건 안에 소환해두기로 했다. 더불어 안루티네를 위해 코타츠 위에는 현재 상황에 대한 간결한 설명과 무리해서 움직이지 않아도 된다는 내용의 쪽지도 남겨두었다.

왜건은 율리우스의 말대로 명함을 제시하자 문제없이 주차할 수 있었다. 다만 그때, 담당자가 왜건을 끌던 가디언애시를 보고 신기하다며 흥분했더랬다.

듣자 하니 담당자는 근 30년 동안 수많은 견인자들을 보아왔지만 회색 곰은 처음이라는 듯했다. 그리고 그의 취미는 견인자들을 기록하는 것이라고 한다.

참 희한한 취미도 다 있다. 주차를 마치고 왜건에서 내린 미라는 그런 생각을 하며 매우 신이 나서 가디언애시의 사진을 찍는 초로의 담당자를 흐뭇한 표정으로 지켜보았다.

또한 귀중품인 카메라는 담당자가 아니라 이 호텔 오너의 것이라는 듯했다. 그의 취미를 이해해 빌려주고 있다는 모양이다. 참으로 인정 넘치는 오너다.

미라는 만족할 때까지 사진을 찍게 한 후, 곰을 마구간에 묶게해도 될지를 고민하기 시작한 담당자 앞에서 자랑이라도 하듯 가디언애시를 송환해 보였다.

그러자 담당자는 미라가 의도한 대로 또다시 놀랐다. 그리고 설마 소환술이었을 줄은 몰랐다며 즐거운 듯 웃었다.

소환술은 건재하다고 담당자에게 주장한 후, 미라는 '남작 호텔'의 로비로 향했다.

"호오, 이거 본격적이로구먼."

건물 안으로 들어가자 그곳은 정말로 귀족의 저택 같은 분위기를 풍기고 있었다.

정면에 자리한 넓은 계단과 층계참에 장식된 누군가의 초상화. 천장에 설치된 샹들리에에 어디를 그린 것인지 알 수 없는 풍경화와 척 보아도 비쌀 것 같은 항아리 등. 실로 그럴싸하게 꾸며져 있었다.

드문드문 보이는 손님은 상인과 모험가, 여행자 등 여러 부류로 구성되어 있었다.

접수처는 넓은 계단 옆에 있었지만 숙박할 것은 아니니 갈 필요는 없었다. 로비를 둘러본 미라는 몇몇 손님들에 섞여 대합실의 적당한 곳에 앉아 율리우스를 기다리기로 했다.

⟨2⟩

"아, 미라 씨. 오래 기다리셨습니다."

몇 분을 로비에서 기다리자, 넓은 계단 위에서 율리우스가 나타나 미라를 발견하자마자 고개를 숙였다.

"오오, 자네가 그……? 기다리게 해서 미안하군."

그때, 율리우스와 함께 나타난 남자가 그렇게 말하며 다정한 미소를 지어 보였다.

분명 이 남자가 율리우스가 말했던 울프 소장이리라. 전직 모험가라서 그런지 듬직한 체격에 노련함이라는 단어가 절로 연상되는 차분한 분위기의 얼굴을 하고 있었다.

더불어 두드러져 보이는 눈에는 지적인 빛이 깃들어 있었다. 무력과 지력을 겸비한 자 특유의 분위기가 온몸에서 느껴졌다.

하지만 무엇보다도 미라를 놀라게 한 것은 그가 휠체어에 앉아 있다는 점이었다. 또한 그 휠체어는 병원 등에서 흔히 볼 수 있는 그것과는 달리, 손잡이 달린 바퀴가 붙은 뼈대에 안락의자를 고정한 듯한 물건이었다.

"오, 오오! 귀공이 울프 소장이로군. 만나서 반갑네."

미라는 명탐정임을 말해주는 듯한 그 외모를 보고 가슴이 뛰었다. 여러 가지 측면에서 미라의 눈앞에 나타난 소장은 말 그대로, 겉모습만은 완벽한 안락의자 탐정이었기 때문이다. 심지어 이상적이라 할 수 있을 정도의 중년미마저 느껴져서 미라는 동경하는 마음을 담아 답하며 자리에서 일어났다.

서장 앞에는 넓은 계단이 있다. 그러니 이제는 자신이 다가가야겠다는 생각에 미라가 걸음을 뗀 순간.

"아니, 미라 공은 그곳에서 기다려주시겠나."

문득 소장 본인이 제지했다.

"하지만……."

아무래도 다리가 불편한 이에게 무리를 시키려니 마음이 편치 않았다. 그렇게 미라가 난색을 보이자 소장은 이 정도는 아무것도 아니라는 듯 웃어넘겼다.

"애초에 이쪽이 모신 것이니 말이네. 이쪽에서 맞이해야 예의에 맞지."

소장은 말 떨어지기 무섭게 두 팔로 힘껏 몸을 일으켰다. 그 기세는 동향을 지켜보고 있던 이들로 하여금 "오오!" 하고 감탄사를 흘리게 할 정도였다.

하지만 그의 다리는 그 기합에 답해줄 것 같지 않았다. "큭"이라는 신음소리와 함께 소장은 무릎을 꿇고 신체적 불편함에 굴복했다.

하지만 일어났을 때의 기세는 남아있어서 그의 몸은 그대로 기울어져, 넓은 계단의 난간에 널어둔 이불처럼 걸렸다.

순간, 모든 이가 "앗" 하고 비명을 질렀다. 난간에 걸린 소장이 미끄럼틀에 탄 듯 미끄러져 내려오기 시작했기 때문이다.

"으헉."

난간이 끝나는 곳에서 짧게 날아오른 후, 소장은 세차게 로비

한복판에 온몸을 찧고 신음했다. 하지만 전직 모험가답게 걱정 어린 주변의 목소리에도 불구하고 아무 일도 없었다는 듯 몸을 일으켰다.

"이것 참, 부끄러운 모습을 보였군. 이제 괜찮을 줄 알았더니 아직 무리인 모양이야."

소장은 그 자리에 주저앉은 채 유쾌하게 웃었다. 반응을 보니 아무래도 다리가 완전히 움직이지 않는 것은 아닌 모양이다.

그는 다리를 슬쩍 움직이더니 "아야야" 하고 본래 자세로 되돌리고서 심각한 얼굴로 "악화됐나……?"라고 중얼거렸다.

"소장님. 그런 짓만 골라서 하니까 통증이 안 가라앉는 거예요. 안정을 취하는 게 제일이라고 의사 선생님과 성술사 분들이 말씀하셨잖아요."

율리우스가 한숨 섞인 잔소리를 쏟아내며 휠체어를 들고 넓은 계단을 내려왔다. 자주 있는 일인지 그의 목소리는 걱정하는 투가 아니었다.

"이야, 낭패구만 낭패야."

소장은 율리우스의 도움을 받아 일어나더니 웃으면서 휠체어에 다시 앉았다. 그렇게 수줍은 듯 웃자 좀 전까지의 지적이고 듬직한 인상은 어디로 가버리고, 어쩐지 유쾌하고 애교 넘치는 중년의 모습으로 변해버렸다.

"흐~음……. 꽤 요란하게 떨어졌는데, 정말로 괜찮은 것인가?"

겉모습만 보면 팔팔해 보이지만 실제로 어떨지는 모를 일이다. 미라는 만약을 위해 그렇게 확인해 보았다.

"오오, 걱정을 끼쳐 미안하네. 하지만 보다시피 아무런 문제도 없어!"

소장은 그렇게 답하며 온몸을 움직여 보였다. 심지어 조금 전까지는 조금 움직인 것뿐인데 아야야, 라고 말했던 다리 쪽까지 활기차게 움직였다. 이제 통증은 가신 것일까.

미라가 신기하다는 듯 쳐다보자 울프 소장은 빙긋 웃으며 설명을 해주었다. 놀랍게도 이 안락의자 쪽에는 진통 효과가 있는 술식이 걸려 있다고 한다. 그 때문에 앉아 있으면 아무렇지도 않다고 소장은 웃으며 말했다.

"안정을 취해주세요."

그런 소장에게 율리우스가 조용히 분노를 담아 말했다. 진통 술식은 통증을 덜어줄 뿐 치료해주는 것이 아닌 탓에 그렇게 무리해서 움직이면 나을 것도 낫지 않는다. 몇 번을 말해야 알겠냐고.

"아아, 그랬지. 이제 괜찮네."

율리우스의 서슬에 기가 죽은 것인지 소장이 살짝 어깨를 움츠렸다.

미라는 그 대화를 지켜보며 처음 느꼈던 인상과 많이 다른 인물이구나 싶어 쓴웃음을 지었다. 아무래도 이 탐정은 하드보일드 계열은 아닌 모양이다.

"헌데, 그 다리는 어쩌다 그랬는지 물어도 되겠는가? 다소의 부상이라면 소환술으로도 고칠 수 있을 것 같네만?"

주목하고 있던 주변 손님들은 어느샌가 웃음소리를 흘리고 있었다. 하지만 비웃음이 아니라 어쩐지 흐뭇한 광경을 본 사람들 같은 웃음소리였다.

그런 가운데 쑥스러운 듯 웃는 소장에게 미라가 그렇게 물은 것이다.

"오오, 소환술에는 치료를 할 수 있는 것도 있나 보군. 정말로 쓰임새가 많은 술법인 모양이야."

소장은 놀랍다는 투로 말을 받더니, 그래도 이 다리는 무리일 거라고 말했다. 듣자 하니 통증의 원인은, 모험가를 은퇴하는 계기가 된 오래된 상처의 후유증이라는 듯했다.

그때의 전투는 실로 처절했노라고 소장은 추억에 젖어 말했다.

"어지간해서는 후유증이 나타날 일도 없었을 텐데 말이죠."

소장이 모험가 시절의 무용담을 늘어놓기 시작한 참에 율리우스가 충고라도 하듯 그렇게 말했다.

듣자 하니 일전에 퍼지다이스의 도주 경로를 예측하던 때의 일이라고 한다. 괴도 퍼지다이스는 등장할 때 어디선가 불쑥 나타나지만, 목적한 물품을 훔친 뒤에는 반드시 건물 위를 건너뛰며 달아난다고 한다.

그렇다면 이 도시에서는 어떤 경로로 도주할까. 소장은 거기에 주목했다고 한다. 그것을 예측해내면 추적이 쉬워질 테고, 도피처를 추려낼 수 있을지도 모른다.

선수를 쳐서 퍼지다이스를 체포할 수도 있다. 그렇게 확신한 소장은 그 도주 루트를 예측하기 위해 실제로 지붕 위로 올라가 보았다고 한다. 그리고 예상한 루트를 사용할 수 있을지 어떨지, 실제로 실험해 보았다는 모양이다. 퍼지다이스처럼 지붕에서 지붕으로 건너뛰어서.

"그 결과가, 이겁니다…….

율리우스는 한숨을 내쉬며 소장을 흘끔 쳐다보았다. 아니나 다를까 지붕 위에서 떨어진 것이다.

하지만 이 세계의 강자들은 괴물 같은 신체 능력을 가지고 있다. 과거 행동을 함께 했던 아론은 10미터 높이에서 떨어지고도 무사히 착지했을 정도다. 소장의 다부진 몸을 보면 혹독한 수련을 쌓았음을 알 수 있었다.

떨어졌어도 착지는 할 수 있지 않았을까. 미라가 그렇게 묻자, 소장은 세차게 민가의 벽에 격돌해서 눈앞이 아득해졌었다는 모양이었다.

하지만 그때 입은 부상 자체는 현장에 있던 성술사 덕분에 완치됐다는 듯했다. 그러나 무리를 한 탓에 오래된 상처의 통증이 되살아나서 휠체어 생활을 할 수밖에 없게 되었다는 것이다.

성술은 온갖 부상을 치유할 수 있지만 만능은 아니다. 후유증과 같은 증상에는 효과가 없는 것이다. 그리고 그것은 미라가 보유한 회복 계열 소환술도 마찬가지였다.

"흠, 그러한 상태였나. 그렇다면 어렵겠군그래…….

아홉 현자라는 경지까지 올라간 탓에 어지간한 성술사보다 수준 높은 치료 수단을 갖추고는 있었지만, 그럼에도 후유증과 같은 것에는 효과가 없었다. 흉터를 완전히 없애는 정도가 고작이다.

설령 현장에 있던 성술사가 아르테시아였어도 결과는 마찬가지였을 것이다.

미라가 아쉽다는 듯 중얼거리자 율리우스가 반응했다.

"보세요, 소장님. 예의 운운하기 이전에 걱정해주는 상대의 호의는 순순히 받아들이는 게 좋다고요. 안 그러면 이렇게 됐을 경우에 상대에게 더 민폐를 끼치게 되니까요."

"윽……."

미라가 올라가겠다고 했을 때, 그 배려를 순순히 받아들였다면 계단에서 떨어져서 다리에 관한 일로 걱정을 끼칠 일도 없었을 거다.

결국 괜히 더 걱정을 끼치게 되지 않았나. 그런 율리우스의 잔소리에 소장의 몸이 갈수록 움츠러들었다.

"그런데 정령여왕이라고 불리는 걸 보면 정령들과 상당히 인연이 깊은 모양인데, 혹시 희소하다는 빛의 정령의 가호 같은 것도 받았나?"

마치 무언가를 얼버무리기라도 하듯 소장은 화제 전환을 시도했다.

율리우스가 뒤에서 쓴웃음을 짓고 있는 가운데, 미라는 그 질문에 당당하게 가슴을 활짝 펴며 답했다.

"음, 당연하네. 소환술사로서 주된 가호는 모두 받았지!"

소환술의 특징상 정령과의 접점이 많은 덕에 미라는 모든 기본 속성의 가호를 모두 받은 상태였다. 심지어 정령왕의 가호까지 지녔다. 정령의 가호로 미라를 능가할 이는 아마도 없을 것이다.

"참으로 놀랍군……. 정령여왕이라 불릴 만도 해."

미라가 말한 주된 가호는 여덟 개의 기본 속성을 가리켰다. 그리고 그 모든 가호를 받는다는 것은 그리 쉬운 일이 아니었다. 말 그대로 술사들 중 최강으로 이름 높은 아홉 현자 정도나 돼야 가능한 일이라는 것이 일반적인 상식이었다.

그 때문에 기대했던 것 이상의 답변이 돌아오자 소장은 매우 놀란 동시에 감탄한 눈치였다.

"그런데 미라 공, 달콤한 것은 좋아하시나? 저 가게의 팬케이크가 괜찮은데."

소장은 미라의 답변에 만족스러운 미소를 짓더니 로비 끄트머리에 병설된 레스토랑을 가리켰다.

"흠, 팬케이크라. 나쁘지 않지!"

좋아하는가 아닌가로 말하자면, 당연히 엄청 좋아했다. 미라가 힘껏 고개를 끄덕여 답하자 "그럼 이렇게 서서 이야기하기는 좀 그러니"라고 말하며 소장은 멋들어진 동작으로 바퀴를 굴려 레스토랑으로 향했다.

미라 역시 의기양양하게 제안을 받아들여 소장을 쫓았다.

미라와 소장은 개의치 않았지만, 계단에서 보기 좋게 굴러 떨어진 후로 이루어진 일련의 대화 탓에 상당히 주목을 받고 있었다. 그 때문에 율리우스는 "소란을 피워 죄송합니다"라고 양해를 구하고서 두 사람의 뒤를 따랐다.

과연 남작 호텔이라고 해야 할지, 레스토랑은 다른 숙소와 비교도 되지 않을 정도로 호화스럽게 만들어져 있었다. 아닌 게 아니라 다소 지나치게 번쩍거리는 것처럼도 느껴졌다.

그런 레스토랑에 한 걸음 들어선 참에 어떠한 말소리가 미라의 귀로 들어왔다. 그 내용 중 절반은 소장에 대한 험담에 가까운 말들이었다.

한쪽은 사회의 이면에서 악행을 벌이고 있는 자들에게 법적 처벌을 받게 하는 의적인데 반해, 이쪽은 악행을 저지르고 있는 이들을 돕는 탐정. 저들은 아무래도 소장을 악역으로 인식하고 있는 모양이었다.

하지만 소장은 그런 말들은 귀담아듣지 않는 듯했다. 율리우스 역시 그러한 말들이 들렸을 텐데 이렇다 할 반응이 없었다. 두 사람은 매우 당당했다.

따라서 미라 역시 개의치 않기로 하고 가게 안을 둘러보았다.

"이것 참, 꽤나 호사스럽군그래."

어쩐지 일단 마구 장식하고 본 듯한 분위기가 느껴지는 광경이었다. 겉모습은 호사스러운데 식당은 과연 어떨까. 미라가 그렇게 생각한 참에 소장이, 그것이 바로 이 호텔의 특징이라고 말했다.

소장의 말에 따르면 이 '남작 호텔'은 얼핏 보기에 비쌀 것 같을 뿐, 결코 고급 숙소는 아니라는 모양이다. 평균보다 약간 비싼 요금을 받고 귀족 같은 생활을 동경하는 자들의 소소한 소망을 이루게 해주는 장소라는 것이다. 그래서 화려함에 중점을 두고 장식한 것이라고 한다.

"내부 장식은 눈속임이라 할 수 있지만 맛은 진짜배기라고 보장하지."

소장은 그렇게 단언하더니 여러 손님의 목소리가 오가는 가운데, 레스토랑 안쪽으로 들어갔다. 중간에 기기 관계자와 손님들이 쓴웃음을 짓는 듯 보이기는 했지만, 미라는 모르는 척했다.

그렇게 창가 자리에 도착해 보니 밖에는 손질이 잘 된 정원이 펼쳐져 있었다.

"브릴리언트 로즈나 왕작란 같은 귀족들이 좋아하는 꽃은 없지만, 정성껏 가꿔서 그에 뒤지지 않는 정원을 만들었네. 특별하지는 않지만 특별해질 수는 있다. 이 정원은 그런 생각이 들게 해주는 장소라네."

정원을 바라보며 문득 소장이 말했다. 아무래도 이 자리는 소장이 좋아하는 장소인 모양이다. 무슨 사연이라도 있는 걸까. 미라가 그렇게 느낀 참에 소장이 한 곳을 바라보기 시작했다.

그 시선을 좇아보니 그곳에는 정원을 손질하는 점원이 있었다. 작업을 위해서인지 팔을 걷어붙이고 스커트 자락을 말아 올리고서 일을 하는 모습은 다소 노출이 늘어서 섹시해 보였다.

의미심장한 소리를 늘어놓고서 참으로 서민적인 부분에 주목을 하는구나 싶었다. 미라는 못 말리겠다며 마음속으로 고개를 가로저으면서도 이곳이 특등석이라는 데에 동의했다.

"미라 씨, 메뉴판 받으시죠."

환한 얼굴로 점원을 바라보는 소장은 둘째치고, 미라는 얼핏 보면 꽃밭을 사랑하는 소녀처럼 보였다. 율리우스는 미라의 앞에 살며시 메뉴판을 내려놓고서 소장을 향해 "사모님께 보고하겠습니다"라고 말했다.

"그럼 어느 팬케이크로 할까."

소장은 잽싸게 율리우스가 건넨 메뉴판을 받아 펼쳤다. 아무래도 상당히 무서운 부인을 두었는지, 환하던 소장의 얼굴이 초조함으로 물들었다. 하지만 그보다도 미라는 소장이 기혼자였다는 사실에 놀랐다.

"뭐야, 소장께서는 결혼한 몸이셨나? 괴도를 쫓아 이리저리 뛰어다니느라 미혼일 줄 알았건만."

미라가 자신의 생각을 솔직하게 말하자 소장은 거북한 듯한 얼굴로 눈을 이리저리 굴리며 "딸도 하나 있지"라고 작은 목소리로 말했다. 듣자 하니 소장은 괴도 퍼지다이스를 붙잡을 때까지는 돌아가지 않기로 맹세하고 가족들이 기다리고 있는 집에서 뛰쳐나왔다는 모양이었다.

"뭐어, 남자에게는 결코 물러날 수 없을 때도 있는 법이니 말이지."

과연 그게 옳은 일인지 어떤지는 둘째치고, 이것만은 양보할 수 없다는 오기 같은 것이 남자에게는 있기 마련이다. 남편으로서, 아버지로서 그것을 관철하려는 것은 좀 그렇지 않나 싶었지만 미라는 소장의 그 신념을 이해한다는 뜻을 밝혔다.

"오오, 여성이 이해를 해준 것은 처음인 것 같군."

아무래도 지금까지 이 사실을 알게 된 여성들에게 이런저런 소리를 들었던 모양이다. 소장은 놀라면서도 진심으로 기쁜 듯한 눈치였다.

세 사람은 그런 대화를 나누며 메뉴를 골랐다. 그리고 각각 다른 팬케이크를 주문했다.

"오늘은 미라 씨가 있어 줘서 다행이네요. 덕분에 당당하게 팬케이크를 주문할 수 있으니까요."

율리우스는 농담 반 진담 반으로 말하며 웃었다. 아무래도 소장은 달콤한 것이라면 사족을 못 쓰는 모양이라, 때때로 둘이서 이렇게 디저트를 주문한다는 모양이었다.

하지만 전직 모험가인 중후한 인상의 남자와 잘생긴 청년인 율리우스는 둘 다 남자였고, 이 세계에서도 남자 둘이서 달콤한 것을 먹으러 다니는 것은 희한한 광경인 듯했다.

그래도 이번에는 둘이서 디저트를 먹으러 온 남자들의 존재감을 보기 좋게 중화할 수 있는 미라가 있었다. 본성은 둘째치고 겉모습은 척 봐도 디저트가 어울리는 미소녀 그 자체다.

그리고 미라 역시 달콤한 것을 좋아하는지라 이건 이점이라 할 수 있겠다는 생각을 종종 했다. 과거 현실 세계에서 미라와 솔로몬, 그리고 루미나리아까지 셋이서 케이크 뷔페에 간 적이 있었다. 하지만 그곳은 현실에서 여학생인 카구라가 추천한 가게였다.

압도적으로 여자의 비율이 높은 가게 안에서 남자 셋이 구석에 모여 앉아 케이크를 먹었던, 너무나도 씁쓸한 추억이 떠올랐다.

"그렇다면 다음에도 어울려 주도록 하지."

하다못해 그때 여자가 한 명이라도 있었다면. 율리우스의 심정을 잘 아는 미라는 그렇게 슬그머니 제안했다. 그러자 율리우스는 부디 그렇게 해달라며 기쁜 듯 답했다.

미라는 그런 율리우스의 미소를 보며 생각했다. 그가 말을 걸

면 여성 한두 명 정도는 간단히 꼬드길 수 있을 텐데. 하지만 그
것은 그에게 가벼운 남자가 되라고 권하는 것과 같았다.

얼굴이 반반하고 가벼운 타입의 남자는 모든 남자의 원수 같은
존재다. 때문에 미라는 그 생각을 조용히 가슴 속 깊은 곳에 담아
두기로 했다.

"그나저나 퍼지다이스에 관해 누구보다도 잘 안다고 들었네만, 몇 가지 질문을 해도 되겠는가?"

"아아, 무엇이든 묻게."

주문을 한 것을 계기로 화제가 바뀌어 미라가 조심스럽게 본론을 꺼내자, 소장은 기다렸다는 듯이 몸을 앞으로 내밀었다.

"우선 퍼지다이스의 실력 말이네만, 어느 정도인가?"

미라가 무엇보다도 중요하다고 생각해 가장 먼저 물은 것은 상대방의 역량이 어느 정도냐는 것이었다.

얼마 전의 일이다. 어느 귀족 저택의 지하실에서 캐릭터가 그려진 타월로 된 복면에 상체에는 아무것도 입지 않은 남자와 조우했었다.

미라는 상황과 행동거지를 통해 분명 그가 괴도 퍼지다이스일 것이라고 확신했다.

그 실력은 분명 놀랄 만해서 상당한 실력자라는 것은 파악한 상태다. 하지만 관찰할 수 있었던 것은 아주 잠깐뿐이었다.

그에 반해 소장은 오랫동안 현장에서 괴도 퍼지다이스와 맞서 왔다. 그렇기에 그에게서는 실력을 더욱 자세히 분석할 수 있을 만한 정보를 얻을 수 있을지도 모른다.

"실력이라……. 가늠할 수가 없다고 표현할 수밖에 없을 것 같군."

소장의 답변은 분명치가 않았다. 몇 번이나 맞서기는 했다고 한다. 하지만 그럼에도 퍼지다이스의 실력을 가늠할 수가 없었다는 모양이다.

일찍이 A랭크 모험가 십여 명이 모여 포위했음에도 불구하고 괴도 퍼지다이스는 이를 간단히 돌파했다. 게다가 그때, 모든 인원이 누군가에 의해 잠들었다고 한다.

소장은 그 이후에도 맞서고자 할 때마다 정신이 들어보면 잠들어 있었다고 메마른 웃음소리를 흘렸다. 어떻게 대책을 세워도 깔끔하게 의식을 잃고 만다는 것이다.

"──그런고로. 진짜 실력이 어느 정도인지는 알 수가 없다네."
무기를 사용한 직접적인 전투는 한 번도 일어난 적이 없기에 퍼지다이스의 실력이 어느 정도인지는 모른다는 것이 소장의 답변이었다.

"과연⋯⋯."
수많은 경비를 돌파하고 몇 번이나 절도를 성공시켰음에도 전투다운 전투는 벌인 적이 없다. 다시 말해서 퍼지다이스가 행사하는 '잠들게 하는' 수단이 그토록 강력하다는 뜻이다.

그럼 대체 어떠한 수단을 사용해 잠들게 하고 있는 걸까.

"그런데 퍼지다이스의 클래스 말이네만, 혹 강마술사는 아닌가?"
타인을 잠들게 하는 수단은 약과 술식, 술구 등으로 다종다양하다.

미라는 그중에서 강마술을 지목했다. 그날, 괴도 퍼지다이스로 추측되는 변태 가면 히어로가 행사했던 것이 강마술이라는 사실을 간파해냈기 때문이다.

"오오…… 미라 공도 그럴 가능성이 있다고 생각하시나 보군. 나도 그렇게 추측하고 있었다네."

기쁜 듯 답한 후, 소장은 "어째서 그러한 생각에 이르게 되었느냐 하면 말이네"라고 설명하기 시작했다.

소장은 말했다. 잠들기 전에는 매번 반드시 하얀 안개가 보였다고.

그 성분을 조사해보면 내성약을 만들 수 있을 것이라는 생각에 한 번은 일부러 그 하얀 안개를 한껏 들이키고 잠들었다고 한다.

"나는 잠에서 깨어난 협력자와 함께 전문 의료반에게 조사를 부탁했네."

하지만 그럴싸한 성분이 검출된 인원은 아무도 없었다고 한다. 증상에서 빠져나온 지 얼마 되지 않았음에도 검출되지 않는, 몸에 남지 않는 성분의 수면약. 의료반 책임자의 말에 의하면 그러한 성분을 지닌 것은 식물은 물론이고 마물조차 존재하지 않는다고 한다.

다시 말해서 독이나 약 종류가 아니라는 것이다.

그렇다면 남는 것은 상태 이상 유발 계열 술식에 의해 혼수상태에 빠지는 것일 가능성이라고 소장은 힘을 주어 말했다.

"이 일을 조사하기 위해 나는 자료를 구입했네. 술사의 나라라 불리며 대륙 최대의 술법 연구 기관으로 유명한 그 은의 연탑에서 발행된 이 책을."

소장은 그렇게 말하며 옆으로 맨 가방에서 한 권의 책을 꺼내 보였다. 그것은 듬직한…… 아닌 게 아니라 튼튼해 보이는 장정으로 되어 있어서 무기로도 쓸 수 있을 정도로 두꺼운 책이었다. 그리고 표지에는 '상태 이상 술식 해설 결정판'이라고 적혀 있었다.

"이건 참으로 근사한 책이더군. 술사가 아닌 나도 이해할 수 있을 정도의 설명과 해설, 그리고 그것들을 뒷받침하는 실험 결과. 지혜라 부르기에 걸맞은 내용이었지. 삼백 만 리프라는 거금이 들었지만 그럴 만한 가치가 충분히 있었어."

소장은 그렇게 단언하더니 "덕분에 다른 책에도 관심이 생겨서 말이네"라고 중얼거리고서 은의 연탑에서 발행한 책을 두 권 정도 더 구입했다며 웃었다. 당연히 모두 다 값이 백만 리프 이상인 귀중한 책들이라고 했다.

'……호오, 책을 내고 있었나. 게다가 삼백만 리프라니……?!'

미라는 소장이 내려놓은 책을 본 순간, 복잡한 표정을 지었다.

상태이상 술식 해설. 그것은 과거 미라도 몇 번인가 협력한 적이 있는 실험의 명칭이었다.

다종다양한 술식 중에는 마비와 독, 수면, 혼란은 물론이고 여러 가지 상태 이상을 유발하는 것도 있었다. 그 밖에 화상과 열상 (裂傷) 등이 부차적인 효과로 발생하는 것도 있다.

나아가 술식이라고 이름을 붙이기는 했지만 마물과 마수, 정령에 성수, 끝내는 악마가 다루는 마술에 관해서도 언급하고 있어 범위가 상당히 광대했다.

그 실험을 몇 번인가 도운 적이 있는 미라는 조금이라도 떡고 물을 받을 수는 없을까 생각해 보았다.

그렇게 기억을 돌이켜봄과 동시에 미라는 과연, 그렇게 된 것인가, 하고 서장의 말에 담긴 뜻을 이해했다.

"분명 술식으로 인해 생성된 독소는 마나를 변질시킨 것으로, 상태 유지의 한계 시간을 초과한 순간, 혹은 생체의 외부로 배출되기만 해도 그 성분은 다시 마나로 돌아간다, 였던가."

미라는 기억을 되짚어 그 내용을 입에 담았다.

그렇다. 몇 번이나 협력한 적이 있기에 미라는 거기에 기재되어 있는 사항을 대부분 기억했다. 그렇다면 남은 일은 방금 전 이야기에 해당하는 부분을 기억해내는 것뿐이다. 그렇게 하면 길어질 것 같은 소장의 이야기를 생략할 수 있을 듯했다.

그런 미라의 조촐한 심술은 효과를 거두어서, 선수를 맞기라도 한 것처럼 소장은 깜짝 놀랐다. 하지만 그것도 잠시뿐, 다음 순간에는 감탄한 듯한 표정을 지어 보였다.

"바로 그걸세. 혹시 미라 공도 이 책을 읽어본 적이 있는 건가?"

마치 동지라도 발견한 듯, 소장이 눈을 반짝였다. 그에 반해 미라는 그 기대가 무겁다는 생각을 하며 "일부분을 조금 본 것뿐이네만"이라고 답했다.

일단 거짓말은 아니었지만 일반 독자가 아니라 제작에 관여한 입장인데 이 차이를 어떻게 얼버무려야 하나 싶어서 미라는 쓴웃음을 지었다.

"훌륭하군. 미라 공의 말대로 술식에 의한 상태 이상은 체내의 독소가 마나로 돌아감과 동시에 회복되네. 그렇기에 정신을 차린 자들을 아무리 조사해도 성분은 검출되지 않고, 즉시 조사한다 해도 검사기에 집어넣자마자 독소는 사라지고 마는 걸세."

소장은 복습이라도 하듯 그렇게 요점을 정리했다. 정황상 현장 인원들이 잠드는 원인은 술식일 수밖에 없다고. 그리고 미라 역시 그 의견에 동의했다.

게임이었던 시절, 미라는 마침 그에 관한 실험에도 참여한 적이 있었다.

사실 상태 이상이라고 뭉뚱그려 말하기는 하지만 원인에 따라 경과 등에 차이가 발생한다. 그리고 그 원인은 증상을 일으키는 성분의 생성 방법이다.

상태 이상을 일으키는 독은 크게 두 종류로 분류할 수 있다. 생독(生毒)과 마독(魔毒)이다.

생독은 체내에서 성분을 만드는 생물과 마물, 혹은 식물 등에 들어있는 독으로, 주입된 자의 체력과 자정 작용의 강도에 따라 효과 시간이 달라진다.

그대로 차도를 보이는 경우도 있지만 빈사 상태에 이르는 경우도 있어, 매우 효과의 폭이 넓다는 것이 특징이다.

치료 수단은 전용 해독제나 치료 계열 술법을 사용하는 것인데 독의 종류에 따라서는 약이 아니면 회복이 불가능한 무시무시한 것도 존재한다. 레이즈우드 수림(水林)에 서식하는 뱀의 왕이 지닌 '만사(萬死)의 독액'이 그 대표적인 예다.

소울하울이 모으고 있던 신명광휘의 성배를 만들기 위한 소재

중 하나이기도 하다.

그에 반해 마독은 술식과 마법 등에 의해 생성되는 독을 가리킨다. 여기에는 체력이나 자정 작용의 영향을 받지 않는다는 특징이 있었다. 그렇다고 해서 누구에게나 통하느냐 하면 그렇지도 않았다.

이 경우에는 저항률, 다시 말해서 술식이나 마법에 대한 내성의 영향을 받는 것이다.

이것이 높을 경우, 체내에 침입한 독소는 눈 깜짝할 새에 마나로 돌아가고 만다. 하지만 저항률의 두 배를 넘는 강도로 구축된 독소라면 순식간에 상태 이상에 빠뜨릴 수가 있다.

그렇기는 해도 저항률이 높을수록 빨리 회복되고 술식과 마법으로 생성된 독소는 모두 성술 등으로 완치가 가능하다.

체력파에게는 마독에 의한 상태 이상, 마력파에게는 생독을 사용하는 것이 승리의 열쇠인 셈이다.

그리고 무엇보다도 연금술로 생성한 독물이 최고의 생독인 데 반해, 마독은 강마술의 것을 뛰어넘을 것이 없었다.

"그래, 내가 그렇게 잠들었을 때의 일이었네."

사전 강의가 끝났는지 드디어 이야기가 본론에 접어들었다. 소장이 퍼지다이스의 클래스가 강마술사일 것이라고 꿰뚫어본 이유……. 다시 말해서 상대를 잠재우는 부류의 술법은 많은데도 왜 그중에서 강마술이라고 추측했는지에 대해 말했다.

"치료반에게 분석을 부탁한 결과, 그 증상이 바로 스트로포톡신에 의한 수면 상태와 흡사했다네!"

스트로포톡신에 의한 수면 상태. 흠, 그게 무엇일까. 미라는 머리 위에 물음표를 띄웠다.

시간 경과로 수면독이 마나로 돌아갔으니 원인은 술식이다. 그리고 상태 이상을 입히는 술식 중에서는 강마술이 최강이다. 그런 단순한 이야기일 것이라 생각했던 미라는 어쩐지 잘 모르겠는 방향으로 이야기가 흘러가자 고개를 갸웃했다.

그러자 예상한 대로 소장의 눈이 반짝 빛났다.

"스트로포톡신이라는 것은 말이지——."

미라가 우려했던 대로 소장은 그에 관해 말하기 시작했다. 또한 조수인 율리우스는 이미 익숙한 일인지 귀담아 듣는 척을 하며 점원이 가져온 팬케이크 3인분을 받아들었다.

"그리고 따뜻한 블랜드 티를 셋 부탁드립니다."

예상보다 이야기가 길어질 것을 알아챘는지 율리우스는 슬그머니 추가 주문까지 하고서 한 사람 한 사람 앞에 팬케이크를 내려놓았다. 그리고 미라를 본 채 "들어도 그만, 안 들어도 그만이니 일단 드시죠"라고 한 마디를 덧붙였다.

아무래도 소장은 수다스러운 데다 자신이 아는 것을 남에게 말해주고 싶어 하는 성격인 듯했다. 반쯤 흘려들어도 문제는 없을 거라고 한다.

"그럼 먼저 들도록 하지."

"네, 그러시죠."

막 구워진 팬케이크의 달콤한 향기가 콧구멍을 간지럽혔다. 이

걸 참는 건 고문이나 다름없다. 의기양양하게 이야기를 이어나가는 소장에게는 약간 미안했지만, 미라는 팬케이크를 베어 물었다.

그러자마자 보들보들 폭신폭신한 식감이 입 안 가득 퍼졌다. 율리우스의 말에 의하면 마스카르포네 치즈를 반죽에 섞은 덕에 이런 식감이 나는 것이라고 한다.

이렇게 미라는 소장의 강의를 배경음악 삼아 막 구워진 팬케이크를 남김없이 탐닉했다.

또한 반쯤 흘려듣던 소장의 이야기로 말하자면. 말하기를 좋아하는 만큼 설명도 잘해서 뜻밖에도 요점은 귀에 쏙쏙 들어왔다.

소장이 한참이나 설명한 스트로포톡신은 수면독의 성분의 명칭이었던 모양이다.

스트로포톡신은 즉효성의 수면독으로, 주로 스트로포 꽃에 많이 함유되어 있다.

여기까지만 들으면 스트로포톡신은 생독이 맞다. 하지만 생독으로는 검출되지 않았으니 사용된 것은 마독이 된 스트로포톡신일 것이다.

이는 '상태 이상 술식 해석 결정판'에 의하면 영수(靈獸) 아쿠타르키아가 사용한다고 한다. 결정판이라는 제목답게 미라가 있었을 때보다 내용이 충실한 듯했다.

다시 말해서 같은 성분이기는 해도 생독과 마독, 양쪽이 모두 존재한다는 뜻이다.

"과연."

일단 소장의 이야기를 끝까지 들은 미라는 블랜드 티를 홀짝이며 드디어 이야기가 여기까지 굴러왔구나, 하고 쓴웃음을 지었다.

이 이야기와 강마술이 무슨 상관이 있는 걸까. 강마술에 관해 잘 알지 못하는 자라면 혼란만 가중될 뿐이겠지만 미라는 그렇지 않았다.

일찍이 미라는 소환술사의 정점으로 군림하며 최첨단 술법 연구 기관인 은의 연탑 중 하나를 맡았던 아홉 현자의 일원이었다. 때문에 전문 분야 이외의 술법에 관한 지식 역시 어지간한 술사들과는 비교도 할 수 없을 정도로 풍부했다.

"분명 '낙원의 백무(百霧)'인가 하는 술식이었지."

미라는 알았다. 이야기에 등장한 스트로포톡신을 주성분으로 하는 아쿠타르키아의 수면 마법, '낙원의 백무'가 강마술에 존재한다는 사실을.

그렇다. 강마술이라는 것은 사람이 취급하는 술식 말고도 마물과 마수, 영수에 성수와 같은 존재가 독자적으로 다루는 마법을 술식으로 변환해서 습득하여 행사하는 술법인 것이다.

마(魔)로써 마를 제압한다. 그것이 강마술사라는 존재다. 따라서 퍼지다이스가 【강마술 : 낙원의 백무】를 사용했다는 사실을 알게 된 이상, 자연스럽게 강마술사라는 답에 도달할 수밖에 없는 것이다.

"맞네. 인간이 마독인 스트로포톡신을 사용할 방법은 강마술밖에 없으니 말이야."

하고 싶었던 말을 다 했기 때문인지, 소장은 미라의 말에 고개를 끄덕여 답하며 만족스러운 얼굴로 팬케이크를 먹기 시작했다.

"흠…… 낙원의 백무까지 쓸 수 있을 정도라니, 생각보다 일이 성가셔질 것 같군."

A랭크 모험가 열 명을 순식간에 전투 불능 상태로 만들었다. 그것만 해도 충분히 실력자라는 것을 짐작할 수 있었지만, 미라는 그 정도라면 자신도 어렵지 않게 할 수 있다는 자신감이 있었다.

하지만 문제는 퍼지다이스가 사용한 것으로 추측되는 '낙원의 백무' 쪽이다.

"생각보다라……. 혹시 미라 공은 퍼지다이스가 어느 정도의 실력을 감추고 있는지 짐작이 가는 건가?"

매번 퍼지다이스에 의해 잠들었으니 그 부분조차도 애매한 것이리라. 미라가 중얼거리는 소리를 들은 소장은 흥미롭다는 듯 그렇게 말했다.

"음, 뭐어, 최소한 어느 정도일 것이라는 추측에 불과하네만."

미라는 그렇게 대답한 후, 이번에는 이쪽 차례라는 듯 미소를 짓고서 한참을 이야기했다.

전문 분야는 아니지만 미라는 이 '낙원의 백무'라는 강마술의 습득 방법을 알고 있었다.

강마술을 습득하려면 여러 가지 조건이 갖춰져야만 한다.

마물과 마수의 체내에는 마법을 발생시킬 때 활성화되는 기관이 존재한다. 그것을 입수하여 거기에 새겨진 술식을 복제하는 것이 첫 번째 방법이다.

그리고 두 번째 방법은 성수나 영수가 내리는 시련을 극복하는 것이다. 시련의 조건은 여러 가지인데, 순수하게 무력이 필요한 것이나 지력만으로 해결해야만 하는 어려운 문제, 그리고 둘 다 극복해야 하는 경우도 있다. 이 방법은 그야말로 조건이 천차만별이지만 모든 시련에 공통되는 조건이 하나 있었다. 그것은 혼자서 도전해야 한다는 것이다.

인간의 몸으로 성수나 영수가 다루는 힘을 보유하려면 상응하는 각오와 힘이 필요하다. 그리고 몇몇 영수의 시련 중에는 과거 상위 플레이어들도 쩔쩔맬 정도의 난관이 종종 있었다.

그중 하나가 아쿠타르키아의 시련이다.

영수 아쿠타르키아. 몸길이가 10미터도 더 되는 그것은 말코손바닥사슴(엘크)와 비슷한 모습을 하고 있다. 몸은 검고 뿔은 새하얗다. 한참을 올려다봐야 할 정도로 거대한 몸은 영수라 부르기에 걸맞은 신성함을 지니고 있었다.

또한 지능이 뛰어나 인간의 말을 이해하고 대화도 나눌 수 있다. 다양한 지식을 지녔는데, 특히 약초에 관한 지식은 고명했던 과거의 연금술사가 숭배할 정도였다는 일화가 있었다.

아쿠타르키아는 말이 통하고 의사소통이 가능한 상대에게 매우 관대했고, 다정하게 대했다. 하지만 적대하는 자는 인정사정 봐주지 않아서 호전적인 측면도 겸비하고 있었다.

그리고 핵심인 전투력에 관해 말하자면, 아홉 현자라 해도 결코 방심할 수 없을 정도였다. A랭크 모험가라 해도 한두 명으론 상대가 안 될 것이다. 열 명을 모아야 겨우 승부가 될까 말까 할 정도다.

그런 영수 아쿠타르키아가 강마술 습득을 위해 내리는 시련. 그것은 실로 단순명쾌한, 일대일 승부였다.

다시 말해서 퍼지다이스는 최소한 아쿠타르키아와 비슷한 정도의 실력을 지닌 셈이다.

귀족 저택의 지하실에서 봤던 실력이 상당하기는 했지만, 그 역시 일부에 불과했던 것이다.

"──그런 조건으로 미루어 볼 때, 퍼지다이스의 실력이 최소한 어느 정도일지는 판단이 가능한 것이지."

한참을 이야기한 미라는 그렇게 말을 매듭지으며 블랜드 티로 살짝 목을 축였다.

"매번 상당히 여유로워 보인다 싶었더니만, 실력 차가 그 정도였을 줄이야……."

괴도 퍼지다이스. 상대적 전력 차가 명확해지자 소장은 놀란 동시에 깊은 생각에 빠질 수밖에 없었다. 퍼지다이스는 상대를 잠들게 하는 간접적인 방법을 사용하지 않아도 열 명의 A랭크 모험가를 처치할 수 있을 정도의 실력자였다는 사실이 증명되었기 때문이다.

"정상적인 방법으로는 무리겠어. 이야, 정말이지 강하군그래."

어떻게 하면 그런 상대를 붙잡을 수 있을까. 예상을 껑충 뛰어넘기는 했지만, 그럼에도 소장은 웃고 있었다. 체념하려는 기색은커녕, 좀 전보다 더욱 즐거운 듯한 눈치였다.

"어째 말과 표정이 일치하고 있지 않네만, 좋은 작전이라도 떠오른 겐가?"

퍼지다이스를 궁지로 몰 좋은 계획이라도 떠오른 걸까. 소장의 표정을 본 미라는 그렇게 생각했지만 정반대의 답이 돌아왔다.

"아무 생각도 안 나는군. 오히려 두 손 두 발 다 들고 싶은 심정이라네."

패배 선언에 가까운 말을 입에 담으며 소장은 남은 팬케이크를 먹어 치웠다.

너무도 절망적인 사실에 자포자기라도 한 것일까. 그런 생각이 들어서 문득 율리우스에게로 시선을 옮기자, 그는 살며시 미소를 지은 채 걱정할 것 없다고 말했다. 놀랍게도 지금의 소장은 상당히 기분이 좋은 상태라는 모양이다.

율리우스가 말하기를, 왕년에 소장은 무슨 일이든 요령 있게 해내는 모험가였다고 한다. 최종적인 랭크인 A랭크 모험가 중에서도 상위권에 들었고, 임무 달성률은 99퍼센트였다.

그것은 전적으로 무모한 임무를 받지 않고 역량에 맞는 것만을 선택해서 달성해 나간 결과라고 한다.

그렇다. 과거의 소장은 신중함과 견실함을 전제로 한, 안정성을 추구하는 엄청난 실력의 모험가였던 것이다.

하지만 그게 희한한 일인가 하면 그렇지도 않았다. 오히려 모험가는 목숨을 걸어야 하는 일이 많다 보니 신중하면 할수록 좋은 직업이다. 어떻게 보면 소장은 이상적인 모험가라 할 수 있었다.

하지만 소장은 매우, 철두철미하게 안정성을 추구했다. 실패하더라도 생명에 지장이 없을 듯한 의뢰도 실패 확률이 높다고 판단되면 절대로 받지 않았다고 한다.

"이런 소릴 하자니 좀 그렇지만, 지금의 모습에서는 상상도 안 되는구면……."

지금의 소장은 계단에서 굴러떨어지고 구입한 책에 푹 빠져들고, 팬케이크를 베어 물고, 자신의 무용담을 이야기하자 우쭐거렸다. 그 모습은 율리우스의 이야기와 상당히 인상이 달라서 미라는 쓴웃음을 지었다.

"저도 처음에는 그렇게 생각했습니다. 이야기를 듣고 느꼈던 인상과는 너무도 다르다고."

율리우스 역시 미라에게 동의하듯 고개를 끄덕이며 쓴웃음을 지어 보였다. 조수가 되어 여러 가지 일을 함께 하다 보니 모험가 시절과의 차이를 알 수 있었다는 모양이다. 결국 이야기를 듣고 느꼈던 신중하고 견실하다는 인상은 한 달 정도 만에 완전히 소멸하였다고 한다.

"듣자 하니 모험가 시절의 반동이라더군요. 이제 와서 모험이 하고 싶어졌다나."

율리우스는 다소 어이가 없다는 표정을 지은 채 소장을 흘끔 쳐다보았다. 그러자 소장은 "그땐 나도 젊었지"라고 중얼거리더니, 또다시 때는 지금이라는 듯 이야기를 하기 시작했다.

모험가에서 은퇴하고 어느 정도 시간이 나기 시작했을 즈음. 그는 보았다고 한다. 후배들이 모험가 일을 하며 성공했던 일이나 실패했던 일을 이야기하며 웃음을 주고받는 모습을.

의뢰라는 것에 저렇게 웃을 만한 요소가 있었던가. 그때의 소장은 그렇게 생각했다고 한다.

"당시의 나에게 조합의 의뢰는 효율적으로 돈을 벌기 위한 수단이었지. 내 입으로 말하자니 좀 그렇지만, 나는 대부분의 일을 평균 이상으로 해내는 특기가 있었거든. 그리고 가능한 일과 불가능한 일을 구분해 내는 것 또한 자신이 있었네."

성공할 것이라는 확신이 있을 때만 의뢰를 받고 무언가에 도전했다.

그것은 모험가 일뿐 아니라 이전까지의 생활 전반에 걸친 기본적인 규칙이었다고 한다.

"그렇기에 나는 달성감이라는 감정과는 인연이 없었네. 당시에는 의뢰를 달성한 것 정도로 왜 저렇게 기뻐하는지 모르겠다고 생각했었지."

소장은 젊은 날의 추억에 젖어 허공을 올려다보며 쓴웃음을 지었다. 하지만 그런 표정을 지은 것도 잠시뿐, 소장은 다시 미라를 바라보더니 씨익 웃어 보였다.

"그런 공허한 나를 일깨워준 게 지금의 아내와 딸이라네——."

아무래도 소장이 진정으로 하고 싶었던 것은 가족 자랑이었던 모양이다. 소장은 봇물 터진 듯 아내와의 만남부터 딸의 탄생, 그리고 성장 과정 등을 상세히 이야기하기 시작했다.

그에 의하면 그 어떤 일보다도 뜻대로 되지 않았던 육아가 바로 모든 일의 전환점이 되었다는 듯했다.

그는 경험자의 이야기를 듣고, 양육에 관한 자료를 읽고 완벽한 준비 끝에 육아에 임했다. 하지만 딸은 예상치 못한 순간에 울음을 터뜨리고, 다음 행동을 예상할 수 없어 눈을 뗄 수 없는 등, 예정대로 된 일이 하나도 없었다.

소장은 그 일에 관해 또다시 경험자의 조언을 들으러 갔다. 그리고 이런 말을 들었다고 한다. 당연한 일이라고. 이전에 했던 이야기와 자료 등은 결국 참고 소재일 뿐, 예정대로 되는 육아 같은 건 있을 리가 없다는 설교까지 들었다고 한다.

소장은 놀랐다는 모양이다. 육아는 모험가로 예를 들자면 실패 요소가 많은 의뢰──. 소장이 지금까지 절대로 손을 대지 않았던, 기피해 마땅한 것들과 같았던 것이다.

그렇다고 내팽개칠 수는 없는 일이다. 소장은 실패를 거듭하면서도 아내와 함께 열심히 노력했다. 그리고 처음으로 딸이 사랑한다고 말해줬을 때, 그의 마음은 기쁨으로 가득 차고 달성감이라는 감정을 진정으로 이해할 수 있었다고 한다.

그 후, 소장의 세계는 매우 넓어졌다.

"가능함과 불가능함이 내재된 일에서 그 이상으로 빛나는 것을 찾아내는 것. 그에 따른 기쁨, 그리고 그 순간 벅차오르는 가슴. 분명 그날 보았던 모험가들은 이걸 느꼈으리라는 것을 알아챈 날이었네. 세상이 다 환해지는 것 같아서 말이지. 그 나이에 다시 모험을 하고 싶어졌지 뭔가."

가족 자랑을 그렇게 매듭지은 소장은 끝으로, 그렇다고 모험가로 돌아갈 수는 없는 일이라 탐정 일을 하기 시작했다고 말을 이으며 어린애처럼 씩 웃어 보였다.

"사람 인생은 알 수가 없구먼."

긴 이야기를 끝까지 들은 미라는 그렇게 짧게 답한 후, "즐거운 듯하니 다행일세"라고 말하며 살며시 미소 지었다.

중간부터 반쯤 흘려듣기는 했지만 미라는 소장이 탐정 일을 시작한 경위는 빠뜨리지 않고 들었다. 누구에게나 역사는 있기 마련이다. 하지만 중요한 것은 현재라는 시간을 즐기고 있는가 어떤가 하는 것이다.

"이 기쁨을 아는 데 상당한 시간이 걸리고 말았지만, 지금은 세상에 헛된 일이란 없다고 생각하고 있네."

소장은 그렇게 말하며 팬케이크와 같은 달콤한 것을 좋아하게 된 것 역시 가족의 영향이라는 소리를 하고서 다시 가족 자랑에 돌입했다.

어지간히 사랑하고 있는지, 그는 사사건건 가족 이야기를 끼워 넣었다. 그러다 보니 이야기가 길어질 수밖에 없었다. 그러던 그때——

"그런 이유로, 소장님이 탐정 일을 하는 건 반쯤 취미 같은 겁니다."

율리우스가 그렇게 탐정에 관한 이야기로 화제를 유도했다.

그러자 소장은 자랑을 그만두고 "뭐어, 그렇다고 할 수 있지. 하지만 언제나 진지하게 임하고 있네"라고 말을 이었다. 과연 조수라고 해야 할지, 그를 다루는 솜씨가 상당히 능숙해 보였다.

다만 결국 이야기가 길어지는 것은 막을 수가 없었다. 하지만 마냥 가족 자랑을 듣는 것보다는 그나마 낫다고 할 수 있었다.

이어서 소장은 평소 탐정 업무에 관해 말했다. 율리우스도 말했듯, 소장은 각성한 모험심을 만족시키기 위해 탐정 일을 하고 있으며 받는 의뢰의 폭도 상당히 넓다는 듯했다.

실종된 애완동물 찾기며 불륜 조사, 사람 찾기와 같은 기본적인 것부터 대규모 범죄 조직과 사이비 종교 잠입 수사, 그리고 완전 범죄로 여겨지고 있는 사건부터 온몸에 소름이 돋는 엽기 살인 사건 조사 등등. 내용만 들으면 상당히 다방면으로 활동하고 있는 듯했다.

개중에서도 특히 이질적인 잠입 수사 의뢰가 있었다고 한다. 그 의뢰주는 삼신국이 합동으로 조직한 국제수사국으로, 위법 약물 거래를 단속하는 게 목적이었다는 모양이다.

또한 의뢰 완수 후, 조직은 소장을 요원으로 맞아들이려 했지만 그 제안은 거절했다는 듯했다.

"호오…… 그러한 조직도 있나 보군."

소장이 해온 탐정 업무의 내용에도 놀랐지만 방금 전 이야기에서 미라가 관심을 보인 것은 수사국에 관한 부분이었다.

국제수사국. 소장의 이야기에 따르면 현실 세계에 존재하는 인터폴과 같은 조직으로, 듣자 하니 20여 년 전에 설립되었다는 듯했다.

그 사실을 알게 된 미라는 더더욱 기대가 커져서 소장에게 물었다. 그 조직에서 괴도 퍼지다이스 체포 전문으로 파견된 수사관 중 경위는 없느냐고.

"그들의 목적은 대규모 범죄 조직이라 말일세. 괴도 한 명을 표적으로 할 일도 없거니와 노리고 있다는 이야기도 들은 적이 없네."

소장의 답변은 기대를 충족시켜주지 못해서 미라는 "그것도 없는 겐가⋯⋯"라고 말하며 한숨을 내쉬었다. 이미지와는 다른 안락의자 탐정과 상상에 그친 경위. 이제는 괴도가 괴도답기를 기도하는 수밖에 없을 것 같다. 하지만 귀족 저택 지하에서 만났던 그로 추측되는 남자의 모습을 떠올린 미라는 깊은 한숨을 내쉴 수밖에 없었다.

"그러한 의뢰만 받던 때의 일이네."

끝났구나 싶었던 것도 잠시뿐, 소장은 하고 싶은 말이 남았는지 아직 멀었다는 듯 입을 열었다.

이 이상 소장의 무용담을 들어봐야 얻을 게 없을 것 같다고 미라가 생각한 참에 소장의 눈이 날카롭게 빛났다.

"가만, 미라 공은 이미 배가 부르신가? 더 먹을 수 있을 것 같다면 추가 주문을 할까 하네만?"

소장이 그렇게 제안한 순간, 미라의 마음이 격렬하게 요동쳤다. 미라의 앞에 놓인 접시는 이미 텅 비었지만, 배에는 아직 빈자리가 넉넉하게 있었기 때문이다.

소장이 좋아한다는 이 가게의 팬케이크는 보들보들 폭신폭신한 데다 더없이 맛있다는 표현이 아깝지 않을 정도였지만, 미라에게는 다소 양이 부족했다. 말끔하게 장식된 1인분은 특히 여성에게 인기가 있을 정도로 세련되었지만, 미라가 바라는 것은 그런 게 아니었다. 미라가 바라는 것은 맛은 물론이고 배가 든든해질 정도의 만족감이었던 것이다.

"그, 글쎄. 음, 뭐 그렇다면 모처럼의 제안을 거절할 수야 없지."

이번에 먹은 팬케이크로 배를 채우려면 앞으로 2인분은 더 필요하다. 미라의 배는 그렇게 호소하고 있었다. 따라서 소장이 내민 메뉴표를 받아들었다.

그렇게 팬케이크를 추가 주문한 미라는 보기 좋게 소장의 의도대로 기다리는 동안 뒷이야기를 계속 듣게 되었다.

내용은 소장의 현재 상황. 그리고 괴도 퍼지다이스를 쫓게 된 경위에 관한 것이었다.

소장은 좀 전보다 목소리를 높여 5년 전에 있었던 일에 관해 말했다. 용병들과 함께 퍼지다이스와 맞섰을 때의 일이다.

괴도의 책략으로 용병들이 잠든 가운데, 홀로 그러한 상황을 회피한 소장과 퍼지다이스는 일대일로 맞붙었다.

그것은 힘과 힘, 기술과 기술, 지혜와 지혜가 격렬하게 충돌한 처절한 싸움이었다고 소장은 말했다.

하지만 아쉽게도 간발의 차이로 퍼지다이스에게 패하고 말았다고 한다. 거기까지 이야기한 소장은 문득 힘을 빼고 먼눈을 한 채 "내가 녀석을 쫓는 이유는 처벌하기 위해서가 아니네. 그저 남자로서의 오기 때문이지"라고 진지한 투로 중얼거렸다.

'좀 전까지는 매번 곧장 잠들어 버렸다고 했던 것 같은데⋯⋯

언제 처절한 싸움을 펼쳤다는 겐지.'

소장의 이야기는 대체 어디까지가 사실이고 어디부터가 각색일까. 미라는 별다른 노력 없이 발견하고 만 모순점에 쓴웃음을 지으며, 중간에 추가한 팬케이크를 입으로 옮겼다. 그리고 자잘한 문제점 정도는 머리에서 날아가 버릴 정도의 맛에 환한 미소를 지었다.

미라가 그러는 동안, 주변 사람들의 인식에는 큰 변화가 일고 있었다.

조금 전 소장이 한 이야기는, 다름이 아니라 당사자가 본 괴도 퍼지다이스의 활약에 관한 것이었다. 퍼지다이스는 의적으로 유명해서 민중들의 강한 지지를 받고 있었고, 그런 탓에 소장의 이야기에 등장했던 용병단과 모험가들, 그리고 소장 본인도 적으로 인식되기 마련이었다.

"굉장하구만, 소장님. 난 당신을 응원하겠어."

"사나이야. 그래, 진정한 사나이라고."

"그렇구나, 그래서 퍼지다이스 님을…….."

놀랍게도, 소장의 이야기를 듣고 있던 몇몇 사람이 퍼지다이스의 적인 소장을 지지하기 시작했다. 심지어 성원의 목소리는 꼬리에 꼬리를 물듯 늘어갔다.

"고맙군. 열심히 노력하도록 하지."

손님들에게 그렇게 답한 후, 소장은 우아하게 블랜드 티를 홀짝거리며 우수 어린 눈동자로 먼눈을 했다. 속은 둘째치고 겉모습은 정말이지 그럴싸한 소장에게서는 중후한 남자 특유의 멋이 배어났다. 어디선가 여성들의 새된 목소리가 들려왔다.

뭐 하는 겐지. 미라는 팬케이크를 씹으며 소장에게 그런 의미가 담긴 시선을 던졌다. 그러자 소장은 윙크를 한 번 하더니 "이곳 팬케이크 괜찮지 않나?"라고 시치미를 떼었다. 그 표정에서는 모종의 흉계가 잘 풀려 통쾌해하는 듯한 낌새가 느껴졌다.

얼핏 보기에는 즉흥적으로 한 행동으로 보였지만 역시 탐정답게 뭔가 의도한 바가 있었던 모양이다.

미라는 몇몇 손님들을 아군으로 끌어들인 소장에게서 슬그머니 시선을 떼고, 자잘한 생각은 관두기로 하고서 남은 팬케이크를 먹어 치우는 일에 집중했다.

소장의 무용담의 영향인지, 레스토랑은 조용히 대화를 나눌 만한 환경이 아니게 되었다. 하지만 아직 이야기할 것이 여러모로 많았던 탓에 미라가 팬케이크를 3인분 먹어치웠을 즈음, 장소를 옮기기로 했다.

그렇게 찾은 장소는 같은 호텔 안에 있는 차분한 분위기의 카페였다. 심지어 카페임에도 개인실처럼 구분되어 있어, 은밀한 이야기를 하기에는 제격인 가게였다.

"그나저나 참 잘도 각색했군그래."

미라는 자리에 앉자마자 그렇게 말하며 율리우스에게서 메뉴판을 받아들었다. 그리고 잽싸게 카페에서 가장 인기가 있다는 푸딩 소프트크림에 눈독을 들였다.

"이런 활동을 해두지 않으면 적이 늘어나 움직이기가 어려워져서 말이네.”

소장은 눈 하나 깜짝 않고 어깨를 으쓱해 보였다.

아무렇지도 않은 척을 하기는 했지만, 아무래도 의적으로 유명한 괴도 퍼지다이스를 쫓는 일에는 상당한 고충이 따르는 듯했다. 이번에는 미라라는 청자 역할이 있었기에 평소보다 화제를 꺼내기가 쉬워서 인상을 조작하기가 수월했노라고 소장은 웃으며 말했다.

“뭐어, 확실히 저토록 팬이 많으니 그럴 만도 하지…….”

미라는 이 도시에서 목격한 퍼지다이스의 팬으로 추측되는 이들의 모습을 떠올리며 납득했다. 분명 시시때때로 습격을 받지 않는 것도 그러한 활동을 통해 적이 아니라 라이벌로 인정받고 있기 때문일 것이다.

“해서, 실제로는 어떠한가?”

미라는 메뉴판 끄트머리에서 빼꼼 고개를 내밀고서 대담한 미소를 띤 채 소장을 바라보았다. 퍼지다이스와의 첫 번째 싸움은 각색을 통해 크게 과장되어 있었다. 조금 전 이야기했던 격렬한 싸움은 어디까지가 진실이고 어디부터가 거짓일까.

그 말을 들은 소장은 “승패 부분은, 사실이네”라고 작은 목소리로 넉살 좋게 답했다.

또한 일대일 대치까지는 사실이고 처절한 싸움 부분은 통째로 지어낸 이야기였다.

대치한 직후에 퍼지다이스의 모습이 사라졌다 싶었더니 급격하게 잠기운이 밀려들고 의식이 날아갔고, 정신을 차려보니 의료원의 침대 위였다는 모양이다.

"5초 정도였던가. 압도적이었네. 솔직히 말해서 아무리 싸워도 이길 수 있을 것 같지가 않아."

그 말은 정말로 본심인지 소장의 목소리에는 체념 같은 것이 섞여 있었다. 하지만 희한하게도 그 얼굴에는 옅은 미소가 떠올라 있었다.

"또 말과 표정이 일치하질 않는군그래."

미라가 그렇게 지적하자 소장은 더더욱 기쁜 투로 말했다. 괴도 퍼지다이스는 그야말로 이상적인 상대라고.

"내가 바랐던 것은 모험가 시절에 한 번도 경험하지 못하고 끝났던 난관에 대한 도전이네. 하지만 그런 것을 추구한들 나이가 나이이다 보니 말이야. 전성기였던 그 시절과 달리 여러모로 어렵지 뭔가."

모험가 시절의 그였다면 지붕에서 떨어지지도 않았을 것이다. 소장은 그렇게 웃어넘겼지만 다소 쓸쓸한 듯한 표정을 하고서 자신의 다리로 시선을 떨구었다.

"그래, 뭘 주문할지 정했나?"

소장은 살며시 웃으며 미라에게 시선을 옮기더니, 미라가 든 메뉴판 겉면을 보고 "나는 푸딩 소프트로 하지"라고 말을 이었다.

"흠. 겹치는군. 이 몸도 그걸로 하려던 참이건만."

주문이 겹친들 딱히 문제 될 것은 없다. 하지만 미라에게는 생각이 있었다. 다른 사람이 먹는 것을 보고 저거 맛있겠다, 저건 그렇지도 않다 등의 생각을 통해 다음 주문을 할 때 참고하려 했던 것이다. 처음 찾는 가게에서는 매우 유용한 수단이었지만, 같은 것을 주문해서는 의미가 없다.

상황을 살피기 위해 변경할까. 미라가 그렇게 생각한 참에 그런 꿍꿍이속을 알아챈 것인지.

"그렇다면 나는 아몬드 소프트로 할까. 반씩 나누면 두 종류의 맛을 즐길 수 있지 않나. 그리고 내 조수도 끼면 세 가지를 한꺼번에 맛볼 수 있겠지. 오오. 이거 좋은 생각이군."

소장은 명안(名案)이라는 투로 말했다. 그러나 그 제안은 그 자리에서 기각되었다.

"아무래도 그건 좀, 찜찜할 것 같군그래."

아무리 이상에 가까운 중후함을 지닌 소장과 성실해 보이는 미청년이라지만 남자와 소프트크림을 나눠먹는 것은 미라에게 꺼림칙하기 그지없는 일이었다. 그리고 율리우스 역시 같은 생각이었던 모양이었다.

"미라 씨라면 모를까, 소장님하고는……."

그렇게 말한 후, 율리우스는 "그렇게까지 크지도 않으니 나중에 또 주문하면 되지 않을까요"라고 말을 이었다.

하지만 그 말은 소장의 귀로 들어가지 않았다. 왜냐하면 처음에 미라가 했던 말로 인해 큰 충격을 받았는지 "찜찜하다니……"라고 중얼거리고 있었기 때문이다.

'말이 좀 과했던 것 같군…….'

남자끼리 소프트크림을 나눠 먹는 건 찜찜하지 않은가. 미라의 말은 그런 뜻으로, 만약 솔로몬과 루미나리아가 들었다면 미쳤다고 그런 짓을 하냐며 웃어넘겼을 것이다.

하지만 지금은 상황이 달랐다. 속은 둘째치고 지금의 미라는 누가 뭐래도 귀여운 소녀이기 때문이다. 그런 소녀의 입으로 찜 찜하다는 소리를 들으면 대부분의 아저씨는 깊은 상처를 입을 수밖에 없다.

따라서 소장은 현재, 엄청난 충격을 받고 사랑하는 딸에게 거절당한 아버지처럼 고개를 폭 숙이고 있었다.

미라와 율리우스는 어쩔까, 하고 얼굴을 마주 보았다.

"뭐라고 해야 할지, 미안하구나."

"아니, 어쩔 수 없죠."

그렇게 간단히 말을 나누고 나서, 일단 푸딩 소프트크림 세 개를 주문하기로 결정했다.

미라와 율리우스가 어찌어찌 어르고 달랜 덕에 소장은 얼마쯤 지나 부활할 수 있었다.

소장의 멋진 무용담을 듣고 싶은데~. 대충 그런 분위기로 몰고 간 결과, 소장의 이야기꾼 기질이 충격을 밀어낸 모양이었다.

"자아, 그러한 제한 속에서 더욱 새롭고 자극적인 도전을 찾아헤매던 때의 일이네——."

조금 전과 달리 표정이 밝아진 소장은 드디어 퍼지다이스와 만나게 된 의뢰를 받았던 일에 관해 말했다.

성공뿐이었던 과거보다 실패를 하기도 하는 지금이 더욱 충실하다고 생각하던 도중, 그는 괴도 퍼지다이스와 조우했다. 승리할 가능성이 눈곱만큼도 보이지 않는 대패(大敗). 압도적이라는 생각이 절로 드는 역량 차이. 그 둘을 한꺼번에 맛본 소장은 입가를 치올렸다.

"그만한 상대와 마주했음에도 나는 아직 살아있네. 이런 일은, 모험가 시절에는 있을 수 없었지. 그토록 강렬한 패배감을 느낀 것은 실로 신기한 경험이었네."

패배는 곧 죽음을 의미하는 일도 많다. 전투가 벌어지는 곳에서는 더더욱 그렇다. 하지만 소장은 첫 번째 전투 후에 아무렇지도 않게 정신을 차렸다. 그리고 생채기 하나 나지 않았다는 사실을 알아챘다고 한다. 듣자 하니 함께 경비를 맡았던 이들도 마찬가지였다는 듯했다.

"그때는 정말 놀랐네. 퍼지다이스는 그 누구도 다치게 하지 않고 범행을 완료했고, 그 기록은 지금도 갱신 중이니 말일세."

첫 전투 당시, 소장과 함께 있던 용병들이 잠들었던 것처럼, 과거의 모든 범행에서 경비를 맡았던 이들은 수면 상태에 빠져 무력화되었다고 한다.

"부상자를 배출하지 않으면서도 표적으로 삼는 건 악당들뿐. 인기가 있을 만도 하군그래."

진정한 의적을 보는 듯한 퍼지다이스의 철저한 태도에 미라는 혀를 내둘렀다. 적이라 해도 다치게 하지 않고 법의 심판을 받게 한다. 완전히 영웅이 따로 없다.

하지만 소장은 그런 영웅을 쫓는 길을 택했다. 그 이유는 어떻게 보면 이치에 맞았다.

"사람을 다치게 하지 않는다는 원칙을 이토록 철저하게 관철하고 있는 걸 보면, 그것이 바로 괴도 퍼지다이스의 신념이겠지. 그렇기에 나는 저 괴도를 끝까지 쫓기로 했네."

그렇게 말한 소장은 지금까지와는 달리 교활해 보이는 표정을 짓고 있었다.

그런 소장에게 미라는 물었다. 뭐가 '그렇기에'인 것이냐고.

그러자 소장은 기다렸다는 듯 답했다. 퍼지다이스의 신념이 그러하다면 죽을 일은 없다. 다시 말해서 저토록 차원이 다른 자를 상대하면서도 목숨 걱정 없이 싸울 수 있는 것이다.

"거의 위험 부담이 없는 상태에서 온 힘을 다해 난관에 도전할 수 있네. 정말이지 이상적인 상대가 아닌가. 아무튼, 그런고로 그에게 이렇게 신세를 지고 있는 걸세."

결국 퍼지다이스의 태도에 달린 일이기는 하지만, 어지간히 그 괴도를 믿고 있는 눈치였다. 소장은 속이 후련하도록 또렷하게 말하더니, 지금의 목표는 퍼지다이스를 깜짝 놀라게 하는 것이라고 말을 이었다.

"뭐라고 해야 할지, 다소 비뚤어졌구먼……."

소장이 퍼지다이스를 쫓는 이유. 계기를 제외하면 탐정이니 괴도니 하는 요소는 그와 아무런 상관이 없는 데다 꽤나 개인적인 내용이라는 생각이 들어서 미라는 쓴웃음을 지었다.

"그래, 나도 그렇게 생각하네."

그 사실을 자각하고는 있는지 소장은 고개를 끄덕이더니, 이어서 "최근에는 그런 내가 좋아졌다네"라고 말하며 웃었다.

퍼지다이스의 정보. 그런 화제로 시작된 소장의 이야기가 마침 일단락된 참에 주문했던 푸딩 소프트크림이 나왔다.

"맛은, 농후한 푸딩 그 자체로군."

입에 머금자마자 커스터드 크림의 풍미가 퍼졌다. 미라는 과연 가게에서 가장 인기가 있을 만하다며 절찬했다. 소장과 율리우스 역시 이것 참 맛있다며 미라의 감상에 동의했다.

이렇게 얼마간 간식 시간이 이어졌다.

'흐~음, 어떻게 공략한다?'

푸딩 소프트크림을 만끽하며 미라는 생각에 잠겼다.

퍼지다이스의 실력은 최소한 영수 아쿠타르키아와 싸워 승리할 수 있을 정도다.

하지만 그것이 상한선일지 하한선일지는 알 수 없다. 아무리 최강의 술사인 아홉 현자의 일원이라고는 해도 세상은 넓다. 한 수 위인 이들도 존재한다. 삼신국의 장군 등이 그 대표적인 예다.

그렇다고 그 장군과 같은 수준의 강자가 그리 흔한 것은 아니다. 하지만 아홉 현자와 앞서거니 뒤서거니 할 정도의 실력자는 어느 정도 있었다.

플레이어가 건국한 아틀란티스의 '이름 없는 사십팔 장군(네임리스 라인)'이나 니르바나의 '열두 사도'와 같은 최상위 플레이어가 그렇다. 그리고 지하투기장의 챔피언이라는 경력을 지닌 킹스블레이드 사제와 같은 존재도 있다. 결국 실력자란 어딘가에 있기 마련이다.

요컨대 퍼지다이스 역시 이런 부류 중 한 명일 가능성도 충분히 있었다.

'일단은 단단히 준비해 두는 게 좋을 것 같군그래.'

퍼지다이스는 단순한 괴도가 아니다. 경우에 따라서는 본 실력을 발휘해야 할지도 모른다.

'그나저나…… 강마술사에 의적이라……. 흐음~ 영웅과 의적. 아주 상관이 없지는 않을 것 같은데…….'

상당한 실력자로 예상되는 강마술사, 괴도 퍼지다이스. 그 활약상은 악당을 골탕 먹이는 의적인 동시에 민중의 영웅(히어로) 그 자체라 할 수 있었다.

그 사실에서 미라는 문득 어떠한 인물을 떠올렸다.

그 인물은 다름이 아니라 아홉 현자의 일원인 강마술사 '기연(奇緣)의 라스트라다'였다.

'아직까지 녀석에 관한 정보가 하나도 없었다만……. 가능성은 있을 것 같군그래…….'

지금까지 모험을 하는 내내 라스트라다에 관한 정보는 하나도 들은 적이 없었다. 아홉 현자의 면면들은 이래저래 개성이 강했다. 그중에서도 특히나 눈에 띄는 자가 바로 이 라스트라다였다.

아홉 현자 중 한 명인 '기연의 라스트라다'. 그는 자타가 공인하는 히어로 오타쿠로, 그 행동거지도 진짜배기였다는 사실이 떠올라서 미라는 쓴웃음을 지었다.

개중에서도 특촬 히어로를 좋아했던 라스트라다는 과거 현실 세계에서 그 복장을 차려입고 순찰을 돌았다는 전력이 있었다.

본인 말로는 정의를 수행하는 중이었다는데 그 모습은 어딜 어떻게 보아도 수상한 인물 그 자체라, 예상한 대로 신고를 당해 연행된 적이 있었다. 그것도 여러 번.

라스트라다는 경찰관에게 호되게 설교를 당했다. 하지만 그럼에도 그의 정의로운 마음은 꺾이지 않았다.

그의 정의는 VR세계로 이어졌다.

인터넷 원시 시대라 불리는 2000년대 초반. 미라 일행이 태어나던 시대에는 그 무렵보다 법도 훨씬 잘 정비되어 VR세계는 그럭저럭 평화로웠다.

하지만 어느 시대에나 시스템과 법의 눈을 피해 활동하는 악당은 존재하기 마련이다.

그는 그런 악과 싸웠다. 독자적으로 만든 프로그램으로 부정행위를 밝혀내서 차례차례 인터넷 경찰에게 신고해 나간 것이다.

좋아하는 일에 대한 정열은 때로 터무니없는 결과를 만들어내기도 한다. 그는 우여곡절 끝에 히어로 오타쿠에서 국가가 관리하는 네트워크 시큐리티 부문 소속으로 대약진을 거둔다. 네트워크 세계를 지키는 진짜 히어로가 된 것이다.

이렇게 그는 요직에 앉게 되었지만, 그 근간에 있는 것은 바뀌지 않았다. 그는 언제나 정의의 사도였다. 아크 어스 온라인이라는 게임 속에서도.

'되짚어보면 볼수록 그렇지 않을까 하는 생각이 드는구먼.'

그토록 정의감이 투철한 그가 눈에 띄지 않을 리가 없다. 하지만 도통 소문이 들려오지 않는다.

어쩌면 정의를 수행하고 있지 않은 것일지도 모른다. 그런 생각이 들기도 했지만 미라는 그럴 리는 없다고 결론을 내렸다. 자타가 공인하는 그의 정의감은 그야말로 숨을 쉬는 것과 같은 수준이었기 때문이다.

그렇다면 진작 그럴싸한 소문을 들었어야만 한다. 그리고 그럴싸한 소문 중 가장 그럴싸한 것이 바로 괴도 퍼지다이스였다.

'악행의 증거를 발견해 법의 심판을 받게 한다. 수법은 일치하는데 말이지…….'

생각할수록 퍼지다이스가 라스트라다일 것 같았다. 하지만 미라가 그렇게 확신하지 못하는 것은 그를 매우 잘 알기 때문이었다.

'아무리 생각해도 그 녀석이 예고장 같은 것을 보낼 것 같지는 않고.'

미라는 라스트라다의 정의감을 어느 정도 파악하고 있었다. 그는 모종의 정의를 수행할 때, 결코 자신의 흔적을 남기지 않는다.

그는 정의의 일환으로 자선 활동에도 자주 참가했다. 그때, SNS와 같은 곳에 '봉사 활동에 다녀오겠습니다'라느니 '하고 왔습니다' 따위의 말은 굳이 적지 않았다. 어느샌가 어딘가에 참가하고, 어느샌가 돌아오는 것이 그의 일상이었다.

네트워크를 독자적으로 지키던 때도 그랬다. 누구에게도 말하지 않고 인터넷 경찰에게 신고했었다.

'처음 들었을 때는 그렇게까지 정의 바보였나 싶어서 놀랐더랬지.'

이러한 일들을 미라가 알게 된 것은 우연히 동료들끼리 현실에서 하는 일에 관해 이야기하던 때였다.

그전까지 라스트라다의 이미지는 평범한 특촬물 히어로 오타쿠정도였다. 하지만 네트워크 시큐리티 부문 소속이라는 사실을 알고서 그 자리에 오르게 된 경위를 캐묻다 보니 그가 수많은 정의를 수행했다는 사실을 알게 됐다.

라스트라다에게 정의 수행은 보고를 할 만한 특별한 일이 아니었던 것이다. 물어서 확인하지 않는 한, 그는 자신이 행한 정의에 관해 말하지 않는다. 그리고 그 배경에는 그의 독자적인 정의 이론이 있었다.

그의 사고방식에 따르면, 정의와 악은 표리일체라고 한다. 정의가 있는 곳에는 악도 있다. 다시 말해서 정의가 집행될 때, 악 또한 그곳에 존재한다는 것이다.

평화롭게 사는 이들에게 악의 존재를 알게 할 필요는 없다. 그러한 생각에 기초해서 라스트라다는 아무에게도 말하지 않고 정의를 수행하고 있는 것이다.

'예고장을 보내는 건 그와 정반대되는 행위니⋯⋯. 역시 다른 사람인가.'

악이 그곳에 있으니 지금부터 정의를 수행하겠다. 괴도 퍼지다이스의 예고장을 세상 사람들은 대충 그런 식으로 받아들이고 있었다. 시작이 어쨌든 예고장의 의미가 이렇게 된 지금까지 그러한 일을 계속하고 있는 것은 미라가 아는 라스트라다의 정의에 반하는 일이다.

그렇다면 역시 퍼지다이스의 정체는 실력 좋은 다른 강마술사일까.

그 괴도가 불러일으킨 결과를 보면 라스트라다 같기도 하다.

그러나 경과를 보면 아닌 것 같다.

예고장만 봐도 지금은 그 자체에 정의를 상징할 만큼의 효력이 있었다. 세상 사람들의 주목을 모으는 역할을 한다기보다는 대중이 정의의 눈이 되게 하는 것이다. 이렇게 되면 비밀리에 어둠에서 어둠으로, 같은 수단을 쓸 수 없게 된다.

대중이 알게 된 이상, 그들이 납득할 만한 설명을 할 필요성이 발생하기 때문이다.

확실성을 따지자면 예고장은 매우 효과적인 방법일 것이다. 하지만 미라는 생각했다.

'그 정의 바보가 그런 것까지 생각할까……'

세상 사람들의 주목. 그것이 불러일으킬 효과. 그리고 그 후에 끼칠 영향. 미라가 아는 라스트라다는 그러한 자잘한 일을 생각하지 않는 히어로로 바보였다.

그 때문에 생각을 하면 할수록 예고장의 존재가 두드러졌다. 그리고 증거와 함께 훔쳐 가는 금품은 정의 수행에 필요한가, 라는 의문도 들었다.

흠, 만약 라스트라다라면 무슨 이유로? 미라는 그렇게 고민에 빠졌지만, 이번에도 역시나 얼마 지나지 않아 곧바로 사고를 전환했다.

'뭐어, 붙잡아보면 명확하게 알 수 있겠지.'

본인이건 그렇지 않건, 붙잡아서 마스크를 벗겨보면 그만이다. 미라는 이것저것 귀찮게 생각하기를 관두고 푸딩 소프트크림의 마지막 한 입을 찬찬히 맛보았다.

⟨5⟩

"헌데 오랫동안 괴도를 쫓고 있다고 들었네만, 다른 정보는 없나? 은신처나 협력자, 훔친 돈의 용도, 뭐든 상관없네만."

두 번째 소프트크림을 주문한 참에 미라는 다음 질문을 던졌다.

미라가 최종적으로 얻고 싶은 것은 아홉 현자의 일원인 아르테시아가 있을 가능성이 있는 장소의 위치다. 그것만 알면 거꾸로 퍼지다이스에게 협력할 생각도 있었다.

은신처나 협력자, 그리고 돈의 흐름. 그중 하나라도 알게 되면 고아원과의 연관성도 짚어낼 수 있을지 모른다. 특히 돈의 흐름은 가장 주목해야 할 부분이었다.

"흐음~ 다른 정보라. 글쎄, 무엇이 좋을까——."

소장은 잠시 생각한 후 미라의 질문에 흔쾌히 답해 주었다.

우선 소장은 퍼지다이스의 은신처는 도시 어딘가에 있는 듯하지만, 범행 때마다 매번 바꾸고 있기에 특정할 수 없다고 말했다.

오랜 시간 동안 꾸준히 조사한 결과, 아무래도 퍼지다이스는 여관을 거점으로 사용하고 있는 것 같다는 추측도 덧붙였다.

"우연히 늦게까지 깨어 있었다는 소년에게 들었네. 창문을 통해 여관으로 들어가는 수상한 그림자를 보았다는 이야기를——."

소년의 증언. 근거는 그것뿐인 듯하지만, 목격 시간이 퍼지다이스를 놓친 직후였다고 한다.

또한 이 증언을 얻은 후에 해당 여관의 방을 조사해보니, 그럴 듯한 흔적은 찾을 수가 없었다는 듯했다. 하지만 여관 주인에게 몇 가지 정보는 얻을 수 있었다는 모양이다. 당일, 방에 묵었던 것은 상당히 평범한 모험가 청년이었다고 한다.

겉모습부터 말투에 이르기까지 모두 다 평균적이어서, 아무튼 평범한 모험가라고 표현할 수밖에 없는 남자. 그것이 퍼지다이스로 추측되는 숙박객이었다는 모양이다.

"그렇게 평범했다 하니 오히려 수상쩍군그래."

남자의 모습은 마치 평범한 모험가로 위장한 듯했다. 그렇기에 미라는 그 남자가 바로 퍼지다이스가 아니었을까 싶어졌다.

"그래, 나도 그렇게 생각하네."

소장 역시 동감인 모양이다. 그 정도의 평범함은 오히려 의도적으로 꾸며야만 연출할 수 있지 않겠냐는 것이다.

"예상컨대 이미 퍼지다이스는 이 도시의 어느 여관에 잠복해 있을 걸세. 그것도 평범한 모험가로서 말이야."

평범하기에 사람들의 기억에는 잘 남지 않는다. 그리고 퍼지다이스의 마스크와 의상이 개성적이기에 더더욱 연관 짓기가 어렵다. 범행은 화려하지만 퍼지다이스는 높은 수준의 잠복 기술도 겸비하고 있는 듯했다.

"어떻게든 찾아낼 수 있다면 좋을 텐데 말일세."

퍼지다이스가 예고한 범행일 전에 잠복 장소를 특정해서 붙잡는다. 그럴 수 있으면 최고일 것이라고 미라는 말했다. 하지만 일이 그렇게 간단하지가 않았다.

"그렇긴 하네만. 도시를 오가는 모험가가 하도 많아서 이름도 모를 누군가를 특정해서 찾아내는 건 불가능한 일이네."

아무래도 소장은 몇 번인가 퍼지다이스가 잠복하고 있을 듯한 장소를 특정하려 한 적이 있는 듯했다. 하지만 결과는 처참해서, 특정은 불가능하다고 결론을 내렸다고 한다.

그리고 소장은 미라를 지그시 바라보더니 "미라 공만큼 개성적이면 하루 만에 찾아낼 텐데 말일세"라고 말을 이으며 웃었다.

또한 협력자가 있는 듯한 흔적은 전혀 찾을 수가 없었다고 한다.

"자, 다음은 돈의 용도였던가."

화제를 전환해 그렇게 운을 뗀 소장은 고심하는 얼굴로 침묵했다. 그리고 얼마쯤 지나서 "이 역시 공식적으로는 밝혀지지 않은 사안이네만"이라고 어쩐지 의미심장한 투로 답했다.

"어쩨 조심스러운 말투로군."

공식적으로는, 이라는 게 무슨 뜻일까. 미라가 그렇게 의문을 제시하자 소장은 다소 상황이 복잡하다고 답했다.

"소문에 따르면 고아원에 기부하고 있다고 하더군. 그 소문은 사실인가?"

그것은 언젠가 철도 여행을 하던 때 동석했던 매지컬 나이츠라는 의상점의 홍보 담당인 테레사라는 여성에게 들은 소문이었다. 그리고 미라가 찾는 고아원과 이어져 있을 가능성이 있는 사안이기도 했다.

이것이 단순한 소문이고 그러한 사실은 확인되지 않았다면, 퍼지다이스를 쫓을 필요가 없어진다. 하지만 사실이라면 가능성은 남는다.

거점과 협력자 등보다 미라가 가장 확실하게 해두고 싶은 부분은 이에 관한 진위 여부였다.

"미라 공도 알고 있었나. 역시 사람 입에 자물쇠를 채울 수는 없나 보군."

미라의 말에 소장은 어쩐지 체념한 듯한 미소를 짓고서 어깨를 으쓱해 보였다. 그 반응으로 미루어, 아무래도 미라가 들은 소문은 사실인 모양이다.

"이 몸으로서는 소문이 진실인 편이 좋네만."

미라는 소프트크림을 한 입 먹으며 빙긋 웃었다. 그러자 소장은 "비공식적인 견해라도 좋다면 나의 조사 결과를 말하도록 하지"라고 입을 열었다.

꼭 듣고 싶다고 미라가 답하자 소장은 또다시 이야기꾼 기질에 불이 붙었는지 조사 과정을 비롯해서 실로 상세하게 이야기를 풀어놓기 시작했다.

그 소문에 관해 조사한 소장은 그것이 진실이라고 결론을 내렸다고 한다.

포인트는 고아원의 운영 형태다.

우선 이 대륙에 있는 고아원은 크게 세 종류로 나뉜다.

하나는 교회가 기부금으로 운영하는 교회 부속 고아원. 가장 많은 타입이기는 하지만 기부금의 규모에 따라 운영 상태에 큰 차이가 발생하는 일 역시 많다. 그리고 때때로 욕심에 사로잡힌 성직자들이 나타나기도 해서 복잡한 고아원이다.

또 하나는 귀족이 자본금을 투자하여 운영하고 있는 작식(爵式) 고아원. 귀족이 투자하는 이유는 대외적인 이미지를 선량하게 만드는 것인 경우가 있는가 하면, 순수한 자선 목적인 경우도 있는 등, 여러 가지다. 특징은 아이들에게 직업 교육이 이루어지는 경우가 많아서 성장한 아이 중 태반이 귀족이 관리하는 시설에 배속된다는 점이다.

그리고 나머지 하나는 개인이 운영하는 민간 고아원이다. 앞서 말한 두 가지에 비해 숫자는 적고 상태도 그 둘과 크게 다른 경우가 많다.

그러한 종류 중 소장이 가장 먼저 주목한 고아원은 퍼지다이스가 나타난 적이 있는 곳 인근에 자리한 고아원이었다.

소장은 모험가 시절에 구축한 인맥을 구사해서 그러한 고아원들의 기부금에 관한 장부를 입수했다. 확인해 보니 그중 평년보다 5할 이상 기부금이 늘어난 고아원이 몇 개 있었다고 한다.

그 고아원들은 하나같이 작고 가난한, 적자 경영이 이어지고 있는 고아원이었다는 모양이다.

그리고 기부금이 접수된 날이 모두 다 퍼지다이스의 범행으로부터 일주일 이내라는 사실이 밝혀졌다.

"나는 그 고아원들을 모두 직접 이 눈으로 확인하고 왔네. 그리고 자세한 이야기를 들었지."

그 결과, 고아원 주변, 그리고 내부, 나아가 그곳에서 사는 아이들과 관리인에 이르기까지 무언가를 감추고 있는 낌새는 전혀 보이지 않았다고 한다.

"나는 이래저래 사람을 보는 눈에는 자신이 있네. 다소의 연기라면 간파해낼 수 있지. 하지만 아이들을 비롯해서 거짓말을 하는 것처럼은 보이지 않았네. 만약 연기였다면 모두 모아서 극단이라도 만들 수 있을 걸세."

소장은 그렇게 웃으며 말하고서 거액의 기부금은 모두 익명으로 고아원에 직접 전달되었다고 말을 이었다. 심지어 아무도 모르게, 밤중에 어느샌가 전달했다는 모양이다.

아침에 일어나 보니 '아이들에게'라고 적힌 수상쩍은 상자가 놓여 있었다는 것이 고아원 관리인의 말이었다.

그러한 이유에서 관리인도 그것이 누가 기부한 것인지 알지 못했고, 퍼지다이스의 소행으로 알려지지도 않은 것이다.

"상황 증거상 퍼지다이스가 틀림없네. 하지만 교회에 있는 지인에게 그렇게 보고를 했음에도 나의 소견은 인정되지 않았지. 다만 나는 그런 판단을 내린 교회를 지지하고 있네. 그 기부금이 도난에 의한 것이라고 인정될 경우, 국가가 고아원에서 그것을 몰수하게 될 테니 말이야."

확정적인 증거가 없다. 이런 이유에서 기부자가 퍼지다이스로 추측되는 거액의 기부금을 교회는 묵인하고 있다.

다만 이 상황증거에 관해 아는 것은 지인을 비롯한 상층부 중에서도 일부뿐일 것이라고 소장은 말했다.

"만약을 위해 하는 말이지만, 여기서 오간 이야기는 비밀로 해주게. 교회도 일치단결해서 움직이는 집단은 아니니."

성직자들의 집단이라고는 해도 욕심이 많은 자는 어디에나 있기 마련이다. 상황증거뿐이라고는 하나 이 조사 결과가 그런 자들의 귀로 들어가면 어떻게 될까. 그때 벌어질 상황을 상상하는 것은 그리 어려운 일이 아니었다.

"흠, 알겠네. 비밀로 하지."

훔친 돈이라는 문제를 떠나, 아이들의 생활이 걸린 일이다. 미라는 자신은 성인군자 같은 게 아니니 괜찮다며 웃은 후, 이 이야기는 어디에도 흘리지 않겠다고 약속했다.

그렇게 소장에게서 여러 가지 정보를 캐내던 도중. 밖에서 실내에 들릴 정도로 큰 종소리가 두 번 울렸다.

"오오, 벌써 시간이 이렇게 됐나."

아무래도 시각을 알리는 종이었는지, 소장은 허둥지둥 품속에서 수첩을 꺼내서 확인했다.

"이쪽에서 불러놓고 이런 소릴 하자니 미안하네만, 지금부터 잠깐 가야 할 곳이 있어서 말이네. 가능하다면 여섯 시 즈음에 다시 이야기하고 싶네만 괜찮겠나?"

아무래도 중요한 볼일이 있는지 소장은 수첩을 품속에 다시 집어넣으며 미안하다는 투로 말했다.

"음, 여섯 시라. 상관없네. 이 몸도 아직 묻고 싶은 게 남아있으니 말이야."

이래저래 오래 이야기하기는 했지만 퍼지다이스뿐 아니라 고아원에 관한 이야기 등, 추가로 묻고 싶은 것들이 생겼다. 그 때문에 미라는 소장의 제안을 흔쾌히 승낙했다.

다시 만나 이야기를 할 겸, 저녁을 대접받기로 약속한 미라는 소장 일행과 헤어져 대로를 거닐었다. 점심시간이 조금 지난 시간이라 다들 배가 불러서인지 오가는 사람들의 표정이 어쩐지 온화해 보였다.

그렇게 대로를 얼마간 걷던 중, 미라는 자신이 찾던 가게를 발견했다.

그것은 디누아르 상회의 지점이었다. 모험가 용품을 전문으로 다루는 가게라 모든 도시의 모험가 종합 조합 근처에 있다는 것이 디누아르 상회의 장점이었다.

"어디, 얼마나 할런지……."

지금까지 미라는 도시에 들를 때마다 이 핑계 저 핑계로 디누아르 상회를 들여다보고 필요 없을 듯한 것까지 구입했다. 하지만 이번에 미라가 이곳을 찾은 이유는 쇼핑이 아니다. 고대 지하 도시에서 대량으로 입수한 마동석을 환금하는 것이 목적이었다.

미라는 큰 기대를 품은 채 가게의 문턱을 넘었다.

학스트하우젠 역시 상당히 오랜 역사를 지닌 대도시로, 주변에 던전도 많았다. 그래서인지 디누아르 상회 학스트하우젠 지점은 어지간한 대형 점포보다 훨씬 더 컸다. 그러다 보니 당연히 상품의 종류도 그에 비례하게 많아질 수밖에 없어서, 미라는 들떠서 '오오, 이것 참 굉장하군!' 하고 감탄했다.

마동석 매입은 계산대와는 다른 카운터에서 접수하는 모양이었다.

그 사실을 사전에 조사해둔 미라는 우선 환금을 하기 위해 신상품이 유혹이라도 하듯 진열된 선반의 인력(引力)을 간신히 이겨내고 매입 카운터를 찾았다.

그것은 가게의 한구석에 있었다. 곧바로 매입을 부탁하자, 매입 대기자가 두 명 정도 있다기에 미라는 점원에게서 번호표를 받았다.

제법 거래가 성행하고 있는 모양이다. 거래가 성행한다는 것은 그만큼 상품의 회전률이 높다는 뜻이다. 그렇다면 분명 비싼 값에 팔 수 있을 거다. 미라는 그런 기대를 가슴에 품은 채 미소를 지었다.

그런 미라에게 점원이 "괜찮으시면 저쪽에서 기다려주십시오"라고 말을 걸어왔다.

그 말을 듣고 가리킨 방향을 쳐다보니 카운터에서 약간 떨어진 곳에 조촐한 휴식 공간 같은 장소가 있었다. 심지어 의자와 테이블이 늘어서 있는 그곳에서는 각종 드링크를 무료로 마실 수 있는 듯했다.

"그럼 그러도록 하지."

그곳에서 잠시 쉬기로 한 미라는 번호표를 손에 들고 가벼운 발걸음으로 걸어갔다.

가는 도중, 머리 위에 간판이 걸려 있었다. '어린이용 매입 대기 휴게소'라 적힌 간판이. 하지만 이미 드링크를 고르기 시작한 미라가 그 사실을 알아채는 일은 없었다.

휴게소에는 먼저 와 있던 손님이 둘 있었다. 척 봐도 견습 술사처럼 보이는 소년과 역시나 견습 검사로 보이는 소년이었다. 아는 사이인지, 아니면 이곳에서 만난 것인지는 모르겠지만 두 사람은 즐거운 듯 꿈과 희망으로 가득한 모험가의 미래에 관한 이야기를 하고 있었다.

하지만 미라가 오자마자 말소리가 딱 그쳤다.

두 소년은 입을 다문 채 미라의 일거수일투족을 살폈다. 한눈에 반한 것이다.

'저 소년들이 매입 대기자 두 명인가.'

미라는 로즈 바닐라 오레를 컵에 따르며 테이블 쪽을 흘끔 쳐다보았다.

두 소년은 소곤소곤 뭐라 귓속말을 하고 있었다. 그리고 못 알아챌 줄 알았는지 디누아르 상회의 상품 목록을 보는 척하며 살며시 미라를 쳐다보았다.

'흠, 이 몸이 신경 쓰이는 모양이로군.'

귀여운 여자애가 있으면 자신도 모르게 이래저래 아닌 척하며 바라보게 되기 마련이다. 두 소년의 심정을 아주 잘 아는 미라는 흐뭇함을 느끼며 약간 떨어진 곳에 있는 의자에 앉았다.

'앞으로 이 몸의 귀여움이 기준이 되지 않아야 할 터인데.'

달콤새콤한 청춘 시절의 한 페이지. 과거 자신의 모습을 떠올리며 미라는 풋풋한 반응을 보이는 두 소년을 마음속으로 걱정했다.

그러던 중, 미라의 귀에 나직하게 소년들의 대화 내용이 들려왔다. 또렷하지도 않고 띄엄띄엄 들리기는 했지만, 대략 어떤 내용의 이야기를 하고 있는지는 알 수 있었다.

놀랍게도 귀엽다느니 마음에 든다느니 하는 풋풋한 것을 건너뛰고, 미라와의 가족 계획에 관해 이야기하고 있었다.

벌이는 얼마 정도가 필요하며, 능력이 있어야 한다느니 하는 이야기부터 태어난 아이에 대한 책임과 의무를 지게 될 테니 아이는 몇 명까지가 좋겠다는 이야기까지 나왔다. 그리고 끝내는 밤일에 관한 것으로 화제가 넘어갔다.

'이 세계의 정서 교육은 꽤나 앞서 있군그래…….'

소년답지 않은 비밀 이야기가 오가고 있음을 알게 된 미라는 할 말을 잃었다. 이 세계 전체가 그런지, 아니면 부모의 교육방침이 그런 것뿐인지. 두 소년은 겉보기와 달리 상당히 어른스러운 듯했다.

누가 만족시킬 수 있을까. 이번에는 그런 이야기를 하기 시작한 소년들에게서 시선을 뗀 미라는 손에 든 컵을 입에 대어 살며시 기울였다.

로즈 바닐라 오레는 입에 댄 순간, 장미와 바닐라향이 꽃을 피운 듯 풍겨왔다. 미라는 그 새로운 달콤한 맛과 향을 즐기며 먼눈을 한 채 쓴웃음을 지었다.

얼마쯤 지나 담당자가 매입 심사 차례가 되었다며 견습 검사 소년을 불렀다. 소년은 매우 느릿한 동작으로 일어나며 마지막으로 미라를 흘끔흘끔 쳐다보았다. 하지만 다시 이름을 부르는 소리가 들리자 허둥지둥 매입 카운터로 달려갔다.

'이제 남은 대기자는 한 명이로군.'

휴게소는 생각했던 것보다 편안해서 미라는 편히 쉬며 로브 차림의 소년에게로 시선을 옮겼다.

이야기 상대가 없어져서인지 소년은 어쩐지 심심한 눈치였다. 그렇다고 미라는 이야기 상대가 되어줄 생각이 없었다. 조금 전, 띄엄띄엄 들린 대화에 장단을 맞춰줄 수 있을 것 같지가 않았기 때문이다.

그러던 그때, 눈치를 살피듯 고개를 든 소년과 눈이 마주쳤다. 하지만 그것도 잠시뿐. 소년은 쑥스러운 듯 시선을 돌려 허공을 얼마간 둘러보다가 다시 눈을 내리깔았다.

대화 내용은 어른스러웠지만 속은 아직 순수한 소년인 모양이다.

'이 몸도 죄 많은 여자로구나.'

미라는 어째서인지 마음이 놓여서 약간 위엄 있는 포즈를 지은 채 느긋하게 순서가 오기를 기다렸다.

기다리던 도중, 한 소녀가 휴게소를 찾아왔다. 미라 다음으로 번호표를 받은 매입 대기자인 모양이다.

소녀는 컵에 오렌지 주스를 따라서 잠시 어슬렁거린 후, 미라의 앞에 있는 의자에 앉았다. 기장이 긴 간소한 로브 차림에 허리에는 초심자용 짧은 지팡이를 찼다. 겉모습으로 추측컨대 그녀 역시 견습 술사인 듯했다.

언뜻 보니 소녀는 열두세 살 정도로, 미라와 비슷한 또래 같았다. 다소 소심해 보이는 인상을 풍기는 그 소녀는 컵을 입에 대며 어쩐지 호기심으로 가득한 눈으로 미라를 보고 있었다.

그 시선을 알아채고 미라가 고개를 들자, 소녀는 살짝 시선을 피하기는 했지만 다시 미라를 바라보고 결심을 굳힌 듯 입을 열었다.

"저기……. 혹시, 정령여왕님인가요?"

소녀는 소심하게 살며시 그렇게 말했다. 하지만 목소리와 달리 표정은 이루 형용할 수 없을 정도의 기대감으로 가득했다. 그 모습은 아닌 게 아니라 거리에서 유명인과 딱 마주친 아이 같았다.

'호오…… 아이들에게까지 알려져 있을 줄이야, 이 몸도 꽤나 유명해졌구나!'

일전에 들렀던 도시, 그란 링스에서는 미묘하게 소문이 불어나서 정령여왕이라는 이름과 이미지가 멋대로 부풀려져 있었지만, 아무래도 이 도시에서는 아이도 구분할 수 있을 정도로 자세하게 전해진 듯했다.

그렇게 느낀 미라는 기쁜 내색을 하지 않고자 마음을 가라앉히고서 지극히 차분해 보이도록 애쓰며 소녀에게 시선을 보냈다.

"음, 아무래도 세간에서는 그리 불리고 있는 모양이더구나."

어디까지나 주변 사람들이 멋대로 그렇게 부르고 있을 뿐, 자신은 그런 건 신경 쓰지 않는다는 투로 미라는 답했다. 그러자 소녀의 표정이 단번에 밝아졌다.

"역시 그랬군요! 혹시나 싶었거든요!"

어지간히도 기쁜지 지금까지 소심해 보였던 소녀가 흥분한 듯 목소리를 높였다. 그와 동시에 멀리서 상황을 엿보고 있던 소년이 그 목소리에 놀라 어깨를 움찔 떨었다.

미라가 정령여왕이라는 사실을 알게 된 소녀가 "정말 감동이에요"라고 말을 잇더니 곧바로 거리를 좁혀 미라의 옆에 있는 의자로 옮겨 앉았다. 그리고 소녀는 기대로 가득한 눈을 반짝반짝 빛내며 미라에게 질문을 던졌다. "셀로 님과 함께 싸우셨다면서요?!"라고.

소녀가 말한 셀로 님이란, 아마도 에카르라트 카리용의 단장인 셀로일 것이다.

"음, 함께 싸웠지."

가만, 왜 여기서 셀로의 이름이 나온 걸까. 그런 의문이 피어나기는 했지만, 미라는 순수한 미소를 띤 소녀에게 흔쾌히 고개를 끄덕여 답해 주었다. 그리고 미라는 뼈저리게 깨닫게 되었다. 소녀의 진짜 관심사가 무엇이었는지를.

그 후, 미라는 소녀에게서 셀로에 관한 이런저런 질문을 받았다. 좋아하는 음식이며 좋아하는 여성의 타입과 같은, 아주 정석적인 것에서부터 어떤 냄새가 났는지, 미라는 어떤 경칭으로 불리고 있었는지와 같은 독특한 것까지. 그야말로 수십 가지에 이르는 질문 공세를 퍼부은 것이다.

그렇다. 소녀의 목적은 유명인이자 정령여왕인 미라 본인이 아니라 그와 인연이 있던 셀로 쪽이었던 것이다.

그런 질문을 하는 모습은 그야말로 꿈꾸는 소녀 그 자체 같았지만, 미라는 문득 생각했다. 어쩐지 다소 호의가 지나친 듯한 낌새가 느껴진다고.

그 때문에 소녀가 질문 끝에 끝으로 입에 담은 "셀로 님과는 어떤 관계인가요?"라는 질문에 미라는 "우연히 전선에 함께 선, 모험가와 모험가다"라고, 애써 겁먹지 않은 척을 하며 답했다.

그렇게 미라가 집착녀 기질이 느껴지는 소녀에게 붙잡혀 있던 도중. 견습 술사 소년도 매입 심사 순서가 되어서 불려갔다.

그때, 자리를 뜬 소년은 적극적인 소녀에게 밀리는 미라의 모습을 통해 새로운 영역으로의 문을 열어젖힐 뻔했다. 그리고 그 광경을 가슴에 새기며 매입 카운터로 걸음을 옮겼다.

휴게소에는 미라와 셀로의 팬이라는 소녀 외에도 몇 명의 아이들이 새로 들어와서 매입 심사 차례가 되기를 기다리고 있었다.

새로 들어온 아이들은 하나같이 미라와 소녀에게서 상당히 거리를 두고 앉았다. 그리고 뭐라고 수군거리고 있었다.

"저 여자애, 신입인가?" "못 보던 얼굴이지?" "응, 귀여워." "여기 처음 왔나?" "그런가 봐. 불쌍하게도."

아이들은 그런 말을 나누었다. 아이들은 알고 있었다. 이 매입 휴게소에 나타나는 얀데레(상대에 대한 애정이 과한 나머지 병적인 정신 상태에 도달한 상태, 혹은 그런 캐릭터를 이르는 말. 츤데레의 파생어.) 소녀에 관해서. 그리고 한 번 붙잡히면 그 과도한 애정에 관해 끝도 없이 들어야 하게 된다는 사실을.

하지만 희생자를 한 명 붙잡고 나면 다른 이들에게는 해를 끼치지 않는다. 지금이라면 모험가에 관한 이야기를 해도 소녀가 셀로의 이야기를 꺼내며 끼어들 일은 없을 것이다.

아이들은 미라의 희생에 감사하며 자신들이 좋아하는 모험가에 관한 대화로 이야기꽃을 피웠다.

"그러하냐, 굉장하구나."

'빨리…… 빨리 이 몸의 번호를 불러다오……!'

미라는 번호표를 움켜쥔 채 그렇게 기도하며 무난한 범위에서 맞장구를 치고 있었다. 셀로에 관한 질문이 끝나자 소녀는 자신이 셀로를 얼마나 사랑하는지에 대해 말하기 시작했다.

그 내용은 과하다는 표현도 부족할 정도인 데다, 중간중간 망상까지 섞여 있어 아주 끔찍했다.

'인기 있는 유명인도 참 힘들겠구나…….'

소녀는 마치 심연을 들여다보고 있는 듯한 눈을 한 채 간절한 투로 말했다. 그 광적일 정도의 사랑은 순수한 동시에 병적이었다.

지금은 아직 미라가 셀로와 함께 싸웠다는 이유만으로 말을 건 것에 불과하지만, 만약 셀로와 식사를 함께 한 적이 있고, 친근하게 대화를 나눈 적이 있으며, 방을 방문한 적도 있다는 사실을 알면 어떻게 될까.

절대로 섣불리 말을 꺼내서는 안 된다. 실언을 하지 않기 위해 미라는 길게 답변하지 않고, 소녀의 말에 짧게 맞장구만 쳤다.

그런 대화가 이어지던 도중, 드디어 미라가 애타게 기다렸던 목소리가 울렸다. 매입 심사 차례가 온 것이다.

"어이쿠, 미안하구나. 아무래도 이 몸의 차례인 모양이다."

기다렸다는 듯 자리에서 일어난 미라는 중간에 대화를 마칠 정당한 이유를 방패삼아 소녀의 말을 가로막았다.

"아직 들려드리고 싶은 이야기가 많았는데, 아쉽네요."

이곳에 온 목적, 이곳에 있는 이유는 다름이 아니라 마동석의 매입 심사였다. 그것은 무슨 짓을 해도 화제를 바꾸지 않았던 소녀라 해도 납득할 수밖에 없는 이유가 되었다.

"그럼 이만."

미라는 그렇게 짧게 말하고서 달아나다시피 해서 매입 카운터로 달려갔다. 『지나친 마음, 그 또한 사랑이지』라고 지껄이는 마텔의 목소리를 흘려들으며.

미라가 탈출한 그 후, 휴게소에는 한 소녀와 한곳에 모인 아이들이 남아있었다. 아무런 소리도 나지 않았다.

지금까지 신나게 자신들이 좋아하는 모험가에 관한 이야기를 하던 아이들은 미라라는 방벽이 사라지자마자 입을 다물었다.

그대로 계속했을 경우, 그 대화를 들은 소녀가 셀로라는 최고의 모험가가 있다고 말을 꺼낼 것이 분명했기 때문이다.

하지만 계속 침묵을 지키기란 어려운 일인데다, 아이들이 그런 분위기를 견딜 수 있을 리가 없다.

한 명이 나직하게 입을 열었다. 하지만 그 주제는 지금까지 이야기꽃을 피웠던 모험가에 관한 것이 아니라, 지금 항간을 떠들썩하게 하고 있는 괴도 퍼지다이스에 관한 것이었다.

정의의 괴도 퍼지다이스는 아무래도 아이들에게도 인기가 많은 듯했다. 소년들은 악당을 처단하는 영웅이라는 식으로 말했고, 소녀들은 약자를 구하는 영웅이라는 식으로 말했다.

인식의 차이가 약간 있기는 했지만 양쪽 모두 이번에 보일 활약을 기대하고 있어서, 조금 전 만큼이나 분위기가 뜨거워지기 시작했다.

그러던 도중, 아이들은 등줄기가 오싹해졌다. 퍼지다이스에 관한 이야기가 오가던 중에 "셀로 님은, 더 많은 사람을 구하고 있는 영웅이셔"라는 말이 끼어들었기 때문이다.

아이들은 어느샌가 그룹에 끼어 있던 소녀의 모습에 전율했다. 그리고 눈 깜짝할 새에 퍼지다이스에 관한 이야기는 정의의 셀로 님으로 덧칠되었다. 아이들은 한시라도 빨리 소녀의 번호표에 적힌 번호가 불리기를 기도하며, 좀 전의 미라처럼 맞장구만 치는 기계로 변해 버렸다.

자신이 도망쳐 나온 휴게실에서 그러한 참사가 벌어지고 있다는 사실을 알 리가 없는 미라는 매입 카운터에서 설명을 듣고 있었다. 매입 코너를 찾은 것이 처음이라고 말하자 접수원이 자세히 설명을 시작한 것이다.

우선 매입에는 신분을 증명할 수 있는 물건이 필요하다고 한다. 모험가증도 괜찮은 모양인지, 대부분의 손님이 모험가증을 제시하고 있다는 듯했다.

심사 자체는 판매자가 지켜보는 가운데 다른 방에서 이루어진다는 모양이다. 또한 매입 금액은 마동석의 크기가 아니라 그것에 담긴 마나의 양에 따라 결정된다고 한다.

그렇게 심사한 금액에 납득하고 동의하면 그 금액이 지불되는데, 지불 방법은 두 가지라는 듯했다.

하나는 현금 지불. 또 하나는 모험가 종합 조합 계좌로 송금하는 것이라고 한다. 참고로 이곳을 이용하는 아이들은 모두 계좌 송금을 이용한다고 접수원은 말했다.

"그럼 이쪽으로 오시죠."

설명을 들은 후, 미라는 심사가 이루어지는 별도의 방, 접수처 옆에 있는 문 안으로 안내를 받았다.

방 안에는 간소한 객실처럼 꾸며져 있었다. 하지만 심사 등에 사용하는 것으로 보이는 커다란 장치가 군데군데 배치되어 있고, 방의 중앙에 놓인 의자에는 흰 가운을 걸친 소녀가 앉아 있었다. 그 때문인지 어쩐지 연구소 같은 분위기를 풍겼다.

"어서 와요. 그럼 바로 거기에 마동석을 내려놔요."

다정한 미소를 지은 채 테이블에 놓인 접시를 가리킨 소녀의 등에는 얇은 나비 같은 날개가 돋아나 있었다. 아무래도 심사원은 요정족인 모양이다.

'밤에라도 마리아나에게 연락해볼까.'

아내의 목소리가 듣고 싶다. 단신 부임 중의 남편이라도 된 듯한 기분으로 그런 생각을 하며 미라는 심사를 받을 마동석을 꺼내기 위해 아이템 박스를 열었다.

'자아, 어떤 게 얼마나 나올는지.'

아이템 박스에는 고대 지하 도시에서 손에 넣은 마동석이 잔뜩 들어 있다. 돌멩이 정도의 크기부터 주먹보다 큰 것까지 골고루.

당연히 사이즈가 클수록 내포된 마나의 양도 많을 테니, 매입가도 높아질 것이다.

"그럼 이걸 부탁하지."

어느 것이 어느 정도의 가격일까. 미라는 많고 많은 마동석 중에서 소, 중, 대 사이즈를 각각 하나씩 꺼내 접시에 올려놓았다.

"어머~ 이렇게 커다란 건 오랜만이네."

심사원은 어쩐지 기쁜 듯이 모종의 장치에 접시째 내려놓고 전원을 켰다. 그때 관심이 동해서 그 장치는 뭐 하는 물건이냐고 미라가 묻자, 심사원은 마동석에 내포된 마나를 측정하기 위한 것이라고 알려주었다.

조용히 울리던 장치의 구동음은 그로부터 십여 초 후에 그쳤다. 아무래도 심사 결과가 나온 모양이다.

"오래 기다리셨어요."

심사원은 접시를 다시 미라 앞에 내려놓더니 거기 놓인 마동석을 하나씩 가리키며 가격을 제시했다.

우선 작은 것이 천 리프. 중간이 이만 리프. 그리고 큰 것이 십만 리프 정도라는 결과가 나왔다.

'오오, 작아도 천 리프는 되나. 그 무렵의 두 배는 되는군그래. 그나저나 중간과 큰 것은 작은 것에 비해 큰 차이가 없는 것 같구나.'

마동석의 심사 결과와 게임이었던 시절의 시세를 비교하며 미라는 계산했던 것보다 낮지 않다는 사실을 기뻐하면서도 수요의 증가로 기대했던 가격 인상도 그리 대단치 않다는 사실에 약간 실망했다.

미라는 마동식이라는 도구의 등장으로 인해 마동석의 수요가 크게 늘었다고 들었다. 하지만 작은 마동석 말고는 30년 전과 거의 시세가 같았다.

어째서일까. 단순히 궁금해져서 미라는 그에 관해 심사원에게 물어보았다. 직설적으로 30년 전보다 수요가 늘었을 텐데, 당시와 거의 가격이 같은 이유가 무엇이냐고.

"당시의 시세를 알다니, 박식하시네요!"

심사원은 미라의 질문에 미소로 답한 후, 다소 기쁜 투로 "이건 제 추측이지만"이라고 운을 떼고서 의기양양하게 이야기를 시작했다.

디누아르 상회가 취급하는 마동식 도구와 그밖의 여러 술구 등, 현재 마동석을 이용하는 아이템이 30년 전과 비교해 헤아릴 수 없을 정도로 많아진 것은 사실이다.

때문에 수요가 늘어난 마동석의 가격 역시 상승했을 것 같지만, 그렇게 되지 않고 안정된 것은 30년 전에 있었던 어떤 사건 때문이라고 심사원은 말했다.

"제가 조사해본 바에 따르면 지금과 당시는 생산에 사용되는 마동석의 양이 전혀 달랐어요. 소비량이 30년 전의 절반 정도밖에 안 되거든요!"

심사원은 어디선가 자료를 가져와서는 거기에 직접 그려진 그래프를 가리키며 득의양양한 표정을 지었다.

자세히 보니 자료에는 마동석의 소비량이 분류별로 적혀 있었다. 아무래도 그녀에게는 연구자로서의 자질이 있는 듯했다. 자료는 세밀했는데, 그중에서도 특히 무구 제작에서의 소비량이 급속도로 줄어 있는 것이 눈에 띄었다.

심사원은 말했다. 어찌 된 일인지 30년 전을 경계로 일류 장인 중 대부분이 모습을 감추었다는 것이다.

"아아…… 과연."

30년 전이란 다시 말해서 이 세계가 현실이 되었을 즈음으로, 대부분의 플레이어가 이 세계에서 사라진 시기라 말할 수도 있었다.

미라는 수요가 늘어난 마동석의 시세가 그대로인 이유 중 일부를 이해했다.

플레이어 장인들이 일제히 사라진 것이다. 그중에서도 특히 무구를 다루는 장인이 강력한 물건을 제작할 때는 특별한 화로와 이런저런 물건들이 필요하다. 거기에 그것을 가동하는 데에도 대량의 마동석이 필요했다.

게임이었던 당시, 마동석은 플레이어들이 산출해낸 것의 5할 남짓이 이러한 생산 활동으로 소비되었을 정도다. 하지만 30년 전에 장인들이 사라지자 수요가 없어진 그것을 도구와 술구의 동력으로 사용하고 있는 것이다.

미라는 그렇게 된 건가, 하고 납득했지만 심사원의 이야기는 거기서 끝이 아니었다. 그보다 더 깊이 파고들어 조사했던 결과를 읊기 시작한 것이다.

마동석의 가격이 안정된 또 하나의 이유. 그것은 모험가 종합 조합이 생긴 것이라고 심사원은 말했다.

그로 인해 모험가를 생업으로 하는 자들이 급증했고, 그에 따라 마동석의 총생산량이 당시보다 증가했다는 듯했다.

게다가 최근 들어 은거했을 터인 장인들이 하나둘씩 돌아오고 있다는 모양이다. 하지만 그런 상급 장인들이 사용하는 도구와 기술이 당시보다 훨씬 진화해서 마동석의 소비량이 억제되고 있었다.

그리고 무엇보다도 10년 정도 전부터 특별한 연료와 정령들의 힘을 빌리는 방법이 장인들 사이에서 유행하고 있다고 한다.

듣자 하니 그걸 사용하면 종전의 제조법보다 더욱 질 좋은 완성품을 얻을 수 있다는 모양이다. 매우 난이도가 높은 방법이라 사용할 수 있는 것은 상급 장인들 중에서도 일부뿐이지만, 마동석을 대량으로 사용하는 것 또한 그런 장인들뿐이라 결과적으로 소비가 억제되고 있는 것이다.

그러한 이런저런 이유로 마동석의 수요와 공급은 안정적으로 유지되고 있다고 심사원은 말을 끝맺었다.

"호호오, 더욱 질 좋은 완성품을 만들 수 있다라……."

심사원의 이야기를 끝까지 들은 미라는 마동석보다도 그 이야기에 등장한 제조법에 관심이 갔다.

현재 미라가 획책하고 있는 최강 장비 작성 계획. 그 첫걸음이라 할 수 있는 최고품질의 재료는 마키나 가디언에게서 회수했다. 이제 장인을 구해야 하는데, 이건 소울하울로부터 플레이어 출신의 장인이 모여 있는 연구소가 있다는 유력한 정보를 얻었으니 걱정하지 않아도 될 듯하다.

그러던 참에 이 정보를 듣게 된 것이다. 과거 전설급에 필적하는 무구들을 숱하게 만들어냈던 장인들이 최고품질 소재를 새로운 기술로 가공하면 어떻게 될까.

'설마 신화급이 이 몸의 손에……?!'

과거의 미라── 아홉 현자라 해도 간단히는 손에 넣을 수 없었던 신화급.

그 성능은 어느 정도일까. 미라는 기대감으로 가득한 미래를 그리며 언젠가 아홉 현자가 모였을 때 모두에게 자랑할 수 있었으면 좋겠다는 생각에 미소를 지었다.

6

심사원이 독자적으로 조사했다는 마동석의 가격 변동에 관한 역사를 끝까지 들은 후, 미라는 대량으로 수확한 마동석의 일부를 추가로 내놓았다.

심사는 크기가 아니라 내포된 마력의 양으로 결정되는지라 약간의 오차는 있었지만, 좀 전의 심사 결과와 큰 차이는 없을 것이다. 그 점을 염두에 두고 미라는 중간 크기와 큰 마동석을 대충 삼백만 리프만큼 골라서 팔았다.

또한 미라는 작은 마동석을 수중에 남겨두기로 했다. 소지하고 있는 도구에 그대로 이용할 수도 있는 등, 의외로 범용성이 높았기 때문이다.

또한 거래할 때, 문득 생각이 나서 미라는 신분증명서인 모험가증과 우대권을 같이 제시해 보았다. 디누아르 상회의 상품을 2할 할인된 가격에 구입할 수 있다는 특전이 붙은 우대권이었지만 매입 거래 때도 효과가 있지 않을까 싶었던 것이다.

그러자 역시나 고맙게도 우대권의 효과로 매입 가격에 1할이 더 붙는다는 듯했다.

결과적으로 미라가 손에 넣은 금액은 약 삼백삼십만 리프였다.

미라는 보기 좋게 세드릭 디누아르가 의도한 바대로 '이거 앞으로도 마동석은 디누아르 상회에서 팔아야겠다'라는 사고에 도달하게 되었다.

약 삼백삼십만 리프. 그것은 금화로 육십육 닢이나 되었기에 무게도 묵직하고 부피도 상당했다. 하지만 미라는 그만한 거금을 조합 계좌 송금이 아니라 현금으로 접수했다.

"이 무게감이 또 중독성이 있단 말이지."

매입용 접수처를 뒤로 한 미라는 점내에 설치된 보통 휴식 공간에서 금화가 담긴 주머니를 손에 들고 흐뭇한 미소를 지었다. 돈의 무게감은 참으로 기분 좋게 느껴진다는 사실을 실감하며.

차락차락, 금화와 금화가 서로 스치는 소리를 충분히 만끽한 미라는 아이템박스를 열었다.

이 세계에 온 지 얼마 되지 않았을 무렵, 솔로몬이 미라에게 알려준 것이 있었다. 금화니 은화니 하는 돈은 아이템이 아니라 금전으로 분류되기에 아이템박스에 넣을 수 없다고.

하지만 그 이후, 그것을 해결하는 방법도 들었다. 금화 등은 그대로 넣으면 들어가지 않는 것뿐, 금화가 든 주머니라는 아이템으로는 얼마든지 아이템박스에 넣고 이용할 수 있다는 것이다.

중량 제한이 있는 조자의 팔찌의 경우, 수천만에 이르는 거금을 늘 넣고 다니기가 어렵지만 제한이 없는 플레이어 출신자라면 마음껏 모아둘 수 있다.

미라는 금화 여섯 닢, 삼십삼만 리프는 따로 나누고 나머지는 가죽 주머니에 넣은 상태로 아이템박스에 수납했다.

우대권으로 얻은 삼십만 리프. 이걸 이번 예산으로 잡은 미라는 의기양양하게 디누아르 상회의 점포로 나아갔다.

디누아르 상회는 넓어서 미라는 이쪽으로 어슬렁, 저쪽으로 어슬렁, 가게 안을 골고루 둘러보았다. 다종다양한 모험가 용품들은 아무리 보아도 질리지가 않아서 미라의 모험 정신을 뜨겁게 달구었다. 쓸 일도 없건만 어쩐지 끌리는 서바이벌 세트며 실제로는 도움이 안 될 듯한 탐정의 일곱 가지 도구와 같은 동심을 자극하는 무언가를, 모험가 용품에서 느끼기 때문일 것이다.

미라의 심정은 대충 그러했지만 모험가 용품의 성능 자체는 애들이나 속을 정도가 아니라 진짜배기였다. 생활을 위한, 모험을 위한 지식이 듬뿍 적용된 물건들이 대부분이다.

그렇기에 미라는 더더욱 푹 빠져서 상품을 음미했다. 미라의 소환술과 정령들의 힘이 있으면 충분히 대용할 수 있는 기능의 상품이 많았지만, 편리한 도구는 그 자체로 마음을 끌기 마련이다.

미라가 가게 안을 둘러보기 시작한 지 한 시간 정도가 흘렀을 즈음. 몇몇 상품을 바구니에 확보한 미라는 드디어 가장 기대했던 신상품 코너로 발길을 옮겼다.

과연 모험가 전용 신상품 코너라고 해야 할지, 상당히 많은 수의 모험가가 그 코너에 모여 있었다. 상품을 꼼꼼히 확인하는 이에 샘플을 시험해보고 있는 자, 그리고 점원에게 질문공세를 퍼붓는 자 등이 모여 매우 시끌벅적했다.

"호오, 이쪽은 세일 상품인가."

미라는 신상품 코너 바로 옆에 자리한 세일 코너를 발견했다. 선반 하나를 통째로 사용하고 있는 코너였지만 이미 선반의 절반은 비어 있었다. 상당히 인기가 있는 상품인 듯했다.

그곳에는 '마동식 하의용 냉각 쿨쿠울'이라는 상품이었다. 세일이라는 글씨 아래에는 앞으로 다가올 계절에 대활약할 것이라고 적혀 있었다.

그리고 그 아래에는 상품 설명이 있었다. 그에 따르면 이 상품을 옷 아래에 넣어두면 몸을 식힐 수가 있다고 한다. 옷 안에 넣을 수 있는 소형 쿨러 같은 상품일까.

대략 수첩 정도의 크기에 표면에는 '정지, 약, 중, 강'이라는 글씨와 회전식 스위치가 있었다. 실로 여름을 연상케 하는 생김새였다.

"이것 참 멋지군!"

나고 자란 세계에서도 이토록 작고 편리한 물건은 없었다.

이미 8월이 코앞까지 다가온 시기. 저택 정령 안은 정령의 힘 덕분에 언제든 쾌적한 온도를 유지하고 있었지만 밖으로 나오면 더위가 밀려들어 땀이 슬금슬금 배어나는 그런 계절이다.

옷을 벗는 데도 한계가 있다 보니 더위를 견디는 건 매우 어려운 일이었다. 그것을 이것 하나로 완화할 수 있다면 사는 수밖에 없지 않겠는가.

하지만 그때, 미라의 눈에 중요 사항인 가격이 들어왔다. 세일 중임에도 그 가격은 이십만 리프나 했다. 또한 본래의 판매 가격은 삼십만 리프인 듯했다.

예정했던 예산의 3분의 2가 이거 하나로 사라지는 셈이다.

"하지만, 이건 필요할 것이야……!"

잠시 생각한 끝에 미라는 곧바로 예산을 늘리기로 결정했다. 몇 가지 종류 중 로브용이라고 적힌 것을 집어 곧장 바구니에 집어넣었다.

오히려 단돈 이십만에 외출 시 더위를 이길 수 있다면 싸게 먹히는 것이리라. 마음속으로 누구를 향한 것인지 모를 변명을 거듭하며 미라는 다시 한번 신상품 코너로 돌아갔다.

하지만 신상품이라고는 해도 정말로 새로 발매된 물건은 그리 많지 않아서, 반 이상은 전에도 본 적이 있는 물건들이었다. 하지만 낯선 물건들도 몇 가지 섞여 있어서 미라는 그것들을 하나씩 음미해 나갔다.

그러던 도중, 유달리 신경 쓰이는 물건을 발견한 미라는 곧바로 그것을 집어 들었다.

"호호오, 이건 솔로몬이 좋아할 것 같군그래."

보자마자 미라는 솔로몬을 떠올렸다. 군사와 관련된 것을 매우 좋아하는 군사 오타쿠 같은 측면을 지닌 솔로몬을.

특히 기발한 형태를 지닌 그것이 놓인 선반에는 사용에 관한 자세한 설명문이 적혀 있었다. 확인해 보니 역시나 겉보기로 예상했던 것과 같은 성능을 지닌 듯했다.

'흠, 백무초에서 유래된 성분을 사용한 겐가.'

미라가 집어 든 그것은 바로 가스 마스크였다. 공기를 정화하는 성질을 지닌 백무초. 그것의 성분을 이용한 장치와 광원이 되는 술구를 심어 넣어, 공기가 없는 장소와 독소가 감도는 장소에서도 호흡을 가능하게 해주는 훌륭한 물건이다.

굳이 말하자면 가스 마스크보다는 산소마스크라고 표현하는
게 좋을 것이다. 하지만 겉모습은 병원 등에서 흔히 볼 수 있는
산소마스크와 전혀 달랐다. 특수부대가 쓸 것 같은, 군사용 가스
마스크 그 자체였다.

그런 가스 마스크의 정식 명칭은 '안심 호흡 마스크 수륙 양용
타입'이었다. 아무래도 물속에서도 쓸 수 있는 모양이다. 더더욱
편리할 듯했다.

"어디 보자……."

사용감은 어떨까. 미라는 곧바로 샘플로 놓여 있는 안심 호흡
마스크를 써 보았다. 하지만 샘플용 마스크는 사이즈가 큰지 미
라에 얼굴에 맞지 않아, 숨을 쉴 때마다 틈새로 숨이 새어 나갔
고, 그때마다 소리가 울렸다.

"호오. 생각했던 것보다 잘 보이는군."

호~파~ 호~파~ 수상쩍은 소리를 내며 미라는 고글 부분으로
보이는 범위를 확인했다. 시야가 어느 정도 가려지기는 했지만
성능을 고려하면 충분히 합격점을 줄 만하다. 독자적인 기준으로
그렇게 채점을 하며 미라는 제식 장비로 채용해도 괜찮지 않을까
고려해 보았다.

사실 전부터 이래저래 솔로몬의 군사 오타쿠 취미에 어울려 주
었던 탓에 미라는 그쪽 분야에 어느 정도 관심이 생긴 터였다.

"음, 작전 행동에 지장은 없을 것 같구나."

그래서인지 흡사 특수 부대의 그것 같은 가스 마스크를 쓴 미라
는 특수 부대원이라도 된 듯한 기분이 들어서 매우 만족스러웠다.

미라가 안심 호흡 마스크에 푹 빠져 있던 그때. 신상품 코너 근처에서 귀여운 마법 소녀풍 의상을 입은 여자아이가 투박한 마스크를 쓰고 근처에 있던 선반에 달라붙어 은신 행동을 취하는 모습이 몇몇 손님들에게 목격되었다.

그들은 훗날 이렇게 말한다. 그것은 약간 흐뭇하면서도 말로 형용하지 못할 정도로 기묘한 광경이었다고.

마스크는 이상하게도 쓰고 있으면 주변의 시선이 잘 느껴지지 않는 경우가 있다. 안심 호흡 마스크를 만끽한 미라는 다른 신상품도 하나씩 확인해 나갔다.

풍부한 상품들과 확실한 성능에 일일이 감탄함과 동시에 시험해보기를 반복하며 걸음을 옮긴다.

중간에 요리 레시피 모음집이 코너에 진열된 것을 본 미라는 물음표를 띄웠다. 왜 모험가 용품의 신상품 코너에 요리 레시피 모음집이 있는 걸까.

하지만 그 이유는 바로 위에 놓여 있던 신상품을 보자마자 판명되었다.

그곳에는 '마동식 냉동 보존 주머니'라는 물건이 있었다. 이전까지 판매되었던 마동식 냉장 보존 주머니의 발전형인 모양이다. 식재료 등을 냉동한 상태로 옮길 수 있게 한 물건으로, 이것의 등장으로 인해 여행지에서 할 수 있는 요리의 폭이 상당히 넓어졌다는 모양이었다.

자세히 보니 요리 레시피 모음집에는 주로 냉동할 수 있는 식재료와 그러기 위한 사전 처리, 그리고 그것들을 사용한 요리가 실려 있었다. 그래서 레시피 모음집이 이곳에 놓여 있었던 것이다.

"흐음……."

미라가 가진 아이템 박스는 조자의 팔찌와 달리 안에 넣은 물건을 넣었을 때의 상태로 유지할 수 있다. 그 때문에 굳이 보존을 위해 냉동할 필요가 없어서 이 보존 주머니를 살 이유는 없을 듯했다. 하지만 레시피 모음집을 훑어본 미라는 "이건 사야겠군"이라고 중얼거리며 보존 주머니와 레시피 모음집을 바구니에 넣었다.

미라는 언뜻 보고 식재료를 냉동 보존하기 위한 '마동식 냉동 보존 주머니'라고 생각했다. 하지만 이 물건에 숨겨진 기능은 그뿐만이 아니었다.

레시피 모음집에는 보존 주머니를 이용하는 레시피가 실려 있었던 것이다.

그것은 냉동하면 맛이 더 깊어지는 식재료부터 시작해서 셔벗과 아이스크림을 만드는 법까지 망라하고 있었다.

여행 도중, 초원 한복판에서 별하늘을 올려다보며 수제 아이스크림을 먹으면 얼마나 맛있을까. 그런 로망으로 가득한 상황을 상상한 미라는 그것을 실현하기 위한 식재료를 사두기로 결심했다.

다음으로 미라의 관심을 끈 신상품은 '동화(同化)하는 마동식 미채 망토'라는 상품이었다. 얼핏 보기에는 수수한 회색 망토였지만 마동식이라는 이름이 말해주듯, 스위치 하나로 무늬를 바꿀 수 있게끔 되어 있었다.

그 미채 패턴은 여러 가지라 초원에 숲, 황야에 사막, 물가에 망망대해까지, 다양하게 준비되어 있는 듯했다.

정면이 아닌 원거리에서의 공격, 혹은 성술사와 같은 서포트를 주로 하는 모험가에게 인기가 있다는 모양이다. 나아가 사냥으로 생계를 꾸리는 헌터에게도 잘 팔리고 있다고 한다.

다음으로 미라가 주목한 물건은 '마동식 암흑 해소 암시 고글'이었다. 설명서에 따르면 이름을 통해 알 수 있듯, 어둠 속에서도 또렷하게 볼 수 있게 해주는 물건이라고 한다. 심지어 조금 전에 봤던 '안심 호흡 마스크 수륙 양용 타입'을 쓰고도 장착이 가능하도록 설계되었다는 모양이다.

광원이 필요하지 않기에 깜깜한 밤에도 상대에게 들키지 않고 사냥을 할 수 있다. 또한 망을 볼 때도 빛이 닿지 않는 먼 곳까지 내다볼 수 있게 해준다고 한다.

'판타지 세계의 암시 고글로는 어디까지 내다볼 수 있을까.'

그런 것을 궁금해 하던 참에 웬 문이 미라의 눈에 띄었다. 아무래도 이 '암흑 해소 암시 고글'은 신상품 중에서도 특히나 추천하는 상품인지, 그 효과를 확인하기 위한 암실이 옆에 준비되어 있는 듯했다.

'그나저나 이번에도 이걸 개발하는 데 플레이어 출신자가 관여한 게 분명해 보이는군그래. 디자인만 봐도 대놓고 암시 고글이니 원.'

혹시 솔로몬의 동지가 아닐까. 그런 상상을 하며 미라는 샘플용 고글을 집어 들었다.

가스마스크에 미체 망토, 그리고 암시 고글과 같은 군사와 밀접한 물건들이 늘어선 것을 보고 있자니, 미라의 머릿속에는 솔로몬과 연관된 이런저런 일들이 계속해서 떠올랐다. 이러한 물건들을 세트로 빌려서 서바이벌 게임에 참가한 적도 있었더랬다.

VR로 서바이벌 게임을 하며 노는 것과 실제로 몸을 움직이는 건 아무래도 다를 수밖에 없었지만, 미라는 그때 느꼈던 피로감이 몹시도 기분 좋았다고 새삼 생각했다.

"흠…… 이왕 이렇게 된 김에."

미라는 샘플용 미채 망토를 걸친 후, 안심 호흡 마스크를 쓰고 그 위에 암흑 해소 암시 고글을 장착해 완전 무장을 한 채 암실로 들어갔다.

고글의 성능에 어지간히 자신이 있는 것인지 암실 안은 정말로 깜깜했다. 어둠 속에서 잠시 기다려서 눈을 적응시켜도 희미한 윤곽만 보일 정도다.

'흠…… 이건, 통로가 나 있는 건가.'

우선 미라는 어둠 속을 손으로 더듬으며 걸어 보았다. 그러자 어둠 속에 가느다란 통로가 나 있다는 사실을 알 수 있었다.

암실의 어둠은 밤의 어둠보다도 깊었다. 맨눈으로는 방법이 없다는 사실을 실감한 후, 미라는 드디어 암시 고글의 전원을 켰다.

"오오!"

순간, 미라는 탄성을 질렀다. 지금까지 한 치 앞도 보이지 않았던 전방이 또렷하게 눈에 비쳤기 때문이다.

암시 고글 특유의 모양으로 제한된 시야에는 통로가 어떤 식으로 뻗어 있는지가 선명하게 보였다. 과연 디누이르 상회라는 말이 나올 정도로 더할 나위 없는 성능이었다.

그렇게 또렷하게 보이게 되자 미라는 암실 안이 어떻게 생겼는지 알 수 있었다.

복잡하게 얽힌 통로와 무수히 많은 장해물, 그리고 다소 앞쪽에는 작은 방까지 있었다.

"이걸 보니, 의욕에 불이 붙는구나."

어둠 속에 펼쳐진 그 공간은 마치 서바이벌 게임의 실내 필드 같았다.

더더욱 당시의 일이 떠올라서 미라는 흥이 나기 시작했다. 옆에 있는 벽에 등을 붙이고는 손을 총 모양으로 만들어서 통로의 모퉁이에서 빼꼼 고개를 내민다. 완전히 작전 행동 중인 특수부대가 된 기분이었다.

"클리어. 타깃은 없다."

있지도 않은 부대원과 연계를 취하며 미라는 암실을 신중하게 전진했다. 복잡한 통로를 지나 작은 방을 수색하고 낮은 장해물 옆에서는 바닥에 엎드려 포복 전진을 개시했다.

꼬물꼬물 전진하는 미라는 아닌 게 아니라 야습에 나선 특수부대가 된 기분이었다.

그런 식으로 통로를 전진하다가 모퉁이를 돌고 난 직후. 그보다 앞쪽에 있는 모퉁이에서 한 남자가 고개를 내밀었다.

통로의 길이는 불과 5미터 정도에 불과하지만 시야가 바닥에 가까워진 미라는 고개만 살짝 내민 남자의 존재를 알아채지 못한 듯했다.

특수부대원으로서 작전 행동 중인 미라. 그런 미라의 모습을 본 남자는 공포로 가득한 얼굴로 정지했다.

그는 미라보다 먼저 암실에서 고글의 성능을 시험하고 있었다. 그리고 그 성능이 얼마나 뛰어난지를 실감하고 있던 참이었다.

암시 고글이 없으면 깜깜하게만 보이는 방 안. 그러한 환경에서 스륵스륵 무언가를 질질 끄는 듯한 소리가 난다 싶었더니, 미채 망토를 두르고 가스 마스크 위에 암시 고글을 장착한 누군가가 하필이면 땅을 기며 나타났다. 아무리 남자라 해도 그걸 보고 공포심을 느끼지 않을 수는 없을 것이다.

남자는 잠시 굳어졌지만 들키지 않도록 발소리를 죽이고 슬그머니 그 자리에서 허겁지겁 도망쳤다.

미라는 그런 남자의 존재는 전혀 알지 못한 채 성에 찰 때까지 작전 행동을 계속하다가 암실을 뒤로 했다.

미라가 암실에서 특수부대 놀이를 하던 때의 일이다. 디누아르 상회의 문을 벌컥 열어젖히며 한 남자가 허둥지둥 뛰어들어 왔다.

"후리오 씨? 어쩐 일이신가요?"

마침 나가려던 참이었는지 입구 근처에 있던 점원이 남자에게 말을 붙였다. 그러자 남자는 점원에게 달려가 대뜸 말했다. "이 가게에 정령여왕이 와 있다고 들었습니다만"이라고.

그 남자의 이름은 후리오. 현재 아이들뿐 아니라 어른들 사이에서도 큰 인기를 얻고 있는 카드게임 '레전드 오브 아스테리아'의 발매사인 '그리모어 컴퍼니'의 영업 담당이었다.

후리오의 업무는 여러 가지였지만 그중에서도 특히 중요한 역할이 있었다. 그것은 카드에 그려 넣을 인물과의 교섭이다.

향후의 배리에이션은 물론이고 자신이 동경하는 존재를 손에 넣는다는 흥분감을 카드 게이머들에게 제공하기 위해서는 빼놓을 수 없는 일이다.

신성(新星)처럼 나타난 인재, 혹은 이름을 떨친 모험가 등과 교섭해서 카드로 만들어도 좋다는 허가를 받는 것이 후리오가 맡은 일 중 가장 중요한 업무였다.

"정령여왕 말씀이신가요? 알고 보니 글래머러스한 미녀가 아니라 아담한 미소녀였다고 하는?"

악의는 없을 테지만 다소 아쉽다는 투로 말하는 것으로 미루어, 아무래도 점원은 거유파인 모양이었다.

"네, 맞습니다, 그 정령여왕이요! 이곳의 매입 접수처에 왔다기에 날아왔는데, 지금 어디에 계시는지 아십니까?!"

후리오는 정말로 황급히 달려왔는지 흐르는 땀도 닦지 않고 점원에게 캐물었다.

이곳에 정령여왕이 있다는 사실을 아는 그의 정보원. 그것은 미라가 휴게소에서 만난 셀로 마니아 소녀였다. 그 소녀가 정령여왕에게서 셀로에 관한 이야기를 잔뜩 들었다고 동료들에게 말하는 것을, 후리오는 우연히 들은 것이다.

"으음~ 죄송합니다. 저는 좀 전까지 서류를 정리하느라 뒤쪽에 있어서, 현재 점내에 어떤 손님들이 계시는지는 모르겠군요."

점원은 손에 든 서류를 고쳐 들고서 "소문이 맞다면 매우 알아보기 쉬울 텐데——"라고 중얼거리며 가게 안을 둘러보았다.

"그렇겠죠. 긴 은색 머리에 푸른 눈, 마법소녀풍 의상을 입은 미소녀. 특징이 상당히 뚜렷하니까요."

후리오 역시 그렇게 대답하며 가게 안을 둘러보았다.

두 사람은 가게 입구 근처에 있어서 가게 안이 매우 잘 보였다. 들어서자마자 전체를 둘러볼 수 있도록 절묘하게 설계되어 있어서 그 자리에서는 이용객들의 모습을 대부분 살펴볼 수 있었다.

후리오와 점원은 그곳에 있는 손님들의 모습을 대충 확인했다.

이용객 중 대부분은 모험가로, 척 봐도 그럴싸해 보이는 경갑옷이나 로브 차림의 손님이 절반 이상을 차지했다. 나머지는 일상적으로 사용할 수 있는 상품을 사러 온 시민과 최근 유행하고 있는 마법소녀풍 의상을 걸친 여성들이다.

유행하고 있는 탓에 가게 안에 있는 마법소녀풍 의상을 입은 사람만 추려도 상당히 많았다.

하지만 후리오도 폼으로 이 일을 오래한 것이 아니다. 조건에 맞는 차림새를 한 손님들을 잽싸게 구분해내고 정령여왕의 특징으로 알려진 것과 맞아떨어지는지 어떤지를 판별했다.

은발의 여성, 하지만 가슴이 매우 크니 아니고. 은발이기는 하지만 어깨 길이밖에 안 되니 아니고. 아담하기는 하지만 요정족이니 아니고. 긴 은발이지만…… 여장이니 아니고.

"안 보이는군요."

"그러게요."

대충 둘러본 결과, 입구에서 보이는 범위에 해당 인물은 없는 듯하다고 두 사람은 판단을 내렸다.

"매입 코너를 찾았다면 우선 그쪽에서 물어보시는 게 어떠실지요?"

점원은 잠시 생각한 끝에 그렇게 제안했다. 우선 원점에서부터 더듬어나가 보는 게 어떻겠느냐고.

"일리 있는 말씀이군요. 그렇게 해보겠습니다!"

어쩌면 매입 접수 담당자가 뭔가 알고 있을지도 모른다. 또한 그 근처에 있던 이가 정령여왕이 어디로 향했는지 보았을지도 모른다. 그렇게 생각한 후리오는 점원에게 감사 인사를 한 후, 곧장 매입 카운터로 달려갔다.

그러던 도중. 후리오는 신상품이 늘어선 코너로 눈길을 돌렸다.

'이번에 정령여왕과의 교섭만 잘 풀리면 보너스가 나오겠지. 그럼 무조건 쿨쿠울부터 사야지!'

후리오는 이마에서 흐른 땀을 닦으며 신상품 선반을 뜨거운 눈빛으로 바라보았다. 영업직인 후리오는 밖을 돌아다니는 일이 굉장히 많았다. 때문에 여름은 가장 괴로운 계절이라 할 수 있었다.

하지만 '마동식 하의용 쿨쿠울'을 구입하면 그런 괴로움과 작별할 수 있다. 한 달 정도 전에 쿨쿠울을 시험해볼 기회가 있었던 후리오는 그 이후 계속 구입할 기회를 엿보고 있었다. 하지만 가격이 특가 판매 중인 지금도 이십만 리프나 했다. 일반적인 직업을 지닌 이들은 선뜻 엄두가 나지 않는 가격이다.

디누아르 상회가 취급하는 물건들은 엄청난 편의성을 지녔다. 하지만 그것들은 모두 생명을 담보로 수백만, 수천만 리프 씩 벌어들이는 모험가들을 위해 개발된 도구다. 그 때문에 일반인들은 고급 잡화처럼 여기고 있었다.

특히 주부들 사이에서는 디누아르에서 개발한 조리 기구를 몇 개 가지고 있는가로 계급이 나뉘기도 했다.

"이럴 때에 대비해서 저금이라도 해둘 걸 그랬어……."

그렇게 중얼거리며 유혹을 떨쳐내듯 한 걸음을 내디딘 후리오는 그 직후, 실로 희한한 인물을 보고 움찔하고 멈춰 섰다.

신상품 코너 옆. 바로 옆에 위치한 방. 그 안쪽에 달린 문에서 미채 망토로 몸을 감싸고 얼굴에는 가스 마스크와 암시 고글을 장착한 누군가가 천천히 걸어 나왔기 때문이다.

그 모습은 '이상하다'라는 한 마디로 일축할 수 있었다. 표정도 시선도 알 수 없고 망토가 온몸을 감싸고 있어 체형은 물론이고 모든 정보를 숨기고 있다. 하지만 후리오는 그 와중에서도 약간 드러난 머리에 주목했다.

"은발……."

문에서 나온 인물은 두 손을 부자연스러운 모양새로 올린 채 벽에 달라붙어, 방금 나온 문 안을 들여다보는 의문의 행동을 반복했다. 그것도 모자라 느닷없이 다시 방 안으로 뛰어들었다가 뛰어나오는 등, 수상쩍은 행동을 계속했다.

"아무리 그래도 저건, 아니겠지."

척 봐도 소문과의 공통점은 은발이라는 것뿐이었다. 마법 소녀풍 의상을 입었는지도 알 수 없는 데다 얼굴도 보이지 않아서 현재로서는 성별조차 알 수 없다. 하지만 무엇보다도 저런 수상쩍은 인물과 착각했다고 하면 정령여왕에게 혼날 것 같았다.

영업팀 동료는 과거 사람을 잘못 보고 교섭했다가 큰 낭패를 보았다고 한다. 후리오는 그의 경우가 떠올라서 신중하게 생각을 거듭한 끝에 결론을 내렸다. 우선은 매입 카운터에서 정령여왕이 어떤 특징을 가지고 있었는지 자세히 물어보자고.

'지금 최우선 대상의 허가를 얻어내면 보너스가 짭짤하게 나오겠지?!'

현실적인 목적을 가슴에 품은 채, 이 도시를 찾아준 정령여왕에게 감사하며 후리오는 걸음을 옮겼다.

7

"이거 물건이로구먼."

암실을 뒤로 한 미라는 그대로 주변을 둘러보며 중얼거렸다.

어두운 장소에서도 또렷하게 볼 수 있게 해주는 암시 고글은 일반적으로 밝은 곳으로 나오면 시야가 새하얗게 물들기 마련이다. 하지만 디누아르 상회에서 만든 암시 고글은 그렇게 되지 않았다. 기본적으로는 수동이지만 밝은 장소로 나온 순간 암시 기능이 꺼지도록 되어 있는 것이다.

암실에 들어갔다 나오기를 반복하며 전환 속도를 확인한 후에야 만족한 미라는 신상품 코너로 돌아가 완전 무장을 해제했다.

그리고 샘플용 고글과 마스크, 망토를 원래 있던 장소에 돌려놓고서 판매용을 각각 하나씩 바구니에 던져 넣었다. 모두 다 S 사이즈로.

암시 고글은 오십만, 가스 마스크와 미채 망토는 삼십만으로 합쳐서 백십만 리프. 거기에 미라는 냉동 보존 주머니와 이런저런 물건들을 합쳐 합계 백삼십만 리프 정도의 상품을 구입했다. 당연히 우대권도 잊지 않고 제시해서 2할 할인을 받았다.

"엉겁결에 충동구매를 하고 말았구나!"

디누아르 상회를 나선 미라는 미소를 띤 채 잔금을 확인하며 그렇게 말했다. 삼십만을 예산으로 잡기는 했지만 결과적으로 백만

이나 오버했다. 하지만 미라는 후회하기는커녕 좋은 물건을 손에 넣었다는 생각에 뿌듯한 표정을 짓고 있었다.

예상했던 것보다 출혈이 컸지만 그다지 신경 쓰지 않는 이유는, 미라의 머릿속에 한 가지 생각이 떠올랐기 때문이다. 돈이 부족해지면 또 마동석을 팔면 되지 않느냐는 것이다.

고대 지하 도시에서 넉넉하게 가져온 덕에 마동석은 아직 한참 남아 있다. 돈으로 바꾸지 않았을 뿐, 현재 시세로 환산해도 수천만은 넘을 정도의 양이다.

그래서인지 미라의 금전 감각은 완전히 무뎌져 있었다.

그런 미라가 다음으로 들른 곳은 호박 전문점이다. 하지만 그곳에서 취급하는 것은 장식품용 호박이 아니다. 술구와 인챈트를 위해 조정된 모험가용 호박이다.

'흠……. 역시 이전보다 값이 뛰었군…….'

미라는 정련장비 제작을 위해 무지개 구슬 호박의 시세가 어느 정도인지를 확인하러 왔다. 대충 둘러본 결과, 과거보다 5할 정도 시세가 뛰었음을 알 수 있었다.

'허나 상급 강화 용도로 쓸 것을 생각하면 그나마 싼 편이라고 할 수 있으려나…….'

현재 미라가 구상 중인 최강 장비 제작 과정에는 자신의 기술이 모두 집약되어 있다 해도 과언이 아니었다.

무지개 구슬 호박은 피지컬적인 면에서의 능력 부여와 상성이 좋다. 다시 말해서 마력 쪽으로 특화된 미라의 약점을 보완하고 선술 효과도 높일 수 있다는 뜻이다.

최종적으로는 이러한 효과를 정련기술로 잔뜩 추출해 하나로 모아, 마키나 가디언의 소재로 만든 장비품에 담을 생각이다.

　분명 엄청난 부스트 장비가 완성될 거다.

　'꽤나 좋은 물건들이 모여 있군그래.'

　완성될 날을 상상하며 미라는 호박 제품을 음미하기 시작했다.

　미라는 디누아르 상회에 이어 호박 전문점에서도 한 시간 정도를 보냈다. 현재는 오후 네 시가 조금 못 된 시간이었다.

　'흐음, 무엇이지? 어째 분위기가 어수선한데⋯⋯.'

　자, 다음은 어딜 구경해 볼까. 그렇게 생각하며 걸어 나간 참에 미라는 그것을 발견했다.

　수많은 상점이 늘어선 대로는 학스트하우젠의 주요 도로 중 하나로 많은 사람이 오가고 있다. 원래부터 북적이는 장소이기는 했지만 어쩐지 단순히 그런 이유 때문이 아닌 듯했다.

　흠, 이유가 뭘까. 미라는 위화감의 정체를 알기 위해 주변을 둘러보았다. 그러던 중에 어떠한 말소리가 미라의 귀로 들어왔다.

　"어때, 찾았어?" "아니, 이쪽에는 없던데." "그래? 어디로 간 거지?"

　무언가를 찾는 듯한 말소리였다.

　어디서 들려온 목소리일까. 주변을 둘러보던 미라는 이리저리 두리번거리며 뛰어다니는 자들의 모습을 발견했다.

　몸놀림으로 미루어 아무래도 그자들은 모험가인 듯했다. 그 사실을 알아챈 미라는 계속해서 주변의 분위기를 살폈다. 그리고 그제야 위화감의 정체를 알 수 있었다.

　얼핏 보면 평화로운 듯한 대로. 어쩐지 느긋하면서도 활기가 느껴지는 장소였지만 자세히 보니 인파에 섞인 모험가들이 하나같이 눈에 불을 켜고 무언가를 찾고 있었다. 날카로운 눈빛으로 주변을 둘러보며 때로는 사람들 사이를 누비고 뛰어다니고 있다. 시선을 위로 올려보니 지붕 위에서도 날렵해 보이는 이들의 모습을 확인할 수 있었다.

　아무래도 상당히 많은 수의 모험가가 무언가를 찾아, 온 도시를 돌아다니고 있는 모양이다.

　'이건…….'

　미라는 현재 학스트하우젠의 상황, 그리고 모험가들의 상태를 통해 예상해 보았다. 혹시 괴도 퍼지다이스가 움직임을 보인 것이 아닐까.

　하지만 예고장을 통해 지정한 일시는 내일 밤이었을 터다. 모습을 나타내기에는 아직 이르다. 그럼에도 모험가들은 모종의 확신을 가지고 무언가를 찾고 있는 듯 보였다.

　괴도는 굳이 예고장을 보내, 지금까지 성실하게 그것을 지켜왔다. 따라서 예고일 전에 범행을 저지를 리는 없다.

　하지만 미라는 알아챘다. 생각해 보니 예고일은 어디까지나 결행일일 뿐이다. 다시 말해서 사전 조사나 준비 등은 그 전에 해도 이상할 것이 없다.

　혹시 뭔가 사전 공작을 하고 있는 퍼지다이스를 발견한 것은 아닐까. 그렇게 이런저런 생각을 하던 미라는 애매한 정보만으로 지레짐작하기보다는 직접 물어보는 게 빠르겠다고 판단을 내렸다.

"이봐라, 뭐 좀 물어봐도 되겠느냐?"

옆 건물 지붕 위. 미라는 그곳까지 '공활보'로 가볍게 올라가, 그곳에서 주변을 둘러보고 있던 남자에게 물었다.

"응, 딱히 상관은 없지만…… 가만, 당신은 아침에 봤던!"

고개를 돌린 남자는 미라의 모습을 보자마자 놀란 듯 소리쳤다.

"흠…… 아침이라? 그렇다면…… 그때 모여 있던 이들 중 한 명인가 보군."

아침과 모험가. 이 두 가지와 모두 연관이 있었던 사건은 아침에 일어났을 때 저택정령이 포위되어 있던 일뿐이다. 아무래도 그는 그때 그 자리에 있었던 모양이다.

"네에, 맞습니다, 맞아. 그때는 소환술의 가능성을 알고 깜짝 놀랐더랬죠. 그리고 그 후에 당신이 그 유명한 정령여왕님이라는 말을 듣고 한 번 더 놀랐고요. 이야아, 다시 만나 뵙게 되어서 영광입니다."

유명인이라도 만난 듯 기뻐하며 남자는 자연스럽게 손을 내밀었다.

"무얼, 이 몸은 보잘것없는 모험가 중 한 명에 불과한 것을."

미라는 겸손하게 말하면서도 아주 싫지도 않은 듯 배실배실 웃으며 악수에 응했다.

"그래서 뭘 알고 싶으십니까? 뭐가 됐든 제가 아는 범위에서 답변해 드리죠!"

남자는 화제를 바꾸어 그렇게 말하면서도 조금 전과 마찬가지로 주변을 응시하는 것을 잊지 않았다. 상당히 재주가 좋은 남자다.

"오오, 그러했지. 고맙구나. 그게 말이다——."

미라는 그렇게 운을 떼고서 궁금했던 것을 물었다. 어째 모험가들이 하나같이 뭔가를 찾고 있는 듯한데, 대체 무슨 일이 있었던 것이냐고.

"아아, 그건 말이죠——."

남자는 말했다. 많은 모험가들이 온 도시를 뛰어다니는 이유와 그 원인을.

남자의 말에 의하면 지금 분주해 보이는 모험가들은 모두 물의 정령을 찾고 있는 도중이라고 한다.

호오, 물의 정령을? 미라가 고개를 갸웃하자 남자는 말을 이었다. 이는 모두 정령여왕이 오늘 아침에 행한 소환술 선전 활동에서 비롯된 일이라고.

듣자 하니 소환술의 유용성, 그리고 정령 소환의 효과를 알게 된 여성 모험가들은 전에 없이 의욕적으로 행동을 개시했다고 한다.

몇 안 되는 소환술사의 확보. 그리고 정령과 계약하기 위한 준비. 정령 결정을 사 모으고 정령이 사는 지점까지의 일정을 잡는 등 아주 분주하게 움직였다는 모양이다.

또한 당연하다면 당연하다고 할 수 있지만, 그녀들의 최우선 목표는 정령여왕이 실연해 보인 물의 정령과의 소환 계약이었다.

그러던 도중, 터무니없는 정보가 날아들었다고 남자는 말했다.

"사실은 놀랍게도 물의 정령이 이 도시에 왔다더군요. 심지어 대화를 해본 사람의 말에 의하면 소환 계약을 맺으러 왔다지 뭡니까."

가끔이기는 하지만 정령이 사람들이 사는 마을에 불쑥 찾아오는 경우도 있다. 그 이유는 여럿이었지만 정령은 인류의 좋은 이웃이기에 노골적으로 싫어하는 사람은 없고, 마음껏 머물게 하며 평범하게 대하는 것이 보통이었다.

하지만 현재 학스트하우젠의 모험가들은 정령을 보는 눈이 크게 달라진 상태였다. 그 중에서도 물의 정령을 보는 시선은 유독 달라져서, 소환 계약을 맺고 싶어 안달들이 나 있었다.

결과적으로 물의 정령은 놀라서 어디론가 사라져 버렸다고 한다.

"오호……라."

남자의 이야기를 끝까지 들은 미라는 간신히 씰룩거리려는 뺨을 진정시키며 그렇게 답했다.

소환 계약을 맺으러 왔다는 물의 정령. 이전까지도 도시에 불쑥 나타난 정령의 모습을 본 적은 있었다. 늘 있던 일이라 이야기 초반에만 해도 미라는 남의 일인 양 듣고 있었다. 하지만 다음 순간 깨달았다. 그 물의 정령은 혹시 안루티네가 아닐까. 소환 계약을 맺으러 왔다는 이야기가 그 가능성을 뒷받침해 주고 있었다.

겨우 정신을 차리고서 미라를 만나기 위해 도시를 걷던 중, 마침 미라의 포교 활동으로 인해 흥분한 모험가들에게 발견된 거다. 충분히 가능성이 있는 전개다.

"그런데 정령여왕님. 한 가지 궁금한 점이 있는데…… 그 정령왕과 이어져 있다고 들었는데, 그걸 통해서 근처에 있는 정령을 감지하거나, 같은 정령인 운디네 님이 근처에 있는 물의 정령을 감지할 수 있다거나, 그런 건 혹시 가능할까요?"

남자는 굽실거리며 조언을 구하는 듯한 태도를 취했지만, 여기서부터가 본론이라는 투로 말했다.

물의 정령은 이 많은 모험가들이 색적기능을 최대로 활용해 찾고 있음에도 불구하고 좀처럼 찾을 수가 없었다. 하지만 정령이 단단히 마음을 먹고 숨으면 얼마나 찾기 어려운지를 통감하고 있던 남자는 마침 가능성을 발견해낸 것이다. 정령에 관해서는 누구보다도 잘 알 듯한 정령여왕이라는 가능성을.

그리고 그의 감은 옳았다.

'끄응…… 제법 날카롭구먼.'

실제로 미라는 정령왕의 가호를 이용함으로써 주변에 있는 정령을 감지하는 방법을 익혔다. 또한 남자의 말대로 운디네에게 부탁하면 다른 정령의 기척을 감지하는 것도 가능하다.

하지만 미라로서는 대답하기 어려운 문제였다.

모험가들이 찾고 있는 정령이 우연히 이 자리에 나타난 물의 정령일 가능성도 있다. 그러나 지금은 근처에 없는지 정령왕의 가호를 통해서도 물의 정령을 감지할 수 없지만, 아무래도 그건 안루티네일 가능성이 가장 컸다.

정령 네트워크에 들어오기 위해 어렵게 이곳까지 서둘러 온 안루티네를 다른 소환술사와 만나게 하는 것만큼 잔인한 짓도 없을 것이다.

그렇다고 해서 불가능하다고 하기도 좀 그랬다. 정령왕의 가호에 그러한 힘이 없다고 답하기는 쉽다. 지금은 미라밖에 받은 자가 없기에 미라가 안 된다고 하면 그런 것이 되기 때문이다.

하지만 남자는 운디네는 감지할 수 없느냐는 질문도 동시에 날렸다. 이것은 소환술사가 아니라도 정령에게 물어보면 할 수 있는지 없는지를 금방 알 수 있는 문제다.

다시 말해서 지금 못한다고 답해도 나중에 그게 거짓말이라는 것이 판명되고 마는 것이다. 그렇게 되면 거짓말을 했다는 이유로 정령여왕인 미라의 명성에 흠집이 나고 만다. 모처럼 소환술 포교에 쓸 만한 명성을 얻었건만, 거기에 먹칠을 하는 것은 소환술계 전체에 누를 끼치는 일이다.

그렇다고 솔직하게 답하자니 꺼림칙했다.

그 물의 정령은 안루티네라는 자로 자신과 계약하기 위해 어렵게 멀리서 찾아왔다. 그러니 포기해 달라.

그렇게 말하면 분명 모험가들은 포기해줄 것이다. 하지만.

'이 몸이 뿌린 씨앗이라지만 일이 이렇게 될 줄이야……'

미라는 거리를 흘끔 쳐다보았다. 그리고 눈에 불을 켜고 물의 정령을 찾는 여성 모험가들의 모습을 보고 몸을 떨었다.

보통 같은 속성의 정령과는 중복 계약이 불가능하다. 하지만 현재 미라는 그 원칙을 정령왕의 힘으로 구부러뜨리고 있다.

그러한 사실을 솔직하게 말하고 이중으로 계약을 맺을 경우, 저들은 어떻게 생각할까.

물의 정령 둘과 계약하다니, 역시 정령여왕이다. ……라면서 놀라며 동경심을 품어줄 가능성도 분명 있다.

하지만 미라는 혈안이 되어 뛰어다니는 여성 모험가를 보고 확신했다. 그럴 가능성은 지극히 낮을 것이라고.

분명 독점하다니 너무하다. 치사하다. 희망을 줘 놓고 어쩜 이럴 수가 있냐. 그런 소리를 하고도 남을 것이다. 굳이 말하자면 이미 미인 아내를 둔 미남이 귀여운 정부를 두어도 좋다는 허가를 얻은 듯한, 그런 상황이다.

거짓말을 할 수는 없다. 하지만 사실대로 말할 수도 없다. 그렇다면 어떻게 대답해야 할까. 남자의 질문으로부터 몇 초가 지난 후, 미라는 결국 입을 열었다.

"음. 확실히, 감지할 수는 있지."

긍정한 것이다. 지금 거짓말을 해봐야 나중에 들통날 위험성이 매우 높다. 그렇다면 지금은 사실대로 말하는 수밖에 없다. 중요한 건 그다음이다.

"오오, 역시 그렇군요! 그렇다면 이 도시에 숨은 물의 정령의 위치를 알아봐 주실 수 없을까요? 당연히 보수는 지불하겠습니다!"

기대했던 답변이 돌아오자 남자는 노골적으로 기뻐했다. 하지만 그러한 마음의 이면에는 동료 여성 모험가들에 대한 공포심이 담겨 있어서, 그는 매우 필사적으로 애원했다.

하지만 그 부탁을 들어줄 수는 없었다.

"아니, 그럴 수는 없다."

미라는 눈을 가만히 내리깐 채 조용히 단언했다. 그러자 남자는 "아니…… 어째섭니까?!"라면서 매달렸다.

"이는, 소환술사를 위한 일이다——."

최대한 낮은 목소리로 답한 후, 미라는 마치 이것이야말로 진실이라는 투로 말을 이었다.

미라는 말했다. 지금 자신이 물의 정령의 위치를 알려주는 건 쉽지만, 그래서는 인연이 생기지 않아서 소중한 인연을 맺기가 어려워진다고.

"아니……. 그게, 무슨 뜻이죠?"

정령여왕에게 찾아달라고 하면 그만이다. 그런 생각으로 일을 편하게 해결할 요량이었던 남자는 실로 무겁기 그지없는 미라의 말을 듣고 엉겁결에 숨을 죽였다.

"만남 역시 인연의 일부라는 게다. 고생 끝에 찾아내어 만나야만 기쁨이 생겨나는 법. 그리고 그것이 언젠가 양측을 이어주는 인연으로 승화하는 것이다. 하지만 이 몸이 알려주면 그 인연에 이 몸이라는 존재가 끼어들고 만다. 그래서는 진정한 인연이라 할 수 없지."

그렇게 말한 미라는 끝으로 "이건 이 몸의 지론이지만 말이야"라고 덧붙여서 말을 끝맺었다.

"……과연. 그런 의미셨군요."

남자는 미라의 말에서 느낀 바가 있는지, 진지한 얼굴로 중얼거리더니 자신의 생각이 부족했다며 고개를 숙였다.

"무얼, 지름길로 가는 게 나쁘다는 건 아니다. 동료를 위한 일이 아니냐. 그건 옳은 일이기도 하다. 다만 이번에는 그보다 훨씬 뜻 있는 방법이 있다는 것뿐이다."

그렇게 답한 미라는 그대로 지붕에서 훌쩍 뛰어내렸다. 그리고 "이건 이 몸과 그대의 인연의 증표다"라고 말하며 아이템 박스에서 정령결정을 꺼내 남자에게 던졌다.

"아니, 이건……! 감사합니다!"

비싼 데다 유통량도 적은 정령결정은 미라의 선전 활동 덕분으로 인해 단숨에 도시의 시장에서 사라진 상태다. 게다가 앞으로 값이 더욱 뛸 것으로 예상되는 물건이기도 했다.

남자가 소속된 그룹은 그걸 입수하지 못했다. 값이 더 오를 걸 생각하면 당분간 엄두도 못 낼 것이다.

하지만 그것이 지금, 만남의 결과로 손에 들어왔다.

남자는 손을 흔들며 떠나가는 미라의 등에 대고 감사의 뜻을 담아 고개를 숙인 후, 정령결정을 들고 동료들이 있는 장소를 향해 달려갔다.

8

'어찌어찌 성공한 모양이로군……'

돌이켜보니 상당히 억지스러운 설명이었던 것 같아서 미라는 쓴웃음을 지었다. 소환술사에게 인연은 소중하고, 지금까지 그렇게 해 왔다는 말도 거짓은 아니었다.

하지만 누군가가 이끌어줬다고 해서 강한 인연을 맺을 수 없게 되는가 하면 그렇지도 않았다. 운명적인 사랑이 아닌 맞선 결혼으로도 충분히 행복한 가정을 꾸릴 수 있는 것과 마찬가지다.

그러한 인식에 관한 부분을 미라는 억지로 분위기를 잡아서 흐지부지하게 만들었다. 그리고 끝으로 인연이라는 핑계를 대고, 정령결정을 선물해서 물의 정령을 찾는다는 목적성을 희미하게 만들고, 깊이 생각하지 않도록 얼버무린 것이다.

'자아, 어디에 숨어있을까……'

난국을 넘어선 미라는 확인을 겸해서 일단 남작 호텔로 돌아왔다. 그리고 왜건 안을 보았다. 그곳에는 호위역인 잿빛 기사만 남아 있고 안루티네는 보이지 않았다.

그리고 잿빛 기사는 안루티네를 지키라고 명해두었음에도 행동에 나선 흔적이 없었다. 아무래도 명령계통의 조정이 부족한 모양이다.

또한 코타츠 위에 두었던 쪽지가 잿빛 기사의 뒤에 떨어져 있었다. 우연히 떨어지는 바람에 안루티네가 알아채지 못한 모양이다.

그러한 상황으로 미루어 볼 때, 역시 모험가들이 찾고 있는 물의 정령은 안루티네가 틀림없는 듯했다.

가만히 있었으면 됐을 것을. 미라는 그렇게 생각했지만, 곰곰이 따져보니 안루티네를 내버려 둔 채 관광을 즐긴 것은 다름 아닌 자신이었던 것 같아서 반성했다.

'쪽지는 손에 쥐여 줄 걸 그랬구나.'

그런 생각을 하며 미라는 운디네를 소환했다. 그리고 안루티네가 있는 방향을 묻자 운디네는 살며시 한 방향을 가리켰다.

어느 방향인지 알았으니 이제 다 된 거나 다름없다. 정령왕의 가호에 의한 감지 범위는 아직 그렇게까지 넓지 않다. 하지만 그쪽을 찾다 보면 머지않아 범위 안에 들어오게 될 것이다.

미라는 운디네에게 감사 인사를 하고서 송환한 후, 곧바로 그 방향을 향해 달려갔다.

그 후, 미라는 무사히 안루티네와 합류하여 소환 계약을 맺는 데 성공했다.

그때 안루티네는 모험가들로부터 숨기 위해 지하수로에 있었다. 이야기를 들어보니 하수도와는 다른 의문의 수도가 이 도시 지하에 펼쳐져 있었다고 한다.

심지어 도시 밖에 흐르는 강까지 이어져 있어서 안루티네는 모험가들에게 들키지 않도록 그대로 수로를 타고 돌아갔다.

그러다 보니 소장과 약속한 시간이 되었다. 저녁 식사도 함께 하자는 제안에 따라 소장 일행과 합류한 미라는 이 도시에서 유명하다는 레스토랑에 와 있었다.

"좀 전에는 미안했네. 도저히 빠질 수 없는 용건이 있었거든. 아주 중요한 일이었지."

소장은 곧바로 그렇게 사과를 했는데, 그 눈빛은 뭐라고 열렬히 호소하고 있었다. 어떤 용건이었는지 꼭 좀 물어봐 달라고.

"그럼 미라 씨. 또 알고 싶은 게 있으신가요?"

필사적으로 호소하는 소장을 슬그머니 밀어낸 후, 율리우스는 대화를 재촉하듯 그렇게 말했다. 그의 눈은 '이건 무시해도 상관없습니다'라고 말하고 있었다.

"음. 그럼 하나 묻도록 하지. 실은 이전에 말이네, 그림다트 북동부에 위치한 숲속에 있다는 이름 없는 마을에, 전쟁고아를 모아 만든 고아원이 있다는 소문을 들었는데, 소장께서 조사한 것 중 해당하는 장소는 없었는가?"

미라는 소장보다는 율리우스의 의견을 존중해서 곧바로 낮에 하던 이야기의 다음 부분에 해당하는 질문을 입에 담았다.

누가 뭐래도 최우선 목적은 퍼지다이스를 붙잡는 게 아니라 아르테시아를 찾는 것이다. 퍼지다이스의 정체가 라스트라다일지도 모른다는 의혹도 있지만, 찾고 있는 고아원의 위치만 알게 되면 퍼지다이스야 어찌 되든 상관없기 때문이다.

소장은 많은 고아원들을 둘러보았다고 했다. 그렇다면 그때, 소장은 아르테시아를 만났을지도 모른다. 설령 만나지 못했다 해도, 여러모로 수완이 좋은 듯한 탐정인 소장이라면 뭔가 알지도 모른다.

미라는 기대가 담긴 눈으로 소장을 쳐다보았다. 그러자 소장은 다소 아쉬워하는 눈치이기는 했지만 곧바로 생각에 잠겼다. 하지만 십여 초 후, "전쟁고아를…… 흠, 그러한 고아원은 본 적이 없군"이라고 답했다.

아무래도 소장이 조사한 것 중 해당하는 장소는 없었던 모양이다.

"흐음, 그런가. 결국 소문은 소문이었던 겐가……."

그림다트 북동쪽에 위치한 숲. 그 깊숙한 곳에 몇몇 집락이 있는 듯하다는 것까지는 알아냈다. 하지만 정작 고아원이 없으면 의미가 없다. 이번에는 허탕을 친 건가 싶어서 미라는 침울해졌다. 하지만 소장은 그런 미라에게 다정한 투로 말했다. "아니, 그럴 거라고 단정할 수는 없네"라고.

"내가 조사한 고아원은 모두 공식적으로 등록된 것들뿐이네. 그 소문의 고아원이 등록 신청을 하지 않고 운영하고 있을 경우, 조사할 수가 없었겠지. 없다고 단정 짓기에는 일러."

"호오……!"

소장의 말에 미라는 희망을 되찾았다.

소장의 말에 따르면 본래 고아원 등록 신청이라는 것은 필수 사항이 아니라는 모양이다. 다만 신청해서 수리되면 여차할 때 아이들이 무료로 의료 서비스를 받을 수 있다고 한다. 그렇기에 대부분의 고아원은 등록되어 있다는 것이다.

"등록을 하지 않고 운영하고 있는 고아원도 분명 있기는 하네. 그리고 이러한 미등록 고아원들 중에는…… 변변치 않은 곳들이 많지."

　등록의 이점은 이것 하나뿐인지라 여차할 때 대응이 가능한 이가 근처에 있을 경우, 등록 절차를 생략하는 경우도 있다는 모양이다. 하지만 그러한 인재를 오래도록 확보하는 건 쉬운 일이 아니다. 작은 마을이라면 더더욱 그렇다.

　아이들을 위한다면 등록해야 마땅하다. 등록에 품이 들기는 하지만 고아원이 손해 볼 것은 하나도 없다.

　그런 등록을 굳이 하지 않는 이유. 소장은 과거에 그러한 예를 몇 번 본 적이 있다고 한다.

　"그건 내가 아직 모험가였을 때였네──."

　소장은 눈살을 찌푸리고서 또다시 이야기를 시작했다. 그것은 소장의 과거, 모험가 시절의 무용담이었지만 그 내용은 자랑이 아니라 자신에 대한 훈계 같은 것이었다.

　듣자 하니 미등록 고아원은 비합법적인 인신매매의 온상이 되어 있었다고 한다.

　이것을 본 것을 계기로 소장은 몇몇 인신매매 조직을 박살냈다는 모양이다.

　"무모한 일은 하지 않고 철저하게 정보만 수집하고, 나머지는 모두 법의 힘에 맡겼지만 그럼에도 약간의 모험적인 요소는 있었던 것 같네. 그리고 어떻게 보면 그때 쌓았던 경험이 지금 하는 일의 가장 큰 양식이 된 것 같고."

　그렇게 말을 매듭지은 후, 소장은 추억에 젖기라도 하듯 허공을 바라보며 "역시, 성장의 열쇠는 모험에 있었던 건가"라고 나직하게 중얼거렸다.

"훌륭하군그래. 그 무렵부터 탐정이 되기 위한 재능은 있었던 모양이군."

"어쩌면 이쪽이 천직이었을지도 모르지."

미라가 추어올리자 소장은 농담 섞인 투로 답하며 실로 보기 좋은 미소를 지어보였다. 생활하기 위해서 했던 모험가 일과 취미로 시작한 탐정 일. 수익은 하늘과 땅 차이일 테지만, 소장에게는 후자 쪽이 더 중요한지 아주 싫지는 않은 눈치였다.

"어찌 되었건 지독한 일이로군."

미등록일 경우, 겉으로 보기에는 고아원이지만 뒤로는 인신매매에 이용되기도 한다. 현재 그러한 역사는, 과거 소장의 활약으로 인해 고아원 운영자들 사이에 널리 퍼져 있다는 모양이다.

다시 말해서 미등록 고아원은 범죄에 연루되어 있다고 의심 사기 쉽다, 라는 인식이 퍼진 것이다.

의심 받고 싶지 않으면 등록하는 편이 좋다. 그러한 분위기가 조성되었다는 모양이다.

그리고 그 결과, 그렇게 뒤가 구린 미등록 고아원이 감소했다고 율리우스가 덧붙여 말했다. 훗날에도 영향을 미쳤으니 소장이 한 일은 말 그대로 '업적'이라 해도 과언이 아닐 것이다.

"그나저나 다소 복잡하군. 증거를 모아 처리하는 수법이, 소문으로 들은 괴도의 수법과 비슷하다니."

소장은 탐정처럼 법적 효력이 있는 증거를 모아서 고발했다. 그에 반해 퍼지다이스는 법적 효력이 있는 증거를 훔쳐내서 공표

하는 수법을 사용했다.

모양새는 다르지만 결과는 같다. 양쪽 모두 죄인은 엄중한 법의 심판을 받았다.

"확실히 그렇군. 하지만 그러한 조직을 개인적으로 어떻게 하는 데에는 한계가 있지. 그걸 어떻게 하려면 국가나 교회와 같은, 보다 커다란 힘을 의지하는 게 정답이라 할 수 있지 않겠나."

지금까지 퍼지다이스가 폭로해온 악행들에는 모두 커다란 조직이 얽혀 있었다.

설령 A랭크 모험가가 소속된 길드라 해도 이들을 상대하기는 어려울 것이라고 소장은 말했다.

그러한 사회 이면의 조직들은 횡적으로 광범위하게 이어져 있는 데다가 비합법적인 일을 아무렇지도 않게 저지르기에 언젠가 발목을 잡히게 되어 있다고.

"소중한 것을 지키기 위해서는 때때로 신념을 굽혀야 할 필요가 있지. 그리고 나는 그런 그들을 훌륭하다고 생각하네."

무언가가 떠오른 것인지 소장은 문득 그런 소리를 하며 눈을 감았다.

공공연히 악과 싸우는 것은 말 그대로 영웅답다고 할 수 있을 것이다. 하지만 눈에 띄면 눈에 띌수록 파고들 틈새가 생겨나기 마련이다. 정의의 영웅에 관한 정보가 나돌면 더더욱 그럴 수밖에 없다.

과연 가족과 친족을 희생해 가면서까지 정의를 관철할 수 있는 영웅이 있기는 할까. 소장의 말은 그러한 뜻이리라.

"정의를 관철하는 것도 힘든 일이로군."

"뭐어, 이렇게 성가신 건 사람을 상대로 할 경우뿐이라고 생각하지만 말이네."

비아냥거리는 투로 답한 후, 소장은 감자 샐러드를 단숨에 욱여넣었다. 그리고 입가가 지저분해진 채로 새삼 퍼지다이스는 좋은 적수라고 웃으며 말했다.

"잠시 화장실에 다녀오지."

소장이 내겠다고 한 탓에 마블 오레를 너무 많이 마셨는지, 문득 신호가 온 미라는 그렇게 말하고서 자리에서 일어나 화장실로 향했다.

그리고 그러던 도중에 옆에 있던 객실을 흘끔 쳐다보았다.

'어허라, 저녁 시간인데도 디저트 삼매경이라니……. 흐음……괜찮군.'

얼핏 보인 인물은 이렇다 할 특징이 없는 남자로, 맛있어 보이는 크렘 브륄레를 먹고 있었다. 심지어 그 옆에는 다 먹고 난 접시가 세 장 놓여 있다. 모두 다 크림으로 보이는 것이 남아 있는 것을 통해, 미라는 그 남자가 소장에 필적할 정도의 단 것 애호가일 것이라고 추측했다.

저녁식사는 소장이 내기로 했으니, 디저트는 어쩔지 생각하며 미라는 화장실의 문을 열고 안에 들어갔다.

그리고 그 뒷모습을, 특징 없는 남자가 슬그머니 쳐다보았다.

'흐음…….. 그나저나 인신매매의 온상이라.'

미라는 볼일을 보며 소장의 이야기를 되짚어보았다.

소장은 철저하게 숨어서 정의를 수행했다고 한다. 그 공적 덕분에 미등록 고아원은 격감했다고도 했다. 하지만 그럼에도 등록하지 않는 고아원은 존재하는 듯했다.

예를 들자면, 쉬운 일은 아니지만 치료를 비롯한 이런저런 요건을 알아서 준비할 수 있는 고아원 같은…….

미라는 생각했다. 그림다트 북동쪽에 펼쳐진 숲 깊숙한 곳에 마을이 있고, 그곳에 고아원이 있을 경우. 그리고 그 창설자가 미라의 예상한 인물이라면 미등록 상태일 가능성도 충분히 있다고.

미라가 예상한 인물. 그것은 아홉 현자의 일원이자 성술사인 '상극의 아르테시아'다.

성술이란 치료와 회복, 보조와 같은 효과에 특화된 술종으로, 그 정점에 있는 존재라면 고아원을 등록할 필요가 없어진다. 등록을 한들 부상을 치료하는 데 아르테시아를 능가할 자는 없을 것이다. 또한 성술의 효과가 도움이 되지 않는 병 같은 것도 높은 수준의 조약(調藥)기술을 지닌 그녀라면 문제가 되지 않을 것이다.

그리고 당연히 인신매매 등과도 인연이 없을 거다. 아이들을 끔찍이 아끼는 아르테시아가 그런 걸 용납할 리도 없는 데다, 만약 근처에 그러한 장소가 있다면 분노에 사로잡혀 물리적으로 괴멸시킬 것이기 때문이다.

따라서 아르테시아라면 등록하지 않아도 문제는 없다. 하지만 고아원을 둘러싼 상황상 등록해두면 귀찮은 일이 줄어들 것이다.

그렇지만 그렇게 하지 않는 이유는 무엇일까.

미라는 그 이유가 떠오르지 않아서 무엇이 되었건 사정이 있을 것이라고 결론을 내렸다.

'이거 정말 가능성이 있을지도 모르겠구나.'

어쨌든 상황상 소문으로 들었던 고아원에 아르테시아가 있을 가능성은 충분히 있다고 할 수 있다.

하지만 미라가 아는 것은 마을에 관한 소문뿐이다.

존재 여부조차도 불투명한 마을. 심지어 있을 것으로 추측되는 장소는 매우 넓은 숲속이다.

설령 하늘 위에서 무턱대고 찾는다고 찾아낼 가능성은 낮을 것 같다.

따라서 일이 이렇게 된 이상, 우선 퍼지다이스에게 물어보는 게 빠를 것이다. 직접 찾는 건 최후의 수단이다.

소장에게서 얻을 수 있는 정보가 더 있을까. 미라는 마음을 다잡으며 일어나 팬티를 올린 후, 의기양양하게 자리로 돌아갔다.

"미라 공은, 그 숲속에 있다는 미등록 고아원을 찾아내기 위해 퍼지다이스를 붙잡으려 하는 것이로군."

미라가 화장실에서 돌아오자마자, 느닷없이 소장이 목적을 짚어냈다. 미라의 언동을 통해 그 사실을 추리해내는 것은 소장에게 매우 쉬운 일이었으리라.

"음, 그 말이 맞네."

미라는 순순히 고개를 끄덕이며 답했다. 그러자 소장은 정답을 맞춘 것이 기뻤는지 "역시 그랬나" 하고 미소를 지었다.

"지금까지 조사한 결과로 미루어, 퍼지다이스가 고아원에 기부를 하고 있는 것은 분명하네. 더욱이 피해 액수와 기부금을 계산해 보니 어느 정도 맞지 않는 부분도 있었지. 본인의 주머니에 집어넣었을 수도 있지만 모두 기부했을 경우, 그게 미등록 고아원으로 흘러들었다고 보아도 이상할 것은 없지. 그리고 그 괴도라면 미등록 고아원을 알고 있을 가능성은 높네. 그렇다면 그중에 미라 공이 찾고 있는 고아원도 있을지 모르지."

그렇게 한참을 이야기한 소장은 완벽하게 의적 노릇을 하고 있는 것으로 미루어, 퍼지다이스는 아주 높은 확률로 미등록 고아원과 이어져 있을 것이라고 말을 이었다.

"흠. 소장께서 그렇다니 정말로 그럴 것 같군그래."

분명 퍼지다이스에 관해 가장 잘 아는 소장이 가능성을 인정했다. 지금까지는 즉흥적인 감에 따라 퍼지다이스를 노리고 있었지만, 다른 사람이 동의를 표해주니 부쩍 마음이 든든해졌다. 미라는 보다 목표에 가까워졌음을 실감했다.

'그나저나, 인기가 있을 만도 하구먼.'

소장은 퍼지다이스를 두고 완벽한 의적이라고 칭찬했다. 미라역시 지금까지 들은 이야기와 만났을 때의 일을 돌이켜보니 그렇다는 생각이 들었다. 그 괴도는 사리사욕으로 움직이는 게 아닌 것 같다.

이야기를 들으면 들을수록 퍼지다이스는 정의의 영웅이라는 인상이 짙어졌다. 상황이 달랐다면 분명 자신도 응원했을 것이라고 미라는 생각했다. 그리고 그렇기에 전쟁고아를 모아 만든 고아원 같은 게 존재할 경우, 분명 관계가 있을 것이라는 믿음이 생겼다.

퍼지다이스를 만나면 뭔가를 알아낼 수 있다. 그렇게 확신한 순간, 문득 소장이 입에 담은 다음 말에 미라는 동요했다.

"다시 말해서 미라 공은 그 고아원의 장소만 알아내면 퍼지다이스를 붙잡을 이유는 없는 것인가."

탐정다운 날카로운 시선으로 소장이 미라를 쏘아보았다. 미라는 그 시선에 약간 거북해졌다.

그럴 만도 한 것이, 지금까지 퍼지다이스를 붙잡는다는 동일한 목적을 가졌다는 전제로 이런저런 귀중한 이야기를 들어왔다. 심지어 소장의 돈으로 여러 가게에서 마음껏 먹어대고 있는 상황이다.

하지만 그런 가운데, 조건에 따라서는 퍼지다이스를 붙잡지 않아도 상관없다고 생각한다는 건 배신이나 다름이 없는 일이다. 게다가 그 사실을 상대가 짚어내기까지 했으니 더더욱 거북할 수밖에 없었다.

"꼬치꼬치 캐묻고서 이렇게 말하자니 좀 그렇지만, 그런 셈이지."

순간적으로 침묵하기는 했지만 미라는 또렷하게 답했다.

퍼지다이스를 붙잡는 것은 목적한 장소를 알기 위한 수단 중 하나라고.

그러자 소장은 문득 날카로운 표정을 지우고 미소를 지어 보였다.

"아니, 그건 아무래도 좋네. 내가 하고 싶어서 이야기한 것뿐이니까."

아무래도 소장은 전혀 개의치 않는 모양이다. 심지어 "만약 내가 미라 공의 입장이었다면 정보를 주는 대신 못 본 척해달라는 제안을 받을 경우, 분명 승낙하고 말 걸세"라고 옹호하는 듯한 말까지 입에 담았다.

"흠, 그런가. 소장이 그렇다면 이 몸이야 상관없네만."

"아아, 그렇다네. 신경 쓰지 마시게. 그리고 무엇보다도, 이렇게 남자 둘이서는 주문하기 꺼려지는 걸 실컷 즐겼으니 나는 기쁠 따름이네. 미라 공, 정말 고맙네."

소장이 그렇게 말한 참에, 마침 점원이 찾아와 초콜릿 파르페를 미라 앞에 내려놓았다.

아무래도 미라가 화장실에 간 동안 주문한 모양이다.

그리고 점원이 떠난 후, 율리우스가 파르페를 살며시 소장의 앞으로 옮겼다.

"내내 궁금했거든."

소장은 예술작품 같은 파르페에 스푼을 찔러 넣어, 그것을 입으로 옮기더니 실로 행복해 보이는 미소를 지었다.

그리고 "탐정은, 딱딱해 보이는 인상을 줄수록 좋지"라느니 "하지만 뜻밖에도 탐정업과 호감이라는 단어는 거리가 멀어서 말이네" 따위의 말을 중간중간 끼워 넣었다.

끝으로 진심 어린 투로 "정말로, 고맙네"라고 말한 소장은 파르페를 한 손에 들고 매우 보기 좋은 미소를 지어 보였다.

경우에 따라서는 괴도를 붙잡지 않는 선택지를 택할 수도 있
다. 그러한 입장에 관해서는 딱히 문제 삼지 않은 채, 이야기는
예고일 당일의 작전에 관한 것으로 넘어갔다.

"뭐어, 이번에 붙잡을지 말지는 둘째치고, 예정했던 작전에는
참가해줄 수 없겠나."

초콜릿 파르페를 먹어 치운 후, 소장은 천천히 이게 본론이라
는 듯 눈을 빛냈다.

그리고 지금까지 많은 이야기를 듣고, 얻어먹어 약간 거북한
입장이 된 탓에 어느샌가 그것을 거절할 만한 분위기가 아니게
되어 있었다.

"그래. 협력하도록 하지."

미라는 크렘 브륄레를 먹어 치우고서 합의했다.

그러자 소장은 "고맙네!"라고 기쁜 듯한 미소를 띤 채 말하더니
"그럼 바로 가보도록 할까"라면서 휠체어 바퀴를 굴렸다. 작전을
실행할 현장을 확인하며 설명하는 편이 빠를 것이라면서.

"흠, 알겠네."

미라는 고개를 끄덕여 답한 후, 힘차게 앞으로 나아가는 소장을
쫓았다. 그 뒤에서, 다소 늦게 일어선 율리우스는 빈 파르페 그릇
과 스푼을 미라가 앉아 있던 자리 앞으로 슬그머니 이동시켰다.

그리고 아무도 모르게 소장이 먹었다는 증거를 모두 인멸하고

서 말없이 계산하는 소장에게 합류했다.

레스토랑을 나선 미라 일행은 도시 북동부의 중앙을 비스듬하게 가로지르는 대로를 거닐고 있었다.

이 근처는 부유층의 거주구획인지 시야 가득 저택이 늘어서 있었다. 소장의 안내를 받으며 찾은 장소는 그중 하나인 어느 커다랗고 하얀 저택이었다.

저택 앞에는 격자로 된 문이 있고, 그 양쪽 옆에는 문지기가 서 있었는데 소장이 다가가자 앞길을 가로막듯 다가왔다. 그리고 문지기는 "이 시간에 뭘 하러 왔지?"라고 싸늘하게 말했다.

"그냥 견학을 하러 왔네. 신경 쓰지 말게."

문지기의 태도에서는 위압감 같은 것이 느껴졌다. 그에 반해 소장은 능글맞게 어깨를 살짝 으쓱해 보였다.

"자아, 이곳이 이번에 퍼지다이스가 예고장을 날린 피해자 겸 피고인 돌레스 상회장의 저택이네."

괴도 퍼지다이스가 표적으로 삼은 자는 지금까지 한 사람의 예외도 없이 사회 이면에서 악행을 저질렀던 악인이었다. 때문에 피고라 부르는 것이라고 소장이 입가를 치올리며 말했다. 그러자마자 문지기가 소장을 노려보았다.

"어이쿠, 피고라 부르기에는 아직 일렀던가. 뭐어, 시간문제겠지만."

소장은 태연한 표정으로 아무렇지도 않게 문지기와 마주 보았다. 그러자 문지기 역시 "빨리 꺼져라, 무능한 탐정한테는 볼일 없으니"라는 소릴 해댔다.

갑자기 두 사람 사이에 험악한 분위기가 흐르자 미라는 어쩌면 좋을지 율리우스에게 물었다.

소장과 문지기가 격렬하게 눈싸움을 벌이는 가운데, 율리우스가 간결하게 설명해 주었다.

그의 말에 따르면 아무래도 미라가 오기 전에 이 돌레스 상회와 소장 사이에서 다툼이 있었던 모양이다.

그리고 상세한 설명은 생략했지만, 돌레스 상회장과 소장은 절망적일 정도로 마음이 맞지 않아서, 결과적으로 근처에만 와도 쫓겨나게 되었다는 것이다.

"그런 이유로 문지기와 말다툼을 하는 건, 뭐라고 해야 좋을지……."

"소장님의 안 좋은 버릇 같은 거라서…… 죄송합니다."

이 또한 무난하게 지냈던 모험가 시절의 반동인지, 소장에게는 어린애 같은 나쁜 버릇이 있는 듯했다.

소장과 문지기가 대화를 나누는 동안, 미라는 그것이 끝나기를 기다리며 돌레스 상회에 관한 정보들을 돌이켜보았다.

소문에 따르면 돌레스 상회는 키메라 클로젠과 연루되어 있었던 것으로 의심된다는 모양이다. 게다가 솔로몬에게 들은 바에 따르면 그 외에도 여러 가지 죄목이 존재한다고 한다. 국왕에게서 나온 정보가 그렇다 보니 돌레스 상회가 범죄에 연루되었을 가능성은 매우 높을 듯했다.

하지만 그것을 증명할 증거가 전혀 발견되지 않은 탓에 지금은 아무도 손을 댈 수 없는 상태라는 듯하다. 그렇지만 이번에 세상에 나오지 않고 완전히 은폐되었던 증거들을, 퍼지다이스가 폭로할 것이다.

그 활약상은 그야말로 정의의 영웅의 그것이었다.

그런 정의의 영웅인 퍼지다이스가 노리는 표적, 그리고 주전장이 될 저택은 어떠한 장소일까.

그게 궁금해진 참에 소장과 문지기의 말다툼도 마침 결판이 난 듯했다.

"여태 내리 지기만 한 탐정한테는 볼일 없다. 한 번이라도 이기고 다시 오시지."

"크윽."

아무래도 말다툼은 문지기의 승리로 끝난 모양이다. 율리우스의 말에 따르면, 소장은 틈만 나면 말다툼을 벌이지만 그다지 입담이 좋지는 못하다고 한다.

"자, 어서 꺼져."

문지기가 휘이휘이 손을 흔들어 쫓아냈다. 어지간히도 분한지 소장은 크으윽, 하고 눈살을 찌푸리고 부루퉁한 표정을 지었다. 하지만 그 이상 덤벼들지는 않았다. 패자는 말 없이 떠나야 하는 법이다. 율리우스가 소장의 휠체어를 돌렸다.

"우선은, 이곳을 벗어나도록 하지."

소장이 시무룩한 투로 말하자 휠체어가 움직였다. 떠나기 전에 미라는 새삼 저택이 신경 쓰여서 문 안쪽을 들여다보았다.

격자로 된 문 너머, 퍼지다이스가 예고장을 보낸 탓인지 저택의 부지 안에는 경비를 서는 자들이 눈에 띄게 많았다.

"호오, 과연 대단하군. 몇몇 사람은 상당 수준의 정령무구로 무장했어. 심지어 저 정령무구는 모두 음(陰)의 정령무구구먼."

과연 키메라 클로젠과의 연루되어 있다는 소문이 날 만도 하다. 명백하게 강력한 정령무구를 지니고 있는 경비병이 있기에 미라는 자신도 모르게 중얼거렸다.

그러자 소장이 곧바로 반응했다.

"오오, 보기만 해도 그런 걸 알 수 있는 건가? 흐음, 저 중에 정령무구가…….."

소장은 이동을 멈추고 문지기 옆으로 보이는 문 건너편을 들여다보고자 눈을 가늘게 떴다. 하지만 그의 눈에 보이는 것은 무장한 경비병들뿐이었고, 그것이 정령무구인지 아닌지는 구분이 안 되는 듯했다.

"이 몸 정도의 술사에게 그 정도쯤은 아무것도 아니지."

수련을 쌓은 술사는 정령뿐 아니라 정령력을 육안으로 확인할 수 있게 된다. 그 때문에 정령무구에 깃든 힘을 판별하는 것 또한 미라에게는 말 그대로 특별한 일이 아니었던 것이다.

"역시 정령여왕이라 불릴 만도 하군."

미라를 보고 감탄한 듯한 투로 고개를 끄덕이며 답한 후, 소장은 문지기에게로 고개를 돌려 씨익 웃어 보였다.

"오호라, 과연. 저 경비병 중에 음의 정령무구를 지닌 자가 있다 이거로군. 그러고 보니 소문에 따르면, 키메라 클로젠이 유출한 정령무구는 모두 음의 정령무구였다지?!"

소장은 보란 듯이, 일부러 목소리를 높여 말했다. 키메라 클로 젠이 만든 것으로 추정되는 꺼림칙한 음의 정령무구를 경비병들이 사용하고 있다. 이게 과연 우연일까. 그렇게 규탄하는 듯한 시선으로 소장은 문지기를 바라보았다.

그러자 문지기는 떨떠름한 표정을 지으면서도 우연히 모인 것일 수도 있다, 증거라 할 수 없다는 듯이 소장의 시선을 흘려 넘겼다.

"그런데, 구체적으로 저 중에서 누가 음의 정령무구를 사용하고 있나?"

소장은 아직 멀었다는 듯 문 안쪽을 가리키며 미라에게 물었다.

"음의 정령무구를 지닌 자는——."

미라는 간단한 특징을 들어가며 해당 인물을 지목해 나갔다. 그러자 그때마다 소장의 미소는 짙어져, 입가가 의기양양하게 치켜 올라갔다.

"과연, 그렇구만. 실로 훌륭한 공통점이 있군그래."

무언가를 확신한 듯 대담한 미소를 지어보인 후, 소장은 무뚝뚝한 얼굴의 문지기를 흘끔 쳐다보고서 "다음 목적지로 가도록 하지"라고 말하며 율리우스에게 신호했다.

율리우스는 살며시 고개를 끄덕이고서 휠체어를 밀어서 그 자리를 벗어났다.

아무래도 그러한 행위에는 문지기의 입을 다물게 할 정도의 효과가 있었던 모양이다. 미라는 반론할 수가 없어서 화가 난 듯한 문지기를 곁눈질로 흘끔 쳐다보고는 소장 일행을 따라 그 자리를 떴다.

　돌레스 상회장의 저택이 멀리 보이는 장소까지 온 참에 일행은
멈춰서 마주보았다.

　"과연 퍼지다이스로군. 돌레스 상회 역시 소문대로 속이 시꺼
먼 모양이야."

　소장은 멀찌감치 보이는 문에 시선을 고정한 채 만족스러운 투
로 중얼거렸다. 아무래도 미라가 지목한 인물들에게 모종의 공통
점이 있었던 모양이다. 그리고 그것이 바로 문지기의 입을 다물
게 만들고 소장을 우쭐하게 만든 요소였다.

　그 공통점은 무엇일까. 미라가 묻자 소장은 신이 나서 설명해
주었다.

　현재 돌레스 상회장의 저택에는 사병이 아닌 용병도 있다. 그리
고 음의 정령무구로 무장한 자들은 모두 다 사병이었다는 듯했다.

　음의 정령무구는 매우 높은 확률로 키메라 클로젠에서 만든 것
이리라. 그것을 사병의 숫자만큼 보유하는 것은 그야말로 키메라
클로젠과의 연줄이 있는 자가 아니고서는 불가능한 일이다.

　하지만 그럼에도 키메라 클로젠과의 연관성을 명백하게 밝힐
증거는 되지 않는다고 소장은 말했다.

　정령무구를 취급하고 있던 상인이 우연히 키메라 클로젠과 이
어져 있는 자였다. 그런 말도 안 되는 변명을 할 법한 여지가 조
금이나마 남아 있기 때문이라는 것이다.

　법에 의한 심판, 그중에서도 월경법제관 등이 행사하는 그것은

삼신국을 주체로 하는 교회의 위광(威光) 그 자체라서 어지간한 왕족조차도 두려워한다고 한다.

하지만 그러한 법의 힘은 매우 강력하기에 그것이 효력을 발휘하려면 확고한 증거가 반드시 필요했다.

매우 의심된다는 이유만 있을 뿐, 빠져나갈 여지가 조금이라도 남아있다면 그 커다란 힘을 움직일 수가 없는 것이다.

"혐의가 걷히는 것은 아니지. 하지만 필요한 증거는 은폐될 테고 단죄도 할 수 없을 걸세. 돈과 권력이 적이 되면 여간 껄끄러운 게 아니란 말이지."

퍼지다이스를 쫓으며 보아온 상황은 모두 그러했다고 소장은 한숨 섞인 투로 중얼거렸다. 그리고 그렇기에 퍼지다이스는 영웅이라 불리고 있는 것이라며 쓴웃음을 지었다.

돈과 권력. 일반적인 사람들에게 이토록 알기 쉬운 악인의 이미지도 없을 것이다.

"헌데 안에 들여보내 주지 않을 낌새였네만, 작전이란 건 어쩔 겐가?"

미라는 돌레스 상회장의 저택을 멀리서 바라보며 소장에게 물었다. 문지기의 태도는 시종일관 적의로 가득했다. 입장상 퍼지다이스를 붙잡는다는 목적은 같으니, 마음이 맞지 않더라도 최소한의 협력 관계는 될 수 있을 법 하건만.

하지만 실제로는 말 그대로 문전박대를 당하는 광경만 목격하게 되었다. 퍼지다이스를 붙잡기 위한 작전에 협력해달라고 소장은 말했지만, 정작 중요한 현장에 들어갈 수 없으면 말짱 꽝이 아닌가. 미라는 그렇게 생각했다.

하지만 그것은 완전히 괜한 걱정이었다.

"아아, 그 점은 문제없네. 지금은 그냥 개시 지점을 확인한 것뿐이니. 나의 최근 작전은 퍼지다이스가 범행을 저지른 뒤부터가 진짜 시작이거든."

다시 말해서 돌레스 상회가 증거를 모두 도난당하고 심판을 받을 운명에 처하고 나서야 소장의 작전이 시작된다는 것이다.

그 작전은 괴도로부터 표적을 지키는 것이 아니라 오로지 퍼지다이스와의 대결만을 염두에 둔 것인 듯했다.

굳이 저러한 악당을 위해 움직일 생각은 털끝만큼도 없다. 그점에 있어서는 오히려 퍼지다이스를 응원하는 입장이다. 소장은 그렇게 말을 잇더니 갑자기 미라에게로 몸을 돌리고서 도발적인 눈빛을 보냈다.

"자아, 미라 공. 증거를 훔쳐낸 퍼지다이스는 어디로 향할 것같은가?"

아무래도 그 장소에 초점을 맞추고 세운 작전인 듯했다. 나아가 소장은 과거에 있었던 모든 범행에서 그는 늘 같은 곳으로 향했노라고 덧붙여 말했다.

"어디로 향할 것 같냐고? 흐음~ 다시 말해서 훔쳐낸 증거를 어떻게 할 것인가가 요점인 것이로군."

소장의 도전을 정면으로 받아들인 미라는 지금까지 얻은 정보를 총동원해서 정답을 생각했다.

'분명 증거를 통해 법의 심판을 받게 한다 했었지. 많은 민중이 보게 함으로써 국가와 같은 커다란 조직이 움직일 수밖에 없게 만들려면.'

"커다란 광장인가?"

많은 사람이 볼만한 장소는 사람의 통행이 많은 대로가 교차하는 광장. 그런 단순한 생각에서 나온 답이었다.

"오호라, 과연. 그게 정답이라 생각하나?"

소장은 떠보는 듯한 눈으로 미라를 쳐다보았다. 동시에 미라는 그 눈에서 이겼다는 생각에 우쭐해진 듯한 소장의 감정을 느꼈다. 아닌 게 아니라 소장은 포커페이스를 유지하는 게 능숙하지 못한 모양이다. 그 표정이 너무도 노골적이라서 미라도 충분히 간파해낼 수 있었다.

"아니, 기다리시게!"

소장의 태도를 통해 오답임을 깨달은 미라는 제시했던 답을 무르고 다시 한번 생각에 잠겼다. 미라는 전에 없이 머리를 쓰고 있었다. 하지만 정답이건 아니건 딱히 상관은 없다. 약간 시간 낭비처럼 느껴지기까지 하는 행위였다. 그럼에도 미라는 남자의 오기라는 것을 발휘해서 도전에 임했다.

'광장이 아니라면……'

미라는 깊은 생각에 잠겼다. 그리고 되짚어보았다. 광장에 증거를 퍼뜨린들 얼마나 되는 사람들이 그것을 볼 수 있을까.

퍼지다이스의 수법은 사회 이면에서 이어져 있는 자들이 휘말려들기를 꺼릴 정도로 완전히 여론을 등에 업는 방법이다. 도시

시민들에게 악행의 증거를 퍼뜨릴 경우, 그것이 과연 사회 이면에 숨은 커다란 어둠을 돌파할 만큼의 힘이 될 수 있을까.

거기까지 생각하자 미라의 머리는, 그건 무리라는 결론을 내렸다. 일개 국가의 일개 도시에서 소란을 일으켜봐야 한계는 명확하다.

그러던 도중에 미라는 문득 생각해냈다. 지금까지 했던 이야기 속에 답이 있었다는 사실을.

"월경법제관…… 교회로군!"

오히려 여태 그러한 이야기를 했건만 왜 바로 알아채지 못한 걸까. 마음속으로 그런 반성을 하며 미라는 이거다, 하고 환한 표정을 지었다. 그 순간, 소장이 다소 분한 듯 눈살을 찌푸렸다.

미라는 그 순간을 놓치지 않고 "정말 그게 정답이라 생각하나?"라고 다시 묻는 소장에게 "그렇다네!"라고 힘차게 답했다.

"……정답이네."

삼신교회. 대륙 전토에 존재하는 교회는 정보망도 넓고 민중의 전폭적인 지지를 받고 있다. 나아가 월경법제관이라는 강력한 법의 힘도 겸비한 존재다. 교회에 악행을 저질렀다는 사실이 알려지면, 온 대륙에 그 악명이 퍼지게 되는 것이다.

"괴도 퍼지다이스는 증거를 훔쳐낸 후, 지붕을 타고 교회로 향하네. 이것이 지금까지 있었던 모든 범행의 공통점이지."

그렇게 말하며 소장은 율리우스에게 신호했다. 그러자 휠체어는 도시 중심부로 향하기 시작했다. 다음 현장인 교회로 향할 모양이다.

중간에 소장은 나란히 늘어선 집들의 지붕을 가리키며 퍼지다이스가 지나갈 것으로 예상되는 루트에 관해 말했다.

저 지붕에서 저 지붕으로. 최단 루트로 높이와 폭을 개의치 않고 미끄러지듯 건너갈 것이라고.

그렇게 루트를 확인하며 십여 분을 나아간 끝에 미라 일행은 도시 중심지에 도착했다.

대로가 교차하는 십자로. 가장 북적이는 도시의 중심지인 만큼, 그곳에는 척 봐도 고급스러워 보이는 건물들이 모여 있었다.

호텔에 레스토랑, 무구와 술구, 그밖에 척 보아도 대형 점포라는 것을 알 수 있을 정도의 가게들이 여럿 있었다.

"그 괴도는 언제나 훔쳐낸 증거를 교회에서 흩뿌린다네. 그 때문에 범행은 반드시 교회에서 3개월에 한 번 열리는 절기 전례(典禮)의 날에 거행되지."

교회는 그런 중심가 한구석에 존재했는데, 그 풍격은 이토록 고급스러운 가게들이 북적거리는 곳에서도 특출하게 눈에 띌 정도였다.

학스트하우젠의 대성당은 그림다트에서도 손꼽히는 교회다.

"전례가 집행되는 게 내일 밤이고, 그날은 성당 안뿐 아니라 이 일대가 사람으로 북적이지. 그리고 전례는 대사교가 직접 지휘를 맡을 걸세. 그러니 이 자리에서 폭로한 증거는 민중들의 목소리와 함께 교회 상층부에 확실하게 전해지겠지."

증거의 내용은 교회에서 교회로 전달된다.

결과적으로 퍼지다이스가 악행을 폭로한 자는 아무런 도움도 기대할 수 없는 상태에 몰리게 되고, 끝내는 저항도 못 하고 연행된다는 모양이다.

"뭐어, 자업자득이로군."

지금까지 법의 눈을 피해 이득을 취해 왔으니 당연한 응보라 할 수 있었다. 미라는 신의 위광을 체현한 듯한 대성당을 올려다보며 그런 신랄한 말을 중얼거렸다.

"그에 반해 민중은 박수갈채를 보내네. 정의로써 악이 처단되는 광경이 눈앞에서 벌어지는 셈이니 말이야."

민중에게 교회는 정의의 상징이라 할 수 있는 존재다. 그러한 그들이 악을 처단하는 모습은 믿는 자에게 통쾌한 광경일 것이다.

때문에 그러는 데 보탬이 된 퍼지다이스 역시 지지를 받는 것이다.

하지만 인기가 있는 이유는 그것뿐이 아니다. 무엇보다도 괴도의 범행, 다시 말해서 훔친다는 악행으로 인해 신앙의 중심인 교회가 움직인다는 구도가 더욱 관심을 모으고 있는 것이다.

신의 이름으로 단죄의 칼날을 내리치는 법의 수호자, 월경법제관. 그 힘을 유감없이 발휘하게끔 하기 위해 증거를 폭로하는 괴도 퍼지다이스. 히어로(영웅)와 다크히어로. 이 상반되는 협력 관계가 퍼지다이스의 의적다운 면모를 더욱 부각시키고 있는 것이라고 소장은 말했다.

"악인에게는 무시무시한 조합이로구먼."

법의 힘을 휘두르기 위해 필요한 증거를, 침입해서 훔쳐낸다.

교회 측의 이념으로는 절대로 불가능한 일인 그것을, 교회와는 아무런 상관도 없는 퍼지다이스가 대행한다.

그리고 증거 제출은 모두 괴도가 멋대로 한 것이지만, 그 내용은 교회가 무시할 수 있는 것이 아닌 터라 법이 집행된다.

"교회 측의 입장에서는 도둑질을 하는 퍼지다이스 역시 법을 어긴 죄인일 테지만, 붙잡을 생각이 전혀 들지 않을 만도 하지."

소장의 말에 의하면 사실 월경법제관 중에 퍼지다이스 대책 담당관이라는 자가 있다고 한다.

온 대륙을 무대로 도둑질을 하는 대괴도. 법을 관장하는 교회로서는 내버려 둘 수 없는 존재다. 하지만 절도의 내용물은 모두 교회 측에서 필요했던 것들뿐이다. 그 때문에 대책 담당관은 명목상의 존재일 뿐이라고 한다.

"오오, 마침 저기 있군. 당일을 위한 회의 중인가."

설명을 하던 참에 소장이 교회의 한 곳을 바라보았다. 그를 따라 시선을 옮기자 교회 옆에 설치된 강단 위에 같은 의상을 입은 다섯 명의 사람이 있었다.

법의(法衣)라고 하기에는 다소 가벼운 복장으로, 검은 천에 흰색과 붉은색이 곁들여진 로브. 그것이 퍼지다이스 대책 담당관의 증표라고 한다.

또한 그 다섯 명은 언제나 예고장이 날아온 도시의 교회를 찾아와서, 소장과도 안면이 있다는 듯했다.

"저들은 지금 어떻게 괴도를 붙잡을지가 아니라 어떻게 하면 자연스럽게 증거를 받아서, 돌레스 상회에 쳐들어갈지를 의논하고 있는 것이네."

법이라는 힘을 보유하고 있지 않은 퍼지다이스. 법이라는 힘은 있지만 그것을 휘두르기 위한 조건이 갖춰지지 않은 교회. 지금은 이 양측이 서로를 이용함으로써 수많은 악당을 처단하고 있었다.

그 때문에 퍼지다이스 대책 담당관의 임무는 절도를 하는 괴도를 붙잡는다는 최소한의 명분을 내세우고 있는 점을 제외하면 월경법제관으로서 악당을 체포하는 것이라고 한다.

"좀 더 고지식할 줄 알았건만, 교회가 의외로 유연하군그래."

신이 정한 법이야말로 절대적인 것이고, 어떠한 이유가 있어도 이를 어겨서는 안 된다. 미라가 품고 있는 교회에 대한 인상은 그러했지만 보아하니 실상은 생각 외로 그렇지가 않은 듯했다.

그리고 그것은 이러한 세계이기에 가능한 이유 때문이었다.

"굳이 말하자면 신이 유연한 것일지도 모르지. 때때로 삼신의 무녀가 계시를 받는다더군. 그리고 그 내용이, 법에 지나치게 얽매이지 말라는 것들뿐이라나."

"그것참…… 대단하구먼."

신의 계시를 받는다. 세상에 이보다 수상쩍게 느껴지는 말이 또 있을까. 하지만 마법이 있고 천사에 악마와 정령, 그리고 그 밖의 여러 가지가 존재하는 이 판타지 세계에서는 신 역시 실존해도 이상할 것이 없다.

그리고 그 증거라고 해야 할지 어떨지는 모르지만, 미라는 신이 강림하기 위한 그릇이라는 물건이 있다는 사실을 시조정령 마텔에게서 들었다. 나아가 신과 어깨를 나란히 한다는 정령왕과 편하게 대화를 나눌 수 있는 사이이기도 했다.

『신도, 꽤나 간섭을 많이 하는 것 같군.』

문득 미라가 정령왕에게 그렇게 말하자 당연하다는 듯 답변이 돌아왔다.

『지나친 간섭은 피하기 위한 규칙은 있다더군. 교의(敎義) 때문에 고뇌하는 신도에게 때때로 신탁을 내리는 일은 있다고 들었다. 그대로 내버려 두면 교의를 곡해해서 폭주하는 자가 나오기 때문이라 했던가.』

과연 판타지 세계답다. 신앙 대상이 직접적으로 말을 하는 일이 교회에서는 실제로 종종 있다는 모양이다. 그리고 그렇기에 가장 많은 신도를 거느리고 있는 것이리라.

『과연. 그토록 가깝게 느낄 수 있다면 마음이 든든할 만도 하구먼.』

우상이 아니라 실상인 것이다. 역시 판타지의 종교는 달라도 뭔가 다르다.

미라가 새삼 그렇게 감탄한 참에, 오랜만에 말을 섞은 탓인지 정령왕은 물어보지도 않은 삼신에 관해 이야기하기 시작했다. 삼신의 각자 성격이며 사생활에 가까운 것들까지.

요즈음 정령왕은 여러 가지 지식을 미라에게 이야기하는 것이 낙이라고 한다. 그런 정령왕의 목소리는 다소 들떠 있어서, 미라는 이야기를 들으면서 그러고 보니 이야기하기 좋아하는 자가 여기에도 있었구나, 라는 생각에 쓴웃음을 지었다.

『그리고 지금 그자들은 달에서 느긋하게 이 세계를 지켜보고 있는 것이야.』

신이기는 해도 인간과 비슷한 면이 많군. 미라가 그렇게 느끼기 시작한 참에 정령왕이 터무니없는 정보를 발설했다. 놀랍게도 이 세계 최대의 신앙 대상인 삼신은 달에 있는 모양이다.

『심 님. 그거, 미라 씨한테 말해도 되는 건가요?』

정령왕의 발언 직후, 마텔은 다소 어이가 없다는 투로 말했다. 얼마쯤 지나 무언가를 생각해냈는지 정령왕이 『……아』라고 신음을 흘렸다. 아무래도 실수였던 모양이다.

『미라 공, 방금 한 말은 최대급의 세계 기밀이니 비밀로 하도록…….』

『……음, 알겠네.』

하늘에 떠 있는 달. 실존하는 삼신은 실제로 그곳에 있다는 세계의 비밀. 미라는 또 터무니없는 사실을 알게 되었구나 싶어서 놀란 동시에, 정령왕의 실수에 쓴웃음을 지을 따름이었다.

10

"해서, 이곳이 소장의 작전 수행 현장인 게로군?"

지금 해야 할 일은 괴도 퍼지다이스에 대한 대책을 세우는 것이다. 정령왕에게서 들은 세계의 비밀은 일단 옆으로 치워두기로 하고 미라는 다시 현실로 의식을 돌렸다.

그리고 교회와 관련된 무용담을 읊고 있던 소장의 말을 끊고 그렇게 확인했다.

지붕을 타고 오는 루트는, 예측은 가능해도 확정된 것은 아니다. 하지만 골인 지점인 교회에서라면 확실하게 진을 치고 기다릴 수가 있을 것이다.

이 교회에 잠복하고 있다가 어슬렁어슬렁 나타난 괴도 퍼지다이스를 붙잡는다.

미라는 그것이 소장의 작전이리라고 생각했다.

하지만 소장의 다음 말로 인해 어라, 하고 고개를 갸웃할 수밖에 없었다.

"아니, 이곳 역시 지나가는 길 중 하나에 불과하네. 결행 장소는 다음 목적 지점이야."

그렇게 말하더니 소장은 또다시 도전적인 눈빛을 미라에게 던졌다.

"이곳 말고도 효과적으로 증거를 뿌릴 수 있는 장소가 하나 더 있네. 자, 그게 어디라고 생각하나?"

"호오…… 그렇게 나오셨나."

자고로 도전은 받아들여야 인지상정이라는 생각으로 미라는 두 번째 문제를 접수했다.

그리고 다시 한번 생각했다. 민중들의 관심을 모을 수 있고, 증거를 효과적으로 다룰 수 있는 장소. 대륙 전토에 있는 교회와 어깨를 나란히 할 수 있는 그곳은 대체 어디일까.

그 장소는 돈, 지위와 같은 힘에 굴하지 않고 민중의 곁에 존재하는 곳이리라. 그러한 장소가 존재할까. 얼마간 생각한 참에 미라의 머릿속에 답이 선명하게 떠올랐다.

"모험가 종합 조합이로군!"

도전적인 표정을 한 소장을 향해 미라는 여봐란 듯이 답했다.

"……정답이네."

다소 못마땅한 듯한 소장의 태도에 미라는 의기양양한 미소를 지어 보였다.

모험가 종합 조합. 미라에게도 익숙한 그곳은 독자적인 조직 체계를 지녔으며 국가와 같은 틀의 바깥에 존재한다. 그러면서도 교회와 마찬가지로 대륙 전토에 분포해 있으며 활동 내용상 민중과도 밀접하게 이어져 있다. 생각하면 생각할수록 제격이라 할 수 있는 조직이었다.

게다가 모험가의 활동은 민중의 오락거리처럼 화제에 오르기 쉬워서, 조합에서 퍼져 나간 이야기는 대부분의 사람들이 알게 되는 경우가 많다.

무엇보다도 모험가 종합 조합은 국가를 대신해 도적 등의 범죄자를 단속하는 임무도 알선하고 있다. 이곳에 악행을 증명할 증거가 제시되는 날에는, 아닌 게 아니라 무투파 모험가들이 우르르 움직이게 되는 것이다.

퍼지다이스의 범행이 완수되었을 때, 대륙 최고봉에 있는 법과 무력이 표적을 궁지로 몰게 된다. 여기에 저항할 수 있는 자는 거의 없을 것이다.

"퍼지다이스는 대사교가 있는 대성당에서 증거를 개시한 후, 근처 지붕을 타고 건너편에 있는 조합으로 빠져나갈 걸세."

승패 같은 것은 아무래도 좋다는 듯 미라의 눈빛을 흘려 넘긴 소장은, 맞은편에 있는 지붕을 가리켜 보였다. 그와 동시에 소장의 휠체어가 다시 전진하기 시작했다.

소장이 말한 지붕과 그다음 지붕은, 대로를 사이에 끼고 자리해 있어서 거리가 20미터는 되었다. 소문에 따르면 괴도 퍼지다이스는 그 거리를 태연하게 뛰어넘는다고 한다.

'뭐어, 이 몸도 할 수 있지만 말이야!'

선술 기능인 '공활보'를 사용하면 일도 아니다. 미라는 늘어선 건물들을 올려다본 채 대항심을 불태우며 소장의 뒤를 쫓았다.

모험가 종합 조합은 대성당에서 그리 멀지 않아서, 십자로를 구성하는 대로를 북쪽으로 따라간 곳에 세워져 있었다. 서쪽에는 술사 조합이, 동쪽에는 전사 조합이 도로를 사이에 끼고 마주 보는 모양새로 존재했다.

"해서, 이럴 경우에는 어느 쪽으로 가져가지?"

인파를 피하기 위해 가장자리로 붙은 참에 미라가 고개를 돌리며 그렇게 물었다.

전사 조합과 술사 조합. 퍼지다이스는 어느 쪽에 모습을 나타낼까. 그 물음에 소장은 언제나 술사 조합 쪽에 나타난다고 답했다. 증거로 훔쳐낸 물건들 중에는 때로 봉인, 혹은 도난 방지 술식이 걸려 있는 경우도 있다고 한다. 때문에 퍼지다이스는 그러한 것들을 모두 대응하기 쉬운 술사 조합에 두고 간다는 모양이다. 심지어 예의 바르게 카운터 위에 슬그머니.

"그리고 늘 조합이 황급히 술식 해제를 시도하는 도중에, 조용히 모습을 감춰서 범행을 마치네."

거기까지 말한 소장은 한 가지 예상을 입에 담았다. 자신의 모습을 감출 수 있는 술식을, 이 타이밍에 행사하는 듯하다는 것이다.

"심지어 그때, 고약하게도 증거에 걸린 술식을 어느 정도 불안정하게 만들어 놔두고 가지. 수많은 증거에 걸린 술식을 해제해야 하는 처지가 된 직원들은 우왕좌왕할 수밖에 없고."

하지만 그것이 바로 퍼지다이스의 노림수라고 소장은 말했다. 다급하게 술식 해제가 이루어지기에 조합 주변에는 술식 해제로 인한 마나가 흘러넘치게 된다고 한다.

"아는 술사에게 들은 이야기네만, 술식에 따라서는 그러한 상황에서 '마나 감지'와 같은 것에도 걸리지 않는 것도 있다더군. 게다가 잔재 역시 흘러넘치는 마나에 섞여서, 금방 구분할 수 없게 된다고도 했지. 요란한 괴도의 모습에서 강마술을 써서 특징이 없는 남자로 모습을 바꾼다면, 이걸 간파할 수 있는 자는 없을 걸세."

조합 안이 소란스러워진 가운데, 술식으로 모습을 바꾸어 슬그머니 근처에 있던 모험가에 섞여서 당당히 돌아간다. 소장은 지금까지의 상황을 통해 퍼지다이스가 홀연히 모습을 감출 수 있었던 이유를 그렇게 추리했다.

"오호라."

미라는 소장의 추리에 일리가 있다고 느꼈다.

실제로 자신의 모습을 속이는 술식이 강마술에 있었기 때문이다. 그리고 그 효과가 어느 정도인지도 미라는 잘 알았다.

【강마술 요이(妖異) : 환신(幻身)】

그것은 겉모습만 일시적으로 변화시키는 단순명쾌한 술식이다.

하지만 그 효과는 그리 단순하지가 않다. 이 술식에 의한 효과는 속이는 상대와 술사의 마력 차이로 결정되기 때문이다.

다시 말해서 자신보다 실력이 위인 자에게는 통하지 않고 동등하더라도 통할 확률은 절반 정도다. 확실히 실력이 아래인 상대만 속일 수 있는, 용도가 한정된 술법인 것이다. 하지만 그렇기에 효과는 엄청나다.

'흠. 추리한 바가 맞다면, 역시 터무니없이 강한 자라는 뜻이 되겠군.'

모험가 종합 조합에는 많은 모험가가 모여든다. 당연히 상당한 실력자가 있을 때도 있었을 것이다. 하지만 그럼에도 간파해내지 못했다면 괴도 퍼지다이스의 실력은 그 이상이라는 뜻이니 상당한 수준이리라.

그렇다면 '환신'을 사용한 시점에서 평범한 모험가들은 특정하는 것 자체가 불가능했을 것이다.

미라는 '환신'에 속지 않을 자신이 있지만 아주 단언할 수는 없었다. 무엇보다도 그 자리에 있는 모두에게 '환신'을 거는 방법도 있기 때문이다.

모두에게서 술식의 반응이 느껴지면, 위화감을 느낀다 해도 특정하기가 어려워진다.

그럼 어떻게 하면 좋을까. 미라는 잘 돌아가지 않는 머리를 풀가동해서 한 가지 방책을 생각해냈다.

"그렇다면 숨어들지 못하게 할 수는 없는 겐가?"

범행 시각에는 조합에 그 누구도 출입하지 못하게 하면 술식을 사용해 모습을 바꾼다 해도 의미가 없다. 아닌 게 아니라 제 발로 함정에 달려드는 꼴이나 다름없다.

그러한 생각을 미라가 말하자 소장은 살며시 고개를 가로젓고서 "그 방법은 한 차례 시험한 적이 있었네"라며 쓴웃음을 지었다.

듣자 하니 이전에 사정을 설명하고 조합의 협력을 받은 적이 있었다는 모양이다. 그리고 범행 당일, 출입 금지 상태가 된 조합 안에는 술식 해제 요원과 소장만 남아서 퍼지다이스가 오기를 기다리고 있었다고 한다.

"나 참, 완전히 한 방 먹었더랬지. 증거품을 카운터에 두고 가지 않고, 창문을 통해 던져 넣더군."

그 결과, 이때는 퍼지다이스의 모습조차 보지 못하고 놓쳤다는 모양이다.

결코 그 누구도 다치게 하지 않고 범행을 성공시킨다. 소장은 그런 확고한 규칙을 지키는 것을 통해 괴도 나름의 신조가 있는 것이라 생각했다고 한다. 증거품을 취급하는 방법 역시 지금까지의 상황을 통해 그러한 신조에 따를 것으로 예상했지만, 아무래도 그렇지 않았던 모양이다.

"상반된 입장에 있는 자라 해도 결코 다치게 하지 않는다. 괴도 퍼지다이스가 지키는 규칙은 이것과 예고장뿐인 듯하더군."

우직하게 자신의 수법에 얽매이는 게 아니라 상황에 맞춰 대응한다. 그것이 몇 가지 방책을 실행한 끝에 알아낸 퍼지다이스의 수법이라는 모양이다.

우선 지붕을 타고 교회와 조합을 들른다는 사실을 이용해 지붕에 함정을 잔뜩 설치해놨더니 평범하게 대로로 도망쳤다고 한다.

교회에서 포획 결계를 준비해놓고 기다렸을 때는 유효 범위에 들어서기 직전에, 그곳에 모여 있던 팬에게 증거품을 맡겨버렸다는 모양이다.

다시 말해서 증거품을 전달하는 수단에는 제한을 두지 않은 것이다. 이러한 이유로 교회와 조합은 반드시 온다는 걸 알면서 아무것도 못 했다고 한다.

"하지만 이번 작전은 다르네. 평소와 같은 범행에 한 걸음 더 다가서는 새로운 작전이지. 이전부터 준비해왔던 그것이 드디어 모양새를 이루었다네!"

소장은 신이 난 얼굴로 그렇게 말했지만 곧이어 풀이 확 죽었다. 그러던 찰나에 다리를 다치고 말았다는 것이다.

"이번에는 포기할까 했네만, 미라 공을 만난 덕에 희망이 생겼네."

그렇게 말하며 고개를 든 소장은 휠체어 옆에 부착된 가방에서 어쩐지 투박해 보이는 총 같은 것을 꺼냈다.

소장이 손에 든 그것은 기계적인 가늘고 긴 상자에 손잡이와 방아쇠를 부착한 듯한 형태를 하고 있었다. 얼핏 보면 총과 비슷했지만 그런 것치고는 볼품없고, 애초에 총구가 존재하지 않았다.

그럼 무엇일까. 생각을 해봐도 알 수가 없었다. 하지만 이러한 것은 대개 새로운 술구였다.

"호오……. 처음 보는 물건이군. 그것은 무엇인가? 술구 같은 것인가?"

지금까지 거리를 돌아보고 대화를 나누며 학습한 미라는 솔직하게 보고서 든 생각을 말로 옮겼다.

"맞네. 게다가 이건 구형이기는 하지만 경라 기구에서 취급하고 있는 정규품이지. 범인 추적용으로 제작된 특별한 술구라네."

소장은 형사를 동경하는 소년처럼 환한 얼굴로 술구를 겨누어 보였다. 입만 다물고 있으면 하드보일드물의 형사 같은 외모라 자세가 실로 그럴듯했다.

"호호오, 경라 기구의 정규품이라. 그러한 물건도 있었나 보군."

경라 기구. 미라는 그 단어를 들은 적이 있었다. 언젠가 솔로몬과 담화를 나누던 때의 일이다.

알카이트 왕국뿐 아니라 현재 플레이어가 일으킨 나라에는, 말하자면 경찰과 같은 역할을 하는 경라 기사가 존재했다.

소속은 경라국으로 전쟁 시에 활약하는 군대와는 다른 역할을 띠었는데, 기본적으로 경찰과 같은 업종이라 할 수 있다. 경라 기사는 범죄자 단속과 미아 수색 등, 평소 도시의 치안과 주민의 미소를 지키고 있다.

경라 기구란 그런 각국의 경라국을 총괄하고 감시하며 기술을 제공하는 조직을 말한다. 또한 플레이어가 일으킨 나라를 중심으로 하고 있다는 점에서 알 수 있듯, 이 역시 히노모토 위원회의 관할이었다.

경라 기구는 방범 목적, 그리고 범죄자라고는 해도 상대는 사람이라는 사고를 통해 주로 비살상 무기와 이번에 소장이 입수한 것과 같은 술구 개발에 힘을 쏟고 있다고 들었다.

"이걸 손에 넣느라 꽤나 고생을 했지만 말이지. 인맥이라는 건 어디서 어떻게 이어져 있을지 모를 일이더군."

구형이라고는 하나 히노모토 위원회에서 비롯된 정규품이 시장에 나도는 경우는 거의 없다. 그것의 입수 난이도는 높을 수밖에 없지만, 입수에 성공한 것만 봐도 소장의 인맥이 어느 정도인지를 알 수 있었다.

"다만 문제가 하나 있는데. 사실 이 술구는 빛의 정령의 가호를 받은 자가 사용해야만 제대로 기능하는 물건이라 말이네."

소장은 한숨 섞인 투로 그렇게 말하고서 자신이 손에 든 술구의 사양을 간결하게 설명했다.

우선 빛의 정령의 가호를 받은 자가 아니면 기능하지 않는다. 덧붙여 설명하자면 경라 기구의 술구 중에는 이러한 제한이 붙은 것이 많다고 한다.

빛의 정령, 바람의 정령, 물의 정령. 주로 이 세 정령은 온화하고 다정한 성격을 지닌 자가 많아서 가호를 받을 수 있는 자들 역시 대부분 그에 상응하는 감성을 지니고 있다.

따라서 악용되는 것을 방지하기 위한 조치로 이러한 제한이 걸려 있는 것이라고 소장은 말했다.

"편리하기에 악용될 경우의 일도 고려해서 설계한 것이지. 실로 훌륭한 마음가짐이 아닐 수 없어."

소장은 손에 든 술구를 바라보며 감탄했다는 투로 고개를 끄덕였다. 하지만 그만큼 사용할 수 있는 이도 적어서, 여차할 때 대응 속도가 떨어진다는 결점도 덧붙였다.

정령의 가호는 그리 쉽게 받을 수 있는 게 아닌 데다, 아무리 선량한 자라 해도 정령과의 만남과 일정 이상의 능력이 필요하다. 그 때문에 경라 기사 중에서도 이러한 제한이 붙은 술구를 다룰 수 있는 가호 소유자는 상당한 우대를 받고 있다고 한다.

"일단은 나도 빛과 바람의 가호를 지니고 있지. 모험가 은퇴 후, 경라국의 임원이 되지 않겠냐는 제의를 받기는 했지만 탐정 일을 하고 싶어서 거절했다네."

소장이 다소 자랑을 하듯 말했다. 그 말에 미라는 "호오, 그러했나"라고 간단하게 답했다. 그러자 소장은 그런 미라의 반응에 약간 침울해 했다.

미라는 그다지 관심이 없어서 자세히 알지 못했지만, 경라국의 임원은 엘리트 중에서도 엘리트라 해도 과언이 아니었다. 다시 말해서 소장에게 그것은 반드시 굉장하다는 칭찬을 받을 수 있는 이야깃거리였다. 그런데 심드렁한 반응이 돌아오니 실망할 수밖에 없었던 것이다.

"그럼, 이 녀석의 사용 방법 말이네만——."

소장은 어흠, 하고 본론으로 돌아와 계속해서 사양 설명을 했다.

듣자 하니 이 술구는 기본적으로 탐색 무형술을 응용한 것이라고 한다. 주로 이 타입의 술구는 마력 추적식과 생명력 추적식으로 구분되어, 상황에 따라 바꿔 사용한다는 모양이다.

이번 상대는 강마술사인 퍼지다이스인 탓에 마력 추적식을 사용한다. 술사라면 마력도 높을 테니, 그만큼 탐지하기 쉬울 것이기 때문이다.

핵심인 술구의 사용법은 지극히 간단해서, 술구의 끄트머리를 대상에게 겨누고 방아쇠를 당기기만 하면 된다. 그때 주의할 점은 대상 근처에 커다란 마력을 지닌 자, 혹은 마나를 발산하는 자가 없어야 한다는 것이다.

"하지만 문제는 대상과의 거리가 삼백 미터 이상 떨어지면 추적이 불가능해진다는 점이네."

어렵게 술구로 퍼지다이스를 포착한다 해도 지금의 다리 상태로는 머지않아 퍼지다이스가 범위 밖으로 달아나고 말 것이다. 조수인 율리우스는 빛의 정령의 가호를 받지 않은 탓에 술구를 기동시킬 수 없고, 설령 소장이 퍼지다이스를 등록한다 해도 그걸 받아서 추적할 수도 없다는 모양이다.

"사역 계열 술사는, 사역한 존재를 통해 기동력을 크게 끌어올릴 수 있다지. 미라 공이라면 이러한 조건에서도 퍼지다이스를 추적할 수 있지 않나?"

소환술사는 매우 숫자가 적은 탓에 실력의 기준 자체가 매우 애매한 존재로 인식되고 있었다. 그때 혜성처럼 나타난 것이 정령 여왕이라는 이명을 지닌 엄청난 실력의 소환술사, 미라였다.

과연 소환술사의 실력은 어느 정도일까. 소장의 눈은 기대로 가득 차 있었다.

"흠, 기동력을 살려서 추적이라……."

잠시 생각에 잠긴 미라는 "그 정도면 이대로도 문제없을 듯하네만"이라고 답하고는 다음 순간, '공활보'로 허공을 딛고 달려 술사 조합 건물의 지붕 위로 올라가 보였다.

"이것 참, 놀랍군……."

소환술을 행사할 거라 생각했건만 의표를 찔러 선술사의 기능을 선보인 탓에 소장은 어리둥절할 수밖에 없었다.

"네에, 놀랍군요……."

그리고 율리우스는 당혹스러워하고 있기도 했다. 미라의 행동을 예상하지 못한 것은 소장과 마찬가지였지만, 엉겁결에 그 동작을 눈으로 좇는 바람에 미라의 팬티를 제대로 직시하고 말았기 때문이다. 놀라움과 죄책감이 뒤섞여 마음이 복잡한 눈치였다.

동시에 주변에서도 드문드문 목소리가 들려왔다. 사람들의 통행이 많은 장소인 탓에 미라의 행동이 다소 주목을 끌고 만 것이다. 그렇게 사람들의 시선이 미라에게 집중된 가운데, 내내 걱정하고 있던 율리우스의 안 좋은 예감이 적중했다.

"어떤가. 추적이라면 이쪽을 사용하는 게 낫지 않겠나. 이 몸의 소환체는 모두 다 강해서 여러모로 눈에 띄니 말이야!"

미라는 자신만만하게 그런 소리를 하며 '공활보'로 허공을 뛰어다니다가 지상으로 훌쩍 내려왔다. 그때, 스커트가 확 들춰지는 바람에 흘끔 보이는 정도가 아니게 되어 있었다.

"이것 참 근사하군. 선술 기능이라. 내재 센스까지 습득했다니, 놀라울 따름이로군."

"암, 그러할 테지!"

소장은 기대했던 것 이상이라며 더욱 들떴고, 당사자 역시 율리우스의 걱정은 전혀 개의치 않고 팬티를 구경한 사람들의 박수 소리를 등진 채 돌아왔다.

소장의 말대로 허공을 달리는 미라는 척 보아도 알 수 있을 정도로 상당한 기동력을 갖췄다. 퍼지다이스를 충분히 추적할 수 있을 것이라는 생각이 들 정도로. 그렇기에 가장 주의해야 할 입장인 소장이 그런 것은 몽땅 잊은 채 괴도에게 한 방 먹여줄 수 있을 것 같다며 흥분한 것이다.

"방금 보여준 기동력이라면 적정 거리를 유지한 채 괴도를 쫓을 수 있겠군. 그렇게 되면 드디어 녀석의 거점을 특정해낼 수 있을지도 몰라. 이거 재수가 좋군그래."

소장은 승산이 생겼다고 기뻐하며 곧바로 추적용 술구 '록온 M 식형'의 사용 방법을 미라에게 알려주기 시작했다.

미라와 소장은 잔뜩 들뜬 듯했다. 하지만 율리우스는 그 이전에 일러두어야 할 중요한 사실을 전달하기 위해 "한 마디만 드려도 될까요?"라고 말해서 두 사람 사이에 끼어들었다.

선술사의 기동력은 술사 중에서도 최고 수준이다. 보조로 습득한 것이라지만 미라가 선보인 움직임만으로 충분히 추적이 가능하리라는 것을 알 수 있었다. 그리고 무엇보다 미라의 말대로 소환술을 쓰기보다는 몸집이 작은 미라가 허공을 달려 쫓는 편이 들킬 위험성이 적을 것이다.

하지만 그렇기에 주의해야만 한다.

"좀 전의 움직임은 그 괴도에 뒤지지 않을 정도로 훌륭했습니다. 하지만 미라 씨, 방금 그건 좀 아닌 것 같습니다. 뭐라도 좀 입으셔야죠."

율리우스의 시선은 올곧고 진지하기 그지없었다. 그의 날카로운 눈빛이 미라에게 꽂혔다. 그 말을 듣고서야 그때의 상황이 떠올랐는지 소장이 "오오!" 하고 소리쳤다.

"그랬지. 그러고 보니 그랬어. 미라 공, 이번뿐이 아니라 조금 전처럼 도약할 때는 주의하시게나. 그 영역은 매우 숭고한 것이라고 과거의 지인이 말했더랬네. 그렇기에 여성은 특히나 남들에게 보이지 않도록 주의하고 있다고 말했지."

미라를 위해 소장과 율리우스는 진지한 투로 말했다. 미라는 이게 무슨 소리인가 싶어서 고개를 갸웃했다. 하지만 얼마쯤 지나 뭐라도 좀 입어야 한다는 말을 통해 무슨 뜻인지를 알아챘다.

"……오오, 그렇군! 확실히 이 상태로는 훤히 보였겠어."

미라는 자신의 하반신을 쳐다보고는 기장이 짧은 스커트를 집어 팔랑팔랑 흔들었다. 그리고 이 상태로 '공활보'를 사용하면 팬티를 지켜낼 수 없을 것 같다는 생각을 하며 납득했다.

'흠…… 이 몸은 아무래도 상관없지만, 윤리적으로는 아웃이로군.'

미라는 이제야 지금까지 자신이 얼마나 팬티를 무방비하게 드러내 왔는지를 알아챘다. 그 요인이 두 남자의 충고인 점이 참으로 요상할 따름이었지만, 미라는 충고에 따라 어떻게 할지를 생각해 보았다.

누가 팬티를 본다 한들 미라는 눈곱만큼도 신경이 쓰이지 않았지만, 그렇다고 아무렇게나 드러낼 생각은 없었고, 그러한 서비스를 해줄 필요도 없다는 생각에 도달했다.

"흠. 나중에 대처하도록 하지."

한 가지 방법을 떠올린 미라는 살며시 미소 지으며 "충고해줘서 고맙구나"라고 율리우스에게 감사 인사를 했다.

율리우스는 "아뇨, 이해해주셔서 다행입니다"라며 미소로 답했다.

하지만 그것은 완벽한 미소가 아니었다.

미라의 귀여운 표정과 뇌리에 각인된 선정적인 팬티가 겹쳐 보여서 뭐라 형용하기 어려운 감각에 시달리고 있었기 때문이다.

또다시 미라 때문에 새로운 영역으로의 문을 열려 하는 자가 발생한 듯했다.

미라의 팬티 노출 사건이 일단락되자 화제는 다시 퍼지다이스에 대한 대책으로 돌아갔다.

그 과정에서 미라는 대략적인 술구 사용 방법을 배웠다.

"흠, 과연. 이제 완벽하게 알겠군."

시험 삼아 율리우스를 등록한 미라는 술구를 활용해서 뒷골목에 숨어 있던 율리우스를 찾아내는 데 성공했다. 이렇게 정확한 것을 보면 경라 기구의 정규품이라는 말이 거짓은 아닌 모양이다.

"그럼 미라 공에게 부탁하려는 일에 관해 설명하겠네——."

술구의 신뢰성을 확인하는 과정이 끝난 참에 소장은 그 술구를 사용한 작전에 관해 말했다.

퍼지다이스가 최종적으로 찾을 술사 조합에는 모험가들이 출입하는 정문과 직원용 뒷문, 그리고 2층 베란다에 자리한 문까지, 합계 세 개의 침입 루트가 있다.

그중 하나에 잠복하고 있다가 어슬렁어슬렁 나타난 퍼지다이스를 술구에 몰래 등록하는 것이 제1단계 작전이다.

문제는 그 작업을 들키지 않고 완료해야만 한다는 점이다.

우선 추적용 술구에 등록했다는 사실을 들키면 그 시점에서 이 작전은 거의 실패라 할 수 있다. 추적당하고 있다는 사실을 알면서 거점으로 돌아갈 자는 없을 것이기 때문이다.

"어쨌든 직원용 뒷문은 신경 쓸 필요가 없네. 그곳은 직원만이 열쇠를 지닌 잠금장치가 걸려 있으니까. 설령 퍼지다이스라 해도 이걸 해제하기는 어려울 걸세. 그렇기에 그곳에 무언가를 할 필요는 없네. 따라서 미라공은 맞은편에 있는 가게에서 베란다 측 입구를 조준하고 있어 줬으면 하네."

전방에 보이는 술사 조합. 그곳의 2층에 있는 베란다는 대로에서 봤을 때 다소 방향이 틀어져 있었다. 그 때문에 마주하고 있는 전사 조합에서는 미묘하게 조준하기가 어렵다. 하지만 그 옆 점포의 3층에 있는 베란다에서는 일직선이다. 확실히 그곳에서라면 완벽하게 조준할 수 있을 듯했다.

"과연. 조준을 하기에 제격이로군. 그나저나 베란다 입구만 조준하고 있어도 되는 겐가? 저곳에서라면 정면 입구도 조준할 수 있을 듯하네만."

세 개의 침입구 중 두 개가 대로에 면해 있다. 미라의 말대로 그곳에서라면 사각도 문제없이 확보할 수 있을 듯했다.

하지만 소장은, 정문은 신경 쓰지 않아도 된다고 답했다. 이러한 경우, 퍼지다이스는 높은 확률로 베란다에서 침입할 것이라는 게 그 이유였다.

"지금까지의 범행에서 퍼지다이스가 정면 입구로 침입한 건 두 번뿐이었네. 그리고 그 이유는 두 번 모두 내가 다른 입구를 모두 봉쇄해두었기 때문이었지. 그렇기에 아무 것도 하지 않을 경우, 그는 반드시 위층에 있는 입구를 이용할 걸세."

퍼지다이스는 때와 상황에 따라 대응을 달리한다. 하지만 이쪽에서 예측치 못한 상황을 만들지 않는 한, 그 괴도는 평소처럼 행동할 것이라고 한다.

그 점을 이용해 이번에는 조합 자체에는 손을 대지 않아 평소처럼 위층에 있는 입구, 베란다 문을 이용하게끔 할 요량인 듯했다.

"다만 등록할 시간을 벌기 위한 작업은 조금 해둘 생각이네."

미라가 쉽게 조준할 수 있도록 소장은 베란다에 모종의 작업을 티가 나지 않을 정도로만 해둘 것이라며 대담한 미소를 지었다.

또한 술구의 성질상 대상 이외의 사람이 근처에 있을 경우, 마나 측정이 제대로 이루어지지 않아 정확하게 등록이 되지 않을지도 모르니 주의하라고도 말했다.

"참고로 그 점을 개선한 것이 신형이라더군. 이 신형이 손에 들어왔다면 작전의 폭이 좀 더 넓어졌을 텐데 말이지. 아무리 그래도 그건 무리라며 거절하더군."

구형품이 시장에 흘러드는 일은 있어도 신형이 흘러드는 일은 없다. 있다 해도 그것은 위법 거래인 탓에 손을 댔다가는 일이 성가셔질 것이라고 소장은 농담이라도 하듯 웃으며 말했다.

그리고 미소를 띤 채 부럽다는 투로 신형의 성능에 관해 이야기했다.

사거리가 구형품의 세 배. 추적 가능 거리가 무려 5킬로미터까지 확대. 감지 부분의 정확도가 상승해서 인파 속에서도 정확하게 등록 가능. 그리고 등록 정보를 공유할 수 있는 부속기까지. 1세대 만에 상당한 진화를 이룬 모양이었다.

"그 권유를 받아들여서 조금이라도 경라국에서 근무해, 공헌해 두었다면 한 번 정도는 빌릴 수 있었을지도 모르건만."

거금을 주고 입수한 구형품과 신형의 차이를 알고 나니 심정이 복잡한 모양이다. 과거에 경라국 임원 자리를 권유받았던 소장이 그곳에서 경력을 쌓고서 탐정이 되었다면 어떠한 인맥을 구축했을까.

그런 생각을 하고 있는 것인지 소장은 허탈한 투로 '그랬더라면'이라는 소리를 중얼거리며 먼눈을 한 채 하늘을 바라보았다.

소장이 현실로 돌아온 후, 간단한 배치와 작전 내용을 확인했다.

우선 미라는 퍼지다이스의 범행 시간이 되기 전에 술구를 가지고 베란다에 잠복. 소장은 술사 조합 안에서 대기하며 상황을 지켜보기로 했다.

　그리고 율리우스는 퍼지다이스의 범행, 그리고 동향을 살피는 역할을 맡았다. 그리고 괴도가 예상 밖의 행동을 취할 경우, 곧바로 연락하기로 했다.

　또한 그 연락 수단은 미라도 본 적이 있는 상자였다.

　요전까지 미라가 공략했던 고대 지하 도시. 그곳에서 만난 어느 모험가 그룹. 여러 명이 공략할 때 상호 간의 연락 수단으로 그룹별로 지급했던 상자.

　하지만 한 가지 다른 점이 있었다. 당시 미라가 보았던 것은 빨간색, 파란색, 노란색 점이 떠올라 신호를 보내는 단순한 술구였지만, 이번에 사용할 것은 놀랍게도 문자를 보낼 수 있는 상위판이었던 것이다.

　보낼 수 있는 문자는 오십 자까지로, 문자 입력용 패널이 있어서 다소 커지기는 했지만 그래도 말을 전달할 수 있게 된 만큼 편리했다.

　또한 이쪽이 훨씬 편리한데 어째서 고대 지하 도시에서 그들은 점이 깜박거리기만 하는 상자를 사용했던 걸까 궁금해진 미라는 은근슬쩍 소장에게 상위판의 가격을 물어보았다.

　다소 비싸더라도 문자로 연락을 주고받는 편이 더욱 많은 상황에 대응할 수 있을 텐데. 미라는 단순히 그렇게 생각했다. 하지만 소장의 답변을 듣고 나니 납득하지 않을 수 없었다.

고대 지하 도시에서 사용했던 상자는 하나에 오만 리프 정도면 살 수 있다고 한다. 그럭저럭 값이 나가기는 하지만 그곳에 있던 모험가들에게는 그렇게까지 비싼 가격이 아닐 것이다.

하지만 소장이 가지고 있던 상자는 0의 개수가 달랐다. 무려 세 개나 더 많았던 것이다.

시가 삼천만 리프. 문자를 주고받을 수 있는 이 술구는 최신식으로, 그 편리성 덕분에 상급 모험가들 사이에서 매우 인기가 있었다. 그 결과, 유통량과 이런저런 사정으로 인해 간단히는 손에 넣을 수 없는 물건이 되었다는 듯했다.

참고로 소장은 이 역시 왕년의 연줄을 이용해서 구입했다고 한다.

'한 종류 술구만 봐도 상당히 다양하구나.'

뭉뚱그려서 술구라 부르기는 해도 종류도 다양하고 품질의 차이도 천차만별이었다. 그야말로 점을 보낼 수 있는가, 문자를 보낼 수 있는가에 따라 가격에 붙는 0이 세 개나 차이 날 정도로.

그리고 무엇보다도 그러한 다양성은 게임이었던 시절을 훌쩍 뛰어넘은 상태였다. 그것은 미라가 현재 이 세계에서 기대를 품고 있는 요소 중 하나이기도 했다.

삼천만 리프나 하는 고가의 술구. 그리고 그런 규모의 금전이 아무렇지도 않게 오고 가는 것이 모험가의 세계다. 이토록 꿈과 희망이 넘치는 세계가 또 있을까.

미라는 지금의 임무를 완료하고 나면 얼마간 자유롭게 모험해 볼까, 하고 자신의 미래를 어렴풋이 그려보았다.

11

"——뭐어, 대략적인 계획은 그러한데 어떤가?"

괴도 퍼지다이스의 동향은 율리우스가 현장에서 직접 보고한
다. 미라와 소장은 그 보고에 맞춰 행동한다.

그리고 소장은 술구를 통한 마킹까지 완료되면 나머지는 미라
의 재량에 맡기겠다고 했다.

"흠……. 정말로 이 몸이 마음대로 해도 되겠는가?"

이렇게까지 용의주도하게 준비를 했는데 정말 그래도 되겠느
냐고 미라는 물었다.

처음부터 끝까지 완벽하게 작전대로 되면 소장은 큰 공을 세우
게 될 것이다. 하지만 미라가 자신의 능력을 활용해 괴도 퍼지다
이스를 붙잡거나 그 아지트를 발견하거나 할 경우, 그 공적 중 대
부분은 미라의 것이 되고 만다.

"그래, 상관없네. 이 모양 이 꼴이 아닌가. 애초에 이번에는 아
무것도 못 할 뻔했으니 말이야."

소장은 그렇게 말하며 자신의 다리로 시선을 떨구었다. 그리고
부상당한 다리로는 그 괴도를 쫓는 것조차 불가능하다며 웃었다.

거기까지 진지한 얼굴로 말한 후, 소장은 문득 살짝 어깨를 으
쓱해 보였다. 그리고 사실은 이번 대결을 위해 세운 작전을 물거
품으로 만들고 싶지 않기도 하거니와, 얼마나 통할지를 빨리 알
고 싶은 것뿐이라며 웃어넘겼다.

"그리고⋯⋯ 솔직히 말해서 추적에 성공한 다음 일은 딱히 생각한 적이 없어서 말이네."

들자 하니 소장은 그렇게 추적에 성공한 다음 일을 생각하다가 다리를 다쳤다는 모양이었다. 그리고 이번 대결은 무리라 생각해 추적 후의 일은 백지상태로 두었다고 한다. 하지만 들키지 않게끔 술구에 등록하는 일이 가능할지가 좌우간 매우 궁금했다는 듯했다.

하다못해 그것만이라도 확인하고 싶어서 협력을 구할 만한 술사를 찾던 참에, 생각지도 못했던 정령여왕을 붙잡은 것이라며 소장은 웃었다.

"오호라. 뭐어, 이해는 가네만."

소장의 심정을 조금은 이해가 가서 미라는 쓴웃음을 지으며 답했다. 새로운 전략과 술식에 의한 연계를 생각해냈을 때는 자신도 좀이 쑤셨더랬다. 그리고 밤중에도 로그인해서 수면 부족 상태에 빠진 것도 모자라, 동료들을 구워삶아 실험대로 쓰기까지 했었다.

"게다가 과연 이명 보유자라 해야 할지. 그 괴도에게 뒤지지 않을 정도의 기동력까지 갖추다니. 미라 공이 올 줄 알았다면 처음부터 추적에 관한 작전도 상세하게 짜뒀을 텐데 말이야."

아무래도 예상했던 범위를 한참 벗어난 협력자이다 보니 오늘 하루 만에 미라에게 맞는 작전을 세우기는 어렵다고 소장은 말했다. 그리고, 그렇다면 모든 일을 맡겨도 되지 않을까 생각했다고 말을 이었다.

"뭐어, 할 수 있는 만큼 해보도록 하겠네."

그렇게 답한 미라는 술사 조합의 베란다를 바라본 채 그것도 재미있을 것 같다며 미소를 지었다.

당일 결행할 작전의 확인이 끝난 참에 미라 일행은 술사 조합의 맞은편에 위치한 가게를 찾았다. 목적은 그 건물의 3층에 있는 베란다를 빌려달라는 부탁을 하는 것이다.

술사 조합이 훤히 보이고 차폐물이 없어 사각 확보가 용이한 장소. 괴도 퍼지다이스를 기다리다가 술구로 조준하는 데 제격인 베란다가 이곳이었기 때문이다.

"——그런고로 말이네. 베란다를 빌려줄 수 있겠나."

소장은 작전 내용을 감추지 않고 설명한 후, 주인장의 허가를 구했다. 그러자 주인장은 "빌려주고 싶은 마음은 굴뚝같은데 말이지"라고 떨떠름한 얼굴로 답했다.

의적 퍼지다이스는 정의롭다는 이미지 때문이었다.

그와 적대 관계에 있는 소장을 도우려니 꺼림칙한 것이리라. 그 역시 어쩔 수 없는 일이다. 손님 장사를 하는 가게에서는 이미지가 중요한 법이니.

"에이 뭐 어때. 딱히 눈에 띄는 짓을 한다는 것도 아닌데."

"그래그래, 아무도 모를 거라고."

"그냥 특등석에서 괴도가 등장하기를 기다리는 팬들. 다들 그렇게 생각할걸."

세 명의 여성이 떨떠름해 하는 여성에게 다가가 설득했다. 아름답고 매력적인 그녀들은 조금 전에 이 가게 앞에서 합류한, 이번 작전에 협력하기로 한 모험가들이었다. 아까 미라와 헤어졌을 때 섭외를 해두었다는 모양이다.

소장의 말에 의하면 보다 성공률을 높이기 위한 일이라고 한다. 미라가 소녀라는 점을 유용하게 활용하기 위한 방법이라고도 했다.

베란다에 미라만 대기시키는 게 아니라 퍼지다이스를 기다리는 팬들로 위장한 여성들 사이에 숨게 하는 것이다.

매번 술사 조합 앞은 팬들로 북적거리니 미라라면 감쪽같이 숨어들 수 있을 거라고 소장은 단언했다.

또한 팬들 사이에 숨는 작전은 과거에 한 차례 실행한 적이 있었다고 하는데 그때는 소장과 율리우스가 여장을 하는, 어림도 없는 방법을 썼다고 한다.

결과는 말할 것도 없으리라. 우선 소장이 그 자리에서 들통 나서 소란이 일어나 처참한 실패를 맛보았다고 한다. 하지만 율리우스는 의외로 들키지 않고 무사히 철수했다는 모양이다.

"알겠어. 마음대로 쓰라고."

떨떠름해 보였지만 설득은 성공해서, 무사히 주인장에게 베란다 사용 허가를 받아낼 수 있었다.

중간에 미라는 워즈랑베르로 광학미채 같은 걸 쓰면 충분하리라 생각했지만, 굳이 말하지 않았다. 분명 이 역시 모종의 실험이리라는 것을 알아챘기 때문이다.

다음에 비슷한 작전을 세운다면, 그때는 분명 율리우스가 이 역할을 맡게 될 것이다. 그런 예감이 들어서 미라는 율리우스를 슬쩍 쳐다보고서 마음속으로 기도해 주었다.

　무사히 작전 결행 장소를 확보하는 데 성공하고 나자 결전을 앞두고 필요한 논의는 대충 끝났다. 남은 일은 범행 당일을 기다리는 것뿐이다. 괴도 퍼지다이스가 예고한 날은 내일이다. 내일 밤여덟 시에 결전이 시작된다.
　괴도 퍼지다이스는 돌레스 상회장의 저택에서 증거를 훔쳐내, 그것을 대성당과 술사 조합에 제출하면 승리다.
　거기까지 되짚어보던 참에 어떤 생각이 미라의 머리를 스쳤다.
　"헌데 한 가지 궁금한 게 있네만, 괴도의 일은 교회와 조합에 증거를 맡기면 끝이 아닌가? 만약 그곳에 표적과 연루되어 있는 괘씸한 자가 섞여 있을 경우, 모처럼 손에 넣은 증거가 처분되지 않겠나?"
　신을 숭배하는 교회와 사람들을 위해 분투하고 있는 교회라 해도 사람의 집단인 이상, 부정을 저지르는 자가 없으리라는 보장은 없다. 만약 퍼지다이스의 표적과 뒤에서 이어져 있을 경우, 그 자가 훔쳐낸 증거를 은닉해 버리지는 않을까. 미라는 그 점이 궁금했던 것이다.
　그러자 소장은 새로운 연료를 얻은 불길처럼 미소를 지은 채 답했다.
　"나 역시 이전에 같은 생각을 했었네만——."
　그러한 말과 함께 소장의 추리가 시작되었다.

이야기가 끝날 기미가 없다는 생각이 들긴 했지만 궁금한 것은 사실이라 미라는 소장의 설명에 귀를 기울였다.

그러자 놀랍게도 미라의 의문은 터무니없는 사실에 도달했다.

소장이 자세히 조사해 보니 퍼지다이스가 범행에 나선 모든 도시에서는 예고장이 도착하기 얼마 전부터 부정한 일에 손을 댔던 그 도시의 조합원과 교회에 소속된 인물이 차례로 검거되어 소란이 일어난다는 모양이다.

심지어 그자들이 의심을 받고 검거에 이른 요인이, 하나같이 익명에 의한 밀고와 증거 제출이라는 것이다.

"이것 참, 우연인지 필연인지 원. 사실 이 도시에서도 2주 정도 전에 저기 있는 술사 조합에서 세 명, 대성당에서는 두 명의 악당이 검거된 참이라네."

소장은 어깨를 살짝 으쓱해 보이더니 "그런 시의적절한 밀고자가 대체 어디서 솟아난 걸까"라고 말을 잇고서 의미심장한 미소를 지었다.

"놀랍구만, 그렇게까지 암약하고 있었을 줄이야……."

어디까지나 익명의 밀고자의 소행이다. 하지만 소장의 말에 담긴 진실은 굳이 생각하지 않아도 알 수 있을 정도로 명확해서 미라 역시 어이가 없다는 듯 웃었다.

퍼지다이스가 노리는 자는 하나같이 거물들이다. 인맥도 많고 깊으며, 호락호락하지 않은 상대다. 하지만 그런 거물이 퍼지다이스에 의한 하룻밤의 범행으로 인해 줄줄이 제재를 당했다.

그 주된 이유 중 일부가 이것이라고 소장은 말했다.

얼핏 보면 퍼지다이스는 요란하고 눈에 띄는 행동만 하는 듯 보인다. 하지만 그것은 최종적인 결과일 뿐, 그 괴도는 예고장이라는 알기 쉬운 **시작 지점** 이전부터 일을 진행하고 있었던 것이다.

"대체 어디부터 어디까지가 녀석의 소행인지를 추려내기는 어렵지만, 퍼지다이스가 나타난 마을에서는 그 후 범죄 건수가 격감했다는 통계가 있네. 이것 참, 신기한 일이 이렇게나 줄줄이 일어나기도 하는구만."

소장은 능청스럽게 그런 소리를 했다. 아무래도 그 점에 관해서는 조사를 중단한 모양이다. 소장도 그가 암약할 때보다는 당당하게 모습을 드러내고 화려하게 움직일 때 상대하고 싶은 듯했다.

"뭐어, 도시가 평화로워진다면 고마운 일 아닌가."

무대 위에서 정정당당하게. 그 마음은 어느 정도 이해가 되어서 미라 역시 그 이상 캐묻지는 않고, 그냥 평화롭다는 것은 좋은 일이라고만 동의했다.

익명인에 의한 밀고와 증거 제출로 인해 대성당과 조합에 숨어 있던 부정한 자들은 심판을 받았다. 그런 이유로 지금은 양쪽 모두 깨끗한 상태이며 퍼지다이스가 훔쳐낸 증거가 은폐될 걱정은 없다. 안심하고 범행 후를 노려도 된다는 뜻이다.

"그럼 내일 밤 일곱 시에 조합 앞에서 보지."

"음, 알겠네."

미라와 소장이 그런 말을 나눈 후, 율리우스는 살며시 고개 숙여 인사하고서 소장의 휠체어를 밀었다.

"……그나저나, 아무 계획도 없었을 줄이야."

추적용 술구 '록온 M식형'으로 퍼지다이스를 마킹한 시점에서 소장이 세운 작전은 종료된다. 이번에는 새로 입수한 술구의 사용법을 시험하는 것이 최대의 목적이고, 그 후 어떻게 추적할지는 완전히 현장 분위기에 따라 결정하겠다고 소장은 생각하고 있었다는 모양이다.

처음 사용하는 물건이기에 실제 사용 사례를 봐야만 작전을 세우기 수월해진다는 것이다. 때문에 사용 후에는 감상을 들려달라는 소리를 하기도 했다.

하지만 어떻게 보면 다행스러운 일 같기도 했다. 필요한 것은 실제 사용 데이터로, 소장은 추적 결과가 어떻든 뭐라 하지 않을 것이다. 실패하건 성공하건 미라가 부담감을 가질 필요는 없는 것이다.

어쩌면 소장은 미라가 괜한 책임감을 느끼지 않도록 배려한 것일지도 모른다. 미라는 문득 그런 생각이 들었지만, 그때 봤던 표정은 탑의 연구자들이 보이는 그것과 비슷했다는 생각이 들었다.

흐음, 소장의 진의는 무엇일까, 하고 생각한 것도 잠시뿐. 뭐, 아무려면 어때, 라는 결론에 도달한 미라는 오늘 밤에라도 자기 나름의 추적 작전을 짜두자고 생각했다.

소장 일행과 헤어진 미라는 두 사람의 지적을 받아들여 어느 가게를 찾았다. 그때 미라는 발견했다.

퍼지다이스의 팬인 듯 보이는 이들이 한곳에 모여 있는 모습을. 아무래도 그녀들은 자리 잡기 등에 관해 의논 중인 듯했다.

교회와 술사조합에 나타날 퍼지다이스를 한 번이라도 보기 위해 필사적으로 좋은 자리를 확보하려 하는 듯했다.

'열광적이기는 하지만 그럭저럭 매너는 좋군그래……'

흘러나온 말소리에 의하면 아무래도 그녀들이 점 찍어둔 장소는 통행인들에게 방해가 되지 않을 대로 구석으로 한정되어 있는 듯했다. 그리고 옥신각신하고 있는 장소 역시 생각했던 것보다 면적이 작았다.

중간에 전사 조합의 베란다를 쓸 수 있으면 좋겠다느니, 예배당에 들어갈 수 있으면 좋겠다느니 하는 말도 튀어나왔지만 아무리 그래도 그런 이유로 허가가 떨어지지는 않을 것이다. 그런 생각을 하며 미라는 슬그머니 그녀들 옆을 지나쳐갔다.

"오오, 여기가 좋을 것 같구나."

어느 가게를 찾아 대로를 거닐던 중, 늘어선 점포 중에서 적절해 보이는 가게를 발견했다.

대형 건물 중에서도 상당히 눈에 띄는 그 가게는 복식 관계 종합점인 듯했다. 밖에서만 보아도 속옷에서 일상복, 나아가 제사용 예복이며 모험가용 갑옷 언더웨어까지 다양한 종류를 취급하고 있다는 것을 알 수 있었다.

소장과 율리우스에게 받은 충고. 그것은 지금의 스커트차림으로는 격렬하게 움직일 때 팬티가 훤히 보이고 만다는 것이었다.

"일단 둘러보도록 할까."

누가 팬티를 본다 해도 미라는 아무렇지 않았지만 그건 그거고. 주변 사람들도 배려할 줄 알아야 비로소 신사라 할 수 있기에 의상점의 문을 열었다.

미라가 방문한 의상점 '멀 & 슈트렐리츠'는 도시 중심에서 떨어져 있기는 했지만 상당히 큰 가게였다. 뿐만 아니라 상품이 매우 풍부해 선반이 셀 수 없이 늘어서 있어서, 상당히 답답해 보이기까지 했다. 하지만 그 압도적인 물량은 보물찾기를 하는 듯한 즐거움을 느끼게 했다.

또한 분류는 제대로 되어 있어서, 어쩐지 어수선한 인상을 풍기면서도 확고한 질서가 유지되고 있었다.

"지금까지 보아온 가게 중 상품이 가장 많군그래."

미라는 손님으로 북적이는 가게 안을 둘러보며 감탄한 투로 중얼거렸다. 하지만 의상점을 방문한 적이 그다지 없었기에 정말로 가장 많은지 어떤지는 알 수 없는 일이다. 그래도 그런 생각이 절로 들 정도로 '멀 & 슈트렐리츠'라는 가게는 다양한 종류의 상품으로 넘쳐나고 있었다.

"그러고 보면 단벌 신사였으니, 여기서 몇 벌 마련하는 것도 괜찮겠구나!"

아무래도 가게 안은 1층과 2층이 남성복과 여성복으로 나뉘어 있는 듯했다. 미라가 있는 1층 입구 근처에는 가게의 추천 상품으로 보이는 스타일리시하고 쿨한 남성복이 전시되어 있었다.

미라는 곧바로 훤히 드러나는 팬티를 어떻게든 해야 한다는 목적을 잊고 뭐에 홀린 듯 멋진 남성용 로브를 구경하기 시작했다.

"오오, 이것 참 좋군. 이 붉은 라인이 아주 보기 좋아."

옷을 고를 때 군이 따지자면 디자인을 중시하는 경향이 있는 미라는 다양한 로브들 가운데서 특히 디자인이 뛰어나다고 판단되는 세 벌을 손에 들고 전신거울 앞에 서 있었다.

그리고 몸에 대어보고는 그 중2병 센스가 엿보이는 디자인이 마음에 든다는 생각을 함과 동시에 한탄했다. 그 이유는 단순했다. 남자 로브인 탓에 S사이즈임에도 몸집 작은 소녀인 미라에게는 한참이나 컸기 때문이다.

"끄응……. 하지만 이건……."

심지어 지금의 귀여운 외모로는 미라의 감성에 맞는, 멋진 복장이 미묘하게 어울리지 않았다.

미라는 덤블프 시절의 위엄 있었던 모습을 그리워하며 마음에 든 로브를 제자리에 돌려놓았다. 어딘지 애수가 느껴지는 얼굴로.

"어디 화장 상자는 없으려나……."

나직한 목소리로 그렇게 중얼거린 후, 미라는 물어나 보자는 생각에 정령왕에게 물었다.

외모를 바꿀 수 있는 술식이나 마법, 아이템은 없느냐고.

하지만 정령왕은 그런 건 들어본 적이 없다는 무정한 답변을 했다. 아무리 정령왕이라 해도 그 정도의 기적은 알지 못하는 듯했다.

"이대로 귀여움의 길을 걷는 수밖에 없는 겐가."

이제 덤블프로는 돌아가지 못할 것 같다. 현실을 깨달은 미라는 긍정적인 것인지 부정적인 것인지 알기 어려운 말을 중얼거리고는 한숨을 내쉬며 대로로 나갔다. 그리고 어라, 하고 고개를 갸웃하고서 몸을 돌려 의상점을 올려다보았다.

"아차, 이게 아니지!"

남성용 로브를 본 것만으로 만족했던 미라는 그제야 본래의 목적을 기억해냈다. 멋진 로브를 찾으러 온 게 아니라, 미니스커트 아래에 입어서 팬티를 감출만한 것을 찾으러 온 것이었다.

스타일리시한 로브가 아니라 팬티 가리개를. 완전히 정반대되는 것에 정신이 팔려 있었다. 그런 생각을 하며 미라는 다시 의상점에 발을 들여놓았다. 그리고 이번에는 한눈을 팔지 않고 똑바로 여성복이 진열된 2층으로 올라갔다.

"뭐라고 해야 할지…… 분위기가 완전히 다르군그래."

기분 탓인지, 아니면 분명한 원인이 있는 것인지. 여성복 전문인 2층은 어쩐지 화사한 분위기가 감돌고 있었다. 시야 가득 거의 여성만 있다는 이유도 있으리라. 하지만 미라는 알아챘다. 그중 가장 큰 요인을.

2층의 4분의 1. 정확히 4등분한 면적 중 한 곳에 해당하는 그곳에는 보물찾기를 하는 듯한 즐거운 가게의 분위기와는 달리, 넉넉한 공간에 널찍하게 옷이 진열되어 있었다.

"유행이란 건 참 무섭구나……."

미라는 그 쓸데없이 화사한 한 귀퉁이를 바라보며 쓴웃음을 지었다. 그렇다. 그곳은 마법소녀풍 의상 전용 코너였던 것이다. 심지어 큼지막하게 '매지컬 나이츠 전문점'이라는 간판이 걸려 있었다.

마법소녀풍 의상 전문업체인 '매지컬 나이츠'.

미라는 그 이름을 들어본 기억을 되짚어보며 무언가에 홀린 듯 그곳으로 걸음을 옮겼다.

상당히 인기가 있는지, 매지컬 나이츠 코너에는 많은 여성들이 있었다. 그리고 모두가 그쪽 계열의 옷을 입었다.

어쩐지 코스프레 회장처럼 보이기도 했지만, 판타지 세계인 탓인지 여성 손님들의 모습은 매우 그럴듯해 보였다. 미라는 그녀들을 감상하며 안으로 들어가, 그곳에 늘어선 '초대(初代)'라 적힌 선반을 올려다보았다.

옆에 있는 설명서에 의하면 그것은 '매지컬 나이츠'를 창업한 계기가 된 신개념 로브로, 지금의 유행을 낳은 전설과도 같은 옷이라고 한다.

"역시 그러했나."

유리로 된 튼튼해 보이는 선반에 장식된 옷은 모두 눈에 익은 수준이 아니라, 자주 보았던 마법소녀 애니메이션의 의상과 똑같은 디자인이었다. 또한 이곳에 전시되어 있는 것은 복제품이라는 듯했는데, 프리미엄이 붙어서 가격이 엄청났다.

마법소녀풍 의상의 선구자. 원조로 불리는 매지컬 나이츠. 그 창업자는 예상한 대로 플레이어 출신자인 모양이었다.

동시에 미라는 생각했다. 창업자와는 솔로몬과 더불어 기분 좋게 술잔을 주고받을 수 있을 것 같다고.

'심지어 수많은 시리즈 중에서도 제2기를 선택하다니, 뭘 좀 아는군.'

세 명의 마법소녀가 주인공인 작품으로, 애니메이션에서는 그녀들의 성장이 그려졌는데 미라는 그중에서도 2기의 의상이 최고라고 생각했다.

그러고 보니 솔로몬 일행과 극장판을 보러 갔더랬지, 하고 미라는 얼마간 당시의 일을 추억했다.

'최종 결전 모드도 있을까.'

이곳에는 없지만 분명 창업자의 감성이라면 만들었어도 이상할 게 없다.

그런 생각을 하며 미라는 이번에야말로 본래의 목적을 잊지 않고 팬티를 가리기 위한 무언가를 찾기 시작했다.

넓은 가게 안에서 매지컬 나이츠 코너 이외의 곳에는 의류품이 빽빽하게 진열되어 있었다.

어디까지 상품을 넣을 수 있을지 한계에 도전하기라도 한 걸까 싶을 정도인 데다, 통로도 그다지 넓지 않았고 장소에 따라서는 두 사람이 겨우 지나갈 만큼의 공간도 없었다.

그 때문에 상품을 확인하기 위해 멈춰 있는 손님이 있을 경우, 누군가가 통과할 때 서로의 몸이 가까워지다 못해 밀착될 수밖에 없었다.

다시 말해서 지나가기만 해도 여성들과 몸을 밀착시킬 수 있는 꿈의 통로 같은 상태였다.

"미안하지만 좀 지나가자꾸나."

"아, 미안해~."

선반에 진열된 상품을 흐트러뜨리지 않기 위해 몸이 닿도록 밀착해서 지나가는 게 이 가게의 암묵적인 규칙이다. 얼마간 가게 안을 관찰한 끝에 그 사실을 알아챈 미라는 그 규칙에 따라 글래 머러스한 여성들과 스쳐 지나갔다. 그리고 그 부드러움을 온몸의 신경을 동원해 느끼고, 배실배실 웃었다.

그렇게 해서 미라가 도달한 곳은 여성용 바지와 치마 종류가 진열된 코너였다.

"흐음~. 어찌할까."

스커트 아래에 입을 것을 고르는 경험 자체가 처음인 미라는 선반을 둘러보며 고민에 빠졌다. 그리고 생각했다. 지금의 모습이 되고서 현재까지 이렇게 본격적으로 본인이 입을 의상을 골라본 적은 없었던 것 같다. 심지어 여자 옷이 아닌가. 미라에게는 미지의 영역이었다.

"이게 좋으려나……. 이런 게 간단해 보이는데."

고민 끝에 미라가 집어 든 것은 흔한 남색 바지였다. 스커트 아래에 이걸 입으면 보일지 어떨지를 걱정할 필요가 없다. 설령 스커트가 찢어진다 해도 결코 팬티가 보일 일은 없는 철벽과도 같은 태세가 갖춰지는 것이다.

이거다. 그렇게 확신한 미라는 곧바로 바지를 다리에 집어넣고 어떨까 하고 근처에 있던 전신거울 앞에 섰다.

"이건……! 과연, 그렇군. 그런 것이었나."

지금의 의상은 귀여움에 초점을 맞춘 것이다. 특히 미니스커트와 거기서 뻗어 나온 두 다리는 그 매력을 최대로 끌어올리고 있다고 해도 과언이 아니었다. 현재 자신의 모습을 본 미라는 어느 친구의 말을 떠올렸다.

그는 VR전성기인 시대에 현실 학교로의 진학을 택한 특이한 인물이었다. 그리고 그는 겨울이 되었을 때, 눈물로써 호소했다. 스커트 아래에 체육복을 입는 여자들은 모두 죄인이라고. 그리고 진지한 투로 차라리 검은 타이츠를 입으라고 역설했었다.

당시에는 이 무슨 시답잖은 소리인가 싶었지만 지금, 이 순간, 자신의 모습을 본 미라는 그것이 얼마나 커다란 죄악인지 깨달았다.

"음, 이건 아니로군."

미니스커트 자락에서 뻗어 나온 허벅지가 얼마나 근사한 것인지. 그리고 얼마나 숭고한 것인지. 이상적인 자신의 모습을 앞에 둔 미라는 바지가, 미니스커트 아래에 그것을 입는다는 것이, 매력을 현저하게 깎아 먹는 행위라는 사실을 이해했다.

미라는 황급히 바지를 벗었다. 그리고 다시 한번 전신거울로 시선을 돌려 미니스커트에서 나온 허벅지를 확인했다.

'아무리 생각해도, 이 귀여움을 해치는 짓은 못하겠구나.'

이러니저러니 해도 이상을 추구해 만든 자신의 모습에 애착이 있는 미라는 절대적인 방침을 정한 후, 어떤 것이 가장 매력적으로 보일지를 생각하며 팬티 가리개를 음미하기 시작했다.

조금 전과 달라진 것은 고르는 방법이었다. 맨다리가 보여야 비로소 미니스커트라 할 수 있다. 그런 남자의 관점을 기준으로 미라는 바지를 선반에 돌려놓고 자신에게 어울릴 듯한 팬티 가리개를 찾아 가게 안을 바쁘게 돌아다녔다.

$\langle 12 \rangle$

좋아서 지금과 같은 소녀의 몸이 된 것은 아니다. 하지만 현재의 상황을 받아들인 미라에게 타협은 없었다. 끝까지 이상을 추구하기로 마음을 먹은 것이다.

"뭉뚱그려 팬티 가리개라 한들, 종류가 많군그래……."

상품 종류가 풍부한 가게인 탓인지, 미라가 원하는 물건의 종류도 잔뜩 준비되어 있었다. 그 수많은 물건 중에서 미라는 자신의 다리가 지닌 매혹적인 자태를 저해할 만한 것을 제외하며 음미했다.

미니스커트의 매력을 해치지 않으며 팬티를 감출만한 것. 반바지에 레깅스, 속치마, 타이츠 등등. 대충 확인했음에도 종류가 다양해서 미라는 어떤 것이 좋을까 고민했다.

"뭐어, 시험해 보면 알 일이지."

머리로 생각하기보다는 실제로 입어서 확인하는 편이 빠를 것 같다.

그렇게 직감한 미라는 근처에 있던 것부터 시험해보고자 전신 거울 앞으로 향했다. 피팅룸이 있다는 것도 모른 채.

일단 반바지를 시험해보았다. 스커트 자락 아래로는 보이지 않고 지금까지와 마찬가지로 귀여웠다.

이어서 미라는 스커트 자락을 손으로 들춰 보았다. 그러자 역시나 외출할 때 입어도 상관이 없는 반바지답게, 속옷인 팬티는 완전히 가려져 있었다. 반바지는 바지와 마찬가지로 스커트가 없어진다 해도 문제가 없을 정도로 팬티를 신경 쓰지 않고 움직일 수 있을 듯했다.

"철벽이라 말해도 과언이 아니구나."

미라는 그 자리에서 발을 구르거나 폴짝폴짝 뛰거나 하며 스커트가 들춰지는 정도와 반바지의 은폐성을 확인했다. 그리고 팬티를 감춘다는 목적을 달성할 수 있는 것은 물론이고 행동에 지장을 주지 않는다는 이점이 있다는 생각을 하며 납득했다.

"이걸 제1후보로 두어도 될 것 같군."

미니스커트 안에 반바지. 만약 그런 조합으로 입은 여성이 있었다면, 본래의 미라라면 화를 냈을 것이다.

어느 순간 우연히 보일지도 모른다는 가능성의 싹을 완전히 잘라내는 짓이기 때문이다.

하지만 이번에는 자기 자신의 일이기도 한 데다 그 싹을 잘라내는 것이 목적이었다.

미니스커트 차림이라는 귀여운 모습을 유지한 채 팬티를 신경 쓰지 않고 움직일 수 있다. 미라는 여자의 입장에 서서 과연, 이거 실로 효과적인 조합이군, 이라고 생각했다. 하지만 역시 실망감은 부정할 수 없겠다고 스커트를 들추며 생각했다.

다음으로 미라가 시험한 것은 레깅스였다. 스커트 아래에 입고서 조금 전과 마찬가지로 전신거울 앞에서 확인해보았다.

이번에 미라가 집어 든 것은 수많은 레깅스 중에서도 특히나 짧아 길이가 거의 미니스커트의 기장과 비슷한 물건으로, 흔히 속바지라 부르는 것이었다.

"흠, 이것도 제법 괜찮군그래."

적절한 밀착도와 가벼운 착용감. 그리고 반바지만큼이나 움직이기 편해서 이것도 후보에 넣어도 될 것 같다는 판정을 내렸다.

미라는 전신거울 앞에서 자신의 스커트를 들췄다.

그 결과, 검은 속바지는 미라의 팬티를 보기 좋게 감추고 있었다.

심지어 밀착도가 훌륭해서 반바지를 입었을 때 보였던 작은 틈새마저도 완전히 메워버렸다.

팬티를 남에게 보이지 않고자 하는 목적성으로 말하자면 반바지보다 적합하다 할 수 있었다.

하지만 그 대신 한 가지 문제가 떠올랐다.

"분명 그 녀석도 일희일우했었지……."

그 특이한 친구가 말한 적이 있었다. 속바지가 얼마나 좋은 것인지를. 엉덩이와 다리의 실루엣을 가리지 않고, 오히려 더욱 부각시키는 데다 어렴풋이 떠오르는 팬티라인이 정말이지 최고라고.

"과연, 확실히 그렇군……."

그 친구의 말을 떠올리며 자신의 속바지 차림을 확인한 미라는 일리 있는 말이었다며 납득했다. 얼핏 보면 섹시함과는 거리가 멀어 보이지만, 이것에는 매우 섬세한 에로스가 숨어 있었다.

미니스커트 아래에 입은 팬티를 감추는 물건일 뿐이건만, 이렇게까지 심오했을 줄이야.

게다가 팬티를 가린다는 목적을 달성함과 동시에 새로운 속성으로 파생된다는 잠재력까지 갖췄다. 새삼 그 사실을 실감한 미라는 더욱 진지하게 선별에 임했다.

다음으로 미라가 집어 든 것은 정석 중에서도 정석이라 할 수 있는 속치마였다. 속치마는 진짜 팬티를 감추기 위한 보여주기용 팬티로 유명하다.

팬티 노출을 방지하기 위해 스커트가 들춰져도 괜찮도록 입는 경우가 대부분인 그것은 킹 오브 팬티 가리개라 해도 과언이 아닐 것이다.

"세련된 기저귀 같은 느낌이 드는구먼……."

그렇게 보고서 떠오른 솔직한 감상을 중얼거리며 미라는 전신 거울 앞에서 속치마를 입어 보았다.

"흠. 딱 맞는군."

조금 큰 팬티 같은 형상을 하고 있기에 스커트 자락 아래로 삐져나오지도 않고, 다리를 움직이는 데도 지장은 없을 듯했다. 미라는 적당하게 발을 구르고 폴짝폴짝 뛰며 착용감을 확인했다.

그렇게 대충 기능성을 확인한 미라는 지금부터가 진짜라는 듯 스커트 자락을 집어서 천천히 들춰 보았다.

"과연……. 그 녀석의 말이 맞을지도 모르겠어."

스커트 아래에는 검은 속치마가 있었다. 전신거울에 비친 그 모습에는 예술에 가까운 매력이 담겨 있었다.

현재 미라가 입고 있는 것은 세련된 레이스로 장식된 물건이다. 그것은 오히려 보여주기 위한 것인 동시에 남들 눈에 띔으로

써 그 매력을 한층 더 부각해주는 물건으로 진화해 있었다.

보여주기용 팬티라는 표현이 과언이 아니었다. 미라는 감탄하며 또다시 친구의 말을 떠올렸다.

속치마는 진짜 팬티를 감추기 위한 것이지만 그럼에도 팬티의 형태를 취하고 있어서 충분히 흥분할 수 있다는 말을.

"무슨 차이가 있을까⋯⋯."

전신거울을 뚫어지게 바라보며 미라는 생각에 잠겼다. 거기에는 자신의 모습이 비쳐 있고, 스커트 아래에는 팬티 그 자체가 자리해 있었다. 하지만 이건 남에게 보여도 괜찮은 보여주기용 팬티라고 한다.

속치마는 진짜 팬티를 남에게 보이지 않게 하기 위한 존재다. 하지만 그건 얼핏 보면 승부 팬티와 착각할 정도로 훌륭한 물건이었다. 그렇지만 팬티가 아니고 진짜 팬티를 감추기 위한 것이라고 한다.

흘끔 보였을 때 달리 보이는 것일까. 피부에 직접 닿느냐 그렇지 않느냐에 따라 감상이 달라지는 걸까.

전신거울을 바라보는 미라는 이상한 일도 다 있다며 고개를 갸웃하면서도 이건 이것대로 자신의 귀여움을 보다 부각해줄 것 같다고 확신했다.

미라의 모색은 그 뒤로도 계속되어서, 이번에는 검은 타이츠를 집어 들었다.

신축성 높은 소재로 된 그것은 발끝에서 허리까지 통째로 뒤덮을 수 있었다. 그중에서도 특히 두꺼운 타입의 것은 팬티는커녕 맨다리조차 노출되지 않는 철벽의 방어력을 자랑하는 레전드 오브 팬티 가리개라 할 수 있을 듯했다.

"흠…… 이것은……! 그렇군, 흠흠."

곧바로 검은 타이츠를 입어 본 미라는 전신거울에 비친 자신의 모습을 물끄러미 바라보았다. 그 표정은 실로 진지했고, 눈에는 어떠한 타협도 인정하지 않겠다는 기백이 담겨 있었다.

미라는 자신의 온몸을 구석구석 확인했다. 머리부터 얼굴, 목, 가슴, 허리, 그리고 복부에서 이어지는 두 다리로.

몇 번이고 그러기를 반복한 미라는 "뭐든 다 어울리는구나"라고 자화자찬했다.

미니스커트에서 뻗어 나온 매혹적인 맨다리라는 이점은 사라졌지만, 그 대신 다리의 각선미가 더욱 드러나서 또 다른 에로스가 생겨나 있었다.

그리고 무엇보다도 미라 본인이 그렇게 드러난 각선미에 지지 않을 정도의 매력을 지니고 있어서 그 상승효과가 끝없이 커졌다.

"역시 이 몸은, 귀여워."

과연 이상을 현실화한 모습답다며 새삼 자신이 귀엽다는 사실을 재인식한 미라는 그대로 검은 타이츠를 입은 채로 움직여 보았다.

"음, 지장은 없군."

신축성이 높은 옷감으로 되어 있어서 격렬하게 움직여도 충분히 버텨낼 듯했다.

거기까지 확인을 마친 미라는 스커트 자락을 집어서 최종 확인에 돌입했다.

"……속치마와 비슷하지만, 다르구나."

휙 들쳐 올린 스커트 아래는, 온통 검었다. 속치마와 타이츠. 어쩐지 비슷한 그 두 가지의 차이는 중간부터 맨다리가 보이느냐 안 보이느냐 하는 것뿐이다. 미라는 얼핏 보고 그렇게 느꼈지만, 어렴풋이 떠오른 팬티라인을 보며 깊은 생각에 잠겼다. 순간적으로 머릿속을 스친 위화감의 정체는 무엇일까.

그렇게 얼마간 머리를 풀가동한 끝에, 미라는 유구한 시간을 떠도는 친구의 말을 기억해냈다.

'속치마는 말이야, 어쩐지 활발해 보인단 말이지. 그리고 검은 타이츠는 어쩐지 지적인 느낌이 들지 않냐? 상반되는 이미지를 가진 사람이 상반되는 물건을 입으면 그것도 진짜 끝내줄 것 같지만'이라는, 매우 희망으로 가득한 말을.

"그렇군……. 여기에 안경이라도 쓰면, 쿨 뷰티 미인이 될 수 있겠어."

속치마를 입은 여자애는 활발하고, 검은 타이츠를 입은 여자애는 얌전하다. 대체 어디서 얻은 지식과 인상인지는 모르겠지만, 미라는 조금 전 속치마를 입었던 모습과 지금을 비교하고서 그런 것인가, 하고 납득했다.

"하지만 이번에는 그냥 넘겨야겠구나."

속치마와 검은 타이츠의 차이를 남자의 관점에서 해명한 미라는, 둘 다 취향이기는 했지만 이번 구입 리스트에서 검은 타이츠를 제외했다. 매우 간단하면서도 매우 중요한 이유 때문이었다.

"지금의 계절과는 안 맞을 것 같으니 말이다……."

지금은 여름이다. 좀 전에 조금 움직인 탓에 몸이 약간 달아올라 있었다. 그리고 현재, 미라가 입고 있는 검은 타이츠는 옷감이 두꺼운 타입이다. 그 때문에 보온성이 좋았고, 계절이 계절이다 보니 다리가 상당히 덥게 느껴졌다.

얇은 타이츠도 있지만 그건 다소 투명감이 있어서 팬티 가리개라는 역할을 충분히 소화하지 못할 것이다.

옷 안은 디누아르 상회에서 구입한 쿨쿠울로 쾌적하게 유지할 수 있지만, 타이츠 안은 그 범위에 속하지 않았다. 여름 동안 하반신이 푹푹 찌는 상태로 다니면 불쾌하기 그지없을 것이다.

현재 상황을 통해 그렇게 판단한 미라는 검은 타이츠와 함께 팬티까지 내릴 뻔하다가 문득 친구의 말을 기억해냈다.

'땀이 찬 속치마와 타이츠는──.'

무의식중에 떠오른 도가 지나친 변태 발언을 떨쳐내며 팬티를 고쳐 입은 미라는 벗은 검은 타이츠를 살며시 원래 있던 장소에 돌려놓았다.

'이제야 알았지만, 겨울옷도 약간 진열되어 있군.'

문득 가게 안을 둘러보니 상품이 높이 쌓여 있는 선반과 진열장에는 계절을 불문하고 온갖 종류의 의복이 놓여 있었다. 전체적으로 보면 여름옷이 많았지만 겨울옷도 어느 정도 남아있어서, 몇몇 선반에 정리되어 있었다. 그리고 미라가 검은 타이츠를 조달했던 선반은 겨울옷만 모아둔 선반이었다.

더울 만도 했다. 그렇게 납득하며 여름옷이 진열된 선반을 다시 확인해보니, 그곳에는 검은 팬티스타킹이 놓여 있었다.

"흐~음……. 이건 시험해 보고 말 것도 없겠군."

얇은 팬티스타킹은 반대편이 비쳐 보였다. 이래서는 팬티를 감출 수 있을 리가 없다. 곧바로 그렇게 판단한 미라는 불현듯 '팬 · 티 · 스 · 타 · 킹은──' 하고 떠오른 친구의 말에 덮개를 덮고 그 자리를 뒤로 했다.

대충 시험해 보고 또 팬티 가리개로 쓸 만한 후보는 없나 둘러보던 미라는 가게를 시계 방향으로 한 바퀴 돌아본 참에 다시 매지컬 나이츠 코너로 걸음을 옮겼다.

같은 장소에 있음에도 불구하고 매지컬 나이츠 매장은 분위기가 완전히 달랐다. 마법소녀풍 의상은 이미 충분하고도 남을 만큼 입어봤다. 미라는 왕성에 있는 시녀들을 떠올리고 그런 생각을 하며 그 자리를 지나쳤다.

그때였다. 매지컬 나이츠에 인접한, 벽 근처에 이너 팬츠 매장이 떡하니 있는 것이 눈에 들어왔다.

그리고 매지컬 나이츠쪽 선반에도 마법소녀용 이너 팬츠 종류가 보란 듯이 늘어서 있었다.

"호오, 전용 코너가 있었을 줄이야……."

마법소녀풍 의상에는 디자인상 아슬아슬한 기장의 미니스커트가 많았다. 팬티 노출을 막아주는 신비로운 마법 같은 것이 존재하지 않는 이 세계에서는 이너 팬츠와 같은 존재가 반드시 필요한 모양이었다.

고민하는 모든 애용자들이 안심하고 입어주었으면 하는 마음에서인지, 많은 종류의 이너 팬츠가 그곳에 모여 있었다.

그 코너에는 속바지에서 스타킹까지, 미라가 좀 전에 시험해 보았던 것들 말고도 페티코트를 비롯한 여러 가지 종류가 진열되어 있었다.

멀리서 보아도 프릴 달린 것, 레이스 달린 것, 퀼로트, 큐트 계열과 섹시 계열 등, 다종다양한 상품이 그곳 일대에 모여 있는 듯했다.

'그나저나 척 보아도, 지금까지 있었던 곳 이상으로 깜찍한 분위기의 코너로구나…….'

처음에 이곳을 발견했더라면. 미라는 그런 생각을 하면서도 곧바로 달려가지 않고 그 코너 앞에서 재잘거리고 있는 세 명의 소녀를 흘끔 쳐다보았다.

이너 팬츠 매장은 마치 여성용 속옷 매장 같은 분위기를 풍겼다.

그곳에서는 열네 살에서 열일곱 살 정도 되는 나이의, 마법소녀풍 의상을 차려입은 세 명의 소녀가 이런저런 이너 팬츠를 집어 들고 진지하게 의견을 주고받고 있었다.

마법소녀풍 의상은 스커트 길이가 짧은 경향이 있는 탓인지, 애용자인 타고 난(?) 여성들은 미라와 달리 그러한 부분에도 주의를 기울이고 있는 듯했다.

"이쪽이 더 귀여워~. 봐봐, 이렇게 들춰졌을 때도 이쪽 색이 더

나아 보이잖아~."

"그런가~? 난 이쪽이 좋은 것 같은데. 별로야~?"

"별로라는 건 아니지만, 이런 부분에서 반전이 있으면, 엄청 귀엽잖아."

그런 대화를 나누며 소녀들은 이너 팬츠를 그 자리에서 입어 보고 있었다. 그리고 서로에게 이너 팬츠가 어떻게 보이는지를 두고 이래저래 의논을 나누었다.

그때, 장소가 장소인 만큼 주변에는 여성들밖에 없어서인지 소녀들의 스커트는 실로 무방비한 상태였다. 아닌 게 아니라 전신 거울 앞에 서 있던 미라와 마찬가지로 스스로 스커트를 들춰 보거나, 나풀거리도록 팔랑팔랑 흔들어보거나 하고 있었던 것이다.

'이 몸은 아직 미숙하니. 여자 선배들을 보면 참고가 될지도 모르지. 음, 일단은 잠시 참고하도록 하자. 그래, 어디까지나 참고 삼기 위함이고말고. 참고 말이야.'

팔랑팔랑 나부끼는 스커트는 마치 투우사의 망토 같았다. 새된 목소리에 이끌려…… 아니, 여자의 감성이란 무엇인지를 알기 위해 미라는 흑심 같은 것은 털끝만큼도 없노라고 마음속으로 누군가에게 변명을 하며 그 집단에 다가갔다.

이너 팬츠 코너 구석. 그곳에 일개 손님인 척 달라붙은 미라는 적당하게 상품을 고르는 척을 하며 슬그머니 소녀들을 훔쳐보고 귀를 기울였다.

소녀들은 같은 소녀인 미라의 존재를 전혀 의심하지 않고 계속해서 이너 팬츠를 골랐다. 미라가 가까운 곳에 있어도 무방비하게 스커트 속을 서로에게 보여주는 일을 멈추지 않았다.

세 사람은 이게 좋으니 저게 좋으니 하며 여러 종류를 입어 보고 있었다. 미라는 그 풋풋하고도 생생한 대화를 곁에서 들었다. 일단은 그녀들이 어떠한 이너 팬츠를 고르고 있는지를 참고하려는 의도도 있었다. 완전히 변명은 아니었던 것이다.

확인을 위해 무방비하게 스커트를 들쳐 올리는 소녀들. 그 모습을 곁눈질로 훔쳐보며 마치 공부를 하고 있는 것뿐이라는 듯 "흐음, 과연" 하고 미라는 중얼거렸다.

그러다 보니 여성의 관점에서 이너 팬츠를 고르는 요령 말고도 소녀들에 관해서도 여러 가지를 알 수 있었다.

소녀들의 대화에는 때때로 마물과 던전, 그리고 조합이라는 단어가 등장했다. 아무래도 그녀들은 모험가 그룹의 동료인 모양이다.

'그나저나 이것 참⋯⋯.'

멀리서 볼 때와 가까이서 봤을 때의 차이가 이렇게나 크다니. 미라는 더욱 날카로워진 눈빛으로 그 광경을 생생하게 눈에 담아나갔다.

모험가라는 것은 가혹한 직업이다. 때로는 성별의 차이마저도 의미가 없어질 정도다. 때문에 그 세계에서 살아가는 소녀들은 다소 수치심이라는 것의 기준이 어긋나 있는 것이리라. 그리고 그것은 보아하니 같은 성별 사이에서는 거의 기능하고 있지 않은 듯도 했다.

소녀들은 구석에 피팅룸이 있음에도 불구하고 그 자리에서 입어 보고 보여주는 일을 하고 있었다. 분명 남자가 올 일이 없는 장소인 동시에 이너 팬츠니 괜찮다는 전제가 있기에 그러한 행동을 하고 있는 것이리라. 다만, 그런 탓에 지금과 같은 무방비한 광경이 펼쳐지고 있는 것이다.

'이 정도일 줄이야……!'

결국 이너 팬츠란 보여줘도 되는 팬티로, 남자가 진정으로 갈망하는 속옷인 팬티와는 근본적으로 다른 것이다. 남자들이 본다 해도 헛된 기쁨만 느끼게 되는, 말하자면 팬티 사기나 다름없는 존재다.

따라서 미라는 이너 팬티를 장착한 소녀들의 하반신을 아무리 보아도 진정으로 기쁘지 않았다.

허벅지는 근사하다는 생각을 하기는 했지만, 애초에 미라는 눈앞에 펼쳐져 있던 핑크빛 공간으로 들어가, 그 분위기를 즐기고 싶었던 것뿐이다. 여자애들이 즐거워하고 있는 공간이란 것을, 마음 한구석으로 동경하고 있었기 때문이다.

하지만 현재, 미라는 그 광경을 앞에 두고 명확한 흥분을 느끼고 있었다. 그 이유는 이너 팬츠와 속옷 같은 것도, 허벅지도 아니었다. 소녀들이 보이는 행동이었다.

스커트를 스스로 걷어 올리는 소녀들의 모습. 그것이 미라의 감성에 직격한 것이다.

'오호라, 과연. 참고가 되는구먼.'

본래는 꿈도 꾸지 못할 영역이자 그 주인의 의지로 굳게 닫혀 있어야 할 성역이, 놀랍게도 주인의 손에 의해 개방되어 있다. 그 모습은 참으로 존귀해 보였다.

어디까지나 여자 선배들을 바라보고 싶을 뿐이다. 그러한 변명을 속으로 곱씹으며 미라는 소녀들의 동향을 바라보는 데 주력했다. 저기에 조금이라도 창피해하는 표정이 섞이면 무적일 텐데, 따위의 망상을 하며.

바로 그때. 너무 오랫동안 그 자리에서 바라본 탓인지, 결국 소녀 중 한 명과 눈이 마주치고 말았다. 몰래 훔쳐보던 미라의 존재를, 그녀들이 알아채고 만 것이다.

'이런!'

이거 큰일이다. 하지만 지금 황급히 시선을 돌리면 괜히 더 의심을 살 것 같다. 순식간에 그렇게 판단한 미라는 어떻게 해야 할지, 어떻게 변명을 해야 할지 온 힘을 다해 생각해야 하게 됐다.

마음이 흑심으로 가득했던 미라는 반사적으로 그러한 사고에 도달하자마자 머리를 풀가동시켜 무난한 방편을 모색했다.

하지만 지금의 미소녀 그 자체인 외모는, 미라가 생각했던 것보다 훨씬 자신에게 유리하게 작용했다.

"아, 미안해. 혹시 방해됐니?"

비로소 미라의 존재를 알아챈, 가장 나이가 많아 보이는 푸른 머리 소녀가 미안하다는 투로 그렇게 말했다. 아무래도 그녀는 자신들이 버티고 있어서 미라가 선반에 다가오지 못한 것이라 생각한 듯했다.

이런 상황에서도 미라가 흑심으로 가득한 눈으로 바라보고 있었다고는 눈곱만큼도 생각하지 않았던 것이다.

'이 상황에서도 이렇게 넘어갈 수 있다니……!'

순간, 미라는 자신의 성능을 재인식했다. 여성으로서의 매력은 물론이고 미숙함도 겸비한 소녀의 외모. 그것은 처음 보고 그 속에 든 것이 엉큼한 아저씨라는 사실을 간파해낼 수 있는 자는 분명 없을 것이라 단언할 수 있을 정도로 완성되어 있었다.

때문에 플리카처럼 직접적으로 표현하지 않으면 속내가 들통날 일은 거의 없을 듯했다.

"아니, 그렇지는 않다. 그냥…… 지인에게 팬티 위에 뭐라도 입는 게 좋겠다는 소리를 들었다만, 아무래도 처음이다 보니 잘 모르겠어서 말이다. 잘 알 것 같은 아가씨들을 참고해볼까 하고 있었던 것뿐이야."

미라는 마음속으로 의기양양한 미소를 지으며 고개를 가로저어 보인 후, 순간적으로 떠오른 변명을 진실인 양 입에 담았다. 지금 도망치면 오히려 의심을 살 것 같다는 생각이 조금 들었기 때문이다.

아직 들키지는 않은 듯하지만 지금의 미라는 정령여왕으로 불리는 유명인이다.

만약 정령여왕이 엉큼한 눈빛으로 세 소녀를 바라보고 있었다는 소문이 나는 날에는, 미라의 체면이 땅바닥에 떨어질 것이다.

무엇보다도 그러한 소문이 마리아나의 귀로 들어가기라도 하면……. 그렇게 생각한 미라는 착각을 한 세 사람의 말을 이용하기로 결심했다.

"지금까지 안 입고 다녔단 말이야?!"

"정말요?!"

"혹시, 누가 보는 게, 좋은 거야?"

그러자 놀랍게도 당당하게 답한 것이 먹혀들었는지, 소녀들은 미라의 말을 순순히 받아들였다. 하지만 그렇기에 세 사람의 반응은 더욱 격렬했다. 변태라도 본 듯한 반응이었기 때문이다.

아무래도 마법소녀풍 의상을 착용할 때는 이너 팬츠를 입는 게 애용자들 사이에서는 당연한 일인 듯했다. 대부분의 스커트가 짧으니 당연하다면 당연하다고 할 수 있을지 모른다. 지금까지의 미라가 특수했던 것뿐이라 할 수 있으리라.

세 사람은 크게 놀라기는 했지만, 미라를 바라보는 눈에는 호기심과 약간의 연민이 떠올라 있었다.

"으~음…… 혹시 마법소녀 경력이 짧은 거니?"

깊이 생각에 잠긴 끝에 연장자 소녀가 떠보듯이 물었다.

마법소녀풍 의상을 애용하는 자들에게는 이너 팬츠를 고르는 것 또한 그 연장선 중 하나였다.

하지만 미라가 그 영역에 달하지 못한 것을 보면 초심자일지도 모른다. 소녀는 그렇게 생각한 것이다.

"글쎄다…… 두어 달쯤 되었나."

정확히 말하자면 이너 팬츠 같은 것은 전혀 신경 쓰지 않았던 것뿐이지만, 그건 굳이 말하지 않았다. 미라는 처음 이런 옷을 입었을 때의 일이 떠올라 쓴웃음을 지은 채 답했다.

곰곰이 생각해 보니 릴리 일행이 전용 의상을 억지로 입혔던 날로부터 그만큼의 세월이 흘러 있었다. 짧은 듯하면서도 긴 듯한 시간 속에, 정신이 들어보니 이 의상을 입는 게 당연해졌다는 생각이 들어서 미라는 마음속으로 미소를 지었다. 꽤나 릴리 일행에게 물들어버렸구나, 싶어서.

"아하, 그럼 역시 신입이 맞구나! 그럼 어쩔 수 없으려나? 이렇게 만난 김에 알려줄게."

소녀들의 말에 의하면 마법소녀풍 의상은 상당히 심오한 것이라는 모양이다. 3년을 입은 자신들도 아직 멀었으니 함께 배워 나가자고 세 사람은 웃으며 말했다.

"으~음, 잘 부탁하마……."

거짓이 참 된다는 말이 맞을지는 모르겠지만, 뭘 입어야 좋을지 모른다는 것은 사실이다. 무엇을 배워야 할지까지는 모르겠지만, 일단은 소녀들의 호의를 받아들이기로 미라는 결심했다.

"그런데 그렇게 맵시 있게 입고 있는데 신입이라니…… 그런 낌새는 전혀 없었는데. 나중에는 분명 우리 대표하는 모델이 될지도 모르겠네."

미라의 외모를 두드러지게 하고, 미라가 매력을 끌어올리도록 디자인된 시녀들이 만든 의상은 애호가들의 눈에도 완벽하게 보인 모양이다. 미라를 베테랑 마법소녀풍 의상 애호가로 보이게 할 정도로.

"아, 아~ 그건…… 무리일 게야. 이 몸보다 어울리는 건 세상에 널렸을 터이니."

마법소녀풍 의상 애호가의 대표. 그것만은 사양하고 싶다는 생각에 미라는 진심으로 다른 애호가들을 응원했다.

"가능성은 충분하다고 보는데에."

그런 이야기를 하며 미라는 소녀들의 안내를 받아 매지컬 나이트 코너 안쪽으로 들어갔다.

간단하게 자기소개를 마친 미라 일행은 피팅룸에 와 있었다. 이너 팬츠를 고르는 데 필요한 것은 지금 입은 의상과의 상성이다. 세 소녀는 그렇게 말하며 자연스럽게 미라를 이곳으로 데려왔다.

또한 그 방은 의상점 등에서 흔히 볼 수 있는 개인용의 작은 것이 아니라 다소 널찍한 탈의실 같은 것이었다.

"그나저나 처음 봤을 때부터 궁금했었는데, 이 디자인은, 본 적이 없는 것 같아."

"제작자 로고가 안 보이는데, 이건 어디서 만든 제품일까요?"

"엄청 본격적으로 만들었어."

세 마법소녀풍 의상 애호가들은 어지간히 푹 빠져 있는지 엄청난 열의를 보였다. 그 때문에 미라는 탈의실에 도착하자마자 옷깃과 스커트를 들춰지는 등, 쉼 없이 시달리고 있었다.

세 사람은 미라의 옷을 차분히 관찰했다. 가장 연장자이자 군복풍 의상을 입은 소녀가 미레이. 호기심이 강해 보이고 동물을 본뜬 의상을 입은 소녀가 마리에타. 그리고 얼핏 보기에 얌전할 것 같았지만 대담하게 미라의 스커트를 들추고 있는 일본식 의상을 입은 소녀가 네네였다.

"그게~ 이건 이 몸의 지인이 만들어 준 것이라 말이다."

소란스러우면서도 귀여운 소녀들이 미라에게 몰려들었다. 상

황은 둘째치고 기분이 썩 나쁘지 않아서 미라는 저항하지 않고
그녀들의 말에 답했다.

"우와, 핸드메이드구나!"

"본격적이네요!"

"좋겠다아."

과연 왕성에서 일하는 시녀들의 작품이라 해야 할까. 기성품에
뒤지기는커녕 훨씬 낫지 않을까 싶을 정도로 미라가 입은 의상의
완성도는 높았다. 그 사실을 한눈에 알아본 세 사람은 더더욱 흥
분해서 미라의 온몸(의상)을 상세히 조사해 나갔다.

그리고 도중에 세 사람은 걸치고 있던 코트도 완전히 벗겨서 원
피스만 입은 상태가 된 미라를, 완전히 알몸으로 만들 기세로 마
구 만지작거렸다.

분명 일반적인 여성이었다면 '잠깐만, 이 이상은 안 돼' 하고 제
지했을 것이다. 하지만 미라는 움직이지 않았다. 꼼짝하지 않고,
저항하지도 않고 그저 몸을 맡긴 채 모든 것을 받아들이고 있었다.

현재 미라의 상황은 객관적으로 보아도 상당히 희한했다. 다른
이였다면 옷을 조사한답시고 이렇게까지 벗기는 건 좀 그렇지 않
느냐고 생각했을 터다. 이렇게까지 할 것이면 전부 벗을 테니 벗
은 옷을 조사해 달라고 말할 것이다. 하지만 미라는 불평 한마디
하지 않고 소녀들에게 모든 것을 맡기고 있었다.

'무얼 어떻게 확인하고 있는지는 모르겠지만, 여자들의 패션이
란 것은 썩 귀찮군그래.'

옷깃과 스커트를 철저하게 분석 당하면서도 미라는 대수롭지

않다는 듯 서서, 그런 엉뚱한 생각을 하고 있었다.

여성들은 옷의 상성과 조합을 확인할 때, 다들 옷을 입은 채로 이렇게 하는 것 같다. 지금까지의 경험을 통해 미라는 그렇게 생각하고 있었기 때문이다.

의상과 관련해서 관계를 맺었던 시녀들 역시 눈앞에 있는 세 사람과 마찬가지로―― 아니, 이 이상으로 잡아먹을 듯한 기세로 사이즈며 이런저런 세세한 정보를 확인했었다.

오히려 그 시녀들의 번뜩이는 눈빛에 비하면 오로지 의상에만 주목하는 소녀들 쪽이 몇 배는 온화한 편이라 할 수 있었다.

결과적으로 내키지는 않지만 시녀들의 소행에 익숙해진 미라는 지금과 같은 상황에서도 따스하고도 관대한 마음으로 성에 찰 때까지 보아도 좋다는 생각―― 말하자면 깨달음의 경지에 도달해 있었던 것이다.

"아, 이건 혹시 컴뱃 코튼? 심지어 상당히 질이 좋아. 굉장해! 게다가 세공 기술을 좀 봐. 이렇게 깔끔한 건 처음 봤어."

사실 미라의 의상에는 전문가들만 알아볼 수 있는 여러 가지 요소가 담겨 있었다.

우선 군사용으로 개발되어 훗날 모험가들에게도 보급된 컴뱃 코튼.

그것은 특별한 가공이 이루어진 무명천으로 내구성이 높고 충격 흡수력과 통기성이 뛰어난 소재다.

술사용 로브와 전사용 갑옷 이너웨어 등에 주로 사용되는데, 컴뱃 코튼을 사용한 방어구를 장비한다는 것은 제 몫을 하는 모험가가 되었다는 증표라 일컬어질 정도로 인기 있는 소재였다.

그중에서도 군의 고관용으로 사용되는 질 좋은 컴뱃 코튼은 가격에 0이 하나 더 붙을 정도로 고급 소재였다. 그리고 미라가 입고 있던 코트의 안감에는 이 컴뱃 코튼이 듬뿍 사용되어 있었다.

"이런 걸 쓴 걸 보면, 방어구로도 일급품이겠어. 미라를 위해 이걸 만들었다는 사람들의 애정이 느껴져!"

미라의 의상에는 입은 사람을 지키기 위한 가공이 이루어 있었다.

그러한 노력을 한눈에 알아본 미레이는 그것을 통해 시녀들이 쏟은 애정을 느낀 듯했다.

그 애정이 얼마나 광적인지까지는 알아채지 못한 눈치였지만.

하지만 물건은 확실하다. 전투와 관련이 있는 자들의 눈에 미라의 코트는 매우 믿음직한 방어구로 보일 것이다. 심지어 마법소녀풍 코트인 탓에 마법소녀풍 의상 애호가에게는 특히나 눈길이 가는 물건이어서, 실제로 미레이의 얼굴에는 선망의 빛이 역력했다.

'돈이 상당히 들어간 물건이라고는 들었지만, 그 정도였던 겐가.'

미라의 의상은 시녀들이 제작했지만, 그 제작비는 주로 솔로몬과 루미나리아가 댔다. 들은 바에 따르면 상당한 금액이 쓰였다는데 이러한 부분에 사용되었던 건가 싶어서 미라는 감탄했다.

그 후에도 미레이는 전문용어 같은 단어를 입에 담으며 더욱 흥분해 말했다. 그녀의 말에 의하면 미라의 의상에는 마법소녀풍 의상 애호가들의 이상(理想)이 듬뿍 담겨 있다는 모양이다.

마법공학을 이용한 장치며 컴뱃 코튼으로 된 안감, 그리고 착용자를 술식적으로 보호하는 세공 술식 등, 미라도 들어본 적이 없는 이런저런 요소들을 나열해 나갔다.

'허어, 그 정도의 물건이었을 줄이야…….'

시녀들의 의욕이 비정상적으로 높았다는 것은 알았다. 하지만 미라는 어디까지나 취미의 영역이겠거니, 하고 있었다.

어른이 어른스럽지 못하게 제 실력을 발휘한 취미의 연장선.

두 명의 출자자가 재미 삼아 거기에 끼어들었을 뿐인 물건. 완성도가 높기는 하지만 취미의 일환에 불과할 것이라 인식했었다.

하지만 잔뜩 흥분한 미레이의 말에 따르면 미라가 입은 옷의 완성도는 압도적이라서 전투용으로 조정된 매지컬 나이츠의 최고급품에 필적할 정도의 성능을 지녔다고 한다.

대충 시가로 천만 리프는 나갈 것 같다는 모양이다. 미레이는 황홀한 눈으로 미라의 옷을 만지작거렸다.

마리에타와 네네 역시 동경이 가득한 얼굴로 옷에 대고 기도하기 시작했다. 언젠가 이 정도의 옷을 만날 수 있게 해달라고.

고차원의 취미는 때로 전문가의 영역에 도달하기도 하는 모양이다.

미라는 자신의 의상이 어느 정도의 성능을 지녔는지 확인한 동시에 그 터무니없는 가격 또한 알게 되었다. 그리고 두 친구와 시녀들의 열의에 질려버렸다.

또한 당연하다고 해야 할지, 미라는 미레이 일행에게 제작자에 관한 노도와 같은 질문 공세를 받게 되었다. 이만한 물건을 만들 수 있는 지인이면 분명 엄청난 장인일 것이라면서.

그 질문에 미라는 그냥 의상 제작이 취미인, 매우 머릿수가 많은 집단이라고 답한 후, 그 이상은 비밀이라고 답했다.

　꼬치꼬치 캐묻는 건 무례한 짓이다. 소녀들도 그 점은 아는지 매우 궁금한 눈치이기는 했지만 질문을 집어삼켜, 그 이상 묻지 않았다.

　미라가 입은 의상의 성능에 관한 이야기가 끝나자 화제는 다시 의상 디자인과 이너 팬츠의 상성 진단으로 돌아갔다. 그리고 그러던 도중에 미레이가 미라의 왼팔을 보고 말했다.

　"아, 조자의 팔찌! 그러면 역시 미라는 상급 모험가였구나?"

　"와와, 굉장해굉장해!"

　"멋져."

　코트를 벗은 시점에서 훤히 드러나 있었을 텐데도 의상에 정신이 팔렸었던 탓인지 세 사람은 놀람과 동시에 흥분해서 말했다. 그 팔에 자리 잡은 팔찌를 보고서야 미라가 상급 모험가라는 사실을 알아챈 모양이었다.

　그리고 소녀들은 어째서인지 존경심이 담긴 눈으로 미라를 바라보기 시작했다.

　그러한 눈빛을 받고 기쁘지 않을 남자가 있기는 할까. 미라 역시 속은 남자인 탓에 가슴을 젖히고서 의기양양한 미소를 띤 채 "무얼, 기껏해야 A랭크 정도밖에 안 되는 것을"이라고 말했다. 그리고 자연스럽게 모험가증을 슬쩍 꺼내 보였다.

　"정말 A랭크네?!"

"처음 만나봐요."

"게다가 소환술사……."

A랭크는 상급 중에서도 상급 모험가다. 미라의 거들먹거리는 태도는 신경도 쓰이지 않는지, 모험가증을 확인한 미레이 일행은 굉장하다며 야단을 떨었다. 그러자 미라 역시 더더욱 우쭐해져서 머지않아 소환술사의 시대가 올 것이라며 대놓고 어필을 했다.

그러던 그때.

"곰곰이 생각해 보니 상급 모험가, 심지어 A랭크쯤 되면, 전투가 격해질 테니 이너 팬츠는 필수 아닌가요? 미라 양은 지금까지 어떻게 해왔나요?"

이야기의 원점으로 돌아와, 마리에타가 문득 그런 소리를 했다. 분명 많은 격전을 경험했을 A랭크 모험가가 왜 이제 와서 이너 팬츠를 찾는 것일까.

아무래도 미레이와 네네 역시 궁금해졌는지 일제히 입을 다물고 미라의 답변에 집중했다.

그냥 패션으로 즐기는 것뿐이라면 이너 팬츠가 반드시 필요하지는 않다. 입지 않는다고 해도 그녀들이 이해할 수 있는 범위다.

하지만 상급 모험가인 이상, 마물과의 격전은 피할 수 없을 것이다. 특히 지금 미라가 입고 있는 스커트의 기장이라면 속옷이 보일 수밖에 없다. 다시 말해서 이너 팬츠를 입고 있어야만 하는 상황인 것이다.

그러나 미라는 지금까지 입은 적이 없다고 말했다. 그녀들에게 그것은 여성으로서 이해할 수 없는 부분이었다.

"아니, 뭐라고 말을 해야 좋을지……. 지금까지 신경 쓴 적이 없어서 말이다……."

섣불리 대답했다가는 변태 취급을 당할지도 모른다. 순간적으로 그런 불안감이 머리를 스쳤지만 미라는 이번에도 솔직하게 답했다. 지금까지도, 그리고 분명 앞으로도 속옷을 남들에게 보이는 것은 그리 큰일이 아닐 것이라고 생각했기 때문이다.

"……그래. 아~주 가끔씩 그런 사람들이 있지."

"미라 양은, 그런 타입이었나요~."

"씩씩해."

궁금한 표정이었던 세 소녀는 어쩐지 어이가 없다는 듯 웃으며 말했다. 듣자 하니 모험가 중에는 그런 부분을 완전히 포기해버린 여성이 종종 있다는 모양이다.

예를 들어 옷을 갈아입기 위해 동료들로부터 떨어졌다가 마물에게 습격을 받으면 뼈도 못 추리기 때문이다. 하지만 그녀들은 아직 전혀 포기하지 못한 쪽이라고 한다.

"뭐 그런 타입 중에서 미라처럼 아주 귀여운 차림새를 한 사람이랑은 아직 만나본 적이 없었지만 말야."

미레이 일행이 경험한 바에 따르면 그런 타입의 여성 모험가들은 대부분 실용성을 중시한 옷을 입고 다닌다고 한다. 특히 미라처럼 귀엽게 꾸미고 다니는 여자애 중 여성스러움을 완전히 포기한 사람은 본 적이 없었다고 미레이는 말을 이었다.

"A랭크인 사람은 이래저래 독특하다고 들었는데, 정말이었네요~."

"응, 뭔가 특별해."

미라를 바라보며 엔리에타는 진지한 표정으로 중얼거렸고, 네네는 존경심이 담긴 눈빛을 보내왔다. 아무래도 그녀들이 아는 A랭크 중에는 독특한 자가 많은 모양이다.

"그럴, 지도, 모르겠구나……."

잠시 생각에 빠진 미라는 과거에 만났던 A랭크 모험가들을 되짚어보고서, 듣고 보니 일리가 있다는 생각에 쓴웃음을 지었다.

우선 플레이어 출신자인 셀로.

천상 폐도로 가는 도중에 만났던 사무라이 하인리히.

이스즈 연맹 본거지에서 만났던 전사 아론.

그리고 키메라 클로젠과 결판을 냈을 때, 비공선에 함께 탔던 잭그레이브와 엘레오노라.

최근 고대 지하 도시에서 만났던 트라이드.

가만, 트라이드는 그렇게까지 독특하지는…… 따위의 실례되는 생각이 들기는 했지만 확실히 개성적일 확률이 높은 것 같다고 미라는 생각했다.

그리고 자신도 거기에 끼었다고 하니 심정이 복잡해졌다.

하지만 세 사람의 반응이 생각보다 긍정적이어서 미라는 한편으로 안도하기도 했다. 여자로서 있을 수 없는 일이라는 소리를 들을지도 모른다고 긴장하고 있었기 때문이다.

그러한 이야기를 들은 미라는 새삼 모험가의 길을 걷는 여성들의 씩씩함, 그리고 관대함을 실감했다.

하지만 그것도 잠시뿐. 다음 순간, 세 소녀의 눈빛이 바뀌었다.

"굉장히 보기 드문, 씩씩한 마법소녀풍 A랭크 모험가님의 이너 팬츠 선택이라. 우리의 책임이 중대하네. 그렇다면 제대로 골라 줘야지!"

"네! 이건 긴급 임무 수준의 사건이라고요!"

"절대 사수."

그녀들의 안에서 미라의 존재가 마법소녀 초심자에서 동경하는 A랭크 모험가로 승격되었다.

심지어 그 동경의 대상은 진심으로 사랑하는 마법소녀풍 의상을 맵시 있게 입고 있다. 그 공통점이 미레이 일행의 선망을 더욱 증폭시켰다.

그리고 심지어 그 동경의 대상의 이너 팬츠 코디네이트 역할을 위임받기까지 했다.

지금 이 순간, 미레이 일행의 의욕은 전에 없이 뜨겁게 타오르고 있었다.

어쩌다 흘끔 드러난다 해도 팬티가 아니니까 부끄럽지 않다. 이너 팬츠를 입는다는 것은 일반적으로 그러한 상황에서의 대응책이었다. 하지만 상급 모험가인 미라의 경우에는 그 전제가 확 달라질 수밖에 없다.

상급, 심지어 A랭크쯤 되면 술사라 해도 당연히 상당한 수준으로 움직일 수 있고, 랭크가 높을수록 격렬하게 움직여야 하는 상황이 많아지는 경향이 있다. 따라서 A랭크의 세계에서 스커트를 입는다는 것은 있을 수 없는 일이다.

그렇기에 흘끔 드러나는 정도가 아니라 완전히 드러나는 경우를 전제로 선택해야만 한다. 미레이는 그렇게 역설했다.

어떠한 상황, 그리고 상태에도 대응이 가능하면서도 현재 의상의 매력을 해하지 않으며 배가시켜줄 이너 팬츠가 필요하다. 당사자인 미라가 의견을 말할 새도 없이 진행된 세 소녀의 작전회의에서는 그러한 결론이 나왔다.

결과적으로 미라는 완벽함을 실현하고자 돌진하는 미레이 일행의 손에 의해 더더욱 온몸을 구석구석 조사당하게 되었다.

"이거 귀엽지 않아?"

"색 조합으로 보면 이쪽도 나쁘지 않아요."

"란제리 타입, 어때?"

세 소녀는 형형색색의 이너 팬츠를 탈의실 테이블에 늘어놓고 이래저래 의견을 나누었다. 그리고 이거다 싶은 한 장을 집어 들어 미라에게 입히고는 여러 각도에서 그 모습을 확인했다.

로우 앵글에서의 보호성, 그리고 격렬한 운동으로 스커트가 들춰져 훤히 드러났을 경우 보기에 좋은지 등등.

미레이 일행의 작업에는 조금의 타협도 없었다.

여성 모험가란 다들 이런 것일까, 아니면 마법소녀풍 의상 중독자라는 공통점이 그녀들의 유대감을 구축하고 있는 것일까. 미라는 수십 분 만에 속옷 차림을 서로 보여줄 정도로 세 소녀와 친해져 있었다.

어린 소녀들과 친해져서 미라는 기분이 좋았다.

하지만 그것도 잠시뿐. 그 연장선에서 펼쳐진 지금의 상황에 한탄하며 하늘을 올려다볼 수밖에 없게 되었다.

'……어째서, 이리된 것이야…….'

미라는 처음 도전하는 이너 팬츠에 관해, 여자로서의 선배에 해당하는 세 소녀에게 가르침을 청했다. 그 결과 이래저래 친해지고 여러 이너 팬츠를 시험하다 보니, 어느샌가 미라는 이너 팬츠 전용 옷 갈아입히기 인형이 되어 있었다.

"다음은 이걸 곁들여서 어른스러운 코디를 시험해 보는 게 어떨까."

"괜찮네요. 분명 지난달 신작 중에 몇 개 있었죠. 가져올게요."

"우리한테는 안 어울렸어. 하지만, 미라 씨이라면."

세 소녀의 이너 팬츠 코디네이트에 대한 열의는, 식기는커녕 계속해서 뜨거워졌다.

다소 폭주를 하고 있는 느낌은 있었지만, 그녀들의 표정은 진지하기 그지없었다.

그래서 미라는 아무 말도 못 하고 있었다. 그렇게까지 할 필요는…… 더 간단한 걸로…… 이상해 보이지만 않으면 된다, 라고 하고 싶은 마음을 굴뚝같았지만.

하지만 이미 그런 말을 할 시기는 지난 상태다.

왜냐하면 미라용 이너 팬츠 선택에서 시작된 옷 갈아입기는, 어느샌가 패션쇼 같은 양상으로까지 발전해버렸기 때문이다.

정신이 들어보니 점원은 물론이고 다른 손님들까지 견학이라도 하듯 탈의실을 들여다보고 있었다.

모든 일의 계기는 상황을 살피러 온 점원의 "어머나, 멋져라!"

라는 한 마디였다.

　어쩐지 빈말이 아니라 진심에서 우러난 듯한 그 목소리가 주변에 있던 손님들의 호기심을 자극해 그들을 불러들인 것이다.

　그리고 그런 목소리가 나오게 한 원인이 된 소녀를 보니, 속은 둘째치고 겉모습은 절세의 미소녀였다.

　점원의 감탄사가 거짓이 아니었는지 그 소녀의 자태는 주목을 끌기에 충분했고, 모델로서도 흠잡을 데가 없었다.

　미라가 입어 보인 이너 팬츠는 평소보다 근사하게 보였다.

　어느샌가 미라에게 입혀보고, 그걸 참고해서 상품을 선택하는 분위기까지 형성되어 있었다.

　그것은 대체 어떤 심리에서 비롯된 행위일까. 동경의 대상인 저 사람과 같은 걸 갖고 싶다는 심리일까. 미라는 현재, 이곳에 모인 마법소녀풍 의상 애호가들의 대표 모델이 되어 있었다.

　'언제까지 계속되는 걸까…….'

　벗고는 입고, 벗겨지고 입혀지고를 반복하던 미라는 어쩌다가 이렇게 되었나 싶어 난감해졌지만, 이대로 얌전히 몸을 맡기고 있을 수는 없다는 생각에 이르렀다.

　"정찰, 공작, 함정 해제 등, 뭐든 할 수 있습니다냥. 가려운 곳을 긁어주는…… 소생을 비롯한 캐트시는 그런 파트너가 될 수 있다고 자부하고 있습니다냥~."

　미라는 때는 지금이라는 듯 옆에 단원 1호를 소환해서 소환술의 편리성을 선전하고 있었다.

　그 내용은 소환술의── 아니, 캐트시의 선전이기는 했지만 평판은 매우 좋았다.

알고 보니 매지컬 나이츠의 카탈로그와 발표회 같은 자리에는 캐트시 같은 마스코트 캐릭터가 늘 등장한다는 모양이었다.

마법소녀하면 역시 작은 동물 마스코트 캐릭터. 마치 그것이 완벽한 형태라는 듯이 홍보가 이루어지고 있는 것이다.

인상 조작의 효과라 해야 할까. 그 덕분에 이곳, 매지컬 나이츠 점내에서 마스코트 캐릭터라 할 수 있는 단원 1호는 지금의 미라만큼이나 주목을 모으고 있었다.

굳이 말하자면 미라의 부담을 절반 정도 떠맡김과 동시에 한정적이기는 하지만 소환술의 근사함을 어필할 수 있는 것이다.

마스코트 효과 덕분에 소환술사에 대한 이미지는 상당히 좋아졌다.

특히 젊은이들에게 어필한 것이 무엇보다도 큰 수확이라는 생각을 하며 미라는 소녀들이 자신에게 내민 이너 팬츠에 웃는 얼굴로 발을 집어넣었다.

결과적으로 미라는 두 시간 정도 모델이 되어 있었다. 심지어 이너 팬츠에서 시작된 그 일은 정신이 들어보니 매지컬 나이츠의 이런저런 의상으로 확대되어, 어느샌가 가게에 진열되어 있던 온갖 의상을 입어 보기에 이르렀다.

또한 미소녀가 매지컬 나이츠의 옷을 입고 게릴라 패션쇼를 하고 있다는 소문이 눈 깜짝할 사이에 퍼져서 상당한 인원수가 가게로 밀려드는 사태가 빚어졌다.

하지만 뜻밖에도 모여든 이들 중 남자는 거의 없고, 여성 쪽이 많았다. 아무래도 이 세계에서 마법소녀풍 의상은 코스프레가 아니라 패션으로서 확고한 지위를 구축한 듯했다.

"이거, 예정이 크게 어긋난 기분이 든다만……."

단지 이너 팬츠를 고르려고 한 것뿐이었건만, 일이 걷잡을 수 없을 정도로 커지고 말았다.

이래저래 노도와도 같이 시간이 흘러갔다.

특별히 종업원용 휴게소에서 휴식을 취하던 미라는 그렇게 중얼거리며 반짝반짝 눈을 빛내며 미소를 띠고 있는 세 소녀를 노려보았다.

"뭐어, 왜, 끝이 좋으면 다 좋은 거라고들 하잖아?"

미레이는 그렇게 말하며 시선을 피했다.

"미라 양이 너무 매력적인 탓이라고요."

마리에타는 그렇게 말하며 시선을 피했다.

"두 시간 동안 이십만 리프어치. 시급 십만이면 이득."

네네는 미라의 옆에 놓인 커다란 종이봉투를 바라보며 진지한 눈빛으로 그렇게 말했다. 그리고 엄청 예뻤다느니 여러 의상의 차림새를 볼 수 있어서 참고가 되었다고 말을 이으며 진심으로 기쁜 듯한 미소를 지었다.

"나 참……. 그렇다면 분발한 보람이 있구나."

미라는 순수한 네네의 미소를 보고 완패해서 표정을 풀고 종이봉투를 집어 들었다.

종이봉투 안에는 레깅스에 속치마, 타이츠와 같은 스커트 아래에 입는 의류가 종류별로 들어 있었다.

그것들은 모두 세 소녀와 점원이 엄선한 물건으로, 이번 게릴라 패션쇼의 보수라며 가게 측에서 미라에게 선물한 것이다.

또한 네네가 말한 대로 봉투 안에 든 물건의 가격은 다 합쳐 약 이십만 리프 정도다.

듣자 하니 미라의 이번 선전 효과 덕분에 매지컬 나이트 계열 가게에서 역사를 뒤집을 정도의 매상을 올렸다는 모양이었다.

그것을 기념함과 동시에 다음에 또 부탁한다는 의미를 담아 보수로 선물한 것이다.

'뭐어, 되었다.'

어찌 되었건 목적한 물건을 공짜로 손에 넣었다. 게다가 수없이 옷을 갈아입어 보인 끝에 엄선된, 전문가들의 추천 상품들만 골라서. 분명 모두 다 지금의 자신에게 어울릴 것이다. 미라는 그렇게 긍정적으로 생각해 소소한 문제는 신경 쓰지 않기로 했다.

꽤나 일이 커지고 말았지만 목적을 달성한 미라는 세 소녀와 헤어져 대로를 나아갔다. 그때, 미라가 걸을 때마다 스커트 자락 아래로 검은 레이스가 살짝살짝 보였다. 그것은 보수로 받은 것 중 한 장으로, 레이스가 보기 좋게 장식된 속바지였다.

팬티를 감추기 위한 이너 팬츠 중, 기념할 만한 첫 번째 의상은 이 속바지 타입이 되었다.

겉모습은 그대로이면서도 팬티 가리개로서의 성능은 흠 잡을 데가 없으며 움직이는 데도 지장이 없고, 스커트 자락 아래로 보였을 때에도 세련된다는 인상을 준다.

하지만 무엇보다도 세 소녀가 처음 입었던 것 역시 속바지 타입이었다며 그 경험을 공유해달라고 부탁한 탓에 이런 결과가 나온 것이다.

짧은 시간이었지만 그녀들은 미라에게 꽤나 정이 든 모양이다. 미라는 그런 생각을 하며 한 장의 전단지에 시선을 떨어뜨렸다.

그것은 언제 어디선가 다시 재회하기를 바란 미레이 일행이 건넨 것으로, 거기에는 '매지컬 나이츠 주최 : 의상 대전람회 개최 결정'이라고 적혀 있었다. 아무래도 마법소녀풍 의상을 사랑하는 자들의 축제가 열리는 모양이다.

그 세 소녀는 분명 갈 것이다. 그리고 전단지를 건넨 것은, 다시 말해서 그곳에서 재회하기를 기대하겠다는 뜻이리라.

'이 몸은 딱히 애호가가 아닌데 말이다……'

갈 예정은 전혀 없지만 세 소녀의 기대를 배신하려니 다소 가슴이 아프다. 미라는 그런 감정 속에서 문득 생각했다.

'짧은 시간이기는 했지만, 의외로 이 몸도 저 아이들이 마음에 든 것 같군.'

사람과의 만남, 사람과의 인연, 사람에 대한 호의라는 것은 때때로 시간과 비례하지 않는 것 같다.

만약 이 전람회에서 재회한다면 그녀들은 어떤 표정을 지을까. 재회하지 못하면 어떤 표정을 지을까. 미라는 전단지를 조심스럽게 집어넣고, 기분 탓인지 가볍게 느껴지는 발걸음으로 스커트를 팔랑거리며 걸어 나갔다.

또한 여담이지만 이너 팬츠에 관해 말하자면, 시녀 일동도 제작을 하고 있었다. 하지만 아직 미라에게 건네지는 않았다. 원인은 좀 전에 미라가 고민했던 바와 같았다.

그렇다, 종류다. 게다가 시녀들은 기본적으로 의상 제작을 할 때 하나로 단결된 모습을 보여주었지만, 이 이너 팬츠를 제작할 때는 의견이 갈렸다. 심지어 속옷을 입히지 말고 그 대신 원피스 타입의 수영복을 입히자는 새로운 세력까지 등장하기에 이르렀다.

항쟁은 계속되고 있다. 때문에 시녀들이 만든 미라용 이너 슈트가 완성되는 것은 한참 뒤의 일이 될 듯했다.

14

의상점을 뒤로 하고 나서 보니 이미 밤 아홉 시가 지나 있었다. 상점가도 하나둘씩 불이 꺼지기 시작할 시간대다.

"흠. 내일 있을 작전에 대비해 오늘은 돌아가도록 할까."

내일은 괴도 퍼지다이스의 범행 예고일이다. 푹 쉬어두자고 생각한 미라는 남작 호텔로 향하기로 했다.

그러던 도중. 밤의 어둠에 숨어 다소 알아보기가 어려웠지만, 미라의 시선 끝에 자리한 지붕 위에 사람이 서 있는 것이 보였다.

매우 수상쩍어 보였지만, 미라는 그 원인을 생각해냈다.

'아~…… 아직 찾고 있는 게로군.'

모험가들이 지붕 위를 건너다니고 있다. 또한 대로를 둘러보면 역시나 수색 활동에 여념이 없는 이들이 보였다.

그렇다. 저들은 아직도 물의 정령을 찾고 있는 것이다.

'흐음…… 이것 참, 찜찜하게 됐구먼…….'

전혀 상관이 없는 일이었다면 '수고가 많군' 정도의 생각만 했을 것이다. 하지만 이번 일은 그렇지가 않았다.

모험가들이 찾고 있는 물의 정령은 아까 전에 미라가 계약을 맺은 안루티네로, 그 안루티네는 이미 지하수로를 타고 몰래 도시를 떠났다.

이 사실을 아는 것은 이 도시에서 미라뿐이다. 물의 정령을 진심으로 찾고 싶어 하는 모험가들은 보다시피 그 사실을 모른 채 수색에 힘을 쏟고 있었다.

이미 없으니 아무리 찾아도 찾을 수 있을 리가 없다. 완전한 헛수고인 것이다.

이 상황에 관여한 미라는 이대로 내버려 둘 수는 없다는 생각에 지붕에 올라가 주변을 둘러보았다.

그리고 그곳에서 눈에 익은 모험가의 모습을 발견했다.

"아직도 찾고 있나 보구나."

미라는 지붕을 타고 달려가서 그렇게 말을 붙였다.

"오오! 정령여왕님 아니십니까! 아까 전에는 감사했습니다. 리나가…… 우리 소환술사가 엄청 기뻐하더라고요!"

남자는 고개를 돌리자마자 환한 미소로 그렇게 감사 인사를 했다.

그에 반해 미라는 애써 떨떠름함을 숨기며 "그러하냐, 그것참 다행이구나"라고 답했다.

그들이 찾고 있는 안루티네는 자신과 계약하기 위해 왔었다. 때문에 아까 전에는 그들이 헛수고를 하고 있음을 알면서도 자기 보신을 위해 그 사실을 밝히지 않고 얼버무렸더랬다.

"그런데 어쩐 일이십니까? 제가 답변할 수 있는 일이라면 뭐든 물으시죠."

남자는 또다시 굳이 지붕 위에 있는 자신에게 말을 건 것을 보면 뭔가 묻고 싶은 게 있는 것이리라고 생각한 모양이다. 하지만 이번 용건은 그게 아니었다.

"그게 말이다──."

미라는 남자에게 상황을 전달했다. 조금 전에 감지해 보니, 모두가 찾고 있는 물의 정령은 이미 도시에 없는 것 같다고. 때문에 그 사실을 모르고 찾고 있는 자들을 내버려 둘 수 없다는 생각에 말을 걸었다고.

"이런…… 벌써 떠난 건가요? 처음 만났을 때 놀라게 한 것 같다는 이야기를 듣기는 했지만, 역시 그것 때문일까요……."

사실은 목적이었던 미라와의 계약을 마친 덕에 신이 나서 돌아간 것이었지만.

하지만 그 사실은 언급도 하지 않았기에 남자는 미라가 이 일과 깊이 관련이 있다고는 생각지 않고 그렇게 판단한 모양이었다. 처음에 물의 정령과 만났던 자가 조급하게 계약을 하자고 보챈 탓이라고.

"뭐어, 이유까지는 모르겠다만 그렇게 되었다. 괜찮다면 그대가 다른 이들에게 전달해 주겠느냐?"

특히 섬뜩한 기운을 풍기는 여성들에게는 그다지 다가가고 싶지 않다. 그러한 속내를 감춘 채 미라가 그렇게 부탁하자 남자는 흔쾌히 "알겠습니다! 정령여왕님의 말씀이라고 전달하도록 하겠습니다!"라고 말해주었다.

"그럼 잘 부탁하마."

끝으로 그렇게 말하고서 지붕에서 뛰어내린 미라는 "감사합니다~!"라는 남자의 목소리를 등진 채 잽싸게 그 자리를 떴다.

그렇게 남작 호텔에 돌아와 보니 밤 열 시가 지나 있었다.

"일단 이틀 묵도록 하지."

미라는 남작 호텔의 접수처에서 그렇게 말했다.

현재, 남작 호텔에는 율리우스의 명함을 이용해서 왜건을 세워 두었을 뿐, 숙박할지 말지는 정하지 않은 상태였다.

하지만 새삼 안을 둘러보니 제법 재미있어 보이는 여관이었다. 귀족이 된 듯한 체험을 할 수 있다는 것을 강점으로 내세우고 있었기 때문이다.

그 결과, 미라는 그대로 이곳에서 숙박하기로 결정하고 체크인을 마쳤다.

그러고서 집사풍 의상을 입은 종업원의 안내를 받으며 방으로 향했다.

그 방은 과연 귀족풍 호텔이라고 해야 할지, 집기품에서 소품에 이르기까지 아주 근사한 것으로 갖춰져 있었다.

단, 어디까지나 귀족풍을 표방하고 있는 것이라 귀금속류는 모두 가짜였다.

하지만 실내를 대충 훑어보니 소파와 침대 등은 제법 질 좋은 것으로 배치해둔 듯했다.

"자아. 우선은 목욕부터 해보실까."

테이블 위에는 남작 호텔의 이용 설명서가 있었다. 마음을 가라앉히고서 그것을 훑어본 미라는 방에서 나와 그대로 대욕장으로 향했다.

설명서에 의하면 귀족과 같은 시간을 체험할 수 있다는 것이 콘셉트인 '남작 호텔'에는 유료로 메이드와 집사가 하루 종일 시중을 들어주는 서비스가 있다고 한다.

전속 메이드에게 하루 종일 시중을 받는 것은 남자라면 누구나 꿈꾸는 대우일 것이다.

하지만 미라는 그 서비스를 이용하지 않았다.

그러한 부류의 것은 알카이트성의 시녀들에게 충분히 받아보았기 때문이다.

유료 메이드와 집사는 호텔의 안내 담당이라는 측면도 있었는데, 그 덕분에 내키는 대로 남작 호텔의 복도를 걷고 있던 미라는 현재 길을 잃은 상태였다.

호텔 내부는 분위기를 중시한 탓에 안내판과 같은 것이 없었기 때문이다.

그 때문에 미라는 대욕장을 찾아 호텔 안을 어슬렁거리게 되었다.

그러던 도중에 몇 번인가 다른 숙박객들과 마주쳐, 상당히 많은 사람들이 메이드 집사 서비스를 이용하고 있다는 사실을 알 수 있었다.

또한 대부분의 남성객은 메이드, 여성객은 집사를 이용했다.

그렇게 방황하던 중에 미라는 지인을 발견했다.

그렇다. 마찬가지로 이곳에 숙박 중인 소장이었다.

그리고 소장이 앉은 휠체어를 밀고 있는 것은 율리우스가 아니라 메이드였다. 아무래도 그도 서비스를 적극적으로 이용하고 있는 듯했다.

목욕을 마치고 나온 것인지 목욕 가운 차림의 유부남에 딸까지 있는 소장은 매우 즐거운 얼굴로 메이드와 대화를 나누고 있었다.

'아주 만끽하고 있는 모양이로군……'

어디 보자, 목욕탕에서 받을 수 있는 서비스도 있을까.

그런 부질없는 생각을 하며 소장을 멀리서 배웅한 미라는 그대로 그가 온 방향으로 걸어 나갔다. 목욕을 마치고 나온 거라면 분명 그쪽 방향에 대욕장이 있으리라고 믿으며.

예상은 맞아 들어서 미라는 대욕장에 도착했다. 당당하게 여성용 입구를 지나자 샹들리에가 빛나는 탈의실이 나타났다.

'역시 집사는 없는 것 같군.'

유료 서비스를 신청하면 온갖 시중을 다 들어준다지만, 아무리 그래도 목욕탕까지는 따라오지 않는 모양이다.

탈의실을 둘러보아 여성객이 모두 혼자 있는 것을 확인한 미라는 그럼 그렇지, 하고 옷을 벗기 시작했다.

하지만 중간에 문득 이런 생각이 들었다. 혼자서 왔다면 소장은 목욕을 하기도 힘들지 않았을까.

'……아니, 아직 율리우스가 목욕탕에 있을지도 모르는 일이지.'

소장의 입욕을 돕고 나서 메이드에게 맡긴 후, 율리우스는 느긋하게 목욕을 만끽하고 있을 것이다. 미라는 그렇게 믿으며 욕장의 문을 열었다.

"생각했던 것보다 부티가 나는군그래……."

욕실은 금과 은으로 장식된 대리석으로 되어 있었다. 바닥과 벽, 욕조는 모두 대리석으로 되어 있고, 수도꼭지와 샤워기, 그리고 샹들리에에도 금빛 은빛으로 빛나고 있었다.

또한 매혹적인 여체도 곳곳에서 찾아볼 수 있었다. 이토록 사치스러운 광경이 또 있을까.

미라는 감탄하면서도 진짜 귀족 중 이러한 욕장을 지닌 자가 과연 있기는 할까, 싶어서 웃었다.

그리고 어디까지나 남작 호텔의 콘셉트는 일반인들을 위한 귀족 체험이다. 다시 말해서 진짜 귀족이 아니라 진짜 귀족의 생활상을 모르는 일반인이 그리는 귀족의 모습을 형상화한 것이 이곳인 것이다.

다소 지나친 감이 있는 정도가 적당하리라 생각하며 미라는 그 사치스러운 공간을 마음껏 만끽하기로 했다.

목욕을 마친 미라는 간소한 원피스를 걸쳤다. 마리아나가 가방에 넣어준, 목욕을 마친 후에 입는 원피스다.

그 후 다소 길을 헤매기는 했지만 방으로 돌아와서 종을 울려 종업원을 불러서 디저트를 주문했다.

늦은 시간이었지만 놀랍게도 남작 호텔의 서비스는 24시간 대응이었다.

그렇게 귀족풍 디저트 타임을 즐긴 미라는 나머지 시간을 느긋하게 보냈다.

기능 전집과 연구서를 훑어보거나 단원 1호로 '의식 동조' 연습을 하거나, 잿빛 기사의 업그레이드에 관해 고찰하는 등, 좋아하는 일에 몰두했다.

그리고 자정이 지났을 즈음. 결국 잠기운을 거스를 수 없게 된 미라는 꼬물꼬물 침대로 기어가, 곧바로 고른 숨소리를 내기 시작했다.

남작 호텔에서 맞이한 아침은 실로 쾌적했다.

아침 일곱 시가 조금 지났을 즈음에 눈을 뜨고 침대에서 슥 빠져나온 미라는 졸음을 쫓기 위해 커피 우유를 한 병 비우고 나서 아침 준비를 마쳤다.

드디어 오늘은 괴도 퍼지다이스의 범행 예정일이다. 소장과 약속한 시간은 오후 일곱 시. 아직 열 시간 이상 남았다.

작전을 실행하기 전에 해두고 싶은 일이 있었다. 미라는 자기 전에 생각했던 대책을 준비하기 위해 곧장 거리로 나갔다.

"이게, 무슨……."

거리로 나온 미라는 그 광경을 보고 놀란 투로 말했다.

어제까지의 학스트하우젠은 많은 점포들이 기념 세일을 하거나, 팬들이 활보하는 등, 퍼지다이스 효과로 매우 붐비었다. 말 그대로 축제가 열린 것처럼.

그런데 오늘은 그것이 터무니없는 북적임으로 발전했다.

그렇다. 미라가 보았던 상황은 말하자면 리허설 같은 것에 불과했던 것이다.

대로로 나온 미라는 어제와는 딴판인 모습에 놀라며 나아갔다.

자세히 보니 시야에 보이는 모든 가게들이 퍼지다이스를 환영하듯 세일을 하고 있었다. 뿐만 아니라 노점 등을 가게 앞에 낸 곳도 많아 보였다.

그리고 무엇보다도 팬의 숫자가 달라졌다. 어딜 보아도 반드시 눈에 들어올 정도로 그 밀도가 증가한 상태였다.

어디 할 것 없이 괴도를 환영하는 분위기가 감돌고 있다.

"그나저나 참으로 놀라운 영향력이로구먼."

미라는 그런 광경을 바라보며 문득 생각했다. 다들 다소 지나치게 들뜬 게 아닐까.

이번에 괴도의 타깃으로 지목된 것은 이 도시의 유력한 상회다. 그렇다면 어떤 식으로든 연관되어 있는 가게도 있을 것이다. 그곳과의 거래가 끊기면 손해가 발생하는 가게도 있으리라.

하지만 눈에 보이는 바로는, 모든 가게가 환영하는 분위기였다. 흐음, 이번 타깃으로 지목된 돌레스 상회의 영향력은 그리 크지 않았던 걸까.

그런 의문을 느낀 참에 미라는 대로를 오가는 사람들 가운데서 낯익은 이를 발견했다.

"순찰 도느라 수고가 많구나."

미라가 달려가 말을 붙인 것은 학스트하우젠의 문 앞에서 대화를 나눴던 병사장과 그 부하들이었다.

사람들이 모여 붐비는 장소에서는 당연히 문제가 발생할 확률도 높아질 수밖에 없다. 병사장 일행은 그러한 일이 일어나지는 않는지 단속하기 위해 순찰을 돌고 있는 듯했다.

"오오, 정령여왕님. 오늘 컨디션은 좀 어떠십니까."

몸을 돌린 병사장은 미라의 모습을 보자마자 딱딱했던 표정을 풀고 밝게 웃어 보였다. 또한, 그 뒤를 따르던 병사들도 미라의 존재 덕분에 긴장이 풀렸는지 하나같이 미소를 짓고 있었다.

"썩 나쁘지 않구나."

그렇게 답한 후, 미라는 "헌데 말이다"라고 말을 이어 조금 전에 느꼈던 의문에 관해 병사장에게 물어보았다. 그러자 병사장은 쓴웃음을 지은 채 "아아, 그건——"이라고 답해주었다. 최근 두드러지고 있는 괴도 퍼지다이스의 영향력에 관해서.

듣자하니 이토록 대규모적인 축제 상태가 된 것은 최근 몇 년 동안의 일이라는 모양이다. 그 전까지는 몇몇 팬들이 모여드는 정도로, 지금처럼 도시 전체 단위의 행사가 아니었다고 한다.

그럼 어째서 지금은 이런 것일까. 그 원인은 몇 년 전에 있었던 일이라고 병사장은 말했다.

어느 도시에서 유력 상회가 괴도의 표적이 되었다.

그러자 표적과 라이벌 관계에 있던 상회가 비아냥거리기라도 하듯 괴도를 환영하는 의미에서 대형 세일 행사를 했다.

당연히 표적이 된 상회는 가만히 있지 않았다. 산하 상회까지 끌어들여 항의니 뭐니 대항 조치를 취했지만 퍼지다이스는 범행에 완벽하게 성공했다.

표적이 된 상회는 몰락했고 그에 협력했다는 이유로 산하 상회에까지 불똥이 튀었다. 엄밀한 조사가 시작되어 많은 부정이 발각되었고, 모두가 도시에서 사라졌다.

결과적으로 대형 세일 행사를 했던 상회만 득을 봤다.

그러한 과거 탓에 자연스럽게 많은 점포가 세일을 시작하게 되었고, 지금과 같은 축제 같은 소동으로 발전했다는 것이다.

"——그렇게 된 겁니다. 뭐, 단순히 환영하는 뜻으로 하는 곳도 많습니다만. 보다시피 사람들이 모여들어서 가게들의 입장에서는 장사할 기회이기도 하니까요."

거기까지 말한 후, 병사장은 끝으로 "다만 이제는 세일을 하지 않으면 관련이 있는 것으로 의심을 하는 분위기도 있어서 말입니다"라고 설명을 덧붙이고 이야기를 마쳤다.

"오호라……. 꽤 성가신 문제로군."

미라는 눈 앞에 펼쳐진 축제 분위기에는 그런 비밀이 있었던 건가 싶어서 놀란 동시에 괴도 퍼지다이스의 영향력에 쓴웃음을 지었다.

여러 가지를 알려준 병사장에게 수고하라는 말을 하고서 헤어진 미라는 오늘밤에 있을 결전에 대비해 퍼지다이스의 도주 경로가 될 법한 장소를 더욱 자세히 조사하기 위해 거리를 걸었다.

'어디 보자, 우선 어디부터 살펴볼까.'

미라에게는 한 가지 불안한 점이 있었다. 직접 목격했던 그 날, 그때, 퍼지다이스의 실력이 어느 정도인지 완전히 파악할 수가 없었다는 점이다.

A랭크 모험가조차 상대가 안 된다는 퍼지다이스가 마음먹고 도주할 경우, 그 기동력은 어느 정도일까. 그 점이 문득 불안해졌다.

따라서 미라는 보험을 들어두기로 했다.

'분명 이 앞이 조합이었지.'

아침의 활기로 가득한 대로. 미라는 그 길을 멀리서 바라보며 학스트하우젠의 지도를 머릿속에 떠올렸다.

어떻게 하면 괴도 퍼지다이스를 놓치지 않고 추적할 수 있을까.

퍼지다이스를 상대하기 위한 보험을 준비하기 시작한 미라는 술사 조합을 중심으로 학스트하우젠을 방황했다.

"이 근처도 도주 경로에 해당할 것 같군그래."

뒷골목이며 주택지, 작은 상점가를 둘러본 미라는 귀족과 같은 부유층이 사는 구획에까지 와 있었다. 주변에는 그럴듯하게 생긴 저택들이 늘어서 있고, 어쩐지 기품이 느껴지는 사람들이 돌아다녔다.

그리고 정령여왕이라는 이름은 그런 이들에게도 전해졌는지, 제법 시선이 느껴졌다.

하지만 미라는 그런 시선은 신경 쓰지 않고 목적을 위해 움직였다.

그렇게 간단하게 부유층들이 사는 구획을 확인한 미라는 현재, 같은 구획에 있던 돌레스 상회장의 저택 앞에 서 있었다. 멀리서 봤을 때 살짝 열려 있던 문으로 안을 들여다보자 무장한 몇몇 경비병들의 모습이 보였다.

또한 상당히 커다란 검을 짊어진 이의 모습도 거기에 섞여 있었다. 대형 마물도 단칼에 두 동강 낼 수 있을 듯한 검이었다.

통일된 무구를 장착한 경비원들과는 달라서 오늘을 위해 고용된 모험가나 용병일 것이라고 미라는 예상했다. 다만 그 모습은 저택의 경비라기보다는 꼭 큰 사냥감을 사냥하러 가는 사람처럼

도 보였다.

"흐음…… 잘 생각해 보니 이 근처는 혹시…….."

저택의 문지기와 눈이 마주치는 바람에 슬그머니 시선을 돌린 미라는 문득 주변을 둘러보다 어떠한 사실을 기억해냈다. 그리고 손에 들고 있던 지도를 펼쳐서 현재 위치를 손가락으로 짚은 후, 그대로 방금 기억해낸 장소의 위치를 확인했다.

"역시 그러했나. 마침 이곳 아래 즈음이로군."

현재 있는 장소. 그곳은 어제 안루티네와 계약했던 광장에서 봤을 때 북동쪽에 해당했다.

계약을 나눴던 그때. 안루티네는 이끼투성이었던 수로에서 희한하게도 한 곳만 이끼가 자라나 있지 않다고 말했다.

그 방향과 일치했던 것이다.

사방이 이끼투성이였던 수로에서 유일하게 이끼가 자라나 있지 않았던 장소. 그것이 사람의 손에 의한 것이라면 그 근처에 비밀 통로 같은 게 있을 것이라고 안루티네는 말했다.

어쩌면 이 구획 어딘가에. 부유층만 모여 사는 곳이라 더더욱 수상쩍었다.

지하수로에서 흉계라도 꾸미고 있지 않을까 하는 의심에 미라는 특히나 수상쩍은 돌레스 상회장의 저택을 노려보았다. 그러자 문지기 역시 미라를 노려보았다.

아닌 게 아니라 좀 전부터 계속 주목하고 있었던 모양이다.

경계심 때문인지, 호의를 품은 것인지는 모르겠지만. 한 가지 확실한 점은 소장과 함께 있는 모습을 보았을 텐데도 그다지 적

대적인 눈빛은 아니라는 것이다. 아무래도 소장에게만 빡빡하게
구는 모양이다.

대체 얼마나 크게 싸운 것일까.

15

결전 준비를 하며 도시를 둘러보기 시작하고서 몇 시간이 흘렀을 즈음. 중간에 배가 고파진 미라는 세일 중인 레스토랑에 들러서 특별 런치 세트를 주문했다. 크고 메인 디시는 질 좋은 고기에 폭신폭신한 데니시와 포타주, 재료를 듬뿍 쓴 샐러드, 그리고 디저트로 화려한 케이크가 딸려 나오는 런치 세트였다.

"퍼지다이스 만세로구나!"

고급 레스토랑이 아니면 구경조차 할 수 없는 내용의 메뉴였다. 맛도 끝내줬지만 불과 천 리프라는 파격적인 가격이었다. 이역시 퍼지다이스의 효과인 것이다.

보나 마나 손해이겠구나 싶었지만 미라는 케이크를 추가로 주문해 아주 만족스럽게 점심식사를 마쳤다.

배를 채우고서 준비를 재개한 미라는 그 후, 순조롭게 작업을 해나갔고 오후 네 시에는 예정을 모두 완료했다.

예고 시간까지는 네 시간, 소장과의 약속 시간까지는 세 시간이 남았다.

"어디…… 잠깐, 시험해 볼까."

과연 즉흥적으로 짜낸 작전은 예상한 효과를 낼 수 있을까. 만약을 위해 미라는 그것을 시험해보기로 했다.

미라가 준비를 마친 그 작전은 도시 곳곳에 관측자를 배치하는 것이었다. 그리고 그 관측자는 발키리 자매와 코로포클 자매, 단원

1호와 멍슨에 워즈랑베르, 그리고 운디네, 노미드와 실피드였다.

또한 말로 정보를 전달하지 못하는 세 정령은 정령왕의 통역을 통해 보고하기로 되어 있었다. 정령왕과 마텔은『오늘 밤은 꼭 지켜봐야겠군』이라고 말했다.

참고로 샐러맨더를 여기 포함하지 않은 이유는 그 겉모습 때문이다. 샐러맨더는 작은 드래곤으로 오해를 받을 법한 모습을 하고 있어서 이번 작전에는 투입하지 않기로 했다.

또한 안루티네를 투입하지 않은 것도 누군가…… 물의 정령에 굶주린 여성 모험가들에게 발각되면 귀찮아질 것이기 때문이다.

"흠…… 생각했던 것보다 훨씬 쓸 만할지도 모르겠군."

퍼지다이스 대신 구구와이즈에게 도시를 날아다니게 해보니, 상당한 성과를 거둘 수 있었다.

구구와이즈는 조용히 저공비행을 했다. 구구와이즈는 소리도 없이, 눈에 띄지 않게 날 수 있었지만 관측자들은 보란 듯이 그 모습을 포착해냈다.

그리고 각소에서의 보고를 통해 구구와이즈의 현재 위치를 파악할 수 있었다.

다시 말해서 퍼지다이스의 기동력이 미라보다 높아 술구의 추적을 따돌린다 해도 이렇게 육안에 의한 관측을 행함으로써 정확한 위치를 파악할 수 있는 것이다.

그중에서도 특히 색적이 특기인 단원 1호와 활의 명수인 발키리 자매 중 둘째인 엘레티나의 관측안은 압도적이었다. 중간부터 도망자 역할을 맡은 구구와이즈가 "구구, 지지 않아"라고 말하며 오기를 부릴 정도였다.

환영 마법까지 구사하는 구구와이즈와 눈에 힘을 준 단원 1호, 그리고 엘레티나의 관측 대결. 그것은 아닌 게 아니라 환영 마법 탓에 아래쪽이 상당히 소란스러워질 정도로 치열한 대결이었다.

하지만 미라는 이에 관해 자신은 모르는 일이라는 태도를 관철했다. 그리고 큰 소란이 일어나기 전에 구구와이즈를 철수시켜 태연한 얼굴로 작전의 예행 연습을 마쳤다.

또한 미라는 중간부터 어쩌면 단원 1호와 엘레티나만으로 충분하지 않았을까, 라고 생각했지만 그것도 없었던 일로 하기로 했다.

그렇게 관측자의 배치와 그 효과 확인을 마친 참에 일곱 시가 거의 다 되었다. 조금만 더 있으면 소장과 약속한 시간이다.

실험 결과, 관측 범위가 거의 도시 전역에 이른다는 사실이 밝혀졌다.

하지만 도시 밖으로 도망칠 경우에는 추적이 어렵다.

주변은 평평한 초원이라 미행하려 해도 금방 들킬 가능성이 높기 때문이다.

『만일의 사태가 벌어지면 그대들만 믿으마.』

미라는 그러한 사태를 고려해서 구구와이즈와 단원 1호를 한 팀으로 지정했다.

동물형인 이 둘이라면 그리 쉽게 들키지 않을 것이다.

특히 단원 1호는 어둠 속에 숨는 것이 특기인 데다 구구와이즈도 환영 마법과 조용한 날갯짓으로 밤하늘에 녹아들 수 있다. 자연이라는 이름의 필드에서는 최적의 추적자라 할 수 있으리라.

『맡겨주십시오냥!』

『구구, 힘낼게~.』

그런 믿음직스러우면서도 사랑스러운 답변을 들은 후, 미라는 다시 한번『그럼 다들, 잘 부탁하마』라고 모두에게 말했다. 직후, 알피나가 답하자 다른 이들에게서도 기합으로 가득한 답변을 해 왔다.

믿음직한 동료들의 목소리에 미라는 미소를 지은 채 소장과 합류하기로 한 지점으로 향했다.

"그럼 우선 작전을 되짚어보도록 하지."

합류하고서 술사 조합의 회의실로 장소를 옮긴 후, 소장은 그렇게 말하며 테이블에 학스트하우젠의 지도를 펼쳤다. 그리고 오늘밤 실행할 작전의 개요를 재확인했다.

학스트하우젠은 대략 3제곱킬로미터 너비의 도시다. 술사 조합에서 표적인 돌레스 상회장의 저택까지는 1킬로미터 남짓 떨어져 있다.

그리고 돌레스 상회장의 저택에서 대성당까지의 거리는 300미터 정도이고, 그 대성당은 저택과 술사 조합의 사이에 있다.

율리우스는 저택 앞에서 대기하며 퍼지다이스의 동향을 확인한다. 퍼지다이스가 저택에서의 범행을 마치고 대성당으로 향하면 연락을 하고, 술사 조합으로 서둘러 돌아오기로 했다.

미라는 연락을 받으면 퍼지다이스 팬으로 위장한 여성 모험가들 사이에 숨어 맞은편 건물에서 대기한다.

퍼지다이스가 술사 조합의 베란다에 나타나면 '록온 M식형'을 사용해서 마킹한다. 이것이 이번 작전의 핵심이다.

소장은 술사 조합 안에서 대기한다. 그리고 괴도가 조합 안으로 침입함과 동시에 신호를 해서 조합을 봉쇄하는 역할을 맡기로 했다.

하지만 이것은 말하자면 퍼포먼스에 불과하다.

퍼지다이스는 이 봉쇄를 어렵지 않게 뚫고 탈출할 것이라고 소장은 말했다.

그리고 나면 다시 미라의 차례. 마킹한 '록온 M식형'을 이용해서 퍼지다이스를 추적하는 것이다.

이것이 소장이 세운 작전 개요다.

"좋아, 동작에는 문제가 없는 것 같군."

작전을 재확인하고서 이번에 사용할 술구도 확인했다. 결과는 양호했다. 연락용 술구는 문제없이 상호간에 문자 교신을 할 수 있었고, 미라가 사용하기로 한 '록온 M식형' 역시 완벽한 상태다.

"그럼 다녀오겠습니다."

대충 준비를 마친 참에 율리우스는 재빨리 자신의 위치로 가기 위해 돌레스 상회장의 저택으로 향했다.

미라와 소장은 가지고 온 케이크를 느긋하게 맛보고서 회의실을 나섰다. 그리고 복도를 걷던 도중.

"오오, 그렇지. 잊기 전에 이걸 건네 두도록 하지."

소장은 그렇게 말하며 수상쩍은 디자인의 가면을 미라에게 건넸다.

듣자 하니 퍼지다이스 팬은 다들 이걸 쓰고 범행 순간에 흥을 돋운다고 한다.

이번에는 그런 팬들 속에 숨기로 했으니 이걸 쓰는 편이 작전을 수행하기 수월할 것이라는 모양이었다.

"흠, 알겠네."

눈 근처를 가리는 구조의 가면이었다. 물의 도시에서 열리는 카니발에서 사용될 듯한 디자인의 그것을 받아든 미라는 곧바로 써 보았다.

"어떤가, 퍼지다이스 팬처럼 보이는가?"

미라가 그렇게 말하자 소장은 잠시 미라를 바라보더니 웃으면서 "굳이 말하자면 여왕님 같구먼"이라고 말했다.

"대체 어떤 여왕이 이러고 다닌다는 게야……."

가면을 쓴 여왕이라니. 아마도 앞에 '밤의'라는 수식어가 붙지 않을까. 미라는 어이가 없어 그렇게 생각하며 문득 구석에 있던 거울로 자신의 현재 모습을 확인해 보았다.

"소악마풍 이 몸이로군."

거울에 비친 수상쩍고도 귀여운 자신의 모습에, 미라는 자신도 모르게 미소를 짓고 말았다.

"더욱 늘었군그래."

술사 조합에서 나온 미라는 그 정면에 자리한 대로를 둘러보고 엉겁결에 그렇게 중얼거렸다.

"그래, 늘 있던 일이네. 계속 늘 걸세."

소장 역시 그 광경을 바라보며 그렇게 답했다.

괴도 퍼지다이스가 나타나기로 확정된 장소. 그것은 예고장이 날아온 돌레스 상회장의 저택과 대성당, 그리고 술사 조합이다. 이는 팬들 사이에서는 상식으로, 그 세 곳에는 특히 많은 팬들이 모여들었다.

더불어 라이벌 역할인 소장——은 둘째치고, 율리우스 쪽은 그녀들에게 매우 인기가 있었다.

"붙잡혀 있군그래……."

"저것도, 늘 있던 일이네……."

자세히 보니 먼저 출발했을 터인 율리우스가 팬들에게 둘러싸여 있었다.

그리고 어째서인지 응원을 받고 있었다.

어려운 일에 계속해서 도전하는 미청년 탐정 조수는 라이벌로서, 그리고 남자로서도 매력적으로 보이는 모양이다.

또한 머지않아 소장을 발견한 퍼지다이스 팬들 중 일부가 그에게도 몰려들었다.

그녀들은 중후한 성인 남성에게 끌리는 타입인 듯했다.

그 결과, 미라는 완전히 찬밥 신세가 되었다.

'예전의 이 몸이었다면…… 예전의 이 몸이었다면 분명…….'

중후함과 위엄, 그리고 힘을 겸비했던 덤블프 시절. 미라는 없는 사람 취급을 받으며, 바깥으로 계속 밀려나면서 과거의 자신을 그리워했다.

율리우스와 소장이 퍼지다이스 팬에게 환영을 받는 가운데, 방치된 미라는 먼저 조합 맞은편에 세워진 가게 앞에 와 있었다.

퍼지다이스를 조준하기 위해 베란다를 빌리기로 한 가게다.

"아, 왔다 왔어."

그곳에는 이미 이번 작전에 협력해줄 세 명의 여성 모험가가 모여 있었다.

또한, 그녀들과는 어제 안면을 트며 자기소개를 해두었다. 검사로 갑주를 입고 검을 차고 있는 것이 니나. 로브를 입고 있는 한 사람은 마술사 미나, 나머지 한 사람은 사령술사인 나나다.

"어라? 소장님은?"

미라가 합류하자마자 니나가 그렇게 말했다.

"저기 있다."

미라는 그 질문에 답하며 눈짓으로 그 장소를 가리켰다. 대로 중간에 생겨난 인파를.

"아아~ 그렇구나~. 소장님도 인기가 많으니까아."

아무래도 퍼지다이스 팬들이 소장 일행도 좋아한다는 것은 모두가 아는 사실인 모양이다. 니나는 납득한 듯한 투로 말하더니 웃으며 얼마간 기다리는 수밖에 없겠다고 했다.

"그런데 어제 만났을 때 못 물어봤는데……요. 너…… 아니, 당신…… 귀하? 는 정령여왕님, 맞죠?"

문득 다른 두 사람에게 등을 떠밀리다시피 해서 로브 차림의 미나가 그렇게 물어 왔다. 하지만 그 태도는 어쩐지 눈치를 살피는 것도 같고, 어떻게 대하면 좋을지 알 수 없어서 당황스러운 듯했다.

그럴 만도 하다. 미라의 겉모습을 보면 명백하게 연하이기는 하지만, 소문이 자자한 정령여왕 본인이라면 그녀는 랭크 A의 모험가라는 뜻이 된다. 그에 반해 그녀들은 모두 C랭크다. 모험가인 그녀들의 입장에서 정령여왕은 까마득히 높은 존재인 셈이다. 어떻게 대하면 좋을지 막막할 만도 한 것이다.

"아~ 음. 맞다. 아무래도, 그렇게 불리는 것 같더구나."

그런 질문을 받는 것도 이제 익숙해져서 미라는 약간 의기양양하게 긍정했다. 그러자마자 세 사람의 표정이 밝아졌다.

"역시 그랬, 군요! 우리 그룹의 잭이 신세 많이 졌습니다. 게다가 그런 귀중한 물건까지 주시다니. 정말 감사합니다."

니나가 갑자기 그런 소리를 하며 고개를 숙였다. 그러자 그 뒤를 따르듯 다른 두 사람도 감사의 말을 입에 담았다.

허어, 무슨 소리지? 미라는 살며시 고개를 갸웃하고서 잠시 생각한 끝에 무슨 소리인지 대충 짐작해 냈다. 누군가에게 무언가를 줬던 일은 어제 그 남자에게 정령결정을 준 것밖에 없었기 때문이다.

"아아~ 혹 그대들은 그 지붕 위에 있던 남자의 동료였던 게냐?"

미라가 짐작한 바를 말로 옮겨 보니, 아무래도 정답이었던 모양이다.

그녀들은 "걔 맞아요"라면서 고개를 끄덕이더니 또다시 감사의 말을 하고서 그 일이 얼마나 기뻤는지 이야기하기 시작했다.

듣자 하니 그녀들은 네 자매로, 이곳에 있는 세 사람 말고도 나이 차이가 나는 여동생이 있다는 모양이다.

열 살이 된 그 여동생은 술사의 재능이 있어서 반 년 전에 적성 검사를 받았다.

여동생은 예전부터 말했다고 한다. 성술사가 되어 훌륭한 모험가인 언니들에게 도움이 되고 싶다고.

하지만 검사로 판명된 적성은 소환술뿐이었다고 한다.

소환술은 진입장벽이 높아서 소환술에만 재능이 있다고 판명된 자는 대부분 모험가가 되기를 포기한다고 알려진 가장 어려운 술종이다. 그것이 세간에 널리 퍼진 인식이었다.

여동생 역시 마찬가지라 그 결과에 절망하고 실의에 빠졌다고 한다.

그러던 중에 불현듯 나타난 것이 정령여왕이었다고 니나가 흥분해서 말했다.

소환술사이면서 A랭크인 데다 멀리서까지 소문이 들려올 정도로 활약을 펼치고 있는 모험가. 그것은 여동생에게 말 그대로 희망이었던 모양이다.

소환술사라도 유명해질 정도로 활약할 수 있다. 분명 언니들에게도 도움을 줄 수 있을 거다. 그녀들의 여동생은 그렇게 의욕을 북돋웠다고 한다.

"그 후로 몸을 단련하고 소환술 공부를 시작했지만……. 공부를 하면 할수록 난이도는 높고 교재가 너무 적다는 사실을 알게 되어 다시 침울해지고 말았죠."

247

니나는 쓴웃음을 지으며 그렇게 말했지만, 이내 환한 얼굴로 "그러던 때에 진짜가 나타난 거예요"라고 말하며 미라를 똑바로 바라보았다.

희망이 생긴 줄 알았더니, 그것은 손이 닿지 않을 정도로 높은 곳에 있었다. 그 사실에 절망해 있던 참에, 여동생이 기운을 차린 요인이 되었던 장본인이 도시에 왔다는 소문이 들려온 것이다.

그리고 그 정령여왕이 물의 정령의 유용성을 선전하고, 계약까지의 과정을 상세히 설명해 주었다는 것이 아닌가.

니나 일행은 여동생을 위해 황급히 그 과정에 필요하다는 정령결정을 확보하러 나섰다는 모양이다. 하지만 때는 이미 늦어서, 안 그래도 수량이 적었던 정령결정은 눈 깜짝할 새에 시장에서 사라져 버렸다고 한다.

그렇게 또다시 절망한 참에, 이번에는 물의 정령이 도시에 와 있다는 소문이 들려왔다.

니나 일행은 여동생을 위해 거리를 뒤지고 다녔다. 그러던 도중, 그룹 동료인 잭이 정령여왕 본인과 만났다. 심지어 그 본인에게서 정령결정을 받아와서, 여동생은 전에 본 적이 없을 정도로 기뻐했다는 모양이었다.

심지어 거기서 끝이 아니었다. 탐정인 소장에게서 긴급 의뢰를 받고서 와 보니 놀랍게도 소문으로만 듣던 정령여왕이 있는 것이 아닌가.

"뭐라고 해야 할지, 이건 분명 무언가가 도와주고 있는 게 아닐까, 하는 생각이 들어서……."

이런저런 이야기를 한 후, 니나는 문득 그런 말을 하고서 미나, 나나에게 눈짓을 했다. 그리고 자세를 바로하고 미라와 마주했다.

"저기, 이런 데서 이런 부탁을 하는 건 좀 그런 것 같지만…… 조금이라도 괜찮아요. 여동생에게 소환술을 알려주실 수 없을까요?"

니나가 그렇게 말한 후, 세 사람은 나란히 고개를 숙였다. 니나 일행은 어젯밤에 이렇게 하기로 결심했다는 모양이다. 다름이 아니라 여동생을 위해서.

이명을 지닌 A랭크 모험가는 저랭크 동업자들에게 말 그대로 다른 차원의 사람이나 다름이 없는 존재다. 그런 존재에게 가정교사 같은 일을 부탁하다니. 분명 다른 모험가가 이곳에 있었다면 무슨 바보 같은 소리냐며 비웃었을지도 모른다. 경우에 따라서는 A랭크 모험가님을 곤란하게 하지 말라며 화를 냈을지도 모를 일이다.

그 정도로 니나 일행의 말은 비상식적으로 여겨지는 것이었다. 니나 일행도 그 사실은 알고 있었다. 하지만 그럼에도 여동생을 위해 부탁하지 않을 수 없었던 것이다.

"음, 그러마."

생각에 생각을 거듭하고, 고민하고 또 고민한 끝에 부탁해 보자고 겨우 결심한 니나 일행에게 미라는 곧바로 답했다. 여동생을 걱정하는 언니들의 마음이 강하게 전해져 왔기 때문이라는 이유도 있었지만, 미라는 기본적으로 소환술이 얽힌 일이라면 긍정부터 하고 봤다.

소환술에 관한 문제로 좌절한 여동생에게 소환술의 기초를 알려달라는 부탁. 하지만 미라는 오히려 적극적으로 알려주고 싶은 입장이었다.

게다가 지금은 한 가지 요소가 그러한 생각을 부채질하고 있었다. 바로 브루스의 존재다.

브루스는 소환술의 보급을 위해 애쓰고 있다. 아직 얼굴도 모르는 이였지만 든든한 동지가 있다는 생각에 미라의 의욕은 평소보다 높아진 상태였다.

"가…… 감사합니다!"

미라가 너무도 빨리 대답하자 니나 일행은 순간적으로 넋을 놓았지만, 곧바로 정신을 다잡고 저마다 감사인사를 했다. 그리고 미라는 신경 쓰지 말라는 듯 고개를 끄덕여 답했다.

'조금씩이기는 하지만, 소환술의 붐이 일어나기 시작했다고 보아도 되겠구나!'

한 번은 소환술사로서의 미래에 절망했던 소녀가 정령여왕의 활약, 그리고 포교 활동으로 인해 그 길을 걷기 시작한다.

존재 자체로 누군가의 희망이 된다. 그리고 누군가에게 희망을 준다. 지금까지 해왔던 일들이 눈에 보이는 모양새로 결실을 맺었다.

그 사실을 실감한 미라는 자신이 해온 일에 대한 보람을 곱씹으며, 기분 좋은 미소를 지어 보였다.

16

"이거이거, 미안하군. 붙잡혀 버려서 말이야."

니나 일행과 약속을 하고 그 예정에 관해 이야기하던 참에야 퍼지다이스 팬들에게서 풀려난 소장이 합류했다. 상당히 늦어서 사죄의 말을 입에 담기는 했지만, 소장의 얼굴은 아주 환하기만 했다. 젊은 여성들이 떠받들어줘서 기분이 매우 좋은 모양이었다.

"그나저나 적이라 할 수 있음에도 꽤나 인기가 좋군그래."

세상 사람들에게 소장의 이미지는 정의의 영웅인 의적 퍼지다이스를 붙잡으려 하는 악역이다. 하지만 퍼지다이스를 응원하는 팬들은 율리우스와 소장도 좋아하는 모양이었다.

참으로 희한한 관계인 듯했지만 소장은 어렴풋이 그 이유를 알고 있는 듯했다.

"아무래도 나를, 괴도의 들러리로 인식하고 있는 모양이라 말이네."

인기가 있기는 해도, 자신은 완전히 조역에 불과하다고 소장은 웃으며 말했다.

지금까지 많은 유명한 모험가가 퍼지다이스에게 도전했다가 패했다. 그리고 팬들은 그런 퍼지다이스의 실력과 눈에 띄는 행보, 흔들리지 않는 정의심에 반해 수를 불려 나갔다.

다시 말해서 퍼지다이스의 팬 중 대부분은 퍼지다이스가 악당을 혼내주는 것뿐 아니라 강적과 싸워 그것을 격파하는 전개도 기대하고 있는 것이다.

하지만 현재, 퍼지다이스가 너무도 강하기도 하거니와 세상 사람들의 평판 탓에 유명 모험가가 퍼지다이스 앞에 나타나지 않게 되고 말았다. 그러다 보니 당연히 팬들이 기대한 강적과의 싸움이라는 요소도 사라질 수밖에 없었다.

하지만 그런 상황 속에서 과감하게 계속해서 도전하는 남자가 있었다. 그것이 바로 탐정인 울프 소장인 것이다.

비록 연패 중이기는 하지만 소장은 왕년의 A랭크 모험가로, 그 실력은 보증된 바다.

온갖 지략이 동원된 소장의 작전을 보기 좋게 돌파하는 퍼지다이스라는 구도가 팬들에게 먹혀든 모양이다.

나아가 율리우스라는 여성들이 좋아할 만한 미청년 조수가 있다는 점도 인기의 원인 중 하나였다. 하지만 인상만으로 치면 분위기를 돋우는 광대에 가까웠다.

또한 소장도 그러한 이유에서 좋아하는 것이라는 사실을 알면서도 개의치 않는 눈치였는데, "나보다 율리우스가 더 인기 있지만 말이네"라는 우스갯소리를 할 정도였다.

그는 "마지막에 이길 수만 있다면, 그로 족해"라며 대담한 미소를 지어 보였다.

또한 소장과 마찬가지로 팬들에게 붙잡혀 있던 율리우스도 마침 풀려난 참인 듯했다. 그리고 율리우스는 퍼지다이스 팬인 여성들에게 미소를 남긴 채 떠나갔다.

그런 율리우스의 등에 대고 여성들이 "힘내~"라고 외쳤다. 그 목소리는 어쩐지 소장에게 말하던 것과는 달리, 정말로 건투를 기대하는 듯한 빛이 담겨 있는 것처럼 느껴졌다.

순간, 미라는 얼굴을 찌푸렸다. 그리고 미소를 짓고 있던 소장의 눈에서도 어쩐지 빛이 사라진 듯 보였다. 두 사람의 마음은 디저트를 음미할 때 이상으로, 전에 없을 정도로 하나가 된 듯했다.

그렇게 미라와 소장, 니나 일행이 모인 참에 간단한 회의가 열렸다.

베란다를 빌리기로 한 가게 안, 그 한구석에 있는 테이블을 둘러싸고 최종 작전 확인에 돌입한 것이다.

작전이라 한들 이곳에서 할 일은 그렇게 복잡하지 않다. 미라와 니나 일행은 퍼지다이스 팬으로 위장해 베란다에 늘어서서 괴도가 오면 '록온 M식형'으로 조준해 등록하기만 하면 된다.

여기서 중요한 것은 술구로 조준하고 있다는 사실을 들키지 않기 위해, 최대한 퍼지다이스 팬인 것처럼 위장하는 거다.

다시 말해서 팬으로서의 행동거지를 흉내 낼 필요가 있는 것이다.

진짜 팬들은 퍼지다이스가 등장하면 엄청나게 흥분한 모습을 보인다고 소장은 말했다.

그런 가운데, 모습만 흉내 낸 상태로 조용히 호시탐탐 술구를 조준하고 있으면 매우 눈에 띄고 말 것이다. 심지어 소장이 산출해낸 똑바로 노릴 수 있는 최상의 장소가, 팬들이 모이는 대로보다 시점이 높은 베란다인 탓에 대기 중인 네 사람은 특히 눈에 띌 수밖에 없다.

다시 말해서 팬과 비슷하게 흥분한 모습을 보이지 않으면 분명 퍼지다이스가 의심을 할 거라는 것이 소장의 생각이었다.

"……자신은 없네만."

술구로 조준해서 쏘기만 하면 된다고 생각했더니, 예상치 못한 난관이 등장했다. 좋아하지도 않는, 심지어 남자를 향해 새된 목소리로 성원을 보내는 연기를 할 수 있을 리가 없다. 미라는 그런 생각에 쓴웃음을 지었다.

그러자 니나가 환한 얼굴로 말했다.

"우리한테 맡겨!"

니나는 실로 믿음직한 미소로 그렇게 말했다. 그리고 미나와 나나도 걱정 말라고 말을 이었다.

듣자 하니 그녀들의 부모는 큰 무대를 총괄하는 연기의 프로로, 그 딸인 그녀들 역시 지금은 배우에서 물러났지만 아직 연기에는 자신이 있다는 듯했다.

하얀 망토를 끄집어낸 니나 일행은 흥분한 척 미라를 망토로 가릴 테니, 그 속에서 조준하면 문제없을 거라며 호언장담했다.

"흠, 멋지군. 그렇게 하도록 하지."

이토록 든든할 말이 또 있을까. 하지만 과연 통하기는 할까. 미라가 그런 생각을 하는 동안, 소장이 곧바로 그 의견을 채용했다. 그녀들이 그렇게 말하리라고 예상이라도 했다는 듯이.

아무래도 연기에 자신이 있는 니나 일행이 이 작전에 투입된 것은 우연이 아니었던 모양이다. 소장의 태도로 미루어 볼 때, 그녀들의 부모와 그 사정에 관해서도 아는 눈치였다. 그렇게 보이지는 않지만, 이러니저러니 해도 소장의 실력은 역시 진짜배기인 모양이다.

작전의 흐름도 대충 정리되었겠다, 시작되기 전에 배라도 채워 두자는 소장의 제안으로 다섯 명은 현재 이 가게의 대표 메뉴인 바바루아를 맛보고 있었다. 그것도 당연히 소장의 돈으로.

"소문대로 이것 참 맛있군."

이전부터 이 가게의 바바루아를 노리고 있었는지, 소장은 매우 만족스러워 보였다. 니나 일행도 달콤한 것을 좋아하는지 미소가 넘쳐났다.

"이 정도면 얼마든지 먹을 수 있을 것 같구먼!"

미라 역시 신이 나서, 하나를 냉큼 먹어 치운 후 그런 말을 하며 소장을 흘끔 쳐다보았다. 그러자 소장은 그 눈빛을 알아채고 미라와 니나 일행을 쳐다보며 말했다.

"아직 예정 시간까지는 좀 남은 듯하니, 하나씩 더 먹어볼까."

그 말에는 제발 하나 더 먹어보자는 뜻이 담겨 있었다. 여성 네 명을 내버려 두고 자신만 바바루아를 추가 주문하려니 저항감이 들었던 모양이다. 하지만 네 사람의 추가 주문에 편승한다면 당당하게 하나 더 먹을 수 있다.

하지만 니나 일행은 더 먹고 싶은 기색이 역력함에도 "괜찮습니다. 감사합니다"라면서 사양했다. 소장이 사기로 한 탓인지 이이상 얻어먹으려니 미안한 모양이다.

그 조신함은 미덕이기는 하지만 이번에 한해 그 답은 소장이 바라던 바와 정반대되는 것이었다. 그때 한 사람이 하늘에서 동아줄을 내려주었다.

"흠, 그게 좋겠군! 그러면 이번에는 초코 바바루아를 먹어보지!"

그렇다. 미라였다. 미라는 소장의 뜻을 헤아려, 그리고 자신의 식욕에 솔직해져서 그렇게 답했다. 그리고 미라의 그 발언은 니나 일행의 마음에 파문을 일으켰고, 소장은 그 표정 변화를 놓치지 않았다.

"세 사람은, 어쩔 건가? 사양할 것 없네. 나는 이래봬도 전직 A 랭크 모험가였으니 말이야."

그렇게 선배인 티를 확 내며 소장은 니나 일행의 마음을 흔들었다.

그러자 얼마쯤 지나 "으음, 딸기 바바루아를" "저는, 초코로" "커스터드로 부탁드릴게요"라는 말과 함께 세 사람은 함락되었다.

"헌데 문득 떠오른 생각이네만. 이곳이나 대성당에 있기보다는 예고 현장에 있는 편이 좋지 않겠나? 주전장은 저쪽이 아닌가. 이 몸 생각에는 등장부터 범행까지 견학하는 편이 좋을 것 같네만."

대성당과 술사 조합 앞에서 퍼지다이스가 하는 일이라고는 증거품을 두고 떠나는 것뿐이다. 지금까지 들은 이야기에 의하면 체류 시간도 얼마 안 되는 데다 하는 일도 단순했다.

그에 반해 현장── 이번에는 돌레스 상회장의 저택이지만 그곳에서 퍼지다이스는 많은 일을 할 것이다.

우선 예고장에 적힌 시간에 등장한다. 피해자 측이 준비한 전력을 노련하게 돌파한다. 그러고서 보기 좋게 증거품과 재산을 훔쳐내 잽싸게 빠져나간다. 그러한 범행들을 약 십 분 남짓 동안 해내는 것이다.

아무리 봐도 그쪽이 더 볼거리가 많은 것 같다고 미라는 생각했다.

"아아, 나도 처음에는 미라 공과 같은 생각을 했네."

소장은 그런 미라의 발언을 듣고 웃어 보인 후, 그 의문을 해소하기 위해 모았다는 정보를 자랑스럽게 풀어놓았다.

괴도 퍼지다이스의 팬들에게 탐문한 결과, 그들은 목적에 따라 예고 현장과 교회, 그리고 술사 조합으로 갈라진다고 한다.

예고 현장은 퍼지다이스의 근본적인 매력을 실컷 맛볼 수 있는 초심자용 견학 장소라는 모양이다.

화려하게 등장해 경비원을 스마트하게 기절시켜 나가는 모습을 통해 퍼지다이스의 활약을 즐길 수 있다. 마지막에 숨겨진 증거와 잔뜩 모아둔 부정한 재산 등을 찾아내서 보란 듯이 훔쳐 달아나는 모습이 포인트라는 모양이다.

대성당은 중급자용이라고 한다.

예고 현장에서는 퍼지다이스를 멀리서만 볼 수 있다. 하지만 대성당에서는 다르다.

장소가 장소인 만큼 퍼지다이스는 지붕이 아니라 땅에 내려와 당당히 정면 입구로 들어간다는 모양이다.

"하지만 땅으로 내려오게 된 것은 그 괴도가 세상에 세 번째로 모습을 드러냈을 때부터네. 대체 어쩌다가 심경의 변화를 일으킨 것인지."

어쩌면 누군가에게 혼이 난 것일지도 모르겠군. 소장은 미소를 지은 채 농담을 하듯 말하고는, 그렇다면 아주 조금 친근감을 가질 수 있을 것 같다고 중얼거렸다. 아무래도 소장도 과거에 대성당에서 사고를 친 적이 있는 모양이다.

그런 대성당에 팬이 모이는 이유. 그것은 땅에 내려오기에 보다 가까운 곳에서 퍼지다이스의 모습을 볼 수 있다는 것이었다.

그리고 마지막으로 팬들이 도달하는 곳은 술사 조합이다.

이곳에는 주로 예고 현장과 교회를 경험한 상급자가 모여든다고 한다.

그 목적은 화룡점정. 다시 말해서 화려하게 모습을 감추는 범행의 종막을 지켜보기 위해서다.

술사 조합 앞에 모여든 팬들은 매번 자신이 머리를 쥐어짜서 실행하는 작전을 퍼지다이스가 어떻게 공략할지를 기대하고 있다고 소장은 말했다.

온다는 사실을 알고 준비했음에도 불구하고 퍼지다이스의 대응력이 그것을 뛰어넘으면 팬들은 흥분한다. 소장은 적이지만 훌륭하다고 쓴웃음을 지은 채로 중얼거리고서 "하지만 이번에는 더욱 공을 들여 준비를 했으니, 그렇게 쉽지는 않을 걸세"라고 말한 후, 실로 도전적인 빛을 눈에 머금은 채 대담한 미소를 지었다.

17

"10, 9, 8, 7——!"

그것은 소장의 이야기가 끝나고서 얼마 지나지 않았을 때의 일이다. 문득 대로 쪽에서 그런 목소리가 들려왔다.

"음? ……아아, 벌써 시간이 이렇게 되었나."

마치 새해맞이 카운트다운 같은 목소리에 미라는 무슨 일인가 싶었지만, 곧바로 그 의미를 알아채고 현재 시간을 확인했다.

현재 시각은 오후 여덟 시가 되기 몇 초 전. 그렇다. 대로에서 들려온 그것은 괴도 퍼지다이스의 예고 시간까지의 카운트다운이었다.

때문에 "0!"이라는 말소리와 함께 대로는 조금 전과 비교도 되지 않을 정도로 떠들썩해졌다.

"뭔가 엄청 소란스러워졌네."

가게 안에 있는 데도 대로에 있는 퍼지다이스 팬들의 뜨거운 열기가 전해져 왔다. 니나는 자리에서 일어나 창문으로 살짝 고개를 내밀고서 상황을 확인하자마자 쓴웃음을 지었다.

소장의 이야기에 의하면 그곳에 모여 있는 팬들은 모두 상급자일 것이다. 그래서인지 흥분한 그들의 모습에는 일관성 같은 것이 있었다. 한껏 흥분한 듯 보이지만 마치 미리 약속이라도 한 듯 조직적으로 성원을 보내는 목소리가 이어지고 있었기 때문이다.

"이거, 기합을 팍 넣어야겠어."

"이렇게까지 흥분하다니. 예상했던 것 이상이야."

니나 일행의 임무는 퍼지다이스를 상대로 열광적인 팬인 척을 하는 것이다.

더욱 자세히 말하자면 퍼지다이스에게 푹 빠져 있는 상급자 흉내를 내는 거다.

니나를 따라 밖을 내다본 미나와 나나는 이야기로 들었던 바를 뛰어넘는 열기 앞에서, 이걸 흉내 낼 수 있을까 싶어졌는지 뺨을 씰룩거렸다.

니나 일행이 그런 소리를 하면서도 퍼지다이스 팬들의 거동을 관찰하기 시작한 참에 방울 소리 같은 소리가 울리기 시작했다. 그것은 소장이 지닌 통신용 술구에서 난 소리였다.

한편 돌레스 상회장의 저택 앞. 중앙에 높다란 석상이 서 있는 커다란 정원에서는 현재, 시간에 맞춰 나타난 퍼지다이스와 용병들의 격렬한 전투가 펼쳐지고 있었다.

"이것 참, 훌륭한 복병이군요. 놀랐습니다."

기발한 디자인의 마스크를 쓴 남자, 괴도 퍼지다이스는 어둠 속에서 덤벼든 남자의 일격을 가볍게 피하며 싱긋 웃었다.

"방금 그걸 피하다니, 등에 눈이 몇 개나 달린 거야……."

그에 반해 '레라 팬텀'의 리더는 얼굴을 찌푸리고서 퍼지다이스를 노려보았다. 정확히 포착했다고 생각했는데 스치지도 않았기 때문이다.

'레라 팬텀'은 스카우트를 중심으로 편성되었다. 이 그룹의 전투 방식은 클래스의 특성을 활용한 스텔스전이었다.

그들은 온갖 함정과 실로 다종다양한 독물에 정통했다. 그리고 그러한 기술과 지식을 활용하여 시간을 들여 확실하게 마수를 약화시켜 처리하는 전법을 사용했다.

"당신도 제법이군요. 이 안에서 의식을 유지할 수 있다니."

퍼지다이스는 살며시 두 팔을 벌리며 옆에 자리한 석상 위에 섰다.

이 안, 다시 말해서 저택의 저택은 이미 퍼지다이스가 흩뿌린 수면독으로 충만했다. 하지만 리더는 그런 장소에 있으면서도 기습까지 결행했으니, 그 독에 저항하고 있다는 뜻이다.

"헛소리 마시지……. 일부러 나한테만 지효성 독을 썼으면서."

그들, '레라 팬텀'은 독물 취급에 능하다는 특징이 있었다. 멤버들은 모두 포이즌 마스터였고, 그렇기에 그들은 해독에도 능했다. 증상 하나만 보고도 그 종류와 생독인지 마독인지를 간파해내고 곧바로 해독할 수 있는 판단력을 지닌 것이다.

독에 관해 많은 지식을 가졌기에 대처할 수 있다. 그것이 이번에 그들이 이곳에 불려온 이유 중 하나다. 다만 난점이 있다면 모두 한꺼번에 잠들어버리면 대처할 방법이 없다는 것이다.

"글쎄, 무슨 말씀이신지."

퍼지다이스는 노골적으로 시치미를 떼는 투로 그렇게 답했다.

'레라 팬텀'의 멤버는 이미 잠들어 여기저기 널브러져 있었다.

유일하게 서 있는 리더는 수면독의 효과가 나타날 때까지 시간이 걸렸기에 스스로 해독할 수 있었던 것이다.

하지만 그것은 명백하게 퍼지다이스가 독을 조정했다는 사실을 알 수 있는 상황이기도 했다.

"무슨 속셈이냐……."

동료들을 해독하고 싶어도 퍼지다이스가 보는 가운데 그렇게 할 수 있을 리가 없다. 리더는 경계심으로 가득한 눈을 한 채 물었다. 굳이 자신만 남긴 이유가 무엇이냐고.

"아뇨, 단지 나중에 바닥 청소하는 걸 도와달라는 말을 전하고 싶었던 것뿐입니다."

퍼지다이스는 다정한 목소리로 그렇게 답했다. 그 말에 악의 같은 것은 없어서, 그저 도와줬으면 한다는 감정만이 느껴졌다.

"무슨 뜻이지?"

"그건 정신을 차리고 나면 알게 될 겁니다."

무슨 뜻인지 도통 알 수가 없는 말에 리더가 되물었지만 퍼지다이스는 그렇게 짧게 답하고는 천천히 오른손을 펼쳤다. 그러자마자 리더는 무릎을 꿇고, 그대로 땅바닥에 엎어져 고른 숨소리를 내기 시작했다.

너무도 산뜻한 승리였다.

"이런 말도 안 되는 일이……. 벌써 저들이 패했다는 말인가."

바깥에서 일어난 이번을 알아챘는지, 저택 안을 경비하고 있던 용병 '사배(蛇杯)기사단'이 정원으로 뛰쳐나왔다. 그리고 그곳에 펼쳐진 참상을 보고 경악했다.

대부분이 기사와 검사로 구성된 그룹인 그들 역시 흔한 마수퇴치꾼과는 다른 특징을 가지고 있었다.

그들, '사배기사단'은 '레라 팬텀'와 상반되는 위치에 있는 존재였고 그렇기에 '레라 팬텀'의 실력을 인정하고 있었다.

그런 그들이 예고 시간이 된지 1분 정도 만에 전멸했다. 기사단의 멤버들 사이에 긴장감이 퍼졌다.

"이 안에서도 움직일 수 있다니, 역시 사배 여러분이시군요."

퍼지다이스는 석상 위에서 그렇게 말했다. 정원은 지금도 수면독이 퍼져 있는 상태다. 하지만 기사단의 멤버들은 그 안에서도 잠들지 않고 퍼지다이스를 경계하고 있었다.

독을 다루는 것이 특기인 '레라 팬텀'과 상반되는 관계에 있는 그들은 모두가 약학의 전문가였다.

"네가 사용하는 수면독의 정체는 대충 짐작하고 있었거든. 그래서 미리 준비를 해두었지."

독을 쓰는 적을 상대로 할 때 미리 대비를 해둘 수 있다. 그것이 '사배기사단'의 커다란 특징이었다.

그들 역시 증상을 통해 사용된 독의 종류를 분석할 수 있었고, 기사단이 특별하게 조합한 약에는 일시적으로 면역력을 대폭 강화해주는 효과가 있었다. 따라서 그 약을 사용해 수면독을 치료할 경우, 24시간은 같은 독이 먹히지 않게 되는 것이다.

사전에 퍼지다이스가 사용할 듯한 수면독을 복용해둔다. 그것이 기사단의 작전이었다.

오후에 독을 쓴 뒤에 치료해두면 오늘 하루는 같은 종류의 강마술로 인한 독을 무효화할 수 있다. 문제는 퍼지다이스가 어느 정도의 술식을 습득했는지 알 수가 없다는 점이었지만.

　다만 독을 미리 사용해두는 대처법은 얼핏 완벽한 대책처럼 보이지만 제약도 많았다. 일단 무효화하기 위한 독을 준비하는 것부터 쉬운 일이 아니다.

　오늘은 퍼지다이스에 의해 그들 모두가 잠드는 게 먼저일지, 모든 술식을 무효화할 수 있을지가 승부를 가를 것이다.

　"그럼, 이건, 어떤가요."

　퍼지다이스가 왼손을 팔랑거렸다. 그와 동시에 정원에 있던 모든 기사단원의 몸이 휘청, 하고 기울어지더니 그대로 땅바닥에 엎어지고 말았다.

　그렇다. 퍼지다이스는 기사단이 대비하지 못한 수면독을 다시 살포한 것이다.

　하지만 다음 순간. 여러 개의 구체가 느닷없이 저택 쪽에서 날아들었다.

　퍼지다이스는 잽싸게 물러나 피했다. 하지만 그것은 그를 노린 것이 아니었다. 땅바닥에 떨어져서 깨진 그것은 녹색 연기를 퍼뜨렸다.

　그러자 얼마쯤 지나 그 연기 속에서 기사들이 차례로 일어났다.

　아무래도 방금 전의 그것도 기사단 특제 해독약이었던 모양이다. 저택 안에 해독 담당이 숨어 있는 듯했다.

　"자아, 다시 붙어보실까."

　일어나자마자 대장은 퇴역이 머지않은 나이임에도 불구하고 단숨에 거리를 좁혀 칼을 그었다. 일반적인 모험가들은 눈으로 좇지도 못할 정도로 빠르고 날카로운 일격이다. 하지만 그것은 퍼지다이스 앞에서 딱 멈추고 말았다.

"큭…… 이것은……?!"

자세히 보니 대장의 검엔 무수히 많은 거미줄이 엉켜 있었다. 그리고 꿈쩍도 할 수 없는 상태가 되어 있었다.

하지만 경험이 그의 몸을 움직인 것인지. 대장은 지체 없이 '투술(鬪術)'을 사용해 거미줄을 떨쳐낸 후, 차례로 포개어지는 거미줄들을 한꺼번에 베어나갔다.

"이런, 역시 강하군요."

퍼지다이스는 때때로 거미줄을 다리에 감아 움직임을 멈추고, 능숙하게 다루어 발판으로 삼아가며 대장의 맹공을 피했다.

그리고 그러는 동안 대원들이 포위망을 완성해 나갔다.

"자아, 더는 물러설 곳이 없다."

중간에 몇 번이나 잠들었지만, 그때마다 해독해서 부활한 대장은 경계 자세를 취한 채 서서히 거리를 좁혔다.

퍼지다이스는 또다시 석상 위에 서서 주변을 둘러싼 기사들을 둘러보았다.

"그렇군요. 완벽한 상태입니다."

씨익 미소를 지은 채로 퍼지다이스는 손을 머리 위로 들었다. 의미심장한 말과 행동에 기사들은 경계하며 그 손을 노려보았다. 그러자 다음 순간에 섬광이 터졌다.

그것은 퍼지다이스의 손을 떠나자 순식간에 사라졌다.

하지만 그 효과는 절대적이었다. 주변을 포위했던 기사들이 일제히 잠들어버린 것이다.

직후, 또다시 해독약이 날아왔다. 하지만 이번에는 아무도 일어나지 않았다.

그렇다. 그것은 수면독이 아니라 빛을 통한 최면이었기 때문이다. 필요한 것은 해독제가 아니라 각성제였다.

"앞으로 몇 명, 그리고 한 그룹이 남았나."

퍼지다이스는 나직하게 중얼거린 후, 그대로 저택 안으로 돌입했다. 그리고 입구 근처에서 작은 비명이 두 번 터졌지만, 머지않아 잠잠해졌다.

"밖이 조용해졌군. 좋은 의미일까, 나쁜 의미일까?"

"그들이 이겼다면 환호성을 질렀을 테니, 나쁜 의미이겠지."

돌레스 상회장의 저택 안에 진을 친 자들 역시 마수퇴치꾼이었다.

그 이름은 '악식여단'. 마수 중에서도 특히나 성가신 불사 계통을 전문적으로 사냥하는 전문가다.

불사 계통 마수는 대부분 저주와 영적 장해, 그리고 각종 상태 이상을 일으키는 힘을 지녔다.

그리고 '악식여단'은 특별한 수행을 쌓음으로써 저주와 영적 장해를 정화하는 성스러운 기운을 몸에 두를 수 있게 했고, 정신 오염에 대항하기 위해 마음을 단련했다.

나아가 소량의 독을 계속 복용함으로써 내성을 키워, 다소의 독은 효과가 없는 몸을 손에 넣는 데 이르렀다.

다시 말해서 인간의 가능성을 추구한 자들이다.

거기에 보조 계열 술식과 장비, 철저한 연계에 의한 전술을 통해 의뢰를 완수한다.

그런 그들이 바로 최후의 보루였다.

"왔군……."

돌레스 상회장이 틀어박힌 방 앞. 그들이 버티고 선 공간에 어디선가, 하얀 안개가 흘러들어 자욱해졌다.

소문으로 들었던 수면 안개다. 그렇게 판단한 그들은 동요하지 않고 언제든 덤벼도 대처할 수 있게끔 경계 자세를 취했다.

하얀 안개가 공간을 가득 채워 '악식여단'의 면면들이 차례로 바닥에 엎어지기 시작했다.

하지만 그들은 그 누구도 잠들지 않았다. 그것은 작전이었다. 놀랍게도 모두가 그 수면독을 무효화하고 있었던 것이다.

하지만 안개가 깔린 탓에, 눈 깜짝할 새에 시야가 흐려지고 어렴풋한 윤곽으로만 동료를 확인할 수 있는 상태가 되었다.

『작전 4다. 조심해라.』

리더는 목소리를 내지 않고 술구를 사용해 그렇게 지시를 내렸다.

시야가 좋지 않은 상황에서도 아군을 공격하는 사태를 막을 수단을 준비해뒀던 그들은 동료들만 알아볼 수 있는 그것을 표식 삼아 주변을 살폈다.

그때, 한 사람이 그림자를 발견했다.

"발견, 동쪽 2! 마커…… 명중했습니다!"

부옇게 흐려진 시야 속에 떠오른 검은 그림자. 그것은 '악식여단'이라는 표식을 하고 있지 않았다. 그리고 그 대신 멤버가 던진 표식이 붙었다.

"방심했구나, 퍼지다이스! 우리는 그 누구도 잠들지 않았다!"

리더가 벌떡 일어나 그 그림자에게 덤벼들었다.

하지만 역시 퍼지다이스라고 해야 할까. 마치 허공을 날 듯 그것을 피해 하얀 안개 속으로 숨고 말았다.

"좋은 반응이군. 하지만 어쩔 거지?"

리더는 그림자가 사라진 방향을 향해 서서히 다가갔다.

그 직후. 문득 바람이 분다 싶었더니, 검은 안개가 폭풍이 되어 소용돌이처럼 그들을 덮쳤다.

"사용하는 수면독이 한 종류가 아니라는 게 사실이었나 보군."

어렴풋이 느껴지는 냄새로 성분을 파악한 리더는 여유로운 표정을 지었다. 어떤 수면독을 사용해도 효과가 없을 것이라고 확신하고 있기 때문이다.

그 정도로 '악식여단'의 상태이상 대책은 완벽했다.

"자아, 다음은 뭐냐. 모두 견뎌내 주마."

하얀 안개와 검은 안개. 둘이 섞인 탓인지 주변은 회색 안개로 뒤덮였다. 그 상태에서도 리더는 검은 그림자의 위치를 놓치지 않았다.

리더가 다가가자 검은 그림자는 거리를 벌리듯 벽에서 벽으로 건너뛰어 자리를 옮겼다.

'악식여단'은 그런 그림자를, 어디로 도망치든 소용없다는 듯 쫓아 기회가 오면 술식을 내쏘았다.

검은 그림자는 벽과 천장으로 건너뛰며 아슬아슬하게 피했지만 서서히 포위망이 좁혀져, 결국 홀의 구석에 몰렸다.

"자아, 이걸로 끝이다!"

"우리의 승리다!"

수많은 공격술이 검은 그림자로 쇄도해, 강렬한 충격과 파괴음을 흩뿌렸다.

상대는 그 유명한 퍼지다이스다. 때문에 온 힘을 다해 공격했다.

"이건……?!"

성과를 확인하기 위해 표적에게 다가간 리더는 그것을 보고 떨리는 목소리로 외쳤다.

무슨 일인가 싶어 쇄도한 멤버들이 보게 된 것.

그것은 거미줄로 된 인형이었다.

그렇다. 그들이 퍼지다이스인 줄 알고 쫓았던 것은 이 인형이었던 것이다.

그렇다면 진짜는──. 황급히 안쪽에 위치한 방의 문으로 달려간 리더는 그 상황을 보고서 하늘을 올려다보았다.

"당했군…… 완패야."

안쪽에 있던 문을 지키고 있던 멤버는 벌거벗겨진 채 거미줄에 묶여 잠들어 있었다.

그리고 문 안쪽에는, 역시나 멍석말이 상태가 되어 잠든 돌레스 상회장의 모습이 있었다.

그렇다. 그들이 검은 그림자를 쫓는 동안 퍼지다이스는 모든 범행을 마치고 만 것이다.

"나 참, 대체 언제…….."

리더는 그렇게 중얼거렸지만 이내 언제 빈틈이 생기고 만 것인지 알아챘다.

검은 안개가 폭풍이 되어 휘몰아쳤을 때, 그 순간에 발생한 짧은 혼란을 틈타 문을 지키고 있던 멤버를 공략하고 안으로 들어간 것이다.

문을 열었을 때 발생했을 공기의 흐름 역시 폭풍 때문에 알아채지 못한 거다.

곧이어 회색 안개가 걷힘과 동시에 방 전체가 거미줄로 뒤덮여 있다는 사실도 알 수 있었다.

거기에는 그들이 공격을 가한 흔적이 곳곳에 남아있었다.

이 역시 어중간한 공격으로 벽에 구멍이 나서 그곳으로 안개가 흘러나가지 않도록 퍼지다이스가 쳐둔 것이리라.

"이런 식으로 질 수도 있구만."

리더는 미소를 띤 채 그렇게 말했다.

〈18〉

율리우스에게서 첫 번째 보고가 들어오고 20분이 경과했을 즈음, 드디어 두 번째 보고가 도착했다.

"예정대로 퍼지다이스가 범행을 마친 모양이네만, 저들은 상당히 선전한 모양이로군. 놀라울 정도의 신기록이야."

퍼지다이스는 지금까지 늦어도 15분 안에 현장에서의 범행을 마쳤지만 이번에는 5분이나 지체되었다. 상급 퇴치꾼을 상대로 20분 만에 괴도로서의 범행을 마친다는 것 자체가 대단한 것이었지만, 이미 그런 감각이 무뎌진 지 오래인 듯했다.

"제 아무리 퍼지다이스라 해도 싸우기 까다로운 상대였던 모양이로군."

지금까지 퍼지다이스는 직접적인 공격을 하지도, 싸운 상대에게 부상을 입히지도 않고 모두 무력화해왔다. 이번에도 이 원칙을 지켰다면 마수 퇴치꾼들은 상당히 성가신 상대였다는 뜻이리라. 그렇게 생각한 미라가 나직하게 그 말을 입에 담은 순간, 다시 한번 율리우스가 보고를 해왔다.

"역시 이번에도 부상자는 없다는군. 그리고…… 흠…… 이건……."

소장이 확인하는 동안에도 보고가 들어왔고, 그러한 일이 몇 번 이어졌다. 모든 문장을 훑어본 소장은 아무래도 이번에는 평소와 다른 것 같다며 눈살을 찌푸렸다.

율리우스의 보고에 따르면 돌레스 상회장의 저택 지하. 퍼지다이스가 부순 것으로 추측되는 문 안에서 신원불명의 어린애가 여럿 발견되었다고 한다.

"어린애라고? 신원불명이라면, 그 저택의 아이는 아닌 게로군."

미라가 그렇게 말하자 소장은 "그런 뜻이네"라고 답하며 얼굴을 찌푸렸다.

그리고 "역시, 이게 목적이었나……?"라고 작은 목소리로 중얼거렸다.

"목적? 소장은 뭔가 짚이는 바라도 있는 겐가?"

저택 지하에 있던 신원불명의 아이들. 그들과 모종의 사건의 관련성을 떠올린 듯한 소장의 말에 관심이 생긴 미라는 그렇게 물었다.

그러자 소장은 "호오, 궁금하신가?"라면서 들어줄 사람을 찾은 이야기꾼 같은 미소를 띤 채 이야기를 시작했다.

그의 말에 따르면 퍼지다이스가 나타나는 장소에는 언제나 아이를 인신매매하는 어둠의 조직의 흔적이 남아있다고 한다.

"뭐어, 내 지레짐작일지도 모르네만."

끝으로 그렇게 덧붙여 말한 소장은 회중시계를 확인하고서 "이런, 우선은 서둘러 정해진 위치로 가도록 할까"라고 말을 이었다.

소장이 휠체어를 능숙하게 다루어 술사 조합으로 달려감과 동시에 미라 일행 역시 주인장에게 말을 하고서 가게 3층으로 올라갔다.

그곳에서 퍼지다이스 팬의 증표라 할 수 있는 마스크를 쓰고서 베란다로 나가 주변의 상황을 살폈다.

"그나저나 이것 참, 엄청나게 붐비는군그래."

아래로 보이는 대로는 많은 수의 팬으로 가득해서, 마치 카니발이라도 열린 듯한 분위기였다.

"이야기는 들었지만 이 정도일 줄은 몰랐어요. 잘 섞여들 수 있을까요."

니나 역시 매우 들뜬 팬들을 바라보며 걱정스러운 듯이 웃으며 말했다. 그녀들의 역할은 팬으로 위장해 베란다에서 퍼지다이스를 조준하는 미라를 눈에 띄지 않게 하는 것이다.

하지만 그 팬들은 매우 심하게 들떠 있었다. 심지어 아직 퍼지다이스가 멀리 있음에도 불구하고. 막상 본인이 나타나면 그녀들의 감정은 대체 어느 정도로 폭발할까.

니나는 연기로 그 기세에 따라붙을 수 있을지 불안해진 모양이다. 미나와 나나 역시 비슷한 생각을 한 것인지, 물끄러미 팬들을 관찰하고 있었다.

'어이쿠. 또 하나의 보험도 들어두도록 할까.'

소장의 이야기를 듣던 중에 어떤 보험을 생각해낸 미라는 약간 뒤쪽으로 물러나 아이템박스를 열었다.

『분명…… 이거였던가?』

미라가 멀리 떨어진 상대에게 그렇게 묻자 상대가 『응, 그게 맞아』라고 답했다.

마텔의 목소리였다. 미라가 아이템박스에서 꺼낸 것은 이전에 마텔에게 받았던 수많은 과실 중 특별하게 만들어진 어느 과일이었다.

티 없이 맑고 옅은 보라색 과실은 흔한 음식과 달리 매우 뛰어난 식사 효과를 얻을 수 있는 궁극의 강화 아이템이다.

괴도 퍼지다이스와 전투를 하게 될지도 모른다는 생각에 미라는 그 과실을 먹었다. 마텔 특제 과실은 배가 바바루아로 그럭저럭 차 있음에도 불구하고 부담 없이 날름 먹을 수 있을 정도로 맛있었다.

'역시 끝내주는구나!'

마텔의 말에 의하면 번에 미라가 먹은 과실은 능력치 말고도 마법류에 대한 저항률을 비약적으로 높여주는 효과가 있다고 한다.

상태 이상을 흩뿌리는 퍼지다이스를 상대하기에 상당히 상성이 좋은 효과라 할 수 있을 것이다. 다만 그만큼 능력치 상승량은 다른 과실에 비해 적었다.

또한 마텔 특제 강화 과실은 여러 개 먹으면 배탈이 난다는 결점이 있으니 주의가 필요하다는 모양이다.

여러모로 준비를 마친 미라는 '록온 M식형'을 든 채 니나 일행의 옆에서 대기했다. 그리고 니나 일행은 어느 정도 적응……이되었다기보다는 흥이 오르기 시작한 모양인지, 아래에 있는 팬들과 비교해도 손색이 없을 정도로 들떠 있었다.

'이게 연기라니, 연기자란 정말 대단하구먼.'

미라는 몰라볼 정도로 분위기가 바뀐 세 사람의 모습을 보고 진심으로 감탄했다.

하지만 그와 동시에 눈에 띄지 않도록 숨어있다고는 하나 자신은 전혀 들떠 있지 않으니 괜히 겉도는 것처럼 보이지 않을까 싶어 불안해졌다.

그렇다고 연기를 전혀 모르는 미라가 어중간하게 흉내를 낸들 더더욱 눈에 띌 것 같았다.

그 결과, 미라는 예정대로 되도록 눈에 띄지 않도록 니나와 미나 사이에서 자세를 낮추고 얌전히 숨어 있었다.

그 모습은 마치 축제 현장을 노리는 치한을 보는 듯했지만, 소녀의 모습을 한 덕분에 얼핏 보면 수줍어하는 여자아이 정도로만 보였다.

'아, 뭐지? 좋은 향기가 나는군.'

하지만 그 속에 든 것은 구제 불능의 아저씨였다.

미라가 두 사람 사이로 끼어들자 니나가 하얀 망토를 펼쳐 미라의 몸을 덮었다. 그러자 작은 미라의 몸이 쏙 감춰져, 그럭저럭 눈에 띄지 않게 되었다.

"흠, 잘 보이는군, 잘 보여."

미라는 한창 나이 때의 여성 두 명 사이에 끼게 되어서, 심지어 밀착하게 되어서 기분이 좋아졌지만 이곳에서 할 일이 무엇인지를 잊지는 않았다. 타깃이 나타나 침입을 꾀할 것으로 예상되는 술사 조합의 베란다. 그곳을 차분하게 조준한 채 그때가 오기를 냉정하게 기다렸다. 그 모습은 마치 저격수를 보는 듯했다.

그렇게 준비를 완료한 직후. 지금까지도 떠들썩했던 대로에서 오늘 들은 것 중 가장 큰 환호성이 터졌다. 그렇다. 드디어 괴도 퍼지다이스가 온 것이다.

대로는 열광의 도가니가 되었고 환호성과 비명이 밤하늘에 울려 퍼져, 마치 누가 더 큰 목소리를 낼 수 있는지 대결이라도 하는 듯한 상태가 되었다.

"아, 왔다왔어! 퍼지다이스 님~!"

"저도 훔쳐주세요~!"

"퍼지○×△◇○△△×ㅁ~!"

순간, 미라의 바로 옆에서도 그런 환호성이 터졌다. 니나 일행이다.

순식간에 환호성을 터뜨린 팬들의 모습을 재빨리 확인하고 그 즉시 흉내를 낸 듯했다.

환호성 중 가장 많이 들리는 말, 곳곳에서 터져 나온 열광적인 목소리, 그리고 뭐라 외친 것인지 알아들을 수 없는 목소리. 그녀들의 외침은 보기 좋게 그러한 것들과 조화를 이루어, 어딜 어떻게 보아도 근처에 있는 팬들과 똑같아 보였다.

대로 건너편에서 환호성이 마치 파도처럼 밀려들었다.

괴도 퍼지다이스는 그런 환호성의 파도를 타고 오듯 지붕 위를 질주했다.

그 모습을 본 퍼지다이스 팬들의 열기는 최고조에 달했다. 얼핏 보면 미라 일행은 눈에 띄는 위치에 있었지만, 팬들을 흉내 낸 니나 일행으로 인해 그들의 일부인 것처럼 위장하는 데 성공하고 있었다.

"카드 속 그림과 똑같군."

니나의 망토 사이로 얼굴을 내민 미라는 퍼지다이스의 모습을 보고 그렇게 중얼거렸다.

레전드 오브 아스테리아라는 카드 게임에 그려진 괴도 퍼지다이스.

그림과 실물은 완전히 똑같아서, 만에 하나라도 사람을 잘못 볼 일은 없을 듯했다.

퍼지다이스는 환호성을 지르는 팬들의 마중을 받으며 술사 조합의 지붕에 내려섰다.

미라는 재빨리 '록온 M식형'의 스코프를 들여다보아 그 모습을 포착했다.

'역시 얼굴을 엿볼 기회는 없을 것 같군.'

얼굴이 보이면 **조사**가 가능해진다. 이름만 알아내면 이대로 놓친다 해도 어떻게든 찾을 수 있다.

또한 플레이어 출신자라면 오히려 동향 출신이라 할 수 있으니 대화에 응해줄지도 모른다.

만에 하나 라스트라다라면 정말로 일이 간단해진다.

하지만 얼굴을 가린 가면에는 빈틈이 없어서, 어지간해서는 떨어질 것 같지가 않았다.

퍼지다이스는 주변을 경계하며 조합 안으로 침입하기 위해 움직였다. 미라는 숨을 죽인 채 그 움직임이 멈추기를 기다렸다.

이 술구는 연사가 불가능하다. 한 번 사용하면 10초라는 충전 시간이 필요했고, 그 때문에 한 방에 성공시켜야만 했다.

최대의 기회가 언제 올지는 소장이 알려주었다.

그것은 퍼지다이스가 베란다 문을 연 직후다. 소장의 말에 따르면 시간을 벌기 위한 장치를 해두었다는 모양이다.

그것을 본 퍼지다이스는 반드시 몸을 웅크릴 것이라고 한다.

'이제 곧이군…….'

지붕에서 베란다로 내려간 퍼지다이스는 팬들의 성원에 답하듯 손을 흔들며 그 문 앞에 섰다.

이제 남은 일은 문을 열고 조합 안에 들어가는 것뿐이다.

자아, 어떻게 될까. 조준을 완료한 채 미라가 지켜보던 중, 소장이 말한 대로 퍼지다이스가 문 앞에서 몸을 웅크렸다.

'지금이다!'

무엇을 어떻게 한 건지는 모르겠지만 지금의 기회를 놓칠 수는 없다.

미라는 그 순간을 놓치지 않고 방아쇠를 당겼다.

소리도 빛도 내지 않고 '록온 M식형'이 조용히 기동했다. 그리고 보기 좋게 조준해두었던 퍼지다이스의 마나를 기록하는 데 성공했다.

"좋아, 성공이다."

표시를 보니 추적용 커서가 정확히 퍼지다이스를 가리키고 있었다. 작전 성공이다.

이래저래 긴장했던 미라는 숨을 돌리며 니나 일행에게 성공했다고 말했다.

그러자 니나 일행도 오랜만에 연기를 하다 보니 긴장하고 있었는지 "아아, 다행이다~……"라며 안도의 한숨을 내쉬었다.

그렇게 미라 일행의 작전이 조용히 완료된 후, 다시 일어난 퍼지다이스의 손에는 고양이가 안겨져 있었다. 아무래도 소장이 준비해 둔 것은 저 고양이인 모양이다.

술사 조합의 베란다에 있는 문은 바깥쪽으로 열린다. 다시 말해서 문 앞에 고양이를 두어 열지 못하게 하는 함정이었던 것이다.

고양이가 중간에 움직였으면 어쩔 셈이었을까.

이제야 불안 요소가 있는 소장의 작전 내용을 알게 된 미라는 쓴웃음을 지었지만, 결과가 좋으니 아무래도 좋다는 생각을 하며 조합 안으로 들어가는 퍼지다이스를 배웅했다.

19

맡은 일이 끝나서인지 니나 일행은 기진맥진해서 베란다 구석에 앉았다.

미라 역시 다음 움직임이 있을 때까지는 할 일이 없어서 '록온 M식형'의 표시를 살피며 그 자리에 털썩 앉아 니나 일행과 잡담을 나누었다.

퍼지다이스를 '록온 M식형'에 등록하는 것까지가 소장의 작전이다. 그리고 이다음인 추적부터는 미라의 뜻대로 하기로 되어 있었다.

등록 상대를 뜻하는 표시는 여전히 술사 조합을 가리키고 있다. 퍼지다이스가 술사 조합에서의 용건을 마치고 탈출할 때, 비로소 이것이 움직이기 시작할 것이다.

여기까지는 굳이 말하자면 준비 단계다. 미라에게는 지금부터가 진짜 작전 시작이다. 타깃을 쫓아 붙잡아서 묻고 싶었던 것을 묻는 것까지가 미라의 목적이었고, 고아원을 발견하는 것이 최종 목표였다.

"——네?! 저걸 발로 쫓겠다고요?!"

지붕 위를 질주하는 퍼지다이스의 민첩함은 인간을 초월한 수준이다. 그리고 그런 그를 미라가 '록온 M식형'에 등록한 표시를 의지해 쫓을 예정이다. 심지어 미행 사실이 들통나지 않도록 페가수스 등을 타지 않고서.

이야기를 들은 니나가 놀란 투로 말하자 미나와 나나 역시 그건 어렵지 않겠느냐는 소리를 하며 미라의 다리를 보았다. 가늘고 부드러워 보이는, 실로 여자아이 같은 다리를.

아무리 정령여왕이라 불리는 A랭크 모험가라 해도 특기인 소환술을 사용하지 않고 저 퍼지다이스를 미행하는 건 무리가 아닐까. 분명 니나 일행뿐 아니라 모두가 그렇게 생각할 것이다.

하지만 미라에게는 소환술 말고도 지금까지 숙달해온 선술 기술이 있었다.

"아직 말을 안 했었군. 아닌 게 아니라 이 몸은 선술 역시 그럭저럭 쓸 수 있어서 말이다."

의기양양하게 답한 후, 미라는 보란 듯이 '진안'을 개방해 보였다. 그러자마자 미라의 기운이 보다 깊고 맑아지더니 두 눈의 색까지 변화했다.

"그건 분명 선술 오의 중 하나인……."

"선생님의 친구분하고 같은 눈이야……."

"역시 이명 보유자는 특별하네요오."

니나 일행은 숨을 죽임과 동시에 동경의 대상을 보는 듯한 눈으로 말하고서, 그 정도면 퍼지다이스를 미행할 수 있을지도 모르겠다며 납득했다.

"하지만 그러면…… 상당히 격렬하게 뛰어야 하잖아요? 그게, 그쪽은 괜찮은 건가요?"

니나는 그렇게 말하며 시선을 미라의 하반신, 스커트 부분으로 돌렸다. 분명 일전의 소장 일행처럼 팬티가 보이지 않을까 걱정하는 것이리라.

"음, 그 부분은 대책을 세워두었다. 잊지 않고 팬티 가리개를 사두었으니 말이야."

그 걱정은 하지 않아도 된다. 이날을 위해 이너 팬츠를 산 것이니. 라고 미라는 자신만만하게 말했다. 하지만 어째서인지 니나 일행은 미라의 의기양양한 얼굴과 스커트를 번갈아 쳐다보더니 당황스럽다는 듯 얼굴을 마주 보았다.

"어떻게 생각해?"

"그게, 아니지 않을까?"

"나도, 아닌 것 같아……."

어째서인지 세 사람은 미라를 내버려 둔 채 수군수군 귓속말을 하기 시작했다. 매우 말하기 껄끄럽다는 듯한, 난감하게 됐다는 듯한 얼굴로 눈치를 살피듯 미라를 흘끔거리며.

그런 세 사람 앞에서 미라는 어라? 하고 고개를 갸웃했다. 방금 전 이야기 중 그녀들이 난감해할 만한 요소가 있었던가?

그렇게 미라가 물음표를 띄운 참에 드디어 무언가를 결심한 듯 니나 일행이 다시 미라를 바라보았다. 그리고 또다시 미라의 얼굴과 스커트 부분을 흘끔거리고서 니나가 대표로 입을 열었다.

"저기…… 저희 눈에는, 미라 씨의 그게 그냥 팬티로만 보이는데……. 그런 이너 팬츠도 있나요?"

진지하고도 난감한 표정을 한 채 미라가 그렇게 지적했다. 미나와 나나 역시 눈으로 그렇게 보인다고 호소하고 있었다.

미라는 스커트의 상태 같은 것은 신경 쓰지 않고 그 자리에 책상다리를 하고 앉았다. 그런 미라와 마주보는 위치에 있는 나나 일행의 시점에서는 비어있는 부분으로 미라의 팬티가 보였던 모양이다.

같은 성별끼리 있으면 그런 방면의 가드가 허술해지는 사람도 있다. 당연히 나나 일행도 여자끼리이고 해서 딱히 신경 쓰지 않았다.

하지만 그러던 가운데 미라가 말했다. 스커트 안이 보여도 괜찮도록 대책을 세워뒀다는 취지의 말을.

그 순간, 나나 일행은 경악했다. 그녀들의 눈에는 흘끔 보인 그것이 이너 팬츠 종류가 아니라 그냥 팬티로만 보였기 때문이다.

그리고 그런 그녀들의 눈은 정확했다.

"무슨 소릴 하는 것이야. 자, 보다시피 입고……——?!"

이날을 위해 잊지 않고 사 왔다. 그렇게 답하고자 자신의 스커트를 들춘 미라는 그곳에 있는 눈에 익은 팬티를 보고 멈칫했다. 그리고 생각했다. 이게 어떻게 된 일인지를.

그 후 얼마쯤 지나 기억해냈다. 여러 이너 팬츠를 손에 넣기는 했지만 오늘 아침에 옷을 갈아입을 때 깜박하고 입지 않았다는 사실을.

"아아~…… 깜박했구먼……."

이런 새로운 것들은 적응이 되기 전까지 깜박깜박하게 되기 마련이다. 그런 변명을 속으로 하며 미라는 주섬주섬 속바지를 꺼내 입었다.

스커트 아래 속바지를 단단히 챙겨 입은 미라는 언제든 뛰쳐나갈 수 있는 상태가 되었다. 이제나저제나 '록온 M식형'의 표시를 확인하면서도 좀 전의 대화에서 이어진 니나 일행의 속옷 논의에 끼어 싱글벙글 웃고 있었다.

대화의 내용은 모험가 시점에서 본 속옷의 취급이다. 던전에 가져갈 개수와 교환 빈도, 그리고 무엇보다도 세탁에 관한 것 등, 고민이 많은 듯했다.

그에 반해 미라는 그런 쪽으로는 걱정이 없었다. 소환술을 활용하면 얼마든지 세탁할 수 있고 언제든 갈아입을 수 있기 때문이다. 미라가 그 사실을 자랑하듯 말하자 니나 일행은 더더욱 눈을 반짝거렸다. 그리고 여동생에게 소환술을 가르쳐주겠다는 약속을 꼭 지켜달라고 엎드려 빌었다.

"으음, 이게…… 무슨 상황인가요?"

그때 마침 3층 베란다를 찾은 율리우스는 미라 앞에 엎드린 니나 일행의 모습을 목격하고 굳어졌다.

"무얼, 신경 쓰지 마라. 다음에 여동생에게 소환술을 조금 가르쳐주기로 약속한 것뿐이니."

미라는 간결하게 사실만을 설명했다. 하지만 이 상황은 그 설명만으로 파악할 수 있는 것이 아니라서 율리우스는 "네에……"라는 애매한 답변을 할 수밖에 없었다.

"그래, 그보다 뭔가 볼 일이 있어서 온 것일 텐데. 무슨 일이냐? 이제 미행하는 일만 남았다만."

어째서 미라 일행이 있는 곳에 율리우스가 온 것일까. 미라는 등록된 퍼지다이스에게 움직임이 없는 것을 확인하며 물었다.

소장의 작전에는 다음에 관한 내용이 없어서 미라의 재량에 맡기기로 했다. 혹시 이제 와서 뭔가 작전이 떠오른 것일까. 미라가 그렇게 생각한 참에 율리우스가 말했다.

"그게, 소장님이 갑자기 미라 씨를 불러와달라고 하셔서요. 저도 자세한 사정은 모르고요."

그 말은 사실인지 설명을 하는 율리우스도 당황스럽다는 표정을 짓고 있었다.

듣자 하니 현장에서 서둘러 조합으로 돌아온 직후에 미라를 불러와달라는 부탁을 받았다는 모양이다.

그 때문에 현재 술사 조합이 어떠한 상황인지도 전혀 알지 못한다고 했다.

"흠…… 이유는 모르겠지만 그렇다면야 가는 수밖에 없지."

예정상으로는 등록을 마친 시점에서 임무 완료였지만, 다른 사람도 아니고 소장이 불렀다고 하지 않는가. 분명 무슨 의미가 있을 것이다. 그렇게 생각한 미라는 곧바로 자리에서 일어나 베란다에서 가볍게 뛰어내렸다.

그리고 '공활보'로 허공을 달려, 술사 조합의 출입구에 내려섰다.

그러고서 미라는 몸을 돌려 조금 전까지 있었던 베란다를 향해 손을 흔들어준 후, 술사 조합으로 들어갔다.

"저렇게 가뿐하게……."

"역시 굉장해."

"미라 씨가 선생님이 되어주면 분명 그 아이도."

미라는 아주 당연하다는 듯 뛰어내려, 숨 쉬듯 자연스럽게 허공을 달렸다.

선술조차도 저토록 높은 수준으로 구사하는데, 전문분야인 소환술은 어느 정도일까.

세 사람의 눈에 희망이 넘쳐났다. 동경과 존경심, 그리고 약간의 숭배에 가까운 감정이 담긴 눈으로 니나 일행은 손깍지를 끼었다.

그에 반해 그 자리에 있던 율리우스는 그녀들의 분위기와 더불어, 조금 전 그녀들이 엎드려 있던 상황이 떠올라서 살짝 거리를 벌렸다.

술사 조합 내부. 그곳에는 활성화한 증거품으로 보이는 것에 조치를 취하는 직원과 삼십여 명의 모험가, 그리고 한가운데에 자리 잡은 소장의 모습이 있었다.

특히 증거품에 걸린 술식의 해제는 상당히 난해해서 직원들은 하나같이 그쪽에 주력하고 있는 듯했다.

"해서, 이 몸을 부른 이유가 무엇인가?"

한편, 분주한 직원들과는 달리 차분한 분위기를 유지하고 있던 소장과 모험가들이 천천히 미라에게로 고개를 시선을 돌렸다.

"오오, 굳이 오라고 해서 미안하네. 뒷일은 미라 공에게 맡길 생각이었지만 뭐라고 해야 할지, 살짝 탐정의 피가 들끓어서 말이네."

소장은 휠체어를 돌리며 그렇게 답하더니, 역시 퍼지다이스가 눈앞에 나타나니 몸이 근질거리더라며 쓴웃음을 지었다.

"늘 그랬듯 무력으로 어떻게 하는 건 무리일지 몰라도, 지략만이라도 시험해 보고 싶어서 말이지. 예정을 변경해 미안하네만."

퍼지다이스의 마나를 '록온 M식형'에 등록하면 소장의 작전은 끝이다. 다시 말해서 지금부터는 미라의 작전, 미라의 계획으로 전환될 예정이었다. 소장은 그것을 이렇게 번복하게 되어 미안하다고 말했다. 하지만 미라는 소장의 그러한 행동을 이해한다고 답했다.

"애초에 소장이 세운 작전이 아닌가. 마지막까지 내키는 대로 하시게나."

오기를 부리는 소장을 탓하지 않고 흔쾌히 승낙한 미라는 오히려 지금부터 소장이 어떤 식으로 탐정 일을 할지 기대가 될 지경이었다.

"고맙네, 미라 공."

소장은 환한 미소를 짓더니 곧바로 날카로운 눈빛을 미라에게 날리며 "그런데, 그 일은 어떻게 됐나?"라고 말을 이었다.

"음. 목적한 대로 되었네."

미라는 '록온 M식형'의 표시를 다시 한번 확인하고서 답했다. 거기에는 등록 대상의 반응을 나타내는 표시가 또렷하게 떠올라 있었다.

"과연 미라 공이군. 맡기길 잘했어."

만족스럽게 고개를 끄덕이며 답한 후, 소장은 지금까지의 경위와 현재 상황에 관해 간단히 설명해 주었다.

미라 일행과 헤어진 후, 소장은 술사 조합에서 퍼지다이스가 오기를 기다리고 있었다.

그 후 얼마쯤 지나, 밖이 유달리 소란스러워졌다 싶었더니 퍼지다이스가 조합 안에 당당히 출현했다.

그리고 지금까지 그랬듯, 방범용 술식을 활성화한 증거품을 내려놓았다. 그와 동시에 소장이 신호를 해서 정면을 제외한 출입구를 모두 봉쇄했다.

심지어 비밀리에 준비해 두었던 술구로 결계를 주변에 쳐서 이곳에서 나가는 자가 있으면 소리로 바로 알 수 있게 되어 있다는 모양이다.

또한 그 결계는 율리우스가 미라를 부르러 나갈 때 한 차례 반응했으니, 그 효과는 확실하다고 한다.

"이럴 경우, 녀석이라면 율리우스 군이 나갈 타이밍에 맞춰 함께 나가는 방법을 사용했겠지만, 그 부분에 대해서도 빈틈없이 대비를 해두었네."

미라가 지적하기 전에 소장은 그 부분에 관해서도 언급했다. 이 결계는 인원수만큼 반응하도록 되어 있는데, 아직 카운트된 건 한 명뿐이라는 모양이다.

자세히 보니 소장의 휠체어 옆에 못 보던 상자가 놓여 있었는데, 거기에는 1이라는 숫자가 표시되어 있었다. 아무래도 그 상자가 결계를 발생시키고 있는 술구인 모양이다.

또한 소장이 설명하는 동안 율리우스도 돌아왔다. 그렇다면 율리우스로 변장해서 미라를 부르러 갔다가, 그대로 도망쳤을 가능성도 없을 듯했다.

"자아, 그런고로. 퍼지다이스는 이곳에 있는 누군가로 변장했다는 뜻이 되네."

소장은 날카로운 빛이 깃든 눈으로 그곳에 있는 모험가들을 훑어보았다.

남성과 여성. 그리고 전사 클래스와 술사 클래스. 장소가 장소라 술사가 더 많았지만 그 모든 것은 상관이 없다. 퍼지다이스는 무엇으로든 변장할 수 있으니.

그리고 변장할 대상은 출입이 많고 낯선 자가 있어도 그다지 이상할 게 없는 모험가가 제격이라고 소장은 말했다.

"우리는 둘째치고, 저쪽은 어떤데?"

소장의 말에 모험가 중 한 명이 술사 조합의 직원들을 가리켰다. 이곳에 있는 사람으로 변장했다면 직원 사이에 끼어 있을 수도 있지 않느냐는 것이다.

"좋은 질문이네. 하지만 저들로 변장하기는 어려울 걸세."

용의자들과의 문답 역시 탐정의 역할 중 하나다. 미라는 그러한 상황을 기대하며 소장의 답변에 귀를 기울었다.

직원으로 변장하는 건 어려울 거다. 그렇게 말한 소장은 이어서 그 이유를 이야기했다.

누구도 아닌 직원으로 변장했을 경우, 직원들은 매일 얼굴을 마주치고 있으니 낯선 사람이 있으면 바로 들킬 것이다. 그리고 현재, 그러한 낌새는 없다.

다음으로 퍼지다이스가 직원 중 누군가로 위장했을 가능성도 있지만, 소장은 그런 일은 있을 수 없다고 단언했다.

지금까지의 사례로 미루어 볼 때, 퍼지다이스는 '누군가'가 아니라 '그 누구도 아닌 누군가'로 변장했었다.

제아무리 퍼지다이스라도 특정한 누군가로 변하지는 못하는 것이거나, 아니면 일부러 하지 않는 것이거나 둘 중 하나일 것이다.

거기까지 이야기한 후, 소장은 누군가로 위장했을 경우 그 사람이 억울한 누명을 뒤집어쓸지도 모를 일이고 그렇기에 그 괴도는 그 누구도 아닌 누군가로만 변장하는 것 같다는 말로 이야기를 매듭지었다.

"과연. 그래서 우리 중 누군가일 거라는 건가."

소장의 설명을 듣고 납득한 것인지 남자는 그렇게 말하며 그 자리에 있는 모험가들을 둘러보았다.

그리고 확실히 이 중 절반 정도는 이 도시에서 못 보던 얼굴이라고 덧붙여 말했다.

아무래도 이 남자는 이 도시를 거점으로 활동하는 모험가인 모양이다. 나아가 남자는 그곳에 있던 이들 중 여섯 명 정도의 모험가를 지목했다. 그리고 그자들과는 최근 몇 년 동안 이곳에서 얼굴을 마주친 적이 있다고 알려주었다.

서로 얼굴을 아는 인물들이라면 변장한 퍼지다이스일 가능성은 낮다. 그렇게 이해한 모험가들은 각각 아는 사람을 확인하기 시작해, 그 결과를 소장에게 보고하고서 그 자리에서 구석으로 이동했다.

모험가들이 자주적으로 행한 확인 작업의 결과, 모두가 처음 보는 모험가가 십여 명 정도 남았다. 다시 말해서 소장의 추리가 옳다면, 이 중 누군가가 변장한 퍼지다이스인 셈이다.

"협조해줘서 고맙네."

서로서로 확인해준 모험가들에게 감사 인사를 한 후, 소장은 남은 모험가들에게로 시선을 돌려 그들을 차분히 둘러보았다.

"그래서, 다음은 어쩔 거지?"

소장이 어떻게 변장한 퍼지다이스를 간파해낼지가 기대되는지, 좀 전의 남자는 도울 수 있는 게 있다면 이야기하라는 듯이 나서서 말했다.

"그러면 이번에는 미라 공이 가리키는 자를 조사해 주었으면 하네만."

소장이 그렇게 답하자 남자는 "그래, 알겠어"라면서 고개를 끄덕이더니 누구를 조사하면 좋겠느냐는 듯 미라를 바라보았다.

"어디 보자. 조사할 상대는……."

그렇게 갑자기 화살이 돌아오기는 했지만 미라는 동요하지 않았다. 퍼지다이스의 변장을 간파해낼 수단. 그것이 바로 미라의 손안에 있었기 때문이다.

미라는 이야기의 중반부터 자신이 이곳에 불려온 이유를 알고 있었다. 그래서 소장의 말이 떨어짐과 동시에 '록온 M식형'을 확인했다.

작전상 추적을 위해 등록을 했던 것이었다. 하지만 그 특성상 당연히 불특정 다수에서 한 사람을 찾아내는 방식으로도 사용할 수 있었다.

이 '록온 M식형'이 지금까지 불가능했던 일을 가능하게 만들 것이다. 백전백승인 퍼지다이스의 변장을 간파해내 지목한다. 미라가 누군가를 가리키는 그 순간, 퍼지다이스의 역사에 한 획이 그어질 것이다.

조금 전 베란다에서 보기 좋게 퍼지다이스를 조준해 등록하는 데 성공한 미라는 그 표시가 가리키는 곳을 손가락으로 가리키며, 때는 지금이라는 듯 그 말을 입에 담았다.

"범인은, 너다~!"

그 목소리, 그 자세, 그 기세는 마치 이야기 속에 등장하는 명탐정을 보는 듯했다. 추리로 범인을 궁지로 몰아, 빠져나갈 수 없는 진실을 들이밀어 그 죄를 백일하에 드러낼 때의 대사다.

기회가 되면 말해보고 싶은 대사 상위권에 위치할 것이 분명한 그것을 힘차게 읊은 덕에 미라는 만족스러운 표정이었다. 하지만 그런 미라에게 남자가 말했다.

"아니…… 저기, 아무도 없는데."

"……엉?"

순간, 미라는 얼빠진 목소리를 흘린 후 허둥지둥 자신이 가리킨 방향을 보았다. 그곳에는 절반의 모험가가 이동해서 생긴 공간이 있었다.

그렇다. 마음만 앞섰던 미라는 미리 확인을 하지 않았던 것이다. '록온 M식형'이 어디를 가리키고 있는지를. 확인하지 않고 포즈를 우선시한 탓에 그곳에는 아무도 없다는 사실을 알아채지 못한 것이다.

하지만 그럴 수밖에 없었다. 분명히 퍼지다이스를 등록했고, 그전에는 율리우스를 실험대로 정확성을 실증까지 했었으니. 그런 우수한 '록온 M식형'이 이제 와서 엉뚱한 결과를 낼 것이라고 누가 예상이나 했을까.

"이게…… 어찌 된 일이지?"

이제 와서 고장이 난 걸까. 그렇게 생각한 미라는 이동하며 표시를 확인해보았다. 하지만 등록 대상은 아무리 이동을 해도 계속 같은 장소를 가리키고 있었다. 마치 등록한 상대가 분명 그곳에 있다고 주장하듯이.

"분명 무언가가 있을 걸세. 그 장소를 조사해 봐주시게."

당황한 미라와 달리, 냉정하게 그 장소를 바라보던 소장은 협력자 남자에게 그렇게 부탁했다.

남자는 미라와 같은 의문을 품고 있었지만 "알겠어"라고 답하더니 '록온 M식형'이 가리킨 곳으로 다가갔다.

그 술구로 알 수 있는 것은 방향뿐인 탓에 남자는 미라의 "그대로 똑바로 가거라"라는 말에 따라 전진했다. 그리고 조합의 한복판을 지나, 의뢰표가 늘어선 벽 앞까지 갔을 즈음.

"음? 왜 이런 게 떨어져 있지?"문득 걸음을 멈춘 남자는 그렇게 중얼거리며 무언가를 집어 들었다. 그러고서 "이봐, 어떤 녀석이 이런 걸 잃어버렸냐?"라고 말하며 몸을 돌려 손에 든 물건을 들어 보였다.

남자가 주운 것. 그것은 가죽 망토였다. 하지만 평범한 망토가 아닌 모양이었다.

"나는 아니지만 내 거야."

"아니, 저건 분명 내 거였어."

"이름이 적혀 있지 않다면 아마 제 거일걸요."

반쯤 농담을 하는 투였지만 모험가들이 소유권을 주장하는 말을 차례로 내뱉기 시작했다. 얼핏 보기에는 평범하기 그지없는 망토였지만 아무래도 상당히 값어치가 있는 물건인 모양이다.

"흐음, 저건 평범한 망토가 아닌 겐가?"

모험가 일동은 아는 듯했지만 본 적이 없는 미라는 소장에게 그렇게 물었다.

"어라, 모르는가?"

소장은 다소 놀란 듯한 표정을 지었지만 얼마쯤 지나 "하긴, 미라 공 정도의 실력자에게는 필요가 없으려나"라며 혼자서 납득하고서 그것이 어떠한 물건인지를 알려주었다.

소장의 설명에 따르면 그 망토는 '대(對) 마수용 잠복 망토'라는 물건이라고 한다.

대략적인 마물의 종류와 그들이 지니고 있는 힘은, 마물이 출현하는 토지의 마나 농도와 이런저런 요소로 정해진다. 그리고 마수의 경우, 그 근처에 출현하는 마물보다 모든 면에서 월등히 뛰어난 개체가 출현하게끔 되어 있다.

심지어 이러한 출현 조건은 아직 정확히 판명되지 않았기에 마물을 사냥하던 도중에 갑자기 엄청난 마수와 맞닥뜨리게 되는 모험가도 있다.

마수는 생물이 지닌 마나에 특히 과민하게 반응한다. 그 때문에 피하려면 그 시야에서 벗어나는 것뿐 아니라 마나의 감지 범위 밖으로 나가는 수밖에 없다.

하지만 갑자기 조우했을 경우에는 대부분이 모험가들보다 강해서, 토벌 난이도가 매우 높다. 그때 활약하는 것이 바로 이 '대마수용 잠복 망토'였다.

"이 망토에는 두 가지 술식이 걸려 있는데 말이네. 하나는 그냥 주변의 마나를 순환시키는 것. 그리고 또 하나는 착용자가 지닌 마나를 내부에 가둬두는 것이네."

다시 말해서 이 망토는 위장을 통해 풍경에 녹아드는 것처럼, 주변의 마나를 몸에 둘러 마수의 마나 감지로부터 벗어날 수 있는 편리한 술구인 것이다.

"오호라……. 그러한 물건이 있었군그래."

마수가 마나에 반응한다는 사실은 미라도 알았다. 게임이었던 시절에는 이길 방도가 없는 마수와 조우했을 경우, 마나를 지닌 수중의 아이템 등을 여기저기 뿌리며 도망치는 대처법이 있었다.

그런 시대에서 세월이 흘러, 지금은 그 감지 능력을 속일 정도의 아이템이 존재했다. 미라는 사람들의 지혜의 산물인 망토를 바라보며 크게 감격했다.

20

"참고로 구입하려면 삼백만 리프는 줘야 하는 물건이네."

대 마수용 잠복 망토가 무엇인지에 대한 설명을 마친 소장은 끝으로 그렇게 덧붙여 말했다. 얼핏 보기에는 수수하지만 상당히 값비싼 물건이었던 모양이다.

"호오! 그래서 저런 상황이 벌어진 게로군……."

미라는 가만히 구석으로 시선을 돌렸다. 그 시선 끝에서는 장난이 장난을 부른 끝에 어느샌가 모험가들이 망토의 소유권을 두고 가위바위보를 하고 있었다. 누가 잃어버린 물건인지를 가위바위보로 정하는, 실로 요상한 상황이었다.

분실물이라면 우선 조합에 맡겨야 하는 게 아닐까. 그런 생각을 하며 미라는 정신을 다잡고 '록온 M식형'의 표시를 재확인했다.

"흠…… 이것은."

가위바위보의 승자가 망토를 치켜든 가운데, 미라는 등록 대상을 가리키는 화살표의 방향을 바라보았다. 그러자 어째서인지 조금 전까지 의뢰 게시판 근처를 가리키던 표시가 다른 곳을 향하고 있는 것이 아닌가.

그리고 그 표시는 다름이 아니라 가위바위보의 승자를 가리키고 있었다.

"호오호오…… 과연…… 역시……."

미라는 '록온 M식형'을 들고 가위바위보 승자의 주변을 빙글빙글 돌았다. 그러자 역시 표시는 승자를 계속 가리키고 있었다.

"저기…… 왜 그래?"

미라의 이상한 행동에 불안해졌는지. 승자는 쭈뼛거리며 물었다. 그 말에 미라는 살며시 빙긋 웃으며 답했다.

"어째서인지 퍼지다이스를 등록한 이 술구가 그대를 가리키고 있어서 말이다."

그 말을 들은 망토를 든 남자가 "어디 봐봐"라면서 미라의 손에 있는 '록온 M식형'의 표시를 들여다보았다.

"그러네. 정확히 이쪽을 가리키고 있어."

남자가 그렇게 증언하자 그 자리에 있던 모두의 눈길이 승자에게 향했다.

그 순간, 망토를 획득한 기쁨에 취해있던 승자는 화들짝 놀라 몸을 떨었다.

그리고 "잠깐잠깐. 전 아니라고요!!"라고 필사적으로 주장하기 시작했다.

강하게 부정하면 괜히 더 수상해 보이는 법이다. 시선이 서서히 날카로워지는가 싶더니, 다음 순간에는 미소로 바뀌었다.

"뭐어, 상황으로 미루어볼 때, 문제는 그 망토에 있는 것이겠지."

처음에 '록온 M식형'이 가리킨 방향을 찾아보니 망토가 있었고, 다음으로 확인했더니 망토를 손에 든 승자를 가리키고 있었다. 그것은 다시 말해서 망토에 반응하고 있다는 뜻이다. 조금만 생각해 보면 알 수 있는 일이다.

모험가들은 그 사실을 알면서도 가위바위보에서 진 것이 분해서 승자를 노려보고 있었던 것뿐이다.

당연히 그 가능성을 알아챈 미라는 넋이 나간 승자의 손에서 망토를 낚아챘다. 그리고 그것을 대충 테이블 위에 두고 다시 한번 '록온 M식형'을 확인해보았다.

그러자 예상대로 표시는 계속해서 그 망토를 가리키고 있었다.

퍼지다이스는 망토로도 변할 수 있는 것일까. 그런 상상이 머리를 스쳤지만 아무리 그래도 그렇지는 않겠지, 라는 생각에 미라는 소장에게 고개를 돌렸다. 이 상황을 어떻게 풀어나갈지 궁금해진 것이다.

또한 다른 모험가들도 그렇게 생각했는지 자연스럽게 소장에게 시선이 집중되었다.

"이거 아무래도, 내 작전을 알아챘던 모양이군."

소장은 테이블에 놓인 망토를 바라보며 담담하게 말했다. 그 말투는 퍼지다이스이기에 이 정도는 대처는 하리라는 것을 예측했다는 것만 같았다.

그리고 늘 그랬듯 소장이 사건의 전말에 관해 이야기하기 시작했다.

퍼지다이스의 마나를 기록해 추적하기 위한 술구 '록온 M식형'. 구형이라 사용 조건을 비롯해 여러 가지 제약이 있는 술구이기는 하지만 그 성능에는 문제가 없다. 현역으로 사용되었을 때도 한 번 기록해두면 그 범인을 놓치는 법이 없었을 정도다.

하지만 한 가지 결점이 존재했다. 그것은 어떤 마나를 기록했는지 판별이 불가능하다는 점이다.

마나를 지닌 것은 생물뿐이 아니다. 마나는 자연계의 온갖 사물에 깃들어 있다. 그리고 부여 효과를 지닌 장식품은 강력할수록 마나도 강해서, 때때로 '록온 M식형'이 잘못 기록해 버리는 경우도 있다고 한다.

다시 말해서 상황에 따라서는 몸에 걸친 장비품을 버림으로써 '록온 M식형'의 추적에서 완전히 벗어날 수 있다는 뜻이다.

하지만 그것은 쉬운 일이 아니다. 기본적으로 장비품이 지닌 마나는 밖으로 표출되기 어려워, 사람이 자연스럽게 두르고 있는 마나 쪽이 우선시되기 때문이다. 이를 역전시키려면 상당히 강력한 장비가 필요하고, 그만한 물건을 버리는 것은 그리 쉬운 일이 아니다.

"그래서 그 망토가 등장한 것이지."

소장은 한 박자 쉬었다가 '대 마수용 잠복 망토'의 효과를 재확인하듯 이야기 한 후, 결론을 말했다. 착용자의 마나를 감추고 주변의 마나를 두르는 그 망토는 '록온 M식형' 최대의 천적이라고.

심지어 수천만에서 억대를 넘나드는 강력한 장비품에 비해, 망토라면 삼백만 정도에 구할 수 있다. 때문에 '록온 M식형'에서 벗어나기 위한 미끼로 사용하기에는 제격이라는 것이다.

"흠⋯⋯. 다시 말해서 퍼지다이스는 그때 이미 이것을 몸에 걸치고 있었던 겐가."

언제, 어디선가 '록온 M식형'을 사용한다는 소장의 작전이 새어 나간 것이다. 그래서 퍼지다이스는 이토록 완벽한 대책을 준비할 수 있었던 것이리라.

대체 어디서 정보가 샌 걸까. 미라는 지금까지 대화를 나누던 때를 되짚어보다가…… 문득 위화감을 느꼈다.

생각해 보니 처음 이러한 이야기들을 나눈 장소는 대로의 한구석이었다. 그러한 장소에서 이야기하는 작전에 기밀성 같은 것이 존재할까.

그 사실을 미라가 알아챈 순간, 소장은 씨익 웃어 보였다.

망토를 손에 든 소장은 천천히 휠체어를 밀어서 어느 모험가 앞에 멈췄다. 그리고 그 모험가를 바라보며 물었다.

"그런데 거기 있는 자네에게 묻고 싶네만, 이건…… 자네의 물건 아닌가?"

소장이 말과 함께 망토를 살며시 내밀었다. 그러자 말을 붙인 모험가의 얼굴에는 초조한 기색이 역력해졌다. 하지만 모험가는 답하지 않았다.

그러자 소장이 말을 이었다. 그 망토를 취급하는 모든 가게에서 사전에 탐문 조사를 실시하여, 며칠 전. 정확히 말하자면 이번 작전을 또렷하게 말로 옮기고서 오늘까지 '대 마수용 잠복 망토'를 판매한 가게를 찾아냈다고.

"이곳의 정면에 있는 대로를 따라 얼마간 서쪽으로 가서 모퉁이에 있는 찻집 옆길로 들어간 곳. 스카우트에게 인기가 있는 '서바이버 술구점'에서 이 망토를 구입한 손님에 관한 이야기를 들었네만, 보아하니 그 특징이 자네와 일치하는 것 같아서 말이지."

아무래도 소장의 그 지적은 사실인 듯했다.

누가 보아도 알 수 있을 정도로 소장의 말을 들은 남자가 궁지에 몰린 듯 보였기 때문이다.

"설마, 네가……?!"

조합을 봉쇄하고 결계를 쳐두었으니 퍼지다이스는 분명 이 안에 숨어있을 것이다.

모두가 그렇게 생각했는지, 차례로 그 남자에게 의심 어린 시선이 모여들었다.

'흠…… 역시 수상한 반응은 없군.'

미라는 만약을 위해 '생체감지'로 조합 안을 조사했다. 어쩌면 누군가로 변장한 척, 어딘가에 숨어 있을지도 모른다고 생각했기 때문이다. 하지만 그런 낌새는 없었다. 그렇다면 역시 눈앞에 있는 모험가들 중 누군가가 퍼지다이스일 가능성이 높다.

그리고 현재, 가장 의심스러운 것은 소장이 지적한 남자였다. '대마수용 잠복 망토' 자체는 인기 상품이라 그럭저럭 가격이 비쌈에도 불구하고 제법 팔린다는 모양이다.

하지만 소장이 조사한 바에 따르면, 최근 이틀 동안 판매된 것은 한 장뿐이라고 한다.

많은 모험가들이 오가는 조합이라 해도 문제의 한 장을 구입한 이가 지금 이 타이밍에, 이곳에 있을 확률이 과연 얼마나 될까.

"자, 잠깐만! 나 아니야! 나는…… 나는 그냥……!"

소장이 의심하는 이유에는 명확한 설득력이 있었다. 때문에 모험가들은 더욱 날카로운 눈빛으로 남자를 쳐다보았다. 그러자 궁지에 몰린 남자는 마치 비난에서 달아나려는 것처럼 한 걸음 두 걸음 뒷걸음질을 쳤고, 그렇게 벽을 등지게 된 참에 "내 말 좀 들어봐!"라고 외쳤다.

남자는 "나는…… 그냥 부탁을 받은 것뿐이야!"라고 말을 이어 필사적으로 변명을 내뱉기 시작했다.

그는 말했다. 어젯밤에 낯선 남자가 말을 걸어와서 '대 마수용 잠복 망토'를 급히 조달해달라는 부탁을 했다고. 심지어 그 보수가 많았던 데다 망토를 구입하기 위한 대금도 선불이었던 탓에 곧바로 받아들였다는 모양이다.

게다가 보수의 절반은 선불이었다. 망토를 밤중에 소정의 위치에 전달한 후, 나머지 절반을 오늘 이 장소, 이 정도 시간에 지불하겠다기에 자신은 이곳에서 기다리고 있었던 거다.

남자가 내뱉은 변명의 내용은 그러했다.

"부탁을 받았다라……."

모험가 중 한 명이 의심으로 가득한 눈빛을 한 채 중얼거렸다. 또한 다른 이들 역시 대부분이 비슷한 반응을 보였는데, 궁색한 나머지 아무렇게나 지어낸 이야기로 여기는 눈치였다.

실제로 미라 역시 꽤나 어설픈 변명이라는 인상을 받았다. 부탁을 받았다는 것은 용의선상에 오른 자들의 흔한 변명이다.

하지만. 정말로 이 남자가 퍼지다이스였다면 이런 변명을 할까.

아무래도 소장도 미라와 비슷한 위화감을 느꼈는지, 남자의 변명을 들은 뒤로 계속 복잡한 얼굴로 미간을 찌푸리고 있었다.

미라는 생각했다. 소장에게 들은 퍼지다이스는 훨씬 대담한 이미지였다고. 만약 간파당했다면, 오히려 용케 간파했다며 정체를 드러낼 거다. 그것이 미라가 가진 퍼지다이스의 인물상이었다.

그렇게 느낀 미라는 남자를 물끄러미 쳐다보았다. 그리고 알아 챘다.

'흠…… 이것은.'

미라는 그대로 다른 모험가들도 둘러보고서 확신을 얻은 듯 씨 익 웃었다.

하지만 그것을 밝히기는 이른 것 같아서 침묵을 지켰다.

지금은 탐정과 괴도가 승부를 겨루고 있는 도중이기 때문이다. 남자와 남자의 싸움에 참견을 하는 건 눈치 없는 짓이다.

"이, 이게 증거야!"

의심 어린 시선 속에서 용의자 남자는 한 장의 종잇조각을 짐 가방에서 꺼내 그것을 소장에게 들이밀었다.

그것은 일종의 어음 같은 것이었다. 나머지 절반의 보수를 받 는 데 필요한 물건이라며 건네받았다는 모양이다.

"흐음~ 이건 트럼프카드의 조커인가……?"

반으로 찢어진 조커의 한쪽. 그것을 소장이 뚫어지게 쳐다보고 있던 참에 문득 모험가들 중에서 한 사람이 말했다.

"저, 저기, 혹시 당신이 그 사람이었나요?"

그 말에 고개를 돌려보니, 그곳에는 척 봐도 신참 모험가 같은 차림새의 남자가 있었다. 그 남자는 자신에게 시선이 모여들자 어깨를 움찔하고서 쭈뼛거리며 다가와, 작은 주머니에서 종잇조 각을 꺼내 보였다.

바로 그때. 그의 주머니에서 종이 한 장이 팔랑팔랑 떨어져 소 장의 휠체어 옆에 스르륵 안착했다.

"아앗, 죄송합니다!"

남자는 허둥지둥 달려가 그 종이를 집어 들었다. 그리고 확인이라도 하듯 자신이 처음에 내밀었던 종잇조각을 소장이 든 찢어진 조커에 갖다 대었다.

"딱 맞는군."

어음 대신 건넸던 트럼프카드가 딱 맞았다. 다시 말해서 보수에 관한 이야기는 거짓이 아니었던 것이다.

그 증거로 신참 모험가는 이 장소, 이 정도 시간에 어음의 반쪽을 지닌 남자가 있을 테니 그 사람에게 건네 달라는 부탁을 받고 작은 주머니를 맡아두었다고 증언했다. 심지어 그 역시 그 역할을 맡는 대가로 고액의 보수를 받았다고 말하며 금화가 든 주머니를 증거로 제시했다.

또한 좀 전에 떨어뜨린 종이가 그와 관련된 상세 지시서라고 한다. 확인해보니 확실히 보수 지급에 관해 적혀 있었다.

"달성에 성공해서, 한 시름 놨습니다."

신참 모험가가 가슴을 쓸어내리자 용의자 취급을 받았던 남자 역시 "네가 나와 줘서 다행이야"라며 안도한 표정을 지었다. 그리고 두 사람은 서로 의뢰를 달성해서 다행이라는 듯 미소를 주고받았다.

그때 문득 한 사람의 모험가가 의문을 입에 담았다.

"하지만 말이야. 망토를 일부러 준비시켰다는 이야기는, 일이 이렇게 될 것도 예상했다는 거 아냐?"

남자가 그런 말을 한 의미. 그것은 용의자가 된 후에 미리 준비해 두었던 보수 전달자를 등장시킴으로써 '부탁을 받아서 샀다'는 이유를 뒷받침하려는 작전이 아니냐는 것이다.

"음, 일리는 있네. 다른 이도 아닌 녀석이니, 그럴 가능성은 충분히 있지."

남자의 말에 소장 역시 동의했다. 실제로 좀 전의 보수 지급에 관한 흐름만 보면 용의자가 되었던 자의 혐의는 그 순간 걷힌 듯 보였다. 심지어 이 안에 퍼지다이스가 있다는, 모든 이가 의심을 받고 있는 상태에서.

퍼지다이스가 한 사람의 인물을 등장시킴으로써 그런 상태를 만들어낸 것일지도 모른다. 게다가 그 등장인물에게 의뢰주에 관해 물어보니, 딱히 이렇다 할 특징이 없는 남자였다고 말했다.

특징 없는 남자. 그것은 퍼지다이스가 평소 변장을 하는 모습이었다.

소장은 말했다. 혐의를 완전히 벗을 경우, 다시 의심을 살 일은 거의 없다. 또한, 괜히 의심했다는 죄책감으로 인해 모든 이가 자연스럽게 그를 선택지에서 제외하게 될 가능성이 높아진다고.

"퍼지다이스는 그걸 노린 것으로도 보이네."

소장은 다시 한 번 관찰하는 눈빛으로 용의자 남자를 바라보았다. 그리고 얼마쯤 지나 소장은 무언가를 알아챈 듯한 표정을 짓고서 용의자 남자에게 한 가지 질문을 던졌다.

"그런데 자네의 클래스를 물어도 되겠나?"

"보다시피 검사인데요."

용의자 남자는 살며시 고개를 갸웃하며 그렇게 답했다. 용의자 남자가 말한 대로, 그는 가볍게 무장하기는 했지만 장검을 차고 있어서 전형적인 검사 같은 차림새를 하고 있었다. 때문에 소장의 질문에 의문을 느낀 듯했지만, 다음으로 소장이 내뱉은 말을 듣고 납득한 것 같았다.

소장은 말했다. 지금까지의 경험상, 퍼지다이스는 강마술사일 터라고.

"그렇다면 이걸로 저는 혐의를 벗을 수 있을까요?"

퍼지다이스가 강마술사라면 술사가 아니라는 사실을 증명해라. 그렇게 해석한 남자는 조합 내부의 빈 공간으로 이동했다. 그리고 검을 뽑더니 하나의 '투술'을 펼쳐 보였다. 고조시킨 투기를 구사해 내쏘는 그 기술은 전사 계열이 아니면 사용할 수 없는 것이다.

"어때요. 제 혐의는 걷혔습니까?"

용의자 남자는 어쩐지 의기양양한 얼굴로 소장에게 말하더니, 슬그머니 미라의 반응을 살폈다. 은근히 보여주고 싶었던, 자신 있는 기술이었던 모양이다.

"의심할 여지가 없을 정도로 훌륭한 기술이었네."

남자의 기술은 진짜배기였다.

검을 다룰 수 있는 술사라면 얼마든지 있을 것이다. 하지만 '투술'을 사용할 수 있는 술사라는 것은 존재하지 않는다. 다시 말해서 그는 자신이 말한 대로 검사이고, 퍼지다이스가 아니라는 것이 증명된 것이다.

소장은 그렇게 혐의를 벗은 남자에게로 똑바로 몸을 돌려, 의심해서 미안했다고 사과했다.

그런 소장에게 남자는 괜찮으니 신경 쓸 것 없다고 답했다.

그리고 그런 상황에서는 자신도 마찬가지로 누군가를 의심했을 것이라며 쓴웃음을 짓더니, 의심을 사는 역할을 맡았던 만큼 고액의 보수가 손에 들어왔으니 됐다며 웃었다.

그렇게 한 사람의 혐의가 걷혔다. 그렇다면 남은 모험가 중에 퍼지다이스가 섞여 있다는 뜻이 된다. 상황이 다시 원점으로 돌아온 것이다.

하지만 조금 전의 상황 덕분에 한 가지 해결책이 떠올랐다.

"가능하면 이렇게 닥치는 대로 뒤지는 방법이 아니라, 콕 집어 맞추고 싶었네만……."

소장은 다소 내키지 않는 눈치였지만 그런 소릴 할 때가 아니다. 의혹이 남은 모험가들은 자진해서 증명을 하기 시작했다.

방법은 간단하다. 혐의를 벗은 남자처럼 자신의 클래스를 증명하기만 하면 된다. 다시 말해서 각각 '투술'을 선보이면 되는 것이다.

이때, 미라는 약간 가슴이 설레고 있었다. 술사이자 은의 연탑의 현자였던 탓에 술법에 관해서는 잘 알았다. 하지만 '투술'에 관해서는 모르는 바가 많았던 것이다.

그 때문에 미라는 현재의 모험가들이 사용하는 기술에 관심이 있었다. 하지만 이번에 미라의 욕망이 충족되는 일은 일어나지 않았다.

십여 명의 모험가 중 절반은 좀 전과 마찬가지로 '투술'을 선보였다. 하지만 사람의 숫자만큼 존재한다고 일컬어진 게임이었던 시절에 반해, 오랜 세월에 걸친 연구와 효율화의 영향인지 비슷한 기술이 많았던 것이다.

'흠……. 뭐어, 실내니까. 그렇게 큰 기술을 쓸 수는 없겠지.'

각각 다른 무기를 쥐고 있음에도 비슷한 기술만 사용하기에 미라는 다소 실망했다. 하지만 장소가 장소이기도 하고, '투술'을 사용할 수 있다는 사실을 증명하기만 하면 되는 상황이다.

작금의 '투술' 사정을 접할 기회가 순식간에 끝나자 미라는 아쉬울 따름이었다. 하지만 마지막에 선보인 모험가의 '투술' 덕분에 약간은 기분이 다시 들뜨게 되었다.

"제 거는, 다른 분들처럼 알아보기 쉬운 게 아닌데——."

여성 검사는 그렇게 운을 떼더니 미라의 협력을 구했다. 사과 하나를 던져달라는 것이다.

"음, 던지면 되는 것이지?"

"네, 힘껏 던져주세요."

고개를 끄덕이며 답한 여성 검사는 그대로 눈을 감았다. 그리고 다음 순간, 미라는 문득 그녀가 무언가를 했음을 알아챘다. 그것은 눈에 보이지도, 느껴지지도 않았으며, 조금 전과의 차이도 전혀 없었다. 하지만 직감적으로 알 수 있었다. 가까이 가서는 안 된다는 것을.

또한 이 자리에 있는 모험가들도 그렇게 느꼈는지, 술렁거리는 분위기가 주변 일대에 퍼졌다.

그때, 여성 검사가 "던질 방향과 타이밍은 그쪽에 맡기겠어요"

라고 말했다.

'오오, 이거 아무래도 굉장한 기술인가 보군……!'

기대해도 되겠다. 그렇게 생각한 미라는 시킨 대로 타이밍을 재서, 사각에 해당하는 방향에서 사과를 있는 힘껏 던졌다.

다음 순간, 여성 검사는 몸을 날려 보기 좋게 사과를 회피했다. 심지어 그 직후에 칼을 뽑아 멀어져 가는 사과의 뒤에서 그어, 양단해 보였다.

두 쪽으로 갈라진 사과를, 마침 그 방향에 있던 남자가 받아들었다. 그리고 사과를 빤히 쳐다보고서 이것 참 굉장하군, 이라고 말했다.

"뭔가…… 굳이 말하자면 달인이 사용하는 기술 같은 느낌이었지?"

들떠서 정말 훌륭하다는 소리를 하던 모험가들 중, 한 사람이 그런 감상을 늘어놓았다. 다시 말해서 투기를 사용한 '투술'이 아니라 검술을 추구하는 자 특유의 감성이 느껴지는 기술이었다는 것이다.

미라 역시 날카롭게 단련된 감각에 의한 달인의 기술 같다고 느꼈다. 그리고 소장도 순수한 검객의 기술로만 보였다고 말했다.

하지만 여성 검사는 그러한 찬사를 모두 부정하고 방금 그것은 명백한 '투술'이었다고 이야기했다.

"저희 마을에서는 이러한 것을 '천경(天勁)'이라고 불렀습니다. 그리고 '천경'은 술사의 재능이 없는 자만이 습득할 수 있다고들 했죠——."

아무래도 여성 검사의 이야기에 따르면 그녀의 마을에서는 투기를 다루는 방법이 독자적으로 진화했다는 모양이었다. 그것은 '내련(內練)' 방면으로 특출한 효과를 지니고 있다고 한다. 그리고 조금 전에 그녀가 보인 것은 자신을 중심으로 일정 범위에 있는 모든 것을 지각하는 기술이었다는 모양이다.

'오호라. 확실히 '투술'인 듯하지만, 그럼에도 달인의 기술이라 해도 과언은 아닐 것 같군.'

술사가 마나를 통해 공격과 회복, 보조와 같은 여러 가지 술식을 사용하는 것처럼, 전사 역시 투기를 사용하여 공격 이외의 것을 행한다. 하지만 술식처럼 만능은 아니고 능력 강화가 메인이다.

일시적인 근력 강화, 민첩성 강화, 내구력 강화와 같은 신체적인 능력 향상이 가능한 '투술'. 그것이 '내련'이다.

여성 검사의 이야기로 미루어볼 때, '내련' 계열의 '투술'은 그 밖에도 많은 모양이다.

'이번 상대는 술사인 듯하지만, 언제 어디서 전사와 붙게 될지 모를 일이니······.'

이거 좋은 정보를 얻었다는 생각에 미라는 여성 검사에게 속으로 감사했다.

21

전사 클래스에 속하는 자들의 증명은 끝났다. 남은 것은 술사 클래스에 속한 자들뿐이다.

"빌려왔습니다. 사용 방법도 배웠고요."

술사 조합 안쪽에서 돌아온 율리우스는 실험기재로 보이는 것을 끌어안고 있었다. 그것은 술사 적성을 조사하기 위한 것으로, 이것을 사용해 나머지가 무슨 술사인지를 증명하려는 것이다.

"그럼 곧바로 시작해 볼까."

소장이 그렇게 말하자 빨리 혐의를 벗고 싶은지 나머지 술사들이 줄을 섰다.

적성을 검사하는 방법은 간단해서, 차례차례 완료되어 무죄를 입증해 나갔다.

그리고 지금까지 강마술 적성을 가진 자는 없었고, 소환술사도 없었던 탓에 미라는 갈수록 풀이 죽어 가고 있었다.

"어라, 마술 말고도 음양술의 적성도 있군요."

마술사라고 밝힌 남자를 검사한 결과를 율리우스가 말했다. 그러자 남자는 "헤에, 그랬구나"라고 놀란 듯 중얼거렸다. 아무래도 그는 지금까지 적성 검사를 받은 적이 없어서 마술 이외의 적성이 있다는 사실을 처음 안 눈치였다.

적성 검사를 받고서 술사가 된 게 아닌 모양이다.

그렇다면 어떻게 마술 적성이 있다는 사실을 알고 진로를 잡은 것일까. 미라가 그렇게 묻자마자 해설이 시작되었다.

들자 하니 술법의 재능은 부모로부터 물려받는 일이 많아서 검사를 받지 않아도 알 수 있는 경우가 있다고 한다. 그리고 가정의 교육 방침에 따라서는 이어받은 적성을 그대로 발전시켜 나가서, 다른 술사가 될 가능성이 있다는 사실을 모르는 자도 그럭저럭 많다고 소장이 설명했다.

실제로 그의 부모는 상당히 우수한 마술사라는 모양이다.

이어서 성술사라 신고한 다음 사람 역시 여러 개의 적성을 지니고 있었다. 심지어 그중에는 강마술이 존재했다. 그렇다면 '내재 센스'를 습득해 강마술을 행사하는 것도 가능하다.

하지만 '내재 센스'를 얻는다는 것은 마력을 분배해야 한다는 뜻이기도 하다.

그 사람은 높은 수준의 성술을 선보였다. 그렇다면 '내재 센스'로 강마술을 습득해 봐야 빠르게 한계에 도달할 수밖에 없다. 그런 상태로 퍼지다이스만큼의 강마술을 쓸 수 있을 리가 없다.

퍼지다이스의 힘은 강마술만 보아도 한 사람이 겨우 도달할까 말까 한 영역의 것이다. 소장은 자신감 있게 그렇게 말했다. 그리고 무엇보다도 직접 대치하여 몸소 체험했기에 알 수 있다고 의기양양한 투로 말을 이었다.

"당신은, 퇴마술과 소환술의 적성이 있군요."

그리고 다음 한 사람의 검사 결과가 나왔다. 그것은 퇴마술사라고 밝힌 여성이었다.

"어머, 나한테도 있었구나."

여성은 그렇게 중얼거리며 환하게 웃어 보였다. 여러 개의 적성을 가진 사람은 보기 드물다고 알려졌는데, 그 세 사람이 풍기고 있는 분위기를 통해 세 사람 모두 상당히 좋은 집안에서 태어났음을 알 수 있었다.

하지만 미라가 주목한 것은 소환술 적성뿐이었다.

"소환술사라. 그때 적성 검사를 받고 그쪽을 택했다면, 지금의 붐에 편승할 수 있었으려나?"

여성 술사는 문득 그런 소리를 했다. 요전에 미라가 선전을 한 덕에 학스트하우젠에서는 소환술사의 주목도가 껑충 치솟았다. 그것을 의식한 발언이었다.

그 발원지라 할 수 있는 미라는 당연히 그 말에 격하게 반응했다.

"지금도 늦지 않았다. 이렇게 알게 된 것도 인연이라 할 수 있으니. '내재 센스'로 소환술을 습득해보는 건 어떠하냐? 이 몸도 도와주마!"

때는 지금이라는 듯 미라가 소환술의 장점을 설명했다. 소환술의 구조상 '내재 센스'로는 하급 소환까지가 한계일 것이다. 하지만 그래도 충분히 활약할 수 있는 자가 많다. 특히 무구정령은 범용성도 높아서, 단련하면 충분히 방패와 미끼, 호위 역할을 해낼 수 있게 된다고 미라는 역설했다.

"으음~ 응. 생각해 볼게."

열심인 미라와는 달리 반쯤 농담이었던 여성 술사는 그렇게 부드럽게 답했다. 그리고 동지를 찾은 기쁨으로 환한 미소를 짓고 있는 미라의 얼굴을 보고 있기가 껄끄러운지 잽싸게 그 자리를 벗어났다.

'생각해 보니, 그렇군……. 사람에 따라 소환술의 재능이 있으면서 그걸 선택하지 않은 자도 있겠지. 그렇다면『내재 센스』로 다시 개화시키면 소환술도 좀 더…….'

변장한 퍼지다이스를 밝혀내기 위한 작전 중임에도 미라의 머릿속에서는 향후 어떤 식으로 소환술 부흥을 위한 포석을 깔지에 관한 생각이 빙글빙글 돌고 있었다.

미라는 생각했다. 지금까지는 소환술사를 메인으로만 생각했지만, '내재 센스'의 선택지로 소환술을 택하게 하는 것도 앞으로는 괜찮을 것 같다고.

이미 다른 술사로 활약하고 있는 이들 가운데 소환술의 재능이 잠들어 있는 자가 있을지도 모른다. 그런 자들에게 소환술이 유용하다는 사실을 알린다면 서포트용으로 습득해줄 이도 분명 나타날 것이다.

그리고 그런 자들이 더욱 활약하면 소환술을 메인으로 다루는 것에도 매력을 느껴줄 사람이 나타날 터다.

'이건 향후의 연구 대상에 추가해야겠구나!'

과거 루미나리아와 잡담을 하던 중에 이 '내재 센스'에 관해 언급한 적이 있었다.

그때 나눴던 이야기에 따르면 플레이어 출신 술사는 기본적으로 특화형인 탓에 '내재 센스'를 습득할 수는 없다는 듯했다.

하지만 미라는 소환술과 선술을 조합해서 비슷한 일을 해내고 있다.

루미나리아는 이에 관한 추측을 이야기했었다. 어쩌면 그건 기술이 아니라 무형비술일지도 모른다고.

무형비술은 습득조건이 매우 복잡해서 재현성이 몹시 떨어진다.

따라서 술사로서 확립되어 있는 플레이어 출신자를 소환술의 길로 끌어들일 수는 없다. 하지만 '내재 센스'라는 가능성을 지닌 이 세계의 주민이라면 이야기가 달라진다.

근사한 미래가 보이기 시작했다는 생각에 미라는 마음속으로 '내재 센스'로의 소환술 운용에 관해 앞으로 고찰해 보기로 결심했다.

"자아, 이걸 어떻게 보아야 할까."

미라가 소환술의 미래에 관해 이런저런 생각을 하는 동안에도 술사들의 적성 검사는 진행되었다. 그리고 현재, 마지막 한 사람이 끝났다. 그러자 그 결과를 확인한 소장과 율리우스뿐 아니라 그곳에 있는 모험가들 역시 물음표를 띄웠다.

퍼지다이스는 모험가들 사이에 숨어 있을 터였다. 그를 색출하기 위해 '투술'을 선보이고 술사 적성 검사를 한 것이다.

하지만 그것들이 모두 끝난 현재, 해당자가 한 명도 없다는 결과만 남았다.

"이봐, 소장님. 이게…… 무슨 뜻이지?"

"알고 보니 강마술사가 아니었던 거 아냐?"

이곳에 있는 술사들 중에서 강마술의 적성을 지녔으며, 그것을 메인으로 다루고 있는 자는 없었다. 혹시 강마술사라는 전제가

315

애초에 틀렸던 것은 아닐까. 그런 의견이 모험가들 사이에서 나오기 시작했다.

"아니, 내 추리에 의하면 분명 강마술사일 것이네."

퍼지다이스가 강마술사라는 것은 어디까지나 소장의 추리 결과에 불과하다.

심지어 그것은 몇 차례 대치했던 소장의 경험에 의한 상황 증거만으로 구축된 추리로, 확증은 없었다.

하지만 소장은 그것이 진실이라는 듯 단언하고서 이 결과에는 반드시 트릭이 존재할 것이라고 말을 이었다.

"으음~ 울프 씨가 그렇게 확신하는 걸 보면, 그럴 것 같긴 한데."

본래 이렇게까지 파헤쳐 봤음에도 결과가 나오지 않았다면, 분명 모험가들 중 몇몇은 불평을 했을 것이다. 하지만 그들에게는 그럴 낌새가 전혀 없었다.

아무래도 왕년에 엄청난 실력의 모험가였던 소장의 이름이 현역 모험가들에게 영향을 주고 있는 듯했다.

"직원분에게 물어봤지만, 적성 검사 결과를 속이는 건 불가능하다고 하는데요."

적성 검사에 관한 상세한 정보를 물으러 갔던 율리우스는 돌아오자마자 그렇게 말했다.

가장 가능성이 있는 방법은 결과 자체를 속이거나 위장하는 것이다. 하지만 정상적으로 검사가 이루어졌다면 잘못된 결과가 나오는 일은 없다고 한다.

검사는 모두가 지켜보는 가운데 한 명씩 행했다. 다시 말해서 뭔가 수상한 행동을 취하면 바로 알 수 있는 상황이었다. 그렇다면 검사 장치에 조작을 하거나 무언가를 위장했을 가능성은 없을 듯했다.

"자아, 이제 어떻게 할까."

용의선상에 있는 모험가는 열일곱 명. 하지만 그들은 모두 조건에 맞지 않는다는 것이 증명되었다. 어쩌면 이미 이 자리에 없는 것일 수도 있다는 생각이 들 정도의 상황이다. 하지만 소장은 전혀 그렇게 생각하지 않는지, 늘어선 모험가들을 가만히 바라본 채 생각에 잠겼다.

그런 소장을 따라 모험가들이 서로 얼굴을 마주 보던 그때.

"어라…… 어디로 갔지?"

망토를 대신 구입했던 남자가 문득 그런 소리를 했다.

모두가 무슨 일이냐고 묻자, 남자는 답했다. 어음의 반쪽을 가지고 있던 신참 모험가 같은 이가 어째서인지 보이지 않는다고.

"뭐라고?!"

모험가 중 누군가가 그렇게 외쳤다. 그리고 어수선한 분위기 속에서 확인해 보니, 남자의 말이 사실이라는 것이 판명되었다.

놀랍게도 보수를 대신 건네 달라는 의뢰를 받았다고 말했던 남자의 모습이 홀연히 사라져 있었던 것이다.

"그렇다면, 혹시…… 그게 퍼지다이스였나?"

모험가 중 누군가가 그런 소리를 했다. 그리고 소장이 그 말을 긍정했다. 그럴 것이라고.

용의자가 된 남자가 억울하다는 사실을 증명해준 신참 모험가.

절묘한 타이밍에 나선 것에 이어, 혐의가 걷혀 다행이라며 용의자 남자와 기쁨을 주고받아 자연스럽게 모두가 두 사람을 한 그룹으로 인식하게끔 한 것이다.

꿈에도 몰랐다. 대담하게도 그 타이밍에 나설 줄이야. 그렇기에 의심을 사지 않은 거다. 모험가 일행은 그런 이야기를 나누다가, 결국 퍼지다이스는 굉장하다는 결론에 도달했다.

마지막 순간에는 쥐도 새도 모르게 사라진다는 퍼지다이스의 수법을 눈앞에서 목격한 탓인지, 좀 전까지 서로를 의심하던 이들이 맞나 싶을 정도로 모험가들은 야단을 떨었다.

하지만 그때 한 모험가가 "한 가지 알아챈 게 있는데——"라고 말하자 또다시 침묵이 깔렸다.

그가 알아챈 사실. 그것은 결계에 관한 것이다. 결계는 누군가가 범위 밖으로 나가면 그 사실을 알리도록 설정되어 있다. 하지만 그러한 반응은 없었다. 그렇다면 퍼지다이스는 다시 다른 사람으로 변해서 이 안에 숨어 있다는 뜻이 아닐까.

모험가가 그렇게 말하자 또다시 서로를 의심하는 분위기가 감돌았다.

그러던 그때. 생각 없이 소장의 옆, 휠체어 옆에 놓인 결계용 술구를 바라본 미라는 의아하다는 투로 말했다.

"그 결계, 사라지지 않았나?"

순간, 그 자리에 있던 모두의 시선이 결계를 관리하는 소장에게 집중되었다.

"그럴 리가."

지적을 받은 소장은 몸을 기울여 술구를 확인했다. 그리고 잠시 경직되더니 "이럴 수가……"라고 중얼거렸다.

미라가 지적한 대로 결계 술구가 정지해 있었던 것이다. 대체 언제. 모험가들이 술렁거리는 가운데 소장은 순간적으로 그 타이밍이 떠오른 눈치였다.

"그때였나."

소장은 그렇게 중얼거리더니 한 방 먹었다며 웃었다.

결계용 술구가 정지한 타이밍. 그것은 변장한 퍼지다이스였던 것으로 추측되는 그 남자가 한 장의 종이를 떨어뜨렸을 때다. 보수 지급에 대해 적혀 있던 지시서라고 했던 종이. 분명 그것은 이 술구를 정지시키기 위해 일부러 떨어뜨린 것일 거라고 소장은 말했다.

"그렇다면, 이미."

모험가 중 한 명이 그 사실을 알아챘다. 정신없이 '투술'을 선보이고 적성 검사를 하던 도중, 퍼지다이스는 이곳에서 탈출한 것이다.

"대단하구만."

누군가가 나직하게 중얼거렸다. 그러자 그러한 반응은 서서히 전파되어, 또다시 모험가들은 흥분하기 시작했다.

그러던 중에 조합의 직원들이 합류했다. 아무래도 증거품에 걸려 있던 술식의 해제가 모두 완료된 모양이다.

"어떻게 됐습니까?"

흥미롭게 물은 직원에게 모험가들이 방금 일어난 일을 설명하기 시작했다. 울프 소장의 작전은 훌륭했지만, 천하의 퍼지다이스는 그보다 한 수 위였다. 실로 볼만한 결전이었다고.

"당했군요. 소장님."

상황을 통해 이번 패배를 받아들이기로 한 것인지, 율리우스는 아쉬운 듯 고개를 푹 숙였다. 그러자 소장의 건투에도 불구하고 오늘도 놓치고 말았다는 일종의 열패감 같은 것이 주변 일대를 감돌기 시작했다.

하지만 소장의 눈빛은 여전히 날카로웠고, 투지도 아직 꺼지지 않았다.

"아니. 아직 그렇다고 단정할 수는 없네."

소장은 모험가들을 바라본 채 그렇게 답했다. 그 말은 이상하게도 직접 목격한 퍼지다이스의 묘수에 관해 떠들어대던 그들에게도 잘 들린 모양인지. 모험가들과 조합원들이 일제히 소장에게로 고개를 돌렸다.

"뭐야, 소장님. 혹시 아직 방법이 남아있는 거야?"

"아무리 그래도 이 상황에서 퍼지다이스를 쫓는 건 무리일 것 같은데."

소장에게 기대를 거는 말과 퍼지다이스의 실력을 칭찬하는 말이 뒤섞였다. 그런 가운데 소장은 의미심장한 투로 입을 열었다.

"녀석은, 아무도 모르게 결계를 해제해 보였네. 그렇다면 매번 아무에게도 들키지 않고 모습을 감추는 녀석답게, 언제든 이곳에서 도망칠 수 있었겠지."

마치 답 맞추기라도 하듯 말을 자아내며 소장은 천천히 결계 술구를 재기동했다. 그리고 계속해서 모험가들을 바라본 채 나직한 목소리로 "최근에야 알아챈 사실이 있는데 말이네"라고 중얼거린 후, 얼마간 뜸을 들였다.

　"뭐야…… 뭘 알아챘는데?"

　모험가 중 누군가가 소장이 바라던 말을 내뱉었다. 그것을 들은 소장은 기다렸다는 듯 입을 열었다.

　"그건, 생각했던 것보다 훨씬 그가 성실하다는 걸세."

　그렇게 말한 후, 때는 무르익었다는 듯 소장은 최후의 추리를 풀어냈다.

　소장은 말했다. 지금까지 퍼지다이스는 어느샌가 현장에서 사라진 줄만 알고 있었다. 하지만 그건 언제든 달아날 수 있는 상황이 갖춰져, 멋대로 그렇게 생각하게 된 것뿐이라고.

　퍼지다이스는 그 장소에 숨은 채, 모두가 도망쳤다고 판단하고 자연스럽게 해산할 때가 되어서야 사람들과 함께 조합을 나선다. 소장은 그렇게 추리해 보였다.

　그러자 역시나 누가 먼저랄 것 없이 질문을 쏟아냈다. 왜 그렇게 생각한 것이냐고.

　"간단하네. 그 어떤 희생자도 내지 않기 위해, 그 괴도는 만일의 사태에 대비해 술식 해제가 무사히 끝날 때까지 지켜볼 필요가 있거든."

　소장은 대담한 미소를 지어 보이더니 조합의 카운터로 시선을 돌렸다.

그곳에서는 술식 해제가 완료된 증거품을 정리하고 있었다.

이제 그러한 증거들을 대성당의 것과 합쳐서 확실한 법적 기관에 제출하면 돌레스 상회는 파멸을 맞을 것이다.

그런 미래가 확정된 것을 확인한 소장은 우선 자신이 한 가지 보험을 들어두었노라고 말했다.

그것은 고의로 인원수를 명확하게 밝히지 않은 것이다. 얼굴을 아는 자들과 이 자리에 남은 모험가, 전사와 술사로 나눈 후의 인원수. 그러한 것들을 고의로 명확하게 밝히지 않고, 중간중간 세고 있었다고 소장은 밝혔다.

"인원수 체크……? 그게 대체 무슨 상관인데?"

의미심장한 그 말에 제대로 낚인 어느 모험가가 또다시 소장이 바라던 대사를 내뱉었다.

"우선 처음에 나누었을 때, 퍼지다이스는 분명 얼굴이 익지 않은 자들 사이에 있었네──."

그러자 소장은 평소보다 더욱 의기양양한 얼굴로 자신이 추리한 바를 술술 읊어 나갔다.

인원수를 확인한 타이밍. 그것은 총 네 번이었다고 한다.

첫 번째는 서로 얼굴을 아는 자와 그렇지 않은 자로 나누었을 때. 두 번째는 '투술'을 선보이기 시작했을 때. 세 번째는 술사 적성 검사가 시작되었을 때. 네 번째는 결계가 해제되었다는 사실을 알게 된 뒤.

"첫 번째로 셌을 때는 서로 얼굴을 아는 자 스무 명에 나머지가 열일곱 명. 두 번째 때는 전사가 여덟 명에 술사가 아홉 명. 세 번

째 때는 전사가 아홉 명에 술사가 여덟 명. 그리고 네 번째 때
는……."

소장은 지금이라는 듯 말을 멈췄다. 그리고 정면에서 답답하다
는 얼굴을 하고 있는 모험가들을 둘러보고서 말을 이었다.

"스물한 명에 열여섯 명. 그래, 퍼지다이스는 결계가 정지됐다
며 소란이 일어난 그 타이밍에 서로 얼굴을 아는 이들이 모인 곳
에 섞여든 거네."

소장은 지금이 승부처라는 듯 말하고서 잽싸게 휠체어를 돌렸다.

"조커 카드의 절반을 들고 나와서 혐의가 걷혔다며 기뻐할 때,
자네를 추궁할 수도 있었네. 하지만 그때는 아직 결정적인 증거
가 갖춰지지 않은 상태였거든. 하지만 지금은 아니네."

그렇게 천천히 말한 후, 소장은 용의선상에서 제외되었던 모험
가들을 정면으로 본 채 "그렇지 않나, 괴도 퍼지다이스?"라고 힘
이 실린 목소리로, 그러면서도 조용히 말했다.

소장의 말이 떨어짐과 동시에 소리가 그쳤다. 그리고 모든 이
가 소장의 시선을 좇았다.

"나, 난 아니라고!!"

"나도 아니야!"

서로 얼굴을 아는 이들이 모인 모험가들은 소장의 시선에서 벗
어나기 위해 그 자리를 벗어났다.

한 사람, 두 사람, 세 사람…… 흩어지기는 했지만 그들은 작은
그룹을 형성하기 시작했다. 서로 얼굴을 아는 그룹이 최소 단위
로 나뉜 것이다.

그렇게 다소 어수선한 이동이 이루어진 끝에 조합 안에 소름 돋는 정적이 깔렸다.

모여 있던 모험가들이 곳곳으로 흩어진 결과, 그 자리에 단 한 명만 남아있었기 때문이다.

그 남자는 이렇다 할 특징이 없는 모습을 하고 있었다. 어디에나 있을 법한 중급 모험가 같은 외모다.

혼자 그 자리에 남은 그는 그 상황에 당황하지도, 변명을 하지도 않고 소장을 물끄러미 쳐다보고 있었다.

그 남자를 아는 이는, 없는 걸까. 그런 물음들이 오갔지만 그에 답하는 자는 아무도 없었다.

"이봐…… 설마 저게…….”

"정말로, 알아맞힌 거야……?"

소장의 추리로 인해 색출된 한 명의 남자. 퍼지다이스로 추정되는 그의 일거수일투족을 모두가 마른침을 삼키며 지켜보았다.

'……흠. 틀림없이 저 녀석이 퍼지다이스일 것이야.'

미라는 그 남자가 바로 퍼지다이스일 것이라고 직감했다. 그 근거는 단순했다. **조사해** 보면 대략 파악할 수 있기 때문이다.

강마술사인 퍼지다이스가 사용하는 환영술은 상당한 수준이라 미라조차도 정체를 간파하지 못할 정도였다.

그렇다고 해서 미라의 능력이 뒤지는 것은 아니다. 미라를 속이려면 아홉 현자의 일원인 라스트라다를 능가하는 강마술이 필요할 것이다.

또한 이 환영술에 완전히 걸리면 **조사했을** 때에도 조작된 프로

필만 읽을 수 있다.

하지만 미라의 눈을 완전히는 속이지 못해서 그냥 '정체불명'이라고만 되어 있었다.

이번 경우에는 오히려 뛰어난 강마술 실력이 화가 된 것이다.

미라가 간파할 수 있는 정도였다면 다른 모험가들과 마찬가지로 프로필을 보기만 해도 알 수 있었을 거다.

또한 단순히 조사가 불가능했을 경우에는 플레이어 출신자라는 사실만 알 수 있었을 거다.

대체 누가 퍼지다이스인지 모르는 상황에서 그러한 것들을 간파한들 퍼지다이스라고 단정할 수 있는 정보는 되지 않는 것이다.

하지만 현재 상황에서 '정체불명'이라고 되어 있다면, 이는 높은 확률로 퍼지다이스의 술식에 따른 영향일 것이라고 단언할 수 있었다.

단, 그렇다고 해서 환영을 두르고 있는 자가 범인이라는 보장역시 없다는 사실도 미라는 알았다. 상관없는 인물에게 환영을 씌워놓는 식으로 사용할 수 있기 때문이다.

'하지만 현재 상황에서 수상한 인물은 저 남자밖에 없으니 말이야.'

보아하니 조합 내에 있는 다른 이들 중 정체불명인 자는 없었고, '생체감지'로도 숨어 있는 사람을 감지할 수 없었다. 그렇기에 소장이 정체를 폭로한 그 남자가 퍼지다이스일 것이라고 판단할 수 있었다.

그렇지만 미라는 상황을 지켜보기로 했다.

이번과 같은 작전에서 플레이어 출신자들이 지닌 이 눈은 반칙급 물건이라 할 수 있을 것이다. 때문에 미라는 괜히 참견하지 않았다.

지금은 아직 탐정과 괴도가 대결을 벌이고 있는 중이기 때문이다. 남자와 남자의 싸움에 끼어드는 것은 눈치 없는 짓이다. 남자라면 그 누구도 이 승부에 개입하지 못할 것이라는 생각에 미라는 결판이 날 때까지는 움직이지 않을 작정이었다.

모두의 시선이 조용히 한 남자에게 집중되었다. 그 남자의 외모에는 특징이 없고, 표정에도 역시나 특징이 없었다. 어디에나 있을 법한 남자다. 그는 초조하거나 당황한 낌새를 보이지 않고, 주변을 흘끔 쳐다보고는 다시 소장에게로 시선을 돌렸다.

그 직후.

"훌륭하십니다. 울프 소장님."

그런 말과 함께 한바탕 바람이 몰아치더니 그곳에 있던 남자의 모습이 사라졌다. 그리고 그 대신, 수상쩍은 마스크로 얼굴을 가리고 망토를 나부끼는 대담하기 그지없는 괴도의 모습이 그곳에 나타났다.

순간, 조합 안이 술렁거렸다. 지금까지 있었던 모든 범행에서 이렇게 퍼지다이스가 모습을 드러낸 적은 없었다. 그래서일까. 정체를 파헤친 뒤에는 어떻게 하면 되나 싶어 모험가들은 당황하기 시작했다.

그리고 자연스럽게 모험가들은 소장에게 시선을 보냈다.

드디어 추리를 통해 변장한 괴도 퍼지다이스의 정체를 밝혀냈

다. 그것은 소장에게 크나큰 성과라 할 수 있었다.

"드디어 꼬리를 잡았군. 괴도 퍼지다——."

"——꺄악~! 퍼지다이스 님!" "멋져요~!" "여기 좀 봐요~!"

만감이 교차하는 가운데 소장이 그렇게 결정적인 대사를 날리려던 찰나. 느닷없이 팬들의 새된 목소리가 밖에서 엄청난 음량으로 들려왔다.

자세히 보니 조합의 창문에는 팬들이 찰싹 달라붙어 있었다.

아무래도 엿보고 있던 일부 팬들이 내부 상황을 전달하고 있었던 모양이다.

그리고 퍼지다이스가 정체를 드러낸다는 전대미문의 상황에, 전에 없이 흥분해 난리가 난 것이다.

"뭐라고 해야 할지…… 죄송합니다."

라이벌이기에 심정도 이해가 되는 것인지. 최고로 멋진 장면을 망치고 멈춰버린 소장에게 퍼지다이스가 사과했다.

"아니, 상관없네…… 상관없어."

누가 보아도 낙담한 것 같았지만 소장은 허세를 부려 그렇게 답한 후, 어흠 하고 헛기침을 하고서 "자아, 드디어 꼬리를 잡았다, 괴도 퍼지다이스!"라고 다시 대사를 외쳤다.

그러자 다음 순간, 율리우스가 움직였다.

아무래도 사전에 이야기를 해두었는지, 눈 깜짝할 새에 몇 명의 다부진 남자와 함께 퍼지다이스를 감쌌다.

심지어 율리우스 일행은 손에 술구를 들고서 포위하자마자 동시에 그것을 발동했다.

"어이쿠, 이거 제법인걸."

눈 깜짝할 새에 빛의 벽이 퍼지다이스를 에워쌌다. 괴도는 감탄한 눈으로 그것을 둘러보았다.

마치 빛으로 된 우리에 사로잡힌 듯한 상태다. 그 절체절명의 상황에, 밖에 있는 팬들이 비명과 성원을 쏟아냈다.

"어떤가? 손에 넣느라 고생깨나 했다네."

소장은 도전적인 미소를 짓더니, 이런 상황임에도 평소처럼 수다스럽게 말했다.

이것은 포획용으로 경라 기구에서도 채용된 고성능 술구라고. 게다가 중첩하면 중첩할수록 강도가 늘어나게 되어 있다는 모양이다.

그런 빛의 우리를 깨려면 율리우스 일행이 지닌 술구를 정지시키거나 힘을 써서 깨는 수밖에 없다.

거기까지 설명한 후, 소장은 휠체어 바퀴를 굴려서 퍼지다이스의 정면에 진을 쳤다. 그러자 그것을 신호 삼아 율리우스와 다부진 남자들 역시 빛의 우리의 코앞까지 접근했다.

"미안하네만, 자네의 긍지를 이용하도록 하겠네."

괴도를 바라본 채 소장은 씨익 웃어 보였다. 퍼지다이스의 긍지는 결코 타인을 상처 입히지 않는다는 것이다.

우선 율리우스 일행이 술구를 정지할 일은 없다. 그렇다면 퍼지다이스가 실행할 수 있는 방법은 빛의 우리를 파괴하는 것뿐이다.

그리고 지금까지의 정보로 미루어 퍼지다이스의 실력이라면 그것도 가능할 터다.

하지만 이 술구는 경라 기구에서 정식 채용된 만큼, 상당한 내구력을 지녔다. 따라서 파괴하려면 상당한 화력이 필요하다.

강도가 높은 것을 부술 경우, 그 여파 역시 커져서 빛의 우리를 파괴할 정도의 술식을 사용하면 바로 옆까지 다가선 소장 일행이 다치게 된다.

다시 말해서 소장은 자신들을 인질 삼아 퍼지다이스의 손발을 묶은 것이다.

"과연……. 이거 성가시게 됐군요."

빛의 우리를 주욱 훑어본 퍼지다이스는 소장을 바라본 채 그렇게 말했다.

탈출을 우선시하려면 스스로 부상을 당하러 온 자들을 자업자득이라며 무시하고 빛의 우리를 파괴해 버리면 그만이다. 하지만 퍼지다이스에게 그럴 생각은 전혀 없어 보였다.

설령 불리한 상황에 빠지더라도 자신이 부과한 제약을 준수한다.

적이라 해도 상처 입히지 않는다.

그런 퍼지다이스의 신념에 창문으로 엿보고 있던 팬들이 흥분한 나머지 졸도하기 시작했다. 아무래도 이번 사건으로 팬들의 애정이 더욱 깊어진 모양이다.

'설마 이러한 대책을 숨겨두었을 줄이야.'

소장은 술구에 등록한 다음 일은 생각하지 않았다고 했지만, 아무래도 그렇지 않았던 모양이다. 오히려 현재의 상황이, 소장이 구상했던 진정한 작전이었을 것이다.

술구인 '록온 M식형'을 이용한 작전이 새어 나간 것을 보면, 퍼지다이스는 미라와 소장의 작전회의를 어디선가 듣고 있었던 것으로 추측된다.

그리고 소장은 그 역시 예상했었다. 그렇기에 등록 후의 일은 맡기겠다고 했던 것이다. 비밀리에 이 작전을 준비하기 위해.

'하지만 머지않아 이 몸이 나서야 할 것 같군그래.'

지금까지 미라는 탐정을 보고 디저트와 이야기 하는 것을 좋아하며, 살짝 얼빠진 탐정 같다는 인상을 품고 있었다. 하지만 지금은 이렇게까지 괴도를 몰아넣은 소장의 솜씨에 새삼 감탄하며 다음에는 어떻게 할지 지켜볼 따름이었다.

22

드디어 퍼지다이스를 궁지로 몰았다. 퍼지다이스가 궁지에 몰렸다며 떠들썩해진 가운데, 빛의 우리에 사로잡힌 괴도가 대담한 미소를 지어 보였다.

"정말 훌륭했습니다. 하지만 이대로 붙잡힐 제가 아닙니다."

퍼지다이스가 그렇게 단언하자 소장들의 얼굴에 긴장감이 퍼졌다. 무슨 짓을 할 셈일까. 힘을 쓰지 않고 이 우리를 깰 방법을 생각해낸 걸까. 상대는 그 유명한 대괴도다. 소장은 그의 모든 움직임을 간파하기 위해 퍼지다이스를 응시했다.

"3…… 2…… 1──."

미소를 띤 채 퍼지다이스가 손가락을 접으며 카운트다운을 시작했다.

무슨 짓을 할 셈일까. 모든 이가 경계하는 가운데 카운트다운이 끝나, 소장 일행의 경계심이 최고조에 달했다.

그 일은 그 순간에 일어났다. 놀랍게도 조합 안에 하얀 안개가 끼기 시작한 것이다.

"이런…… 이것은?!"

하얀 안개를 보고 가장 먼저 머릿속에 떠오른 것은 퍼지다이스가 애용하는 수면독이다. 그리고 그 예상을 뒷받침하듯, 모험가들이 차례로 잠들기 시작했다.

처음에는 전사 클래스에 속하는 자들이. 이어서 당황한 술사들이 그 수면독을 들이키고 바닥에 쓰러졌다.

자세히 보니 안개는 모험가들이 있던 곳 뒤에서 흘러나왔다. 다시 말해서 그곳이 발생원인 것이다.

"대체 어떻게?! 퍼지다이스는 이곳에 있는데!"

율리우스가 경악해서 소리쳤다. 그들이 사용하고 있는 술구의 효과는 빛의 우리로 대상을 가두는 데서 그치지 않고, 대상의 술식이 미치는 범위도 제한하는 효과도 있었다.

다시 말해서 발생 지점을 지정하는 타입의 술식의 경우, 그것을 우리 밖으로 지정할 수 없을 터였다.

때문에 빛의 우리에 갇혀 있던 퍼지다이스가 우리 밖에 술식으로 인한 수면독을 발생시킬 수 있을 리가 없었다.

그렇기에 율리우스는 놀랐고 다부진 남자들도 몹시 당황했다.

"마스크 착용!"

조합원들까지 차례로 잠들어 가는 가운데, 소장의 호령 소리가 울렸다.

그러자 그 목소리를 듣고 냉정함을 되찾은 율리우스 일행은 허리에 찬 주머니에서 마스크를 꺼내 썼다.

"오오! 확실히 효과가 있을 것 같구나!"

소장 일행이 장착한 마스크. 그것은 요전에 미라가 디누아르 상회에서 구입한 가스 마스크, '안심 호흡 마스크 수륙양용 타입' 이었다.

이럴 때가 아니면 언제 쓰겠는가. 미라는 마텔 특제 과실로 강력한 내성을 얻은 상태였지만 그렇다고 완전 내성은 아니었다.

만일의 사태에 대비해 미라도 냉큼 가스 마스크를 장착했다.

그러는 동안에도 사태는 움직여서 이제 조합 안에 서 있는 자는 미라와 소장 일행, 그리고 퍼지다이스만 남았다.

"하지만, 어째서 술식이……."

우선 수면독은 마스크의 효과로 막을 수 있었다. 하지만 애초에 빛의 우리 안에서 무슨 수로 술식을 행사한 것일까. 소장은 우리 안에 있는 퍼지다이스를 바라보고 신음했다.

그리고 그 다음 순간.

"그 답은 지극히 단순합니다. 애초에 저는, 그곳에 없었기 때문이죠."

부연 안개 속에 문득 퍼지다이스의 목소리가 울렸다. 하지만 그것은 눈앞에 있는 빛의 우리에서 난 것이 아니었다. 그곳에서 떨어진 장소, 안개의 발생원이 있는 방향에서 들려왔다.

"설마……?!"

퍼지다이스는 아직 빛의 우리 안에 있다. 하지만 일동이 목소리가 들린 쪽을 돌아보자, 그곳에는 놀랍게도 분명 퍼지다이스가 있었다.

대체 이게 어떻게 된 일인가 싶어 소장 일행의 사이에 전율이 흘렀다.

그러자 지체 없이 퍼지다이스가 손으로 무언가를 날렸다. 소장이 재빨리 자세를 취했다. 하지만 그 직후에 율리우스 일행이 작은 비명 같은 소리를 냈다.

"왜 그러나, 율리우스 군?!"

소장이 뒤를 돌아보자 그곳에는 실 같은 것으로 인해 마스크가 벗겨진 율리우스와 다부진 남자들의 모습이 있었다.

'방금 그건 강마술이로군. '사슬거미의 그물실'이었던가.'

퍼지다이스는 눈 깜짝할 새에 세 사람에게서 동시에 마스크를 낚아챘다.

미라는 그 뛰어난 솜씨에 혀를 내두르며 경계 강도를 더욱 높였다.

퍼지다이스의 진짜 실력이 어느 정도인지 알 수 없는 이상, 마스크를 빼앗기면 수면독에 당할지도 모른다고 직감했기 때문이다.

"으…… 죄송합니다. 소장님……."

잠시 후, 안개를 들이쉰 율리우스 일행이 잠들었다. 그와 동시에 그들이 들고 있던 술구가 땅에 떨어져 빛의 우리가 해제되었다.

그 직후. 빛의 우리에 사로잡혀 있던 퍼지다이스의 모습이 그대로 사라져 버렸다.

"과연……. 우리는 환영을 붙잡았던 건가……."

그 광경을 본 소장은 모든 사실을 알아챘다. 빛의 우리에 붙잡힌 퍼지다이스는 환영이었다는 사실을.

모험가들 사이에 숨어 있을 때까지는 분명 진짜였다. 하지만 모험가의 모습에서 괴도로 바뀐 그때, 그 순간에 퍼지다이스는 함정을 발동시킨 것이다.

정체를 밝힘과 동시에 본인은 환영과 교대해 또다시 모험가들 사이에 숨었다. 그야말로 괴도다운 순발력이라 할 수 있었다.

"나 원, 훌륭하군."

아무래도 소장도 결국 준비했던 카드가 다 떨어진 모양이다. 그는 오히려 후련하다는 듯 웃으며 퍼지다이스에게로 다시 고개를 돌렸다. 그리고 잠든 모험가들 한복판에 선 그를 바라보았다.

"소장님도 대단하시던 걸요."

퍼지다이스는 실로 여유롭게 답하며 이번에야말로 정체를 드러냈다. 그러면서 미라를 경계하는 것도 잊지 않았는지 빈틈이 없었다.

"이렇게 될 줄 알았으면, 천천히 작업하라고 부탁해둘 걸 그랬나."

자욱한 하얀 안개 속을 바라보며 소장이 나직한 목소리로 중얼거렸다. 그러자 퍼지다이스는 "그랬다면 위험할 뻔했죠"라고 답했다.

흠, 두 사람은 무슨 소릴 하는 걸까. 그런 생각에 고개를 갸웃하던 미라는 소장의 시선을 좇은 후에야 그 이유를 알아챘다.

그곳에는 조합원들의 모습이 있었다. 퍼지다이스가 가져온 증거품에 걸린 술식을 해제한 조합원들이다.

그렇다. 그들이 술식 해제 작업을 하는 동안, 퍼지다이스는 효과 범위가 넓은 하얀 안개를 쓸 수 없었다.

하지만 '투술'과 적성 검사 등에 시간이 너무 오래 걸린 탓에 그 작업이 끝났고, 그와 동시에 범위 수면이라는 상투적인 수법의 제한이 풀리고 말았다. 그 결과, 휠체어에 앉은 소장과 미라만 남았다.

"흠…… 다시 말해서 탐정 대 괴도의 결투는, 이렇게 결판이 난 게로군?"

상황을 통해 그렇게 판단한 미라는 확인을 하듯 그렇게 말했다. 매번 펼쳐진다는 소장과 퍼지다이스의 대결은, 이번에도 역시 퍼지다이스의 승리라는 모양새로 끝난 것이냐고.

"그래, 맞네. 내가 졌네. 미라 공, 오래 기다리게 해서 미안하네."

수많은 대책을 준비한 상태에서 시작된 추리전이었다. 소장은 분한 듯 패배를 인정했지만 그 얼굴에는 미소가 걸려 있었다.

그리고 미라를 향한 눈에는 이제 뭘 어떻게 할 것이냐는 기대감이 가득했다.

"괜찮네, 괜찮아. 실로 멋진 승부를 본 것 같군그래."

그렇게 답한 미라는 퍼지다이스에게로 몸을 돌려 양해를 구하듯 말했다.

"자아, 이번에는 이 몸의 상대를 해주실까."

"……**만나서 반갑습니다.** 분명, 정령여왕이라고 불리는 모험가 분이셨죠? 상당한 실력자라고 들었습니다."

답함과 동시에 퍼지다이스는 손에서 실을 뿜어 선제공격을 했다. 최소의 움직임이었지만 실의 속도는 엄청나서, 눈 깜짝할 새에 미라의 얼굴까지 닥쳐와 있었다. 마스크를 벗겨낼 속셈인 모양이다.

그 순간, 미라 역시 빠르게 소환술을 행사해 보였다.

"꽤나 성질이 급하구나. 허나, 그 수법은 한번 보아서 말이다."

순간적으로 출현한 타워실드가 실을 막고 사라졌다. 미라는 아무 일도 없었다는 듯 가만히 서서 도발하듯 그 자리에서 가슴을 젖혔다.

"방금 그건 홀리나이트의……. 과연, 아무래도 지금까지 상대해온 자들과는 다른 것 같군요."

미라의 실력의 일부를 본 퍼지다이스가 눈에 띄게 경계하는 낌새가 느껴졌다.

'후우…… 방금 그건 위험했다!'

그에 반해 미라 역시 퍼지다이스의 실력에 식은땀을 흘렸다. 옆에서 보면 여유로워 보였지만 사실 상당히 아슬아슬했던 것이다.

서로를 경계하는 두 사람은 마치 영화의 결투 장면처럼 천천히 원을 그리며 서서히 거리를 재기 시작했다.

그렇게 10초, 20초 동안 교착 상태가 이어진 참에 드디어 상황이 움직였다.

이번에는 퍼지다이스가 여러 개의 실을 날렸다. 하지만 그것들은 미라뿐 아니라 조합 안의 벽과 천장, 그리고 바닥을 향해 차례로 발사되어 들러붙었다.

"큭…… 이번에는 '폭포 거미의 그물실'인가!"

또다시 잽싸게 타워실드를 부분 소환해 직격을 막은 미라는 주변을 에워싸듯 둘러쳐진 실을 보고 그것이 무엇인지를 알아챘다.

아직 남아있는 하얀 안개 탓에 알아보기 어려웠지만 거품이 떠오른 실. 그것은 강마술의 거미줄 계열에서 최고의 점착성과 유연성을 자랑하는 실이었다.

'이러한 좁은 곳에서 그물을 쳐서 무얼 어쩔 셈이지?'

섣불리 실에 손을 댔다가는 끈적끈적 들러붙어 꼼짝도 할 수 없게 되고 만다. 그 때문에 미라의 움직임은 크게 제한되었다. 하지만 이렇게 하면 퍼지다이스도 같은 상태에 빠질 터다.

이 상태로 어떻게 싸울 생각일까. 미라가 의아해진 순간.

봉쇄되어 있던 조합 안에 문득 바람이 흘러들어왔다.

"그럼 아가씨. 저는 아직 할 일이 남아있어서 이만 실례하겠습니다."

바람으로 인해 하얀 안개가 걷히는 가운데, 퍼지다이스의 목소리가 울렸다. 자세히 보니 활짝 열린 문 옆에 괴도의 모습이 있었다.

"뭐…… 뭣이라고?!"

지금부터 괴도와의 결전이 시작될 것이라는 생각에 미라는 투지가 넘치고 있었다.

그에 반해 퍼지다이스는 처음부터 도주할 속셈이었고, 거리를 재는 척 출입구에 가장 가까워지는 타이밍을 노리고 있었던 것이다.

이렇게 미라의 기대를 배신하고 냉큼 도주라는 선택지를 택한 퍼지다이스는 상쾌한 미소를 남기고 당당하게 출입문으로 탈출했다.

"이놈…… 건방진 녀석 같으니."

안개가 걷힌 조합 안. 그곳에는 거미줄이 빽빽하게 둘러쳐져 있었다. 미라는 투덜대기는 했지만 초조해하지 않고 다크나이트를 소환해서 거미줄을 호쾌하게 베어나갔다.

"이 상황으로 미루어볼 때, 퍼지다이스는 강마술사가 확실하군. 역시 내 추리가 맞았어."

이만한 일을 할 수 있는 것은 강마술뿐이다. 지금까지는 예상에 불과했지만 그것이 확정된 게 소장은 기쁜 눈치였다.

"심지어 이 정도일 줄이야."

아무래도 거미줄의 점도와 유연성이 상당히 강화된 모양인지, 다크나이트도 그것을 떨쳐내는 데 애를 먹고 있었다. 베기 어려운 유연한 실이었지만 그 점은 무기를 성검 상크티아로 교환해서 해결했다.

하지만 문제는 점착성이다. 실은 베는 족족 크게 튕겨서 다크나이크에 엉겨 붙어 완전히 꼼짝도 못 하게 만들었다.

서너 가닥을 베고 송환하고 재소환할 필요가 있었다. 백 가닥 남짓 둘러쳐진 실을 처리하기에는 매우 비효율적인 방법이었다.

그렇다고 효율을 중시할 수도 없었다. 부분 소환으로 베어 낸들 달라붙을 것이 금방 사라져서 크게 튕긴 거미줄이 날뛰어 더욱 복잡하게 엉켜서 길을 틀어막을 것이기 때문이다.

가장 간단한 처리 방법은 불이다. '폭포 거미의 그물실'은 불로 간단히 제거할 수 있다. 다만 높은 가연성을 띠고 있어서 실내인 데다 잠든 자가 많은 이곳에서 그 방법을 사용할 수는 없었다.

때문에 미라는 단순한 제거 작업을 계속할 수밖에 없었다. 퍼지다이스의 뒤를 쫓으려면 시간이 좀 더 필요할 것 같다.

거미줄과 씨름을 하고서 3분 남짓이 지났을 즈음. 마나량을 앞세워 다크나이트의 파상공세를 펼친 덕에 미라는 입구까지의 길을 확보하는 데 성공했다.

"미라 공. 설마 지금부터 쫓을 셈인가?"

아직도 포기한 낌새가 없는 미라에게 소장이 물었다. 시간으로 말하자면 불과 3분 정도다. 하지만 괴도 퍼지다이스라면 그 3분 동안 어디로든 사라질 수 있다. 그 사실을 잘 알기에 소장은 이제 와서 쫓기는 어려울 것이라 생각하고 있었다.

조금 전까지의 상황은 퍼지다이스가 이곳에 올 것을 알았기에 유도할 수 있었다. 하지만 한 번 해방된 이상, 다시 붙잡는 건 불가능할 것이라고 소장은 말했다.

하지만 그 말은 어디까지나 일반적인 견해에 불과하다. 소장은 말을 이었다.

"눈빛을 보니 뭔가 비책이 있는 모양이로군."

"음. 바로 보았네. 이럴 때에 대비해 준비해두었지."

"과연 미라 공이로군. 해서, 어떠한 비책이지?"

미라가 자신만만하게 답하자 소장은 흥미롭다는 표정을 지었다. 비밀로 했던 진짜 작전이 수포로 돌아간 상황에서, 아직도 유용할 것이라는 미라의 비책이 무엇이냐고.

"무얼, 단순한 일이네. 이 몸의 우수한 동료들이 감시하고 있었을 뿐이야."

달아나는 것 또한 예상했던 일이다. 오히려 진짜로 맞붙을 걸 생각하면 장소를 옮기는 편이 낫다. 그렇게 여유롭게 답한 미라는 남은 거미줄은 정신을 차린 모험가들에게 부탁하라고 한 후, 조합에서 뛰쳐나갔다.

"과연……. 소환술이기에 사용할 수 있는 방법인가. 재미있군."

미라의 비책을 이해한 소장은 소환술의 가능성에 관해 상상하며, 우선 율리우스를 깨우고자 휠체어를 밀었다.

23

술사 조합에서 나온 미라는 그 즉시 지붕 위로 올라갔다. 그러자 대로에 모여 있던 팬들의 목소리가 자연스럽게 귀로 들어왔다.

"퍼지다이스 님은 어떻게 됐을까."

"처음 있는 일이지?" "혹시 소장님이 처음으로 이긴 걸까?" "저쪽이었나? 가볼까?"

그런 말소리가 곳곳에서 들려왔다.

지금까지 현장에서 범행을 마친 괴도 퍼지다이스는 술사 조합에 증거품을 두고 소장과의 지략전을 마친 후 사라졌다. 그리고 이곳에 있는 팬들은 그 멋진 마지막 장면을 보러 모여든 것이다.

하지만 이번에는 어째서인지 정문으로 나왔다. 그런 평소와 다른 상황에 팬들은 당황한 동시에 흥분해 있었다.

'분명 할 일이 남아있다고 했었지…….'

술사 조합에서 끝날 예정이었던 괴도의 범행. 하지만 돌이켜보니 퍼지다이스 본인이 이후에도 할 일이 있다는 투로 말했었다.

악당의 저택에서 범죄 증거와 재물을 훔쳐내는 괴도 퍼지다이스. 증거는 이미 대성당과 술사 조합에 제출되었다. 그렇다면 남은 것은 재물을 처리하는 일뿐인데, 고아원에 기부하고 있다는 것이 사실이라면, 왜 괴도로서 활동하는 이 자리에서 아직 할 일이 남았다는 발언을 한 걸까.

또한 기부는 익명으로 한다고 들었다. 그러니 더더욱 그 일을 하려는 것일 가능성은 적을 것이다.

그렇다면 그는 괴도로서 지금부터 무슨 일을 더 할 것이라는 뜻이다.

그리고 무엇보다도 그런 생각을 뒷받침하는 듯한 보고가 미라에게 차례로 도착했다.

『계속 동쪽으로, 똑바로 가고 있습니다냥. 하지만 소생의 다리에서는 도망칠 수 없습니다냥~!』

단원 1호는 조합 지붕 위에서 대기하다가 괴도가 뛰쳐나옴과 동시에 미행을 개시했다. 지붕에서 지붕으로 이동하는 것은 단원 1호의 특기다.

『미라 씨, 제 위치에서도 확인했습니다. 정보로 들었던 대로의 인물이 지붕을 타고 동쪽으로 향하고 있습니다.』

그렇게 보고한 워즈랑베르는 광학미채를 사용해 히포그리프를 타고 하늘 위에서 감시하고 있었다.

『주인님, 목표를 포착했습니다. 다만 아무래도 도주하고 있는 것 같지는 않습니다. 저건 일부러 사람들의 주목을 끌고 있는 것 같은데…….』

그렇게 보고를 한 것은 발키리 자매 중 둘째인 엘레티나다.

자매 중 활을 가장 잘 다루는 그녀는 관찰과 관측에 능한 눈을 지니고 있었다. 그야말로 도시 중심지에서 거리를 구석구석 관측할 수 있을 정도로.

『호오, 사람들의 주목을……. 역시 평소와 다른 것 같군.』

소장과 미라의 활약으로 탈출할 수밖에 없었던 것이라면, 조금 멀리 간 후에 다시 변장함으로서 이번 괴도 소동에 마침표를 찍을 수 있을 터다.

하지만 퍼지다이스는 그렇게 하지 않고 괴도의 모습을 한 채 어디론가 향하고 있다.

심지어 보고에 의하면 숨을 낌새도 없이 당당하게.

그때 크리스티나가 추가로 보고를 해왔다.

『대성당 쪽으로 다시 왔어요~! 가만…… 아, 그대로 어디론가 가버렸어요~.』

일부러 대성당까지 돌아갔음에도 불구하고 아무것도 하지 않고 어딘가로 가버렸다. 그 행동에 무슨 의미가 있는 걸까. 미라가 그렇게 생각에 잠긴 참에 또다시 크리스티나의 목소리가 들렸다.

아무래도 대성당에 모여 있던 팬들이 퍼지다이스를 쫓아 이동을 개시한 모양이다. 또한 그 괴도는 대로 주변의 지붕을 타고 달리고 있어서 모습을 놓치지 않고 쫓을 수 있는 상황이라고 한다.

'고의로 팬들이 쫓아올 수 있도록 하고 있다는 뜻인가. 대체 무엇이 목적인 게야?'

어느샌가 조합 앞에 있던 팬들도 이동을 시작했다. 누군가가 교회에 있는 동료와 연락을 취했고, 그 결과가 이곳에도 전해진 모양이다. 많은 사람들이 말 그대로 파도처럼 흘러갔다.

"더 이상은…… 들키지 않도록 미행할 필요가 없을 것 같군."

일동의 보고와 눈 앞에 펼쳐진 상황을 통해 그렇게 판단한 미라는 크리스티나에게도 그대로 추적하라고 전달했다. 그리고 자신도 페가수스를 소환해 바로 올라타서 괴도의 대략적인 진행 방향으로 이동을 개시했다.

'녀석의 다음 목적지는 어디일꼬.'

이동을 페가수스에게 맡긴 미라는 그대로 집중해서 구구와이즈에게 의식을 동조시켰다. 구구와이즈는 괴도가 등장하고서 지금까지 계속 하늘에서 지켜보고 있었다.

'의식 동조'는 익힌 지 얼마 되지 않았지만 충분히 시야를 확보할 수 있었다.

위에서 내려다본 도시의 중심에 퍼지다이스의 모습이 보였다.

미라는 구구와이즈에게 가속해달라고 부탁했다.

잠시 후, 서서히 속도가 올랐고 머지않아 퍼지다이스를 재친 후, 앞을 바라보았다. 괴도가 향하고 있는 방향에 있는 것을.

"흠…… 저것은…….'

진행 방향에 보인 것은 돌레스 상회장의 저택이었다.

그곳의 상공에서 선회를 시작한 시점에서 미라는 현장의 분위기를 살폈다. 그곳에는 실로 비장감 넘치는 광경이 펼쳐져 있었다.

아무래도 수면독은 거의 풀린 것인지 대부분이 이미 정신을 차린 상태였다. 그중에서도 상회장은 화가 잔뜩 난 얼굴로 뭐라 소리치고 있었다. 부하들의 반응은 반으로 갈렸다. 망연자실한 자와 어쩐지 마음이 편해 보이는 자.

용병들은 그다지 동요하지 않고 각 집단별로 모여서 뭐라 이야기를 나누고 있었다. 때때로 짜증을 부리는 이의 모습도 보였다.

분명 매우 자신이 있었던 것이리라. 하지만 그럼에도 단 한 명의 괴도에게 농락당한 것이다. 부아가 치밀 만도 하다.

저택 밖에는 아직 팬들이 있었다. 혹시 퍼지다이스는 그녀들 앞에도 모습을 나타내 어딘가로 유도할 속셈인 걸까.

그런 생각이 떠오른 순간. 저택 부지 안에 퍼지다이스가 당당히 내려섰다.

미라의 '의식 동조'로는 아직 소리를 들을 수가 없다. 하지만 분위기만으로 순간적으로 고함이 쏟아진 것을 알 수 있었다. 그 정도로 상회장과 용병들의 반응이 격렬했기 때문이다.

용병들은 무기를 들고 일어나, 다짜고짜 돌격했다. 그것을 날렵하게 피한 퍼지다이스는 그대로 외벽 위로 뛰어올랐다.

그러자 그 직후, 격앙된 용병들이 퍼지다이스에게 쇄도했다. 도발적인 말이라도 던진 것인지, 살벌한 얼굴을 하고서.

'정말로 무엇이 목적인 것이야……'

나아가 밖에 있던 팬들에게 손을 흔들어 흥분시킨 후, 놀랍게도 퍼지다이스는 그대로 옆에 있는 저택 부지 안으로 들어가고 말았다. 그곳은 조각상이 잔뜩 늘어선, 어쩐지 기분 나빠 보이는 정원이었다.

팬들을 유도하고 용병들을 도발하여 그런 장소에 들어가서 무엇을 할 속셈일까.

이것이 아직 남았다는 '할 일'인 것일까.

그러한 행동에 어떤 진의가 숨겨져 있을까 생각하던 참에 현장에서는 더욱 성가신 사태가 발생했다.

'이거이거, 불똥이 엉뚱한 데로 튀었군.'

머리끝까지 화가 난 용병들이 옆에 있던 저택의 벽을 넘은 것이다. 그리고 그대로 부지 안으로 침입하여 퍼지다이스와 싸우기 시작했다.

당황한 듯 옆에 있던 저택의 경비병들이 튀어나왔다. 하지만 용병들은 물론이고 퍼지다이스도 개의치 않았다.

또한 그러는 동안 팬들도 결집해 있었다. 옆에 있던 저택의 문 앞은 사람들로 바글바글해졌다.

자세히 보니 그런 팬들을 헤집다시피 해서 병사들이 전진하고 있었다.

하지만 너무도 많은 사람이 모여든 탓에 그 속도는 지지부진했다.

그 뒤로도 상황은 어지럽게 변화했다. 느닷없이 섬광이 터진 직후, 용병들이 이해할 수 없는 행동을 취하기 시작한 것이다.

'방금 그건…… '유현(幽玄)의 괴광(怪光)'이로군. 보기 좋게 술식에 걸렸어…….'

미라는 상황을 통해 일시적으로 눈을 멀게 함과 동시에 환각을 보여주는 효과를 지닌 강마술일 것이라고 추측했다. 그런 추측을 증명이라도 하듯 용병들에게는 부지 안에 있는 조각상이 퍼지다이스로 보이는지, 거침없이 조각상을 파괴하고 있었다.

'흠…… 그나저나 이 몸은 아무렇지도 않군. 저항한 듯한 느낌도 없었는데…….'

퍼지다이스가 행사한 '유현의 괴광'은 그 빛을 본 자를 상대로 효과를 발휘한다. 하지만 그것을 보았음에도 전혀 영향이 없었다. 술식에 완전히 저항한다 해도 한 번 걸렸다는 감각은 남기 마련이다. 하지만 그조차도 없었다.

그래서 미라는 시야를 공유하고 있는 구구와이즈에게 물었다. 현재 어떤 상황으로 보이냐고.

『괴도 씨, 쓰러뜨리고 또 쓰러뜨려도 일어나고 있어~.』

아무래도 구구와이즈 역시 환각을 보고 있는 모양인지, 그런 답변이 돌아왔다. 술식의 범위 안에 있었던 건 확실한 모양이다.

'이거 혹시 '의식 동조'하고 있는 동안에는 괜찮은 것인가?'

요인이 될 만한 건 그것뿐이다. 사용하기에 따라서는 빛을 통한 상태 이상을 상대로 할 때 비장의 수가 될 수도 있겠다. 미라는 생각지 못한 데서 큰 수확을 얻었다 생각하며 퍼지다이스에게 그럭저럭 감사했다.

"흠? 어쩔 속셈이지?"

미라가 이런저런 생각을 하는 동안 용병들뿐 아니라 경비병들의 시야도 빼앗은 퍼지다이스는 그대로 저택으로 들어가고 말았다.

돌레스 상회장의 저택 옆에 있는 그곳은 이번 표적과 상관이 없을 터다.

하지만 퍼지다이스가 지금까지 취했던 행동으로 미루어 볼 때, 무언가가 있는 게 분명하다. 그렇게 판단한 미라는 '의식 동조'를 전환했다.

구구와이즈의 시점으로는 저택 안까지 포착할 수가 없다. 하지만 퍼지다이스를 추적 중인 이는 아직 있었다.

『단원 1호여. 아무도 없는 것 같다만, 어떠한 상황이냐?』

구구와이즈에서 단원 1호로 전환하자마자 미라가 보게 된 것은 어느 방이었다. 폐쇄적이면서도 집기품이 전혀 없는 무미건조한 방.

단원 1호는 현재 퍼지다이스를 미행 중이었을 터다. 그런데 어째서 그 추적 대상이 보이지 않는 것일까.

『단장, 살짝 문제가 발생했습니다냥!』

그 즉시 답한 후, 단원 1호는 변명과 함께 현재의 상황에 관해 상세히 보고했다.

단원 1호는 말했다. 모든 것은 한순간의 섬광이었다고. 줄여서 순광(瞬光)이었다고.

섬광이 번뜩인 그 직후부터 추적 대상의 환영이 보이기 시작했고, 진짜가 보이지 않게 되었다.

하지만 그 정도로 어떻게 될 정도로 단원 1호는 어수룩하지 않다. 눈이 보이지 않게 되었을 뿐이다. 마나의 기척을 감지하는 타고난 재능을 구사해 환각을 가려내고, 보이지 않게 된 본체를 계속 추적했다.

정원을 지나 저택 안으로 들어가서, 복도를 질주해 지하실로 내려왔다. 그곳에서 더 깊은 곳으로 들어가니 비밀문이 있었고, 지금은 그 문을 지난 참──이라는 모양이다.

하지만 거기서 한 가지 문제가 발생했다고 단원 1호는 말했다. 마나의 냄새로는 거리감을 파악하기 어렵다는 것이다.

『녀석은 소리를 죽이고 있습니다냥. 그래서 소리의 반향으로 거리를 잴 수가 없고, 그렇다고 마나의 기척만 의지해서 전진하면 녀석의 감지 범위 안에 들어가 버릴 우려가 있었습니다냥. 그래서 신중하게 전진하고 있었습니다냥.』

딱 부러지게 보고하던 단원 1호의 말투가 서서히 변명을 할 때의 그것으로 바뀌어 갔다. 듣자하니 지나치게 신중하게 전진한 탓에 괴도 본체와의 거리가 상당히 많이 벌어지고 말았다는 모양이다.

그런 보고를 듣는 중에도 풍경은 서서히 바뀌었다. 그리고 무미건조한 방의 안쪽에 도달하자, 그것이 시야에 들어왔다. 부자연스러운 돌벽과 그 안에 펼쳐진 공간이.

『호오, 참으로 수상쩍은 낌새가 넘쳐나는 상황이로구나.』

비밀방 안쪽에 있던 것은 감춰져 있었던 것으로 추측되는 계단이었다. 그리고 지하를 향해 뻗어있는 그것은 끝이 보이지 않을 정도로 깊은 곳까지 이어져 있었다.

이토록 엄중하게 숨긴 것을 보니 비밀과 범죄의 냄새가 풀풀 풍겨오는 것 같다. 미라의 사고가 그런 편견으로 완전히 기울어진 참에 계단을 들여다보던 단원 1호가 상황을 보고했다. 『어째, 물 냄새가 납니다냥.』

『물 냄새……라고?』

그 말을 통해 미라는 어제 있었던 일을 떠올렸다. 안루티네가 지하 수로에 관해 이야기했던 일을.

입구 같은 것은 없고, 만약 있다면 감춰져 있을 가능성이 높다. 그리고 북동쪽에는 사람이 지난 흔적이 있었다. 대충 그런 내용이었다.

'흠…… 이쪽이었던 겐가.'

요전에 혼자 돌레스 상회장의 저택 근처를 찾았을 때, 마침 그 부근의 지하가 이야기에 등장했던 북동쪽이라는 것은 확인했었다. 그때는 분명 돌레스 회장이 파둔 것인 줄 알았지만…… 알고 보니 옆에 있던 저택으로 이어져 있었던 모양이다.

그렇게 생각하는 동안에도 단원 1호는 계속 전진했고, 드디어 시야에 지하수로가 펼쳐졌다. '캣 서치 아이'로 비추어 본 그곳은 보이는 범위에서만 가느다란 수로와 굵은 수로가 다섯 개는 교차되어 있었다. 그리고 무엇보다도 온통 이끼가 끼어 있었다.

『단원 1호여, 달리 이상한 것은 보이지 않느냐?』

미라가 그렇게 묻자 시야가 이리저리 움직였다. 그러고서 얼마 후, 지면이 비쳤다.

『발자국입니다냥. 분명 괴도 냐부랭이의 것입니다냥!』

주변과 달리 그 땅바닥은 청소라도 한 듯 이끼가 없었고, 그렇기에 또렷한 발자국이 남아있었다. 단원 1호의 추리는 둘째치고 예상은 적중했다. 사람의 흔적이 있었다는 북동쪽 장소는 역시 이곳이 맞는 것 같다.

'자아…… 어떻게 된 일일까.'

여러 정보가 들어왔다. 하지만 어쩐지 위화감이 느껴져서 미라는 생각에 잠겼다.

가장 신경이 쓰이는 것은 퍼지다이스의 행동이다. 무엇보다도 수로로 도망친 이유를 모르겠다.

도주 경로로 수로를 택했다. 그리고 사전 조사를 했기에 그곳에 흔적이 남아있었다. 그 누구에게도 들키지 않고, 몰래 도시 밖으로 도망치려면 이 수로를 사용하는 게 가장 좋다.

그렇게 생각하면 수로로 도망친 것도 이해는 된다.

하지만 그것은 흔한 도적 나부랭이에게나 유효한 수단으로, 괴도 퍼지다이스에게는 무의미한 일이다. 그 괴도라면 잠시 몸을 감추기만 해도 어디로든 숨어들 수 있기 때문이다.

또한 무엇보다도 굳이 여기까지 돌아와 목적과는 상관이 없는 저택 사람들을 끌어들이는 건 퍼지다이스답지 않다고 할 수 있었다.

'……사실은 상관이 없지가 않다거나 한 건 아니겠지……?'

굳이 다른 저택을 한바탕 들쑤셔 가면서까지 들어왔다. 분명 이 수로에는 중대한 비밀이 숨겨져 있을 것이다. 머릿속으로 그렇게 추리한 미라는 단원 1호에게 추적을 속행하라고 말하고 '의식 동조'를 해제한 후, 서둘러 현장으로 향했다.

페가수스를 타고 서둘러 날아온 덕에, 불과 몇 분 만에 돌레스 상회장의 저택 옆에 있는 부지에 도착했다.

하늘에서 본 그곳은 많은 사람들로 넘쳐나고 있었다.

부지 안에는 용병들 말고도 팬들의 벽을 돌파한 듯 보이는 병사들과 저택에서 나온 이들의 모습이 보였다.

또한 주변은 퍼지다이스 팬이 차례차례 모여들고 있어서 그야말로 축제라도 열린 듯 소란스러웠다.

'저자들의 이동력은 무시무시하군그래…….'

상당한 실력자나 이동 수단을 지닌 술사들도 많은 것인지, 팬들은 페가수스를 타고 서둘러서 온 미라에 뒤지지 않는 속도로 달려왔다. 때때로 연계를 취하는 걸 보면, 그녀들은 어지간한 군대보다 훈련도가 높을 듯도 했다.

저택 부지 안에는 아주 난리가 나 있었다. 그 많던 조각상은 모두 파괴되어, 지금은 잔해더미가 되어 있다. 그리고 그런 짓을 벌인 용병들은 좀 전부터 고함을 치고 있었다.

"흐음, 이게 어찌 된 상황이지?"

가볍게 저택 부지 안에 내려선 미라는 그곳에서 말다툼을 벌이고 있는 이들을 보았다. 한쪽은 용병들이고, 나머지 한쪽은 이 저택에 속한 자들이다.

"글쎄, 퍼지다이스가 저택 안으로 들어갔다니까. 거기 파우치가 떨어져 있잖아. 저건 내가 녀석한테 빼앗긴 거야. 그런 데 있는 걸 보면 저택에 들어갔다는 소리잖아."

"그래서 현재 저택을 수색하고 있으니, 잠시 기다려주십시오. 그리고 저택 안에는 귀중한 물건과 기밀성이 높은 서류 등이 많아서 외부인의 출입을 금하고 있습니다."

당장에라도 저택에 쳐들어갈 기세인 용병들과 그것을 필사적으로 막으려 하는 저택에 속한 자들이 입구 근처에서 승강이를 벌이고 있었다.

병사들은 그런 양측을 달래면서도 힘을 합쳐 퍼지다이스를 쫓자며 저택의 주인으로 보이는 자와 교섭을 하고 있었다. 하지만 주인은 도움이 필요 없다고 고집을 부렸다.

'참으로 일이 복잡해졌구나.'

용병들 사이에 껴서 슬쩍 들여다보니 용병 중 한 명이 말한 대로, 파괴된 저택의 문 안쪽에 파우치가 떨어져 있었다. 그것은 퍼지다이스에게 도둑맞은 물건이라고 한다. 그렇다면 그걸 굳이 저런 곳에 두는 것은 저택으로 도망쳤다고 알려주는 꼴이나 다름이 없지 않은가.

퍼지다이스는 명백하게 이들을 유도하고 있다. 하지만 대체 목적이 무엇일까. 미라가 그렇게 생각한 참에 문득 시야 끄트머리에 낯익은 얼굴이 보였다. 그와 동시에 그 사람도 미라를 알아본 것인지 반색을 하며 달려왔다.

"오오, 미라 씨가 아니십니까."

그것은 요전에 만났던 병사장이었다. 또한 그의 부하들도 함께 있어서, 미라의 모습을 보자마자 A랭크 모험가가 오셨다며 흥분하기 시작했다.

"어째 오도 가도 못하고 있는 것 같다만."

"네, 그렇습니다. 녀석이 잠복하고 있을 우려가 있어서 저택 안을 수색하는 편이 좋겠다고 설득하고 있는데, 저택에 있는 인원으로도 충분하다며 버텨서 난감해하던 중이었습니다."

의적이니 뭐니 해도 상대는 괴도다. 심지어 악당을 전문으로 노리는 괴도. 그렇다면 이러고 있는 동안에도 저택의 귀중품을 훔치고 있을지도 모른다. 병사장은 들으란 듯이 그렇게 푸념을 했다.

아무래도 그의 말투로 미루어볼 때, 이 저택의 주인 역시 세간에 알리기에는 꺼림칙한 사정이 있는 모양이다. 병사장을 매섭게 노려보는 저택의 주인은 미라도 수긍이 갈 정도로 악당 같은 얼굴을 하고 있었다. 하지만 미라에게로 시선을 옮긴 지금은 악당이라기보다는 변태의 그것에 가까운 얼굴이 되었다.

소름이 돋을 듯한 그 표정에 미라가 어깨를 부르르 떨던 찰나, 또다시 고함 소리가 울려 퍼졌다.

"아니, 누가 돌려 달랬어! 저택을 수색하게 해달라고 했지. 분명 안으로 도망쳤잖아!"

고개를 돌려보니 저택에서 일하는 자가 공손하게 파우치를 남자에게 돌려주고 있었다. 그리고 집사풍 남자가 애초에 그 파우치를 퍼지다이스가 두고 간 것이라면 굳이 자신의 도주 경로를 알려주는 꼴이고, 그건 괴도로서 명백하게 이상한 행위가 아니냐며 반론했다. 그렇게 오해하게끔 하기 위한 책략일 거라면서.

실제로 그것은 매우 타당한 생각이라 할 수 있었다. 일부러 흔적을 남겨서 그쪽으로 주의가 쏠린 틈에 몸을 숨기고 있던 장소에서 빠져나가, 경비가 허술한 곳을 통해 도주한다. 도둑이 사용할 법한 방법이다.

용병은 유도한 대로 돌입하려 했고, 저택에서 일하는 이는 냉정하게 대응했다. 얼핏 보면 용병 측을 제지해야 할 상황인 듯했다.

하지만 단원 1호에게 받은 보고 덕에 진실을 아는 미라는 오히려 저택 사람들을 도통 믿을 수가 없었다.

저택에 퍼지다이스가 침입한 것은 사실이다. 그리고 그 괴도는 이곳에 오는 동안 고의적으로 눈에 띄는 움직임을 보였다. 그리고 좀 전에 있었던 파우치에 관한 일로 미루어볼 때, 용병들을 이 저택으로 유도하려 하고 있다는 것은 의심할 여지가 없는 사실처럼 보였다.

그럼 그 이유는 무엇일까. 현재까지 보인 괴도 퍼지다이스의 활약상으로 미루어 볼 때, 그 이유가 될 만한 것은 하나밖에 없었다.

'흐음…… 어쩌면, 이곳 역시 녀석의 타깃이었던 것일지도 모르겠군.'

그 생각이 맞다면 분명 저택 안에도 그러한 흔적을 남겼을 것이다. 그리고 저택 사람들은 그 사실을 바로 알아챘을 거다. 그럼에도 그 사실을 인정하지 않고 이렇게까지 버티는 데에는 그에 상응하는 이유가 있을 듯했다. 알려지고 싶지 않은 이유가.

'그렇다면 역시 도망친 장소가 문제인 게로군.'

퍼지다이스가 도망친 지하수도. 수상한 곳은 그곳뿐이다.

"괴도 퍼지다이스가 이 저택으로 도망친 건 사실이다."

말다툼이 이어지는 가운데, 미라는 용병들 쪽에 서서 그렇게 말했다. 그러자 어지럽게 오고 가던 고함이 갑자기 잦아들고 그곳에 있던 모두의 시선이 미라에게 집중되었다.

"역시 그랬군! 봐, 이…… 그게, 정령, 여왕? 이 그렇다니 분명 그럴 거라고! 안을 수색해야겠어!"

든든한 엄호사격이 추가되자 용병들이 기세등등하게 외쳤다. 또한 조용히 교섭을 계속하고 있던 병사들도 때는 지금이라는 듯 미라의 말을 근거로 저택 주인을 설득했다.

"나 참, 그런 농담은 그만두시지요. 저택 안은 저희가 구석구석 조사했습니다. 그 결과, 그 괴도라는 자가 숨어 있는 낌새는 없었고, 변장? 같은 걸 한 듯한 낯선 자가 숨어 있는 것도 보지 못했습니다. 저희는 자신 있게 저택에 괴도는 없다고 단언하는 바입니다."

집사 역시 자신의 말이 진실이라는 듯 의연한 태도로 그렇게 맞받아쳤다. 저택에 괴도는 없다고.

따라서 저택을 수색해봐야 소용이 없을 것이고, 애초에 퍼지다이스가 안에 있다는 증거가 어디에 있느냐고 미라를 보고 말했다.

"내 파우치가 증거잖아!"

미라가 뭐라 말을 하기도 전에 남자 용병이 짜증을 부리며 덤벼들었다. 하지만 집사는 그 무슨 가당치 않은 소리냐면서 상대도 하지 않았다.

그 태도에 남자 용병은 더더욱 화를 냈다. 그런 그를 살며시 손으로 제지한 후, 미라는 집사의 눈을 지그시 바라보며 옅은 미소를 지어 보였다.

"우선 한 가지 정정하도록 하지. 이 몸은 저택 안에 괴도가 있다는 소리는 한 마디도 하지 않았다. 도망쳤다고만 말했지."

미라가 그렇게 말하자 용병과 병사들이 술렁거리기 시작했다. 그리고 그게 무슨 뜻인가 싶어서 다음 발언에 주목했다. 그에 반해 집사의 표정에는 변화가 없었다. 그러나 눈에는 이유 모를 긴장감이 감돌고 있었다.

"퍼지다이스는 이곳으로 도망쳤지만, 지금은 이미 다른 장소로 도망쳤다. 따라서 저택에는 없다는 건 사실이다."

미라가 그렇게 집사의 말을 긍정하자 병사와 용병이 웅성거렸다.

"네? 그렇습니까……?"

"이것 봐, 그게 무슨 소리야?"

저택 수색을 시작하게 해줄 엄호사격인 줄 알았더니, 그럴 필요가 없다는 내용의 말이었다. 당황할 만도 했다.

그리고 정령여왕이라는 이명과 A랭크라는 지위로 인해 미라의 발언에는 힘이 실려 있었다. 그 때문에 그 말은 저택 안을 수색해야 한다는 필요성을 없애버리기에 충분했다.

용병들이 바랐던 것과는 정반대되는 말이다. 그 말에 저택 사람들은 빨리 꺼지라는 듯 용병들을 노려보았다. 하지만 집사는 더욱 날카로워진 눈빛으로 미라를 바라보고 있었다.

"옳으신 말씀입니다. 자아, 그렇다는 사실을 아셨으니 이제 저희 저택에는 볼일이 없으시겠지요. 이곳에 가만히 있을 게 아니라 수색 범위를 넓히시기를 권하고 싶습니다만."

집사는 어디까지나 담담한 말투로 용병과 병사들을 둘러보며 말했다. 그리고 때는 지금이라는 듯, 한 발짝을 내디뎠다. 저택 안을 조사할 필요는 없으며, 병사와 용병들을 들일 생각도 없다는 것이다.

저택을 조사할 명확한 이유가 사라지자 용병과 병사들은 주춤했다. 하지만 그 순간, 미라는 대담한 미소를 지으며 한 걸음 더 집사에게 다가섰다.

"아직도 시치미를 뗄 생각인 모양인가 보군. 이 몸이 하고 싶은 말은, 그렇기에 빨리 뒤를 쫓아야 하니 거기서 비키라는 뜻인데 말이다."

미라가 그렇게 말한 순간, 집사의 표정에 미미한 변화가 생겨났다.

그와 동시에 용병과 병사들의 얼굴에 당혹감이 떠올랐다. 퍼지다이스는 저택에 없다고 했으면서 저택에 들어가려는 이유가 무엇일까.

"글쎄, 무슨 말씀이신지……."

집사의 포커페이스가 약간 무너져, 분노라는 감정이 섞여들기 시작했다. 그의 눈빛을 미라는 정면으로 되받아치며 보란 듯이 가슴을 젖혔다.

"그렇다면 이 몸이 이야기해주도록 하지. 이 문제의 핵심인, 어디에서 어디로 도망쳤는가 하는 것을 상세히 말이다."

진상을 알아 승리를 확신하고 있기에 미라의 자신만만한 태도는 평소보다 훨씬 그럴싸해 보였다. 아닌 게 아니라 한 번 읽었던 추리소설의 범인을 폭로하기라도 하는 듯했다.

"아참, 그 전에 한 가지 사과할 일이 있었구나."

미라가 그렇게 운을 떼자 "엉터리 같은 거짓말을 지어낸 것, 말씀이십니까?"라고, 집사가 농담을 하는 듯한 투로 말하며 도발이라도 하는 듯한 눈으로 쳐다보았다.

하지만 미라는 그것을 가볍게 받아넘기듯 어깨를 으쓱하고서 답했다.

"그럴 리가 있나. 무얼, 사소한 일이다. 그냥 이 몸의 캐트시가 퍼지다이스를 쫓는 일에 지나치게 집중한 탓에, 이 저택에 들어가고 만 일을 사과하려는 것뿐이야."

"뭣……."

미라가 그렇게 말한 순간, 집사의 눈에 동요한 기색이 역력해졌다. 설령 퍼지다이스가 파헤쳤다 해도 그걸 아무에게도 보여주지 않으면 끝까지 숨길 수 있을 거라 생각했던 것이리라.

하지만 작은 목격자가 존재해서, 집사는 표정을 구길 수밖에 없었다.

"그런데 말이다. 이 몸의 캐트시가 목격했더구나. 퍼지다이스가 저택에서 도망친 출구와 그 끝에 펼쳐진 지하수로를 말이야."

집사의 태도를 통해 지금이 승부처라 생각한 미라는 진상에 관해 설명하는 탐정처럼 천천히 저택 사람들이 숨기고 있는 진실을 폭로했다.

학스트하우젠의 지하에는 광대한 수로가 펼쳐져 있다고.

그 출입구는 훤히 드러난 장소에는 없다고.

그리고 사람이 들락거린 흔적도 거의 없지만, 이곳 지하실에 있는 비밀방 너머에는 그 수로를 빈번하게 들락거린 흔적이 잔뜩 남아 있었다고.

"참고로 지금도 이 몸의 캐트시는 지하수로에서 녀석을 추적 중이다."

차분하게 반응을 살피며 그러한 사실들을 밝히자, 가장 먼저 반응을 보인 것은 병사와 용병들이었다.

"수로라고?"

"하수도와는 다른 건가?"

그 존재는 역시 일반 시민들에게 알려지지 않았던 모양이다. 그런 탓에 하수도가 가장 먼저 머릿속에 떠올랐는지, 용병과 병사들은 불안해하는 낌새를 보였다.

그 질문에 미라는 안루티네에게서 들었던 바를 그대로 말했다.

수로는 인간의 생활환경과 거리가 먼 듯한 상태였다고.

"과연. 다시 말해서 이렇게까지 저항한 것도 그 수로를 감추기 위해서였던 건가. 이봐, 그런 비밀 수로를 사용해서 댁들은 무슨 짓을 하고 있었던 거지?"

때는 지금이라는 듯 남자 용병이 집사를 노려보았다. 그에 반해 집사는 결국 둘러댈 말이 떨어졌는지, 도움을 구하듯 저택 주인에게 시선을 보냈다.

하지만 주인 역시 병사장을 상대로 새파랗게 질린 얼굴을 한 채서 있을 따름이었다.

24

"허, 헛소리! 그러한 것은 이 저택에 존재하지 않는다!"

병사장이 지하수로에 관해 추궁하자 저택 주인이 느닷없이 외쳤다.

하지만 그것은 척 보아도 궁색한 변명이라는 것을 알 수 있을 정도로 치졸한 말이었다. 그럼에도 주인은 말을 이었다. 캐트시가 목격했다는 말은 거짓이고, 애초에 이곳에 없는 자에게서 무슨 수로 보고를 받을 수 있느냐는 것이다.

"소환술사의 기능 중 하나지. 입을 사용하지 않고도 의사소통을 할 수 있다."

그것은 소환술의 기본으로, 조사해보면 금방 알 수 있는 일이다. 그렇게 설명한 미라는 잠시 말을 쉬었다.

그리고 짧은 침묵이 흐른 뒤, 대담한 미소를 지은 채 저택 주인을 바라보았다.

"마침 이 몸의 캐트시에게서 보고가 왔군. 괴도의 발자취를 좇다가 문을 발견했다는구나."

단원 1호가 경과보고를 해왔다. 그 내용은 범인을 추적하던 중에 문을 발견한 데다 빈번하게 드나든 흔적과 그 옆에 잠든 남자가 있다는 것이었다.

미라는 그 말을 듣고 직감했다. 그 방에 바로 이곳의 주인이 숨기고 있는 악행의 증거가 있다고. 그리고 퍼지다이스는 그걸 찾

게 하기 위해 수로로 도망친 것으로 추측되었다. 그 정도 이유가
아니고서는 퍼지다이스의 행동이 설명되지 않기 때문이다.

따라서 지금은 우선 의적 퍼지다이스의 의도대로 움직여주기
로 했다.

"그리고 말이다. 괴도의 발자국은 거기서 딱 끊겼다는구나. 어
쩌면 그 문 안에 녀석의 아지트가 있을지도 모르겠군. 이거 꼭 들
어가 봐야겠어."

보고에 따르면 분명 발자국은 거기서 끊겼다.

하지만 퍼지다이스는 지금도 단원 1호가 추적 중이니 그곳이
아지트일 리는 없다. 그럼에도 미라는 일부러 그렇게 말했다.

용병, 병사들이 그 장소로 가서 비밀을 파헤치도록.

"그, 그곳은 그냥 창고다! 녀석의 아지트일 리가 없어!"

저택 주인이 소리쳤다. 문 안에는 귀중품을 보관해두었을 뿐,
다른 것은 아무 것도 없다고.

하지만 그것은 치명적인 실수였다.

하다못해 그러한 장소는 모른다고 말했으면 자신은 상관없다
고 둘러댈 수도 있었을 것이다.

하지만 수로의 존재를 모른다고 변명한 뒤에 그런 소리를 해버
리면 양쪽 모두 설득력을 잃을 수밖에 없다.

아닌 게 아니라 주인은 그 장소를 안다고 스스로 증명해버린 꼴
이다. 그 경솔한 발언에 집사는 머리를 싸쥔 채 단념한 듯 물러났다.

"미라 씨의 말에 의하면 퍼지다이스가 도망쳤다는 수로의 입구
에 관해 현재까지 판명된 건, 이곳 지하에 있다는 점뿐인 것 같습

니다. 그렇다면 그 괴도의 아지트를 찾기 위해서라도 이곳에 있는 입구를 사용하게 하는 수밖에 없겠군요."

병사장은 어쩐지 설명을 하는 듯한 투로 저택 주인에게 말했다. 그리고 이유를 명확히 제시해서 정당성을 주장한 후, 어떤 문장(紋章)을 꺼내 들이밀었다.

"특례 제2항, 추적 수사 및 조사시 점유지로의 진입권을 행사하도록 하겠습니다. 이의 있으십니까?"

"뭐라고……?! 무슨 자격으로!"

저택 주인은 화가 나서 병사장을 노려보았지만, 문장을 확인하자마자 놀란 얼굴을 한 채, 할 말을 잃었다.

그리고 "이럴 수가…… 진짜, 라니……"라고 멍하니 중얼거리고서 그 자리에 주저앉았다.

문장에는 상당한 효력이 있었던 모양인지, 주인은 저항할 생각조차 완전히 상실한 모양이었다.

그렇게 완전히 저항을 멈춘 저택 사람들을 곁눈질하며 병사와 용병들이 모두 저택으로 돌입했고, 미라 역시 그들에 끼어서 뒤를 따랐다.

"이건…… 포도주, 인가?"

저택에 발을 들인 참에 병사장은 그곳에 펼쳐진 광경을 보고 당황했다.

대체 무슨 일이 일어난 것인지. 저택 안은 알코올 냄새로 가득했다.

자세히 보니 곳곳에 깨진 병이 어지럽게 널려 있고 대량의 포도주가 바닥을 적시고 있었다.

그리고 저택 사용인들이 그것들을 청소하고 있는 모습도 보였는데, 미라는 그 모습에서 위화감을 느꼈다.

'흠…… 아무래도 녀석은 여기서부터 친절하게 발자국을 남긴 모양이로군.'

자세히 보니 사용인들은 요란하게 흩어진 유리조각과 포도주는 거들떠보지도 않고 그곳에서 점점이 이어진 발자국을 지우고 있었던 것이다.

분명 주인이 명령한 것이리라. 발자국을 따라가면 지하수로로 가는 입구가 있어서 증거가 될 수 있는 그것을 가장 먼저 은폐하려 한 것이다.

'뭐어, 그것도 부질없는 노력이었던 모양이지만.'

발자국은 사라져도 천장에 친 거미줄은 쉽게 감출 수 없을 것이다. 미라는 퍼지다이스의 용의주도함에 쓴웃음을 지은 채 그의 의도대로 흔적을 따라갔다.

병사장이 특수 제2항을 통해 수사 중이라고 설명하자 저택 안에서 증거를 인멸하던 사용인들은 손을 멈추고 신속하게 지시에 따랐다.

아무래도 수로의 입구에 가까운 장소에서부터 흔적을 지우기 시작했는지 지하실로 내려가자 발자국은 말끔하게 사라진 상태였다.

하지만 거미줄을 제거하는 데는 상당히 애를 먹은 모양이다.

그곳에 있던 사용인들은 온몸이 거미줄 범벅이 되어 있었고, 몇 명은 꼼짝도 못 하는 상태가 되어 바닥을 나뒹굴고 있었다.

그러던 중에 병사장이 문장을 내밀며 들이닥치자 사용인들은 놀란 듯 그 자리를 벗어나 어딘가로 물러났다.

"헌데 효과가 상당한 듯하다만, 그 문장과 특례 제2항이라는 것은 대체 무엇인가?"

구석구석 끈질기게 들러붙어 있는 거미줄을 따라 지하실을 걷던 중, 미라는 문득 그렇게 물었다. 좀 전의 태세 변환 속도도 그렇고, 대체 그 문장과 특례라는 것에 어느 정도의 의미가 있는 걸까 궁금해진 것이다.

저택의 규모만 보아도 주인은 상당한 유력자일 듯 했지만 고작 특례와 문장 하나를 들이밀자 절망적인 표정으로 돌변했다. 그 모습은 마치 암행어사의 마패를 본 악당 같았다.

"혹 병사장이라는 것은 위장일 뿐, 그 정체는 왕족의 일원이라거나 한 건가?!"

얼핏 보면 그냥 인품이 좋은 사람 같지만, 그 실체는 지체 높은 분이었다. 미라는 그런 전개를 순간적으로 기대했지만, 말 떨어지기 무섭게 병사들이 웃음을 터뜨렸다.

"그럴 리가 있나."

"특별 할인을 하는 날에 장을 지나치게 많이 보는 바람에 꼼짝도 못 하게 되는 사람이 왕족이라니……."

"어제 법무성에서 온 사자를 상대로 벌벌 떨던 남자가 왕족이라니."

아무래도 병사장은 '엄청'이라는 표현이 붙을 정도로 서민적인 인물인 모양이다.

그의 부하 병사들은 그렇게 저마다 웃으며 말한 후, "데즈몬드 님, 바닥을 조심하십시오" "데즈몬드 님, 계단이 보이기 시작했습니다"라고 해서 병사장── 데즈몬드를 왕족처럼 대하기 시작했다.

"이것들아…… 임무 중이거든……?"

"죄송합니다, 데즈몬드 님."

"앞으로 주의하겠습니다, 데즈몬드 님."

계단 앞에 멈춘 참에 데즈몬드가 노려보자 병사들은 칼 같은 자세로 경례를 했다. 일사불란한 동작이었다.

추적 중인 퍼지다이스는 이미 한참 앞에 있는 수로 안에 있다. 다소 긴장감이 풀어질 만도 하다.

그러나 입으로는 장난을 쳐도 병사들의 움직임은 기민해서, 방심한 듯한 낌새는 찾아볼 수 없었다.

'생각했던 것보다 훨씬 유쾌한 녀석들이로군.'

농담을 하면서도 자연스럽게 활동하는 것으로 보아 그들은 분명 상당 수준의 연계 훈련을 받아온 듯했다.

깊은 곳까지 이어진 깜깜하고 기분 나쁘고 무엇이 튀어나올지 모르는 계단 앞에서 자연스럽게 용병들에게 선두를 양보한 그들의 팀워크는 아주 훌륭한 수준이었다.

그렇게 선두가 용병으로 교체되고 기나긴 계단을 내려가던 중, 미라는 병사장에게서 문장과 특례에 관한 설명을 들었다.

병사장은 "이런 게, 있어서 말입니다"라고 운을 떼고서 이야기를 시작했다. 듣다 보니 그것참 편리한 것도 다 있군, 이라는 생각이 절로 들었다.

우선 병사장이 말한 특례 제2항은, 요컨대 범죄에 연루되어 있는 인물, 혹은 증거품의 존재가 확인되었을 경우에 한해 수색권을 지닌 자의 출입을 거부할 수 없다는 내용이었다.

이 특례는 조사를 하면 반드시 무언가가 나올 법한 상황이라 해도 집행할 수 없다는 특징이 있다. 확실한 증거의 존재가 확인되어야 비로소 효과를 발휘하는 것이다.

다만 제한이 엄격한 만큼 한 가지 강력한 효과가 부가되어 있었다. 그것은 공작은 물론이고 왕족이라 해도 이 특례에 의한 조사를 방해할 수는 없다는 것이다. 게다가 경우에 따라서는 귀족이라 해도 무력으로 제압하는 것을 허가하는 특례 중의 특례라 할 수 있었다.

"그나저나 참으로 터무니없는 강권을 가지고 있었군그래."

그만한 특례의 행사가 허가된 데즈몬드에게 미라는 약간의 존경심을 담아 말했다. 그러자 데즈몬드는 쓴웃음을 지으며 "사실 어제 있었던 일입니다만"이라고 말을 이었다.

본래 특례는 한낱 병사가 행사할 수 있는 것이 아니라는 모양이다. 하지만 바로 어제. 국왕의 사자라는 자가 찾아와서 이 문장과 특례의 사용 권한을 일시적으로 부여한다는 뜻이 적힌 문서를 건넸다고 한다. 놀랍게도 퍼지다이스를 쫓을 때 필요할지도 모른다며 국왕이 후의를 베푼 것이라는 모양이다.

"호오, 과연⋯⋯. 그리고 보란 듯이 이런 상황이 발생했다는 건가."

국왕에게는 선견지명이 있어서 이렇게 될 것까지 예상해서 특례 사용 권한을 병사장에게 주었다. 그 결과, 저택 주인의 입을 다물게 하고 퍼지다이스를 계속 추적할 수 있게 되었다.

실로 훌륭한 예측력이라는 생각도 들었지만, 미라는 어쩐지 위화감이 느껴졌다.

우선 지금까지의 퍼지다이스의 범행은 술사 조합을 종점으로 하고 있었다. 이는 소장에게 상세히 들었으니 틀림없는 사실이다. 그렇다면 현재의 상황은 완전히 이례적인 일이라 할 수 있다. 본래의 패턴과 같았다면 저택까지 추적해 오는 일은 없었을 것이다. 아무리 선견지명이 있다 해도 이러한 사태를 예측하는 게 가능한 일일까.

'⋯⋯상황이 이렇게 된 것도 계획한 바라는 뜻이겠지.'

돌이켜 보면 그런 생각을 하고도 남을 만큼의 요소가 여럿 있었다.

조합에서 아직 할 일이 남았다고 한 퍼지다이스의 발언. 굳이 팬들에게 모습을 보이며 이곳까지 온 것. 친절하게도 저택으로 들어갔다는 것을 알려주는 듯한 흔적과 안쪽까지 이어진 발자국.

도주 경로로 지하수로를 택한 것뿐일 리는 없을 것이다.

게다가 저택에 들어가는 데 장해물이 될 수 있는 주인의 입을 다물게 하기 위해 퍼지다이스는 국왕을 부추겨 특례를 이끌어내었다. 충분히 가능성이 있는 이야기다.

'흠⋯⋯ 분명 학스트하우젠은 링크슬롯의 영내에 있었지⋯⋯

그렇다면.'

링크슬롯의 왕. 만약 게임이었던 시절에 만난 적이 있었던 그 왕자가 30년 후인 현재, 그대로 왕이 되었다면. 그렇게 생각한 미라는 슬그머니 병사장에게 국왕의 이름을 물었다. 혹시 주다스가 아니냐고.

"네에, 맞습니다. 주다스 링크슬롯 16세 폐하이십니다."

병사장은 당연하다는 듯 고개를 끄덕이며 답했다.

링크슬롯의 주다스 왕자. 과거 미라는 몇 번인가 그와 얽혔던 적이 있었다. 그리고 그때 느꼈던 인상은, 꼭 정의의 사도를 보는 듯하다는 것이었다.

정의감이 강하고 열혈남아인 동시에 유연한 계략을 사용하는 일면도 있는 왕자는 때때로 도적단까지 이용하는 작전을 세워 성공시키기까지 했다.

그런 주다스 왕자가 지금의 국왕이라면 의적이라 불리는 퍼지다이스와 손을 잡을 가능성도 충분히 있다.

그리고 만약 그 예감이 맞다면, 분명 이 지하수로에 왕과 괴도의 정의에 반하는 무언가가 있을 것이다. 아마도 단원 1호가 발견한 문 안에.

참고로 당시 이용당했던 도적은 토지를 보수로 받아 도적 일에서 손을 씻고 땅을 일구며 소박하게 살고 있다는 후일담이 전해졌다.

'완전히 손바닥 위에서 놀아나고 있는 상황이다만…… 그렇다고 엎어버릴 수는 없는 일이지.'

퍼지다이스가 지금까지 해온 실적으로 미루어보자면, 괴도의 계획대로 전진해 도달하게 될 곳에는 분명 어느 악행의 종언이 기다리고 있을 것이다. 그것을 염두에 두자면 이곳에서 발을 멈출 수는 없다. 하지만 분명 이대로 가면 지금까지와 마찬가지로 괴도는 유유히 달아나고 말 거다.

"그런데 주다스 폐하에 관해서는 왜 물으시는지?"미라의 분위기를 통해 무언가를 느낀 것인지, 데즈몬드가 되물었다. 미라는 어떻게 답하면 좋을지 생각했다. 자신이 알아챈 것, 추측해낸 것을 말할지 말지를.

'……흐음~. 지금은 일단…….'

잠시 후 결론을 내린 미라는 일행에서 약간 떨어진 후 데즈몬드에게 손짓을 했다. 그러고서 잠깐 귀 좀 빌려달라고 하고서 데즈몬드에게 자신의 추측을 귓속말로 전했다. 그러한 생각에 이른 요소와 그것을 뒷받침해준 특례에 관해서. 그리고 퍼지다이스의 목적은 아마도 문 안쪽에 있는 무언가를 발견하게 하는 것일지도 모른다고.

"과연, 아지트가 아니라…… 그러한 것이라니. 폐하께서 굳이 사자를 보내 이런 특례를 맡기신 게 이상하다 싶기는 했습니다만……."

미라의 설명에 그럭저럭 설득력이 있었던 모양인지, 데즈몬드는 그럴 가능성은 충분히 있을 것 같다고 작은 목소리로 답했다.

"분명 이대로 가 봐야 퍼지다이스를 붙잡지는 못할 게야. 그렇다고 되돌아가면 녀석이 폭로하려는 악행을 못 본 체하는 꼴이 되지. 그래서 말이다만──."

자신의 생각을 이해해준 데즈몬드에게 미라는 자신이 생각한 작전을 살며시 말했다. 지금 할 수 있는 일 중 최선으로 여겨지는 것일 거라고 운을 떼고서.

계단을 끝까지 내려가 지하수로에 도착했다. 용병과 병사들이 각자 조명을 손에 들고 주변을 비추어 상황을 확인했다. 그리고 미라와 데즈몬드도 다소 늦게 그곳에 내려섰다.

"이런 곳이 있었을 줄이야……."

"대체 어디로 이어져 있는 거지?"

"으스스하구만……."

그곳은 단원 1호의 눈을 통해 본 광경 그대로였는데, 잠시 주변을 둘러보자 퍼지다이스의 것으로 추측되는 발자국을 금방 발견할 수 있었다.

용병들은 이 앞으로 계속 이어져 있다며 흥분해서 곧바로 추적을 시작했다. 데즈몬드는 부대의 절반에게 그대로 추적하라고 지시를 내리고 나머지 절반에게는 잠시 이 주변을 조사하기 위해 남으라고 말했다.

"그나저나 퍼지다이스도 퍼지다이스지만, 저도 이곳이 신경 쓰이는군요."

데즈몬드는 그렇게 말한 후, 그 자리에 남은 절반의 대원들에게 미라의 생각을 이야기해주었다. 그리고 그 작전에 참가해 보지 않겠느냐고 제안했다.

미라가 제안한 작전. 그 내용은 매우 단순했다.

용병과 병사들은 퍼지다이스의 의도대로 이곳에 있는 무언가를 찾아낸다. 그리고 미라는 앞질러 가서 괴도를 기다리는 것이다.

"저는 그래도 상관없습니다."

얼마쯤 지나 매우 경박해 보이는 한 병사가 그렇게 답했다. 하지만 겉보기와는 달리 현재의 상황에 관해 곰곰이 생각한 끝에 한 발언인 듯했다. 또한 다른 이들에게서도 딱히 이의가 나오지 않아서 결국 미라의 작전이 채용되었다.

"솔직히 말해서 이대로 퍼지다이스를 쫓아도 못 잡을 것 같으니까."

"그래그래. 우리뿐 아니라 저 용병들도 좀 전까지 완패한 상태였잖아. 따라잡아 봐야……."

"그렇지. 이 중에서 이길 가능성이 있는 건 정령여왕님 정도니까. 그럼 우리는 도시에 만연한 악을 하나 더 없애는 게 더 유익할 것 같고."

의적인 퍼지다이스가 이렇게까지 해서 병사와 용병들을 유도한 것을 보면, 분명 이 앞에서는 모종의 악행이 이루어지고 있었을 터다.

아직 그렇다는 사실이 확인된 건 아니지만 병사들 사이에서는 분명 그럴 것이라는 확신이 퍼지고 있었다.

지금은 일 때문에 적대하고 있지만 퍼지다이스가 영웅이라는 점은 이곳에 있는 모든 이가 인정하고 있는 모양이다.

'……뭐, 영웅을 쫓는 악역이 되기보다는 악을 벌하는 영웅

이 되는 편이 훨씬 보람이 있을 테니 말이지.'

남자라면 누구나 한 번쯤은 정의의 영웅이 되고 싶다고 생각하기 마련이다. 분명 그래서 병사가 된 이도 있을 것이다.

그 때문인지 방침을 전환한 현재, 그들의 의욕이 치솟는 것이 한눈에 보였다.

"음음, 고맙구나. 그럼 다음 일에 관해 말하자면——."

퍼지다이스의 흔적을 쫓다가 범죄 현장을 발견하고 말았다. 그대로 간과할 수는 없으니 병사들은 그 현장을 덮치는 쪽을 우선시하고, 괴도를 추적하는 일은 미라에게 맡기기로 했다.

그렇게 입을 맞춰둔 참에 한 병사가 의문을 입에 담았다. 자신들은 이대로 발자국을 쫓는다 쳐도, 미라는 어떻게 앞질러 갈 생각이냐고.

"그야 간단하지."

미라는 들뜬 마음을 억누르며 기다렸다는 듯 그 방법을 간단하게 설명했다.

수로에 들어왔으니 당연히 어딘가로 나갈 필요가 있다. 그리고 수로는 복잡하게 뒤엉켜 있어서 제아무리 퍼지다이스라 해도 그렇게까지 빠르게 이동할 수는 없다. 그에 반해 하늘에서 대기하고 있으면 상대가 아무리 돌아다녀도 최단거리로 머리 위를 점할 수 있다.

다시 말해서 퍼지다이스의 움직임만 파악할 수 있으면 앞질러가 있기는 쉽다고 미라는 자신만만하게 말했다. 그리고 현재는 캐트시가 퍼지다이스를 미행하고 있다고 말을 이었다.

"과연……. 소환술사가 아니고서는 불가능한 방법이군요."

데즈몬드는 과연 랭크 A 소환술사라며 감탄했다. 그러자 병사들도 어지간한 척후병보다 훨씬 우수한 듯한 캐트시의 활약에 감탄했다.

그들의 소환술에 대한 인식을 더욱 좋은 방향으로 이끄는 데 성공한 듯하다는 사실에 만족하며, 미라는 또다시 소환술을 발동했다.

무형술로 만든 빛 속에 마법진이 떠오른다. 그리고 그곳에서 물의 정령 안루티네가 나타났다.

"벌써 내 차례가 온 것 같네."

첫 소환인 탓인지 안루티네는 상당히 의욕이 넘치는 것 같았다. 또한 이번에도 역시 정령왕이 열심히 실황 중계를 하고 있었는지 그녀는 이미 대략적인 상황을 파악하고 있다는 듯했다.

"그럼 곧바로 어딘가에 있는 퍼지다이스의 위치를 특정해줄 수 있겠느냐."

"응, 맡겨만 줘!"

미라가 의뢰하자 안루티네는 말 떨어지기 무섭게 수로로 뛰어들어 물을 타고 전체를 둘러보기 시작했다.

그 옆에서 병사들은 이렇게 예쁜 정령 누님도 소환할 수 있는 건가, 하고 들떠서 떠들어댔지만 그건 그거다. 그들은 곧바로 의식을 전환해서 범죄 현장을 발견했을 때의 행동 방침을 서로서로 확인했다.

병사들의 대화에 암호 같은 말이 잔뜩 섞였다. 항상 몇 가지의 연계 패턴을 훈련하고 있었는지, 현장에서 어떻게 움직일지는 빠르게 결정되었다. 하지만 용병들은 어떻게 할 것이냐를 두고 의견이 갈렸다.

용병들은 퍼지다이스와 맞서기 위한 요원으로 참가하고 있다. 그러니 괴도 체포를 포기한다는 의미를 띤 이번 작전을 좋게 생각하지 않을지도 모른다.

도착한 곳에 있을 것으로 추측되는 악행의 현장. 그곳에 어느 정도의 전력이 존재할지 모르는 현재, 용병들의 힘은 꼭 필요하다. 하지만 현재 상황에서는 이 작전을 받아들여 주지 않을 가능성이 커서 그 전력을 전면적으로 믿을 수는 없었다.

"그렇다면 믿음직한 동료를 동행시키도록 할까."

어쩔까 하고 끙끙대는 병사들에게 그렇게 말한 후, 미라는 소환술 기능 '후퇴의 인도'를 발동했다.

"앗……!"

멀리 있는 소환체를 근처로 불러들이는 효과를 가진 이 기능으로 인해 크리스티나가 순식간에 코앞에 나타났다. 그녀는 미라의 모습을 보자마자 표정이 굳어져서 거북한 듯 눈을 이리저리 굴렸다.

분명 그 이유는 손에 든 둥그런 빵일 것이다. 이빨 자국이 남은 빵과 입가에 묻은 크림을 보니 대기 중에 무엇을 하고 있었는지 훤히 알 수 있었다.

"아아, 알피나냐. 실은 말이다――."

"――잠시만요, 주인님~! 여기에는, 여기에는 깊은 이유가~!"

곧바로 미라가 고자질을 하려 하자, 크리스티나는 순간적으로 미라에게 울고 불며 매달렸다. 아무래도 뭔가 깊은 이유가 있는 모양이다.

그게 무엇이냐고 묻자 크리스티나가 답했다. 빵은 퍼지다이스 팬이 대규모로 나눠주고 있던 것으로, 처음에는 임무 중이라 거절했지만 굉장히 열심인, 다소 극성스럽다 싶을 정도의 팬들의 권유를 견디다 못해 어쩔 수 없이 하나 받은 것이라고.

"······뭐어, 알았다."

미라는 당황한 크리스티나의 태도를 보고 있자면 자신도 모르게 놀리고 싶어진다는 생각을 하며 속으로 웃었다. 그에 반해 크리스티나는 그런 미라의 속도 모르고 특훈을 회피했다는 사실에 매우 기뻐했다.

"그럼 크리스티나여——."

마음을 다잡고 지금부터 데즈몬드에게 동행하라고 말했다. 이래 봬도 그녀는 어지간한 검사는 상대도 되지 않을 정도의 실력을 지녔다. 용병이 협력해주지 않는다고 해도 충분히 전력을 보충할 수 있을 것이다.

"명령, 합····· 받잡겠습니다~!"

크리스티나는 남은 빵을 입에 던져 넣으면서도 딱 부러지는 자세로 경례를 했다.

미라가 실력을 보장했다지만, 그럼에도 일말의 불안감이 남았는지. 이번에는 귀염둥이가 나타났다고 수런거리던 병사들이 슬그머니 데즈몬드에게로 시선을 돌렸다.

그런 병사들에게 데즈몬드는 아마 분명 대체로 믿을 만한 자일 거라고 작은 목소리로 답했다. 그리고 끝으로, 다른 사람도 아닌 정령여왕이 굳이 지목해서 보낸 전력이니 괜찮을 거라고, 자기 자신을 설득하듯 중얼거렸다.

25

"그럼 미라 씨. 저희는 지금부터 서둘러 합류하겠습니다."

간단한 회의에서 크리스티나는 부대에서 유격을 맡기로 했다. 또한 그때, 참고를 위해 크리스티나가 실력을 약간 선보이자 그녀를 보는 병사들의 눈빛이 확 달라졌다. 겉모습, 분위기와 달리 초일류의 날카로운 검기(劍技)를 눈앞에서 보았기 때문이다.

병사들은 '맹수는 발톱을 함부로 보이지 않는 법'이라는 격언은 이런 경우를 뜻하는 것임을 깨달았다. 또한 데즈몬드는 '거봐라, 역시 정령여왕님이다'라며 어째서인지 의기양양한 표정을 지었다.

전력 부족 문제는 해결됐다. 그렇게 확신하고 나자 병사들은 신속하게 움직였다. 지금부터 바로 선행한 자들을 쫓아, 이번 작전에 관해 전달할 것이라고 데스몬드는 말했다.

"음. 그쪽은 잘 부탁하마."

퍼지다이스가 노리는 것. 분명 악행과 관련된 것이 이 수로에 있다. 병사들이 빠른 걸음으로 수로 안으로 사라지는 모습을 배웅한 미라는 정기적으로 상황 보고를 하라고 크리스티나에게 말했다.

『알겠어요! 지금은 발자국을 쫓아서 가고 있어요~.』

그러자 곧장 답변과 함께 보고가 들어왔다. 그것을 들은 미라는 변화가 있을 때만 보고해도 상관없다고 지시를 수정했다.

그로부터 얼마쯤 지나, 안루티네가 퍼지다이스로 추측되는 인물을 발견했다며 수면에서 고개를 내밀었다.

"회색 망토를 두른 남자인데, 이 사람 맞지?"

안루티네의 능력은 물이 이어져 있으면 그 물을 통해 주변을 '볼' 수 있게 하는 것이었다. 그 능력으로 만일의 사태에 대비해 수로 전체를 수색한 결과, 의심스러운 인물은 그 사람 한 명밖에 찾지 못했다는 모양이었다.

아무래도 또 변장을 한 모양이다. 분명 도주한 후에 그대로 이름 없는 모험가로 세상 속에 숨을 생각이었으리라.

"음, 분명 그 녀석이 맞을 것이야. 해서, 어느 방향으로 향하고 있더냐?"

퍼지다이스가 향하고 있는 곳에 수로의 출구가 있을 터다. 미라가 그렇게 묻자 안루티네는 잠시 생각을 하듯 눈을 감고서 답했다.

퍼지다이스는 현재, 최단거리로 수로의 물의 출구로 향하고 있다고.

"물의 출구라……. 과연, 이대로 도시에서 탈출할 속셈이로군."

사실 생각해 보면 그게 가장 위험 부담이 적은 방법이라 할 수 있었다. 섣불리 도시 어딘가에 숨겨진 다른 출입구로 탈출했다가 그 모습을 목격당하기라도 하면 민중, 경비와 같은 자들의 눈길이 어렵게 유도한 수로에서 멀어지고 만다.

그렇기에 누구의 눈에도 띄지 않고 도시에서 나가야만 수로에 시선을 묶어두기가 수월하다.

안루티네의 이야기에 따르면 수로의 물의 출구는 도시 남동쪽에 있으며 큰 강 속에 있다고 한다. 다만 다소 복잡하게 엉켜 있어서 출구의 정확한 위치는 그 근처에 가면 안루티네가 유도해 주기로 했다.

"그럼 안루티네는 그대로 추적을 계속해다오. 이 몸은 바로 하늘로 올라갈 테니 말이야."

무엇보다도 지금은 앞지르기에 성공할 필요가 있다. 미라는 그렇게 말하며 빠른 걸음으로 계단을 뛰어 올랐다.

"응, 알겠어."

안루티네는 그렇게 답한 후, 다시 수로 속으로 가라앉았다. 그리고 곧바로 괴도가 현재 속도를 유지한 채 최단 거리로 전진할 경우, 앞으로 15분이면 출구에 도착할 것이라고 보고해 왔다.

"서둘러야겠구나……."

계단은 내려갈 때도 시간이 걸렸지만 당연히 올라가려니 더 길고 멀게 느껴졌다. 그리고 무엇보다도 이걸 뛰어 올라가면 상당한 체력이 소모될 것이다.

그래서 미라는 소환술이 성장한 덕분에 새로 사용할 수 있게 된 신기술을 써보기로 했다.

【무장소환 : 다크나이트 프레임】

그 술식을 발동하자 미라의 발치에 마법진이 떠오르더니 다크나이트가 출현했다. 하지만 다음 순간, 그것은 미라의 온몸을 감싸 새로운 힘의 형태로 변화했다.

검은 화염이 된 마법진은 이윽고 한 곳으로 집속되어 그 힘을 실체로써 정착시켰다.

"실전 투입은 처음이지만, 괜찮군그래."

그 모습은 마치 검은 발키리를 보는 것 같았다. 미라는 감촉을 확인하듯 약간 몸을 움직여 보고서 그대로 단숨에 계단을 뛰어 올라갔다.

새로운 술식으로 얻은 새로운 힘. 무구정령으로 무장한다는 소환술을 한 단계 진화시킨 이 술식은 아직 미지의 부분이 많았다. 하지만 짬이 날 때마다 연구를 계속한 미라는 이 술식이 일종의 파워 아머 같은 것이라고 인식하고 있었다.

무구정령의 힘으로 신체 능력을 보조하고, 장갑으로 방어력을 높인다. 다시 말해서 이것의 사용법을 확립해 널리 퍼뜨리면 소환술사의 약점인 술사의 본체가 허약하다는 점을 보완할 수 있다.

그것은 분명 향후 소환술계의 전환점이 될 것이다.

"음…… 근사하구나. 마치 날개가 돋아난 것 같아!"

다크나이트 프레임의 보조 효과 덕에 긴 계단을 어렵지 않게 오를 수 있었다.

이 앞에서는 괴도 퍼지다이스가 기다리고 있다. 눈앞에서 본 실력으로 미루어 다크나이트 프레임의 성능을 테스트하기에는 제격일 것이다.

고아원의 위치를 알아내는 것 외에도 그런 계획을 세우며 미라는 눈 깜짝할 새에 저택 지하실까지 돌아왔다.

"흠……. 어찌 된 일이지?"

지하실을 둘러본 미라는 어라, 하고 고개를 갸웃했다. 왔던 길로 되돌아왔을 뿐이건만 어째서인지 그 돌아가는 길이 사라져 있었던 것이다. 다시 말해서 수로로 이어진 이 지하실은 현재, 완전히 밀실이 되어 있었다.

"분명 이 근처였을 터인데……."

미라는 출입구가 있었던 것 같은 벽 근처를 꼼꼼히 조사했다. 하지만 그곳에는 돌벽이 서 있을 뿐, 문이나 숨겨진 버튼 같은 것이 전혀 보이지 않았다.

"이건, 다시 말해서……."

앞에는 완전히 봉쇄된 지하실의 벽이 있다. 두꺼운 돌벽으로 둘러싸인 그곳을 안쪽에서 억지로 여는 일은 어지간한 사람에게는 불가능할 것이다.

뒤에는 복잡하게 뒤엉킨 지하수로가 있다. 미라라면 안루티네의 힘을 빌려 어렵지 않게 탈출할 수 있다. 하지만 만약 병사와 용병들만 있었다면 어떻게 되었을까. 자칫 잘못하면 끝도 없이 헤매었을지도 모를 일이다.

미라는 지하실의 벽을 노려보며 무슨 속셈인지를 알아챘다. 분명 이 저택의 주인은 모든 것을 지하수로에 가둬서 없었던 일로 하려는 것이리라.

"꽤나 강경한 방법을 썼군그래."

어리석은 생각이다. 밖에는 병사와 용병들이 저택으로 들어가는 모습을 목격한 자들이 잔뜩 있다. 지하수로에 관해서는 모를지 몰라도 그들이 돌아오지 않으면 더더욱 뭔가 있다는 의심을 사게 될 터다.

"뭐어, 부질없는 발버둥이다만."

【소환술 : 노미드(Gnomid)】

돌벽을 앞에 둔 채로 미라는 거리에서 대기하고 있는 노미드를 일단 송환한 후, 재소환했다. 그러자 마법진에서 작은 정령이 나타났다.

흙의 정령 노미드. 몸길이가 30센티미터 정도 되는 소녀의 모습을 한 그녀는 자신과 비슷한 크기의 돌로 된 해머를 가뿐하게 들고 있었다.

"자아, 노미드여 부탁 좀 하자꾸나. 저기 있는 벽에 구멍을 뚫어다오."

미라가 그렇게 지시하자 노미드는 힘차게 고개를 끄덕이더니 해머를 짊어진 채 벽 앞으로 달려갔다. 그리고 해머를 치켜들고서 단숨에 내리쳤다. 그러자 놀랍게도 튼튼한 돌벽의 일부가 갑자기 모래로 변해 무너져 내렸다.

거기서 끝이 아니었다. 수북이 쌓인 모래는 마치 살아있는 것처럼 움직여, 그대로 통행에 지장을 주지 않을 장소로 이동했다.

"음, 잘했다. 장하다."

미라는 칭찬해달라는 듯 발치에서 폴짝거리는 노미드를 안아 올려 머리를 살며시 쓰다듬어주었다. 그러자 노미드는 기쁜지 해머를 마구 휘두르며 좋아했다.

"오~ 오~ 기운도 좋구나."

돌로 된 해머는 그럭저럭 묵직해서 노미드가 해머를 휘두를 때마다 그 반동으로 미라의 몸이 좌우로 휘청거렸다. 간단히 안을 수 있는 사이즈였지만 해머를 든 노미드의 중량은 상당해서 무장 소환 상태가 아니었다면 분명 지탱하지 못했을 것이다.

"고생 많았다."

노미드에게 격려의 말을 해주고서 송환한 미라는 무장소환의 강화효과에도 만족하며 다시 달려나가, 뻥 뚫린 구멍을 지났다.

"제법 정리가 되었군."

이곳의 주인은 좀 그렇지만 사용인 쪽은 아주 우수한 모양이다.

처음 보았을 때는 깨진 와인병이며 이런저런 것들이 널려 있어 어지럽기 그지없는 상태였던 복도가 지금은 말끔해졌다.

그 대신 녹초가 된 얼굴의 사용인들이 널브러져 있을 뿐이다.

그런 사용인들은 미라의 모습을 보자마자 놀란 표정을 지었다.

동시에 "기다려주십시오"라고 말을 하기는 했지만, 미라는 그 말은 들은 척도 않고 유유히 저택 복도를 달려 나갔다.

그렇게 미라는 현관까지 돌아왔다. 밖으로 나가면 페가수스를 소환해 단숨에 수로의 출구까지 직행이다. 그렇게 다음 행동에 관해 생각하던 때의 일이었다.

"분명 오기는 했다만, 이제 이곳에는 없다. 나간 지 오래야."

"농담이 과하시군요. 듣자 하니 들어가는 모습은 보았지만 나오는 모습을 봤다는 이는 한 명도 없었습니다."

어째 누군가가 말다툼을 벌이는 듯한 목소리가 출입구 쪽에서 들려왔다.

'이 목소리는…… 저택 주인인가……? 상대는 누구지?'

무슨 일로 다투는 걸까. 궁금해진 미라는 문 앞에서 멈춰서 그대로 살며시 귀를 기울였다.

두 사람의 말다툼은 계속되어 곧바로 그 내용을 알 수 있었다.

듣자하니 저택 주인이 대화 중인 상대는 데즈몬드의 상사에 해당하는 인물로, 기즈 대대장이라고 불리고 있었다.

그리고 기즈와 저택 주인이 말다툼을 벌이고 있는 것은 다름이 아니라 좀 전에 있었던 일 때문이었다.

기즈는 조사를 위해 저택에 돌입한 데즈몬드 부대를 지원하러 왔다. 하지만 저택 주인은 분명 그들이 오기는 했지만 수상한 점을 찾지 못하고 이미 돌아갔다고 답한 것이다.

하지만 기즈는 그 말을 받아들이지 않고 아직 이곳에 있을 터라고 주장했다. 그 근거는 바로 이 저택을 에워싼 퍼지다이스 팬들의 증언이다. 저택에 들어가는 것은 보았지만 아직 나오지 않았다는 것이다.

하지만 저택 주인은 당당하게 '이제 이 저택에는 없다'고 선언했다. 그리고 뭣하면 '검의 심판'을 받아도 좋다고까지 말했다.

'뻔뻔하게 저런 소리를 하다니.'

저택 주인의 그러한 말에 미라는 어이가 없어 쓴웃음을 지었다.

삼신 중 하나인 정의의 신을 모시는 대국 그림다트에는 신기(神器)인 검이 있다. 신의 힘을 지녔다는 그것은 매우 강력한 무구인 동시에 그 빛으로 거짓을 밝혀내는 효과를 지니고 있었다.

조금 전의 발언에 나왔던 '검의 심판'이라는 것은 그런 신기의 힘으로 발언의 진위를 가리는 것이다. 그리고 그 결과는 절대적인 증거로 여겨지는데, 그렇기에 신중하게 검토할 필요가 있었다.

그 때문에 미라는 저택 주인의 표현에서 혐오감을 느꼈다.

『이제 이 저택에는 없다.』

그것은 진실이다. 데즈몬드 일행은 현재 저택이 아니라 지하수로에 있으니. 저택에 없다는 말은 사실인 셈이다.

"그럼 이렇게 하도록 하지. 정 그렇다면 마음껏 조사해 봐라. 만약 찾는 인물이 있을 경우에는 어떠한 벌이라도 받아주마. 하지만 아무것도 나오지 않을 경우에는…… 각오하도록."

주장이 평행선을 그리자 저택 주인이 타협이라도 하듯 그런 소리를 내뱉었다.

저택에 데즈몬드 일행이 없다는 것을 확인한다. 어쩔 수 없다는 듯한 투였지만 저택 주인의 그 말에는 사냥감을 함정으로 유인하는 듯한 교활함이 배어 있었다.

실제로 아무리 찾아봐야 찾을 수 있을 리가 없다. 하지만 그는 아직 알지 못했다. 미라가 그 말을 듣고 있었다는 사실을. 그리고 미라가 그 자리에 있다는 사실도.

"……그럼 조사하도록 하겠습니다."

숙고 끝에 팬들의 목격 증언과 자신의 직감을 믿기로 한 것인지, 기즈는 그렇게 답했다. 그리고 잠시 후에 정면 현관문이 열렸다.

"뭣…… 네놈은?!"

그렇게 외친 것은 저택 주인이었다. 걸려들었다고 말하는 듯한 미소를 짓고 있던 그는 문 앞에 있던 미라의 모습을 보고 표정이 확 바뀌었다.

하지만 그럴 만도 했다. 들려온 이야기의 흐름으로 미루어 볼 때, 이 상황에서 절대로 만나고 싶지 않았을 인물이 그곳에 있었으니.

'역시 그건 고의로 했던 짓인 모양이군.'

수로로 이어진 지하실은 완전히 봉쇄되어 있었다. 그리고 주인은 그 은폐 수준에 꽤나 자신이 있었던 모양이다. 그곳에 또 하나의 지하실이 있다는 사실을 들키지 않을 자신이.

하지만 지금, 그런 장소에 들어갔을 터인 미라가 눈앞에 있었다. 저택 주인과 달리 미라는 대담한 미소를 지어 보였다.

"그 주인의 말에 틀린 점은 없다. 다만 다소 표현이 부족한 것뿐이지."

미라는 눈에 띄게 당황한 저택 주인을 의기양양하게 노려보고서 그 시선을 병사들의 선두에 선 자에게 옮겼다.

"그런, 건가? 그래서, 당신은 누구지?"

중년이라 할 나이를 조금 넘겼을 듯한, 남자의 중후한 멋이 배어 나오기 시작한 그 사람이 바로 기즈인 모양이다.

기즈는 미라를 똑바로 쳐다보았다. 그런 그에게 미라는 간단히 자기소개를 했다. 소환술사 미라라고. '소환술사'라는 부분을 특히 강조해서.

"그렇다면 당신이 조금 전에 이야기를 들었던 정령여왕인가 보군."

"최근에는 그렇게도 불리고 있는 것 같더구나."

아무래도 퍼지다이스 팬이 정령여왕도 이곳에 왔다고 이야기했다는 모양이다. 그리고 데즈몬드 일행과 함께 저택에 들어갔다는 사실까지 기즈 일행은 파악한 듯했다.

그렇다면 본론만 말하겠다며 미라는 지금까지의 경위를 간결하게 설명했다. 저택 안에 남겨져 있던 퍼지다이스의 흔적과 그것을 감추려 한 사용인들. 그리고 흔적을 따라간 끝에 발견한 지하수로의 입구와 돌아왔을 때의 상태에 관해 모두 다.

"과연…… 그래서 그러한 소리를."

미라의 이야기를 통해 기즈도 저택 주인의 의도를 알아챈 모양이었다. 그가 고개를 돌려 노려보자 저택 주인은 눈에 띄게 동요해서 집사에게 도움을 청했다. 하지만 집사도 더는 방법이 없다는 듯 고개를 가로저어 답할 따름이었다.

"그럼 곧바로 데즈몬드 부대를 지원하기 위해 그 지하수로라는 곳으로 가도록 하지."

기즈 일행은 그렇게 말하고서 진입하기 시작했다. 미라는 그와 반대로 현관문으로 향했다.

"알아보기 쉽게 흔적이 남아있으니, 그걸 따라가면 따라잡을 수 있을 것이야."

스쳐 지나가며 미라가 그렇게 말하자 문득 기즈가 의아하다는 투로 말했다.

"안내해주면 될 일 아닌가?"

아무래도 기즈는 미라가 데즈몬드의 부탁으로 증원군을 부르러 온 줄 안 모양이다.

"아니, 이 몸은 앞질러 가기 위해 바깥으로 나온 것뿐이다. 증원군이니 뭐니 하는 이야기는 못 들었다만."

미라가 그렇게 답하자 기즈는 어이가 없다는 표정을 짓고서 "하여간 이 녀석은……"이라고 중얼거렸다.

기즈의 말에 의하면 병사장 중에서도 데즈몬드는 다른 부대를 내버려 두고 직감만으로 움직이는 문제아라는 모양이다. 하지만 그럼에도 그 직감이 빗나간 적은 없다고 한다.

"어쨌든 정보를 제공해주어 고맙다."

푸념 같은 말을 중얼거리면서도 예의를 차려 감사인사를 한 후, 기즈는 사용인 중 한 명을 안내역으로 붙잡아 빠른 걸음으로 저택 안으로 들어갔다.

"더는 괜한 짓 할 생각 마라."

위협적인 몸짓을 하는 다크나이트를 소환해 보이며 미라는 저택 사람들을 노려보았다. 그러자 저택 주인 일행은 열심히 고개를 끄덕여 동의를 표했다.

"자아, 이 몸도 서둘러야겠군."

이러고 있는 동안에도 퍼지다이스는 출구로 다가가고 있다. 안루티네가 빈번히 보내오는 정보에 의하면 앞으로 3분 안에 도착한다는 모양이었다.

미라는 곧바로 저택에서 뛰쳐나가, 그대로 페가수스를 소환해서 잽싸게 하늘로 날아올랐다.

"흠…… 이 아래에 출구가 있는 겐가."

미라는 최단거리로 하늘을 날아 가장 빠른 속도로 목적지에 도착했다.

학스트하우젠의 바로 옆, 초원을 양단하듯 흐르는 커다란 강. 지하수로의 출구는 그 수면 아래에 있고, 안루티네의 보고에 따르면 이제 곧 퍼지다이스가 그곳에 도착한다고 한다.

"자아, 이쯤이 좋으려나."

이럴 때를 위해 샀다는 듯 미라는 미채 망토를 두르고 가스 마스크와 암시 고글까지 장착해, 만반의 준비를 다한 상태로 땅에 엎드렸다.

밝은 도시에서 다소 떨어진 장소인 데다 날씨가 흐리기도 해서 주변은 짙은 밤의 어둠으로 뒤덮여 있었다. 그런 환경에서 야간용 미채는 최대의 효과를 발휘했고, 현재 미라의 위장률은 굉장히 높다고 할 수 있었다.

또한 앞으로 얼마나 기다리면 될지를, 안루티네의 보고를 통해 확실하게 알 수 있다는 것도 유리한 점 중 하나였다. 언제 올지도 모르는 상대를 매복한 상태로 기다리면 상당히 정신력이 소모되겠지만, 이번에는 그럴 걱정이 없다. 집중해야 할 타이밍을 안다는 것은 그만큼 커다란 이점인 것이다.

나아가 미라는 암시 고글을 통해 확보한 양호한 시야 말고도 '생체감지'라는 우수한 기능이 있었다. 범위 안에 들어오기만 하면 설령 고글이 없어도 놓칠 일은 없다.

그리고 현재, 미라는 마봉폭석 하나를 쥐고 있었다. 밤의 어둠 속에 던지면 눈 깜짝할 새에 어디로 갔는지 모르게 될 정도로 작은 돌이다. 하지만 이번 일을 위해 어젯밤에 준비한 그것은 미라가 만든 것이기도 해서 굉장한 힘을 지니고 있었다.

『아, 잠수했어. 곧 나갈 거야!』

안루티네의 마지막 보고가 들어왔다. 수로의 출구는 물속에 있다. 잠수했다는 것은 드디어 그 출구 바로 앞까지 왔다는 뜻이다.

미라는 살며시 몸을 일으키고서 천천히 마봉폭석을 쥔 손을 뒤로 무르고 숨을 죽였다. 그리고 강 속을 중점적으로 '생체감지'로 살폈다.

'왔구나!'

두꺼운 지면 아래에서는 감지 속도가 저하되지만, 물속이라면 그렇게까지 크게 저하되지 않는다. 그 덕분에 미라는 물속에 나타난 커다란 반응을 포착하는 데 성공했다.

그것이 분명 퍼지다이스일 것이다. 천천히 떠오르는 반응에 주의를 기울이며 손에 힘을 주었다.

그것이 수면에 도달하더니, 사람 형태의 그림자가 서서히 떠올라 강가로 다가왔다.

20미터 정도 떨어진 거리에서. 그림자가 좌악 소리를 내며 강에서 일어났다. 그리고 다음 순간, 마나의 흐름이 발생했다. 그것은 술식을 행사할 때의 전조 같은 것이라, 미라는 무슨 짓을 하려는 것인가 싶어서 상황을 살폈다.

'뭐야. 옷을 말리고 있는 것뿐인가.'

미라도 머리를 말릴 때 곧잘 사용하는 그 무형술을 사용하고 있는 듯했다.

그림자의 상태를 통해 그 사실을 알아챈 미라는 재빨리 움직였다. 무형술을 사용하면서 다른 술식을 사용할 수는 없기에 지금이 최고의 기회라 생각한 것이다.

그림자가 마침 이쪽에게서 몸을 돌린 순간, 미라는 잽싸게 일어나 마봉폭석을 투척했다. 밤의 어둠에 숨어 날카롭게 날아간 그 돌은 약간 빗나가기는 했지만 보기 좋게 그림자의 근처에서 작렬했다.

그것은 강렬한 섬광과 소리를 발했다. 미라가 작성한 마봉폭석은 흔히 말하는 스턴 그레네이드와 같은 효과를 지닌 것이었다.

직후, 작은 신음소리 같은 것이 들려온 참에 미라는 포박포를 들고 달려 나갔다.

제아무리 퍼지다이스라 해도 방금 그것을 맞고 오감이 정상인 상태로 서 있을 수는 없을 거다.

어젯밤, 그 효과를 자신의 몸으로 시험해 본 미라는 그렇게 확신하며 제압하려 했다.

남은 거리는 5미터. 1초도 채 걸리지 않을 거리까지 다가가자 그림자의 모습이 암시 고글에 의해 선명하게 보였다.

그곳에는 얼핏 보면 복장부터 모든 것이 평범하다고 말할 수밖에 없는 남자가 있었다. 어디에나 숨어들 수 있고, 구분하기 어려울 정도로 특징이 없는 남자가.

그리고 그렇기에 퍼지다이스라고 확신할 수 있었다.

'이걸로 끝이다!'

마봉폭석이 상당한 효력을 발휘했는지, 퍼지다이스는 아직도 정신을 못 차리고 휘청거리고 있었다. 미라는 때는 지금이라는 듯 그곳을 향해 포박포를 펼친 채 덤벼들었다.

하지만 그때.

"뭣, 이라고?!"

코앞까지 접근한 참에 미라는 무언가로 인해 신체의 자유를 빼앗기고 말았다.

"이 녀석, '묘지기 거미의 결계실'인가. 이런 가소로운 짓을……."

자세히 보니 검은 거미줄이 퍼지다이스를 보호하는 듯한 모양새로 주변에 둘러쳐져 있었다. 그리고 그 영역에 발을 들인 순간, 미라를 향해 단숨에 실이 쇄도해서 움직임을 봉하고 만 것이다.

"이것 참, 보기 좋게 허를 찔리고 말았군요."

심지어 그 짧은 시간에 감각을 되찾은 모양이다. 퍼지다이스는 감탄했다는 투로 말하며 미라를 바라보았다.

"이렇게 놀라울 때가……. 결국 특수부대가 나선 겁니까."

미라의 차림새를 본 퍼지다이스는 그렇게 말한 후, 옅은 미소를 지은 채 미라의 가스 마스크와 암시 고글, 그리고 포박포를 빼앗았다.

그 직후, 미라의 얼굴을 본 퍼지다이스는 다소 놀란 듯한 표정으로 "설마, 이렇게까지……"라고 중얼거렸다.

그것은 특수부대원이 소녀였기 때문일까, 아니면 낯익은 얼굴이었기 때문일까.

정확히는 알 수 없었지만 그는 아무 일도 없었다는 듯 "이렇게까지 바짝 쫓긴 건 처음입니다"라고 말을 이었다.

조금 전과 반대로 퍼지다이스가 포박포를 들고 미라에게 다가갔다.

제아무리 미라라 해도 포박포에 묶이면 옴짝달싹도 할 수 없게 된다.

하지만 현시점에도 이미 거미줄로 인해 신체의 자유는 거의 잃은 상태다. 기껏해야 손가락을 조금 움직일 수 있을 뿐이다.

"이봐라, 조금 묻고 싶은 게 있다만, 대답해주겠느냐?"

미라는 떨떠름한 얼굴로 그렇게 말했다. 그러자 퍼지다이스는 잠시 움직임을 멈췄다.

"묻고 싶은 것? 그건 그날 지하에서…… 아니— 혹시 그건 숲속에 있는, 어느 고아원에 관해 아느냐는 겁니까?"

퍼지다이스는 미라의 질문이 무엇인지 척 맞혀 보였다.

"음, 바로 맞췄다. 역시 소장과의 대화를 엿들은 모양이로군."

술사 조합에서 있었던 일에 지금의 반응으로 미루어, 준비 단계에서부터 무슨 이야기를 했는지 모두 알고 있었던 모양이다.

하지만 그럴 것이라 생각했던 미라는 딱히 놀라지 않았고, 오히려 그렇다면 서론은 건너뛰고 알려줄 수 없겠느냐고 물었다.

"그걸 찾는 이유를 들어보고서 말씀드리죠."

그렇게 답한 퍼지다이스는 떠보듯이 미라의 얼굴을 들여다보았다. 표정 변화를 통해 진위 여부를 판단하려는 것인지, 아니면 다른 목적이 있는 것인지. 그의 눈은 전에 없이 날카롭고 진지한 빛을 띠고 있었다.

'뭐어, 그러할 테지. 당연히 그걸 밝혀야만 이야기해 줄 테지.'

목적인 고아원의 위치는, 교섭하기에 따라 대화로 결판이 날 가능성도 있었다. 하지만 그러려면 상대가 이야기해도 괜찮겠다고 생각할 만한 이유를 명확하게 제시해야만 한다.

힘없는 아이들이 많이 모이는 고아원. 각지에 있는 그것들 가운데 굳이 특정한 장소를 찾고 있는 미라의 상황은, 타인의 눈에 상당히 수상쩍어 보일 것이다. 고아원 쪽에 서 있는 자라면 더더욱 경계할 만한 일이다.

다시 말해서 이유를 이야기하지 않고 장소만 캐내는 건 불가능한 것이다.

그러나 이유는 말할 수 없다. 설령 지인이 있다는 소문을 들어서 확인하러 왔다는 말로 약간 얼버무린다 해도 그 지인은 구체적으로 누구냐고 되물을 것이다.

지금 필요한 것은 상대가 납득할 만큼 명확한 이유다.

그렇다고 솔직하게 그 고아원의 원장이 아르테시아인지 어떤지를 확인하러 왔다고 이야기할 수는 없는 일이다.

이러니저러니 해도 그것은 국가 기밀이기 때문이다.

미라 역시 정체가 확실치 않은 상대에게 선뜻 말할 수는 없는 사안이었다.

결과적으로 미라의 선택지는 하나뿐인 셈이다.

예정대로 퍼지다이스를 붙잡아 불게 하는 것. 어쩌면 그 이외에도 방법은 있을지도 모르지만, 그것밖에 떠오르지 않아서 미라는 곧바로 행동에 나섰다.

"이유라……. 그건 비밀이다."

퍼지다이스를 노려보며 그렇게 말한 미라는 다음 순간, 움켜쥐고 있던 손을 펼치며 힘껏 눈을 감았다.

그 직후, 손에서 떨어진 작은 돌이 두 사람 사이에서 작렬하여 강렬한 빛과 소리를 냈다.

"큭……."

희미한 신음소리가 들려왔다. 이번에도 어찌어찌 퍼지다이스를 움츠러들게 하는 데 성공한 모양이다.

하지만 그것은 마주하고 있던 미라도 마찬가지였다. 눈을 감아서 섬광은 보지 않았지만, 강렬한 음파로 인해 의식이 아득해질 것만 같은 상태였다.

하지만 그 상태로도 미라는 간신히 선술 '호무라마토이(焰纏)'를 발동하는 데 성공했다. 그리고 두 손에 깃든 화염으로 거미줄을 불태웠다.

"으…… 뜨겁구나아!"

활활 타들어가는 거미줄을 떨쳐낸 후, 현기증을 참아내며 억지로 후방으로 물러나 세차게 땅바닥을 굴렀다. 그렇게 했음에도 다크나이트 프레임의 효과로 다소의 열기를 느끼기는 했으나 화상은 입지 않았고, 상당히 많이 굴렀음에도 찰과상 하나 입지 않았다.

'이건 분명 역사에 남을 발명일 게야!'

이 정도면 마물과의 실전에서도 활용할 수 있을 것 같다.

흔들리는 의식 속에서도 미라는 새로운 술식의 유용함에 자신도 모르게 웃음소리를 흘리고 말았다.

하지만 그것도 잠시뿐이었다.

퍼지다이스보다 먼저 어지럼증에서 회복하고서 상대의 상태를 재빨리 살폈다. 하지만 암시 고글을 빼앗긴 탓에 육안으로의 확인하는 데는 한계가 있었다.

"이거 참…… 귀찮게 됐구나."

눈으로는 안 보여도 미라는 퍼지다이스의 주변에 둘러쳐진 마나의 기척을 감지했다. 아무래도 마봉폭석의 영향을 받고도 그 짧은 사이에 거미줄 결계를 다시 친 모양이다. 상당한 기력과 근성이었다.

퍼지다이스를 지키는 거미줄 결계가 형성되었다. 좀 전의 것은 접근한 자를 구속하는 효과가 있었지만, 이번 것은 과연 어떨까.

거미줄이라 한들 강마술의 그것은 종류가 많다. 그리고 이 밤의 어둠 속에서는 눈으로 보고 종류를 추려내기가 어렵다.

하지만 현재 상황에서 그것을 추려낼 수 있는 요소가 하나 있었다. 그리고 추려낸 결과, 공통된 약점이 떠올랐다. 그것은 전체적으로 불에 약하다는 점이었다.

따라서 미라는 다시 새로운 소환술을 행사했다.

【환장소환(換裝召喚) : 버밀리온 프레임】

미라의 새로운 소환술인 다크나이트 프레임. 거기에 불의 정령

샐러맨더의 힘을 주입하는, 정령왕의 가호를 이용한 특수 소환. 그것이 이 환장소환(미라가 지어낸 이름)이다.

불의 힘이 깃든 버밀리온 프레임이라면 구속하려 드는 거미줄을 그대로 쉽게 태워버릴 수 있을 것이다.

"약점을 이용하는 것 같아 미안하다만, 그건 그거고 이건 이거다."

강마술의 거미줄에도 불에 강한 타입은 존재한다.

하지만 그것들은 조금이나마 살상력을 지닌 것이기에, 미라는 소문으로 듣던 의적 퍼지다이스라면 결코 그것들을 사용하지 않을 것이라 예상했다.

미라는 포박포를 새로 꺼내 다시 퍼지다이스를 향해 달려 나갔다.

홍련의 광채를 두르고 거미줄의 결계에 들어서자, 예상한 대로 거미줄이 미라에게 쇄도했다. 하지만 그것들은 의도한 대로 불타버렸다.

"여기다~!"

상대는 아직 현기증에서 회복하지 못한 것인지 움직임이 둔하다. 미라는 그를 단숨에 덮치듯 달려들어, 손에 든 포박포를 펼쳤다. 그리고 퍼지다이스를 그것으로 감싸는 데 성공했다.

"끙…… 이 감촉은……."

힘차게 땅을 구른 미라는 퍼지다이스가 저항하기 전에 빙글빙글 천을 둘러 완전히 구속한 참에 위화감을 느끼고 뒤를 돌아보았다.

"그나저나 기묘한 술식을 사용하는군요. 방금 그건 조금 위험했습니다."

조금 전까지 퍼지다이스가 서 있던 장소. 그 땅바닥에 남아있던 거미줄이 고치처럼 솟아나더니 그 안에서 퍼지다이스가 유유히 모습을 드러냈다.

"호오, 이중으로 함정을 판 것이었나……."

품안으로 시선을 돌려 확인해보니 포박포로 붙잡은 것은 풀을 엮어 만든 인형이었다. 퍼지다이스는 그 인형에 자신의 환영을 덧씌웠던 것이다.

본래 미라의 마력이라면 설령 최상급 강마술사가 상대라 해도 완전히는 속지 않는다.

하지만 이 밤의 어둠 속에서는 애초에 진짜라 하더라도 자세히는 구분해낼 수가 없기에 효과가 반감된 환영임에도 통한 것이다.

게다가 본체는 불연성 거미줄을 땅바닥에 치고 그 아래에 숨어 있었다. 심지어 인형 바로 아래에 위치해 있었던 탓에 미라의 '생체감지'도 속고 만 것이다.

'이거 생각했던 것보다 훨씬 강적이로군.'

마봉폭석을 맞고도 그러한 계획을 실행해낸 기력이 놀라울 따름이다. 어정쩡한 효과를 가진 것에는 대처할 것이라 생각해야 할 듯했다.

'역시 비장의 카드를 꺼내는 수밖에 없는가…….'

이번 목적은 어디까지나 정보를 캐내는 것이다. 그리고 그러기 위한 가장 빠른 방법은 붙잡는 것이었고, 가능하면 멀쩡한 상태로 그렇게 하고 싶었다.

살상력이 없는 수단만 사용하는 퍼지다이스를 상대로 가차 없이 공격을 퍼부어 승리한들, 과연 진짜 이겼다고 할 수 있을까. 그런 쓸데없는 자존심이 발목을 잡았던 것이다.

하지만 그건 변명 같은 것에 불과하다. 미라가 그런 생각을 하기에 이른 것은 그의 팬들 때문이었다.

그 누구도 상처 입히지 않는 정의의 영웅을, 무자비하게 공격해서 쓰러뜨린다. 퍼지다이스와 적대하고 있는 시점에서부터 미운털이 박힐 게 분명하건만 정말 그렇게 할 경우, 미라는 완전한 악역이 되고 말 것이다. 무엇보다도 그녀들의 영웅을 끝나게 한 인물로서 이름을 떨치게 될 거다.

'앞으로 계속 등 뒤를 조심하며 살기는 싫으니 말이야……'

그렇기에 하다못해 상대와 마찬가지로 비살상 수단만 사용해 대등하게 싸워 정정당당하게 붙잡았다는 사실이 필요하다고 미라는 생각했다.

"그렇다면 역시, 이 방법밖에 없겠군."

퍼지다이스 정도의 실력자를 상대로 효과가 있을 법한 비살상 수단은 이번에 준비해온 것 정도뿐이다. 파우치에서 그것을 꺼낸 미라는 다시 한번 퍼지다이스를 바라보았다.

그에 반해 잔뜩 경계하고 있는 퍼지다이스는 좀 전부터 미라의 손을 주목하고 있었다. 두 번이나 극복해내기는 했지만 마봉폭석의 효과가 없었던 것은 아니다.

효과는 있다. 하지만 그때그때 대응하는 데도 한계가 있다. 그렇기에 경계하는 것이다.

'이제 간단히는 먹히지 않을 것 같구나.'

미라는 움켜쥔 손에 반응하는 퍼지다이스의 모습을 통해 마봉폭석을 매우 경계하고 있는 것 같다는 것을 알아챘다. 그리고 그 사실을 알아챘기에 행동에 나섰다.

순간, 미라는 '축지'로 그 자리에서 사라졌다가 순식간에 퍼지다이스의 측면, 건너편에 강이 보이는 위치로 이동했다.

"이건 어떠냐~!"

미라는 그렇게 외치며 손에 든 마봉폭석 십여 개를 한꺼번에 던졌다. 그것은 이전의 두 번과 달리, 너무도 직접적인 행동이었다. 심지어 이번에는 물량 공세라는 매우 단순한 수법을 사용했다.

"뭐……?!"

퍼지다이스는 미라의 이동에는 잽싸게 반응해 보였다. 그리고 분명 곧이어 허점을 찌르는 공격이 올 것이라 생각했던 것이리라. 그렇기에 그냥 흩어져 날아드는 돌을 보고 놀란 듯 외친 거다. 하지만 경계하고 있었던 만큼 대응도 빨랐다.

퍼지다이스에게서 날카롭게 뻗어 나온 거미줄이 모든 돌을 순식간에 붙잡았다.

그러자 마봉폭석은 거미줄로 된 고치 속에서 작렬해서 빛과 소리는 약간 흘러나오는 데서 그쳤다.

'흠…… 포식자의 거미줄로 전환한 모양이로군.'

강마술의 거미줄은 날아드는 물체를 붙잡는 데 탁월한 효과가 있다. 퍼지다이스는 화살 세례조차도 막아내는 그것을 마봉폭석의 대응책으로 사용한 듯했다. 또한 실의 강도 자체는 강하지 않았지만 폭발력이 없는 스턴용 마봉폭석이라면 충분히 봉할 수 있는 것 같았다.

그 거미줄의 등장으로 정면에서 마봉폭석을 먹이는 건 거의 불가능해졌다. 하지만 미라는 전혀 개의치 않고 대담한 미소를 지었다.

포식자의 거미줄의 힘은 날아드는 물체를 상대로 할 때 거의 무적이라 할 수 있을 정도다. 하지만 그만큼 강력한 힘을 다루려면 당연히 상당한 집중력이 필요하다.

따라서 퍼지다이스는 더더욱 미라에게 집중할 수밖에 없었다.

27

"아직 멀었다, 이제 시작이다~!"

그렇게 소리친 미라는 또다시 돌을 한 움큼 흩뿌렸다.

하지만 그 돌은 마봉폭석이 아니었다.

디누아르 상회 등에서도 취급하는 착화석이라는 일용품이다.

하지만 불에 약한 거미줄쯤은 태우고도 남는다. 게다가 방의 어둠 속에서는 지금까지 사용한 마봉폭석과 구분이 안 될 것이다.

그 직후, 미라는 또 하나의 돌을 손에 숨겼다. 그것은 좀 전보다 커다란 마봉폭석이었다.

하지만 퍼지다이스의 관찰안은 그런 미라의 움직임을 포착한 상태였다.

"어이쿠, 이번에는 좀 노골적이군요."

착화석이 퍼지다이스의 방어권 안으로 날아든 순간. 미라의 노림수를 알아챈 것인지 그는 착화석을 거미줄로 받지 않고 그대로 옆으로 훌쩍 뛰었다. 그리고 미라의 손을 경계했다.

그 등 뒤에서는 목표를 잃은 착화석이 뿔뿔이 흩어진 채 강에 착수해서 슈욱, 하는 작은 소리를 내며 가라앉았다.

"과연. 또 거미줄을 불태울 속셈이었나요."

그것을 통해 미라의 꿍꿍이를 알아챈 것도 모자라 손안에 진짜 노림수가 있다는 것까지 알아챈 눈치였다. 퍼지다이스의 시선이 강해졌다.

"끄응, 건방지구나!"

속셈이 들통 난 미라는 이제 될 대로 되라는 듯 노림수로 준비한 돌을 던졌다. 손을 떠난 돌은 큰 포물선을 그리며 퍼지다이스에게 날아갔다.

"그런 것은——……?!"

언뜻 보아도 크다는 것을 짐작할 수 있을 정도로 큰 그 돌은 막대한 힘을 지녔다. 그 사실을 알아챈 퍼지다이스는 시선을 살짝 허공으로 옮겼다. 그리고 그 직후, 미라의 의도를 깨달았다.

그 돌은 될 대로 되라고 던진 것이 아니라 확고한 목적을 가지고 던진 것이었다. 바로 공중으로 시선을 돌리는 것이다.

괴도는 재빨리 미라에게로 다시 시선을 돌렸다. 노림수인 척 돌로 주의를 끈 후, 진짜 노림수를 던진다. 단순하지만 효과적인 수단이다.

하지만 퍼지다이스는 거기에서 한 번 더 허를 찔렸다는 사실을 깨달았다. 갑자기 옆에서 희미한 바람 가르는 소리와 함께 날아든 화살이, 퍼지다이스의 발치에서 약간 앞쪽에 꽂힌 것이다.

그것은 도시의 외벽 위, 의식 가능 범위의 한참 바깥쪽에 자리한 발키리 자매의 차녀, 엘레티나가 쏜 화살이었다. 그리고 그 화살에는 작은 돌멩이가 단단히 매여 있었다.

돌이 힘을 해방할 전조를 보인 순간. 화살은 완전히 허를 찌르는 모양새로 날아들었지만, 괴도의 저력은 예상을 뛰어넘었다. 눈 깜짝할 새 뻗어 나온 거미줄이 섬광과 소리를 완전히 봉하고 만 것이다.

그것은 말 그대로 반사적이라고 할 수 있을 정도라, 생각하고 움직여서는 낼 수 없을 듯한 속도였다.

하지만 그는 또 하나의 존재도 잊지 않았다. 한 차례 눈을 떼었다고는 하나 완만한 호를 그리며 날아드는 돌 정도는, 거미줄을 다루는 그에게 아무런 위협도 되지 않았다. 겨우 괴도의 범위 안으로 날아든 참에 그는 그것을 겸사겸사 붙잡았다.

"잡았구나."

커다란 마봉폭석이 거미줄에 붙잡힌 직후, 미라는 대담한 미소를 지었다. 그것이야말로 진짜 목적이었다는 듯이.

거미줄에 감싸인 돌이 그 힘을 해방했다. 그리고 그것은 빛과 소리가 아니라 강렬한 바람을 폭발적으로 일으켰다.

"이건……!"

돌을 감쌌던 거미줄이 바람을 견디지 못하고 끊어져 날아가자, 그곳을 중심으로 부풀어 오른 폭풍이 퍼지다이스의 몸을 허공으로 높이 날려 보냈다.

"지금입니다냥~!"

그러자 그때를 노리고 있었다는 듯이 강의 수면에서 단원 1호가 튀어나왔다. 지하수로에서 안루티네와 합류한 후, 계속 물속에서 타이밍을 엿보고 있었던 것이다.

폭풍으로 인해 자세가 무너진 퍼지다이스에게 접근을 막을 수단은 없었다. 단원 1호는 공중에서 그에게 꼭 달라붙었다. 그리고 그대로 땅바닥을 나뒹굴어도 손을 떼지 않고 퍼지다이스에게 매달려 있었다.

"어……? 너는 설마――?!"

그 단원 1호의 모습을 보자마자 퍼지다이스는 명백하게 동요한 듯한 표정을 지었다.

하지만 동시에 마봉폭석이 단원 1호의 목에 펜던트처럼 매달려 있는 것도 알아챘다.

퍼지다이스는 떼어내려 애를 썼다. 하지만 단원 1호는 오기로라도 놓지 않겠다는 듯 단단히 버티며, 각오를 굳힌 것만 같은 얼굴로 냉소적인 미소를 지어 보였다.

"지옥에서 만나자냥, 베이비."

늠름한 얼굴로 그렇게 말한 단원 1호의 등에 자리한 팻말에는 [가족에게 사랑한다고 전해줘]라고 적혀 있었다. 참고로 단원 1호는 독신이다.

마봉폭석이 기동한다. 이제 몇 초 후면 작렬할 것이다. 바로 그때. 퍼지다이스가 단원 1호의 꼬리 이음매와 옆구리를 간지럽혔다.

그러자 놀랍게도 굳게 결심을 굳혔던 단원 1호가 손을 떼고 말았다.

"냐후후~웅! 거기는 안 됩니다냥! 간지럽습니다냥~!"

단원 1호는 요란하게 몸부림을 쳤다. 민감한 포인트를 정확하게 노렸기에 그런 반응을 보일 수밖에 없었다.

"역시……!"

퍼지다이스는 그때를 놓치지 않고 떼어내는 데 성공했고, 그대로 단원 1호를 망설임 없이 집어던졌다.

"아차, 입니다냥~!"

요란하게 허공을 날아간 단원 1호는 그 직후, 강렬한 섬광과 소리를 내뿜으며 밤하늘 속으로 사라졌다.

"정령여왕님…… 당신은――."

신경 쓰이는 일이라도 생긴 것인지. 화려하게 산화한 단원 1호는 아랑곳하지 않고 퍼지다이스는 미라에게 다가갔다.

하지만 그 순간, 그의 눈앞에 작은 돌이 후두둑 떨어졌다.

그 돌은 상공에서 대기 중이던 히포그리프와 워즈랑베르 팀이 떨어뜨린 것이었다. 밤의 어둠 속에서 기척을 감춘 채 계속 그 순간을 노리고 있었던 것이다.

퍼지다이스는 순간적으로 대응했다. 하지만 완전한 기습과 같은 모양새가 된 그것은 지체 없이 작렬하여 빛과 소리를 흩뿌렸다.

"그게 진짜 노림수다!"

가만, 뭐라고 말하려 했던 것 같은데. 그런 생각이 들었지만 지금이 바로 최대의 기회라고 확신한 미라는 포박포를 손에 들고 달려 나갔다.

"큭……."

이번에는 완전히 먹혀들었는지 퍼지다이스는 비틀거린 끝에 무릎을 꿇고 말았다. 그런 퍼지다이스를 중심으로 거미줄이 급속도로 퍼지기 시작했다.

'이런, 꽤나 강력한 '이드의 환영'이로군…….'

그 모습을 본 미라는 경계심을 최대치까지 끌어올렸다.

'이드의 환영'은 강마술의 최상위 기능 중 하나다. 그것은 술자가 행동불능에 빠질 경우, 일시적으로 내면의 그림자가 출현하여 술자를 호위하기 위한 강마술을 행사하는 것이다.

다시 말해서 자동 요격 모드 같은 상태라 퍼지다이스 본인의 사고와는 무관하게 움직인다.

요컨대 현재의 퍼지다이스는 어떤 공격수단을 사용해도 이상할 것이 없는 상태인 것이다.

"호랑이 굴에 들어가야 호랑이를 잡지!"

그럼에도 미라는 계속 전진했다. 어떠한 공격수단을 사용할지는 알 수 없지만, 술자의 의지가 개입하지 않는다면 파고들 틈은 얼마든지 있기 때문이다.

거미줄에 발을 들이자 눈 깜짝할 새에 무수히 많은 거미줄이 쇄도했다. 하지만 그것들은 미라가 두른 버밀리온 프레임에 의해 불타버렸다.

다음에 닥쳐든 것 역시 거미줄이었다. 하지만 그것은 날카롭게 벼려진 칼날 같았다.

'이로써 이 몸은 처음으로 퍼지다이스의 공격을 받은 자가 되겠구나.'

강철 거미줄을 부분소환한 타워실드로 막고, 그대로 가볍게 뛰어넘은 미라는 계속해서 다크나이트의 부분 소환을 여러 번 발동해서 중심부에 있던 검은 그림자를 베었다. '이드의 환영'의 본체를.

그 순간, 주변에 있던 거미줄이 모두 사라지고 행동 불능 상태가 된 퍼지다이스만이 그 자리에 남았다.

"체포다~!"

단숨에 거리를 좁힌 미라는 포박포를 펼쳐 퍼지다이스에게 달려들었다. 그리고 이제 몇 센티미터 남지 않은 순간.

"뭣이라?!"

아직 현기증에서 회복하지 못했을 터인 퍼지다이스가 손을 뻗어왔다.

키 차이가 큰 탓에 그 손은 미라보다 먼저 닿았다. 그리고 정확히 가슴 부분을 짚었다. 나머지 한쪽 손이 뻗어와 이번에는 미라의 사타구니를 짚었다.

그것은 그야말로 순식간에 벌어진 일이었다. 먼저 붙잡힌 미라는 자신이 달려들던 속도 그대로, 말끔한 폼으로 허공에 내던져지고 말았다.

"뭣이라고~?!"

순식간에 십여 미터 높이까지 날아간 미라는 허둥지둥 자세를 바로잡고 '공활보'를 사용해 허공을 박찼다. 그리고 추가 공격이 오지 않는지 확인하고서 천천히 땅으로 내려가며 퍼지다이스의 상태를 살폈다.

그때 미라의 눈에 들어온 것은 현기증 같은 건 진작 회복한 듯 꼿꼿이 선 퍼지다이스의 모습과 희미하게 포개어진 검은 그림자였다.

'설마…… 방금 그것도 '이드의 환영'이었던 겐가?'

미라가 아는 '이드의 환영'은 술식을 자동으로 발동하는 것이었다. 하지만 그것은 지금으로부터 30년 전의 기억이다. 어쩌면 이 기술 역시 30년 동안 진화한 것일지 모른다.

그렇다. 술자 본체를 움직여 긴급 회피를 행할 정도로.

"역시 보통내기가 아니로군…….."

땅으로 돌아온 미라는 경계하며 다가갔다. 그에 반해 퍼지다이스는 움직이지도, 미라를 보지도 않았다. 미라가 기억하는 '이드의 환영'의 효과처럼, 범위 안으로만 들어가지 않으면 요격하지 않는 모양이다.

그렇다면 이번에는 한쪽으로 주의를 끌어볼까. 그런 작전을 실행하려던 참에 퍼지다이스를 뒤덮고 있던 검은 그림자가 흩어졌다.

"잠깐…… 타임."

문득 퍼지다이스는 미라를 향해 그런 소리를 했다. 현기증에서 막 회복한 탓에 약간 비틀거리며 손바닥을 미라에게 내민 자세로.

그냥 시간벌이를 하려는 것일 가능성도 있다. 하지만 퍼지다이스가 그러한 수법을 쓸 것 같지는 않아서 미라는 걸음을 멈췄다.

"무어냐, 항복이냐?"

미라의 실력에 겁을 먹고 고아원의 위치를 자백하기로 한 걸까. 그런 옅은 기대를 품은 채 미라가 묻자 퍼지다이스는 쓴웃음을 짓고서 "그러고 싶기는 하지만"하고 답하기 시작했다.

"정령여왕님, 당신에게 묻고 싶은 게 있습니다. 그 답을 들어보고 당신이 바라는 정보를 알려드리기로 하죠."

똑바로 몸을 돌린 퍼지다이스는 진지한 눈빛으로 그런 소리를 했다.

'묻고 싶은 것이라고?'

대체 그는 무엇을 알고 싶은 것일까. 다소 수상쩍기는 했지만 이 제안은 기회라고 미라는 생각했다.

"찾고 있는 이유는 무리다."

"네, 물론이죠."

만약을 위해 확인했지만 퍼지다이스는 당연하다는 듯 답했다. 이번에야말로 뭘 물으려 하는 것인지 전혀 짐작이 되지 않았다.

"해서, 무엇이 알고 싶으냐?"

미라가 그렇게 되묻자 퍼지다이스는 잠시 주변을 둘러보았다. 그리고 무언가를 찾아냈는지 그쪽을 가리키며 말했다.

"저기 있는 캐트시 말입니다만, 단원 1호씨, 맞죠?"

퍼지다이스가 가리킨 곳. 그곳에는 땅에 엎드린 채 호시탐탐 무언가를 노리고 있는 단원 1호의 모습이 있었다.

단원 1호는 자신의 위치를 들켰다는 사실을 알아챈 순간 "야옹~" 하고 고양이 흉내(?)를 내서 무언가를 얼버무리려 했다.

"……저 딱한 모습으로 미루어, 그렇다고 생각할 수밖에 없을 것 같은데, 어떤가요?"

퍼지다이스가 그렇게 말을 이었다. 그 눈에는 확신 같은 무언가가 숨어 있었고, 동시에 미라는 그 질문이 의미하는 바를 깨닫게 되었다.

"단원 1호를 알고 있다는 것은 혹시…… 아니, 역시 그대는…… 호시자키 스바루(星崎昴)인 게냐?!"

미라가 그 이름을 내뱉은 순간. 어찌 된 일인지 눈앞에 있던 퍼지다이스의 분위기가 돌변했다.

"옳으신 말씀! 밤하늘을 달리는 한 줄기 빛! 그게 바로 나, 호시자키 스바루이자 정의의 유성, 스타 저스티스다!"

느닷없이 퍼지다이스는 말투까지 모든 것이 확 바뀌어 버렸다. 좀 전까지의 새침한 분위기는 어딘가로 가버리고, 어쩐지 열혈남아 같은…… 히어로(영웅) 바보로.

"일단 예상은 했었지만, 정말로 그대였을 줄이야……."

미라는 그렇게 변한 모습을 보고 쓴웃음을 지었다. 예상은 했지만 증거가 없었다. 그 원인 중 하나가 이거였다. 퍼지다이스의 이미지가 열혈 바보인 그와는 동떨어져 있었던 것이다. 굳이 말하자면 특촬물의 레드와 블루만큼 달랐다.

하지만 현재, 그것이 진실로 확정되었다. 퍼지다이스의 정체는 바로 아홉 현자의 일원인 '기연(奇緣)의 라스트라다'였던 것이다.

또한 호시자키 스바루는 본명이 아니라 그의 히어로 네임이다.

"나도 깜짝 놀랐다고. 그 사령관이 이렇게 히로인처럼 변해 있을 줄이야!"

발랄하게 웃는 남자, 퍼지다이스……가 아니라 스타 저스티스는 미라를 빤히 쳐다보더니 "그 귀여운 외모, 저스티스해!"라며 엄지손가락을 세워 보였다.

캐트시인 단원 1호는 상당히 특징적이라 알아보았다고 한다.

미라 역시 덤블프였던 시절에 비해 엄청나게 달라진 탓에 못 알아보았지만, 그는 단원 1호를 통해 미라의 정체에 도달했다는 모양이다.

"그것에 관해서는 언급하지 말도록."

미라는 시선을 피하며 답한 후, 버밀리온 프레임을 해제함과 동시에 주변에서 대기 중이던 자들 모두를 치하하는 말을 하고서 송환했다. 퍼지다이스가 라스트라다라는 사실을 알았으니 더 이상 싸울 필요는 없다고 판단했기 때문이다.

그리고 그것은 라스트라다도 마찬가지인지 전개 중이던 술식을 해제했다.

"그나저나 괴도의 정체가 그대라면 이야기가 쉬워지겠구나."

미라가 띤 임무의 목표 그 자체인 그라면 고아원을 찾고 있으니 어쩌니 하는 간접적인 표현을 사용하지 않아도 될 것이다. 단도직입적으로 그 고아원에 아르테시아가 있느냐고 물어보면 그만이기 때문이다.

"사실 지금 말이다——."

귀환하지 않은 아홉 현자들을 찾고 있다는 말을 미라가 하려던 순간.

"이봐, 이쪽이다! 누가 여기 있다!"

"빨리 조명 가져와!"

그런 목소리가 도시 쪽에서 들려왔다.

"이런. 아무래도 느긋하게 대화할 시간은 없을 것 같은데?!"

자세히 보니 경비병과 모험가들이 줄줄이 이쪽으로 오고 있었다. 미라가 여러 차례 사용한 마봉폭석의 소리를 듣고 무슨 일인가 하고 모여든 모양이다.

그것을 본 라스트라다는 웃옷을 벗었다. 그리고 안팎을 뒤집어 입고 마스크를 다시 쓰자, 좀 전의 수수한 모습은 어디론가 사라지고 퍼지다이스가 다시 등장했다.

"오호…… 그러한 구조로 되어 있었던 겐가."

퍼지다이스의 의상은 얼핏 보면 몇 겹의 옷을 덧입은 듯했다. 하지만 그것은 빨리 갈아입기에서 사용되는 옷처럼 실로 단순하게 되어 있어서, 미라는 그 빠른 변장 속도에 감탄했다.

"일단 자세한 이야기는 나중에 하자. 기다리고 있어. 이번에는 이쪽에서 연락할 테니까!"

그렇게 말함과 동시에 라스트라다가 무언가를 던져서 건넸다.

"무어냐? ……이것은?!"

반사적으로 받아서 그것을 본 미라는 경악했다. 라스트라다가 건넨 것은 보석이 잔뜩 박힌 펜던트였기 때문이다.

이걸 어쩌라는 게야. 미라는 그렇게 물으려 했지만 그 직후, 조명이 미라 일행의 주변을 비추었다.

"찾았다, 퍼지다이스다!"

"오오, 정령여왕님도 있다! 이런 곳까지 쫓아왔었다니!"

경비병들이 조명을 켠 모양이다. 자세히 보니 몇 개나 되는 부대가 이곳으로 달려오는 모습이 보였다.

"그럼, 뒷일을 부탁해."

라스트라다는 작은 목소리로 그렇게 말한 후, 과장스럽게 도약해 물러나 보였다.

"이거 상황이 좋지 않군. 과연 정령여왕이라 불리는 모험가로군요. 그건 포기하도록 하죠!"

그는 퍼지다이스로서 경비병들에게도 들리도록 큰 목소리로 말한 후, 주변에 무언가를 흩뿌렸다. 그러자 그것들에서 대량의 연기가 흘러나와, 눈 깜짝할 새 주변 일대를 뒤덮었다.

"그럼 안녕히, 제군들!"

연기로 아무것도 보이지 않는 가운데, 퍼지다이스의 목소리가 멀어지더니 기척 자체가 어둠 속에 녹아들 듯 사라졌다. 그것은 실로 괴도다운 퇴장 방법이었다.

'……뭐어, 정체를 알아냈으니 만족하도록 할까.'

이번에는 목적한 정보를 알아내지 못했다. 하지만 그것으로 이어질…… 아니, 그 이상의 정보를 손에 넣었다.

아홉 현자의 일원인 '기연의 라스트라다'가 바로 퍼지다이스의 정체다. 아르테시아를 찾으러 왔다가 예상치 못한 사람을 찾아내는 데 성공했다. 정말 재수가 좋았다.

다만 느긋하게 대화를 나누지 못한 것이 유감일 따름이다.

'그나저나 나중에 보자고 했는데, 언제를 말하는 겐지 원.'

그런 생각을 하는 동안 연막은 걷혔고, 병사들과 퍼지다이스 전문인 월경법제관이 이쪽으로 달려오는 모습이 보였다.

28

"무슨 소리인가 싶어서 보러 왔더니 정령여왕님이셨습니까. 말씀은 들었습니다. 이번에 엄청난 실력을 지닌 A랭크가 협력해주고 있다고 말이죠. 이것 참, 그런 소리가 난 걸 보면 상당한 격전이었나 보군요."

도착하자마자 병사장은 어쩐지 잔뜩 기대하는 듯한 눈으로 그런 소리를 했다. 또한 그는 데즈몬드와 다른 부대의 병사장이었다.

"하지만 놓치고 말았군요. 이야, 설마 저런 식으로 도망칠 줄이야."

퍼지다이스의 목소리가 사라진 방향을 노려보며 그런 말을 한 것은 남자 월경법제관이었다. 수법을 잘 알고 있기에 이번과 같은 장면을 본 건 처음이라며 놀란 얼굴을 하고 있었다.

하지만 이면에서는 은밀히 협력하고 있는 관계인 탓인지, 월경법제관은 과연 퍼지다이스라는 투로 말을 했다.

그러면서 "그 정도까지 몰아세우다니, 역시 A랭크 모험가님은 굉장하시군요"라고 미라를 추켜세우는 것도 있지 않았다.

"지금껏 상대해온 그 누구보다 만만치 않은 녀석이었지."

일단 겸허하게 답한 후, 미라는 손에 펜던트를 쥐고 있었다는 사실을 기억해냈다. 퍼지다이스가 건넨 그것이 무엇인지, 일단 물어보기 위해.

"헌데, 이것 말이다만──."

미라가 그렇게 말하며 펜던트를 두 사람에게 보인 그 순간.

"오오! 그건 '은천(銀天)의 에우로스'가 아닙니까!"

월경법제관이 눈을 부릅떴다. 그리고 병사들이 술렁거리는 가운데, 병사장 역시 그것을 뚫어지게 쳐다보며 놀란 표정을 지었다.

"이럴 수가······! 퍼지다이스에게서 되찾은 겁니까?! 이거 정말 엄청난 쾌거군요!"

병사장이 그런 소리를 하자 병사들과 월경법제관이 억만장자가 어쩌니, 일확천금이 어쩌니 하고 소란을 떨어댔다.

"······으음, 무엇이냐. 이게 그렇게 대단한 물건인 게냐?"

그냥 퍼지다이스가 휙 건네준 물건에 불과했던지라 미라는 잔뜩 들뜬 그들에게 장단을 맞추지 못하고 기본적인 질문을 입에 담았다. 그 '은천의 에우로스'라는 게 무엇이냐고.

"모르는 상태로 보란 듯이 이걸 되찾다니······ 과연 대단하십니다!"

병사장은 더욱 놀란 동시에 감동한 듯한 투로 자세히 설명해주었다.

퍼지다이스에게서 되찾은(?) 펜던트 '은천의 에우로스'. 그것은 돌레스 상회장이 소중하게 여기던 최상급 보물이었다.

박혀 있는 보석도 보석이지만, 실로 면밀하게 이루어진 세공은 예술 그 자체인 데다 사람의 손으로는 결코 자아낼 수 없는 자연스러운 빛깔이 훌륭한 조화를 이루고 있는 물건이다.

또한 밤하늘에 빛나는 별들을 나타냈다는 그것에는 소문에 따르면 장사의 신의 축복이 담겨 있다고 하며, 그 가치는 최소한 30

억은 될 것이라고 한다.

"허어…… 30억이라고?!"

손바닥 사이즈의 30억짜리 별하늘. 심지어 월경법제관의 말에 따르면, 이번 사건으로 가격이 오를지도 모른다는 모양이다.

장사의 신의 축복이 깃들었다는 이야기는 의외로 농담이 아닌 데다, 현재 화제가 되고 있는 정령여왕이 그 대괴도에게서 되찾기까지 했으니 그로 인한 가치가 가산될 것이기 때문이라고 한다.

놀랍게도 이 '은천의 에우로스'를 손에 넣은 자는 한 세대 만에 톱클래스 상인의 자리까지 올라갔다는 전설이 있다는 모양이다. 심지어 그 역사는 한두 번이 아니라, 우연으로 치부하기에는 무리가 있을 정도의 일화뿐이었다.

게다가 그런 장사 번창의 기적은 장삿길에까지 영향을 미쳐서, 이것을 지닌 상회는 도적과 마물에 의한 피해가 적다고 한다.

더불어 이번에 도둑을 맞았음에도 탈환되었다는 일화가 추가된 것이다.

그 때문에 이것을 팔려고 내놓으면 당장에라도 수많은 상회의 수장이 교섭을 하러 올 것이라고 그는 흥분해서 말을 이었다.

"나 참, 부럽습니다. 30억이 있으면 평생 놀고먹을 수 있지 않습니까."

최고로 사치스러운 여생을 보낼 수 있다. 교회에 속한 월경법 제관임에도 그는 실로 인간미 넘치는 망상을 늘어놓았다.

또한 병사장은 "저라면 장사를 시작할 겁니다"라는 소리를 한 후, 행상 도중에 운명적으로 만난 여성과 결혼하고 싶다는 꿈을 입에 담았다.

그런 병사장의 말을 들은 병사들은 돈이 없으면 여자들이 상대도 안 해줄 테니까요, 라고 말하며 낄낄거렸다.

"모처럼 너희를 전속 경비병으로 써주려고 했건만. 이제 물 건너간 줄 알아라."

토라진 병사장이 그런 소리를 하자 병사들이 좀 전에 했던 말은 취소하겠다며 아첨하기 시작했다.

'평화롭구먼……'

신이 나서 망상을 늘어놓는 그들의 대화를 들으며 미라는 쓴웃음을 지었다. 하지만 문득 위화감이 들었다. 병사들은 물론이고 월경법제관들도 이 '은천의 에우로스'가 미라의 것이 되었다는 전제로 이야기하고 있었기 때문이다.

그들의 말에 의하면 이것은 도난품이다. 그렇다면 원칙적으로 원래 주인에게 돌려주어야 할 것이다. 미라는 그렇게 생각했다.

하지만 미라가 그 점을 지적하자 두 사람에게서 놀라운 말이 돌아왔다.

"아차, 정령여왕님은 계속 퍼지다이스를 쫓고 계셨죠."

"그럼 모르실 수도 있겠군요."

두 사람은 그 이유를 알려주었다. 듣자 하니 미라가 퍼지다이스를 쫓는 동안에도 뒤에서는 많은 일이 있었다는 모양이다.

그것은 다름이 아니라 퍼지다이스가 두고 간 증거와 관련된 일이었다.

교회측은 대사교에게 제출된 증거를 꼼꼼히 조사해 돌레스 상회가 행해온 악행을 파악했다. 그리고 그 즉시 돌레스 상회장을 구속했다. 나아가 술사 조합에 제출된 증거품을 취합해 간이 법정이 열렸고, 상회 해산이 결의되었다.

또한 그 결과 전 재산이 차압되었다. 하지만 그러한 명령이 발령되었을 때, '은천의 에우로스'는 이미 도둑맞은 상태였던 탓에 그 대상이 아니게 되었다.

다시 말해서 현재 돌려줄 대상인 돌레스 상회는 없으며, 결과적으로 퍼지다이스에게서 되찾은 그것의 소유권은 미라에게로 넘어온 것이다.

"오오…… 그럴 수가……."

자신도 모르는 새에 30억의 가치를 지닌 보물이 자신의 물건이 되어 있었다. 두 사람에게서 이유를 들은 미라는 예상치 못한 일에 놀라면서도 펜던트를 바라보며 히죽 웃었다.

돈으로 바꿔 버릴까, 아니면 장사의 신의 가호라는 것을 활용할 방법이라도 생각해볼까. 미라는 그런 망상을 펼치기 시작했다.

하지만 문득 어떠한 생각이 머리를 스쳤다. 왜 그 타이밍에 이걸 건넨 것일까.

'그 녀석은, 이걸 이 몸에게 넘겨서 뭘 어쩔 셈이었던 게지?'

생각을 하던 미라는 얼마쯤 지나 그 이유를 알아챘다. 이 자리에 있는 병사들과 월경법제관의 반응이 그러한 추측을 뒷받침해 주었다.

퍼지다이스에게서 보물을 되찾은 엄청난 실력의 모험가. 그들은 미라를 그렇게 칭찬하고 있다. 하지만 만약 그대로 놓치는 모양새가 되었다면 어땠을까. 단순히 놓쳤다는 결과만이 남았을 것이다.

옛 동료에 대한 배려라고 해야 할지. 좌우간 그것은 분명 미라의 체면을 지켜주기 위한 행동이었으리라.

'꽤나 멋들어진 짓을 했군그래.'

펜던트를 건넨 이유를 그렇게 해석한 미라는, 그렇다면 자신도 그에 답해야겠다고 생각했다.

만약 미라가 나타나지 않았다면 이 펜던트는 돈으로 바뀌어 불우한 고아원의 미래에 투자되었을 것이다. 그렇다면 다음으로 해야 할 일이 무엇인지는 명확하다.

"이게 이 몸의 물건이라면, 글쎄…… 그럼, 고아원 아이들을 위해 교회에 기부하도록 할까."

삼신교회는 자선 활동으로 많은 고아원을 운영하고 있으니, 미라는 그 운영자금으로 써달라며 월경법제관에게 펜던트를 내밀었다.

"지…… 진심, 이십니까?"

펜던트를 앞에 두자 월경법제관은 눈에 띄게 당황한 낌새였다. 또한 병사장은 완전히 말을 잃은 채, 제정신이냐는 듯이 미라를 바라보고 있었다.

"이런 소리를 농담으로 할 리가 있나. 공교롭게도 그렇게까지 돈이 궁하지는 않은 데다, 장사를 할 예정도 없어서 말이다. 장사의 신의 가호가 깃들었다면, 그걸 유용하게 사용해줄 자에게 넘기는 게 좋을 것이야."

그렇게 답한 미라는 뭣하면 이걸 상인에게 양도할 때, 고아원으로 갈 물자를 매우 싼 가격에 공급하는 등의 조건을 붙여보는 게 어떠냐고 덧붙여 말했다.

"진심, 이시군요…… 알겠습니다!"

미라의 말을 진지하게 들은 월경법제관은 그렇다면 지금은 받을 수 없다고 답했다.

"매우 특별한 기부이니, 대성당에서 기증식을 하도록 하죠!"

월경법제관이 뜬금없이 그런 소리를 했다. 그는 이 정도의 기부라면 이 자리에서 간단히 끝내서는 안 된다고 말했다. 그리고 정식으로 자리를 만들어서—— 마침 지금 이 도시에 와 있는 대사교님에게 직접 기증해야 한다고 역설했다.

또한 이 제안에는 이렇게나 귀중한 물건을 가져가는 건 무서워서 무리다, 라는 그의 속마음이 절반 정도 숨어 있었다.

"으음…… 그렇게까지 일을 키울 필요는——."

"——아뇨, 이런 일은 제대로 해야 하는 법입니다. 대대적으로 기부되었다는 사실을 알리면 내부에서의 부정도 억제될 테니까요."

미라가 살며시 난색을 표하자마자 월경법제관은 맹렬하게 되받아쳤다. 교회에 속한 자임에도 교회 내부에 횡령을 행하는 작자들이 있다는 소리를 아무렇지도 않게 하기는 했지만, 그는 지극히 진지한 얼굴로 기증식의 중요성을 설파했다.

'……귀찮게 됐구나.'

미라가 떨떠름한 이유는 단순히 그것 하나뿐이었다.

식이니 뭐니 하는 격식을 차려야 하는 장소가 질색인 이는 많을 것이다. 미라 역시 그런 부류에 속했다.

심지어 이번에는 교회의 상위에 위치하는 대사교가 상대라고 한다. 가능하면 이대로 월경법제관에게 맡겨버리고 싶었다.

"그럼 저는 이만! 곧바로 기부에 관한 이야기를 대사교님께 전해두겠습니다. 2, 3일 안에 예정을 세울 테니 시간이 되실 때 대성당으로 와주시기 바랍니다!"

미라의 속마음을 알아챘는지, 월경법제관은 그런 소리를 하고서 달아나듯 그 자리를 떠났다. 그리고 끝으로 "아, 일단은 올지도 모른다 정도로 해두겠습니다~"라는 말을 덧붙이고서 그대로 달려가고 말았다.

올지도 모른다. 그것은 분명 미라의 마음이 바뀔 경우를 염두에 두고 한 말이리라.

"일이 커졌구먼……."

마음이 바뀔 일은 분명 없을 거다. 그렇다면 확실하게 기증식이 집행될 것이다. 미라는 한숨을 내쉬고서 '은천의 에우로스'를 손에 든 채 병사장을 슬쩍 쳐다보았다.

"……어이쿠, 그럼 저는 그만 보고를 하러 돌아가야겠군요."

그쪽이 건네다오. 미라의 표정을 통해 그런 속내를 알아챈 병사장은 곧바로 그런 소리를 하며 몇 걸음 뒤로 물러났다. 그리고 "그럼 기증식, 힘내십시오"라는 말을 남기고서 빠른 걸음으로 떠나갔다.

또한 병사들은 역시 정령여왕님이라느니, 속도 깊다느니 하는 소리를 저마다 하며 병사장의 뒤를 따랐다.

　병사장과 월경법제관들이 도망…… 그들과 헤어진 후, 미라는 지하수로를 수색한 결과를, 아직 현장에 있는 크리스티나에게서 상세히 보고받고 있었다.

『흠…… 그래. 그러한 장소였나. 음, 수고 많았다. 그럼 푹 쉬도록…… 음? 무어라고? 아아, 그렇다면 내일은 휴식을 취하라고 이 몸이 말했다고 전하거라. 음, 괜찮다괜찮아.』

　끝으로 수고했다는 말을 한 미라는 크리스티나를 송환한 후 생각에 잠겼다.

　미라가 퍼지다이스와 대결을 벌이는 동안 지하수로 쪽에서도 여러 가지 일이 일어났었다.

　'역시 범죄가 숨어 있었나. 심지어, 이것은…….'

　크리스티나의 보고에 따르면 흔적을 따라가다 도착한 곳에는 튼튼한 철문이 있었다고 한다. 그리고 그 안에는 험악한 인상의 남자 다섯 명과 구속된 아이들이 열두 명 있었다는 모양이다.

　또한 그 즉시 현장을 제압했고, 아이들은 모두 무사하다는 듯했다. 그리고 그때, 그곳에 있던 남자들을 심문한 결과 그 장소가 인신매매의 거점으로 사용되었다는 사실이 판명되었다고도 했다.

　다시 말해서 퍼지다이스는 그 현장을 잡게 하려고 병사들을 유도한 것이다.

　'인신매매의 거점을 파헤치는 게 굳이 지하수로로 도망친 이유였던 겐가. 나 원…… 그 녀석답군그래.'

이해가 되지 않았던 괴도의 행동에 납득한 미라는 그 친구는 예전과 하나도 달라진 게 없다며 미소를 지었다.

게다가 지하수로의 입구가 있던 저택의 주인과 저택 관계자들은 이러한 인신매매에 관여했는지 취조하기 위해 모두 구속했다는 모양이다.

저택의 사용인들은 분명치 않다. 하지만 주인 쪽은 분명 혐의가 있을 것이라고 병사와 용병들이 입을 모아서 말했다고 크리스티나는 보고했다.

"우선은 이로써 이번 일도 해결됐구나."

퍼지다이스의 이번 범행으로 돌레스 상회와 한 귀족의 악행이 폭로되었다. 괴도측 입장에서 보면 예정대로의 대승리라 할 수 있는 결과일 것이다.

그리고 미라 역시 퍼지다이스의 정체를 알게 된 데다 '은천의 에우로스'라는 보물을 손에 넣어 큰 수확을 거두었다.

라스트라다와는 나중에야 자세한 이야기를 나눌 수 있게 된 데다, 기증식을 치르게 되기까지 했지만 그럼에도 열두 명의 아이들이 구원을 얻었다는 생각에 미라는 신이 나서 페가수스의 등에 올라타 도시로 돌아갔다.

29

도시로 돌아와 보니 분위기가 싹 바뀌어 있었다. 그토록 북적거렸던 대로에도 지금은 손으로 헤아릴 정도의 사람밖에 없었다.

그 많던 팬들은 다 어디로 간 걸까. 그런 생각을 하며 미라는 술사 조합의 앞에 내려섰다.

"축제가 끝난 뒤, 같은 분위기로구나."

페가수스에게 수고했다는 말을 하고서 송환한 미라는 떠들썩했던 오늘 하루와 달리 어쩐지 적적하게 느껴지는 대로를 바라보았다. 그리고 건너편에 늘어선 가게들을 보고 지금의 상황을 이해했다.

소장이 알려준 고급 디저트 가게. 퍼지다이스의 팬이 경영하고 있는 것으로 추측되는 그곳에 많은 수의 팬들이 있었다.

아무래도 그녀들은 그러한 가게에서 쫑파티를 하는 듯했다.

과연 정령여왕이 퍼지다이스에게서 보물을 되찾았다는 이야기가 그녀들의 귀에 들어가면 어떻게 될까.

이유는 둘째치고 퍼지다이스의 경력에 처음으로 먹칠을 한 이는 미라인 셈이다.

"되도록 만나지 않도록 해야겠군."

상상도 못 할 상황을 머릿속으로 그리며 몸을 떨던 미라는 슬그머니 대로를 걸어, 도망치듯 술사 조합으로 뛰어들었다. 그리고 한껏 흥이 오른 조합 안의 분위기에 당황했다.

"이것 참…… 떠들썩하구나."

조합의 로비는 마치 연회장처럼 되어 있었다. 커다란 테이블에 요리와 술이 산더미처럼 차려지고, 남녀가 뒤섞여 부어라 마셔라 하고 있는 중이었다.

이게 대체 무슨 난리일까 싶어서 근처에 있던 조합 사람에게 물어보니, 이건 소장의 위로회라는 답이 돌아왔다.

"이렇게 요란한 위로회는 처음 보는데 말이지……."

얼핏 보면 마치 승리를 축하하는 연회 같은 분위기였다. 조합 안을 둘러보며 미라가 소장을 향해 걸어가자, 그 모습을 발견한 모험가가 "정령여왕님이 돌아오셨다!"라고 소리쳤다.

이번에 소장의 협력자로 움직인 탓인지, 모험가들이 잽싸게 움직여 소장에게 가는 길을 터줬다.

그 끝에 있던 소장은 미라의 모습을 보자마자 크게 손을 흔들었다.

"오오, 미라 공. 와주었군. 자아, 이쪽으로 오시게. 그리고 그후 어떻게 되었는지 자세히 말씀해주시게."

아무래도 이곳에 있는 자들은 퍼지다이스가 탈출한 후의 일에 관해서는 자세히 알지 못하는 듯했다. 아는 것은 어느 저택으로 들어갔다는 부분까지라고 한다.

"흠, 그렇다면 이 몸이 보고 들은 일을 이야기해주도록 하지."

그렇게 말하며 소장의 맞은편에 앉은 미라는, 유리잔에 과실주를 부어 벌컥 들이킨 후, 쾌활하게 조합을 나선 후의 일에 관해 이야기했다.

"그렇게 된 것이야. 분명 녀석의 목적은 그 현장을 잡게 하는 것이었겠지."

퍼지다이스를 쫓은 끝에 도착한 저택. 그곳에 남아있던 괴도의 흔적. 그것을 쫓은 끝에 발견한 인신매매의 거점. 크리스티나에게 들은 이야기를 토대로 그것들에 관해 모두 이야기한 미라는 끝으로 병사장에게 들은 돌레스 상회의 최후에 관해서도 간단하게 덧붙여 말했다.

"그러한 일이 있었나. 가능하면 꼭 현장에서 보고 싶었는데 말이지."

다리만 멀쩡했으면 좋았을 뻔했다며 소장은 아쉬워했다. 하지만 그러면서도 역시 퍼지다이스라는 듯 미소 지었다.

"나 원. 녀석은 언제 어디서나 정의의 영웅 같군그래."

미라는 과실주가 든 병을 비우며 퍼지다이스를 추어올렸다. 그리고 히어로 바보가 진짜로 히어로가 되었다며 마음속으로 쓴웃음을 지었다.

그렇게 미라의 이야기가 일단락되자, 조합 안의 분위기는 더욱 뜨거워졌다.

"꼴좋다, 덴바롤 자작" "설마 학스트하우젠의 오점을 두 개나 없애버릴 줄이야" 따위의 말이 여기저기서 들려왔다. 아무래도 양쪽 모두 안 좋은 의미로 유명했던 모양이다.

또한 그 밖에도 대체 퍼지다이스는 무슨 수로 그러한 범죄들을 알아내는 것일까, 무슨 수로 범인을 특정하고 있는 것일까, 라는 말도 오고 갔다.

그러한 말소리를 듣고서야 미라는 알게 되었다. 그 저택 주인의 이름이 덴바롤 자작이었다는 사실을.

'뭐어, 아무래도 상관없는 일이다만.'

유죄가 확정된 악당의 이름을 알아봐야 아무런 의미도 없다. 미라는 냉큼 그 이름을 기억에서 지운 후, 새 과실주 병을 받아 유리잔에 따랐다.

"그래서, 퍼지다이스는 어떻게 되었나?"

미라가 이야기한 것은 퍼지다이스의 흔적을 쫓은 끝에 일어난 일이었다. 그럼 결국 괴도는 그 후에 어떻게 되었는가.

소장이 다시 묻자 미라는 대담한 미소를 짓더니 기다렸다는 듯 자리에서 일어났다.

"녀석은…… 이 몸에게 인신매매의 거점을 찾아내게 하려고 흔적을 남겼지만…… 이 몸은 그 사실을 빠르게 알아챘지!"

몹시 의기양양하게 말한 후, 미라는 조금 전의 이야기를 조금 정정하겠다는 소리를 하고서 설명을 이어나갔다. 퍼지다이스의 목적을 알아챘을 때, 병사장인 데즈몬드 일행과 협력해서 두 패로 나뉘었다고.

"다른 이도 아니니 그 괴도이니. 이 몸은 흔적을 쫓아가면 무언가가 있을 것이라 직감했네. 그렇다면 그걸 확인할 필요가 있지. 하지만. 그대로 퍼지다이스 녀석을 유유히 도망치게 둘 수도 없는 일. 그때 이 몸의 소환술이 빛을 발했지!"

인신매매의 거점을 찾게 하고 자신은 그대로 모습을 감추는 게 퍼지다이스의 목적이었다. 하지만 미라는 미소를 지은 채 계획대로 되게 둘 생각은 없었다고 말했다.

수로를 따라 도주하는 퍼지다이스의 위치는 물의 정령의 힘으로 쉽게 특정할 수 있었다. 나아가 그 목적지까지 예측이 가능했다. 그 덕분에 괴도가 향하고 있는 출구로 페가수스를 타고 가서, 앞질러 가는 데 성공했노라고 미라는 가슴을 편 채 이야기했다.

"그곳에서 이 몸도 녀석의 신념에 따라 비살상 술식으로 맞섰네."

퍼지다이스는 결코 상대가 상처 입을 만한 짓은 하지 않는다. 그렇기에 같은 무대에서 싸운 것이라고, 미라는 그때의 공방에 관해서 이야기했다. 퍼지다이스가 조종하는 여러 가지 거미줄. 그것을 피해 작렬시킨 마봉폭석. 그리고 소환술에 의한 화려한 연계기술에 대해서.

"그렇게 해서, 이번에는 무승부라는 결과로 끝이 난 것이야."

소환술의 유용성에 관한 선전을 중간중간 끼워 넣어 조금 각색된 이야기를 마친 미라는 과실주를 들이켜고 환한 미소를 지었다. 퍼지다이스는 소문으로 들은 대로, 실로 만만치 않은 상대였다고.

또한 중간부터 상당히 취기가 올라왔는지, 미라의 발음은 다소 꼬여 있었다. 하지만 가장 중대한 퍼지다이스의 정체에 관한 이야기는 자제하는 데 성공했다.

"끝내주네! 역시 정령여왕님이야!"

"상대에게 맞춰줬다는 부분이 진짜 멋집니다!"

아무래도 미라 이외의 자들도 상당히 취한 모양이다. 미라가 지금이다, 하고 분위기를 돋우면 좋다고 호응했다.

그런 반응 덕에 더욱 흥이 오른 미라는 "이것이 그때의 전리품이다~!"라면서 그 '은천의 에우로스'를 내보였다. 그러자 30억의 값어치가 있다는 보물의 등장으로 회장은 더욱 뜨겁게 달아올랐다.

하지만 지나치게 귀한 보물인 탓인지 무슨 일이라도 생기면 무사하지 못할 것을 본능적으로 느낀 것인지, 아무도 일정 거리를 둔 채 다가오려 하지 않았다.

그런 가운데 소장은 즐거운 듯 웃으면서도 미라가 이야기한 대결의 내용을 되짚어보고 있었다.

"분명 경라기사도 그러한 효과가 있는 투척무기를 가지고 있었지……. 과연, 잘만 사용하면 한 방 먹일 수 있을지도 모르겠어."

미라는 스턴 그레네이드풍 마봉폭석을 사용했지만, 경라기사는 스턴 그레네이드 그 자체를 소지하고 있다는 모양이다.

벌써부터 다음 결전을 위한 작전을 짜기 시작한 소장은 "미라 공. 좀 전의 이야기에 등장한 거미줄에 관해 묻고 싶네만——"이라면서 정보를 요청했다.

그러자 미라는 질문에 성의껏 답해 나갔다.

그렇게 매우 뜨겁게 달아올랐던 위로회는 자정을 넘겨 8할 가량이 고주망태가 되어서야 끝이 났다.

미라 역시 그렇게 고주망태가 된 한 사람이었다.

위로회가 끝나자 니나 일행이 남작 호텔로 미라를 데려가, 미라는 그대로 침대에서 푹 잠들었다.

　다음 날 아침. 꼬물꼬물 일어난 미라는 어라, 언제 호텔에 돌아왔더라, 하고 고개를 갸웃했다. 기억이 나는 건 술사 조합에서 신이 나서 떠들고 있었던 때까지였다.

　"누군가에게 신세를 진 건 분명한 것 같은데······."

　게다가 다시 보니 호텔에 비치된 잠옷용 로브로 갈아입혀져 있었다. 미라는 그 누군가에게 속으로 감사 인사를 하며 아침 준비를 시작했다.

　볼일을 보고 샤워를 하고 옷을 갈아입는다.

　그리고 그때 미라는 특제 마도 로브 세트를 입지 않고 가방에 들어 있던 평상복용 원피스를 입었다.

　퍼지다이스와의 전투다 뭐다 해서 땀과 먼지 등으로 옷이 더러워지고 말았기 때문이다.

　"흠······ 이거 쾌적하군그래!"

　또한 겸사겸사 속옷도 갈아입은 참에 디누아르 상회에서 구입한 '마동식 하의용 냉각 쿨쿠울'을 원피스 아래 입었다.

　그 성능은 훌륭해서 여름 햇살이 쨍쨍 내리쬐는 베란다에 나가도 기분 좋게 시원한 느낌이 몸을 감쌌다. 과연 디누아르 상회의 상품이다.

　성능에 만족한 미라는 마도 로브 세트를 들고 방을 나섰다. 그리고 복도 중간에 있는 클리닝 서비스에 맡기고서 로비로 내려갔다.

　남작 호텔의 로비에는 낯익은 얼굴이 있었다. 그렇다, 소장과 율리우스다.

두 사람은 상인으로 보이는 남자와 모험가로 보이는 여성을 앞에 두고 이야기를 하고 있었다.

그러던 도중에 소장이 미라를 알아봤는지 손을 흔들었다.

"그럼 한 시간 후에 출발하죠. 잘 부탁드립니다."

상인으로 보이는 남자는 그렇게 말하고서 몸을 돌렸다. 그리고 미라와 스쳐 지나가며 살며시 고개 숙여 인사한 후, 여성을 데리고 떠났다.

"여어, 잘 주무셨는가 미라 공."

"좋은 아침입니다."

"음, 좋은 아침이네."

그렇게 자연스럽게 아침 인사를 나눈 참에 미라는 좀 전에 남자가 나간 방향으로 눈길을 돌렸다.

"무언가, 출발이 어쩌니 하는 소리가 들리던데, 벌써 도시를 떠나는 것이야?"

어제 그런 일이 있었건만 부지런도 하다. 그렇게 묻자 소장은 "그럴 예정이네"라고 말하며 고개를 끄덕였다.

"어제 일로 용건도 끝났으니 말이야. 오래 머무를 필요는 없지."

자조 섞인 미소를 지으며 소장은 그렇게 답했다. 하지만 그런 그의 뒤에 선 율리우스가 넌지시 진상을 폭로했다.

"사건이 끝났는데도 바로 돌아가지 않으면 사모님한테 혼나거든요"라고.

소장은 자유분방해서 활동을 허락받은 듯한 인상을 풍겼지만,

아무래도 흔한 남편들과 마찬가지로 부인에게는 꼼짝도 못 하는 모양이다.

살짝 멋지게 끝을 맺었던 것을 망쳐놓자 소장은 말없이 율리우스를 노려보았다. 그에 반해 율리우스는 새침하게 먼눈을 하고 있었다.

"미라 공, 아침 식사는 했는가?"

소장은 분위기를 수습하듯 그렇게 말했다. 그 눈에는 기대감이 역력했다.

"아니, 이제 먹어야지."

미라가 그렇게 답하자 소장은 곧장 어느 레스토랑을 가리켰다.

남작 호텔에 병설된 그곳은 요전에 함께 팬케이크를 먹었던 곳이다.

소장의 말에 의하면 대성당에서 절기 전례가 행해진 날로부터 일주일 동안 한정 디저트를 먹을 수 있다고 한다. 심지어 그것은 맛집 소개 책자에 실릴 정도의 일품이라는 모양이다.

"흠, 함께 하도록 하지."

"아무렴."

미라가 흔쾌히 승낙하자 소장은 곧바로 휠체어를 밀었다.

그렇게 만나게 된 '딥시 커스터드'는 폭신한 팬케이크가 엄청난 양의 커스터드 크림에 빠져 있는 충격적인 비주얼의 디저트였다.

이 가게 명물인 커스터드를 통 크게 사용한 최고의 일품이다. 게다가 곁들여 나온 담백한 맛의 얇은 빵에 그것을 듬뿍 얹으면, 커스터드를 남김없이 맛볼 수 있었다.

세 사람은 그런 최고의 디저트를 아침부터 실컷 맛보았다. 적당한 단맛에 부드럽게 코를 자극하는 풍미는 무거워 보이는 겉모습과 달리 아침 식사로 아주 좋았다.

"그럼 미라 공. 나중에 또 보지."
"신세가 많았습니다."
"음, 잘 지내시게."
아침 식사를 마치고 로비로 돌아온 미라는 소장 일행과 그렇게 작별 인사를 했다.

디저트 하면 소장의 이야기꾼 모드도 세트처럼 따라와서, 정신이 들어보니 곧 소장 일행이 출발해야 할 시간이었다.

또한 그들은 경호 겸 상담역으로 어느 상단에 동행하기로 했다고 한다. 조금 전 보았던 상인으로 보이는 남자가 바로 그 상단의 대표였던 모이다.

약속 장소까지 시간이 빠듯한지, 율리우스가 휠체어를 밀며 달려갔다. 미라는 유쾌한 자들이었다며 미소를 지은 채 그 뒷모습을 배웅했다.

"자아, 이 몸도 가봐야겠군."
어젯밤, 퍼지다이스는 헤어질 때 자신이 만나러 오겠다고 했다. 하지만 그게 언제인지까지는 모른다.

자아, 이제 어쩐다? 그런 생각을 하며 적절하게 시간이 생겼다는 생각에 웃으며 미라는 거리로 관광을 하러 나섰다.

〈30〉

퍼지다이스 소동으로부터 이틀이 지난 아침. 멍한 눈으로 아침 준비를 하던 미라는 문 아래의 틈으로 들어온 봉투를 발견했다. 영화 같은 데서 본 적이 있는 그거다.

호러 영화 같은 데에서는 '다음은 너다' 따위의 내용이 적혀 있기도 했지만, 현재의 상황상 누가 보냈는지는 짐작이 되었다. 미라는 생각했던 것보다 빨리 왔다고 생각하며 그것을 주워 편지를 훑어보았다.

예상한 대로 그 편지는 라스트라다가 보낸 것이었다.

그리고 거기에는 약속 장소와 약간의 부탁이 적혀 있었다.

"설마 이제 와서 '은천의 에우로스'를 돌려달라고 하는 건 아니겠지……."

그저께 그것을 기부하겠다고 말해서 병사들과 월경법제관을 매우 흥분케 한 참이었다. 돌려달라고 하면 돈에 눈이 멀어 마음을 바꿨다고 오해를 할 게 뻔하다.

하지만 미라에게 공을 넘기기 위해 건넨 그걸 돌려달라는 소리를 과연 그 괴도가 할까.

그렇지만 가난뱅이 근성으로 인해 사고방식 자체가 쩨쩨한 미라는 그런 걱정을 하며 약속 장소로 향했다.

"자아, 도착했는데 어디에 있을는지."

미라가 찾은 곳은 그저께 퍼지다이스와 결전을 펼친 장소였다. 곳곳에 격전의 흔적이 남은 그곳에서 미라는 주변을 둘러보았다.

그러던 중, 첨벙 하는 물소리와 함께 무언가가 강에서 기어 올라왔다.

그 모습에 순간적으로 미라는 화들짝 놀랐지만, 자세히 확인하고서 그 정체를 알아보았다.

"오오, 벌써 와 있었어? 빨리 왔네. 이야아, 기다리게 해서 미안해!"

그런 쾌활한 목소리와 함께 나타난 것은 평범한 술사 같은 옷을 입은 남자였다. 그리고 실로 열혈남아 같은 미소를 지은 그 남자가 바로 아홉 현자의 일원인 '기연의 라스트라다'였다. 지금은 맨얼굴을 드러내고 있었는데, 그건 미라가 아는 당시 그대로였다.

"무얼, 이 몸도 방금 온 참이다. 그나저나 그러한 곳에서 나올 줄이야. ──혹, 또 무슨 일이 남은 게냐?"

라스트라다는 강에서 나왔다. 그리고 이 장소는 학스트하우젠의 지하에 펼쳐진 의문의 수로의 출구가 있는 곳이다. 다시 말해서 그는 수로에서 무언가를 하고 있었던 것이리라. 미라는 그렇게 생각했다.

그리고 아무래도 그 예상은 적중한 모양이다.

"아아…… 맞아! 사령관한테 부탁하고 싶은 일하고도 관련이 있는데, 우선은──."

그렇게 답하는 라스트라다의 얼굴에는 넘칠 듯한 정의감이 떠올라 있었다. 모두가 이렇게 된 그는 막을 수 없다고 여겼던 그 얼굴이다.

또한 사령관이란 그가 덤블프를 부를 때 사용했던 호칭이다.

겉모습이 가장 현자답다는 이유로 덤블프의 아홉 현자의 대표 같은 입장을 맡았던 것이 그 원인일 것이다. 그걸 전대 히어로물처럼 표현한 거다. 또한 솔로몬은 총사령관이었다.

라스트라다는 우선 어째서 퍼지다이스라는 괴도가 되었는지에 관해 이야기해 주었다.

예고장을 보내는 괴도라는, 현실에서는 지나치게 기발한 행각으로 여겨질 그것을 어떠한 경위로 라스트라다가 하게 되었는지.

그 계기가 된 것은 역시나 아르테시아였다고 한다.

모든 일의 시작은 한 건의 유괴사건이었다.

그것은 지금으로부터 7년 정도 전. 아르테시아는 작은 마을에서 고아원을 운영하고 있었는데, 그때 고아원 아이가 유괴되는 사건이 일어났다고 한다.

하지만 그 일은 당연히 아르테시아의 분노를 사서 유괴를 실행한 자들은 괴멸했다. 또한 인신매매에 연루된 귀족은 그와 관련된 증거를 모두 압수해 법의 심판을 받게 했다고 한다.

여기서 미라가 놀란 점은 그 귀족이 바로 소문이 자자한 퍼지다이스의 첫 번째 사건 표적이었다는 점이다.

첫 번째 범행과 지금은 그 수법이 너무도 달랐다. 솔로몬과도 이야기했지만 이것이 바로 그 답이었다. 애초에 정체가 달랐던 것이다.

"아르테시아 씨의 대담함에 놀라기는 했지만, 그 후 도시의 분위기를 살펴보니 평가가 좋더라고."

어떻게 초대 퍼지다이스에서 현재의 퍼지다이스로 넘어가게 된 것인지를 미라가 묻자 라스트라다는 설명을 이어갔다.

아르테시아가 한 일은 당시 의문의 고발인에 의한 것으로 알려져 온 도시가 발칵 뒤집혔다고 한다.

사람들은 정의의 영웅이 악덕 귀족에게 정의의 응징을 가한 것이라고 했다는 모양이다.

그 무렵── 아니, 이 세계에 온 뒤로 라스트라다는 사회 이면에 만연한 악과 싸우고 있었다.

그는 개중에서도 특히 커다란 인신매매 조직의 단서를 쫓아 마침 그 귀족이 사는 도시에 와 있었던 참이라 그 소동을 목격했다고 한다.

또한 그 귀족은 증거가 충분했던 덕에 며칠이 지나지 않아 처분되었다는 모양이다. 그것은 너무도 빠르고 엄격한 처분이었다고 한다.

심지어 그 귀족이 바로 라스트라다가 쫓고 있던 단서이기도 했다.

"어쩌면 입을 막으려고 서둘러 판결을 내린 걸지도 몰라."

라스트라다는 그렇게 나직한 목소리로 중얼거린 후, 그 일로 인해 단서 역시 뚝 끊기고 말았다고 말을 이었다.

하지만 그는 포기하지 않고 어쩌면 의문의 고발인이 무언가를 알지도 모른다고 생각해, 철저하게 그 존재를 찾았다는 모양이다. 그리고 겨우 찾아낸 것이 뜻밖에도 아르테시아라 놀랐다고 웃으며 말했다.

그렇게 재회하여 서로가 가진 정보를 교환한 결과, 라스트라다는 어둠의 조직과 관련된 정보의 일부를 얻는 데 성공했다. 그리고 아르테시아는 자신이 없앤 귀족이 빙산의 일각이라는 사실을 알게 되었다.

아이들을 노린 인신매매 조직의 존재를 안 아르테시아가 당연히 가만히 있을 리가 없어서, 두 사람은 힘을 합쳐 이를 괴멸시키기 위해 움직이기 시작했다.

그리고 민중의 성원이 고조되었던 의문의 고발인의 이미지와 수법에, 히어로물을 좋아하는 라스트라다의 감성이 보태져 만들어진 것이 바로 괴도 퍼지다이스였다.

괴도 퍼지다이스의 진정한 목적. 그것은 거대한 인신매매 조직과 이어진 증거를 모아, 그들의 목을 물어뜯고 단죄하는 것이다.

놀랍게도 지금까지 노렸던 표적은 누구 할 것 없이 조직과 관련된 자들이었던 것이다. 심지어 교회와 조합에 제출한 증거는 사실 전부가 아니고, 그 조직과 연관된 증거는 가지고 돌아갔다는 모양이다.

"과연. 그러한 것이었나. 그리고 소문만 무성한 고아원은 역시 아르테시아와 관련되어 있었던 겐가."

이야기 중에 궁금했던 사실이 하나 밝혀졌다.

예상했던 대로 미라가 찾고 있던 의문의 고아원은 아홉 현자의 일원인 '상극의 아르테시아'가 창립한 것이 맞았던 거다.

퍼지다이스의 목적은 둘째 치고 드디어 아르테시아의 존재까지 확인되었다. 역시 퍼지다이스와 아르테시아는 이어져 있었던 것이다.

하지만 두 사람은 상당히 커다란 적을 상대하고 있는 듯했다. 이번에도 찾아서 데리고 돌아가지는 못할 것 같다.

"그런고로 이번 일은 대충 끝났지만, 약간 골치 아픈 부분이 생겼거든──."

괴도 퍼지다이스가 된 경위. 그것을 끝까지 이야기한 라스트라다는 나아가 현재의 상황을 말하기 시작했다.

놀랍게도 라스트라다는 경비국의 감옥에 잠입해서 지하수로의 방에 있던 자들에게 정보를 캐내고 왔다는 모양이다.

우선 그 지하수로에 있던 자들은 인신매매를 위한 상품을 준비하는 업자였다. 그리고 덴바롤 자작은 그런 업자들에게 장소를 제공해주는 대신 이익의 일부를 받고 있었다고 한다.

또한 이 업자를 더욱 자근자근 심문해 보니 의문의 존재가 부각되었다.

아무래도 그 인물은 상부의 명령을 받고 그들과 같은 업자들을 통솔하고 있다는 듯했다. 일이 시작되면 계속 옆에서 감시를 하고 있었다는 모양이다. 하지만 어제는 어딘가로 나가서, 붙잡힌 자들 중에는 없었다고 한다.

"다시 말해서, 그 인물을 찾아내면 그 위에 있는 조직을 특정할 단서를 얻을 수 있어!"

지금까지의 조사 결과를 한마디로 요약한 후, 라스트라다는 하지만 그다음이 약간 문제라고 말을 이었다.

"지하수로와 그곳에 있던 방을 샅샅이 조사해 봤지만, 그 인물을 특정할 만한 증거가 하나도 없었어. 오늘은 범위를 넓혀봤지만 헛수고였지."

업자를 통솔했다는 의문의 인물. 심문 결과에 의하면 지하수로의 그 방에는 왔던 모양이지만 그 흔적은 없었다고 한다.

"그러던 참에 사령관하고 다시 만난 거야! 기억이 났거든. 사령관의 동료 중에 조사의 전문가가 있다는 게. 이게 정의의 신이 준비하신 운명이 아니면 뭐겠어! 안 그래?!"

의문의 인물을 쫓기에는 단서가 부족하다. 하지만 라스트라다는 소환술이 지닌 가능성에 주목한 것이다.

"흠, 확실히 그렇지. 멍슨 군이라면 그 능력으로 충분히 추적할 수 있을 것이야. 눈에 보이지 않는 증거라 해도 놓치지 않을 테니 말이지."

라스트라다의 눈은 기대로 가득했다. 그것을 본 미라는 자신만만하게 가슴을 젖힌 채 답했다.

라스트라다의 일을 돕기로 결정한 후, 미라 일행은 일단 경비국으로 걸음을 옮겼다.

잠입했던 라스트라다와 달리 이번 사건에서 큰 활약을 펼친 덕인지, 경비국측은 미라가 수로에 있던 자들을 확인하고 싶다고 부탁하자 곧바로 감옥까지 들여보내 주었다.

"흠, 이걸로 마지막이로군."

"완벽하게 기억했습니다멍!"

미라가 생각한 작전. 그것은 매우 단순하고도 확실한 방법이었다.

멍슨의 능력은 어떠한 냄새도 구분해낼 수 있다는 것이다. 게다가 기억한 냄새만 추적할 수 있을 뿐 아니라, 기억한 냄새를 제외하고 남은 냄새를 추적하는 것도 가능했다.

요컨대 이렇게 그 지하수로의 방에 있던 업자들을 기억한 현재, 기억에 없는 냄새가 그곳에 남아있다면 그것이 곧 의문의 인물의 것이라는 뜻이 되는 것이다.

"과연, 알겠습니다. 들어가시죠."

덴바롤 자작 저택에서도 미라의 얼굴을 알아보았다. 불과 하룻밤 만에 꽤 많은 경비병들에게 이름이 알려진 모양이다. 그 덕에 이런저런 것들을 조사 중인 경비병들이 여기저기 있음에도 문제없이 움직일 수 있었다.

"……뭐라고 해야 할지, 합류하고 나서 올 걸 그랬네……."

조금 전까지 슬금슬금 잠복해서 신중하게 조사하고 돌아다녔던 라스트라다는 너무도 간단하게 돌아볼 수 있게 된 상황에 쓴웃음을 지을 따름이었다.

경비가 허술한 것인지, 아니면 미라에 대한 신뢰가 그만큼 강한 것인지. 미라의 동행이라고 하자 라스트라다도 따로 확인하지 않고 통과시켜준 것이다.

그리고 지하수로에 있는 방 역시 봉쇄되어 있었지만 미라가 조사하고 싶은 것이 있다고 말하자 간단히 들어갈 수 있었다.

"자, 여기로군. 그럼 멍슨 군, 부탁하마."

"부탁할게, 멍슨 군."

"맡겨주십시오입니다멍!"

미라 일행의 기대를 한 몸에 받으며 멍슨은 당당하게 답하고서 곧바로 냄새 판별을 개시했다.

이 장소에는 많은 냄새가 남아있다.

인신매매 업자들뿐 아니라 어제 돌입했던 용병과 경비병을 비롯해서 수십 개에 달하는 냄새가 있었다.

하지만 멍슨은 냉정하게 능력을 발휘해 그러한 냄새들을 구분해 나갔다.

"이건 새로운 냄새입니다멍――…… 이것도 어제 것 같습니다멍――."

멍슨은 그냥 냄새를 구분할 수 있는 것뿐이 아니다. 그 냄새가 언제 묻은 것인지까지 알 수 있었다.

다시 말해서 잡다하게 감돌고 있는 것들 중 새로운 냄새는 모두 용병과 경비병들의 것이라고 분류할 수 있는 것이다.

따라서 멍슨이 찾고 있는 것은 하나뿐이다. 바로 오랫동안 남아있는 것 중 기억에 없는 냄새다.

"찾았습니다멍!"

지하수로에 있는 방을 50분 남짓 조사했을 즈음. 드디어 멍슨이 그것을 찾아냈다. 인신매매 업자를 자주 찾았던 의문의 인물의 냄새를.

"잘해——."

"——정말 잘했어!"

의기양양한 얼굴의 멍슨을 미라가 칭찬하려던 그때, 라스트라다의 열렬한 칭찬이 쏟아졌다.

끊어졌던 단서가 이로써 다시 이어질지도 모른다. 그렇기에 라스트라다는 매우 흥분한 상태였다.

"좋아, 어디야?! 찾아 가 보자고!"

라스트라다는 멍슨을 옆구리에 끼고 뛰쳐나갔다.

저렇게 되면 아무도 못 말린다. 그 사실을 아는 미라는 "이봐라, 멍슨 군을 난폭하게 들지 마라!"라고 말하며 서둘러 그 뒤를 쫓았다.

지하수로에 있던 방에서 덴바롤 자작의 저택을 빠져나온 참에 라스트라다의 손에서 폴짝 뛰어내려 땅바닥에 엎드린 멍슨은 "지금부터 진짜 실력 발휘를 하겠습니다멍!"이라면서 의욕적으로 마법을 발동했다.

멍슨의 마법은 기억한 냄새를 공간적으로 인식할 수 있게 하는 것이다. 나아가 시간이 어느 정도 경과했는지까지 파악할 수 있다. 다시 말해서 냄새만 남아있으면 순서대로 따라가지 않아도, 단번에 가장 최근의 냄새에 도달할 수 있는 것이다.

"——……찾았습니다멍!"

마법의 범위 밖에 있다면 그곳에서 다시 추적할 필요가 있었다. 하지만 아무래도 의문의 인물은 아직 학스트하우젠에 남아있었던 모양이다.

멍슨은 마법으로 눈 깜짝할 새에 냄새에 도달해, 그 장본인을 찾아냈다.

"오오, 잘했다. 과연 멍슨 군이로구나."

미라는 또다시 라스트라다가 낚아채기 전에 멍슨 군을 안아 올렸다. 그리고 자꾸만 재촉을 하는 라스트라다를 보고 "그대는 좀 진정해라"라고 제지하고서 멍슨에게 그 장소가 어디인지를 물었다.

멍슨의 안내에 따라 찾은 곳은 평범하기 그지없는 술구점이었다. 심지어 멍슨이 가리킨 것은 그곳에 있는 평범한 남자였다.

행색으로 미루어 모험가인 듯했다. 나름 괜찮은 무구를 장착해서 얼핏 보면 그럭저럭 실력이 있는 모험가 같았다.

"흠, 요컨대 평소에는 모험가로 위장하고 있다는 것인가. 아무래도 그대와 비슷한 수법을 쓰는 것 같구나."

모험가처럼 위장해 인신매매에 관여하고 있는 것이리라. 그렇게 예상한 미라는 그 수법이 퍼지다이스와 비슷하다며 라스트라다를 쳐다보았다.

"같이 취급하지 말아 주겠어? 나라면 좀 더 얌전하게 차려 입었을 걸. 저건 약간 좋은 물건이 손에 들어와서 자랑하는 것처럼 보이잖아."

다소 떨어진 곳에서 감시하던 두 사람은 은근슬쩍 의문의 인물의 센스에 트집을 잡으며 추적했다.

아직 의문의 남자의 움직임에 이상한 부분은 없다. 술구점을 나선 다음에는 식료품을 사들였다.

그리고 큰 짐을 끌어안은 의문의 남자를 쫓은 끝에 도착한 곳은 길드 하우스라는 시설이었다.

라스트라다에게 물어보니 그곳은 모험가들이 조직한 길드를 위해 준비된 모험가 종합 조합 관리 시설이라는 듯했다.

집회소로, 창고로, 생활공간으로도 사용되는 장소로, 설비도 충실하게 갖춰졌다고 한다.

"아아, 그나저나 난감하게 됐네. 길드 하우스에 들어가려면 일단 길드에 소속되어야만 하거든──."

여기까지 미행해서 오기는 했지만 라스트라다는 더 이상 갈 수 없다고 말했다.

듣자하니 경비가 엄중하고 방범 대책도 완벽한 시설이라는 모양이다. 또한 전용 입장 체크가 있어서 변장으로 숨어드는 방법도 쓰기 어렵다고 한다.

라스트라다 본인도 이전에 그럴 필요가 있어서 길드 하우스로의 침입을 여러모로 시험해 보았다는 모양이다.

하지만 길드 하우스는 히노모토 위원회가 제작한 특수 제작품이 잔뜩 설치되어 있어서 만족스럽게 조사도 못 했다고 그는 말했다.

"이번에는 특히 중요한 상대니까, 가능하면 정식으로 들어가 구석구석 조사하고 싶은데…….."

이대로는 차분하게 조사하기가 어렵다. 라스트라다는 그 자리를 벗어나더니 문득 아이템 박스에서 작은 책자를 꺼냈다.

"무어냐, 그건?"

그렇게 말하고서 미라가 들여다본 것은 길드 하우스의 이용에 관한 여러 가지 사항이 적힌 팸플릿이었다.

"뭔가 돌파구가 될 만한 정보라도 실려 있지 않을까 싶어서."

작은 책자에는 몇 가지 엄숙한 규칙이 적혀 있었다.

그러한 것들 가운데 두 사람의 눈에 가장 먼저 들어온 것은 길드를 결성하는 방법이었다.

여차하면 둘이서 길드를 결성해버리는 것도 하나의 방법이다.

하지만 그 준비금으로 삼천만 리프 정도가 필요하다는 항목을 보고 미라는 즉시 그 선택지를 제외했다.

"삼천만이라. 그 정도라면 문제없지만…… 심사에 일주일이 걸려서 무리겠네."

그에 반해 라스트라다는 대수롭지 않게 말했다. 최대한 빨리 의문의 인물을 조사하고 싶은 그에게는 일주일의 걸리는 심사 쪽이 더 문제인 모양이다.

"……음, 그렇고말고! 삼천만 정도는 푼돈이지만 일주일이나 기다릴 수는 없지!"

아직 남아있는 마동석을 모두 팔아치우면 3천만은 될 거다. 미라는 쓸데없이 대항심을 불태우며 마음속으로 그렇게 계산해 보았다.

그런 대화를 하며 작은 책자를 읽다 보니 신경 쓰이는 기술이 또 있었다.

그것은 게스트로 길드 하우스에 들어가는 방법이었다.

"아하…… 길드 멤버가 아니라도 길드 책임자의 초대장이 있으면 이동할 수 있다라.”

자세히 보니 초대장은 길드 책임자의 허가가 있으면 바로 발행된다는 듯했다.

그것은 지금 생각할 수 있는 것 중 가장 빠르고 확실한 수단이라 할 수 있었다.

하지만 그 난이도는 상당히 높았다.

초대장을 받은 상대가 문제를 일으키면 길드의 책임이 되기 때문이다. 따라서 무턱대고 책임자를 붙잡아다 초대장을 달라고 부탁해 봐야 분명 승낙해줄 이는 없을 것이다.

초대장을 얻으려면 상당한 신용이 필요할 듯했다.

그리고 라스트라다는 아는 길드 중 초대장을 발행해줄 것 같은 곳은 없다며 낙담한 눈치였다.

그의 인맥은 정보수집에 특화되어 있어서 넓고 얕았다. 때문에 초대장을 발행해줄 정도로 신용이 있는 지인은 없다는 모양이었다.

하지만 어렵게 의문의 남자를 찾아낸 데다, 어렵게 돌파구를 찾아냈다. 심지어 길드 하우스는 그밖에도 의문의 남자의 동료가 있을 가능성이 높다.

이 절호의 기회를 놓칠 수는 없다.

그럼 어쩔까 생각하던 미라는 문득 하나의 길드를 생각해냈다.

“흠, 아무래도 이번에는 이 몸이 나서야겠구나! 다행히도 이 몸에게는 친분이 있는 길드가 있어서 말이다.”

라스트라다와는 달리 강한 연줄이 있다고 미라는 자신만만하게 가슴을 젖힌 채 말했다.

미라가 떠올린 길드. 그것은 바로 에카르라트 카리용이었다.

그 단장인 셀로와 연락만 되면 분명 초대장을 발행해 줄 것이라고 믿어 의심치 않는 눈치였다.

이번 목적은 인신매매 조직의 정보를 캐내는 것. 다시 말해서 정의를 위한 일이다.

그러한 이유라면 셀로는 자진해서 선행을 하고 있을 정도니 분명 협력해줄 것이라고 미라는 확신했다.

"오오, 역시 사령관이야! 그러면 바로 부탁해 봐!"

자신이 못한 일을 미라가 아무렇지 않게 할 수 있다고 말하자 라스트라는 엄청난 기대를 걸었다.

하지만 그 말을 들은 순간, 미라는 정지했다.

'……그러고 보니 무슨 수로 연락을 한다……?'

모험가 종합 조합에 메시지를 남기면 셀로가 다음에 어느 조합을 방문했을 때 그 메시지가 전달된다.

하지만 그 방법에는 언제 상대가 메시지를 받을지 모른다는 결점이 있었다.

지금 필요한 것은 곧바로 초대장을 발행받을 수 있는 방법이다. 그러려면 신속하게 셀로와 연락을 취할 필요가 있었다.

'분명 조합에는 유료로 사용할 수 있는 통신 장치가 있었지…….'

대륙 각지에 있는 조합과 연결된 통신 장치. 그걸 이용하면 상황과 이유 등을 곧바로 전달할 수는 있다. 하지만 그러려면 역시나 셀로에게 연락해서 가장 가까운 조합까지 부를 필요가 있었다.

'흐음…… 이런 긴급 상황에는 무슨 수로 연락을 취하면 좋을 꼬……——!'

어쩔까 하고 고민하던 참에 미라의 머릿속에 한 가지 아이디어가 떠올랐다.

"어쩌면 잘 풀릴지도 모르겠다!"

충분히 가능성이 있다. 미라는 그런 확신을 가슴에 품은 채 자신만만하게 달려 나갔다.

31

길드 하우스에 들어가기 위한 초대장을 발행해달라고 셀로에 게 부탁한다.

그런 목적을 위해 미라가 찾은 곳은 모험가 종합 조합이었다.

"그래서 사령관. 무슨 좋은 생각이라도 난 거야?"

"음, 그게 말이다――."

기대하는 투로 묻는 라스트라다에게 미라는 자신만만하게 웃 으며 설명했다.

이 학스트하우젠은 커다란 도시인 데다 요전까지 괴도 소동으 로 난리가 났던 장소다. 그리고 지금 역시 그 열기가 여기저기 남 아있는 상태다.

미라는 그런 도시의 분위기를 보고 생각해냈다. 이토록 큰 도 시에서 그토록 큰 소동이 있었으니, 에카르라트 카리용의 멤버가 한 명 정도는 들어와 있어도 이상할 게 없다고.

다름이 아니라 에카르라트 카리용이라는 길드의 규모에 기대 를 걸기로 한 것이다.

셀로에게 들은 이야기에 따르면 그 길드는 대륙 이곳저곳에 길 드 멤버가 있고, 사람들을 돕는 활동을 하고 있다고 했다.

이전에 미라도 고대 지하 도시가 있던 그랑 링스에서 우연히 에 카르라트 카리용의 멤버와 마주친 적이 있었다.

그렇다면 이 도시에 있어도 이상할 건 없다.

그리고 중요한 점은 그 멤버다. 모종의 긴급한 안건이 발생했을 경우, 신속하게 단장인 셀로에게 연락을 취해야만 할 때도 있을 터다.

"——그런고로. 길드 멤버라면 독자적인 긴급 연락 수단을 알고 있지 않을까, 싶어서 말이다."

대략 이유를 설명한 미라는 위풍당당하게 술사 조합으로 들어갔다.

"역시 사령관이야!"

라스트라다도 그럴 가능성은 충분히 있다고 생각한 모양인지, 이전에도 자주 입에 담았던 말을 내뱉으며 뒤를 따랐다.

미라가 술사 조합에 얼굴을 내밀자, 실내는 정령여왕이 왔다며 소란스러워졌다. 괴도 퍼지다이스를 상대로 무언가를 되찾은 것은 처음 있는 일이라며 박수갈채가 쏟아졌다.

"음음, 이것이 소환술의 힘이다!"

자신을 치켜세우는 소리를 들은 미라는 목적을 잊고 때는 지금이라는 듯 소환술은 좋은 것이라고 포교하기 시작했다.

하지만 그것도 잠시뿐. '빨리 본론으로 들어가 줘'라고 재촉하는 라스트라다의 말에 미라는 "어흠"하고 헛기침을 한 번 하여 마음을 다잡고서 말했다.

"헌데 한 가지 묻고 싶은 게 있다만, 이곳에 에카르라트 카리용의 멤버는 있느냐?"

애초부터 미라에게 주목하고 있었던 탓에 그 물음은 순식간에 술사 조합 안에 퍼져나갔다.

그리고 있었던가, 하고 이러쿵저러쿵 이야기가 오가더니 "아아, 그거라면——" 하고 한 남자가 답했다.

그의 이야기에 따르면 이곳에는 없지만 30분 정도 전에 어느 가게로 들어가는 모습을 보았다고 한다. 그리고 그 가게에서는 이벤트 같은 것이 이루어지고 있는 듯했다고 그는 말했다.

아무래도 미라가 예상한 대로 이 도시에도 에카르라트 카리용의 멤버는 있었던 모양이다. 게다가 현재 위치에 대한 힌트까지 입수할 수 있었다.

지금이라면 아직 그곳에 있을 것이라기에 어느 가게인지까지 알아낸 미라는 "정보를 제공해주어 고맙다!"라고 감사 인사를 하고 나서 술사 조합을 뒤로 했다.

또한 라스트라다도 "고마워, 제군들!"이라고 말하고서 나가자 술사 조합 안에서 방금 그건 누구였냐며 소란이 일어났다.

과연 정령여왕의 종자일까 부하일까, 아니면 설마 연인일까. 사귀는 남자가 있는 낌새라고는 전혀 없었던 상태에서 갑자기 웬 남자가 등장하자 일부 남자들이 갑자기 흥분하기 시작했다.

"흠, 이곳이로군."

알려준 가게 앞에 도착했다. 자세히 보니 가게의 문에는 '대절'이라고 적힌 팻말이 걸려 있었다. 그리고 안에서는 많은 여성들의 목소리가 들려왔다.

"뭘 하고 있는 거지?"

라스트라다는 그 목소리에 귀를 기울이며 의아한 투로 말했다.

가게 안의 분위기는 상당히 뜨겁게 달아올라 있는 듯했다.

대체 어떠한 이벤트가 개최되고 있는 걸까. 그건 알 수 없었지만 어쨌든 에카르라트 카리용의 멤버와 대화하기 위해 미라 일행은 그 문을 열고 가게에 들어갔다.

입구 접수처에는 아무도 없었다. 모두 안쪽에 있는 방에 모여 있는 것이리라. 하지만 여기서 어떠한 이벤트가 이루어지고 있는가, 라는 의문은 풀렸다.

입구 접수처에 큼지막하게 적혀 있었던 것이다. '퍼지다이스 님 굿즈 교환 및 경매 모임'이라고.

더불어 입점 자격 조건도 거기에 함께 적혀 있었다.

보아하니 이 이벤트에 참가하려면 퍼지다이스 팬임을 증명하는 물건이나 교환 및 경매에 내놓을 수 있을 정도의 굿즈, 혹은 특별한 회원증이 필요한 듯했다.

"어째 엄청난 이벤트를 하고 있는 장소에 오고 만 것 같구나."

설마 이러한 이벤트가 있었을 줄이야, 라는 생각에 놀라면서도 미라는 당사자는 어떤 반응을 보일지 궁금해서 라스트라다를 바라보았다.

그러자 라스트라다는 매우 환한 얼굴로 웃으며 "인기 많네, 나"라고 당당하게 나불거렸다.

"우쭐거리지 말거라……."

여유마저 느껴지는 라스트라다의 모습에 대항심이 생긴 미라는 자신에게도 한 명은 팬이 있다고 투덜대기 시작했다.

그러던 참에 가게 안쪽에서 '책임자'라 적힌 모자를 쓴 한 여성이 "어서 와~ 참가자로 왔니~?"라고 말하며 나왔다. 두 사람이 티격태격한 탓에 손님이 왔다는 걸 알아챈 모양이었다.

"어이쿠, 미안하군. 실은 말이다——."

책임자라는 여성에게 미라는 사정을 간결하게 이야기했다. 안에 있는 에카르라트 카리용의 멤버에게 용건이 있으니 만나게 해줄 수 없겠느냐고.

"으음…… 있지이, 지금은 퍼지다이스 님 팬의 교환 모임 중이거든. 우리한테는 엄청 중요한 시간이야. 그러니까 가능하면 끝날 때까지 기다려줄 수 없을까?"

책임자는 고개를 숙인 채 잠시 생각하는 듯하더니 그렇게 답하고서 "미안해"라고 말을 이었다.

인신매매와 관련된 매우 중대한 사안이 걸린 일이다.

하지만 그게 즐거워하는 그녀들의 모임을 망쳐도 되는 이유가 되지는 않는다.

"흠, 그러냐……. 해서, 언제쯤 끝날 예정이냐?"

"으음, 밤에 끝나기는 할 텐데에."

이벤트가 끝날 시간을 미라가 묻자 그러한 답이 돌아왔다. 시간으로 치면 최소한 7시간 이상은 남았다.

이거이거 어쩐다? 미라가 "흐음……" 하고 신음하고 있던 참에 라스트라다가 느닷없이 무언가를 꺼내, 그것을 펼쳤다.

"이거면, 통행증이 될까?"

그렇게 말하며 라스트라다가 꺼내든 것은 한 장의 망토였다. 심지어 옷자락 끝부분이 지저분한 망토.

대체 뭘 어쩌다가 그런 것이 묻었는지, 형광 핑크색 얼룩이 묻어 있었다.

"무어냐, 그건? 꽤나 지저분해 보인다만."

세탁소도 아닌데 그런 지저분한 망토는 뭘 하려고 꺼낸 것이냐며 미라는 쓴웃음을 지었다.

하지만 그런 미라와는 대조적으로 책임자의 얼굴에는 순식간에 놀라움이 퍼져나갔다.

"자…… 자세히 봐도 될까요?!"

눈이 휘둥그레져서 놀라울 정도로 몸을 부들부들 떨면서도 책임자는 매우 정중한 태도로 물었다.

"응, 실컷 확인해봐."

그런 그녀에게 라스트라다는 의기양양한 태도로 고개를 끄덕여 보인 후, 그 망토를 살며시 내밀었다.

"자…… 자, 잠시 살펴보겠습니다……!"

떨리는 목소리로 답한 책임자는 허겁지겁 장갑을 끼고서 그 망토를 받았다. 그리고 말 그대로 뚫어지라 응시하기 시작했다.

책임자는 망토 전체를 꼼꼼히 둘러보았다. 이어서 그녀는 어깨에 멘 가방에서 수십 장이나 되는 사진을 꺼냈다. 그리고 사진과 망토를 몇 번이나 계속 비교했다.

"……이…… 이건…… 이건, 역시! 시키리크에서 소장님이 설치한 형광 도료 함정을 퍼지다이스 님이 피했을 때의 것이군요?! 피하기는 했지만 형광 도료가 든 공 하나가 늦게 터져서 우연히 망토 자락에 묻어버렸을 때의! 소장님이 처음으로 한 방 먹인 일로 큰 소란이 일어났던 그 날의 망토!"

책임자는 흥분해서 감정 결과를 말한 후, 휘둥그레진 눈을 한 채 라스트라다에게 바짝 다가갔다.

그녀의 이야기에 따르면 그 망토에 묻은 핑크색 얼룩은 과거 소장이 사용한 페인트볼에 의한 것과 일치한다는 듯했다. 또한 그 도료는 천 등에 한 번 묻으면 무슨 짓을 해도 지워지지 않는 물건이라고 한다.

그것은 퍼지다이스의 망토라 해도 예외가 아니었다. 때문에 지금의 퍼지다이스가 걸치고 있는 망토는 2대째인 셈이다.

그럼 첫 번째 망토는 어떻게 되었는가에 관해서는 팬들 사이에서도 전혀 정보가 돌지 않았다.

하지만 이번에 그 초대 망토가 나타난 것이다. 책임자는 단언했다. 당시의, 형광 도료가 튀었을 때 찍힌 사진과 이 망토의 얼룩이 완전히 일치하는 것으로 미루어 볼 때, 이 망토가 바로 초대 망토라고.

"바로 맞혔어. 훌륭한 안목이야. 아무튼 여기에는 교환 모임에 내놓을 굿즈가 있으면 들어갈 수 있다고 적혀 있는 것 같은데, 들어가도 될까?"

책임자의 안목을 칭찬한 라스트라다는 곧바로 접수처에 놓여 있는 안내판을 가리키며 물었다. 이 망토면 자격을 얻을 수 있겠느냐고.

"네, 충분하고도 남죠! 어서 들어가세요!"

그녀는 말해서 뭐 하겠느냐는 듯 흔쾌히 승낙했다.

안내를 받아 들어선 가게 안은 넓었고, 그곳에는 많은 퍼지다이스 팬들이 있었다.

자세히 보니 몇 개의 그룹이 만들어져 있고 다종다양한 굿즈의 거래가 이루어졌다.

손수 만든 것, 직접 찍은 사진, 얇은 책(동인지), 심지어 무슨 수로 입수한 것인지 궁금해질 정도의 물건까지 그 내용은 천차만별이었다.

그렇게 수많은 팬들이 있는 가운데, 에카르라트 카리용의 멤버는 누구냐고 묻자 책임자는 한 여성을 가리켰다.

창가 자리를 보니 그곳에는 정성껏 짐을 정리하는 여성이 있었다. 그럭저럭 수확이 괜찮았는지 실로 뿌듯한 얼굴을 하고 있었다.

"고마워, 아가씨!"

라스트라다는 책임자에게 감사 인사를 하자마자 팬 그룹들의 사이를 누비고 창가 자리를 향해 다가갔다.

"좋은 만남이 있으시길~."

그리고 책임자는 아쉽다는 듯 그 뒷모습을── 라스트라다가 손에 든 망토를 바라보며 배웅했다.

보물을 앞에 두었음에도 책임자는 자신의 우선권을 주장하지 않았다. 미라는 그런 태도를 보고 훌륭하다고 칭찬하며 라스트라다의 뒤를 따랐다.

"그나저나 뭐라고 해야 할지. 따지고 보면 본인이니 얼마든지 보물을 내놓을 수 있겠구나!"

잘만 하면 이곳에 있는 모두에게서 정보를 캐낼 수 있겠다고 미라가 작은 목소리로 소곤거리며 웃었다.

이번에 꺼낸 망토도 그렇고 퍼지다이스 본인이니 보물 굿즈를 얼마든지 제공할 수 있는 셈이 아닌가.

"아니아니, 그렇게 간단한 일이 아니야. 이번처럼 진짜라는 걸 감정할 수 있는 흔적이 있지 않은 한은."

설령 퍼지다이스 본인의 물건이라 해도 진짜라는 것을 증명하려면 역시 증거가 필요하다.

라스트라다는 증거가 될 만한 흔적이 또렷이 남은 이 망토를 버리지 않고 남겨두길 잘했다며 안심하는 눈치였다.

또한 그 망토는 아르테시아가 직접 만든 것이라 버리려야 버릴 수가 없었다고 한다.

그러한 이야기를 하다 보니 어느새 창가 자리에 도착했다.

"만나서 반갑구나, 이 몸은 미라라고 한다. 해서, 에카르라트 카리용의 멤버인 그대에게 부탁이 있는데, 들어줄 수 있겠느냐?"

창가에 있는 여성 옆에 서자마자 미라는 그렇게 말했다. 그러자 여성은 굿즈를 정리하던 손을 멈추고 고개를 돌렸다.

"웅? 저기, 나는 메이얄이야. 부탁이 있다고? 뭔데~?"

고개를 돌린 여성——메이얄은 매우 기분 좋은 얼굴을 하고 있었다. 지금이라면 어지간한 부탁은 들어줄 것만 같은, 환한 표정이다.

"부탁이라 함은 다름이 아니라, 그대들의 단장인 셀로와 연락을 취할 일이 생겼는데 말이다. 에카르라트 카리용의 멤버라면 당장에라도 연락을 취할 수단이 있지 않을까 싶어서 이렇게 찾아오게 된 게다."

그렇게 설명한 미라는 "어떠냐, 가능하면 연락을 해줄 수 있겠느냐?"라고 연달아 물었다.

하지만 메이얄은 미라의 이야기가 끝나자 곧바로 고개를 가로저으며 답했다.

"확실히 전용 연락수단이 있으니 셀로 님에게 보고를 할 수는 있어요. 하지만 죄송해요. 이렇게 말하기는 좀 그렇지만 당신 같은 분이 꽤 많거든요."

메이얄은 약간 미안하다는 투이기는 했지만 그럴 수는 없다고 단언했다.

"어떻게 좀 안 되겠느냐. 이래 봬도 셀로와는 아는 사이라 말이다. 이야기를 하면 금방 알아들을 것이야."

미라는 다시 간절하게 부탁했다. 돌아온 답은 조합의 연락망을 사용하면 되지 않느냐는 것이었다.

하지만 미라는, 그래서는 상대에게 전해질 때까지 시간이 걸린다. 가능하면 지금 당장 부탁하고 싶은 일이 있다고 버텼다.

하지만 메이얄의 답은 바뀌지 않았다.

역시 에카르라트 카리용은 상당히 인기가 있는 모양이다.

듣자 하니 단장인 셀로를 소개해달라는 자가 오는 건 일상다반사라고 한다.

더불어 아는 사이라느니 연락해달라는 부탁을 받았다느니 하는 거짓말을 하는 자도 많다는 모양이다.

그렇기에 그녀는 기본적으로 무슨 소릴 하건 단장인 셀로에게 연락을 해달라는 부탁은 모두 거절하고 있다고 한다.

"왜, 있잖으냐. 키메라 클로젠 사건은 아느냐? 다름이 아니라 그 사건 이후 이 몸은 정령여왕이라 불리게 되었는데 말이다. 그대도 단장인 셀로가 참전했다는 이야기는 들었을 테지? 그 전투에서 함께 싸웠던 한 사람이 바로 이 몸이란 말이다."

미라는 그럼에도 어떻게 좀 안 되겠느냐고 물고 늘어졌다.

하지만 메이얄의 답은 여전해서 고개를 가로저었다. 함께 싸웠다고 하는 자들 역시 잔뜩 있었다면서.

셀로는 유명인이기도 한 데다 사람들을 돕기 위해 동분서주하고 있기에 온갖 곳에서 많은 사람들과 함께 싸우고 있기 때문이다.

그렇기에 메이얄의 결의는 단단했다. 연락은 못 해준다는 입장을 고수한 것이다.

"그렇다면, 이건 어때?"

더는 방법이 없나. 미라가 그렇게 좌절하려던 참에 라스트라다는 앞으로 나서며 그 망토를 펼쳐 보였다.

"어? 저기……."

갑자기 튀어나와서 뭐가 어떠냐는 것일까. 메이얄은 그 행동에 고개를 갸웃했지만, 과연 이 이벤트 회장에 있던 인원이라고 해야 할지. 의아한 표정으로 그 망토를 쳐다본 그녀의 얼굴이 순식간에 깜짝 놀란 사람의 그것으로 변해갔다.

"어…… 어?! 이 망토의 색…… 형태…… 핑크색 얼룩! 설마 이건?!"

팬에게는 상식인지, 메이얄 역시 그 망토가 초대 망토임을 알아챈 모양이다.

지금까지 미라를 대하던 완고한 태도는 어디론가 가버리고 뺨은 붉게 달아오르고 그 눈에 욕망이 깃들기 시작했다. 하지만 아직 그게 진짜라는 보장은 없다는 의심 역시 남아있는지 "하지만 진짜라는 보장은……"이라고 말하며 경계했다.

"그래, 그 망토가 맞아. 심지어 이곳 책임자라는 분한테 감정을 받아서 진짜라고 인정받은 일품이지. 그렇기에 우리가 이곳에 있는 거고 너와 대화를 나눌 수 있는 거지."

라스트라다는 때는 지금이라는 듯 말을 쏟아냈다. 에카르라트 카리용의 멤버인 그녀와 이야기하기 위해, 이벤트 회장에 들어오기 위해 지참한 망토가 진짜라는 증거는 이 자리에 자신들이 있다는 사실이라고.

"회장님이?!"

라스트라다의 말을 들은 그녀는 설마, 하고 고개를 돌렸다. 그 시선 끝에는 조금 전 감정을 해주었던 책임자가 있었다. 메이얄의 말에 따르면 그녀는 회장인 모양이다.

그게 무슨 회장인지는 알 수 없는 일이지만, 아무래도 그런 회장 역시 초대 망토가 어떻게 될지 신경이 쓰였는지, 이쪽을 보고 있었다.

그 때문에 두 사람의 시선이 마주쳤고, 그것만으로 사정은 전달된 듯했다.

회장이 그건 진짜라는 듯 고개를 끄덕여 보인 것이다.

회장에 대한 신뢰는 상당한 듯했다. 저 사람이 인정했다면 진짜가 틀림없다고 생각했는지, 메이얄의 눈빛이 진지하게 바뀌었다.

라스트라다는 그 순간적인 변화를 놓치지 않았다.

"연락을 해주면, 이건 네 거야."

그렇게 승부수를 던진 것이다.

에카르라트 카리용의 단장인 셀로와 연락을 취하고 싶어 하는 전우에게 살짝 협력해주기만 해도, 이 세상에 둘도 없는 퍼지다이스의 초대 망토가 손에 들어온다.

이토록 간단하고 단순한 거래 기회는 앞으로 두 번 다시 오지 않을 것이다.

"아…… 아아…… 퍼지다이스 님의 초대 망토……."

라스트라다의 말은 너무도 감미로운 유혹으로 가득했다. 아닌 게 아니라 지금까지 열심히 다이어트를 했으니 한 끼 정도는…… 이라는 유혹과 같은 부류의 말이었다.

이 말에는 단호한 의지를 가지고 있던 메이얄도 상당히 흔들렸다.

돈으로는 결코 손에 넣지 못할 것이다. 또한, 이 기회를 놓치면 평생 만나지 못할 것이다.

팬들이 군침을 흘리는 초대 망토가 눈앞에 있다.

메이얄에게 그 유혹에 저항하는 것은 생살을 찢는 것처럼 괴로운 일이었을 터다.

하지만 그녀는 강철 같은 정신력으로 견뎌냈다.

"아뇨, 아…… 안, 돼, 요……!"

피눈물을 쏟으며 그렇게 답할 정도였다.

사리사욕에 굴하지 않고 자신의 본분을 지키는 그 모습은 그야말로 용사 그 자체였다. 과연 셀로의 뜻에 공감한 길드 멤버 중 한 명이라 할 만했다.

하지만 이번에는 그런 그녀를 농락해야만 한다. 그러지 않으면 길드 하우스를 차분하게 조사할 수가 없기 때문이다.

그 타이밍에 미라는 지금이라는 듯 그 말을 내뱉었다.

"뭣하면 에멜라라도 상관없다만, 어떻게 안 되겠느냐?"

처음에 무리한 부탁을 한 후, 그다음으로 아슬아슬한 한계선을 노리는 그 기술이다.

미라는 직접 셀로에게 연락을 취하지 않아도 상관이 없었다. 에카르라트 카리용에는 에멜라를 필두로 잘 아는, 믿을 수 있는 자들이 있으니. 그리고 분명 저쪽도 이쪽을 어느 정도는 믿어주고 있을 것이다.

그렇다면 우선 그런 에멜라 일행에게 연락을 취해서 셀로에게 연락해달라고 하면 그만이다. 긴급 연락 수단이 있다면 에멜라 일행 역시 틀림없이 그걸 알고 있을 테니.

"아…… 아아, 에멜라 씨…… 라도……?"

미라의 작전은 확실하게 먹혀들었다. 메이얄이 강철 같은 정신력으로 떨쳐냈을 터인 욕망이 다시 돌아오기 시작한 것이다.

완고했던 메이얄의 정신에 희미한 틈새가 발생한, 바로 그 타이밍에 미라는 추가 공격을 가했다.

"에멜라뿐 아니라 아스발이나 플리카, 제프와도 아는 사이…… 아니, 이미 친구 같은 사이라 말이다. 어떠냐, 이 중 아무나 상관없으니, 어떻게든 안 되겠느냐?"

셀로가 아니라도 괜찮다. 에멜라가 아니라도 괜찮다. 미라가 거기까지 양보하자 라스트라다가 마지막 일격을 가했다.

"부탁만 들어주면, 이건 네 거야!"

테이블 위에 망토를 넓게 펼쳐 보였다. 그러자 메이얄의 눈빛이 더욱 노골적으로 바뀌기 시작했다.

"에멜라 씨…… 에멜라 씨라도 상관없는 거죠……? 에멜라 씨라도, 그 초대 망토를……."

메이얄의 신념은 이러한 상황이 펼쳐졌을 때 결코 단장인 셀로에게 이야기를 전하지 않겠다는 것이었다. 하지만 에멜라는 어떨까. 메이얄은 그 부분에 어떠한 제한도 두고 있지 않았다.

메이얄은 이성적으로 생각했다. 지금 에멜라에게 이 일을 전달해도 될까.

"음, 상관없다. 이 몸은 그저, 긴히 친구와 이야기하고 싶은 것이 있을 뿐이니. 그것만 들어주면 이건 그대의 것이다."

메이얄은 생각에 생각에 생각을 거듭한 끝에—— "알겠어요, 맡겨만 주세요!"라고 힘차게 답했다. 최종적으로 친구라면 문제없을 것이라고 결론을 내린 것이다.

<32>

모험가 종합 조합에는 통신실이라는 방이 있었다. 그곳에는 고가의 통신장비가 설치되어 있어, 온 대륙에 있는 조합과 연결되어 있다.

그럭저럭 비쌌지만 이용요금을 내면 모험가들도 이것을 사용할 수 있었다.

미라 일행은 그런 통신실의 안쪽에 있는 방에 있었다.

그곳은 특별 통신실이라는 장소다. 중요한 정보를 주고받기 위한 방으로, 지극히 높은 밀폐성이 유지되고 있다. 그 때문에 이용요금도 비교적 비쌌지만, 그건 라스트라다가 턱 하고 지불해주었다.

"에멜라 씨에게 연락을 하면 되는 거죠? 그렇게 하면……."

통신 장치의 수화기를 손에 든 메이알은 고개를 돌리며 마지막 확인── 아니, 못을 박듯 그런 말을 했다.

"그래, 맞아. 그러면 이건 네 거야."

라스트라다가 초대 망토를 든 채 과장되게 고개를 끄덕였다.

메이알은 그것을 확인한 후, 드디어 통신 장치의 버튼을 눌렀다.

호출음이 울린다. 그것이 두 번, 세 번 반복된 참에 상대가 응답했다.

『네, 에카르라트 카리용 본부입니다.』

미라는 긴급 연락이라는 것이 어떤 식으로 이루어지는지 궁금했더랬다.

그 답이 이것이다.

과연 전 대륙에 멤버가 있다고 하는 거대 길드 에카르라트 카리용이다. 그 본부에 해당하는 장소가 있었던 것이다.

"길드 넘버 1390, 메이얄입니다. 부단장인 에멜라 씨에게 긴히 드릴 말씀이 있으니 연락을 해주셨으면 합니다──."

『알겠습니다. 재발신할 테니 통신 번호를 말씀하시죠.』

"으음…… 이쪽은 083977입니다──."

그런 대화가 끝난 참에 메이얄은 수화기를 내려놓았다.

방금 전 대화는 대체 무엇이었느냐고 묻자 메이얄은 간결하게 알려주었다.

에카르라트 카리용의 멤버는 모두가 연락용 간이 술구를 가지고 있다고 한다. 그것이 빛나고 진동하면 연락을 하게끔 되어 있다고 한다.

그리고 조금 전 통신을 했던 상대인 본부 전임 연락 담당이 그 술구로 발신하는 일을 담당하고 있었다.

지금쯤 에멜라가 지닌 술구가 반응하고 있을 것이라는 모양이다.

하지만 바로 대응할 수 없는 상태── 예를 들어 던전을 공략하는 중이거나 근처에 조합이 없는 상황이라면 그 술구로 대응 불가 답신이 본부에 접수되게끔 되어 있다.

그럴 경우, 본부에서 연락이 불가하다는 답신을 한다. 하지만 대응이 가능한 상태라면 그대로 에멜라가 통신을 해올 것이라는 듯했다.

"흐음, 아직 멀었으려나……."

그렇게 십여 분을 기다렸을 즈음. 연락은 아직 오지 않았지만 메이얄은 "상황을 보니 분명 에멜라 씨와 연락을 취할 수 있을 거예요"라고 말했다.

그렇게 생각한 이유는 길드 본부에서의 답신도 오지 않았기 때문이다.

대응하지 못할 상황이라면 술구로 불가라고 답신하기만 하면 된다. 답신을 하는 데는 10분도 걸리지 않으니 어지간히 위급한 상황이 아니라면 진작 답신이 왔을 거다.

그렇다면 대응하기 위해 조합으로 향하고 있다고 생각하는 게 타당하리라.

그런 메이얄의 예상이 맞아 들어서, 연락을 하고서 15분 정도가 지났을 즈음 통신장치가 울렸다.

"네, 길드 멤버 1390, 메이얄입니다."

『부단장인 에멜라예요. 미안해, 긴급통신이 들어오는 일은 거의 없어서 당황했어. 그래서, 무슨 일이야?』

통신 장치에서 그리운 에멜라의 목소리가 들렸다.

"저기, 그게…… 급히 에멜라 씨에게 연락을 하고 싶다는 분이 계셔서, 긴급통신을 사용했어요!"

사리사욕을 위해 긴급통신을 사용한 일에 약간의 죄책감이 드는 모양이었지만, 메이얄은 지금이 승부처라는 듯 말하더니 그대로 수화기를 미라에게 내밀었다.

『어? 나한테? 누가?』

긴급통신을 사용한 건 처음인 데다 용건이 있는 상대가 메이얄이 아니라고 하자, 에멜라는 그 상대가 누구인지 짐작도 안 되는지 당혹스러운 목소리로 답했다.

그때 수화기를 받아든 미라가 말을 내뱉었다.

"에멜라여. 이 몸이다. 알아듣겠느냐?"

『아…… 혹시 미라?! 우와, 오랜만이야~!』

미라의 목소리는 에멜라의 당혹감을 순식간에 날려버린 모양인지, 놀라움과 감격이 뒤섞인 목소리였다.

"음, 오랜만이구나. 잘 지냈더냐…… 아니, 굳이 물어볼 필요도 없었던 것 같군——."

아무래도 저쪽에는 에멜라 이외의 멤버도 있었던 모양이다. 멀어져 가는 플리카의 괴성을 무시하고 미라는 가볍게 잡담을 시작했다. 에멜라 역시 여러 일이 있었다고 웃으며 답했다.

그렇게 미라가 인사를 겸한 잡담에 돌입한 순간, 메이얄의 임무는 무사히 종료되었다.

"메이얄 양, 고마워. 자, 약속했던 물건이야."

라스트라다는 감사 인사를 하자마자 기대로 가득한 얼굴인 메이얄에게 초대 망토를 건넸다.

"고맙습니다!"

메이얄은 아닌 게 아니라 빛이 날 듯 환한 얼굴로 그것을 받아들며 감사 인사를 했다.

괴도 퍼지다이스의 사적인 물건인 망토. 어쩌면 팬들에게 이 이상의 보물은 없을지도 모른다. 희소성으로 따지면 그 정도의 물건이기는 했다.

그래서인지 자신의 임무를 마친 메이얄은 날개라도 돋아난 듯 가벼운 발걸음으로 "용건이 있으시면 언제든지 찾아주세요!"라는 말을 남기고서 돌아갔다.

『그나저나 설마 미라가 연락해올 줄은 몰랐어. 그래서, 무슨 일로 긴급 연락까지 한 거야?』

잡담이 대충 일단락된 참에 에멜라가 본론에 들어가자는 듯 말했다.

그 목소리는 미라가 에카르라트 카리용 전용 긴급 연락망을 이용한 것을 전혀 개의치 않는 듯 들렸다. 어쩌면 에멜라에게 미라는 이미 가족이나 다름없는 존재일지도 모른다.

그보다는 미라가 긴급 연락을 사용한 이유가 더 궁금한 눈치였다.

"음, 그것 말이다만. 살짝 부탁하고 싶은 일이 있어서 말이다——."

에멜라가 미라를 믿듯, 미라 역시 에멜라를 믿었다. 따라서 미라는 그렇게 운을 떼고서 현재의 상황을 모두 다 털어놓았다.

학스트하우젠에서의 괴도 소동. 지하수로에서 있었던 일. 그리고 지금은 퍼지다이스와 협력해 인신매매 조직을 쫓고 있다는 사실. 또 조사를 위해 길드 하우스에 들어가고 싶다는 뜻을 숨김없이 이야기한 것이다.

"——그런고로. 초대장을 발행해주었으면 한다만, 셀로에게 그리 전해줄 수 있겠느냐?"

미라는 인신매매 조직의 뿌리를 파헤치는 데 힘을 빌려달라고 부탁했다.

『역시 미라야…… . 이번에도 엄청난 일에 얽혔구나…… .』

작은 소리로 한숨을 내쉰 후, 에멜라는 씁쓸한 투로 답했다.

마지막으로 만난 것은 키메라 클로젠을 쫓던 때였다. 그에 이어서 이번에도 인신매매 조직이라는 커다란 악을 상대하고 있는 것이다.

『그런 일이라면 기꺼이 협력할게! 게다가 초대장 발행은 나도 할 수 있으니까 바로 절차를 밟을게!』

그 사실을 알게 된 에멜라는 여전하다고 웃으며 어쩐지 기쁜 듯이 그렇게 말을 이었다.

놀랍게도 길드 하우스 초대장은 셀로가 아니라 에멜라라도 발행할 수 있다고 한다. 부단장이라는 직위에는 그러한 권한도 있다는 모양이다.

"오오, 그러했더냐! 그럼 부탁하마!"

이거 잘 됐다 싶어서 미라는 곧바로 에멜라에게 길드 하우스 초대장을 발행해달라고 부탁했다.

에멜라와의 통신을 마치고서 10분이 지난 후. 모험가 종합 조합의 접수처에서 확인해보니 미라 일행을 위한 길드 하우스 초대장 발행 절차가 완료되어 있었다.

두 사람은 모험가증을 제시해서 그것을 받아, 그대로 길드 하우스로 향했다.

또한 라스트라다는 존이라는 이름으로 모험가 등록을 했었다.

랭크는 C. 평범한 수준의 모험가처럼 행동하고 있다는 모양이다.

"수고 많았다, 멍슨 군."

길드 하우스까지 돌아오자마자 우선은 밖에서 감시하고 있게 했던 멍슨과 합류했다.

"따로 드나든 인물은, 한 명도 없었습니다멍."

미라에게 안기자마자 멍슨은 그렇게 보고했다. 마법에 의한 냄새 추적에도 특별한 반응은 없었다고 한다.

다시 말해서 표적은 아직 이 안에 있는 것이다.

"자아, 가보실까."

"그래, 가자."

"그럼 돌입입니다멍."

미라 일행은 심기일전하여 길드 하우스에 발을 들였다.

우선은 로비. 호텔보다는 작은 기업의 로비에 가까운 구조로 된 그곳의 한가운데에는 접수처가 있고 좌우로 이어진 문도 있었다.

"이쪽에서 길드증을 확인해 드리겠습니다."

"음, 이걸로 부탁하마."

그 접수처 안내 담당의 말에 따라 미라 일행은 초대장을 제시했다.

당연히 방금 받아온 진품이기에 길드 하우스에 들어가기 위한 절차는 문제없이 끝났다.

그렇게 접수처의 오른쪽에 있는 문을 지나자, 이번에는 학교 등을 연상케 하는 복도가 나타났다.

간결한 구조의 내부에 모험가들의 모습이 드문드문 보였다. 얼핏 보면 합숙장 같은 분위기였다.

"……역시 신용이란 건 중요하구나."

멍슨의 안내에 따라 복도를 나아가던 도중, 라스트라다가 나직한 목소리로 중얼거렸다.

길드 하우스는 퍼지다이스의 힘으로도 차분하게 수색할 수 없었던 장소다. 하지만 지금은 누구의 눈도 신경 쓰지 않고 당당하게 복도를 걷고 있다.

이게 다 미라가 에멜라의 신용을 얻은 덕분이었다.

정보수집을 위해 넓고 얕게 인맥을 확장해온 라스트라다는 시설을 이리저리 들여다보는 미라를 보며 감회에 젖어 웃었다.

"이 안입니다멍."

멍슨의 코에 의지해 표적이 있는 방을 찾다 보니 4층 안쪽에 있던 렌탈룸에 도착했다.

그곳은 일 단위, 주 단위, 월 단위로 렌탈이 가능한 방으로, 길드 하우스 제일의 시설이다. 주로 숙소 대신 사용되는 경우가 많으니 그곳에 있는 표적 역시 오늘 할 일을 끝내고 쉬고 있는 중일지도 모를 일이었다.

"그나저나 이 근처는 사람이 거의 없군그래."

"방향 상 볕이 잘 안 들어서 그런 게 아닐까? 숙소 대신 사용하는 게 목적이라면, 이 근처는 꽝이라고 할 수 있잖아."

이 근처는 볕이 잘 들지 않는 데다 다른 유익한 시설로부터 떨어져 있어서 그다지 인기가 없는 장소인 듯했다. 심지어 계단 근처에 비해 방 몇 개는 비어 있는 것 같았다.

"굳이 이러한 곳을 고르다니…… 분명 켕기는 구석이 있기 때문일 것이야."

인신매매 조직에 가담하고 있기에 다른 누군가와 조우하기 어려운 장소에 있는 렌탈룸을 이용하는 것이리라. 그렇게 추측하며 미라는 '생체감지'로 안쪽에 있는 방의 상황을 살폈다.

그 결과, 실내에서 다섯 개의 반응이 감지되었다. 그중 한 명은 지하수로에 위치한 방에 있던 자가 분명하다.

문제는 나머지 네 명이다. 그 외의 사람도 인신매매에 연루되어 있을까? 한 사람? 두 사람? 아니면 모두 다? 아직은 거기까지 판단할 수 없는 상태였다.

"하지만 여기까지 들어왔으니 나머지는 간단해."

어떻게 조사를 할까. 그렇게 생각에 잠긴 미라와는 달리 라스트라다는 조금의 망설임도 없는 듯한 얼굴로 단언했다.

"지금부터는 정의의 괴도가 아니라 다크히어로 방식으로 가보자."

"다크히어로 방식……? 무어냐, 그게?"

그 의미를 알 수가 없어서 미라는 앵무새처럼 되물었다. 그러자 '정의를 위해서는 악행도 불사하는, 어둠의 히어로'라는 답변이 돌아왔다.

그것은 도적질로 정의를 행한 퍼지다이스와 어떻게 다른 걸까. 그런 의문이 들었지만 일단 미라는 당당히 걸어가는 라스트라다의 뒤를 따랐다.

지하수로에 있던 인물이 숨은 렌탈룸 앞. 지금부터는 다크히어로 방식이라고 말한 라스트라다가 그다음에 무슨 짓을 했는가 하면, 그냥 평범하게 문을 두드렸다.

천천히 세 번. 똑, 똑, 똑. 조용한 복도에 소리가 울렸다.

바로 반응하지는 않았지만 미라는 내부의 움직임을 '생체감지'로 포착하고 있었다. 어째서인지 상담이라도 하듯 모여 있었다.

그 후, 얼마쯤 지나 한 명의 반응이 가까워지더니 살며시 문이 열리고, 한 남자가 고개를 내밀었다.

"응? 뭐냐, 너희? 무슨 일이야?"

미라 일행을 보자마자 남자는 의아한 듯 눈살을 찌푸렸다.

낯선 남녀가 이러한 장소를 굳이 찾아왔으니 그런 반응을 보이는 건 지극히 당연한 일이라 할 수 있었다.

"아아, 잠시 할 이야기가 있어서."

라스트라다는 상대의 표정은 아랑곳하지 않고 말하더니, 남자의 얼굴을 빤히 노려보며 "너, 인신매매에 가담한 적 있어?"라고 물었다.

"……엉? 무슨 소리야."

라스트라다의 말에 남자는 무슨 뜬금없는 소리냐는 듯 답했다.

"잠시 동안 생각을 했지? 시선도 흔들렸고. 거기에 목소리가 다소 뻣뻣해. 아무래도 짚이는 바가 있나 본데."

라스트라다는 그런 남자의 반응을 통해 여러 가지를 간파해냈다. 귀찮다는 듯 답한 남자의 목소리에 약간의 살의가 담겨 있다는 사실도.

"잠깐 실례하겠어."

그 사실을 확인한 라스트라다는 꽤 싸늘한 목소리로 말하고서 그대로 남자의 옆을 지나쳤다.

하지만 남자는 그런 라스트라다를 제지하려고도 하지 않았다. 자세히 보는 그는 눈이 휘둥그레진 채 뻣뻣하게 굳어 있었다.

대화를 나누는 동안 라스트라다가 강마술을 사용해 마비 상태에 빠뜨렸기 때문이다. 말 그대로 눈 깜짝할 새 일어난 일이었다.

'정면으로 강행돌파라…… 과연, 그러한 뜻이었나.'

상대의 혐의는 아직 확정된 게 아니다. 하지만 앞뒤를 가리지 않고 돌파한다. 이것이 다크히어로 방식이구나, 하고 납득한 미라는 살며시 문을 걸어 잠갔다.

"뭐야, 이 자식?!"

방 안쪽에서 그런 목소리가 들려왔다. 미라가 들여다보니 그곳에서는 네 명의 남자가 라스트라다를 앞에 두고 씩씩대고 있었다. 어쩐지 시원찮은 모험가처럼 보이는 남자들이다.

라스트라다는 그런 네 사람의 말에는 대꾸도 하지 않고 흘끔 쳐다본 후, 다짜고짜 거미줄을 내뿜어 눈 깜짝할 새 구속하고 말았다.

"뭐야, 이거? 뭘 어쩔 셈이야!"

"이 자식…… 우리가 '길리안록'이라는 걸 알고서 까부는 거냐?!"

한 남자는 갑작스러운 습격에 동요했고, 한 남자는 악다구니를 쳤다. 하지만 라스트라다는 개의치 않고 고개를 돌려 "자아, 지하수로에 있던 게 누군지 알겠어?"라고 멍슨에게 물었다.

"저 녀석입니다멍!"

멍슨은 미라의 품에 안긴 채 한 남자를 척, 하고 가리켜 보였다.

"오호, 이 녀석이라고? 고마워, 명탐정."

이 방에 있던 다섯 명의 남자 중 한 명이 지하수로에 있던 인신매매 조직의 거점에 출입하던 자다.

라스트라다는 대담한 미소를 지은 채, 고생 끝에 붙잡은 그 남자에게 다가갔다.

다크히어로 모드의 라스트라다가 행한 심문은 다크라는 단어가 어울릴 정도로 상당히 아슬아슬했다.

강마술로 생성되는 독과 약을 보여주며 동요시킨 것이다.

오른손은 두 번 다시 안 움직일 거다, 왼발은 두 번 다시 안 움직일 거다, 라고 하면서 서서히 궁지로 몰아 나갔다.

또한 실제로는 부분적으로 마취시키고서 그렇게 속인 것이었지만, 서서히 몸의 감각이 사라져 가는 공포는 말로 형용하지 못할 정도일 것이다. 남자는 용서를 구하며 자신이 아는 사실을 모두 다 자백했다.

우선 그가 소속된 길드 '길리안록' 자체가 문제였다. 이야기를 듣기 전까지는 그 한 사람만 인신매매에 연루되어 있을 가능성도 있다고 생각했지만, 남자의 말에 따르면 이 길드 자체가 인신매매 등을 원활하게 진행하기 위해 조직된 것이라는 듯했다.

그가 맡은 역할은 연락과 감시. 각 거래에 대한 정보 교환. 그리고 인신매매 현장과 보관고, 그 밖의 장소에서 횡령과 같은 일이 일어나지 않도록 감시하는 역할이라는 모양이었다.

"──정말로 몰라……! 지시를 내리는 건 길드 마스터고, 우리는 거기에 따르고 있는 것뿐이니까. 그 지시가 어디서 내려오는 건지는 전혀 몰라……. 그러니까 용서해 줘…… 용서해달라고……."

머리를 제외한 나머지 부분의 감각을 빼앗긴 남자는 공포에 사로잡혀 눈물을 쏟으며 용서를 구했다.

그 모습은 연민을 불러일으키기에 충분한 것이었지만, 희생된 아이들을 생각하자 그런 감정은 곧바로 날아가 버렸다.

"그래? 그럼 마지막 질문이야. 그 길드 마스터라는 녀석은 어디에 있지?"

인신매매 조직의 몸통에 도달하려면 그 길드 마스터에게 이야기를 들어볼 필요가 있겠다는 생각에 라스트라다는 냉철한 목소리로 물었다.

하지만 남자는 그걸 말하면 길드 마스터에게 살해당할 거라며 머뭇거렸다. 그 직후. 남자는 실이 끊어진 듯 침묵했다.

"지금 죽을래, 우리가 길드 마스터를 처치하는 데 목숨을 걸어볼래?"

라스트라다는 이어서 남은 남자들에게 물었다.

그러자 그들은 벌벌 떨며 "루미트 계곡에 있는 동굴에 있어!"라고 답했다. 그리고 지도가 있으면 표시를 해주겠다며 적극적으로 협력하고 나섰다.

"처음부터 순순히 불지 그랬어."

라스트라다는 차가운 목소리로 말하며 지도를 꺼내 남자들의 앞에 펼쳤다.

남자들은 대륙 각지에 '길리안록'의 비밀 아지트가 있다고 말하더니 그것들이 모두 어디에 있는지 자백했다. 그리고 지금 현재 길드 마스터가 있는 아지트가 그중 하나인 루미트 계곡의 동굴이라고 말했다.

길드 마스터가 있는 아지트는 의외로 이 도시에서 가까웠다. 듣자 하니 알드로리스 남작에 관한 일을 처리하기 위해 마침 출장을 나와 있었다는 모양이다.

또한 그들이 이곳에 모여 있던 것은 어떻게 조직에서 도망칠지 의논하기 위해서였다고 한다.

이유는 매우 단순했다.

퍼지다이스의 이번 범행으로 돌레스 상회가 괴멸한 것은 물론이고 덴바롤 자작까지 붙잡히고 말았다. 그리고 가장 중요한 수로 속 아지트까지 발각되어 상품뿐 아니라 귀중한 고참들까지 붙잡히는 사태가 벌어졌다.

이는 조직에게 큰 타격이라 할 수 있다고 한다.

이토록 큰 실패를 조직이 용납할 리가 없다. 그러니 내일에라도 어딘가로 도망치자는 이야기를 하고 있었다는 것이다.

그 후, 미라 일행은 길드 하우스의 관리인에게 남자들의 정체를 이야기하고, 그 신병을 인도한 후 그 자리를 뒤로 했다.

"그 변태 남작의 이름이, 알드로리스 남작이었던가?"

사건의 내막을 알 듯한 '길리안록'의 길드 마스터가 알드로리스 남작 일로 근처까지 와 있었다.

　설마 일전의 그 일이 이런 식으로 도움이 될 줄이야. 미라는 순풍이 불어오는 듯한 기분이 들어서 발걸음이 가벼워졌다.

　"헤에~ 별 우연이 다 있네."

　그에 반해 라스트라다는 어쩐지 시치미를 떼는 듯한 투로 대꾸했다.

　"헌데 말이다, 그 자리에는 복면을 쓴 변태가 한 명 더 있었던 것 같다만⋯⋯."

　"아니아니, 위기 상황에 나타난 걸 보면, 지나가던 정의의 히어로였던 것 같은데?"

　그 모습은 실로 변태 같았다고 미라가 말을 잇자, 라스트라다는 옹호하는 듯한 투로 맞받아쳤다. 하지만 그의 눈은 갈지자를 그리고 있어서, 아무래도 당시의 일을 얼버무리려 하는 듯했다.

　"⋯⋯흠, 그러하냐. 그럴 수 있겠구나."

　아무래도 본인도 그렇게 보였을 가능성이 있다는 것을 알았던 모양이다. 미라는 그런 라스트라다의 심정을 고려해서 그 이상은 언급하지 않기로 했다.

　"굉장해. 정말 쾌적해! 그야말로 공중 사령실이야!"

　위치를 알아낸 아지트는 가까운 거리에 있기는 했지만 도보로 가기에는 멀었던 탓에 두 사람은 가루다 왜건을 타고 이동하고 있었다.

　하늘을 나는 사령실, 하늘을 나는 비밀기지는 특촬 히어로물의 단골 소재라 할 수 있다. 다소 규모가 작기는 하지만 그러한 것을 연상케 해서인지 라스트라다는 상당히 흥분한 듯 보였다.

미라 역시 어릴 적에 동경했던 탓에 "그렇고말고, 대단하지?!"라면서 매우 자랑스러워했다.

그렇게 목적지인 아지트 근처에 접어들었을 즈음, 라스트라다의 갑작스러운 부탁으로 가까운 도시 옆에 왜건을 착륙시켰다.

준비할 물건이 있다며 라스트라다가 들어간 곳은 의상점이었다.

변장용 옷이라도 사려는 걸까. 미라는 그런 생각을 하며 인근 찻집에 들러 치즈 타르트를 즐겼다.

"음, 산미와 달콤함이 절묘한 균형을 이루고 있구나!"

그렇게 두 번째 접시도 냉큼 비운 참에 의상점에서 라스트라다가 나왔다.

"해서, 무얼 산 게냐?"

합류하자마자 미라가 물었다. 하지만 라스트라다는 "나중에 보여줄 테니 기대해"라는 말로 얼버무릴 뿐, 정확하게는 대답해주지 않았다. 하지만 그 얼굴은 무슨 일을 꾸미고 있는 듯한 소년 같았다.

이럴 때의 라스트라다는 십중팔구 히어로물에 관한 생각을 하고 있기 마련이다.

의상점과 히어로. 대체 무슨 일을 꾸미고 있는 것인지 궁금하기는 했지만 미라는 라스트라다의 뒤를 따라 아지트로 향했다.

조금 전 들렀던 도시에서 서쪽에 펼쳐진 숲속. 울창한 숲속에 숨은 절벽 아래 목적한 동굴이 있었다.

그 동굴이 바로 '길리안록'이 보유한 비밀 아지트로, 현재 길드 마스터가 체류하고 있다는 장소였다.

보아하니 그 입구에는 아무도 없었다. '생체감지'로 살펴보아도 그 앞에서는 반응이 없었다. 얼핏 보면 흔하디흔한 자연 동굴이다.

"어디, 안은 어떻게 되어 있을까."

라스트라다는 동굴 앞에 서자마자 강마술을 행사했다.

【강마술 마(魔) : 밤박쥐】

그것은 음파를 퍼뜨려 지형 등을 파악하기 위한 술식이다.

라스트라다는 그 술식을 몇 번인가 반복 사용해서 동굴 내부를 구석구석 탐색해 나갔다.

그 결과, 이 동굴은 복잡하게 뒤엉킨 통로 끝에 커다란 공간이 펼쳐져 있는 구조로 되어 있다는 사실이 판명되었다.

"흠, 다시 말해서 이곳을 틀어막으면 독 안에 든 쥐라 이거로 군. 그렇다면 간단하지 않으냐. 하얀 안개를 살포하면 끝이니."

입구를 틀어막은 채 동굴 내부를 퍼지다이스의 특기인 하얀 안 개로 가득 채워버리면 일망타진할 수 있다.

미라는 생각했던 것보다 일이 쉬워질 것 같다며 우쭐했다.

하지만 라스트라다는 그럴 생각이 없어 보였다.

"아니, 그렇게 간단하게 끝낼 생각은 없어. 다크히어로는 무자 비하거든."

그런 소리를 하는 라스트라다는 이미 완전히 다크히어로 모드 에 돌입해 있었다. 그리고 이렇게 된 그를 막는 건 불가능하다.

그 사실을 아는 미라는 "나 원, 못 말리겠구나"라며 동의했다. 이곳에 있는 것은 아이들을 희생해서 돈벌이를 하려는 작자들이다. 다소 험한 꼴을 당하더라도 자업자득이 아닌가.

"응, 사령관이라면 그렇게 말해줄 줄 알았어!"

쉽게 결판을 낼 수 있는 수단이 있음에도 라스트라다는 가차 없이 박살 내주겠다며 의욕을 불살랐다. 그는 고개를 끄덕이는 미라에게 웃는 얼굴로 무언가가 담긴 주머니를 내밀었다.

그리고 말했다.

"자아, 다크히어로로 변신하자고!"

33

라스트라다가 이번에는 뜬금없이 변신을 하자는 소리를 했다.

심지어 방금 말한 대로, 라스트라다는 부랴부랴 다크히어로 의상으로 갈아입기 시작했다. "두두둥~ 띠리~ 디리리~" 따위의 다크히어로풍 음악을 흥얼거리며, 마치 변신 장면이라도 재현하듯 의상을 입어 나갔다.

"자, 사령관도 빨리!"

라스트라다는 재촉하듯 미라의 손에 쥐여준 주머니를 바라보았다.

혹시나 해서 주머니 안을 들여다보니, 거기에는 까만 여성용 옷이 담겨 있었다. 아무래도 중간에 의상점에 들른 것은 미라가 입을 다크히어로 의상을 장만하기 위해서였던 모양이다.

"하아, 하는 수 없지……."

미라는 굳이 갈아입을 필요가 있나 싶어서 한탄했지만, 히어로물이 얽히면 라스트라다는 결코 물러설 줄을 몰랐다.

버텨봐야 어차피 이 옷을 입게 될 게 뻔하다. 따라서 미라는 못 말리겠다며 쓴웃음을 지은 채 건네받은 옷으로 갈아입었다.

"이건 대체……."

주머니에 들어 있던 것을 대충 몸에 걸친 미라는 그 완성도에 신음했다.

갈아입은 결과, 미라는 밤의 여왕을 방불케 하는 모습이 되어 있었기 때문이다.

여왕처럼 검은 드레스는 귀여움보다도 요염함을 강조하고 있다. 또한 용도를 알 수 없는 빨간 끈이 둘러져 있었다. 하지만 누군가를 묶는 데 쓸 수 있을 정도로는 튼튼해 보였다.

더불어 신발은 밤의 여왕 같은 느낌을 두드러지게 하는 검은 하이힐이다. 심지어 다크한 느낌을 연출하기 위해서인지 자기주장이 강렬한 해골 마크가 붙어 있었다.

정점을 찍은 것은 검은 가면무도회용 가면이었다. 장미 같은 악센트 장식이 밤의 여왕 같은 느낌을 더욱 두드러지게 하고 있다.

"그게, 뭐라고 해야 할지. 이건 다크히어로라기보다는 악의 여간부 같아 보이지 않으냐……."

손거울로 자신의 변신 완성도를 확인한 미라는 그 모습을 보고 바로 떠오른 인상을, 나직하게 말로 옮겼다.

다크히어로와는 조금 다른 것 같다. 밤의 여왕 같은 느낌이 강하지만, 그것보다 더 가까운 듯한 존재. 그것이 악의 여간부였다.

"오오, 근사해!"

라스트라다도 옷을 다 갈아입은 모양이다. 달려오자마자 변신한 미라를 앞에 두고 아주 의기양양한 미소를 짓고 있었다.

미라로 말하자면 변신을 완료한 라스트라다의 차림새를 보고 완전히 달라진 그 모습에 넋이 나갔다. 해골 가면에 칠흑빛 망토. 그리고 박쥐 남자 같은 슈트를 입은 라스트라다는 확실히 다크히어로 같아 보였다.

그것을 보니 그의 머릿속에 있는 다크히어로라는 이미지가 딱히 이상한 건 아닌 듯했다.

"아니, 이건 다크히어로와는 거리가 먼 것 같은데 말이지."

하지만 실제로 미라의 현재 모습은 다크히어로의 이미지와 동떨어져 있었다.

미라가 그 점을 지적하자 라스트라다는 그런가, 하고 고개를 갸웃하더니 그대로 미라의 온몸을 꼼꼼히 체크하기 시작했다. 하지만 그에게는 상상했던 것 이상의 완성도였는지 탄성을 흘릴 따름이었다.

얼마쯤 지나 라스트라다의 눈이 빛났다.

"그래, 알겠어, 사령관! 호랑이야! 호랑이가 부족해!"

생각한 끝에 라스트라다는 영문 모를 소리를 해댔다. 심지어 그렇게 말하자마자 징랄라를 소환하라고 재촉했다.

무슨 생각을 어떻게 했기에 그런 결론에 다다른 것일까. 그건 알 수 없었지만 미라는 시키는 대로 영수, 빙무현호(氷霧賢虎) 징랄라를 소환했다.

"이렇게 휘말려들게 해서 미안하구나."

징랄라는 몸길이가 4미터를 넘을 정도로 몸집이 커다랬다. 눈을 두른 듯 하얀 털과 칼날처럼 날카로운 발톱이 특징이었다.

"응, 좋아. 훨씬 다크히어로 같아 보여!"

징랄라가 미라의 옆에 살며시 다가섰다. 그 모습을 뚫어지라 쳐다보던 라스트라다는 이게 정답이라고 단언했다.

"그래, 그대가 만족한다면 되었다……."

이번에는 오히려 여왕다운 느낌이 강해진 것 같았지만, 미라는 그 이상 자신의 의견을 말하지 않기로 했다. 사태가 더 심각해질 것 같다는 직감 때문이다.

또한 미라가 이렇게 완성된 것은 라스트라다가 좋아하는 특촬물 시리즈 때문이었다.

적 여자 간부가 사실은 적측에 잠입한 스파이였다거나, 주인공의 설득으로 배신하거나 하는 전개가 많았던 것이다.

그 때문에 라스트라다는 여간부 역시 다크히어로로 취급하고 있었던 것이다.

만족한 듯한 라스트라다를 선두로 미라는 드디어 적지에 발을 들였다. 다크히어로란 과연 무엇인가 하는 의문을 품은 채로 동굴 속을 걷는다.

복잡한 동굴 안에 들어서자 보초로 보이는 남자가 서 있었다. 하지만 보초들은 변신한 라스트라다의 모습을 본 순간 놀라서 뭐라 말을 하지 못했다.

다크히어로에 변신까지, 취미적인 부분이 지나치게 섞여 있기는 했지만 일처리는 프로였다.

인신매매 조직의 괴멸을 위해 분투하는 그의 히어로 스피릿은 조금도 흔들리지 않았다.

그리고 사명에 불타오르는 라스트라다를 뒤에서 따라가고 있는 미라는 어째 고전 중인 듯했다.

"그나저나 이건…… 끄응……! 걷기 힘들구나! 이런 걸 신고 어찌 걷는 게야.”

하이힐은 신어본 적이 없는 데다 동굴의 우둘투둘한 바닥에 발목이 잡혀, 전투는커녕 걷기도 어려운 상황이었다.

이러한 신발을 신고 날렵하게 걷는 여성들은 대체 어떤 수행을 쌓은 것일까. 그런 생각을 하며 자신의 힘으로 걷기를 포기한 미라는 그대로 징랄라의 등에 올라탔다.

이러면 문제없다. 미라는 정신이 들어보니 성큼성큼 앞서간 라스트라다를 쫓아갔다.

그렇게 ‘길리안록’의 거점이 펼쳐진 공간에 도착한 참에 미라는 그 광경을 목격했다.

곳곳에 조명이 걸린 공간. 그곳은 오두막이며 발판 등을 깔아 만든 집락처럼 되어 있었다. 동굴 안임에도 괜찮은 생활공간인 듯했다.

하지만 지금은 괴물이 나타났다며 난리가 난 상태였다.

그렇다. 라스트라다의 짓이다. 그 모습과 더불어 다크히어로 모드가 된 그는 인정사정 봐주지 않았다.

퍼지다이스와 달리 모든 공격수단이 해금된 데다가 이곳에 있는 길드 멤버는 모두 인신매매 조직에 연루되어 있다고 들은 탓에 봐줄 필요가 없다고 생각한 것이리라.

자세히 보니 상대측에는 나름의 실력자도 끼어 있기는 했다. 하지만 정의를 집행하는 중인 라스트라다 앞에서는 몇 초를 버텨내는 게 고작이었다.

그곳에서는 미국 히어로 코믹스를 방불케 하는 액션씬이 펼쳐지고 있었다.

"나 원, 혼자서 시작하다니."

왜 기다리질 않은 것일까. 혹시 미라가 뒤처졌다는 사실조차 알아채지 못한 걸까. 굳이 말하자면 후자일 것이라 생각하며 미라도 가세했다.

하지만 하이힐을 신은 채로는 제대로 움직일 수가 없어서 징랄라를 보냈을 뿐, 미라는 도망자가 오지 않나 입구에서 지키고 있었다.

그렇게 라스트라다가 더욱 격렬하게 날뛰기 시작했을 즈음.

"응? 왜 여자애가 이런 데에 있지?"

도망치려 한 것인지 몇 명의 남자가 미라가 대기 중인 출구 앞에 나타났다.

그중 한 명이 미라의 모습을 보자마자 의아한 투로 말했다. 하지만 그것도 조우한 그 순간뿐이었다.

"아니, 이 녀석은…… 저 이상한 놈의 동료야!"

미라의 차림새를 빤히 쳐다보던 남자가 그렇게 외쳤다. 아무래도 그들의 눈에는 다크히어로나 악의 여간부나 그리 다를 것이 없어 보이는지 순식간에 경계심을 끌어올렸다.

"거기서 좀 비켜주겠어, 아가씨? 그럼 아무 짓도 안 할 테니까."

하지만 그러한 차림새를 하고 있어도 결국은 귀여워 보이는 소녀인 탓인지, 남자들은 당당하게 말했다.

"흠…… 그럴 수는 없지!"

당연히 미라는 거절했다. 그러자 남자들의 눈초리가 험악해졌다.

"그래? 그럼 원망하지 말라고!"

말 떨어지기 무섭게 칼을 꺼내든 남자들은 거기서 비키라며 미라에게 덤벼들었다.

그 직후, 몇 명의 남자가 눈앞에 갑자기 나타난 타워실드에 격돌하고 뒤로 넘어갔다. 그리고 몇 사람은 미라가 내쏜 선술, '충파'로 인해 날아갔다.

그리고 마지막으로 남은 한 명은, 눈 깜짝할 새에 땅바닥을 나뒹구는 동료들의 모습을 보고 겁을 먹었는지 주춤거렸다.

남자는 대체 뭐가 어떻게 된 것인지 이해할 수가 없어서 당황했다. 미라는 그런 남자에게 생겨난 빈틈을 놓치지 않았다.

이걸로 끝이라는 듯 발을 내디딘 미라는 그 기세를 이용해 날카로운 발차기를 날렸다.

하지만 그때. 하이힐이 익숙지 않은 탓에 미라는 약간 균형을 잃고 말았다.

그 결과, 미라가 날린 발차기는 조준한 곳에서 약간 빗나가, 하필이면 남자의 급소에 직격했다.

"우어——억!!"

심지어 단순히 차기만 한 것이 아니었다. 재수 없게도 굽 부분에 정통으로 맞은 것이다.

남자는 말로 형용하지 못할 목소리로 비명을 지르며 괴로워했다. 그리고 몸부림치며 격렬한 숨소리와 함께 벌벌 떨기 시작했다.

누가 어떻게 보아도 그의 주니어는 무사하지 못할 듯한 상황이었다.

"방금 그건, 정말로 미안하구나……."

상대는 인신매매에 손을 대어 수많은 아이들을 희생해온 악당이다. 무슨 짓을 당하건 자업자득이다. 하지만 그 고통을 아는 미라는 진심으로 미안하다는 듯 사과할 수밖에 없었다.

그리고 살며시 남자를 진정시킨 후, 그의 사타구니에 귀중한 회복약을 듬뿍 뿌려줬다. 다소의 손상이라면 간단히 나을, 비장의 영약이었다.

"저렇게 무시무시한 짓을……."

"젠장…… 악마 같은 놈들 같으니……."

잔인한 공격을 받은 남자를 보살피는 미라의 모습을 떨어진 곳에서 보고 있던 남자가 있었다. 탈출하기 위해 도망쳐온 자들이다.

그들은 그 순간을 목격했다. 너무도 잔인한 일격이 들어가는 광경을.

그 고통을 아는 남자들은, 여자이기에 가능한 짓이라며 말없이 몸을 떨었다.

그들이 목격한 그것은 그들의 입장에서는 본보기나 다름없었다. 도망치려 하면 강제로 거세당한다. 남자들의 눈에는 그렇게 보인 것이다.

귀여운 모습을 하고 있음에도 너무도 비정한 수법을 쓴다며 남자들은 몸을 움츠렸다.

"이봐, 또 무슨 짓을 하고 있는데……?"

"저게 뭐야…… 뭘 뿌리고 있는 거야……."

"분명…… 극약일 거야. 회복도 못 하게 해서, 완전히 대를 끊으려는 거라고……!"

직접 목격한 무자비한 일격에 척 보아도 새디스틱한 복장이 어우러져서 미라에 대한 남자들의 인상은 그렇게 굳어졌다.

희생자가 된 남자는 어떻게 될까. 조마조마한 얼굴로 지켜보던 남자들의 시선은 지나치게 한 곳으로 집중되어 있었다. 때문에 그들은 등 뒤로 다가온 징랄라의 존재를 알아채지 못했다.

아주 짧은 비명소리를 지른 후, 그들 역시 가차 없이 때려눕혀졌다. 하지만 다행히도 그들의 주니어는 무사했다.

"자아, 이제 괜찮으려나……."

할 수 있는 조치는 취했다. 그렇게 확신한 미라는 조심스러운 손길로 남자의 팬티를 벗겼다.

"좋아…… 수습이 된 것 같군."

딱히 이상한 부분은 없다. 아무래도 영약이 제대로 효과를 발휘해준 모양이다.

가슴을 쓸어내린 후 미라는 문득 주변이 조용해졌다는 사실을 알아챘다.

"흠, 끝난 모양이로구나."

라스트라다가 날뛰고 다니던 소리가 그친 데다, 징랄라도 임무를 완료했다는 듯 미라의 뒤에서 대기하고 있었다.

아무래도 이 거점에 있던 '길리안록'의 멤버는 모두 전투 불능 상태가 된 듯했다.

그렇다면 이곳에 체류 중이라던 길드 마스터도 이미 라스트라다가 붙잡았을 것이다.

　"어디 보자, 어디에 있을꼬."

　라스트라다와 길드 마스터는 어디에 있나 하고 둘러보자 징랄라가 방향을 알려주었다.

　"오오, 그쪽이냐."

　미라는 라스트라다와 합류하기 위해 걷던 도중, 문득 몸을 돌려 남자를 바라보았다.

　미라는 생각했다. 지금의 몸이 된 덕에 그 고통, 그 공포와는 인연이 없게 되었다고.

　'이제 저 지옥 같은 고통과는 작별이로구나…….'

　그 점 하나는 큰 이점이라 할 수 있을지도 모른다. 하지만 그렇다고 상실감이 들지 않는 건 아니었다.

　미라는 자신의 하복부를 바라보며 생각에 잠겼지만, 좀 전의 일격을 생각하자 저절로 몸이 움츠러들어서 어깨를 부르르 떨었다.

　넓은 공간에서 안쪽으로 이어진 동굴 속. 꽤나 살기 좋은 환경이 갖추어진 그곳에서 라스트라다의 모습을 찾을 수 있었다. 그는 미라가 오기를 기다렸던 모양인지, 의자에 앉은 채 이리로 오라는 듯 손짓을 했다.

　"이렇게 깊은 곳에 있었던 게냐."

　미라는 드디어 찾았다는 투로 말하며 징랄라의 등에서 내려 라스트라다의 옆에 섰다. 그리고 시선을 돌려보니 드러누워 있는 남자가 있었다. 그가 바로 '길리안록'의 길드 마스터일 것이다.

"해서, 어떠냐. 정보는 캐내었느냐?"

길드마스터는 땅바닥에 쓰러진 채 거미줄에 매여 있었다. 이제 굽든 삶든 마음대로 할 수 있는 상태다.

그렇다면 이미 이런저런 정보를 캐냈으리라. 미라는 그렇게 생각했지만 아무래도 다소 상황이 좋지 못한 듯했다.

"꽤나 고집이 세서 말이야. 전혀 입을 열려 하지 않아서 난감해 하던 참이야."

라스트라다는 그렇게 답하더니 좀 전까지 어떤 수단을 시도해 보았는지를 설명했다.

그 내용에 따르면, 그는 매우 고통에 강한 모양이었다. 더불어 목숨에 대한 집착도 별로 없고 독을 사용한 심문을 시도해 보았지만 그럼에도 입을 열지 않았다고 한다. 심지어 표정 하나 찌푸리지 않았다는 듯했다.

"지금까지도 심문은 꽤 해봤지만, 이렇게까지 고집이 센 자를 만난 건 처음이야."

그것은 과연 그의 긍지 때문일까, 아니면 충성심 때문일까. 고통을 견디고, 공포로 동요하지도 않으며 강철 같은 의지로 침묵을 관철하는 남자. 그 이름은 '록'. **조사**를 통해 유일하게 알아낸 것은 그 이름뿐이라고 한다.

라스트라다는 그 이름처럼 너무도 완고한 태도에 상당히 애를 먹은 모양이었다.

그렇다고 이 이상 비정하고 가혹한 심문 수단을 사용할 생각은 없다는 듯했다. 그래서인지 "느와르 퀸, 너라면 어쩔 거지?"라고 기대 섞인 투로 물었다.

"느와르…… 뭐어, 되었다. 흐음~ 어찌하면 좋을꼬——."

어느샌가 미라의 다크히어로명이 결정되어 있었다. 그 사실에 쓴웃음을 지으며 미라는 우선 상태를 알기 위해 록의 옆으로 신중히 다가갔다.

그렇다고 명안이 떠오르지는 않았다. 미라는 그러한 수단에 어두웠기 때문이다.

"꽤나 고집이 세 보이는 남자로군."

길드 마스터인 록은 땅바닥에 붙어 있었다. 무뚝뚝한 얼굴로 천장을 노려보고 있는 남자는 상당히 다부진 체구인 듯했다. 그리고 그 몸에는 라스트라다의 심문으로 인한 것인 듯한 상처가 수없이 나 있다. 하지만 그의 몸에는 그 이상의 고통으로 인한 흉터가 새겨져 있었다.

이미 육체적인 고통에는 이골이 난 듯한 몸이다. 어떻게 고통을 준들 이 침묵의 아성을 무너뜨리는 건 불가능하지 않을까. 잠시 보기만 해도 그런 생각이 들 정도로 강한 의지로 가득한 몸이다.

"무슨 짓을 해도 소용없다."

미라가 다가가자 록은 그대로 눈을 감고서 담담하게 말했다. 어떠한 고문을 받아도 입을 열 생각은 없다고 온몸으로 말하고 있는 듯했다.

사로잡힌 처지임에도 여유마저 느껴지는 태도. 동요한 낌새가 전혀 없는 목소리. 그리고 그의 말에 진실미를 더해주는 듯한, 그의 경험이 새겨진 육체.

미라는 이런 남자를 상대로 쓸 수 있는 방법이 있을지 고민했다.

이 자리에 카구라가 있었다면 금방 끝났을 것이다. 하지만 지금은 없다. 연락을 취할 방법이 있기는 했지만 당장은 어려운 데다 이곳으로 부르려면 시간이 걸린다.

'일단 지금 이 상황에서 할 수 있는 걸 시도해 보도록 할까. 카구라를 부르는 건 최종 수단으로 남겨두도록 하지.'

매번 카구라를 의지하려니 살짝 분하다. 그런 생각도 들어서 미라는 록의 약점을 찾기 위해 더 가까이 다가갔다. 하이힐이 익숙지 않은 탓에 한 걸음 한 걸음, 천천히.

록은 눈을 지그시 감은 채 미동도 하지 않았다. 애처로운 흉터가 잔뜩 나 있건만, 아무렇지도 않다는 표정이다. 그 얼굴에는 공포심도 불안도 아닌, 무(無)만이 자리해 있어서 아무런 감정도 읽어낼 수 없었다.

'흐음…… 이 몸이 해결할 수 있는 일이 아닌 듯하다만.'

어느 정도 심문을 해본 경험이 있는 라스트라다조차 두 손을 들었을 정도의 상대다. 머리를 굴려보아도 좋은 수가 떠오르지 않아서 미라는 조언을 구하고자 정령왕과 마텔에게 물어보았다.

『내가 그리로 갈 수 있으면 솔직해지는 과일을 줬을 텐데, 아쉬워라…….』

마텔이 뜻밖의 말을 했다.

아무래도 카구라의 자백 술식에 필적하는 터무니없는 과일이 있는 모양이다.

하지만 마텔이 이 자리에 없는 이상, 그 방법은 쓸 수 없다. 그렇다고 고대지하도시까지 돌아가는 것도 현실적이지는 않다.

『글쎄…… 샐러맨더의 힘을 사용해 몸속부터 지져나가는 건 어떤가. 내장을 단련하는 건 그리 쉬운 일이 아니니 말이야!』

정령왕이 제안한 방법은 아주 비인도적인 고문으로 분류될 법한 것이었다.

당연히 아무리 그래도 그렇게까지 할 수는 없다고 답하자 정령왕은, 정령의 힘은 사용하기에 따라 어떤 방향으로든 응용할 수 있다고 말하더니, 농담이라며 웃었다.

『어쨌든 이렇게까지 의지가 굳은 자를 흔들려면, 발상을 역전시킬 필요가 있을지도 모르겠군. 이를테면 레티샤의 노래로 마음을 흔들어보는 식으로 말이야.』

고문 같은 것으로 육체적인 고통을 주는 게 아니라 정신적인 면을, 감정 등을 자극하는 것은 어떨까. 그것도 부정적인 감정이 아니라 긍정적인 감정을. 그것이 정령왕의 제안이었다.

『과연, 확실히 가능성은 있을 것 같군!』

록의 태도, 그리고 육체를 보면 알 수 있다. 그가 얼마만큼의 고통을 견뎌왔는지를. 또한 그를 위해 어느 정도의 훈련을 쌓아왔는지를.

하지만 그와는 방향성이 전혀 다른 심문이라면 어떨까. 하늘로 승천할 것만 같은 기분이 들게 해주는 레티샤의 노랫소리로 마음을 해방하는 것이다. 그렇게 쾌락으로 타락시킨 후, 더 듣고 싶다면 정보를 내놓으라고 요구하는 거다.

고통으로는 결코 흔들리지 않을 듯한 상대이기에 오히려 그런 방법이 더 잘 먹혀들지도 모른다. 좋은 생각이라고 느낀 미라는 우선 라스트라다의 옆으로 돌아가 그렇게 이야기했다.

"밀어서 안 되면 당겨보자는 거지? 오호, 괜찮은데? 역시 느와르 퀸이야! 좋아, 한번 해 봐!"

라스트라다 역시 나쁘지 않은 생각이라며 동의했다.

미라는 다시 한번 록의 옆까지 걸어갔다. 그때 하이힐을 신고 걷는 요령을 약간 익힌 덕에 발놀림이 다소 경쾌해졌다.

또각, 또각. 하이힐 소리가 울렸다.

그러자 그 직후. 모든 것을 거절하듯 감겨 있던 록의 눈이 번쩍 뜨였다.

그리고 그 시선은 곧바로 미라의 발로 향했다. 하지만 거기서 끝이 아니었다. 시선이 천천히 미라의 발에서 위로 움직였다.

"어…… 째서?!"

이윽고 시선이 미라의 온몸을 훑은 참에 록이 입을 열었다. 그리고 그 얼굴에는 순수한 놀라움의 감정뿐 아니라 다른 것도 섞여 있는 듯 보였다.

"음? 왜 그래, 뭔가 한 거야?"

아직 작전을 개시하지도 않았건만 대체 어째서 록이 반응한 것일까. 좀 전까지의 태도와는 달리 감정이 눈에 띄게 얼굴에 드러나 있었다.

그 사실에 놀란 라스트라다는 곧장 달려가 그 변화에 주목했다.

하지만 록은 다시 바위처럼 무뚝뚝한 얼굴로 돌아가 있었다.

그 얼굴에서 무엇에 반응했는지를 알아내기란 어려울 듯했다.

하지만 이유는 알 수 없어도, 아주 잠시나마 그의 강철 같은 의지에 작은 틈새가 발생했다는 것은 분명한 사실이다.

"다시 한번 조사해 보자."

약점 같은 것으로 이어질 힌트를 얻을 수 있을지도 모른다는 생각에 라스트라다는 록에게 다가갔다.

반대로 미라는 레티샤 작전을 일단 보류하고 라스트라다에게 방해가 되지 않도록 옆으로 물러났다.

바로 그때——.

"어이쿠……!"

약간 적응이 됐다고 방심했던 탓에 미라는 하이힐이 삐끗해서 균형을 잃고 말았다. 하지만 미라는 신속하게 반응했다. 버티고 서기 위해 재빨리 다리를 움직인—— 그 순간.

"끄오오오오오!!"

반사적으로 내민 미라의 발이 록의 다리를 밟고 말았다. 심지어 하이힐의 굽 부분에 체중이 실린 상태로. 미라 정도의 체중이라도 상당히 고통스러웠는지, 그 순간 록의 절규 소리가 울려 퍼졌다.

"어이쿠! 미안하구나!"

방금 전 건 실수였다고 사과하며 미라는 허둥지둥 발을 치웠다. 하지만 직후에 등줄기에서 오싹한 낌새가 느껴져 뒤를 돌아보았다.

그러자 록은 미라를 빤히 쳐다보고 있었다. 무표정하기는 했지만 이유 모를 열기가 담긴 듯한 눈빛으로.

"좀 전의 비명도 그렇고, 어떻게 된 일이지?"

뜨거운 시선이 날아들고 있다. 그 속에서 이유 모를 오싹함을 느낀 미라는 천천히 뒷걸음질을 쳤다. 하지만 그의 눈은 미라를 놓치지 않으려는 듯, 움직임에 맞춰 시선으로 좇고 있었다.

"······설마."

그런 록을 가만히 관찰하던 라스트라다는 그 몸에 일어난 한 가지 변화를 통해 무언가를 알아챈 듯했다.

"느와르 퀸, 잠깐만. 한 가지 시험해봐 줬으면 하는 게 있는데——."

그것을 전달하고 실행하기 위해 라스트라다는 미라에게 귓속말을 했다. 하지만 그 방법을 들은 미라는 표정을 구긴 채 "아니, 잠깐. 이 몸더러 그런 짓을 하라는 게냐?!"라고 하며 당혹스러워했다.

"잘만 하면 아주 간단하게 붙게 할 수 있을지도 몰라. 그리고 보아하니 가능성은 매우 높을 것 같아."

설명하기는 좀 그렇지만 성공할 거라 믿는 근거는 확실히 있다고 라스트라다는 장담했다.

정의를 행하기 위해 단련된 그의 눈은 실제로 예전부터 상당 숫자의 악행을 간파해 왔다.

"······알겠다. 뭐어, 해보마."

라스트라다가 저렇게까지 말하는 걸 보면 가능성은 있는 것 같다. 그렇게 믿기로 한 미라는 그의 작전에 동의를 표하며 다시 록의 곁으로 다가갔다.

　라스트라다에게서 작전을 들은 미라는 또다시 록의 옆으로 걸
어갔다. 그리고 록의 근처에서 당당하게 버티고 서서 날카롭게
노려보았다.

　"자아, 그대의 이름을 말해봐라."

　어쩐지 고압적인 투로, 강하게 명령하는 듯한 투로 미라는 말
했다.

　록은 미라를 물끄러미 올려다본 채 입을 다물었다. 심지어 절
대로 말하지 않겠다는 듯 입을 한일자로 다물기까지 했다.

　그 반응은 명백하게 부자연스러웠다. 라스트라다가 심문했을
때는 무슨 짓을 해도 아무런 변화도 보이지 않았건만, 이번에는
확연하게 표정이 바뀌었다.

　어쩐지 분위기가 다르다. 록의 눈에서는 오히려 무언가를 기대
하는 듯한 빛이 엿보이기까지 했다.

　그 모습을 본 미라는 라스트라다에게 들었던 작전을 그대로 실
행했다.

　"순순히 답한다면——."

　그렇게 말하며 한쪽 발을 슬쩍 내민 미라는 약간 망설여지기는
했지만, 그대로 록의 어깨를 있는 힘껏 굽이 있는 부분으로 밟았다.

　그러자 놀랍게도——

　"응흐오오오오~오!"

지금까지 바위처럼 굳었던 표정이 돌변했다. 록은 환희에 몸을 떨며 마치 억눌렀던 감정을 토해내듯 소리쳤다.

심지어 거기서 끝이 아니었다.

"상을 받고 싶다면, 뭘 해야 하는지 알겠지?"

그대로 굽이 있는 부분을 빙글빙글 돌리며 미라가 속삭이자 놀랍게도 록은 황홀한 얼굴로 "록 그리킨이라고 합니다, 여왕님~!" 이라고 냉큼 자백했다.

'이건 설마…… 농담이길 바랐건만…….'

록은 마조히스트 기질이 있을지도 모른다는 것이 라스트라다의 예상이었다.

그리고 미라를 여왕님으로 여기게 하자는 것이 그 예상에서 비롯된 작전이었다.

아무리 그래도 그렇게 쉽게 풀릴 리가 있나. 정령여왕이라 불리고는 있지만 그런 방면의 여왕도 아닌데. 미라는 그렇게 난색을 표했지만, 이렇게나 쉽게 자백을 하자 난감할 따름이었다.

한편, 록은 다음 말씀을 언제쯤 하실지 기대하는 충견 같은 얼굴로 미라를 바라보고 있었다. 뜨겁고, 애가 타들어 가는 듯한 눈빛으로.

그렇다. 그는 라스트라다의 예상대로 뼛속까지 마조히스트였다. 하지만 그런 그의 취미를 아는 이는 어디에도 없다.

그것은 그가 반응하는 모습을 본 이가 없기 때문이다.

하지만 그럴 만도 했다. 그가 바라는 것은 평범한 여왕님이 아

니라, 소녀의 일면을 겸비한 여왕님이었기 때문이다.

소녀 여왕님. 그러한 존재는 물론이고 서비스를 제공하는 곳조차 존재할 리가 없다. 실로 이루기 어려운 바람이라 할 수 있었으리라.

하지만 지금, 이 순간. 그의 이상(理想)이 그의 앞에 나타났다.

다크히어로풍으로 차려입은 현재의 미라는 다크히어로니 악의 여간부이니를 따지기 이전에, 밤의 여왕님에 가까운 모습이었기 때문이다.

따라서 록은 처음으로 만난 이상 앞에서 경악하고, 완전히 함락된 것이다.

'설마 한 방에 넘어올 줄이야……'

록은 가짜 이름을 대지도 않고 득달같이 본명을 댔다.

이렇게까지 잘 먹힐 줄이야. 그는 진짜배기였다.

미라는 놀라면서 록의 어깨에 얹었던 발을 치웠다.

그리고 부족하다는 듯 바라보는 록의 시선을 피해 라스트라다를 쳐다보았다.

라스트라다는 때는 지금이라는 듯 심문 내용을 종이에 적어 미라에게 건넸다. 그리고 그대로 돌아가더니, 뒷일을 부탁한다는 듯 의자에 앉았다.

건네받은 종이에는 우선 이렇게 적혀 있었다. '그의 이상적인 여왕님으로서 심문을 계속할 것'. 다시 말해서 미라에게 새디스틱한 여왕님이 되어 정보를 캐내라는 것이다.

'이 역시 일단은, 고통과 정반대되는 방법인 셈인 겐가…….'

고통에 익숙한 록의 입을 열기 위해 쾌락에 빠뜨린다. 그 작전을 레티샤의 매혹적인 노랫소리로 실행할 예정이었지만, 상황은 생각지 못한 방향으로 굴러가고 말았다.

하지만 이 역시 상대에게는 쾌락에 함락된 상태라 할 수 있을까.

그런 방면에 밝지 못한 미라는 일단 입을 열 생각이 든 것 같으니 됐다며 자신을 납득시킨 후, 어쩔 수 없이 심문을 개시했다.

"자, 다음으로 묻고 싶은 것은——."

종이에 적힌 심문 내용을 확인하고서 그대로 물었다.

그러자 록은 아예 숨길 생각이 사라졌는지, 기대로 가득한 얼굴이 되었다. 좀 전까지 희미하게 남아있던, 절대로 말하지 않겠다는 의지는 사라지고 꾸짖어준다면 무엇이든 하겠다는 얼굴을 하고 있었다.

그 반응에 미라는 어이가 없을 따름이었지만, 어쨌든 간단하게 입을 열어주게 되었으니 됐다는 생각에 발을 들었다. 그리고 다시 록의 몸을 짓밟아, 그가 기뻐하며 답하는 목소리를 들었다.

하지만 그것을 몇 번인가 반복하자 록의 반응도 조금씩 작아지고, 말하기를 머뭇거리는 일이 많아졌다. 부족한 것이다. 흔히 말하는 매너리즘이라는 것이 온 거다.

그러나 사람을 밟는 데 익숙지 않은, 꾸짖는 데 익숙지 않은 미라는 그 이상 뭘 어쩌면 좋을지 생각이 나지 않았다.

그렇게 고민에 빠져 있던 참에 문득 록이 알 수 없는 행동을 하고 있다는 사실을 알아챘다.

그는 무언가가 신경 쓰이는 듯한 눈빛으로 미라와 다른 어딘가를 자꾸만 힐끔거리고 있었던 것이다.

대체 무엇을 찾는 것일까. 혹시 동료에게 신호라도 보내고 있는 걸까. 궁금해진 미라는 그 시선 끝에 있는 것을 확인하기 위해 그리로 고개를 돌렸다.

그곳은 서류며 도구, 식량과 같은 것이 잡다하게 놓여 있는 창고 같은 장소였다.

록은 무엇을 보고 있었던 걸까. 그곳에 무엇이 있는 걸까. 딱히 이렇다 할 만 한 것은 찾지 못한 미라가 다시 시선을 돌리자, 록은 더더욱 애타는 눈빛으로 그 창고를 바라보기 시작했다.

그 눈은 명백하게 '알아채 줘'라고 외치는 것처럼 보였다.

"으음~……?"

노골적인 유도였지만 미라는 눈살을 찌푸린 채 다시 한번 창고를 찬찬히 살폈다. 그리고 그곳에 놓여 있는 물건을 하나씩 확인하던 중——.

"오, 저것은……!"

거기에는 손잡이에 십여 개의 가죽끈이 달린, 흔히 아홉 갈래 채찍(cat o'nine tails)이라 불리는 물건이 아무렇게나 놓여 있었다. 심문이 이루어지는 장면에 자주 사용되는 타입의 특수한 채찍이다.

마침 굽으로 밟는 행위에 질리기 시작한 참이니, 새로운 도구를 사용하는 게 좋을지도 모르겠다.

미라는 가볍게 록의 몸을 건너뛰어 창고까지 가서 그 아홉 갈래 채찍을 집어 들었다. 그리고 가볍게 흔들어보고서 몸을 돌리자, 록의 얼굴에서 기쁨이 흘러넘치고 있었다.

아무래도 이걸 보고 있던 게 맞는 모양이다.

'흐음…… 딱히 원하는 대로 해줄 필요는 없지만, 효율적으로 정보를 얻으려면 어쩔 수 없나…….'

작전의 목표는 록을 기쁘게 해서 정보를 캐내는 것이다. 이걸 사용해 술술 답해주게 된다면 이익이라 할 수 있으리라.

그렇게 자신을 납득시키며 미라는 아홉 갈래 채찍을 휘둘렀다.

채찍을 내려칠 때마다 철썩, 하고 격렬한 소리가 울렸다. 그와 동시에 환희에 젖은 록의 목소리가 울려, 정보가 한 구절씩 밝혀져 나갔다.

그렇게 미라의 노력으로 '길리안록'이 인신매매에 관여했다는 사실, 그리고 길드 멤버수 등이 판명되었다.

또한 사정을 모르는 자가 보았다면…… 아니, 사정을 아는 자가 보아도 그 광경은 그러한 플레이로밖에 보이지 않았을 것이다.

그럼에도 미라는 아이들을 위해, 인신매매 조직 괴멸을 위해 분투했다.

미라는 여왕님이 되어 록을 끝까지 심문했다. 그 결과, 라스트라다가 원하던 정보를 모두 얻을 수 있었다.

다만 록의 변태성은 상당한 경지에 오른 듯했다. 그 정보를 얻기 위해 채찍을 휘두른 횟수는 백 번을 넘어서, 미라는 녹초가 되어 주저앉았다. 더불어 성미에 안 맞는 일을 한 탓에 핼쑥해져 있었다.

하지만 그런 미라를 본 록은 더더욱 흥이 올라서 외쳤다.

"여왕님, 또 무슨 말을 할까요! 뭐든말씀해주십시오여왕님! 상을주시면이똥개가무엇이든답해드리겠습니다!"

그의 몸에는 미라가 휘두른 채찍의 흔적이 선명하게 새겨져 있었다. 피가 배어난 그것은 보기만 해도 애처로워서, 엉겁결에 얼굴이 찌푸려질 정도다.

하지만 록은 이토록 훌륭한 채찍 자국을 남길 수 있는 여왕님은 흔치 않다며, 그 상처를 훈장처럼 자랑스러워하며 더더욱 해달라고 요구했다. 지금의 그라면 동료는 물론이고 부모, 형제에 관한 비밀까지 모두 다 폭로해버릴 듯했다.

"수고…… 아니, 고생 많으셨습니다, 느와르 퀸 님."

라스트라다는 어쩐지 즐거운 듯, 그러면서도 연기라도 하는 듯한 태도로 다가와 말했다. 그리고 희색이 만면한 록을 내려다보더니 그대로 하얀 연기로 감싸서 잠들게 했다.

"그대…… 이러한 역할을 떠맡기다니. 이건 빚으로 달아둘 줄 알아라!"

아이들을 위한 일이라고는 하나 여왕님 역할은 심적으로 피곤하다며 미라는 라스트라다를 노려보았다.

그러자 라스트라다는 "뜻대로 하십시오. 여왕님"이라고 답하며 우아하게 허리를 숙여 보였다.

"두고 보자……."

언젠가 반드시 무모하기 그지없는 일을 떠맡겨줄 테다. 미라는 속으로 그렇게 맹세했다.

"이거 많이도 모아두었구나. 오, 이 검은 솔로몬이 갖고 싶어할 것 같군그래!"

길드 '길리안록'의 거점이 되어 있던 동굴 안쪽. 그곳의 막다른 길에 비밀 방의 입구가 있었다.

그곳은 록에게 알아낸 비밀 창고로, 온갖 보물 말고도 중요한 자료 등도 한곳에 보관되어 있었다.

"——이건 위조 통상 허가증인가. 이건 거래 목록. 오, 이건 업자의 보고서잖아? 좋아좋아, 여기 오길 잘했어!"

이 길드는 수많은 인신매매에 연루되어 있었던 만큼, 관련 자료가 풍부하게 남아있었다. 라스트라다에게는 매우 중요한 물건인 탓에, 그는 매우 신이 나서 그러한 물건들을 닥치는 대로 회수하기 시작했다.

그렇게 라스트라다가 인신매매 조직의 몸통과 이어져 있을 듯한 자료를 이것저것 모으는 동안, 미라는 보물 쪽에 눈독을 들이고 있었다.

"호오, 그란돌의 마검이 아니냐! 이건 명부의 호각, 오오, 명도 아라유키에 유성의 창까지 있군그래. 보물이 산더미처럼 많구나!"

보조로 선술을 구사해서 싸우는 소환술사 미라에게 무기는 무용지물이나 다름없다.

하지만 역시 멋진 무기란 것은 쓸모가 있고 없고를 떠나 동경하게 되기 마련이다. 그것이 남자라는 생물인 것이다.

"음, 나쁘지 않군. 나쁘지 않아!"

특히 일본도라는 물건은 수많은 무기들 중에서도 동경하는 순위 상위권에 포진하는 경향이 많았다.

때문에 미라 역시 명도 아라유키를 들고 매우 들떠 있었다. 허리에 차고 자세를 잡고는 만화나 애니메이션에서 자주 볼 수 있는 발도술 같은 기술을 펼치며 즐거워할 정도였다.

"좋아, 이 정도면 되겠지."

미라가 그렇게 놀고 있는 동안, 라스트라다의 작업이 완료되었다. 결과가 꽤나 만족스러운 모양이라, 입수한 자료와 지금까지 모은 자료를 합치면 인신매매 조직을 통괄하고 있는 곳에 도달할 수 있을 것 같다며 자신만만했다.

"해서, 남아있는 것들은 어쩔 셈이냐?"

쓸 만한 자료는 회수했다. 그러면 자연스럽게 남은 보물은 어떻게 처리할 것인가 하는 의문이 나오는 건 당연한 일이라 할 수 있었다. 미라는 환한 얼굴로 전부 접수해 버리자고 적힌 듯한 눈으로 기대하듯 라스트라다를 쳐다보았다.

그러자 라스트라다는 그런 미라의 뜻을 알아챘는지 "그래, 우린 다크히어로잖아. 당연히 전부 회수해야지"라고 답했다.

"흠, 그러하냐!"

다크히어로란 멋진 것이었다며 아주 신이 나서 미라는 돈이 될 만한 물건을 이것저것 회수하기 시작했다.

하지만 '전부 회수'라는 라스트라다의 말은 거기서 끝나지 않고 계속되었다.

"뭐어, 평소 같았으면 이것도 전부 고아원 운영이나 기부하는 데 썼겠지만. 이번에는 사령관 덕을 크게 봤잖아. 그러니 마음대로 가져가."

순간, 미라의 손이 멎었다.

사리사욕을 위해 약탈하던 미라는 왜 이 타이밍에 그런 소리를 하는 거냐는 생각에 라스트라다를 노려보았다.

그 말의 의도는 뻔했다. 아이들에게 도움이 될 자금이지만 이번만큼은 공로자인 미라에게 양보하겠다는 뜻이다.

그리고 일반적인 양심을 지닌 자에게 그 말은 실로 가슴이 뜨끔한 것이기도 했다.

"……그럼, 이 몸은 솔로몬에게 줄 선물로 이 성검을 가져가도록 할까. 이걸 주고서 부추기면 여러모로 자금을 융통해줄 것 같으니 말이야. 이 몸은, 이거면 충분하다. 음, 그러니 자, 나머지는 아이들을 위해 그대가 가지고 돌아가거라!"

미라는 어쩐지 악에 받친 투로 아이들을 위해서라면 포기할 수 있다고 말했다. 하지만 조금은 대가를 챙기고 싶어서 나머지를 양보하는 대신 성검을 한 자루만 집어 들었다.

현 시점에서 가장 가능성이 높은 물건이 그것이라고 확신했기 때문이다. 그 희귀한 성검으로 솔로몬의 호감을 사두면, 더 큰 것을 얻어내기 위한 양식이 될 가능성이 크다는 확신 말이다.

"그래? 사령관이 그렇다면 고아원을 위해 쓰겠다고 약속할게."

미라라면 분명 그렇게 말하리라는 걸 알았다는 듯 웃으며 기쁜 듯 답한 후, 라스트라다는 나머지 보물을 회수해 나갔다.

"해서, 이 녀석들은 어쩔 셈이냐?"

보물을 모두 회수하고 비밀 방에서 나온 참에 미라는 바닥에 널브러진 록과 곳곳에 쓰러져 있는 길드 멤버들에 관해 물었다.

이 길드, '길리안록'의 멤버는 모두 인신매매에 연루되어 있던 자들이다. 그렇다면 이대로 방치해둘 수는 없는 일이다.

하지만 이 많은 인원을 옮기려면 품이 많이 들 것이다. 다크나이트를 잔뜩 소환해서 가까운 도시까지 옮기는 방법도 있지만, 미라는 표정으로 귀찮아서 하기 싫다고 호소했다.

"아아, 그거라면 걱정할 거 없어. 이곳의 위치와 사정을 조합에 보고하면 저쪽에서 처리해 줄 테니까. 심지어 이번에는 모험가 길드 중 하나가 범죄에 가담한 셈이니, 이 사실을 알리면 말 그대로 인원을 총동원해서 뒤처리를 해줄 거야."

라스트라다는 그렇게 말하며 하얀 안개로 동굴 안을 가득 메워 나갔다. 이렇게 해두면 2, 3일은 깨지 않을 거라는 모양이다.

"듣고 보니 그렇군. 조합이 인가했던 길드가 이런 짓을 저질렀으니 적극적으로 나서겠구나."

상황이 상황인 데다 그러한 이유가 있다면 조합이 말끔하게 뒤처리를 해줄 것이다. 이 거점뿐 아니라 다른 장소에 있는 거점까지도. 미라가 그렇게 동의하자 문득 라스트라다가 어떤 제안을 입에 담았다.

"그래, 사령관이 이 일을 보고하도록 해. 그러면 상당히 점수를 딸 수 있을 거야."

들자하니 모험가 랭크뿐 아니라 얼마나 조합에 공헌했는가에 따라서도 여러 가지 우대 조치를 받을 수 있다는 모양이다.

이번에는 '길리안록'이 인신매매라는 범죄에 깊이 연루되었다는 비밀을 폭로하고, 그 길드 마스터를 제압했다. 그렇다면 정령여왕의 명성은 더욱 높아질 거라고 라스트라다는 말했다.

A랭크 모험가로서의 이름도 널리 퍼지고, 더욱 인정받는 존재가 될 수 있다. 그렇게 되면 자연스럽게 소환술의 장점도 전파될거다. 온통 좋은 일뿐이다.

"싫다."

조합에서의 평판이 오르면 그만큼 이점도 많아진다. 하지만 미라는 지체 없이 그 제안을 거부했다.

미라는 걱정스러웠다. 만약 록이 그 심문에 관해 증언하면 어떻게 될까.

미라 본인이 조합에 보고하면, 분명 그때의 여왕님이 정령여왕이라는 사실을 알아채고 말 거다.

여왕님 복장을 하고 채찍을 휘둘렀다는 사실이 알려지는 날에는 밖에서 고개를 들고 다닐 수 없을 것이다. 미라는 그게 가장 걱정된다고 말했다.

"아니아니. 평소에는 정령여왕, 하지만 그 정체는 악을 용서치 않는 다크히어로 '느와르 퀸'! 최고로 멋지잖아!"

심각한 히어로 바보인 라스트라다에게 그러한 요소는 비밀을 지닌 히어로의 매력 포인트일 뿐이었다. 때문에 미라가 저항하는 이유를 전혀 이해하지 못한 듯했다.

"그 모습을 보고 영웅이라고 생각할 자가 몇이나 될지, 원⋯⋯."

누가 봐도 특수한 가게에서의 한 장면일 뿐이다. 미라는 그런 생각이 들어서 자신이 했던 일에 후회하며 한숨을 내쉬었다.

대체 그게 뭐가 문제란 말인가. 그런 의문에 빠진 라스트라다에게 모든 게 다 문제라고 한탄하며 미라는 그 자리에서 의상을 벗어 던지고 잽싸게 원래의 옷으로 갈아입었다.

'릴리 일행의 집착⋯⋯ 정열이 깃들기는 했지만, 이쪽이 더 안심이 되는군그래⋯⋯.'

밤의 여왕님 스타일에 비하면 마법소녀풍 쪽이 훨씬 나은 것 같다. 그런 요상한 느낌 속에서 미라는 이제 좀 적응이 된 건가, 라고 생각했다.

하지만 곧이어 릴리 일행에게 조금씩 물들고 있는 걸지도 모른다는 가능성을 알아채고는 등줄기가 오싹해져 몸을 떨었다.

"조합장에게 사건의 전말을 전달하고 왔어. 의문의 히어로들이 범죄 조직에 가담했던 길드의 거점을 괴멸시켰다고."

라스트라다가 여왕님 의상을 조달했던 가까운 도시. 그 도시의 전경이 내다보이는 높다란 숲에 왜건 한 대가 세워져 있다. 그것에 올라타며 그렇게 말한 라스트라다는 번듯한 장비를 걸친 모험가로 변장해 있었다.

그에게는 모험가로서도 두 개의 얼굴이 있었다. 평범한 C랭크 모험가인 존과 A랭크의 민완 모험가, 스바루라는 두 개의 얼굴이.

"해서, 반응이 어떻더냐?"

미라가 묻자 라스트라다는 불만스러운 얼굴로 "뭐라고 해야 할지…… 너무하더라"라고 답했다.

의논 끝에 이번에는 의문의 히어로 두 사람이 길리안록에게 천벌을 내렸다고 보고하기로 했다.

정체를 감춰야 비로소 히어로라 할 수 있다. 미라가 그렇게 주장한 덕분에 정령여왕의 활약인 것으로 해두자는 라스트라다의 제안은 부결되었다. 더불어 라스트라다가 변장한 다크히어로 역시 의문의 존재인 것으로 해두기로 했다.

하지만 그렇게 한 결과, 조합에게 한 보고는 매우 수상쩍은 내용이 되어 버렸다.

"오, 벌써 움직이기 시작한 모양인데?"

하지만 그 보고를 한 건 A랭크 모험가다. 조합으로서는 무시할 수 없었을 것이다. 멀리 보이는 도시에서 조합원들로 보이는 자들이 우르르 나가는 것이 보였다. 지금부터 길리안록의 비밀 거점을 조사하러 가는 것이리라.

뒷일은 이대로 맡겨둬도 될 듯하다.

"자아, 이로써 이번 일도 마무리됐구나. 해서, 어떠냐? 도움이 더 필요하냐?"

라스트라다를 위해, 나아가 아이들을 위해 필요한 일이 더 있는가. 미라가 그렇게 묻자 라스트라다는 고개를 가로저으며 답했다.

"아니, 고마워 사령관. 이제 괜찮아. 정보는 충분히 갖춰졌어. 남은 일은 이걸 대조해서 몸통을 밝혀내는 것뿐이야."

라스트라다는 그렇게 자신만만하게 답했다. '길리안록'에게 얻어낸 정보는 그 정도로 유력한 것이었던 모양이다. 그는 이제 시간문제라며 큰소리를 쳤다.

"그래서 사령관은? 이대로 아르테시아 씨가 있는 곳으로 안내한다는 선택지도 있지만, 분명 학스트하우젠에서 수여식을 하니 어쩌니로 한창 시끄러웠던 것 같은데?"

남은 일은 자료를 자세히 조사하는 것뿐이다. 그렇다면 이대로 함께 아르테시아가 있는 장소로 향할 수도 있다. 하지만 역시 퍼지다이스인 그는 귀가 밝은 듯했다. 아직 정식으로 결정 나지 않았음에도 불구하고 수여식에 관해 알고 있었기 때문이다.

"으…… 뭐어, 맞다. 그대가 건넨, 그 보물을 기부하기로 했더니 말이다. 그렇게 되었지 뭐냐……."

잊고 싶었지만 그러고 보니 그런 이벤트가 있었다며 미라는 한숨 섞인 투로 중얼거렸다.

"뭐어, 당연히 그렇게 되겠지!"

그 정도 가치를 지닌 보물이라는 사실을 알았던 데다 미라라면 그렇게 할 거라 믿었다는 듯, 라스트라다는 기분 좋게 웃으며 말했다.

"그럼 나중에 봐. 열기가 가라앉을 즈음에 이쪽에서 연락할게!"

라스트라다는 그런 말을 남기고 떠나갔다. 그런 그가 향한 곳은 도시가 아니라 '길리안록'의 거점이 있었던 방향이다.

아무래도 두 명의 다크히어로가 활약한 그것을 보고 조합원들이 어떤 반응을 보일지 궁금한 모양이다. 그는 소년 같은 미소를 띤 채 날아갔다.

"자아, 우선 돌아가도록 할까."

수여식뿐 아니라 학스트하우젠에서 했던 약속이 남아있었다. 니나 일행의 여동생에게 소환술을 가르쳐주기로 한 중요한 약속이.

미래의 소환술사들을 위해, 그리고 고민에 빠진 소녀를 위해 미라를 태운 왜건은 학스트하우젠을 향해 날아올랐다.

그것은 괴도 퍼지다이스와의 대결을 하루 앞둔 날의 일이다.

미라는 학스트하우젠의 대로에서 샛길로 빠져 얼마간 들어간 곳에 있는 한적한 주택가에 와 있었다.

돌로 된 아파트와 가로등이 같은 간격으로 늘어선 그곳은 어쩐지 느긋한 분위기를 풍겨서, 돌아다니며 노는 아이들의 모습이 더욱 두드러져 보이는 듯했다.

북적이는 대로와는 담을 쌓은 듯 생활감이 넘치는, 매우 차분한 분위기의 장소다.

하지만 때때로 모험자로 추측되는 이들의 모습이 보였다. 행동거지로 미루어 안루티네를 찾고 있는 듯했다.

'제법 감이 좋은 자가 있는 모양이로군.'

안루티네는 이 근처에 숨어 있다. 가호에 의한 탐지로 그 사실을 파악한 미라는 아무에게도 들키지 않도록 주의하며 그쪽으로 나아갔다.

계속해서 나아가던 참에 미라는 문득 위화감을 느꼈다. 멀리서는 알 수 없었지만 가까이 가면 갈수록 반응이 아래에서 느껴졌기 때문이다.

결과적으로 그것은 역시 착각이 아니었다. 어딜 보아도 주택밖에 보이지 않는 주택가 중심 부근의 작은 공터. 그곳까지 간 미라는 그대로 발아래로 시선을 돌렸다. 아무래도 안루티네는 지하에 있는 모양이다.

'확실히 발각되기 어려운 좋은 장소로군. 하지만 이거, 어떻게 가야 할는지.'

이곳까지 오는 동안 지하로 들어가는 입구 같은 것을 본 적은 없었다. 맞으러 가려면 어떻게 해야 할까. 그렇게 생각하기 시작한 참에 지하에 있던 안루티네가 움직임을 보였다. 아무래도 미라가 바로 위에 있다는 사실을 알아챈 모양이다.

안루티네는 이쪽으로 오려 하는 것 같다. 하지만 주위에는 지하와 이어진 출입구 같은 게 보이지 않았다.

어쩌려는 걸까. 그렇게 생각한 순간. 땅에 패여 있던 도랑에서 물이 흘러나왔다. 그리고 그 물은 입체적으로 고이기 시작하더니 천천히 사람의 형상을 이루었고, 다음 순간에는 낯이 익은 안루티네의 모습으로 변했다.

"오오……! 과연 물의 정령이로구나."

몸을 물로 만들어 틈새로 지나다닌다. 매우 판타지스러운 물의 변화에 미라는 감탄했다. 그리고 안루티네는 재빨리 주변을 둘러본 후, 그런 미라에게 다가갔다.

"오랜만이에요, 미라 양. 그럼 약속한 대로 어서 계약을!"

안루티네는 인사도 대충하고 그렇게 재촉했다. 꽤나 조급해 보였는데, 그럴 만도 했다. 좌우간 많은 모험가들이 실시간으로 계약을 하려고 암약하고 있기 때문이다.

"아~ 음. 오랜만이구나."

그렇게 답한 후, 미라는 그리 서두르지 말라고 손으로 제지하고서 워즈랑베르를 소환했다.

"무사히 만난 것 같아 다행이군요."

본인의 능력처럼 보일 듯 말 듯, 매우 수수한 마법진에서 나타난 워즈랑베르는 그곳에 있던 안루티네의 모습을 보고 안심한 듯 미소 지었다.

"뭐어, 그렇기는 하다만 다소 일이 복잡해져서 말이다."

우선 모험가들의 눈을 피하기 위해 미라는 광학미채를 부탁하고자 그렇게 운을 뗐다. 그러자.

"네에, 우선 모습만이라도 감추도록 하죠."

워즈랑베르는 마치 다 안다는 투로 그렇게 말하더니 미라가 부탁하기도 전에 미라 일행의 모습을 은폐했다.

"……꽤나 눈치가 빠르구나."

적지도 잠입 중도 아닌 평화로운 주택지임에도 워즈랑베르는 미라가 사정을 설명하기도 전에 그렇게 해야 한다고 확신하고 있었다. 어째서 그렇게 확신한 것일까. 물어볼 것도 없다는 생각에 미라는 쓴웃음을 지었다.

"정령왕님과 마텔 님이 신이 나서 상황을 중계해주셔서 말이죠."

"뭐어, 그렇겠지."

조금 잠잠하다 싶었더니 정령왕과 마텔은 결국 정령 네트워크를 통해 실황중계까지 하기 시작한 모양이다.

지금의 상황에 꽤나 적응한 듯한 두 사람의 행동에 살며시 미소를 지은 채, 미라는 이럴 때 설명할 수고를 덜 수 있는 건 큰 이점이라고 생각했다. 한 순간에 명운이 갈리는 전장에서 처음부터 상황을 알고 있으면 매우 움직이기 쉬울 듯했다.

"그럼 계약을 해볼까."

그들은 워즈랑베르의 힘 덕분에 육안으로 찾을 수 없게 되었다.

하지만 상대는 모험가들이다. 어떠한 감지 방법을 지니고 있을지 모를 일이다.

수색대에 선술사가 끼어 있다면 '생체감지'를 통해 위화감을 느낄 것이다.

어찌 되었건 계약은 빨리 해치워 버리는 편이 좋겠다. 미라는 작은 공터의 구석으로 이동해, 재촉을 하듯 이마를 내민 안르티네에게 손을 내밀었다.

『준비는 되었나?』

이번 소환계약은 특별한 것이다. 본래는 불가능한 같은 속성과의 이중 계약이기 때문이다. 그것을 가능케 하는 것은 정령왕의 힘이라, 정령왕의 협력이 반드시 필요했다.

『음, 준비는 되었다. 언제든 시작하도록.』

언제든 시작하라는 듯 힘찬 정령왕의 목소리가 머릿속에 울렸다. 실황 중계자답게 행동이 매우 빨랐다.

【소환기능 : 계약의 각인】

미라의 손바닥이 옅은 빛을 발하더니 온몸에 정령왕의 가호문양이 떠올랐다. 그것은 지금까지의 소환계약과 달라서, 이 계약이 특별한 것임을 선명하게 나타내고 있었다.

마치 몸이 하나 더 있는 듯한. 그러면서도 이전보다 자신의 몸을 더욱 또렷이 자각할 수 있게 된 듯한, 뭐라 형용할 수 없는 신비로운 감각이었다.

미라와 안루티네. 두 사람 사이에 인연이 맺어졌다. 그것은 정령왕의 가호 문양을 통해 포개어지는 모양새로 미라의 온몸에 녹아들었다.

"오오…… 성공이다~!"

처음 느껴본 감각에 놀라면서도 미라는 문제없이 안루티네와의 연결고리가 몸에 녹아들었다는 사실을 자각했다. 지금까지는 하나뿐이라 선택할 필요가 없었다. 하지만 지금은 물의 정령을 의식하면 운디네와 안루티네의 이미지가 떠올랐다.

정령왕의 말대로 운디네와의 계약에는 영향을 주지 않고 안루티네와 계약할 수 있었다.

분명 같은 속성과의 이중 계약에 성공한 건 자신이 처음일 것이라는 생각에 미라는 뛸 듯이 기뻐했다.

"저기 미라 씨, 목소리는……!"

순간, 워즈랑베르가 허둥지둥 미라의 입을 틀어막았다. 그 직후. 공터에 면한 건물 지붕 위에서 모험가들이 무슨 일인가, 하고 얼굴을 내밀었다.

미라의 목소리에 반응한 모양이다.

모험가는 물끄러미 공터를 둘러보았지만 미라 일행의 모습은 보이지 않았다. 하지만 무언가를 느낀 듯 주의를 기울여 응시하기 시작했다.

미라 일행은 구석에서 숨을 죽이고 있었다.

여기서 발각되면 일이 성가셔진다. 애타게 찾았던 물의 정령이 정령여왕과 몰래 만나고 있었던 것도 모자라 계약까지 했더라는 사실이 여성 모험가들에게 알려지면 어떻게 될까.

미라는 부르르 떨고서 워즈랑베르에게 완전 은폐를 발동해달라고 했다. 모든 감지 수단을 회피하는 반칙급 기술이었지만 그 때문에 시간제한이 있는 비장의 수를.

완전 은폐로 미라 일행의 존재는 그 누구도 포착할 수 없게 되었다. 그게 먹혔든 것인지 얼마쯤 지나 모험가도 어딘가로 떠나가 버렸다.

"후우…… 미안하다, 미안해. 기쁜 나머지 그만……."

미라는 작은 목소리로 그렇게 사과한 후, 주변을 '생체감지'로 살폈다. 그리고 모험가로 추정되는 반응이 없다는 사실을 확인하고서야 완전 은폐에서 광학미채로 전환해달라고 부탁했다.

"아아, 정령왕님, 마텔 님!"

그러는 동안 정령 네트워크도 개통된 듯했다. 마텔과 정령왕의 목소리가 들린 모양인지, 안루티네는 감격한 듯 환한 미소를 지었다. 또한 워즈랑베르도 어쩐지 기쁜 듯 웃고 있었다.

안루티네는 이제야 혼자만 이어져 있지 않은 처지에서 벗어난 것이다.

그 사실이 어지간히도 기뻤는지, 정령왕과 마텔뿐 아니라 상크티아며 눈앞에 있는 워즈랑베르와도 정령 네트워크를 통해 대화하기 시작했다.

미라에게 그 대화는 들리지 않는다.

뭉뚱그려서 정령 네트워크라 말하고는 있지만 사실 현시점에서 두 종류가 존재했다. 정령왕과 마텔이 미라의 상황을 엿보거나 말을 걸거나 하기 위한 특별회선과 정령끼리 대화하기 위한 정령 전용 회선이다.

이 정령 전용 회선은 견문을 넓히기 위해서라는 명목으로 정령왕이 멋대로 확장시킨 것으로 미라와는 이어져 있지 않다. 하지만 만약 연결되어 있었다면 평상시에도 상당히 떠들썩해졌을 게 뻔하니 오히려 연결하지 않은 것이 정답이라 할 수 있었다.

참고로 정령들은 미라에게 하고 싶은 말이 있을 경우, 정령왕이나 마텔에게 전언을 부탁하게끔 되어 있었다.

안루티네는 그러한 내용의 대략적인 설명을 듣고 있었지만, 미라에게 그것은 정적의 시간에 불과했다. 그리고 새 소환술을 습득한 미라가 그것을 견딜 수 있을 리가 없었다.

"자아, 계약은 대성공했으니. 안루티네의 능력을 알려줄 수 있겠느냐?!"

회선을 통해 어떤 대화를 나누고 있는지는 알 수 없다. 하지만 가장 중요한 것은 앞으로 자신에게 도움이 될 안루티네의 능력이다. 미라는 더는 못 참겠다는 듯한 얼굴로 안루티네를 재촉했다.

"아, 맞아. 그게 우선이지."

미라가 광기 어린 미소를 띠고서 재촉하자, 상크티아와 워즈랑베르가 계약했을 때의 일이 떠오른 안루티네는 마음을 다잡고서 미라에게로 몸을 돌려 자신의 능력에 관해 설명했다.

안루티네의 능력. 그것은 미라의 전투 특화형 소환체인 운디네와 큰 차이가 있었다.

우선 안루티네의 가장 특징적인 능력은, 잠수라는 듯했다. 처음 만났던 그 날, 미라를 호수 속으로 데려갔던 그 능력이다. 그 효과는 효과 범위 내에 있는 모든 것을 데리고, 수압을 무효화한 상태로 한없이 깊은 곳까지 잠수하는 것이었다.

안루티네의 말에 따르면 수심 10킬로미터라도 문제없이 잠수할 수 있다는 모양이다. 수심 10킬로미터는 미지의 세계다. 화려하지는 않지만 워즈랑베르와 마찬가지로 특출한 능력이라 할 수 있으리라.

또한 그녀는 전투에 능하지는 않다는 듯했다. 하지만 방어술은 터득해서 그에 관해 이야기해주었다.

그중에서도 특히 강력한 능력이 물의 피막이었다. 효과는 말 그대로 고압축한 물을 막처럼 둘러치는 단순한 것이다. 하지만 그 성능은 엄청났다.

안루티네를 잘 아는 워즈랑베르의 말에 따르면 물리, 마법과 같은 부류의 것은 물론이고 화염과 열을 상대로 할 때 절대적인 성능을 발휘한다고 한다. 포인트는 고압축이라는 점으로, 터무니없이 많은 양의 물을 압축한 탓에 염룡의 드래곤 브래스조차도 막아낼 수 있다는 것까지 증명이 됐다는 모양이다.

하지만 그런 설명을 하는 동안, 기분 탓인지 안루티네가 쓴웃음을 짓고 있는 것 같았다. 염룡과 워즈랑베르, 그리고 안루티네. 과거에 대체 무슨 일이 있었는지 아는 것은 당사자들뿐이다.

또한 그녀가 지닌 유일한 공격수단은 높은 압력으로 뭉친 물구슬에 가두어 압살하는 것이라는 듯했다.

"흠. 대충 이해했다! 근사하구나, 마음이 들뜨는구나!"

안루티네의 능력은 주로 수압 등의 조작을 근간으로 한 것인 듯했다. 과연 능력이 다양한 기존의 정령이라고 해야 할지, 모르는 효과들뿐이라 그런 정령과 계약한 미라의 마음은 날아갈 듯했다.

"해저 유적에 침몰선⋯⋯. 모험의 무대가 단숨에 넓어졌군그래."

미라가 말한 해저 유적과 침몰선 등, 바다에 얽힌 소문이나 이야기는 이 세계에도 무수히 많다. 하지만 그것을 쫓는 방법은 지극히 한정적이었다. 말 그대로 안루티네와 같은 능력을 지닌 물의 정령이나 그 비슷한 술식을 사용할 수 있는 술자의 협력이 반드시 필요했다. 하지만 그러한 존재는 그리 흔치 않다.

때문에 이 세계에서는 아직 그 누구도 손을 대지 못한 해저의 로망이 여기저기 굴러다니고 있는 것이다.

미라는 새로운 모험의 무대를 상상하고는 "앞으로 잘 부탁한다"라며 안루티네의 손을 힘껏 잡았다.

"어렵게 오게 해서 미안하구나. 돌아갈 방도는 있느냐? 이대로 워즈랑베르에게 도시 밖까지 배웅을 시키는 것이 좋을까?"

목적은 달성했다. 남은 일은 안루티네를 찾는 모험가들에게 들키지 않도록 원래 있던 거처로 돌아가는 것뿐이다. 그러려면 워즈랑베르가 능력을 사용해 안루티네를 숨긴 채 도시 밖으로 데려가는 방법이 가장 확실할 거다.

미라는 그렇게 생각했지만, 안루티네는 "아니, 여기서 헤어져도 괜찮아"라고 답했다.

"좀 전까지 내가 숨어있던 장소는 커다란 지하수로였는데, 이 도시의 지하 전체에 펼쳐져 있는 것 같아. 조금 살펴보니 바깥에 있는 강까지 이어져 있어서 문제없이 도시에서 나갈 수 있을 것 같던데?"

안루티네는 땅바닥을 쳐다보며 전혀 문제 될 게 없다는 듯 말을 이었다.

"호오, 지하수로라. 과연."

곰곰이 생각해 보니 이곳에 왔을 때, 안루티네는 지하에 있었다. 그리고 그곳에서 좁은 도랑을 뚫고 나왔다. 다시 말해서 그때의 도랑은 지하수로와 이어져 있었던 것이다. 확실히 물의 정령이라면 그 수로를 타고 아무에게도 들키지 않고 간단히 밖으로 나갈 수 있을 듯했다.

하지만 미라는 문득 생각했다. 지하에 수로가 있다는 게 대체 무슨 소리일까.

"헌데 그것은, 하수도와는 다른 것이냐?"

여러 가지 오수가 뒤섞이는 하수도. 그런 곳을 지나게 하기보다는 그냥 워즈랑베르에게 배웅을 시키는 게 낫지 않을까. 미라가 자신의 생각을 말하자 안루티네는 그런 게 아니었다고 답했다.

"딱히 더럽지는 않았어."

생각하는 시늉도 하지 않고 곧바로 답한 안루티네는 그 지하수로의 상태에 관해 간결하게 이야기해주었다.

안루티네는 지하수로를 발견했을 때, 도주 경로로 얼마나 써먹을 수 있을까 싶어 전체를 조사해 보았다고 한다. 놀랍게도 물의 정령은 물로 이어져 있으면 그 주변을 지각할 수 있다고 한다. 하지만 한계가 없는 것은 아니다. 그 범위는 개체에 따라 다르고 그쪽 방면에 능한가 아닌가에 따라 달라지기도 하지만, 그럼에도 도시 하나 정도의 범위라면 충분히 **볼 수** 있다고 한다.

호오, 그런 능력도 있었던 건가. 좀 전의 설명에는 없었던 안루티네의 능력에 미라는 놀랐다. 안루티네는 물의 정령이라면 대부분 할 수 있는 일이라 굳이 말하지 않아도 될 거라 생각했다는 모양이다.

그리고 그런 능력을 통해 지하수로의 특수성에 관해 알게 되었다고 한다.

안루티네의 말에 따르면 지하수로는 커다란 강의 상류에서 물을 끌어와, 하류로 흘려보내는 식으로 되어 있다는 듯했다. 그밖에는 수로 안에서 물이 솟아나오는 장소가 몇 군데 있고 빗물 등이 섞여 있을 뿐, 오수가 흘러드는 곳은 없어서 수질만 보면 사람들이 사는 마을 지하에 있다는 게 믿기지 않을 정도로 깨끗하다고 한다.

또한 수로는 매우 폐쇄적인 동시에 이상하리만치 복잡하게 뒤엉킨 구조로 되어 있다는 모양이다. 안루티네가 말하기를, 수로 안에 수로가 나 있는 상태라는 듯했다.

거기에 수로 전체는 이끼로 뒤덮여 있고 어두컴컴하다. 그리고 보아하니 사람이 출입할 수 있을 듯한 장소는 없는 듯했는데, 만약 있다면 교묘하게 숨겨져 있을 것이라고 안루티네는 말했다.

다만 현재 위치에서 북동쪽에 이끼가 자라 있지 않은 장소가 있었는데, 어쩌면 그 근처에 비밀 통로가 있을지도 모른다고도 했다.

"생각해 보니 희한하네. 인간들은 뭘 하려고 이렇게 넓고 복잡한 수로를 만든 걸까."

얼핏 보았을 때 용수로로 이용하고 있는 듯한 낌새는 없었다. 빗물의 배수가 목적이라면 이렇게까지 복잡하게 만들 필요도 없을 것이다. 이끼의 상태로 미루어 볼 때, 극소수의 사람만이 이용한 것 같다. 그리고 하수도도 아니다. 그럼에도 도시 전체에 뻗쳐 있을 정도로 광대한 규모를 자랑한다.

"흠…… 듣고 보니 그렇군. 무슨 의미가 있는 것이지?"

과연 이 지하수로는 누가 무엇을 위해 만든 것일까. 그런 안루티네의 의문에 미라 역시 고개를 갸웃했지만, 아무 생각도 떠오르지 않았다.

"그럼, 미라 양. 고마워. 필요할 때 언제든지 불러."

"이쪽이야말로 앞으로 잘 부탁한다."

그렇게 인사를 나눈 후, 안루티네는 도랑을 통해 지하수로로 들어가 원래 있던 거처로 돌아갔다. 올 때는 허겁지겁 왔지만, 돌아갈 때는 느긋하게 관광이라도 하면서 돌아가겠다고 말하는 안루티네의 표정은 매우 즐거워 보였다.

또한 관광을 하면서 돌아가기로 한 것은 정령왕과 마텔의 요청 때문이라는 모양이다. 안루티네를 통해 두 사람도 관광을 즐길 생각인 듯했다.

"워즈랑베르도 고생 많았다. 아아, 그리고 내일 괴도와 한 판 붙게 될 것이야. 어쩌면 그때 힘을 빌리게 될지도 모르겠구나."

워즈랑베르를 송환하기 전, 미라가 그렇게 말하자 정령왕에게서 이미 들어서 알고 있었는지, 워즈랑베르는 "맡겨만 주십시오"라고 의욕이 가득한 투로 답했다. 상대가 괴도라면 분명 순수한 전투력 이외의 요소도 중요해질 것이다. 그렇다면 더더욱 특수성이 강한 정적의 능력이 빛을 발할 거다. 워즈랑베르는 그렇게 생각하고 있었다는 모양이다.

그리고 미라 역시 워즈랑베르를 비장의 카드로 사용할 수도 있겠다고 생각하고 있었다.

"그럼 나중에 보자꾸나."

"네, 알겠습니다."

내일 뵙죠. 그렇게 말한 참에 미라는 워즈랑베르를 송환했다. 그리고 곧 소장과 약속한 시간이라는 사실을 떠올리고는 약속 장소를 향해 걸어 나갔다.

후기

자아, 후기입니다.

감사하게도 무려 13권입니다!

그리고 이번 표지는 야경입니다. 늘 그랬지만 후지 초코 선생님의 일러스트는 최고로군요…….

그리고 그런 후지 초코 선생님의 두 번째 화집인 『채환경(彩幻境)』이 발매 중입니다!

『현자의 제자』 표지 말고도 근사한 일러스트가 잔뜩 실렸으니 꼭 감상해주십시오!

그리고 스에미츠 짓카 선생님이 담당해주고 계신 코믹스판도 6권까지 발매 중입니다. 이쪽도 모쪼록 잘 부탁드립니다!

그리고 이 책을 구입해주실 즈음…… 아니, 집어 드셨을 때 책의 띠지를 보고 알아채신 분들도 있으실 테지만.

드디어…… 드디어 이 『현자의 제자를 자칭하는 현자』의 애니메이션화가 결정되었습니다!

네, 애니메이션화입니다. 애니메이션화라고요! TV에서 방송되는 그 애니메이션이 되는 겁니다!

무려 제가 상상한 세계가, 어릴 적부터 친하게 지낸 그 애니메이션으로 재현된다고 합니다!

이것 참 일이 엄청나게 커져 버렸다는 생각에 어쩐지 꿈이라는 꾸는 기분입니다. 벌써부터 움직이고 말하는 미라를 볼 일이 엄청 기대되네요.

상세한 정보는 앞으로 차차 발표된다고 합니다.

좌우간 여기까지 올 수 있었던 건 응원해주신 여러분 덕분입니다.

정말로 감사합니다. 앞으로도 오래도록 잘 부탁드립니다!

후후후…… 애니메이션화…… 그흐후후후후.

현자의 제자를 자칭하는 현자 13

2020년 11월 7일 1판 1쇄 인쇄
2020년 11월 14일 1판 1쇄 발행

저   자 류센 히로츠구
일 러 스 트 후지 초코
옮 긴 이 정대식
발 행 인 유재옥
담당편집자 정영길
편집 1팀 정영길 김민지 조찬희
편집 2팀 김다솜
편집 3팀 오준영 곽혜민 김혜주
미   술 김보라 서정원
라이츠담당 김슬비 한주원
디 지 털 박상섭 이성호 최서윤
발 행 처 ㈜소미미디어
등   록 제2015-000008호
제 작 처 코리아피앤피
주   소 서울시 마포구 토정로222, 403호(신수동, 한국출판콘텐츠센터)
판   매 ㈜소미미디어
마 케 팅 한민지 이주희
경영지원 우희선
전   화 편집부 (070)4164-3962, 3963 기획실 (02)567-3388
                  판매 및 마케팅 (070)4165-6688, Fax (02)322-7665
ISBN 979-11-6611-180-8 04830
ISBN 979-11-5710-460-4 (세트)